Les Éditions du Boréal
4447, rue Saint-Denis
Montréal (Québec) H2J 2L2
www.editionsboreal.qc.ca

Les Corrections

JONATHAN FRANZEN

Les Corrections

traduit de l'anglais (États-Unis)
par Rémy Lambrechts

BORÉAL

L'auteur remercie Susan Golomb, Kathy Chetkovich, Donald Antrim, Leslie Bienen, Valerie Cornell, Mark Costello, Göran Ekström, Gary Esayian, Henri Finder, Irene Franzen, Bob Franzen, Jonathan Galassi, Helen Goldstein, James Golomb, la fondation John Simon Guggenheim, la MacDowell Colony, Siobhan Reagan et la fondation Rockefeller, Bellagio Center, pour leur aide à l'occasion de ce livre.

Les Éditions du Boréal remercient le Conseil des Arts du Canada ainsi que le ministère du Patrimoine canadien et la SODEC pour leur soutien financier.

Les Éditions du Boréal bénéficient également du Programme
de crédit d'impôt pour l'édition de livres du gouvernement du Québec.

Photo de la couverture : Danielle Bérard, *Maison des Bérard,* 1997.

L'édition originale de cet ouvrage est parue
chez Farrar, Straus and Giroux en 2001
sous le titre *The Corrections.*

Diffusion au Canada : Dimedia

Données de catalogage avant publication (Canada)

Franzen, Jonathan

Les Corrections

Traduction de : The Corrections.

Publ. en collab. avec : Éditions de l'Olivier.

ISBN 2-7646-0188-3

I. Lambrechts, Rémy. II. Titre.

PS3556.R37C6714   2002   813'.54   C2002-940929-2

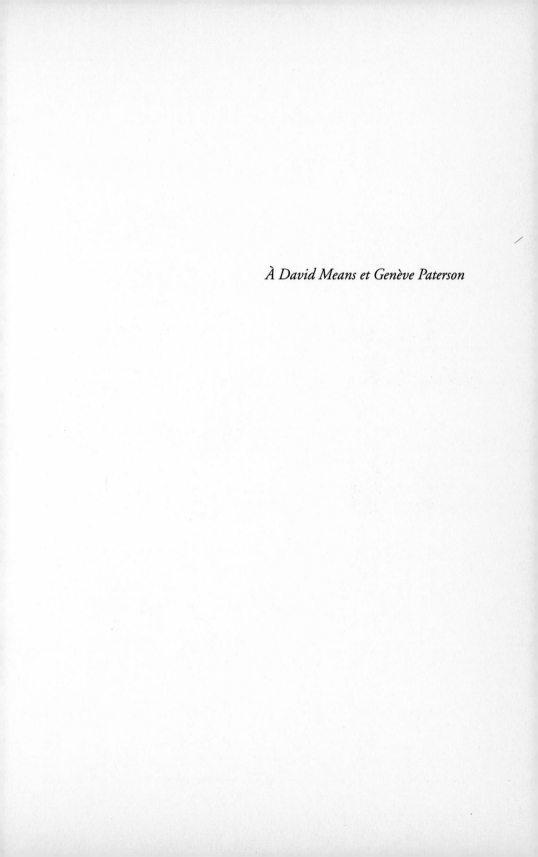

À David Means et Genève Paterson

Saint Jude

La folie d'un front froid balayant la Prairie en automne. On le sentait : quelque chose de terrible allait se produire. Le soleil bas sur l'horizon, une lumière voilée, une étoile fatiguée. Rafale sur rafale de dislocation. Bruissements d'arbres, températures en baisse, toute la religion septentrionale des choses touchant à son terme. Nul enfant dans les cours ici. Ombres et lumières sur le zoysia jaunissant. Chênes rouvres, chênes des teinturiers et chênes blancs des marais faisaient pleuvoir des glands sur des maisons libres d'hypothèque. Des doubles fenêtres vibraient devant des chambres vides. Et le bourdonnement et les hoquets d'un sèche-linge, l'assertion nasillarde d'un souffleur à feuilles mortes, le pourrissement de pommes du jardin dans un sac en papier, les relents du gasoil avec lequel Alfred Lambert avait nettoyé le pinceau après avoir repeint la causeuse en osier dans la matinée.

Trois heures de l'après-midi était un passage dangereux dans ces banlieues gérontocratiques de Saint Jude. Alfred s'était réveillé dans le grand fauteuil bleu où il somnolait depuis le déjeuner. Il avait fait sa sieste, et il n'y aurait pas d'informations locales avant cinq heures. Deux heures creuses étaient une espèce de sinus sujet aux infections. Il se leva avec effort et se planta devant la table de ping-pong, essayant en vain de capter un signe de vie d'Enid.

Une alarme résonnait à travers la maison, que seuls Alfred et Enid entendaient distinctement. C'était l'alarme de l'angoisse.

Elle était pareille à l'une de ces grandes calottes métalliques avec un battant électrique qui expédient les enfants dans la rue lors des exercices d'évacuation. Elle sonnait depuis tant d'heures à présent que les Lambert ne percevaient plus le message « sonnerie d'alarme » mais, comme avec tout son qui se poursuit si long-temps qu'on a le loisir d'apprendre à en discerner les composantes (comme avec un mot qu'on fixe jusqu'à ce qu'il se décompose en une chaîne de lettres muettes), ils entendaient le martèlement rapide d'un battant contre un résonateur métal-lique, non pas un son pur, mais une suite granuleuse de percus-sions, un lugubre ressac d'harmoniques ; sonnant depuis tant de jours qu'elle se fondait simplement dans le décor, hormis à certaines heures du petit matin, quand l'un ou l'autre se réveillait en nage et se rendait compte qu'une sonnerie retentis-sait dans sa tête depuis aussi longtemps qu'il se souvenait ; sonnant depuis tant de mois que le son avait cédé la place à une sorte de métason dont le flux et le reflux n'étaient pas la pulsa-tion des ondes de compression, mais le va-et-vient bien plus lent de leur *conscience* du son. Laquelle était particulièrement aiguë quand le temps était lui-même d'humeur anxieuse. Alors Enid et Alfred – elle à genoux dans la salle à manger, ouvrant des tiroirs, lui, au sous-sol, inspectant le désastre de la table de ping-pong –, l'un comme l'autre se sentaient près d'exploser d'angoisse.

L'angoisse des bons de réduction, dans un tiroir contenant des bougies fantaisie aux couleurs automnales. Les bons de réduction étaient réunis en une liasse, serrés par un élastique, et Enid constatait que leur date d'expiration (souvent crânement cerclée de rouge par le fabricant) était passée depuis des mois ou même des années : que cette centaine de bons, dont la valeur faciale dépassait les soixante dollars (et potentiellement les cent vingt dollars au supermarché de Chiltsville, qui dou-blait la réduction), ne valait plus rien. Vigor, moins soixante cents. Efferalgan, moins un dollar. Les dates n'étaient même pas *proches*. Les dates étaient *historiques*. La sonnerie d'alarme retentissait depuis des *années*.

Elle repoussa les bons de réduction au milieu des bougies et ferma le tiroir. Elle cherchait une lettre qui était arrivée en recommandé quelques jours plus tôt. Alfred avait entendu le facteur frapper à la porte et avait crié : « Enid ! Enid ! », si fort qu'il ne l'avait pas entendue répondre : « Al, j'y vais ! » Il avait continué à lancer son nom en se rapprochant de plus en plus et, comme l'expéditeur de la lettre était Axon Corp., 24 East Industrial Serpentine, Schwenksville, Pennsylvanie, et comme il y avait certains aspects de la question Axon que connaissait Enid et dont elle espérait qu'Alfred les ignorait, elle avait rapidement fourré la lettre quelque part, à moins de quinze pas de la porte d'entrée. Alfred avait surgi de la cave en mugissant comme un engin de terrassement : « *Il y a quelqu'un à la porte !* » Elle avait loyalement crié : « Le facteur ! Le facteur ! », et il avait secoué la tête devant la complexité de tout cela.

Enid était certaine qu'elle aurait les idées plus claires si seulement elle ne devait pas se demander toutes les cinq minutes ce que fricotait Alfred. Mais, elle avait beau essayer, elle n'arrivait pas à l'intéresser à la vie. Quand elle l'encourageait à reprendre ses expériences de métallurgie, il la regardait comme si elle était devenue folle. Quand elle lui demandait s'il n'y avait pas de travail à faire dans le jardin, il disait avoir mal aux jambes. Quand elle lui rappelait que les maris de ses amies avaient tous des hobbies (Dave Schumpert et ses vitraux, Kirby Root et ses complexes chalets miniatures pour nicher des pinsons, Chuck Meisner et le suivi heure par heure de son portefeuille boursier), Alfred se comportait comme si elle essayait de le détourner de quelque grand œuvre. Et quel était cet ouvrage ? Repeindre le mobilier de jardin ? Il repeignait la causeuse depuis le début du mois de septembre. Elle avait le souvenir que la dernière fois qu'il avait repeint le mobilier il avait fini la causeuse en deux heures. Mais il descendait à son atelier matin après matin, et quand, au bout d'un mois, elle s'y aventura pour voir ce qu'il faisait, elle découvrit que tout ce qu'il avait peint de la causeuse, c'étaient les pieds.

Il semblait désirer qu'elle s'en aille. Il dit que le pinceau avait séché, que cela prenait tant de temps. Il dit que décaper de l'osier, c'était comme d'essayer de peler une myrtille. Il dit qu'il y avait des grillons. Elle sentit sa gorge se serrer alors, mais peut-être n'était-ce que l'odeur d'essence et l'humidité de l'atelier qui avait des relents d'urine (mais ce ne pouvait être de l'urine). Elle remonta précipitamment à la recherche de la lettre d'Axon.

Six jours par semaine, plusieurs kilos de courrier entraient par la fente de la porte d'entrée, et, comme rien d'accessoire n'avait le droit de s'accumuler au bas des escaliers – comme la fiction de la vie dans cette maison était que personne n'y vivait –, Enid faisait face à un défi tactique majeur. Elle ne se voyait pas comme une guérillera, mais tel était exactement ce qu'elle était. De jour, elle transportait du matériel d'une cache à l'autre, en n'ayant souvent qu'un seul temps d'avance sur l'autorité établie. De nuit, sous une applique charmante mais trop faible, à la table trop petite du coin du petit déjeuner, elle menait diverses opérations : réglait des factures, cochait des relevés de compte, tentait de déchiffrer des décomptes de prestations de Medicare et de comprendre quelque chose à un menaçant troisième avertissement d'un labo d'analyses qui exigeait le paiement immédiat de 0,22 dollar tout en affichant un solde reporté de 0,00 dollar, signifiant ainsi qu'elle ne devait rien, et n'indiquant en outre aucune adresse pour un règlement. Le premier et le deuxième avertissement devaient être enfouis quelque part, mais, du fait des contraintes sous lesquelles Enid livrait sa bataille, elle n'avait que l'idée la plus vague de l'endroit où ces avertissements pouvaient se trouver un soir donné. Elle pouvait bien soupçonner qu'il s'agissait du placard de la salle de séjour, mais l'autorité établie, en la personne d'Alfred, regardait un magazine télévisé à un volume suffisamment étourdissant pour le maintenir éveillé, il avait allumé toutes les lampes de la pièce, et elle ne devait pas exclure l'éventualité que, si elle ouvrait le placard, une pile de catalogues, de numéros de *Belles Demeures* et d'avis d'opération de Merrill-Lynch bascule et se répande en cascade, suscitant la colère d'Alfred. Il y avait aussi la possibilité que les avertissements ne s'y trouvent pas, car l'autorité établie effectuait des descentes impromptues sur ses caches, menaçant de « balancer » le tout si elle n'y mettait pas bon ordre, mais elle était trop occupée à esquiver ces descentes pour s'en préoccuper sérieusement, et tout vague semblant d'ordre se perdait dans la succession des migrations forcées et des déportations, si bien que le malheureux sac en plastique de chez Nordstrom qui campait sous une fronce de poussière avec l'une de ses poignées à demi arrachée contenait tout le pathos en vrac d'une existence de réfugiée – numéros épars de *Femme d'intérieur*, instantanés en noir et blanc de l'Enid des années 40, recettes de cuisine sur papier hautement acide où il était question de laitue flétrie, factures de téléphone et de gaz du mois, Premier Avertissement détaillé du labo médical enjoignant aux tiers payants d'ignorer les facturations ultérieures d'un montant inférieur à 50 cents, photo de croisière offerte par la compagnie montrant Enid et Alfred vêtus de paréos et sirotant des breuvages dans des noix de coco évidées, et les seules copies existantes des actes de naissance de deux de leurs enfants, par exemple.

Bien que l'ennemi affiché d'Enid fût Alfred, ce qui faisait d'elle une guérillera était la maison qu'ils occupaient tous deux. Son ameublement était de ceux qui ne tolèrent aucun désordre. Il y avait des fauteuils et des tables Ethan Allen. Du Spode et du Waterford dans le meuble-vitrine. Les inévitables ficus, les inévitables pins du Norfolk. Des numéros jaunis d'*Architecture d'aujourd'hui* sur la table basse à plateau de verre. Les rapines du tourisme – articles en métal émaillé de Chine, une boîte à musique viennoise qu'Enid, entre sens du devoir et commisération, remontait et faisait fonctionner de temps à autre. L'air qu'elle jouait était « Strangers in the Night ».

Malheureusement, Enid n'avait pas le tempérament nécessaire pour tenir pareille maison et Alfred manquait des ressources neurologiques. Les cris de rage d'Alfred en découvrant les traces d'une opération de guérilla – un sac Nordstrom surpris en plein jour dans l'escalier de la cave, manquant causer une chute – étaient les cris d'une autorité qui avait perdu son autorité. Il avait récemment acquis l'art de faire cracher à sa calculatrice des rangées de nombres à huit chiffres dépourvus de sens. Après qu'il eut consacré le plus gros d'un après-midi à recalculer cinq fois les charges sociales de la femme de ménage, fut arrivé à quatre résultats différents, et eut fini par retenir celui (635,78 dollars) qu'il avait obtenu par deux fois (le chiffre exact était 70,00 dollars), Enid lança une descente nocturne sur son meuble-classeur qu'elle dépouilla de tous ses documents fiscaux, ce qui aurait pu améliorer la gestion domestique si les documents en question n'avaient pas atterri dans un sac Nordstrom en même temps qu'une trompeuse série de vieux numéros de *Femme d'intérieur* occultant les documents plus pertinents qu'ils recouvraient, dommage de guerre qui conduisit à ce que la femme de ménage remplisse elle-même les formulaires, Enid se contentant de rédiger le chèque correspondant. Et Alfred secouait la tête devant la complexité de tout cela.

C'est le destin de la plupart des tables de ping-pong échouées dans les sous-sols que de se prêter un jour à d'autres jeux, plus désespérés. Après sa retraite, Alfred affecta le côté est de la table à ses comptes et à sa correspondance. Le côté ouest servait de support au poste de télé couleur portable sur lequel il avait eu l'intention de regarder les informations locales depuis son grand fauteuil bleu, mais elle était à présent complètement engloutie par *Femme d'intérieur*, les boîtes de bonbons offertes et les bougeoirs baroques de pacotille qu'Enid ne trouvait jamais le temps d'apporter au dépôt-vente. La table de ping-pong était l'unique terrain où la guerre civile faisait ouvertement rage. Côté est, la calculatrice d'Alfred était assaillie par des cache-pots à décor floral, des sous-verre souvenirs d'Epcot Center et un instrument à dénoyauter les cerises qu'Enid possédait depuis trente ans et n'avait jamais utilisé, tandis que lui, du côté ouest, pour des raisons qui échappaient entièrement à Enid, mettait en pièces une couronne faite de pommes de pin, d'avelines et de noix du Brésil peintes à la bombe.

À l'est de la table de ping-pong se trouvait l'atelier qui abritait le laboratoire de métallurgie d'Alfred. L'atelier hébergeait à présent une colonie de grillons muets, couleur poussière, qui, lorsqu'on les dérangeait, s'égaillaient dans la pièce comme si on avait lâché une poignée de billes, certains ricochant selon des angles aberrants, d'autres culbutant sous le poids de leur copieux protoplasme. Ils n'explosaient que trop facilement, et plus d'un Kleenex était nécessaire pour faire le ménage. Enid et Alfred souffraient de nombreuses calamités qu'ils pensaient être extraordinaires, démesurées – honteuses –, et les grillons étaient l'une d'entre elles.

La poussière grise des mauvais sorts et les toiles d'araignées de l'enchantement emprisonnaient le vieux poste de soudure à l'arc, les bocaux de rhodium exotique, de sinistre cadmium et de hardi bismuth, les étiquettes rédigées à la main brunies par les vapeurs d'un flacon à bouchon de verre d'*aqua regia*, et le carnet à petits carreaux où la dernière annotation de la main d'Alfred remontait à l'époque, plus de quinze ans auparavant, qui précédait le début des trahisons. Un objet aussi quotidien et amical qu'un crayon occupait toujours l'endroit de l'établi où Alfred l'avait posé dans une autre décennie ; le passage de tant d'années conférait au crayon une forme d'hostilité. Des gants en amiante pendaient à un clou sous deux certificats de brevet aux cadres gauchis et démantibulés par l'humidité. De grosses écailles de peinture tombées du plafond gisaient sur le capot d'un microscope binoculaire. Les seuls objets non poussiéreux de la pièce étaient la causeuse en rotin, un pot de Valentine et des pinceaux, ainsi qu'une paire de boîtes de café Yuban dont, malgré de puissantes preuves olfactives, Enid préférait ne pas croire qu'elles étaient remplies de l'urine de son mari, parce que pourquoi diable, avec une jolie petite salle d'eau à cinq mètres de là, aurait-il pissé dans des boîtes de café ?

À l'ouest de la table de ping-pong se trouvait le grand fauteuil bleu d'Alfred. C'était un fauteuil pansu, vaguement sénatorial. Il était en cuir, mais sentait comme l'intérieur d'une Lexus. Comme quelque chose de moderne, de médical et d'imperméable, dont on pouvait facilement effacer l'odeur de la mort avec un chiffon humide avant que la personne suivante ne s'y assoie pour mourir.

Ce fauteuil était le seul achat d'importance qu'Alfred eût jamais fait sans l'approbation d'Enid. Quand il s'était rendu en Chine pour conférer avec des ingénieurs des chemins de fer chinois, Enid l'avait accompagné et tous deux avaient visité une usine de tapis afin d'en acheter un pour leur salle de séjour. Ils n'avaient pas l'habitude de dépenser de l'argent pour eux-mêmes et choisirent donc l'un des tapis les moins chers, avec un simple dessin bleu tiré du *Livre des mutations* sur un fond beige uni. Quelques années plus tard, quand Alfred prit sa retraite de la Midland Pacific Railroad, il souhaita remplacer le vieux fauteuil en cuir noir aux relents d'étable dans lequel il regardait la télé et faisait ses siestes. Il voulait quelque chose de vraiment confortable, bien sûr, mais après une vie passée au service des autres il lui fallait plus que du simple confort : il avait besoin d'un monument dédié à son besoin. Il se rendit donc, seul, dans un magasin d'ameublement ayant pignon sur rue et choisit un fauteuil de bonne facture. Un fauteuil d'ingénieur. Un fauteuil si imposant que même un homme imposant s'y perdait ; un fauteuil fait pour supporter les efforts les plus extrêmes. Et comme le bleu de son cuir s'accordait plus ou moins au bleu du tapis chinois, Enid ne put que tolérer son installation dans la salle de séjour.

Bientôt, cependant, les mains d'Alfred répandaient du café décaféiné sur les fonds beiges du tapis et des petits-enfants déchaînés y semaient des baies rouges et des pastels à écraser, tandis qu'Enid commençait à penser que ce tapis était une erreur. Il lui semblait qu'en s'efforçant d'économiser tout au long de sa vie elle avait fait de nombreuses erreurs de ce genre. Elle en arriva à penser qu'il aurait mieux valu n'acheter aucun tapis plutôt que ce tapis-là. Finalement, alors que les siestes d'Alfred tournaient à la stupeur enchantée, elle s'enhardit. Des années plus tôt, sa propre mère lui avait laissé un petit héritage. Les intérêts étaient venus gonfler le capital, certaines valeurs avaient plutôt bien marché, et elle disposait à présent d'un revenu personnel. Elle fit redécorer la salle de séjour dans une gamme de verts et de jaunes. Elle commanda des tissus. Un tapissier-décorateur vint et Alfred, qui faisait temporairement la sieste dans la salle à manger, se leva d'un bond comme au sortir d'un mauvais rêve.

« Tu refais *encore* la décoration ?

– C'est mon argent, dit Enid. C'est à ça que je le dépense.

– Et l'argent que *j'ai* gagné ? Et le travail que *j'ai* fait ? »

Cet argument avait été efficace par le passé – il représentait, pour ainsi dire, le fondement constitutionnel de la légitimité de la tyrannie –, mais il ne marchait plus. « Ce tapis a près de dix ans et on ne pourra jamais faire partir les taches de café », répondit Enid.

Alfred désigna son fauteuil bleu, qui, sous les bâches de protection du tapissier-décorateur, ressemblait à une pièce d'équipement pour centrale électrique à livrer sur camion-plateau. Il tremblait d'incrédulité, incapable de croire qu'Enid ait pu oublier cette réfutation foudroyante de ses arguments, cet obstacle souverain à ses projets. C'était comme si toute la contrainte dans laquelle il avait passé ses sept décennies de vie s'incarnait dans ce fauteuil vieux de six ans mais essentiellement neuf. Il souriait, le visage illuminé par l'atroce perfection de sa logique.

« Et ce fauteuil, alors ? dit-il. *Et ce fauteuil ?* »

Enid contempla le fauteuil. Son expression était simplement attristée, sans plus. « Je n'ai jamais aimé ce fauteuil. »

C'était sans doute la pire chose qu'elle pût dire à Alfred. Le fauteuil était l'unique signe qu'il ait jamais donné d'une vision personnelle de l'avenir. Les paroles d'Enid l'emplirent d'un tel chagrin – il éprouva une telle pitié pour le fauteuil, une telle solidarité avec lui, une telle désolation étonnée devant la trahison dont il était victime – qu'il tira la bâche de protection, se lova entre ses bras et s'endormit.

(C'est une manière de reconnaître les lieux d'enchantement : les gens s'endormant de la sorte.)

Quand il devint clair que tant le tapis que le fauteuil d'Alfred devaient partir, le tapis ne posa pas de difficulté. Enid passa une annonce dans le gratuit local et prit une femme dans ses rets, un petit oiseau nerveux qui faisait des erreurs et dont les billets de cinquante sortirent de son sac en un rouleau fripé qu'elle déplia et lissa avec des doigts tremblants.

Mais le fauteuil ? Le fauteuil était un monument et un symbole, et il ne pouvait être séparé d'Alfred. Il pouvait seulement être déplacé. Il alla donc au sous-sol, suivi d'Alfred. Ainsi, chez les Lambert, comme à Saint Jude, comme dans le pays en général, la vie devint souterraine.

Enid entendait Alfred, à l'étage maintenant, qui ouvrait et refermait des tiroirs. Il était pris d'agitation chaque fois qu'ils devaient voir leurs enfants. Voir les enfants était la seule chose dont il semblait encore se soucier.

Dans les fenêtres impeccablement propres de la salle à manger se reflétait le chaos. Le vent endiablé, les ombres annihilantes. Enid avait cherché partout la lettre d'Axon Corp. et elle avait été incapable de la retrouver.

Alfred était planté au milieu de la chambre de maître et se demandait pourquoi les tiroirs de sa commode étaient ouverts, qui les avait ouverts, s'il les avait ouverts lui-même. Il ne pouvait s'empêcher d'en vouloir à Enid de sa propre confusion. De la révéler par sa présence. D'exister, comme une personne qui aurait pu ouvrir ces tiroirs.

« Al ? Qu'est-ce que tu fais ? »

Il se tourna vers l'embrasure de la porte où elle était apparue. Il entama une phrase : « Je… », mais quand il était pris par surprise, chaque phrase devenait une aventure au fond des bois ; dès qu'il cessait d'apercevoir la lumière de la clairière dont il venait, il se rendait compte que les miettes qu'il avait semées pour s'en faire des points de repère avaient été mangées par des oiseaux, de silencieuses et prestes créatures qu'il ne voyait pas dans l'obscurité, mais qui étaient si nombreuses et si envahissantes par leur faim qu'il semblait qu'*elles* fussent l'obscurité, comme si l'obscurité n'était pas uniforme, n'était pas une absence de lumière, mais une matière grouillante et corpusculaire, et, à vrai dire, lorsque, adolescent studieux, il avait rencontré le mot « crépusculaire » dans l'anthologie de poésie anglaise de McKay, les corpuscules de la biologie avaient contaminé sa compréhension du terme si bien que durant toute sa vie d'adulte il avait vu dans le demi-jour une corpuscularité, comme celle du grain du film haute vitesse nécessaire pour faire des photos dans une faible lumière ambiante, comme celle d'un lugubre dépérissement ; d'où la panique d'un homme trahi au plus profond des bois dont l'obscurité était l'obscurité d'étourneaux occultant le couchant ou de fourmis noires assaillant un opossum mort, une obscurité qui ne se contentait pas d'exister, mais qui *consommait* activement les repères qu'il avait judicieusement établis afin de ne pas se perdre ; mais à l'instant de s'apercevoir qu'il était perdu, le temps devint merveilleusement lent et il découvrit des éternités jusque-là insoupçonnées dans l'espace séparant un mot du suivant, ou, plutôt, il devint captif de cet espace entre les mots et ne put qu'observer, immobile, le passage du temps sans lui, la partie gamine et irréfléchie de lui continuant de sombrer aveuglément à travers les bois tandis que lui, le piégé, l'Al adulte, observait dans un retrait bizarrement impersonnel afin de voir si le gosse frappé de panique pourrait, bien que ne sachant plus où il était ni à quel endroit il était entré dans la forêt des phrases, réussir encore à trouver à tâtons la clairière où Enid l'attendait, inconsciente de toute forêt – « Fais ma valise », s'entendit-il dire. Cela sonnait juste. Verbe, pronom possessif, nom. Voici qu'il avait une valise devant lui, importante confirmation. Il n'avait rien trahi.

Mais Enid avait parlé de nouveau. L'audiologue avait dit qu'il était légèrement diminué. Il lui fit la grimace, n'ayant pas suivi.

« Nous sommes *jeudi*, dit-elle, plus fort. Nous ne partons pas avant *samedi*.

– Samedi ! » lança-t-il en écho.

Elle le réprimanda alors, et, pendant un moment, les oiseaux crépusculaires firent retraite, mais, dehors, le vent avait chassé le soleil et il commençait à faire très froid.

L'échec

Ils traversèrent le long hall d'un pas mal assuré, Enid ménageant sa hanche douloureuse, Alfred brassant l'air de ses mains désarticulées et martelant la moquette d'aéroport de ses pieds mal contrôlés, tous deux portant des sacs Nordic Pleasurelines en bandoulière et se concentrant sur le sol qui les attendait, jaugeant les périls par tranches de trois pas. Pour quiconque les voyait détourner le regard des New-Yorkais aux cheveux sombres qui les dépassaient à grandes enjambées, pour quiconque apercevait le chapeau de paille d'Alfred planant à la hauteur du maïs de l'Iowa à la fin de l'été, ou la laine jaune du pantalon tendu sur la hanche fichue d'Enid, il était clair qu'ils venaient du Midwest et étaient intimidés. Mais pour Chip Lambert, qui les attendait juste après le contrôle de sécurité, ils étaient des tueurs.

Chip avait croisé les bras dans une attitude défensive et levé une main pour tirer sur le rivet en fer forgé qu'il portait à l'oreille. Il était inquiet à l'idée d'arracher le rivet de son lobe – que le maximum de douleur que les nerfs de son oreille pourraient lui communiquer soit inférieur au choc qui lui aurait été présentement nécessaire pour retrouver son calme. De là où il s'était posté, à côté des détecteurs de métaux, il regarda une fille aux cheveux bleu ciel attraper ses parents, une fille aux cheveux bleu ciel d'âge étudiant, une très désirable étrangère aux lèvres et aux sourcils percés. Il fut frappé par l'idée que s'il pouvait baiser une seconde avec cette fille il pourrait affronter sereinement ses parents et que s'il pouvait continuer de baiser avec

25

cette fille chaque minute que ses parents seraient là il pourrait survivre à leur visite. Chip était un grand type athlétique avec des pattes-d'oie et des cheveux jaunes clairsemés ; si la fille l'avait remarqué, elle aurait pu trouver qu'il était un peu trop âgé pour les vêtements de cuir qu'il portait. Lorsqu'elle passa devant lui, il tira plus fort sur le rivet pour compenser la douleur de sa disparition à tout jamais de sa vie et pour concentrer son attention sur son père, dont le visage s'illuminait à la découverte d'un fils parmi tant d'étrangers. Avec les mouvements désordonnés de celui qui se noie, Alfred se rua sur Chip et s'empara de sa main et de son poignet comme si c'était une corde qui lui avait été lancée. « Eh bien ! dit-il. Eh bien ! »

Enid le suivit en boitillant. « Chip ! s'écria-t-elle, qu'est-ce que tu as fait à tes *oreilles* ?

— Papa, maman, murmura Chip entre les dents, espérant que la fille aux cheveux bleus était hors de portée. Content de vous voir. »

Il eut le temps d'une pensée subversive à propos des sacs Nordic Pleasurelines de ses parents – soit Nordic Pleasurelines envoyait ces sacs à tous ceux qui s'inscrivaient à ses croisières dans le but cynique de s'offrir une publicité ambulante gratuite, ou afin de faciliter le rassemblement des troupes aux points d'embarquement, ou encore comme un moyen gentillet de créer un esprit de corps ; ou bien Enid et Alfred avaient délibérément récupéré les sacs d'une précédente croisière sur Nordic Pleasurelines et, par un sentiment de fidélité mal placée, choisi de s'en servir pour leur nouvelle croisière ; dans tous les cas, Chip était effaré par la disposition de ses parents à se transformer en supports publicitaires – avant qu'il ne s'empare lui-même des sacs et n'assume le fardeau de voir l'aéroport de LaGuardia, la ville de New York, et sa vie, ses habits et son corps à travers le regard déçu de ses parents.

Il remarqua, comme si c'était la première fois, le lino crasseux, les chauffeurs de voitures de place à têtes d'assassins brandissant des pancartes avec des noms, l'écheveau de câbles qui pendait d'un trou du plafond. Il entendit distinctement le mot *enculé*. À l'extérieur des baies vitrées, au niveau des bagages, deux Bangladais poussaient un taxi en panne au milieu de la pluie et d'un concert d'avertisseurs furieux.

« Nous devons être à l'embarcadère à quatre heures, dit Enid à Chip. Et il me semble que papa espérait voir ton bureau au *Wall Street Journal*. » Elle haussa la voix. « Al ? Al ? »

Bien qu'un peu tassé du cou à présent, Alfred présentait toujours une silhouette impressionnante. Ses cheveux étaient blancs, épais et lisses, comme une toison d'ours polaire, et les puissants longs muscles de ses épaules, dont Chip se souvenait de la redoutable efficacité lorsqu'il corrigeait un enfant, générale-ment Chip lui-même, emplissaient toujours les épaules de tweed gris de son veston.

« Al, tu ne disais pas que tu voulais voir l'endroit où Chip travaille ? » cria Enid.

Alfred secoua la tête. « On n'a pas le temps. »

Le carrousel à bagages était vide.

« Tu as pris ton cachet ? demanda Enid.

– Oui », répondit Alfred. Il ferma les yeux et répéta lente-ment : « J'ai pris mon cachet. J'ai pris mon cachet. J'ai pris mon cachet.

– Le Dr Hedgpeth lui a prescrit un nouveau traitement », expliqua Enid à Chip, qui était tout à fait certain que son père n'avait en fait jamais émis le désir de voir son nouveau bureau. Et comme Chip n'avait rien à voir avec le *Wall Street Journal* – la publication à laquelle il collaborait à titre gracieux était le *Warren Street Journal : A Monthly of the Transgressive Arts* ; il avait aussi tout récemment mis la dernière main à un scénario et travaillait comme correcteur à temps partiel chez Bragg, Knuter & Speigh depuis deux ans : il avait perdu son poste d'assistant professeur en artefacts textuels à D... College, dans le Connecticut, en raison d'un délit impliquant une étudiante ;

l'incident avait été à deux doigts de connaître des suites judiciaires et, bien que ses parents n'en aient jamais rien su, il avait mis un terme à la série de réussites dont sa mère pouvait se glorifier à Saint Jude : il avait dit à ses parents qu'il quittait l'enseignement afin de faire carrière dans l'écriture, et quand, plus récemment, sa mère l'avait harcelé pour en savoir plus, il avait mentionné le *Warren Street Journal*, nom que sa mère avait mal compris et aussitôt trompetté à ses amies Esther Root, Bea Meisner et Mary Beth Schumpert, et bien que Chip ait eu de nombreuses occasions de la détromper au cours de ses coups de fil mensuels à la maison, il avait au contraire activement entretenu le malentendu ; et là les choses devenaient complexes, non seulement parce que le *Wall Street Journal* était disponible à Saint Jude et que sa mère ne lui avait jamais parlé de ses vains efforts pour trouver des contributions (ce qui signifiait qu'une partie d'elle-même savait parfaitement qu'il n'écrivait pas dans ce journal), mais aussi parce que l'auteur d'articles tels que « L'adultère créatif » et « Louons maintenant les motels pouilleux » s'employait à préserver chez sa mère le genre d'illusion que le *Warren Street Journal* avait précisément pour vocation de détruire, et qu'il avait trente-neuf ans, et qu'il en voulait à ses parents de ce qu'il était devenu — il fut heureux quand sa mère laissa tomber le sujet.

« Ses tremblements s'arrangent nettement, ajouta Enid d'une voix inaudible pour Alfred. Le seul effet secondaire est qu'il *risque* de faire des hallucinations.

— Sacré effet secondaire ! dit Chip.

— Le Dr Hedgpeth dit qu'il est très calme et presque entièrement sous contrôle avec son traitement. »

Alfred inspectait l'antre à bagages tandis que des voyageurs au teint pâle prenaient position autour du carrousel. Il y avait un fouillis de traces de pas sur le linoléum souillé par les polluants que la pluie avait rabattus sur la ville. La lumière était de la couleur du mal de mer. « New York ! » s'exclama Alfred.

Enid fit la grimace devant le pantalon de Chip. « Ce n'est pas du *cuir*, quand même ?

— Si.

— Comment tu laves ça ?

— C'est du cuir. C'est comme une seconde peau.

— Nous devons être à l'embarcadère avant quatre heures », dit Enid.

Le carrousel recracha quelques valises.

« Chip, aide-moi », dit son père.

Bientôt Chip titubait sous les rideaux de pluie, chargé des quatre sacs de ses parents. Alfred progressait en traînant les pieds avec l'énergie saccadée d'un homme qui savait qu'il serait en difficulté s'il devait repartir après un arrêt. Enid avançait à pas comptés, absorbée par la douleur dans sa hanche. Elle avait pris du poids et s'était peut-être un peu affaissée depuis la dernière fois que Chip l'avait vue. Elle avait toujours été jolie, mais, pour Chip, c'était à tel point un caractère et si peu autre chose que même en la regardant de face il n'avait aucune idée de ce à quoi elle ressemblait vraiment.

« C'est quoi – du fer forgé ? lui demanda Alfred, tandis que la file d'attente des taxis progressait à petits pas.

— Oui, répondit Chip en portant la main à son oreille.

— On dirait un vieux rivet d'un quart de pouce.

— Oui.

— Comment tu fais ? C'est serti ? martelé ?

— C'est martelé », répondit Chip.

Alfred fit une grimace et siffla sourdement en aspirant.

« Nous faisons une croisière de luxe "Couleurs d'automne", dit Enid quand tous trois furent à bord d'un taxi jaune filant à travers le Queens. Nous montons jusqu'au Québec, puis nous savourons le spectacle des feuilles mortes tout le long de la redescente jusqu'à Newport. Papa a tellement apprécié la dernière croisière que nous avons faite ! N'est-ce pas, Al ? N'est-ce pas que tu as bien aimé cette croisière ? »

La pluie fouettait sévèrement les façades de brique du front de l'East River. Chip aurait pu souhaiter une journée ensoleillée, un paysage lisible d'immeubles et d'eau bleue, sans rien à cacher. Les seules couleurs dans les rues ce matin-là étaient les rouges baveux des feux de stop.

« C'est l'une des plus belles villes du monde, dit Alfred avec émotion.

— Comment te sens-tu ces temps-ci, papa ? parvint à demander Chip.

— Mieux, ce serait le paradis, pire, ce serait l'enfer.

— Nous sommes enchantés de ton nouveau travail, dit Enid.

— Un des plus grands journaux du pays, dit Alfred. Le *Wall Street Journal*.

— Ça ne sent pas le poisson ?

— Nous sommes tout près de l'océan, dit Chip.

— Non, c'est toi. » Enid se pencha et enfouit le visage dans la manche de cuir de Chip. « Ta veste sent *puissamment* le poisson. »

Il se libéra d'une secousse. « Maman. S'il te plaît. »

Le problème de Chip était son manque d'assurance. Fini le temps où il pouvait se permettre d'*épater le bourgeois**[1]. Hormis son appartement à Manhattan et sa splendide compagne, Julia Vrais, il n'avait presque plus rien pour se convaincre qu'il était un adulte mâle en état de fonctionnement, rien de palpable à comparer à la réussite de son frère, Gary, qui était banquier et père de trois enfants, ou de sa sœur, Denise, qui, à l'âge de trente-deux ans, était le chef de cuisine d'un nouveau restaurant de luxe à Philadelphie. Chip avait espéré qu'il aurait déjà vendu son scénario, mais il n'avait réussi à en boucler une version qu'à minuit passé le mardi précédent, puis il avait dû travailler trois fois quatorze heures chez Bragg, Knuter & Speigh pour récolter

1. Les mots en italique suivis d'un astérisque sont en français dans le texte. *(N.d.T.)*

de quoi payer son loyer du mois d'août et rassurer le locataire officiel de l'appartement (Chip était sous-locataire) sur ses loyers de septembre et d'octobre, puis il y avait eu des courses à faire pour un déjeuner, un appartement à mettre en ordre et, enfin, peu avant l'aube ce matin-là, un Alprazolam longtemps gardé en réserve à avaler. Entre-temps, près d'une semaine s'était écoulée sans qu'il voie Julia ni ne lui parle directement. En réponse aux multiples messages anxieux qu'il avait laissés sur sa boîte vocale au cours des dernières quarante-huit heures, lui demandant de les retrouver, ses parents, Denise et lui à son appartement le samedi à midi et aussi, de grâce, si possible, de ne pas dire à ses parents qu'elle était mariée à quelqu'un d'autre, Julia avait maintenu un silence complet, sans coup de fil ni e-mail, dont même un homme plus assuré que Chip aurait pu tirer des conclusions alarmantes.

Il pleuvait si fort à Manhattan que l'eau ruisselait des façades et bouillonnait aux bouches d'égout. Devant son immeuble, sur la 9ᵉ Rue est, Chip prit l'argent des mains d'Enid et le tendit à travers la vitre de séparation du taxi ; alors même que le chauffeur enturbanné le remerciait, il se rendit compte que le pourboire était trop faible. Il sortit deux dollars de son propre portefeuille et les agita au-dessus de l'épaule du chauffeur.

« Ça suffit, ça suffit, couina Enid en tendant la main vers le poignet de Chip. Il t'a déjà remercié. »

Mais l'argent avait disparu. Alfred essayait d'ouvrir la portière en tirant sur le lève-vitre. « Là, papa, c'est celle-là, dit Chip, en se penchant par-dessus lui pour pousser la porte.

— Combien de pourboire ça fait ? demanda Enid à Chip sur le trottoir, sous la marquise de son immeuble, tandis que le chauffeur sortait les bagages du coffre.

— Dans les quinze pour cent, répondit Chip.

— Plus près de vingt, je dirais.

— Disputons-nous là-dessus, ce serait une idée.

– Vingt pour cent, c'est trop, Chip, déclara Alfred d'une voix de stentor. Ce n'est pas raisonnable.

– Passez une bonne journée, dit le chauffeur de taxi, sans ironie apparente.

– Le pourboire récompense la qualité du service et du comportement, dit Enid. Si le service et le comportement sont exceptionnellement bons, je pourrais donner quinze pour cent. Mais si tu donnes *automatiquement*…

– J'ai souffert toute ma vie de la dépression, dit, ou sembla dire, Alfred.

– Pardon ? fit Chip.

– Les années de Dépression m'ont changé. Elles ont changé le sens d'un dollar.

– On parle d'une dépression économique.

– Dans ce cas, si la qualité du service *est* particulièrement bonne ou particulièrement mauvaise, poursuivit Enid, tu n'as plus le moyen de l'exprimer financièrement.

– Un dollar représente toujours beaucoup d'argent, dit Alfred.

– Quinze pour cent si le service est exceptionnel, vraiment exceptionnel.

– Je me demande pourquoi nous avons précisément cette conversation, dit Chip à sa mère. Pourquoi cette conversation-là et pas une autre.

– Nous sommes tous deux terriblement désireux, répondit Enid, de voir l'endroit où tu travailles. »

Le portier de Chip, Zoroastre, sortit précipitamment pour aider à charrier les bagages et installa les Lambert dans l'ascenseur rétif de l'immeuble. Enid dit : « Je suis tombée sur ton vieil ami Dean Driblett à la banque l'autre jour. Je ne tombe jamais sur Dean sans qu'il me demande de tes nouvelles. Il était impressionné par ton nouveau poste.

– Dean Driblett était un camarade d'école, pas un ami, dit Chip.

– Sa femme et lui viennent d'avoir leur quatrième enfant. Je t'ai dit, n'est-ce pas, qu'ils ont fait construire cette *énorme* maison dans Paradise Valley – Al, tu as bien compté huit pièces ? »

Alfred lui retourna un regard ferme, impassible. Chip se laissa tomber contre le bouton de fermeture des portes.

« Papa et moi étions à la pendaison de crémaillère au mois de juin, dit Enid. C'était spectaculaire. Ils avaient fait appel à un traiteur, et il y avait des *pyramides* de crevettes. Des tas de crevettes, en pyramides. Je n'ai jamais rien vu de pareil.

– Des pyramides de crevettes », dit Chip. Les portes de l'ascenseur s'étaient enfin refermées.

« Enfin, c'est une belle maison, dit Enid. Il y a au moins six chambres et, tu sais, on dirait qu'ils vont les remplir. Dean connaît une réussite phénoménale. Il s'est lancé dans cette affaire d'entretien de pelouses quand il a décidé que les pompes funèbres n'étaient pas son truc, eh bien, tu sais, Dale Driblett est son beau-père, tu sais, la chapelle Driblett, et maintenant il a des affiches partout et il s'est lancé dans l'assurance maladie. J'ai lu dans le journal que c'était la société d'assurance maladie de Saint Jude qui connaissait la plus forte croissance, ça s'appelle DeeDeeCare, pareil que l'entretien de pelouses, et il y a des affiches partout. C'est un vrai entrepreneur, *je* dirais.

– Il est len-en-en-ent, ton ascenseur, dit Alfred.

– C'est un immeuble d'avant-guerre, expliqua Chip d'une voie serrée. Un immeuble très enviable.

– Tu sais ce qu'il m'a dit qu'il allait faire pour l'anniversaire de sa mère ? Elle n'en sait encore rien, mais je peux bien te le dire. Il l'emmène huit jours à Paris. Deux billets en première, huit nuits au Ritz ! Voilà le genre de personne qu'est Dean, très attentif à sa famille. Tu imagines un peu un pareil cadeau d'anniversaire ? Al, tu ne m'as pas dit que la maison à elle seule valait un million de dollars ? Al ?

– C'est une grande maison, mais pas de la bonne construction, dit Alfred avec une soudaine vigueur. Les murs sont comme du papier.

– Toutes les nouvelles maisons sont comme ça, dit Enid.

– Tu m'as demandé si j'étais impressionné par la maison. Je l'ai trouvée prétentieuse. J'ai trouvé les crevettes prétentieuses. C'était médiocre.

– Elles étaient peut-être décongelées, dit Enid.

– Les gens sont facilement impressionnés par ce genre de choses, dit Alfred. Ils vont parler des mois durant des pyramides de crevettes. Eh bien, tu peux le constater toi-même, dit-il à Chip, comme s'il était un spectateur neutre, ta mère en parle encore. »

L'espace d'un instant, Chip eut l'impression que son père était devenu un aimable vieillard ; mais il savait qu'Alfred, au fond, était un hurleur et un punisseur. La dernière fois que Chip avait rendu visite à ses parents à Saint Jude, quatre ans auparavant, il avait emmené sa petite amie de l'époque, Ruthie, une jeune marxiste peroxydée du nord de l'Angleterre, qui, après avoir commis d'innombrables offenses à la sensibilité d'Enid (allumer une cigarette à l'intérieur de la maison, éclater de rire devant les aquarelles de Buckingham Palace favorites d'Enid, descendre dîner sans soutien-gorge et ne pas avaler une seule bouchée de la « salade » de châtaignes d'eau, de petits pois et de cubes de cheddar plongés dans une épaisse mayonnaise qu'Enid confectionnait pour les occasions festives), avait taquiné et appâté Alfred jusqu'à ce qu'il déclare que « les Noirs » seraient la perte de ce pays, que « les Noirs » étaient incapables de coexister avec les Blancs, qu'ils attendaient du gouvernement qu'il se charge d'eux, qu'ils ne savaient pas ce que travailler voulait dire, qu'ils manquaient avant tout de *discipline*, que tout cela allait finir par des massacres dans les rues, *par des massacres dans les rues*, et qu'il se contrefichait de ce que Ruthie pensait de lui, qu'elle était en visite dans *sa* maison, dans *son* pays, et qu'elle n'avait aucun droit de critiquer des choses auxquelles elle ne comprenait rien ; sur quoi Chip, qui avait déjà prévenu Ruthie que ses parents étaient les pires réacs d'Amérique, avait souri comme pour lui dire : *Tu vois ? Je t'avais prévenue.* Lorsque Ruthie l'avait plaqué, moins de trois semaines plus tard, elle lui avait fait savoir qu'il ressemblait plus à son père qu'il ne semblait en avoir conscience.

« Al, dit Enid tandis que l'ascenseur s'arrêtait avec une embardée, tu dois reconnaître que c'était une très, très gentille fête et que c'était *très* gentil de la part de Dean de nous inviter. »

Alfred sembla ne pas l'avoir entendue.

Devant l'appartement de Chip était calé un parapluie en plastique transparent qu'il reconnut avec soulagement être celui de Julia Vrais. Il sortait les bagages de l'ascenseur quand la porte de son appartement s'ouvrit brusquement et que Julia en personne en sortit. « Oh ! Oh ! fit-elle, comme si elle était troublée. Tu es en avance ! »

Selon la montre de Chip, il était 11 h 35. Julia portait un imperméable lavande informe et tenait à la main un sac DreamWorks. Ses cheveux, qui étaient longs et de la couleur du chocolat noir, étaient gonflés par l'humidité et la pluie. Du ton d'une personne cherchant à se concilier de gros animaux, elle dit « Bonjour ! » à Alfred et « Bonjour ! », séparément, à Enid. Alfred et Enid lui aboyèrent leur nom en tendant une main à serrer, la repoussant dans l'appartement, où Enid commença à la bombarder de questions dans lesquelles Chip, qui suivait avec les bagages, entendait des non-dits et des programmes.

« Vous habitez New York ? » demanda Enid. (*Vous ne cohabitez pas avec notre fils, ou si ?*) « Et vous y travaillez aussi ? » (*Vous gagnez votre vie ? Vous ne venez pas d'une famille étrangère, snob et riche de la côte Est ?*) « Vous avez grandi ici ? » (*Ou venez-vous d'un État de l'autre côté des Appalaches où les gens sont simples et chaleureux, et ne risquent guère d'être juifs ?*) « Oh, et vous avez toujours de la famille dans l'Ohio ? » (*Vos parents ont-ils obéi à cette mode moderne et moralement douteuse de divorcer ?*) « Avez-vous des frères et sœurs ? » (*Êtes-vous une enfant unique nécessai-*

rement gâtée ou une catholique avec une myriade de frères et
sœurs ?)

Julia ayant passé cet examen initial, Enid tourna son attention
vers l'appartement. Chip, lors d'une ultime crise de confiance,
avait tenté de le rendre présentable. Il avait acheté un détachant
et retiré la grosse tache de sperme de la méridienne, démonté la
muraille de bouchons de bouteilles de vin avec laquelle il avait
entrepris de murer la niche surmontant sa cheminée au rythme
d'une douzaine de merlots et de pinots gris par semaine, décroché des murs de sa salle de bains les photographies en gros
plan d'organes génitaux masculins et féminins qui étaient les
joyaux de sa collection d'art et les avait remplacées par les trois
diplômes qu'Enid avait tenu à faire encadrer.

Ce matin-là, sentant qu'il avait trop fait de concessions,
il avait rectifié son allure en mettant du cuir pour se rendre à
l'aéroport.

« Cette pièce est à peu près de la taille de la salle de bains de
Dean Driblett, dit Enid. Tu ne trouves pas, Al ? »

Alfred fit pivoter ses mains agitées et en examina le dessus.

« Je n'ai jamais vu de salle de bains aussi grande.

– Enid, tu n'as aucun tact », dit Alfred.

Chip aurait pu se rendre compte que cette remarque aussi
manquait de tact, car elle impliquait que son père abondait
dans le sens de la critique que faisait sa mère de son appartement et n'avait d'objection que contre sa formulation. Mais
Chip était incapable de se concentrer sur quoi que ce soit
d'autre que le sèche-cheveux qui dépassait du sac DreamWorks
de Julia. C'était celui qu'elle laissait chez lui. Elle semblait, en
fait, prendre la direction de la sortie.

« Dean et Trish ont un bain à remous *et* une cabine de
douche *et* une baignoire, tous distincts, poursuivit Enid. Ils ont
chacun leur lavabo.

– Chip, je suis désolée », dit Julia.

Il leva une main pour la mettre en attente. « Nous allons

déjeuner dès que Denise sera là, annonça-t-il à ses parents. Ce sera un déjeuner tout simple. Mettez-vous à l'aise.

— Très heureuse d'avoir fait votre connaissance », lança Julia à Enid et Alfred. À Chip, d'une voix plus sourde, elle dit : « Denise sera là. Tout ira bien. »

Elle ouvrit la porte.

« Maman, papa, dit Chip, une seconde, s'il vous plaît. »

Il suivit Julia hors de l'appartement et laissa la porte se refermer derrière lui.

« Ce n'est vraiment pas le moment, dit-il. Vraiment pas. »

Julia dégagea les cheveux de ses tempes. « Je suis heureuse d'agir dans mon propre intérêt, pour la première fois de ma vie, dans une relation.

— C'est bien. C'est un grand pas en avant. » Chip fit un effort pour sourire. « Mais, où en est mon scénario ? Eden le lit ?

— Sans doute ce week-end.

— Et toi ?

— Je l'ai lu, euh… » Julia détourna le regard. « Pour l'essentiel.

— Mon idée, dit Chip, était de mettre cet "obstacle" que le spectateur doit surmonter. Mettre quelque chose de rébarbatif au début, c'est une stratégie moderniste classique. Il y a beaucoup de suspens vers la fin. »

Julia se tourna vers l'ascenseur sans répondre.

« Tu es *allée* jusqu'à la fin ? demanda Chip.

— Oh, Chip, explosa-t-elle pitoyablement, ton scénario démarre par un laïus de six pages sur l'angoisse du phallus dans le drame Tudor ! »

Il le savait. De fait, depuis des semaines maintenant, il se réveillait presque tous les jours avant l'aube, l'estomac noué et les dents serrées, et luttait contre la certitude cauchemardesque qu'un long monologue érudit sur le drame Tudor n'avait rien à faire au premier acte d'un scénario commercial. Souvent, il lui fallait des heures – lui fallait se lever, faire les cent pas, boire du merlot ou du pinot gris – pour retrouver sa conviction qu'un monologue inaugural abreuvé de théorie n'était pas une erreur, mais le meilleur argument de vente du scénario ; et voilà qu'un simple regard à Julia lui prouvait qu'il avait tort.

Hochant la tête en une adhésion sincère à sa critique, il ouvrit la porte de son appartement et lança à ses parents : « Une seconde, maman, papa. Juste une seconde. » Quand il referma la porte, cependant, les vieux arguments lui revinrent. « Tu vois bien, quand même, que toute l'histoire est préfigurée dans ce monologue. Chaque thème s'y trouve sous une forme ramassée – le sexe, le pouvoir, l'identité, l'authenticité – et le truc c'est que... attends ! Attends ! Julia ? »

Baissant la tête d'un air penaud, comme si elle pouvait espérer qu'il ne s'aperçoive pas qu'elle partait, Julia s'écarta de l'ascenseur et se retourna vers lui.

« Le truc, dit-il, c'est que la fille est assise au premier rang et qu'elle *écoute* le laïus. C'est une image cruciale. Le fait que c'est *lui* qui contrôle le discours...

– Et c'est un poil tordu, n'empêche, dit Julia, la façon dont tu ne cesses de parler de sa poitrine. »

C'était vrai aussi. Que ce fût vrai paraissait cependant injuste et cruel à Chip, qui n'aurait jamais eu l'énergie d'écrire le scénario sans imaginer la poitrine de son jeune premier rôle féminin. « Tu as probablement raison, dit-il. Bien qu'une partie de la carnalité soit intentionnelle. Parce que c'est l'ironie de la situation, tu vois, qu'elle soit attirée par son esprit tandis qu'il l'est par son...

– Mais pour une femme qui lit ça, dit Julia avec obstination, ça tient un peu du rayon charcuterie. Poitrine, poitrine, poitrine, épaule, jambon.

– Je peux retirer une partie de ces références, dit Chip à voix basse. Je peux aussi raccourcir le monologue inaugural. Le truc, c'est que je veux quand même qu'il y ait un "obstacle"...

– Oui, que le spectateur ait à surmonter. C'est une chouette idée.

– Viens déjeuner, s'il te plaît. Julia ? S'il te plaît ! »

La porte de l'ascenseur s'était ouverte à sa sollicitation.

« Je suis en train de te dire qu'il y a de quoi trouver cela légèrement insultant.

– Mais pas pour toi. Ce n'est même pas inspiré de toi.

– Super ! C'est la poitrine d'une autre.

– Bon Dieu ! S'il te plaît. Une seconde. » Chip se retourna vers la porte de son appartement et l'ouvrit. Cette fois, il eut la surprise de se trouver nez à nez avec son père. Les grosses mains d'Alfred tremblaient violemment.

« Papa ? Salut ! J'en ai pour une minute.

– Chip, dit Alfred, demande-lui de rester ! Dis-lui que nous voulons qu'elle reste ! »

Chip hocha la tête et referma la porte au nez du vieil homme ; mais, pendant les quelques secondes où il lui avait tourné le dos, l'ascenseur avait avalé Julia. Il pressa furieusement sur le bouton d'appel, en vain, puis ouvrit la porte de l'escalier de secours et descendit sa spirale en courant. *Après une série de brillantes conférences célébrant la recherche inentravée du plaisir comme stratégie de subversion de la bureaucratie du rationalisme, BILL QUAINTENCE, un séduisant jeune professeur d'artefacts textuels, est séduit par sa belle et admirative étudiante MONA. Leur liaison à l'érotisme débridé vient cependant à peine de débuter quand elle est surprise par l'épouse séparée de Bill, HILLAIRE. Dans une violente confrontation représentant le choc entre les visions du monde Thérapeutique et Transgressive, Bill et Hillaire luttent pour l'âme de la jeune Mona, qui repose nue entre eux sur des draps froissés. Hillaire parvient à séduire Mona avec sa rhétorique crypto-répressive, et Mona dénonce publiquement Bill. Celui-ci perd son poste mais découvre rapidement des e-mails archivés prouvant que Hillaire a payé Mona pour qu'elle sabote sa carrière. Alors que Bill se rend chez son avocat avec une disquette contenant les pièces à conviction, il a un accident et sa voiture est précipitée dans la D... en crue, où la disquette est emportée par les courants indomptables jusque dans le bouillonnement érotique/chaotique de l'océan, et l'accident est classé comme un suicide. Dans les dernières scènes du film Hillaire est nommée au poste qu'occupait précédemment Bill et on la voit plaider contre les maux du plaisir inentravé devant une classe où se trouve sa diabolique amante lesbienne Mona :* tel était le résumé en une page que Chip avait concocté à l'aide de manuels d'écriture cinématographique achetés en librairie et qu'il avait faxé, par une matinée d'hiver, à une productrice installée à Manhattan du nom d'Eden Procuro. Cinq minutes plus tard, son téléphone avait sonné et la voix suave et neutre d'une jeune femme lui avait dit : « Ne quittez pas, Eden Procuro va vous parler », suivie par celle d'Eden Procuro, qui s'était exclamée : « J'adore, j'adore, j'adore, j'adore, j'*adore* ! » Mais un an et demi s'était écoulé. Le résumé d'une page était devenu un scénario de 124 pages intitulé « La Pourpre académique », Julia Vrais, la propriétaire aux cheveux de chocolat de cette voix suave et neutre d'assistante personnelle était en train de le plaquer, et, tandis qu'il dévalait l'escalier pour l'intercepter, plantant les pieds de côté pour franchir trois ou quatre marches à la fois, s'accrochant au noyau d'escalier à chaque palier et renversant sa trajectoire d'une secousse, tout ce qu'il pouvait voir ou penser était une occurrence accablante dans le déroulement quasi photographique de ces 124 pages, tel qu'il se le représentait mentalement :

3 : lèvres pulpeuses, **seins** ronds haut placés, hanches
3 : pull en cachemire qui étreignait douillettement ses **seins**
4 : avançant vivement, ses parfaits **seins** adolescents
8 : (regardant ses **seins**)
9 : (regardant ses **seins**)
9 : (ses yeux irrésistiblement attirés par ses **seins** parfaits)
11 : (regardant ses **seins**)

12 : (caressant mentalement ses **seins** parfaits)

13 : (regardant ses **seins**)

15 : (regardant fixement ses parfaits **seins** adolescents)

23 : (étreinte, ses **seins** parfaits pointant contre son

24 : le soutien-gorge répressif pour désentraver ses **seins**.)

28 : pour lécher rosement un **sein** nimbé de sueur.)

29 : la protubérance phallique du mamelon de son **sein**

29 : J'aime tes **seins**.

30 : adore absolument tes lourds **seins** mielleux.

33 : (Les **seins** d'HILLAIRE, comme deux balles jumelles

36 : regard acéré, comme pour crever ses **seins**

44 : **seins** arcadiens drapés de sombre tissu puritain et

45 : rouge de honte, la serviette serrée contre ses **seins**.)

76 : ses **seins** candides masqués à présent par une veste

83 : ton corps me manque, tes **seins** parfaits, ton

117 : phares noyés, sombrant comme deux **seins** d'albâtre

Et il y en avait probablement d'autres encore ! Plus qu'il ne s'en souvenait ! Et les deux seuls lecteurs qui importaient à présent étaient des lectrices ! Il semblait à Chip que Julia le quittait parce que « La Pourpre académique » contenait trop de références aux poitrines féminines et une introduction poussive, et que s'il pouvait corriger ces quelques problèmes évidents, à la fois sur l'exemplaire de Julia et, plus important, sur celui qu'il avait tiré tout spécialement avec une imprimante laser sur papier ivoire gaufré de 120 grammes pour Eden Procuro, il pourrait y avoir de l'espoir non seulement pour ses finances, mais aussi pour ses chances de désentraver à nouveau et caresser de candides seins d'albâtre, ceux de Julia. Ce qui, à cette heure du jour, aussi tard dans la matinée que presque tous les jours au cours des derniers mois, était l'une des dernières activités sur terre dont il pouvait encore espérer un réconfort pour compenser ses échecs.

Bondissant de l'escalier de secours dans le hall d'entrée, il trouva l'ascenseur en attente d'un nouveau passager à tourmenter. À travers la porte ouverte sur la rue, il vit un taxi éteindre son témoin et s'engager dans la circulation. Zoroastre essuyait le sol en échiquier du hall où le vent avait poussé de la pluie. « Au revoir, monsieur Chip ! » lança-t-il allégrement, et ce n'était pas la première fois, tandis que Chip se ruait au-dehors.

Les grosses gouttes de pluie qui s'abattaient sur le trottoir faisaient monter un frais brouillard d'humidité pure. À travers le rideau de pluie qui tombait de la marquise, Chip vit le taxi de Julia freiner à l'orange. Du côté opposé de la rue, un autre taxi s'était arrêté pour faire descendre un passager, et l'idée vint à Chip de prendre cet autre taxi et de demander à son chauffeur de suivre Julia. C'était tentant ; mais il y avait des difficultés.

L'une d'elles était qu'en pourchassant Julia il commettrait sans nul doute le pire des délits pour lesquels le conseil d'administration de D… College, dans une lettre d'avocat stridente et moraliste, l'avait naguère menacé de poursuites judiciaires ou de demandes reconventionnelles. Les crimes et délits invoqués incluaient la tromperie, la rupture de contrat, l'enlèvement de mineure, le harcèlement sexuel selon l'article IX, l'offre de boissons alcoolisées à une étudiante n'ayant pas l'âge légal, ainsi que la possession et la vente de substances prohibées ; mais c'était l'accusation de *traque* – coups de téléphone « obscènes », « menaçants » et « injurieux », et viol délibéré de l'intimité d'une jeune femme – qui avait épouvanté Chip et continuait de l'épouvanter.

Une difficulté plus immédiate était qu'il n'avait que quatre dollars dans son portefeuille, moins de dix dollars sur son compte courant, aucune marge sur ses principales cartes de crédit et aucune perspective de travail rémunéré avant lundi après-midi. Sachant que la dernière fois qu'il avait vu Julia, six jours auparavant, elle s'était expressément plainte de ce qu'il voulait « toujours » rester à l'appartement et manger des pâtes, et « toujours » l'embrasser et faire l'amour (elle avait dit qu'elle avait parfois l'impression qu'il utilisait le sexe comme une sorte de médication, et que, sans doute, la raison pour laquelle il n'allait pas jusqu'au bout et ne se traitait pas plutôt au crack ou à l'héroïne était que le sexe était gratuit et qu'il devenait un parfait radin ; elle avait ajouté que, maintenant qu'elle suivait elle-même un traitement, elle avait parfois l'impression de le prendre pour eux deux et que cela lui semblait doublement injuste, parce que c'était elle qui payait pour le traitement et parce que le traitement diminuait sensiblement son goût pour le sexe ; elle disait que, si cela dépendait de Chip, ils n'iraient sans doute même plus au cinéma, mais passeraient le week-end entier à croupir au lit les stores baissés en réchauffant des pâtes), il soupçonnait que le prix minimal d'une nouvelle conversation avec elle serait un déjeuner coûtant les yeux de la tête – légumes d'automne grillés sur branches de mimosa, avec une bouteille de sancerre –, qu'il n'avait aucun moyen imaginable de régler.

Il resta donc planté au coin de la rue et ne fit rien quand le feu passa au vert et que le taxi de Julia se fondit dans la circulation. La pluie fouettait le trottoir de gouttes blanches à l'air infectieuses. Du côté opposé de la rue, une jeune femme aux longues jambes moulées dans un jean serré et de superbes bottes noires était descendue de l'autre taxi.

Que cette femme fût la petite sœur de Chip, Denise – et donc l'unique jolie fille de la planète qu'il n'avait ni l'envie ni le droit de déshabiller du regard en imaginant faire l'amour avec elle –, lui parut être l'ultime injustice d'une matinée d'injustices.

Denise portait un parapluie noir, un bouquet de fleurs et un carton de pâtisseries suspendu à une ficelle. Elle se fraya un chemin entre les piscines et les rapides du trottoir et retrouva Chip sous la marquise.

« Écoute, dit Chip avec un sourire nerveux, sans la regarder. J'ai un grand service à te demander. J'ai besoin que tu gardes la boutique, le temps de trouver Eden et de reprendre mon scénario. Il faut que j'y fasse une série de corrections cruciales. »

Comme s'il était un caddie ou un domestique, Denise lui tendit son parapluie et essuya l'eau et les gravillons du bas de son jean. Elle avait les cheveux sombres et le teint pâle de sa mère et l'air intimidant d'autorité morale de son père. C'était elle qui avait ordonné à Chip d'inviter ses parents à déjeuner chez lui ce jour-là. Elle lui avait fait l'effet de la Banque mondiale dictant ses conditions à un État latino-américain débiteur, parce que, malheureusement, Chip lui devait de l'argent. Il lui devait dix mille, plus cinq mille cinq cents, plus quatre mille plus mille dollars.

« Tu vois, expliqua-t-il, Eden veut lire le scénario cet après-midi et, d'un point de vue financier, manifestement, il est crucial que nous...

— Tu ne peux pas t'en aller maintenant, dit Denise.

— J'en ai pour une heure, dit Chip. Une heure et demie tout au plus.

— Julia est là ?

— Non, elle est partie. Elle a dit bonjour et elle est partie.

— Vous avez rompu ?

— Je ne sais pas. Elle suit un traitement et je ne sais même pas...

— Une minute. Une minute. Tu veux aller chez Eden, ou courir après Julia ? »

Chip porta la main au rivet planté dans son oreille gauche. « À quatre-vingt-dix pour cent, aller chez Eden.

— Oh, Chip !

— Non, mais écoute, dit-il, elle emploie le mot "santé" comme s'il avait un sens intemporel et absolu.

— Tu me parles de Julia ?

— Elle prend des comprimés depuis trois mois, ces comprimés la rendent incroyablement stupide, et la stupidité se pose alors en santé mentale ! C'est comme si l'aveugle dictait ce qu'est la vue. "Maintenant que je suis aveugle, je vois qu'il n'y a rien à voir." »

Denise soupira et laissa tomber son bouquet de fleurs sur le trottoir. « Qu'est-ce que tu racontes ? Tu veux la suivre et lui prendre ses médicaments ?

— Je raconte que la structure de la culture tout entière est faussée, dit Chip. Je raconte que la bureaucratie s'est arrogé le droit de définir certains états d'esprit comme "maladifs". L'absence de désir de dépenser de l'argent devient le symptôme d'une maladie qui nécessite un traitement coûteux. Traitement qui détruit la libido, soit, en d'autres termes, qui détruit l'appétit pour le seul plaisir de l'existence qui soit gratuit, ce qui signifie que la personne doit dépenser encore *plus* d'argent pour compenser. La définition même de la "santé" mentale est la capacité à jouer le jeu de l'économie marchande. Quand tu marches dans la thérapie, tu marches dans le marché. Et je raconte que je suis présentement en train de perdre une bataille contre une modernité totalitaire, médicalisée et commercialisée. »

Denise ferma un œil et ouvrit l'autre tout grand. Son œil grand ouvert ressemblait à une goutte de vinaigre balsamique sur de la porcelaine blanche. « Si je t'accorde que ce sont des questions intéressantes, dit-elle, cesseras-tu d'en parler et monteras-tu avec moi ? »

Chip secoua la tête. « Il y a un saumon poché dans le frigo. Une *crème fraîche** à l'oseille. Une salade de haricots verts avec des noisettes. Tu trouveras le vin, la baguette et le beurre. C'est du bon beurre frais du Vermont.

— Tu t'es rendu compte que papa est malade ?

— Ça ne me prendra qu'une heure. Une heure et demie tout au plus.

— Je t'ai demandé si tu t'étais rendu compte que papa est malade ? »

Chip eut une vision de son père tremblant et suppliant dans l'embrasure de la porte. Pour l'occulter, il essaya de susciter une image de baise avec Julia, avec l'étrangère aux cheveux d'azur, avec Ruthie, avec n'importe qui, mais tout ce qu'il arrivait à se représenter, c'était une horde furieuse de seins détachés de leurs corps.

« Plus vite je peux arriver chez Eden et faire ces corrections, dit-il, plus vite je serai de retour. Si tu veux vraiment m'aider. »

Un taxi libre descendait la rue. Il fit l'erreur de tourner le regard vers lui, et Denise le prit de travers.

« Je ne peux plus te donner d'argent », dit-elle.

Il se rétracta comme si elle lui avait craché dessus. « Merde, Denise…

— J'aimerais, mais je ne peux pas.

— Je ne te demandais pas d'argent !

— Parce que c'est sans fin. »

Il tourna les talons, plongea dans le déluge et marcha en direction d'University Place en souriant de rage. Il s'enfonçait jusqu'à la cheville dans un lac gris bouillonnant en forme de trottoir. Il serrait le parapluie de Denise dans son poing sans l'ouvrir et cela lui semblait toujours injuste, il lui semblait que *ce n'était pas sa faute* s'il se faisait tremper.

Jusque récemment, sans y avoir réellement réfléchi, Chip avait pensé qu'il était possible de réussir en Amérique sans gagner beaucoup d'argent. Il avait toujours été bon élève et, depuis tout jeune, il s'était montré inapte à toute activité économique autre qu'acheter (ça, il savait le faire). Il avait donc choisi de vivre dans les choses de l'esprit.

Comme Alfred avait fait un jour la remarque anodine mais inoubliable qu'il ne voyait pas d'intérêt à la théorie littéraire, et comme Enid, dans les lettres fleuries et bihebdomadaires grâce auxquelles elle économisait de nombreux dollars sur l'interurbain, avait régulièrement imploré Chip d'abandonner sa quête d'un doctorat « irréaliste » dans les humanités (« Je vois tes anciens trophées des festivals des sciences, écrivait-elle, et je pense à ce qu'un jeune homme aussi doué que toi pourrait rendre à la société en étant médecin, mais, tu sais, papa et moi avons toujours espéré que nous élèverions des enfants qui pensent aux autres et pas seulement à eux-mêmes »), Chip avait trouvé nombre d'incitations à travailler dur et donner tort à ses parents. En se levant plus tôt que ses condisciples, qui cuvaient leurs gueules de bois parfumées à la Gauloise jusqu'à midi ou une heure, il avait entassé les récompenses, les bourses et les prix qui étaient la monnaie du monde universitaire.

Durant les quinze premières années de sa vie d'adulte, sa seule expérience de l'échec avait été de seconde main. Sa petite amie de ses années étudiantes et de bien longtemps après, Tori Timmelman, était une théoricienne féministe qui s'était tellement braquée contre le système d'accréditation patriarcal et ses mesures de réussite phallocratiques qu'elle avait refusé (ou avait été incapable) de finir sa thèse. Chip avait grandi en entendant disserter sur la question des Travaux d'Homme et des Travaux de Femme et de l'importance de maintenir la distinction ; à titre de correctif, il resta avec Tori durant près de dix ans. Il faisait toute la lessive, l'essentiel du ménage et de la cuisine, et s'occupait du chat dans le petit appartement qu'il partageait avec Tori. Il lisait des ouvrages pour Tori et l'aidait à tracer et retracer les grandes lignes des chapitres de la thèse qu'elle était trop étouffée par la rage pour écrire. Ce n'est que lorsque D… College lui offrit un contrat de cinq ans avec possibilité de titularisation (tandis que Tori, toujours sans doctorat, prenait un emploi de deux ans non renouvelable dans un lycée agricole du Texas) qu'il épuisa entièrement sa provision de culpabilité masculine et passa à la suite.

Il arriva donc à D… College en jeune célibataire de trente-trois ans, riche de séduction et de publications, à qui le doyen de l'université, Jim Leviton, avait quasiment promis un emploi à vie. Moins d'un semestre plus tard, il couchait avec la jeune historienne Ruthie Hamilton et faisait la paire au tennis avec Leviton, remportant avec lui le double du championnat de l'université qui avait échappé à Leviton pendant vingt ans.

D... College, avec une réputation élitiste et de faibles dotations, dépendait pour sa survie des étudiants dont les parents pouvaient payer l'intégralité des frais de scolarité. Pour attirer ces étudiants, l'université avait édifié un bâtiment de loisirs à 30 millions de dollars, trois bars italiens et une paire de massives « résidences » qui ressemblaient moins à des cités universitaires qu'à la prémonition frappante des hôtels dans lesquels les mêmes étudiants descendraient une fois devenus des cadres prospères. Il y avait des foules de canapés en cuir et suffisamment d'ordinateurs pour assurer que nul élève putatif ou parent en visite ne pût entrer dans une pièce sans voir au moins un clavier disponible, y compris au réfectoire et dans le gymnase.

Les enseignants non titulaires vivaient dans des conditions proches du sordide. Chip jouissait d'un pavillon à un étage dans un lotissement en parpaing humide sur Tilton Ledge Lane, à la lisière occidentale du campus. Sa cour arrière surplombait une rivière connue des administrateurs de l'université sous le nom de Ferell's Creek et du reste du monde sous celui de Ferraille Creek. De l'autre côté de la rivière, se trouvait un cimetière automobile bourbeux appartenant au système correctionnel de l'État du Connecticut. L'université avait intenté des actions devant les tribunaux locaux et fédéraux pendant vingt ans afin de préserver cette zone humide du « désastre écologique » qu'aurait constitué son assèchement et sa transformation en maison de correction.

Tous les un ou deux mois, tant que les choses roulèrent avec Ruthie, Chip invitait des collègues, des voisins et, à l'occasion, un étudiant plus avancé que les autres à dîner à Tilton Ledge et leur faisait la surprise de langoustines, d'un rôti d'agneau ou de gibier avec des baies de genièvre, et de desserts décadents comme la fondue au chocolat. Parfois, tard dans la soirée, présidant à une tablée où les bouteilles de vin californien vides étaient serrées comme les gratte-ciel de Manhattan, Chip se sentait suffisamment en confiance pour se moquer de lui-même, s'épancher un peu et raconter des histoires embarrassantes sur son enfance dans le Midwest. Comme celle de son père, qui, outre les longues heures qu'il passait à la Midland Pacific, faisait la lecture à ses enfants, entretenait le jardin et la maison, traitait chaque soir un plein attaché-case de paperasses de travail et trouvait encore le temps de faire fonctionner un véritable laboratoire de métallurgie dans le sous-sol de la maison familiale, restant debout jusqu'au-delà de minuit pour soumettre d'étranges alliages à des chocs électriques et chimiques. Et comment Chip, à l'âge de treize ans, s'étant pris de passion pour les onctueux métaux alcalins que son père conservait immergés dans du kérosène, pour le cobalt cristallin et rougissant, le mercure lourd et généreux, les robinets en verre dépoli et le glacial acide acétique, avait monté son propre petit laboratoire à l'ombre de celui de son papa. Comment son nouvel intérêt pour la science avait enchanté Alfred et Enid et comment, avec leurs encouragements, il s'était mis dans sa jeune tête l'idée de remporter un trophée au festival régional des sciences de Saint Jude. Comment, à la bibliothèque municipale de Saint Jude, il avait déniché un article sur la physiologie des plantes à la fois suffisamment obscur et suffisamment simple pour pouvoir passer pour l'œuvre d'un brillant élève de quatrième. Comment il avait construit un environnement contrôlé vivement éclairé pour faire pousser de l'avoine, photographiant méticuleusement les jeunes pousses, puis les ignorant pendant des semaines, puis comment, lorsque le moment était venu de peser les pousses pour déterminer les effets de l'*acide gibbérellique* associé à un *facteur chimique non identifié*, celles-ci n'étaient plus qu'une purée noire desséchée. Comment il ne s'était pas démonté et avait porté les résultats « corrects » de l'expérience sur du papier millimétré, travaillant à rebours pour fabriquer une liste de poids de jeunes pousses présentant une dispersion artistement étudiée, puis dans l'autre sens pour s'assurer que les données fictives aboutissaient aux résultats « corrects ». Et comment, vainqueur au premier rang du festival des sciences, il avait remporté une Victoire ailée plaquée argent d'un mètre de haut et l'admiration de son père. Et comment, un an plus tard, vers l'époque où son père déposait le premier de ses brevets (malgré ses nombreux griefs contre Alfred, Chip prenait soin de communiquer à ses hôtes quel géant, à sa façon, était le vieil homme), il avait prétendu étudier les populations d'oiseaux migrateurs d'un parc proche des boutiques baba, d'une librairie et de la maison d'un ami possédant un baby-foot et un billard. Et comment, dans un ravin, il avait découvert une planque de revues porno bas de gamme sur les pages délavées desquelles, de retour au labo en sous-sol de la maison où, contrairement à son père, il n'effectuait jamais aucune expérience ni n'éprouvait le moindre frisson de curiosité scientifique, il avait interminablement trait la pointe de son érection sans jamais se rendre compte que cette infernale caresse perpendiculaire supprimait activement l'orgasme (ses invités, dont beaucoup étaient plongés dans la théorie homosexuelle, prenaient un plaisir tout particulier à ce détail) et comment, en récompense de ses tromperies, de sa masturbation et de sa paresse générale, il avait remporté une seconde Victoire ailée.

Dans la brume enfumée de ses dîners, tandis qu'il divertissait ses aimables collègues, Chip avait la certitude que ses parents n'auraient pas pu plus se tromper sur la personne qu'il était et le genre de métier pour lequel il était fait. Durant deux ans et demi, jusqu'au fiasco de Thanksgiving à Saint Jude, il n'eut aucun problème à D... College. Puis Ruthie le plaqua et une étudiante de première année accourut, pour ainsi dire, afin de remplir le vide que Ruthie avait laissé.

Melissa Paquette était l'étudiante la plus douée du cours

d'introduction à la théorie, Brûlantes Fictions, qu'il professa lors de son troisième printemps à D… Melissa était un personnage majestueux, théâtral, à côté de qui les autres étudiants évitaient ouvertement de s'asseoir, en partie parce qu'ils ne l'aimaient pas et en partie parce qu'elle s'asseyait toujours au premier rang, juste sous le nez de Chip. Avec son long cou et ses larges épaules, elle n'était pas exactement belle, mais plutôt physiquement resplendissante. Ses cheveux étaient très raides et avaient la couleur merisier de l'huile pour moteur neuve. Elle portait des vêtement de seconde main qui ne la mettaient pas en valeur – un survêtement d'homme en polyester écossais, une jupe trapèze à motifs cachemire, un bleu de travail Mr. Goodwrench avec le prénom *Randy* brodé sur la poche de poitrine gauche.

Melissa n'avait aucune patience avec les gens qu'elle tenait pour des idiots. À la deuxième séance de Brûlantes Fictions, lorsqu'un affable rasta à dreadlocks du nom de Chad (chaque cours de D… avait au moins un affable rasta) s'essaya à résumer les théories de Thorstein « Webern », Melissa commença à lancer des mimiques complices à Chip. Elle roula des yeux, prononça muettement le nom *Veblen* et s'empoigna les cheveux. Bientôt, Chip s'intéressait plus à son affliction qu'à l'exposé de Chad.

« Chad, désolée, finit-elle par intervenir. Le nom est Veblen ?

– Vebern. Veblern. C'est ce que je dis.

– Non, tu disais Webern. C'est Veblen.

– Veblern, OK. Merci beaucoup, Melissa. »

Melissa secoua sa chevelure et retourna vers Chip, sa mission accomplie. Elle ne prêta aucune attention aux regards mauvais que lui lançaient les amis et sympathisants de Chad. Mais Chip alla se placer dans un angle du fond de la salle pour se dissocier d'elle et il encouragea Chad à poursuivre son résumé.

Ce soir-là, devant le cinéma étudiant de Hillard Wroth Hall, Melissa se fraya un chemin à travers la foule et dit à Chip qu'elle adorait Walter Benjamin. Elle se tenait trop près de lui, trouva-t-il. Elle se tint trop près de lui lors d'une réception en l'honneur de Marjorie Garber quelques jours plus tard. Elle traversa en courant la pelouse Lucent Technologies (autrefois la pelouse sud) pour lui fourrer dans les mains l'un des devoirs hebdomadaires que nécessitait Brûlantes Fictions. Elle se matérialisa à côté de lui sur un parking que trente centimètres de neige avaient recouvert et, avec de grands moulinets de ses bras aux mains gantées de moufles, l'aida à dégager sa voiture. Elle déblaya un chemin à coups de pieds chaussés de bottes doublées de fourrure. Elle n'abandonna la pellicule de glace qui recouvrait son pare-brise que lorsqu'il lui saisit le poignet et lui arracha le grattoir des mains.

Chip avait coprésidé la commission chargée d'élaborer la nouvelle charte – particulièrement sévère – de l'université concernant les contacts entre étudiants et enseignants. Rien dans la charte n'interdisait à une étudiante d'aider un professeur à déneiger sa voiture ; et comme il était en outre sûr de son autodiscipline, il n'avait rien à craindre. Cependant, très vite, il fila se mettre à l'abri chaque fois qu'il apercevait Melissa sur le campus. Il ne voulait pas qu'elle accoure et se tienne trop près de lui. Et chaque fois qu'il se surprenait à se demander si la couleur de ses cheveux était artificielle, il s'obligeait à mettre fin à ses interrogations. Il ne lui demanda jamais si c'était elle qui avait déposé des roses devant la porte de son bureau le jour de la Saint-Valentin, ou la statuette en chocolat de Michael Jackson le week-end de Pâques.

En cours, il interrogeait Melissa légèrement moins souvent que les autres étudiants ; il portait une attention particulière à son adversaire, Chad. Il sentait, sans regarder, que Melissa hochait la tête dans une approbation solidaire quand il débrouillait un passage difficile de Marcuse ou de Baudrillard. Elle ignorait généralement ses condisciples, sinon pour leur manifester subitement son vif désaccord ou les reprendre ironiquement ; ceux-ci, de leur côté, bâillaient bruyamment lorsqu'elle levait la main.

Par une chaude soirée, un vendredi de la fin du semestre,

Chip rentra de ses courses hebdomadaires et découvrit que quelqu'un avait saccagé sa porte. Trois des quatre réverbères de Tilton Ledge avaient des ampoules mortes, et l'université semblait attendre que la quatrième s'éteigne à son tour pour investir dans leur remplacement. Dans la faible lumière, Chip vit que quelqu'un avait glissé des fleurs et des feuilles – des tulipes, du lierre – dans les trous de sa porte-moustiquaire démantibulée. « Qu'est-ce que c'est ? lança-t-il. Melissa, tu es un gibier de potence. »

Peut-être dit-il encore d'autres choses avant de se rendre compte que sa véranda était jonchée de pétales de tulipe et de feuilles de lierre, que cet acte de vandalisme était encore en cours, et qu'il n'était pas seul. Le buisson de houx voisin de sa porte avait accouché de deux jeunes gens gloussants. « Désolée, désolée ! dit Melissa. Vous vous parliez à vous-même ! »

Chip voulut espérer qu'elle n'avait pas entendu ce qu'il venait de dire, mais le houx était à moins d'un mètre. Il déposa ses provisions dans la maison et alluma une lumière. À côté de Melissa se tenait Chad, avec ses dreadlocks.

« Professeur Lambert, bonjour », dit Chad d'un ton grave. Il portait le bleu de travail Mr. Goodwrench de Melissa, et Melissa portait un T-shirt *Libérez Mumia Abu-Jamal* qui aurait pu appartenir à Chad. Elle avait passé le bras autour du cou de Chad et calé sa hanche contre la sienne. Elle était empourprée, suante et sous l'emprise de quelque substance.

« Nous décorions votre porte, dit-elle.

– En fait, Melissa, c'est plutôt horrible », dit Chad en l'examinant à la lumière. Des tulipes déglinguées pendaient dans tous les sens. Des mottes de terre étaient restées accrochées aux pieds poilus des branches de lierre. « Faut de l'imagination pour parler de "décoration".

– Ouais, mais on n'y voit *rien* par ici, dit-elle. Où est la *lumière* ?

– Il n'y en a pas, répondit Chip. C'est le ghetto au fond des bois. C'est là que vivent vos professeurs.

– Mec, ce lierre est pathétique.

– D'où viennent ces tulipes ? demanda Chip.

– De l'université, répondit Melissa.

– Mec, je ne sais même plus pourquoi on a fait ça. » Chad se retourna pour permettre à Melissa de mettre sa bouche sur son nez et de le sucer, ce qui ne semblait pas le déranger, même s'il recula la tête. « Tu ne dirais pas que c'était plus ton idée que la mienne ?

– Ces tulipes sont comprises dans nos frais de scolarité », dit Melissa en se retournant pour appuyer son corps plus frontalement contre Chad. Elle n'avait pas regardé Chip depuis qu'il avait allumé la lumière extérieure.

– Ainsi Hansel et Gretel sont venus et ils ont trouvé ma porte-moustiquaire.

– On fera le ménage, dit Chad.

– Laissez tomber, dit Chip. Je vous verrai mardi. » Puis il entra, ferma la porte et mit de la musique colérique remontant à ses propres années d'études.

Pour la dernière séance de Brûlantes Fictions, le temps devint torride. Le soleil dardait dans un ciel plein de pollen, tous les angiospermes du fraîchement rebaptisé arboretum Viacom fleurissant brutalement. Chip trouvait l'air désagréablement présent, comme une sortie d'eau chaude dans une piscine. Il avait déjà calé le magnétoscope et baissé les stores quand Melissa et Chad firent une apparition nonchalante et allèrent s'installer au fond de la salle. Chip rappela aux étudiants qu'ils devaient se tenir droits comme des critiques actifs et non affalés comme des consommateurs passifs, et ceux-ci se redressèrent suffisamment pour tenir compte de sa requête sans réellement s'y plier. Melissa, généralement la seule critique à la verticalité marquée, était particulièrement affalée ce jour-là et elle avait passé un bras sur les jambes de Chad.

Afin de tester la maîtrise qu'avaient ses étudiants des perspectives critiques auxquelles il les avait introduits, Chip montrait une vidéo d'une campagne publicitaire en six volets baptisée « À ton tour ». Cette campagne était l'œuvre d'une agence, Beat Psychology, qui avait aussi conçu « Hurle de rage » pour G… Electric, « Fais-moi mal » pour les jeans C…, « P***** d'anarchie ! » pour la chaîne W…, « Radical psychedelic underground » pour E…com et « Amour & travail » pour le laboratoire M… « À ton tour » avait été diffusée pour la première fois l'automne précédent, à raison d'un épisode par semaine, au milieu d'un soap hospitalier en prime time. Le style était celui du cinéma vérité, en noir et blanc ; le contenu, selon les analyses du *Times* et du *Wall Street Journal*, était « révolutionnaire ».

L'intrigue était la suivante : quatre femmes dans un petit bureau – une affable jeune Afro-Américaine, une blonde technophobe d'âge mûr, une belle fille saine et sans chichis du nom de Chelsea, et une patronne grisonnante pleine de bons sentiments – papotent et plaisantent ensemble, et finissent par affronter l'annonce renversante par Chelsea, à la fin du deuxième épisode, qu'elle a une grosseur dans le sein depuis un an qui l'inquiète trop pour qu'elle ait le courage de consulter un médecin. Dans le troisième épisode, la patronne et l'affable Afro-Américaine éblouissent la blonde technophobe en utilisant Global Desktop 5.0 de W… Corp. pour obtenir les dernières informations sur le cancer et brancher Chelsea sur des réseaux de soutien et les meilleurs centres de soins locaux. La blonde, qui devient rapidement amoureuse de la technologie, s'émerveille mais objecte : « Chelsea ne pourra jamais s'offrir tout ça. » À quoi l'angélique patronne répond : « Je paierai jusqu'au dernier cent. » Au milieu du cinquième épisode, cependant – et c'était là que résidait l'inspiration révolutionnaire de la campagne –, il apparaît clairement que Chelsea ne survivra pas à son cancer du sein. S'ensuivent des scènes à vous arracher des larmes – plaisanteries stoïques et étreintes émues.

Dans l'épisode final, l'action revient au bureau où la patronne scanne un instantané de la défunte Chelsea, tandis que la blonde devenue sauvagement technophile utilise en experte Global Desktop 5.0 de W… Corp. et que, tout autour du monde, dans un montage rapide, des femmes de tous âges et de toutes races sourient en essuyant des larmes devant l'image de Chelsea sur leur propre Global Desktop. Une Chelsea spectrale en vidéo-clip digital implore : « S'il vous plaît, aidez-nous à lutter pour trouver un traitement. » L'épisode s'achève par l'information, présentée dans une typographie dépouillée, que W… Corp. a donné plus de 10 millions de dollars à l'American Cancer Society pour l'aider à trouver un traitement…

Le bagout d'une campagne comme « À ton tour » avait de quoi séduire des étudiants de première année avant qu'ils n'aient acquis les outils critiques de la résistance et de l'analyse. Chip était curieux, et quelque peu anxieux, de voir jusqu'où ses étudiants avaient progressé. À l'exception de Melissa, dont les devoirs étaient écrits avec force et clarté, aucun d'entre eux ne l'avait convaincu qu'il faisait plus qu'ânonner le jargon de la semaine. Chaque année, semblait-il, les nouveaux arrivants étaient un peu plus résistants à la théorie que ceux de l'année précédente. Chaque année, le moment de l'illumination, de la masse critique, arrivait un peu plus tard. Et voilà que la fin d'un semestre approchait et que Chip n'était toujours pas certain que quiconque d'autre que Melissa ait réellement *compris* comment critiquer la culture de masse.

Le temps ne lui facilitait pas la tâche. Il releva les stores et une lumière de plage inonda la salle. Une appétence estivale s'éleva des bras et jambes dénudés des garçons comme des filles.

Une jeune femme menue du nom de Hilton, un genre de chihuahua, avança que c'était « courageux » et « vraiment intéressant » que Chelsea meure du cancer au lieu de vaincre la maladie comme on s'y serait attendu dans une publicité.

Chip attendit que quelqu'un fasse remarquer que c'était précisément cette intrigue délibérément « révolutionnaire » qui avait valu sa célébrité à la pub. Normalement, il aurait pu compter sur Melissa pour enfoncer pareil clou depuis sa place au premier rang. Mais aujourd'hui elle était assise à côté de Chad, la tête sur son pupitre. Normalement, quand des étudiants piquaient du nez en cours, Chip les reprenait immédiatement. Mais aujourd'hui il répugnait à prononcer le nom de Melissa. Il craignait que sa voix ne tremble.

Enfin, avec un sourire crispé, il dit : « Au cas où l'un quelconque d'entre vous aurait été sur une autre planète à l'automne dernier, récapitulons ce qui s'est passé avec ces pubs. Souvenez-vous que Nielsen Media Research a pris l'initiative "révolutionnaire" de donner au sixième épisode son propre indice d'écoute hebdomadaire. Le premier indice d'écoute jamais donné à une pub. Et à partir du moment où Nielsen la mesurait, la campagne avait la quasi-garantie d'une audience maximale lors de sa rediffusion durant la volée d'enquêtes de novembre. Souvenez-vous aussi que la mesure de Nielsen est intervenue après une semaine de couverture médiatique, dans la presse et à la télévision, du tour "révolutionnaire" apporté à l'intrigue par la mort de Chelsea, plus des rumeurs sur Internet affirmant que Chelsea était une personne bien réelle qui serait réellement morte. Ce que, chose incroyable, plusieurs centaines de milliers de personnes gobèrent sans discuter. Beat Psychology ayant, souvenez-vous, fabriqué son dossier médical et son histoire personnelle et les ayant mis sur le web. La question que je poserais à Hilton serait donc : est-ce si "courageux" de monter un coup infaillible pour pimenter votre campagne de pub ?

— Il y avait quand même un risque, dit Hilton. Je veux dire, la mort est négative. Ça aurait pu capoter. »

À nouveau, Chip attendit que quelqu'un, n'importe lequel de ses étudiants, plaide dans son sens. Personne ne se manifesta. « Donc une stratégie parfaitement cynique devient un acte de courage artistique à partir du moment où il y a un risque financier ? » lança-t-il.

Une brigade de tondeuses de l'université s'abattit sur la pelouse qui bordait la salle de cours, étouffant la discussion sous une couverture sonore. Le soleil brillait.

Chip ne baissa pas les bras. Semblait-il réaliste que la patronne d'une petite entreprise dépense son argent pour offrir de coûteux soins médicaux à l'une de ses employées ?

Une étudiante témoigna que le patron qu'elle avait eu lors de son dernier job d'été s'était montré généreux et supersympa.

Chad luttait en silence contre la main papouilleuse de Melissa tandis que, de sa main libre, il contre-attaquait la peau dénudée de sa taille.

« Chad ? » fit Chip.

Chad, impressionnant, fut capable de répondre à la question sans se la faire répéter. « Genre, c'était juste un bureau, dit-il. Peut-être qu'un autre patron aurait pas été si sympa. Mais celle-là *était* sympa. Je veux dire, quoi, personne prétend que c'était le bureau normal, hein ? »

Là, Chip essaya de soulever la question de la responsabilité de l'art *vis-à-vis** du Typique ; mais ce débat, lui aussi, avorta d'entrée de jeu.

« Donc, en résumé, dit-il, nous aimons cette campagne. Nous pensons que ces pubs sont bonnes pour la culture et bonnes pour le pays. C'est ça ? »

Il y eut des haussements d'épaules et des hochements de tête dans la salle baignée par le soleil.

« Melissa, dit Chip. Nous ne vous avons pas entendue. »

Melissa décolla sa tête de son pupitre, détourna son attention de Chad et regarda Chip avec de petits yeux. « Oui, dit-elle.

— Oui quoi ?

— Oui, ces pubs sont bonnes pour la culture et bonnes pour le pays. »

Chip inspira un grand coup, parce que ça faisait mal. « OK, génial, dit-il. Merci de votre avis.

— Comme si mon avis vous importait.

— Je vous demande pardon ?

— Comme si aucun de nos avis vous importait à moins qu'il ne coïncide avec le vôtre.

— Il ne s'agit pas d'avis, dit Chip. Il s'agit d'apprendre à appliquer des méthodes critiques aux artefacts textuels. C'est ce que je suis censé vous enseigner.

— Je ne crois pas que ce soit le cas, pourtant, dit Melissa. Je crois que vous êtes censé nous apprendre à haïr les mêmes choses que vous. Je veux dire, quoi, vous haïssez ces pubs, non ? Je l'entends dans chaque mot que vous prononcez. Vous les haïssez complètement. »

Les autres étudiants écoutaient à présent avec une attention soutenue. La liaison de Melissa avec Chad avait peut-être plus affecté la cote de celui-ci qu'elle n'avait fait remonter celle de Melissa, mais elle attaquait Chip en égale furibonde, et non en étudiante, et la classe marcha à fond.

« Je hais effectivement ces pubs, reconnut Chip, mais ce n'est pas…

— Si ! coupa Melissa.

— Pourquoi vous les haïssez ? lança Chad.

— Dites-nous pourquoi vous les haïssez », pépia la petite Hilton.

Chip interrogea la pendule murale. Il restait six minutes avant la fin du semestre. Il passa une main dans ses cheveux et fit le tour d'horizon de la salle, comme s'il avait une chance de trouver un allié quelque part, mais les étudiants l'avaient débusqué maintenant, et ils le savaient.

« W… Corporation, dit-il, fait actuellement face à trois plaintes distinctes pour violation des lois antitrust. Ses revenus de l'an dernier ont dépassé le PNB de l'Italie. Et maintenant, pour extorquer des dollars au seul groupe démographique qu'il ne domine pas encore, il mène une campagne qui exploite la crainte du cancer du sein qu'ont les femmes et leur sympathie pour ses victimes. Oui, Melissa ?

— Ce n'est pas cynique.

— Qu'est-ce que c'est si ce n'est pas cynique ?

— C'est la célébration de la femme au travail, dit Melissa. C'est la collecte de fonds pour la recherche contre le cancer. C'est l'encouragement à faire nos auto-examens et à rechercher l'aide dont nous avons besoin. C'est aider les femmes à s'approprier la technologie, à comprendre que ce n'est pas juste un truc réservé aux mecs, je veux dire.

— D'accord, très bien, dit Chip. Mais la question n'est pas de savoir si nous nous préoccupons du cancer du sein, c'est ce que le cancer du sein a à voir avec la vente d'équipements de bureau. »

Chad prit fait et cause pour Melissa. « C'est tout le sens de la pub, n'empêche. Que si vous avez accès à l'information, ça peut vous sauver la vie.

— Donc, si Pizza Hut place un petit signe sur l'auto-examen des testicules à côté des tortillas au piment, ils peuvent faire leur promotion en affirmant participer à la glorieuse et courageuse lutte contre le cancer ?

— Pourquoi pas ? dit Chad.

— Y a-t-il *quelqu'un* qui voie un problème là-dedans ? »

Pas un seul étudiant ne se manifesta. Melissa était affalée, les bras croisés, un air d'amusement triste sur le visage. Même si c'était injuste, Chip avait l'impression qu'elle avait détruit en cinq minutes un semestre d'enseignement soigné.

« Eh bien, songez, dit-il que "À ton tour" n'aurait pas été tourné si W... n'avait pas eu un produit à vendre. Et songez que l'objectif des gens qui travaillent à W... est d'exercer leurs stock options et de prendre leur retraite à trente-deux ans, et que l'objectif des gens qui ont des actions W... (le frère et la belle-sœur de Chip, Gary et Caroline, possédaient un grand nombre d'actions W...) est d'avoir une plus grosse maison, d'acheter un plus gros 4x4 et de consommer toujours plus des ressources limitées de notre monde.

– Qu'est-ce qu'il y a de mal à gagner sa vie ? demanda Melissa. Qu'est-ce qu'il y a d'*intrinsèquement* mal à faire de l'argent ?

– Baudrillard pourrait plaider, dit Chip, que le mal dans une campagne comme "À ton tour" réside dans le détachement du signifiant du signifié. Qu'une femme en larmes ne signifie plus seulement la tristesse. À présent, elle signifie aussi : "Désirez de l'équipement de bureau." Elle signifie : "Notre patronne prend soin de nous." »

La pendule murale affichait deux heures et demie. Chip marqua une pause et attendit que la cloche sonne la fin du semestre.

« Excusez-moi, dit Melissa, mais c'est un tel paquet de foutaises.

– Qu'est-ce qui est de la foutaise ?

– Tout ce cours, répondit-elle. C'est de la foutaise chaque semaine. C'est un critique après l'autre qui se tord les mains devant l'état de la critique. Personne n'est capable de dire exactement ce qui ne va pas. Mais ils savent tous que c'est mal. Ils savent tous qu'"entreprise" est un mot cochon. Et si quelqu'un s'amuse ou gagne de l'argent – c'est dégoûtant ! Mal ! Et c'est toujours la mort de ceci et la mort de cela. Et ceux qui se croient libres ne sont pas "vraiment" libres. Et ceux qui se croient heureux ne sont pas "vraiment" heureux. Et il est devenu impossible de critiquer radicalement la société, bien que personne ne sache dire ce qu'il y a de si radicalement mauvais dans notre société pour que nous ayons besoin d'une critique aussi radicale. *C'est tellement typique et tellement parfait que vous haïssiez ces pubs !* dit-elle à Chip tandis que les cloches finissaient par retentir à travers Wroth Hall. Les choses vont de mieux en mieux ici pour les gens de couleur, les gays et les lesbiennes, elles sont de plus en plus intégrées et ouvertes, et vous n'arrivez à voir qu'un problème idiot et boiteux de signifiants et de signifiés. Comme si la seule manière dont vous pouvez dénigrer une pub qui est formidable pour les femmes – ce que vous devez faire parce qu'il faut qu'il y ait du mal partout –, c'est de dire que c'est mal d'être riche et mal de travailler pour une entreprise et, oui, j'ai entendu que la cloche avait sonné. » Elle referma son cahier.

« OK, dit Chip. Restons-en là. Vous avez à présent satisfait aux exigences de base du programme. Passez un bel été. »

Il était incapable de réprimer l'amertume de sa voix. Il se pencha sur le magnétoscope et consacra son attention à rembobiner et recaler « À ton tour », à effleurer des touches pour le seul fait d'effleurer des touches. Il sentit que quelques étudiants s'attardaient dans son dos, comme s'ils voulaient le remercier d'avoir enseigné avec tout son cœur ou lui dire qu'ils avaient apprécié le cours, mais il ne leva pas les yeux du magnétoscope avant que la salle ne se vide. Puis il rentra à Tilton Ledge et se mit à boire.

Les accusations de Melissa l'avaient blessé à vif. Il ne s'était jamais vraiment rendu compte du sérieux avec lequel il avait pris l'injonction de son père de se consacrer à un travail qui soit « utile » à la société. Critiquer une culture malade, même si la critique ne produisait rien, lui avait toujours paru être un travail utile. Mais si la maladie supposée n'était pas du tout une maladie – si le grand ordre matérialiste de la technologie, de l'appétit de consommation et de la science médicale améliorait *réellement* la vie des opprimés ; s'il n'y avait que les mâles blancs hétérosexuels comme Chip qui avaient un problème avec cet ordre – alors il n'y avait plus la moindre utilité, même abstraite, à sa critique. C'était, selon les termes de Melissa, de la foutaise.

N'ayant pas l'énergie de travailler sur son nouveau livre, comme il avait prévu d'y consacrer son été, Chip acheta à prix d'or un billet pour Londres, fit de l'auto-stop jusqu'à Édimbourg et abusa du bon accueil que lui fit une artiste de perfor-

mances écossaise qui avait donné des conférences et s'était
produite à D... l'hiver précédent. Le copain de la femme finit
par lui dire : « Serait temps de lever l'ancre, mon pote », et
Chip reprit la route avec un sac à dos plein de Heidegger et de
Wittgenstein qu'il était trop esseulé pour lire. Il haïssait l'idée
d'être un homme qui ne pouvait vivre sans femme, mais il
n'avait pas baisé depuis que Ruthie l'avait plaqué. Il était le seul
professeur masculin de l'histoire de D... à avoir enseigné
la Théorie du Féminisme, et il comprenait combien il était
important pour les femmes de ne pas identifier le « succès » à
« avoir un homme » et l'« échec » à « ne pas avoir d'homme »,
mais il était un mâle hétérosexuel esseulé, et un mâle hétérosexuel esseulé ne disposait pas d'une Théorie du Masculinisme
également salvatrice pour l'aider à se sortir de cette impasse, de
cette clé de toutes les misogynies :

¶ Sentir qu'il ne pouvait survivre sans une femme indui-
sait chez un homme un sentiment de faiblesse.

¶ Cependant, sans une femme dans sa vie, un homme
perdait le sens du rapport et de la différence qui, pour le
meilleur comme pour le pire, était le fondement de sa
masculinité.

Bien des matins, sur des places écossaises verdoyantes fouet-
tées par la pluie, Chip se sentait près d'échapper à cette impasse
fallacieuse et de retrouver un sentiment d'identité et de finalité
pour se retrouver à quatre heures de l'après-midi buvant de la
bière dans une gare, mangeant des frites à la mayonnaise et
tombant sur des étudiantes américaines. En tant que séducteur,
il était handicapé par l'ambivalence et par l'absence chez lui
de cet accent rocailleux qui faisait fondre les Américaines. Il
n'arriva à ses fins qu'une seule fois, avec une jeune hippie de
l'Oregon qui avait des taches de Ketchup sur son body et une

LES CORRECTIONS

odeur si puissante dans les cheveux qu'il passa la moitié de la nuit à respirer par la bouche.

Ses échecs paraissaient cependant plus comiques que sordides quand il revint dans le Connecticut et régala ses amis inadaptés d'histoires à ses propres dépens. Il se demandait si, par quelque détours, sa dépression écossaise n'avait pas été le produit d'un régime trop gras. Il en avait l'estomac soulevé quand il se souvenait des tranches luisantes de poisson impossible à identifier dorées à la friture, des arcs glauques des frites graisseuses, des odeurs de cuir chevelu et de friture, ou même des seuls mots « Firth of Forth ».

Au marché de plein air qui se tenait chaque semaine près de D…, il fit provision de tomates à l'ancienne, d'aubergines blanches et de reines-claudes dorées à la peau fine. Il mangea de l'arugula (de la roquette, comme l'appelaient les vieux fermiers) si forte qu'elle lui faisait monter les larmes aux yeux, comme un paragraphe de Thoreau. Se souvenant du Bon et du Sain, il commença à retrouver son autodiscipline. Il se sevra d'alcool, dormit mieux, but moins de café et se rendit deux fois par semaine au gymnase de l'université. Il lut le maudit Heidegger et fit ses abdos tous les matins. D'autres pièces du puzzle de la régénération se mirent en place et, pendant un moment, tandis qu'un temps frais, propice au travail, revenait sur la vallée de Ferraille Creek, il éprouva un bien-être presque thoreauiste. Entre deux sets sur le court de tennis, Jim Leviton lui assura que sa titularisation serait une pure formalité – qu'il n'avait aucun souci à se faire quant à la concurrence de l'autre jeune théoricienne du département, Vendla O'Fallon. La charge d'enseignement du semestre d'automne de Chip consistait en poésie de la Renaissance et Shakespeare, ni l'une ni l'autre ne nécessitant de sa part une révision de ses perspectives critiques. Tandis qu'il se bandait pour la dernière étape de son ascension du mont Titularisation, il se trouva soulagé de voyager léger, presque heureux, en fin de compte, de ne pas avoir de femme dans sa vie.

Il était chez lui un vendredi de septembre, se préparant un dîner de gratin de brocolis, de purée de courge et d'aiglefin, avec la perspective d'une soirée à corriger des devoirs, quand une paire de jambes ondoya devant la fenêtre de sa cuisine. Il connaissait cet ondoiement. Il connaissait la façon de marcher de Melissa. Elle ne pouvait passer un poteau de clôture sans l'effleurer du bout des doigts. Elle s'arrêtait dans les couloirs pour faire quelque pas de danse ou de marelle. Elle marchait à reculons, ou en crabe, ou sautillait, ou bondissait.

Sa manière de frapper à la porte-moustiquaire n'avait rien d'embarrassé. À travers la moustiquaire, il vit qu'elle portait une assiette de petits gâteaux recouverts d'un glaçage rose.

« Oui, qu'est-ce qui se passe ? » demanda-t-il.

Melissa leva l'assiette posée sur la paume de sa main. « Des petits gâteaux, dit-elle. Je me disais que vous pourriez avoir besoin de petits gâteaux dans votre vie en ce moment. »

N'ayant pas le sens du théâtre, Chip se sentait défavorisé en présence de ceux qui l'avaient. « Pourquoi m'apportez-vous des petits gâteaux ? »

Melissa s'agenouilla et posa l'assiette sur son paillasson au milieu des restes pulvérisés de lierre et de tulipes mortes. « Je vais simplement les laisser là, dit-elle, et vous en ferez ce que vous voudrez. Au revoir ! » Elle écarta les bras, pivota d'une pirouette sur le pas de la porte et s'enfuit sur la pointe des pieds par le chemin de pierre.

Chip retourna lutter avec le filet d'aiglefin, au cœur duquel courait un défaut tendineux couleur sang de bœuf qu'il était déterminé à retirer. Mais le poisson avait une texture serrée et il ne trouvait pas de prise pour le saisir. « Va te faire foutre, petite fille ! » s'écria-t-il au moment où il lançait le couteau dans l'évier.

Les petits gâteaux étaient pleins de beurre et glacés au beurre.

Après s'être lavé les mains et avoir ouvert une bouteille de chardonnay, il en mangea quatre et remit le poisson cru au réfrigérateur. La peau des courges trop cuites était comme le caoutchouc d'une chambre à air. *Cent ans de cinéma érotique**, une vidéo édifiante qui traînait depuis des mois sur une étagère sans faire de bruit, exigea soudain son attention immédiate et entière. Il baissa les stores et but le vin, se masturba plusieurs fois et mangea encore deux petits gâteaux, y détectant un goût de menthe, un léger goût de menthe beurrée, avant de s'endormir.

Le lendemain matin, il était debout à sept heures et fit quatre centaines d'abdos. Il plongea *Cent ans de cinéma érotique** dans l'eau de la vaisselle et le rendit, pour ainsi dire, incombustible. (Il avait fait cela avec de nombreux paquets de cigarettes lorsqu'il avait arrêté de fumer.) Il n'avait aucune idée de ce qu'il avait voulu signifier en lançant le couteau dans l'évier. Sa voix ne lui avait pas du tout ressemblé.

Il se rendit à son bureau dans Wroth Hall et corrigea des devoirs. Il écrivit dans une marge : *Le personnage de Cressida peut renseigner sur le choix par Toyota du nom de baptême de son produit ; que la Cressida de Toyota renseigne sur le texte shakespearien nécessite plus d'arguments que vous n'en exposez.* Il ajouta un point d'exclamation pour adoucir sa critique. Parfois, quand il démolissait des travaux estudiantins particulièrement faibles, il dessinait de petits visages souriants.

Vérifiez l'orthographe ! enjoignit-il à une étudiante qui avait écrit « Trolius » à la place de « Troilus » tout au long des huit pages de son devoir.

Et le toujours émollient point d'interrogation. À côté de la phrase : « Ici Shakespeare donne raison à Foucault quant à l'historicité de la morale », Chip écrivit : *Reformuler ? Peut-être : « Ici le texte shakespearien semble presque annoncer Foucault (mieux : Nietzsche ?)… »* ?

Cinq semaines plus tard, dix ou quinze mille errements estudiantins plus tard, par une nuit venteuse juste après Halloween, il corrigeait toujours des devoirs quand il entendit gratter à la porte de son bureau. L'ouvrant, il découvrit un sachet de friandises à trois sous pendu au bouton de porte extérieur. L'auteur de ce présent, Melissa Paquette, remontait le couloir à reculons.

« Qu'est-ce que vous faites ? demanda-t-il.

— J'essaie seulement de faire ami-ami, répondit-elle.

— Eh bien, merci, dit-il. Mais je ne saisis pas. »

Melissa redescendit le couloir. Elle portait une salopette blanche de peintre, un sous-vêtement thermolactyl à manches longues et des chaussettes rose vif. « J'ai fait ma chasse aux friandises, dit-elle. Ça représente environ un cinquième de mon butin. »

Elle se rapprocha de Chip et il recula. Elle le suivit dans son bureau, dont elle fit le tour sur la pointe des pieds en lisant les titres sur ses étagères. Chip posa les fesses contre son bureau et croisa les bras fermement.

« Je fais donc Théorie du Féminisme avec Vendla, dit Melissa.

— C'est logiquement l'étape suivante. Maintenant que vous avez rejeté la tradition patriarcale nostalgique de la théorie critique.

— Exactement mon point de vue, dit Melissa. Malheureusement, son cours est si *mauvais*. Les gens qui ont suivi le vôtre l'an dernier disaient que c'était génial. Mais l'idée de Vendla, c'est que nous nous asseyions en rond et parlions de nos sentiments. Parce que l'Ancienne Théorie tournait autour de la tête, voyez. Et donc la Nouvelle Vraie Théorie doit tourner autour du cœur. Je ne suis même pas certaine qu'elle ait lu tous les trucs qu'elle nous donne à potasser. »

À travers sa porte ouverte, Chip apercevait la porte du bureau de Vendla O'Fallon. Elle était couverte d'images et d'adages salubres – Betty Friedan en 1965, paysannes guatémaltèques rayonnantes, star féminine du football triomphante, poster Bass

Ale de Virginia Woolf, SUBVERTISSEZ LE PARADIGME DOMINANT — qui lui rappelaient, de manière lugubre, son ancienne petite amie, Tori Timmelman. Son propre sentiment au sujet de la décoration des portes était : qui sommes-nous, des adolescents boutonneux ? Est-ce que ce sont nos chambres ?

« Donc, fondamentalement, dit-il, même si vous trouviez que mon cours était de la foutaise, il vous paraît maintenant être une forme supérieure de foutaise parce que vous suivez le sien. »

Melissa rougit. « Fondamentalement ! Sauf que vous êtes un bien meilleur enseignant. C'est vrai, quoi, j'ai appris une tonne de trucs avec vous. Voilà ce que je voulais vous dire.

— Considérez que c'est fait.

— Voyez, ma mère et mon père se sont séparés en avril. » Melissa se jeta sur le canapé de cuir de dotation standard à D… College et adopta la parfaite position thérapeutique. « Pendant un temps, c'était super de vous entendre être tellement antibusiness, puis soudain ça m'a vraiment, vraiment énervée. C'est vrai, quoi, mes parents ont plein de fric et ce ne sont pas des gens mauvais, même si mon père vient de s'installer avec cette fille qui s'appelle Vicki et qui doit avoir quatre ans de plus que moi. Mais il aime toujours ma mère. Je sais qu'il l'aime. Dès que j'ai quitté la maison, les choses se sont un peu dégradées, mais je sais qu'il l'aime toujours.

— L'université dispose de services spécialisés pour les étudiants qui vivent ce genre de choses, dit Chip, sans décroiser les bras.

— Merci. Dans l'ensemble, je vais superbien sauf quand j'ai été désagréable en cours avec vous l'autre fois. » Melissa planta les talons dans le bras du canapé, retira les pieds de ses chaussures et les laissa tomber par terre. Chip remarqua que de douces rondeurs moulées dans le thermolactyl s'étaient répandues de part et d'autre de la bavette de sa salopette.

« J'ai eu une enfance formidable, dit-elle. Mes parents ont toujours été mes meilleurs amis. Ils m'ont éduquée à la maison jusqu'à la sixième. Ma mère faisait l'école de médecine à New Haven et mon père tournait avec ce groupe punk, les Nomatics, et, au premier concert punk où ma mère soit jamais allée, elle est sortie avec mon père et elle a fini dans sa chambre d'hôtel. Elle a quitté l'école de médecine, il a quitté les Nomatics, et ils ne se sont plus jamais séparés depuis. Complètement romantique. Voyez, et mon père avait de l'argent d'un fonds de placement et c'était vraiment formidable ce qu'ils ont fait alors. Il y avait toutes ces nouvelles sociétés qui entraient sur le marché et ma mère était à fond dans la biotechnologie, elle lisait le *JAMA*, et Tom – mon père – savait regarder les chiffres et ils ont vraiment fait de superinvestissements. Clair – ma mère – restait à la maison avec moi et on traînait toute la journée, vous savez, et j'apprenais mes tables de multiplication et tout, et c'était toujours juste nous trois. Ils étaient tellement, tellement amoureux. Et des fêtes tous les week-ends. Et on s'est finalement dit : on *connaît* tout le monde et on est vraiment de bons *investisseurs*, alors pourquoi ne pas lancer un fonds de placement ? Ce que nous avons fait. Et ç'a été incroyable. C'est toujours un superplacement. Il s'appelle Westportfolio Biofund Forty. Nous en avons lancé d'autres aussi quand le climat est devenu plus compétitif. Il fallait offrir une palette complète. C'est en tout cas ce que les investisseurs institutionnels disaient à Tom. Alors il a lancé ces autres fonds, qui ont malheureusement plutôt sombré. Je pense que c'est le gros problème entre lui et Clair. Parce que son fonds à elle, le Biofund Forty, où c'est *elle* qui fait les choix, continue de marcher du tonnerre. Et maintenant elle a le cœur brisé et elle est déprimée. Elle se terre à la maison et ne sort jamais. En même temps, Tom veut me faire rencontrer cette Vicki, il dit qu'elle est "supersympa" et qu'elle fait du patin en ligne. Le truc, c'est que nous savons tous que mon père et ma mère sont *faits* l'un pour l'autre. Ils se complètent parfaitement. Et je me dis seulement que si vous saviez à quel point c'est génial de lancer une société, et comme c'est super quand l'argent commence à rentrer, à quel point ça peut être romanesque, vous ne seriez pas si dur.

— Possible, dit Chip.

— Enfin, je me disais que vous seriez quelqu'un à qui je pourrais parler. Globalement, je m'en sors génialement, mais je ne refuserais pas d'avoir un ami.

— Comment va Chad ? demanda Chip.

— Un gentil garçon. Bon pour environ trois week-ends. » Melissa leva une jambe du canapé et planta un pied en chaussette sur la jambe de Chip, non loin de sa hanche. « C'est difficile d'imaginer deux personnes moins compatibles à long terme que lui et moi. »

À travers son jean, Chip sentait la flexion délibérée de ses doigts de pied. Il était acculé contre son bureau et dut, pour se libérer, se saisir de sa cheville et replacer sa jambe sur le canapé. Son pied rose enlaça immédiatement son poignet et l'attira vers elle. Tout cela était très espiègle, mais la porte était ouverte, les lumières allumées, les stores relevés, et il y avait quelqu'un dans le couloir. « Le code, dit-il en se libérant. Il y a un code. »

Melissa pivota sur le canapé, se leva et s'approcha. « C'est un code idiot, dit-elle. Quand quelqu'un compte pour vous. »

Chip fit retraite vers la porte. En haut du couloir, à côté du bureau du département, une minuscule femme en uniforme bleu avec un visage toltèque passait l'aspirateur. « Il y a de bonnes raisons pour qu'il existe, dit-il.

— Je ne peux donc même pas vous serrer dans mes bras.

— Exactement.

— C'est idiot. » Melissa sauta dans ses chaussures et rejoignit Chip dans l'embrasure de la porte. Elle l'embrassa sur la joue, près de l'oreille. « Voilà ! »

Il la regarda remonter le couloir en alternant pas glissés et pirouettes, et disparaître. Il entendit une porte de secours claquer. Il passa soigneusement en revue toutes les paroles qu'il avait prononcées et se décerna un A en correction. Mais quand il s'en revint à Tilton Ledge, où le dernier des réverbères avait lâché, il fut terrassé par la solitude. Pour effacer le souvenir tactile du baiser de Melissa et de la chaleur animée de son pied, il appela un vieil ami d'université à New York et prit rendez-vous pour déjeuner avec lui le lendemain. Il sortit *Cent ans de cinéma érotique** du placard où, en prévision d'une soirée semblable à celle-ci, il l'avait remisé après l'avoir fait sécher. La bande était toujours jouable. L'image était neigeuse, cependant, et, lors du premier passage vraiment chaud, une scène dans une chambre d'hôtel avec une femme de chambre dévergondée, la neige forcit en un blizzard et l'écran vira au bleu. Le magnétoscope émit un bruit d'étranglement mince et sec. *De l'air, il me faut de l'air*, semblait-il dire. La bande s'était échappée de la cassette et enroulée autour de l'endosquelette de la machine. Chip réussit à extraire la cassette et plusieurs poignées de mylar, mais quelque chose cassa alors et la machine cracha une bobine en plastique. Qui... d'accord, ce sont des choses qui arrivent. Mais le voyage en Écosse avait été un désastre financier et il n'avait pas les moyens de se racheter un magnétoscope.

New York par un samedi froid et pluvieux n'était pas non plus la fête dont il avait besoin. Tous les trottoirs du bas Manhattan étaient constellés de spirales métalliques carrées d'étiquettes antivol. Les étiquettes étaient collées au trottoir mouillé par la colle la plus forte du monde et, après avoir acheté quelques fromages d'importation (il faisait cela chaque fois qu'il se rendait à New York pour être sûr d'accomplir au moins une chose avant de regagner le Connecticut, mais c'était cependant un peu triste d'acheter le même *gruyère** et la même *fourme d'Ambert** dans la même boutique ; cela le mettait en rage contre l'échec plus général du consumérisme comme approche du bonheur humain), après avoir déjeuné avec son ami d'université (qui avait récemment cessé d'enseigner l'anthropologie pour se vendre à la Silicon Valley comme « psychologue du marketing », et qui conseilla à Chip de se réveiller enfin et d'en faire autant), il revint à sa voiture et découvrit que chacun de ses fromages sous plastique était protégé par sa propre étiquette antivol et que, pour finir, un fragment d'étiquette antivol était collé à la semelle de sa chaussure gauche.

Tilton Ledge était luisant de glace et très sombre. Dans le courrier, Chip trouva une enveloppe contenant une courte note d'Enid déplorant la faillite morale d'Alfred (« Il reste assis dans ce fauteuil *toute la journée, tous les jours* ») et un long portrait de Denise, découpé dans le magazine *Philadelphia*, avec une critique à faire baver d'envie de son restaurant, Mare Scuro, et une sublime photo pleine page de sa jeune chef. Sur la photo, Denise portait des jeans et un débardeur et arborait des épaules musculeuses et des pectoraux satinés (« Très jeune et très bonne : Lambert dans sa cuisine », disait la légende), et c'était exactement le genre de saloperie de femme-comme-objet, pensa Chip avec aigreur, qui faisait vendre du papier. Quelques années plus tôt, les lettres d'Enid avaient invariablement contenu un paragraphe désespéré au sujet de Denise et de son mariage qui battait de l'aile, avec des phrases comme *il est trop VIEUX pour elle !* doublement soulignées et un paragraphe pavoisé de *ravie* et de *fière* à propos de l'embauche de Chip par D... College, et, même s'il connaissait le talent d'Enid pour monter ses enfants les uns contre les autres et savait que ses éloges étaient généralement à double tranchant, il était consterné qu'une femme aussi fine et droite que Denise ait fait usage de son corps à des fins de marketing. Il jeta la coupure de presse à la poubelle. Il ouvrit les cahiers du samedi du *Times* du dimanche et – oui, il se contredisait, oui, il en était conscient – feuilleta le magazine à la recherche de pubs pour des lingeries ou des maillots de bain sur lesquels reposer ses yeux fatigués. N'en trouvant aucune, il se mit à lire le supplément livres, où un essai intitulé *La Fille à son papa*, de Vendla O'Fallon, était déclaré « étonnant », « courageux » et « profondément satisfaisant » en page 11. Le nom de Vendla O'Fallon était assez inhabituel, mais Chip avait à tel point ignoré que Vendla publiait un livre qu'il refusa de croire qu'elle avait écrit *La Fille à son papa* jusqu'à ce que, à la fin de la critique, il tombe sur une phrase qui commençait par : « Vendla O'Fallon, qui enseigne à D… College… »

Il ferma le supplément livres et ouvrit une bouteille.

En théorie, lui comme Vendla étaient en lice pour la titularisation en artefacts textuels, mais en pratique le département était déjà surpeuplé de titulaires. Que Vendla habite New York, d'où elle venait donner ses cours (violant ainsi la règle implicite de l'université qui voulait que les enseignants vivent sur place), qu'elle sèche d'importantes réunions et fasse un maximum de cours d'enseignement général, avait été une solide source de réconfort pour Chip. Il gardait l'avantage en termes de publications savantes, d'évaluation par les étudiants et de soutien de la part de Jim Leviton ; mais il découvrit que deux verres de vin n'avaient aucun effet sur lui.

Il se versait le quatrième quand son téléphone sonna. C'était la femme de Jim Leviton, Jackie. « Je voulais seulement que tu saches que tout va bien pour Jim, lui dit-elle.

— Quelque chose n'allait pas ? demanda Chip.

— Écoute, il se repose. Nous sommes à Saint Mary's.

— Qu'est-ce qui s'est passé ?

— Chip, je lui ai demandé s'il pensait pouvoir jouer au tennis et tu sais quoi ? Il a hoché la tête ! Je lui ai dit que j'allais t'appeler et il a hoché la tête, oui, il était prêt pour un tennis. Ses capacités motrices semblent être entièrement intactes. Entièrement – intactes. Et il est lucide, ce qui est le plus important. C'est vraiment la bonne nouvelle ici, Chip. Il a les yeux brillants. C'est toujours le même vieux Jim.

— Jackie, il a eu une attaque ?

— Il faudra un peu de rééducation, dit Jackie. Manifestement, sa retraite prend effet aujourd'hui, ce qui, Chip, en ce qui me concerne, est une véritable bénédiction. Nous pouvons opérer quelques changements maintenant, et dans trois ans – bon, il ne lui faudra pas trois ans pour se rééduquer. Quand tout sera réglé, on sera en bonne posture pour la suite. Il a les yeux si brillants, Chip. C'est toujours le même vieux Jim ! »

Chip appuya le front contre la fenêtre de sa cuisine et tourna la tête de manière à pouvoir ouvrir un œil tout contre le carreau froid et humide. Il savait ce qu'il allait faire.

« Le même vieil adorable Jim ! » disait Jackie.

Le jeudi suivant, Chip invita Melissa à dîner et baisa avec elle sur sa méridienne rouge. Il avait jeté son dévolu sur la méridienne à une époque où lâcher huit cents dollars sur un coup de tête chez un antiquaire était financièrement moins suicidaire. Le dossier de la méridienne était incliné selon un angle érotique, ses accoudoirs rembourrés évasés, son assise cambrée ; la peluche de sa poitrine et de son ventre semblait prête à faire exploser les boutons garnis disposés en quinconce. Rompant sa première étreinte avec Melissa, Chip s'excusa une seconde pour éteindre à la cuisine et faire un saut aux toilettes. Quand il revint dans la salle de séjour, il la trouva étendue sur la méridienne vêtue du seul bas de son survêtement en polyester à motif écossais. Dans la lumière tamisée, elle aurait pu être un homme peu poilu à la poitrine abondante. Chip, qui préférait de beaucoup la théorie homosexuelle à la pratique, haïssait violemment le survêtement et regrettait qu'elle n'ait pas mis autre chose. Même après qu'elle eut retiré le bas, il subsistait un reste de confusion sexuelle dans son corps, sans parler de l'odeur charnelle fétide qui était la plaie du synthétique. Mais, de ses sous-vêtements, qui, à son soulagement, étaient fins et délicats – distinctement sexués –, sauta un lapin tendre et affectueux, un animal autonome, bondissant et humide. C'était presque plus qu'il n'en pouvait supporter. Il n'avait pas dormi deux heures au cours de la nuit précédente, il avait la tête pleine de vin et la panse pleine de gaz (il n'arrivait pas à se rappeler pourquoi il avait préparé un *cassoulet** pour le dîner ; peut-être sans aucune bonne raison), et il craignait d'avoir oublié de verrouiller la porte d'entrée – qu'il y ait un interstice quelque part dans les volets, que l'un de ses voisins fasse un saut, essaie la porte et la trouve ouverte ou jette un œil par la fenêtre et le découvre en flagrante violation des sections I, II et IV d'un code qu'il avait lui-même contribué à élaborer. Dans l'ensemble, ce fut pour lui une nuit d'anxiété et d'efforts de concentration, ponctuée par de petits élancements de plaisir étranglé, mais, au moins, Melissa sembla la trouver excitante et romantique. Heure après heure, elle afficha un large sourire en U dentelé.

Ce fut Chip qui proposa, après un deuxième rendez-vous extrêmement tendu à Tilton Ledge, que Melissa et lui quittent le campus durant la semaine de vacances de Thanksgiving pour trouver un cottage à Cape Cod où ils ne se sentiraient pas observés et jugés ; et ce fut Melissa qui proposa, alors qu'ils partaient, à la faveur de l'obscurité, par le petit portail guère usité, qu'ils s'arrêtent à Middletown et se procurent des drogues auprès d'une amie à elle qui faisait ses études à Wesleyan. Chip attendit devant l'Ecology House de Wesleyan à l'isolation impressionnante en tambourinant sur le volant de sa Nissan, tambourinant si fort qu'il en avait des élancements dans les doigts, parce qu'il était important de ne pas penser à ce qu'il faisait. Il avait laissé derrière lui des montagnes de devoirs et de copies d'examen à corriger, et n'avait pas encore trouvé le temps de rendre visite à Jim Leviton dans sa maison de convalescence. Que Jim ait perdu sa faculté de parler et s'efforçât maintenant en vain de mouvoir ses lèvres et ses joues pour former des mots – qu'il devienne, au dire de collègues qui étaient allés le voir, un homme amer – n'avait rien pour lui donner envie de lui rendre visite. Il était présentement d'humeur à éviter tout ce qui pourrait lui faire éprouver une émotion. Il tambourina sur le volant jusqu'à ce que ses doigts deviennent raides et le brûlent et que Melissa ressorte de l'Ecology House. Elle fit entrer dans la voiture une odeur de feu de bois et de plates-bandes gelées, l'odeur d'une aventure de la fin d'automne. Elle plaça dans la main de Chip un petit comprimé doré portant ce qui semblait être l'ancien logo de la Midland Pacific Railroad

sans le texte. « Prends ça, lui dit-elle en refermant la portière.

— C'est ? Un genre d'ecstasy ?

— Non. Un Mexican A. »

Chip eut un pincement culturel. Il n'y avait pas si longtemps, aucun nom de drogue ne lui était inconnu. « Quels effets ?

— Tout et rien, répondit-elle en avalant le sien. Tu verras.

— Combien je te dois pour ça ?

— Laisse tomber. »

Pendant un temps, la drogue sembla, comme promis, n'avoir aucun effet. Mais en arrivant dans la banlieue industrielle de Norwich, à deux ou trois heures encore du Cap, il coupa le hip-hop que Melissa passait sur son autoradio et dit : « Il faut qu'on s'arrête tout de suite pour baiser. »

Elle éclata de rire. « Je crois *bien*.

— Et si je me garais ? » dit-il.

Elle éclata à nouveau de rire. « Non, trouvons une chambre. »

Ils s'arrêtèrent dans un Comfort Inn qui avait perdu sa franchise et avait été rebaptisé Comfort Valley Lodge. La veilleuse de nuit était obèse et son ordinateur en panne. Elle enregistra manuellement Chip avec la respiration difficile d'une personne récemment frappée par un trouble fonctionnel. Chip posa la main sur le ventre de Melissa et il allait la plonger sous sa culotte quand il se souvint que masturber une femme en public était déplacé et pourrait lui causer des ennuis. Pour des raisons similaires, purement rationnelles, il réprima son impulsion à tirer sa bite de son pantalon pour la présenter à l'employée ahanante et transpirante. Mais il pensa que l'employée aurait été intéressée de la voir.

Il fit allonger Melissa sur la moquette vérolée de trous de cigarette de la chambre 23 sans même fermer la porte.

« C'est tellement mieux comme ça ! » dit Melissa en repoussant la porte d'un coup de pied. Elle arracha son pantalon et gémit presque de ravissement : « C'est *tellement* mieux ! »

Il ne se rhabilla pas de tout le week-end. La serviette qu'il portait autour de la taille pour accueillir une commande de pizza tomba avant que le livreur ait tourné les talons. « Hé, ma chérie, c'est moi », dit Melissa dans son portable tandis que Chip se couchait derrière elle et se jetait sur elle. Elle garda libre le bras qui tenait le téléphone et émit des bruits d'encouragements filiaux. « On-hon… On-Hon… Bien sûr, bien sûr… Non, c'est vache, maman… Non, tu as raison, c'est vache… Bien sûr… Bien sûr… On-hon… Bien sûr… C'est vraiment, vraiment vache », conclut-elle avec un pétillement dans la voix, tandis que Chip cherchait de l'appui pour gagner un délicieux centimètre de pénétration supplémentaire au moment où il éjaculait. Le lundi et le mardi, il dicta d'amples morceaux d'une dissertation trimestrielle sur Carol Gilligan que Melissa était trop remontée contre Vendla O'Fallon pour écrire elle-même. Son souvenir quasi photographique des arguments de Gilligan, sa maîtrise totale de la théorie, l'excitèrent tant qu'il commença à frotter son érection contre les cheveux de Melissa. Il fit courir son gland sur le clavier de son ordinateur et laissa des traînées luisantes sur l'affichage à cristaux liquides. « Mon chou, dit-elle, n'éjacule pas sur mon ordinateur. » Il se frotta contre ses joues et ses oreilles, lui chatouilla les aisselles et finit par la coincer contre la porte de la salle de bains tandis qu'elle le baignait de son sourire rouge cerise.

Chaque soir vers l'heure du dîner, quatre soirs d'affilée, elle plongeait dans ses bagages et en tirait deux nouvelles capsules dorées. Puis, le mercredi, Chip l'emmena dans un complexe cinématographique où ils se glissèrent pour voir un film et demi de plus avec leurs billets de séance à prix réduit de l'après-midi. De retour au Comfort Valley Lodge, après un copieux dîner de pancakes, Melissa appela sa mère et lui parla si longuement que Chip s'endormit sans avaler de comprimé.

Il se réveilla le jour de Thanksgiving dans la lumière grise de son moi non drogué. Pendant un temps, tandis qu'il faisait la grasse matinée en écoutant la circulation légère d'un jour férié sur la route 2, il fut incapable de voir ce qui avait changé. Quelque chose le mettait mal à l'aise dans le corps qui reposait à côté de lui. Il envisagea de se retourner pour enfouir le visage dans le dos de Melissa, mais il avait l'impression qu'elle devait en avoir marre de lui. Il n'arrivait pas à croire qu'elle ne se soit pas offusquée de ses assauts contre elle, de ses placages, ses pétrissages et ses pénétrations. Qu'elle ne se soit pas sentie un morceau de viande qu'il utilisait.

En l'espace de quelques secondes, tel un marché boursier submergé par une déferlante d'ordres de vente, il plongea dans la honte et le mépris de lui-même. Il ne pouvait supporter de rester au lit un instant de plus. Il enfila son slip, attrapa la trousse de toilette de Melissa et s'enferma dans la salle de bains.

Son problème consistait en un regret dévorant d'avoir fait ce qu'il avait fait. Et son corps, sa chimie, avait une claire compréhension instinctive de ce qu'il devait faire pour évacuer ce regret dévorant. Il devait avaler un autre Mexican A.

Il fouilla la trousse de toilette de fond en comble. Il n'aurait pas cru possible de se sentir dépendant d'une drogue dépourvue de flash hédonique, une drogue qui, au matin de sa cinquième et dernière prise, ne lui avait même pas manqué. Il déboucha les tubes de rouge à lèvres de Melissa, sortit des tampons jumeaux de leur étui de plastique rose et sonda son pot de crème nettoyante au moyen d'une aiguille à cheveux. Rien.

Il rapporta la trousse dans la chambre, qui était inondée de lumière à présent, et chuchota le nom de Melissa. Ne recevant pas de réponse, il tomba à genoux et passa en revue son sac de voyage en toile. Glissa les doigts dans les bonnets vides des soutiens-gorge. Tritura ses talons de chaussettes. Explora les diverses poches et compartiments du sac. Ce nouveau et différent viol de l'intimité de Melissa fut sensationnellement douloureux pour lui. Dans la lumière orange de sa honte, il eut l'impression d'abuser de ses organes internes. Il se sentait comme un chirurgien caressant atrocement ses jeunes poumons, profanant ses reins, plantant le doigt dans son pancréas tendre et parfait. La douceur de ses petites chaussettes, la pensée des chaussettes encore plus petites de son enfance bien trop proche et l'image d'une brillante jeune étudiante romantique pleine d'espoir choisissant des vêtements pour un voyage en compagnie de son professeur vénéré – chaque association sentimentale ajoutait du combustible à sa honte, chaque image le ramenait à la comédie fruste et lugubre de ce qu'il lui avait fait. L'enculage frénétique et pantelant. Le limage échevelé et ahanant.

Sa honte bouillonnait si furieusement à présent qu'elle paraissait capable de faire des dégâts dans son cerveau. Néanmoins, tout en surveillant de près la silhouette endormie de Melissa, il réussit à tâter ses vêtements une deuxième fois. Ce n'est qu'après avoir tripoté à nouveau chaque pièce d'habillement qu'il en conclut que le Mexican A se trouvait dans la grande poche extérieure zippée de son sac. Il tira la fermeture éclair dent par dent, serrant les siennes pour survivre au bruit que cela faisait. Il avait ouvert suffisamment la poche pour y glisser une main (et la tension de cette dernière pénétration libéra de nouvelles bouffées de souvenirs inflammables ; il se sentait mortifié par chacune des libertés manuelles qu'il avait prises ici, dans la chambre 23, avec Melissa, par l'insatiable avidité lubrique de ses doigts ; *il regrettait de ne pas l'avoir laissée tranquille*) quand le portable posé sur la table de nuit sonna et qu'elle se réveilla avec un grognement.

Il retira la main de l'endroit interdit, courut à la salle de bains et prit une longue douche. Lorsqu'il ressortit, Melissa était habillée et avait refait son sac. Elle paraissait fort peu charnelle dans la lumière matinale. Elle sifflait un air enjoué.

« Chéri, changement de programme, dit-elle. Mon père, qui est vraiment adorable, descend à Westport pour la journée. Je veux y aller pour être avec eux. »

Chip regretta d'être incapable de ne pas ressentir la honte qu'elle ne ressentait pas ; mais implorer un comprimé supplémentaire était immensément embarrassant. « Et notre dîner ? demanda-t-il.

— Je suis désolée. C'est vraiment important que j'aille là-bas.

— Il ne suffit donc pas de passer des heures au téléphone avec eux chaque jour ?

— Chip, je suis désolée. Mais on parle de mes meilleurs amis. »

Chip n'avait jamais aimé l'image qu'il avait de Tom Paquette : un rocker dilettante à fonds de placement qui larguait sa famille pour une patineuse. Et, au cours de ces derniers jours, la capacité illimitée de Clair à caqueter tandis que Melissa écoutait avait braqué Chip contre elle aussi.

« Formidable, dit-il. Je t'emmène à Westport. »

Melissa secoua la tête pour déployer ses cheveux sur ses épaules. « Chéri ? Ne sois pas fou.

— Si tu ne veux pas aller au Cap, tu ne veux pas aller au Cap. Je t'emmène à Westport.

— Bien. Tu t'habilles ?

— Mais quand même, Melissa, il y a quelque chose d'un peu trouble à être si proche de ses parents. »

Elle sembla ne pas l'avoir entendu. Elle alla à la glace et se mit du mascara. Elle mit du rouge à lèvres. Chip se tenait au milieu de la pièce, une serviette autour de la taille. Il se sentait pustuleux et monstrueux. Il avait l'impression que Melissa avait raison d'être dégoûtée par lui. Et, cependant, il voulait être clair.

« Tu comprends ce que je dis ?

— Chéri. Chip. » Elle pressa ensemble ses lèvres peintes. « Habille-toi.

— Je suis en train de te dire, Melissa, que les enfants ne sont pas censés s'entendre avec leurs parents. Tes parents ne sont pas censés être tes meilleurs amis. Il est censé y avoir une part de révolte. C'est comme cela que tu te définis toi-même comme personne.

— C'est peut-être comme ça que *toi*, tu te définis, dit-elle. Mais tu n'es pas non plus vraiment une publicité pour le bonheur de vivre. »

Il sourit en accusant le coup.

« Je m'aime, dit-elle. Mais tu ne sembles pas tellement t'aimer toi-même.

— Tes parents semblent très heureux d'eux-mêmes aussi, dit-il. Vous semblez tous très contents de vous-mêmes en tant que famille. »

Il n'avait jamais vu Melissa vraiment fâchée. « Je m'aime pleinement, dit-elle. Où est le mal ? »

Il était incapable de dire ce que cela pouvait avoir de mal. Il était incapable de dire ce qu'il pouvait y avoir de mal en quoi que ce soit chez Melissa — ses parents autosatisfaits, son goût du théâtre et son assurance, son amour du capitalisme, l'absense de bons amis de son âge. L'impression qu'il avait eue lors du dernier cours de Brûlantes Fictions, l'impression que lui avait tout faux, et qu'il n'y avait rien de mal dans le monde et rien de mal à y être heureux, que le problème était en lui et en lui seulement, revint avec une telle force qu'il dut s'asseoir sur le lit.

« Où en est-on côté drogues ?

— Plus rien, dit Melissa.

— OK.

– J'en avais six et tu en as pris cinq.

– Quoi ?

– Et c'était une grosse erreur, manifestement, de ne pas te les avoir donnés tous les six.

– Qu'est-ce que tu as pris ?

– De l'Advil, chéri. » Son ton câlin avait passé les bornes au point de devenir franchement ironique. « Contre les douleurs fessières, peut-être ?

– Je ne t'ai jamais demandé de te procurer cette drogue, dit-il.

– Pas explicitement, dit-elle.

– Qu'est-ce que ça veut dire ?

– Eh bien, tu parles qu'on se serait bien éclatés sans ça ! »

Chip ne lui demanda pas plus d'explications. Il craignait qu'elle n'ait voulu dire qu'il avait été un amant médiocre et angoissé jusqu'à ce qu'il ait tâté du Mexican A. Bien sûr qu'il avait été un amant médiocre et angoissé ; mais il s'était autorisé à espérer qu'elle ne l'avait pas remarqué. Sous le poids de cette nouvelle honte, et sans plus de drogue dans la pièce pour la soulager, il baissa la tête et plaqua les mains contre son visage. La honte l'écrasait et la rage enflait.

« Vas-tu m'emmener à Westport ? » demanda Melissa.

Il hocha la tête, mais elle ne devait pas le regarder, parce qu'il l'entendit feuilleter un annuaire. Il l'entendit dire à un régula-teur qu'elle avait besoin d'une course pour New London. Il l'entendit dire : « Comfort Valley Lodge. Chambre 23.

– Je vais te conduire à Westport », dit-il.

Elle coupa le téléphone. « Non, c'est parfait comme ça.

– Melissa. Annule le taxi. Je vais t'emmener. »

Elle écarta les rideaux à l'arrière de la chambre, révélant une vue sur une palissade anti-tempête, des érables droits comme des bâtons et l'arrière d'une usine de recyclage. Huit ou dix flo-cons de neige planaient tristement. À l'est, il y avait une trouée dans le ciel où la couverture nuageuse était érodée et où perçait un soleil blanc. Chip s'habilla rapidement tandis que Melissa lui tournait le dos. S'il n'avait pas été si étrangement plein de honte, il aurait pu aller à la fenêtre et poser les mains sur elle, et elle aurait pu se retourner et lui pardonner. Mais ses mains lui semblaient prédatrices. Il imaginait le mouvement de recul de Melissa, et il n'était pas entièrement convaincu qu'un sombre pourcentage de son être ne voulait pas en vérité la violer, la faire payer de s'aimer d'une manière dont il se sentait incapable. Comme il haïssait et comme il adorait la cadence de sa voix, l'élasticité de sa démarche, la sérénité de son amour-propre ! Elle devait être elle-même et lui non. Et il voyait bien qu'il était perdu – qu'il ne l'aimait pas mais qu'elle lui manquerait horriblement.

Elle composa un autre numéro. « Hé, ma chérie, dit-elle dans son portable. Je suis en route pour New London. Je prendrai le premier train qui se présentera… Non, je veux seulement être avec vous… Complètement… Oui, complètement… OK, bisou, bisou, je vous verrai quand je vous verrai… C'est ça. »

Une voiture klaxonna devant la porte.

« Mon taxi est là, dit-elle à sa mère. Oui. OK. Bisou, bisou. Salut. »

Elle enfila sa veste dans un haussement d'épaules, souleva son sac et traversa la pièce en valsant. À la porte, elle annonça d'un ton dégagé qu'elle partait. « À plus tard », dit-elle en regardant presque Chip.

Il n'arrivait pas à déterminer si elle était immensément bien dans sa peau ou complètement à côté de ses pompes. Il entendit une porte de taxi claquer, un moteur gronder. Il alla à la fenêtre et aperçut l'éclat de ses cheveux auburn par la lunette arrière d'un taxi rouge et blanc. Il décida, après cinq années d'arrêt, que le moment était venu de s'acheter des cigarettes.

Il passa une veste et traversa des étendues d'asphalte glacé indifférent aux piétons. Il glissa des pièces dans la fente de la vitre pare-balles d'une supérette.

C'était le matin de Thanksgiving. Les rafales avaient cessé et le soleil pointait son nez. Les ailes d'une mouette claquaient. Le vent était tourbillonnant, il ne semblait pas toucher le sol. Chip s'assit sur une glissière de sécurité glacée et fuma en se repaissant de la robuste médiocrité du commerce américain, du bric-à-brac sans prétention de métal et de plastique qui bordait la route. Le heurt sourd du pistolet d'une pompe à essence s'arrêtant une fois le réservoir plein, l'humilité et la promptitude de son service. Et une bannière *99 ¢ le maxi-verre* gonflée par le vent mais ne voguant nulle part, ses cordes de nylon claquant et cliquetant contre un poteau en métal galvanisé. Et les chiffres en sansérif noir des carburants, la compagnie de tant de 9. Et des berlines américaines descendant la bretelle d'accès à des vitesses d'escargot telles, proches du cinquante à l'heure. Et des fanions en plastique orange et jaune frissonnant dans le ciel sur des cordes.

« Papa est encore tombé dans l'escalier de la cave, dit Enid tandis que la pluie s'abattait sur New York. Il descendait une grosse boîte de noix de pécan au sous-sol, il ne se tenait pas à la rampe et il est tombé. Tu peux imaginer le nombre de noix qu'il y a dans une boîte de six kilos. Elles ont roulé de partout. Denise, j'ai passé une demi-journée à quatre pattes. Et j'en retrouve encore. Elles sont de la même couleur que ces grillons dont on n'arrive pas à se débarrasser. Je tends la main pour ramasser une noix, et elle me saute à la figure ! »

Denise recoupait les tiges des tournesols qu'elle avait apportés. « Pourquoi est-ce que papa descendait au sous-sol des boîtes de six kilos de noix de pécan ?

— Il voulait une activité qui ne l'oblige pas à quitter son fauteuil. Il allait les décortiquer. » Enid approcha de l'épaule de Denise. « Y a-t-il quelque chose que je puisse faire ?

— Tu peux me trouver un vase. »

Le premier placard qu'ouvrit Enid ne contenait qu'un carton plein de vieux bouchons de liège. « Je ne comprends pas pourquoi Chip nous a invités ici s'il ne comptait même pas déjeuner avec nous.

— Sans doute, dit Denise, n'avait-il pas projeté de se faire plaquer ce matin. »

Le ton de voix de Denise rappelait sans cesse à Enid qu'elle était idiote. Denise n'était pas quelqu'un de très chaleureux ni de très souple, trouvait Enid. Cependant, Denise était sa fille et, quelques semaines plus tôt, Enid avait commis un acte honteux qu'elle avait maintenant un sérieux besoin de confesser à quelqu'un, et elle espérait que Denise pourrait être ce quelqu'un.

« Gary veut que nous vendions la maison et déménagions pour Philadelphie, dit-elle. Gary trouve que Philadelphie s'impose parce qu'il y vit, et toi aussi, et que Chip est à New York. J'ai dit à Gary que j'adorais mes enfants mais que c'était à Saint Jude que je me sentais bien. Denise, je suis une femme du Midwest. Je serais *perdue* à Philadelphie. Gary veut que nous entrions dans une maison médicalisée. Il ne comprend pas que c'est déjà trop tard. Ces endroits-là ne veulent pas de vous quand vous êtes dans l'état où est papa.

— Mais si papa ne cesse de tomber dans l'escalier ?

— Denise, il ne se tient pas à la rampe ! Il refuse l'idée qu'il ne devrait pas transporter des choses dans l'escalier. »

Sous l'évier, Enid trouva un vase derrière une pile de photographies encadrées, quatre images de choses roses et pleines de poils, un genre d'art tordu ou des photos médicales. Elle essaya de passer la main par-dessus en les ignorant, mais elle renversa un appareil à cuire les asperges à la vapeur qu'elle avait autrefois offert à Chip pour Noël. Dès l'instant où Denise baissa le regard, Enid ne pouvait plus prétendre ne pas avoir vu les photos. « Mais qu'est-ce que... ? dit-elle en fronçant les sourcils. Denise, qu'est-ce que c'est que ça ?

– Quel est le sens de ta question ?

– Des trucs tordus de Chip, j'imagine. »

Denise avait un air « amusé » qui rendait folle Enid. « Manifestement, tu sais ce que c'est, néanmoins.

– Non, je ne sais pas.

– Tu ne sais pas ce que c'est ? »

Enid sortit le vase et referma le placard. « Je ne *veux* pas le savoir, dit-elle.

– Eh bien, ce n'est pas du tout la même chose. »

Dans le séjour, Alfred rassemblait son courage pour s'asseoir sur la méridienne de Chip. Moins de dix minutes plus tôt, il s'y était assis sans incident. Mais à présent, au lieu de le refaire simplement, il s'était arrêté pour réfléchir. Il s'était rendu compte tout récemment qu'au centre de l'acte de s'asseoir il y avait une perte de contrôle, une chute libre à l'aveugle vers l'arrière. Son excellent fauteuil bleu de Saint Jude était comme un gant de base-ball qui rattrapait gentiment tout corps projeté dans sa direction, quel que fût l'angle de l'impact ou sa violence ; il avait de gros bras velus, fidèles compagnons qui le soutenaient quand il accomplissait cette cruciale plongée à l'aveugle. Mais la méridienne de Chip était une antiquité malcommode, à l'assise basse. Alfred lui tournait le dos et hésitait, les genoux pliés à l'angle relativement réduit que lui concédait la faiblesse de ses mollets, ses mains brassant en vain l'air derrière lui. Il avait peur de se lancer. Et il y avait cependant quelque chose d'obscène à se tenir à demi accroupi et tremblant, quelque association avec les toilettes pour hommes, une vulnérabilité fondamentale qui lui semblait à la fois si poignante et si vile que, simplement pour y mettre un terme, il ferma les yeux et se laissa aller. Il atterrit durement sur les fesses et continua de basculer en arrière, s'immobilisant les genoux en l'air au-dessus de lui.

« Al, tout va bien ? lança Enid.

– Je ne comprends pas ce mobilier, dit-il en luttant pour se redresser et s'exprimer d'une voix assurée. C'est censé être un canapé ? »

Denise apparut et déposa un vase contenant trois tournesols sur le guéridon à côté de la chaise. « C'est comme un canapé, dit-elle. Tu peux allonger les jambes et faire le philosophe français. Tu peux parler de Schopenhauer. »

Alfred secoua la tête.

Enid professa depuis la porte de la cuisine : « Le Dr Hedgpeth dit que tu ne devrais t'asseoir que dans des fauteuils *hauts, à dossier droit.* »

Comme Alfred ne montrait aucun intérêt pour ces instructions, Enid les répéta à Denise quand elle revint à la cuisine.

« Seulement dans des fauteuils *hauts, à dossier droit,* dit-elle. Mais papa ne veut pas l'écouter. Il insiste pour occuper son fauteuil en cuir. Puis il m'appelle pour que je vienne l'aider à se lever. Mais si je me fais mal au dos, qu'est-ce qu'on va devenir ? J'ai mis un bon vieux fauteuil canné devant la télé du rez-de-chaussée et je lui ai dit de s'installer *là.* Mais il préfère s'asseoir dans son fauteuil en cuir et, pour en sortir, il glisse sur le coussin jusqu'à ce qu'il soit par terre. Puis il avance à quatre pattes jusqu'à la table de ping-pong et s'y accroche pour se hisser en position debout.

– C'est plutôt astucieux, dit Denise en tirant une pleine brassée de nourriture du réfrigérateur.

– Denise, il *rampe à quatre pattes.* Plutôt que de s'asseoir dans un bon fauteuil à dossier droit, comme le docteur dit qu'il doit le faire, il *rampe à quatre pattes.* Il ne devrait pas rester autant assis, pour commencer. Le Dr Hedgpeth dit que son état n'est pas si grave et qu'il pourrait parfaitement sortir et *faire* quelque chose. "Pierre qui rouille n'amasse pas muscle", c'est ce que répètent tous les médecins. Dave Schumpert a eu dix fois plus de problèmes de santé que papa, il a eu une colostomie pendant quinze ans, il a un seul poumon et un pacemaker, et regarde tout ce qu'ils font avec Mary Beth. Ils rentrent tout juste de faire de la plongée sous-marine aux Fidji ! Et Dave ne se plaint *jamais*, il ne se plaint *jamais*. Tu ne te souviens probablement pas de Gene Grillo, le vieil ami de ton père à Hephaestus ? Eh bien, il a un Parkinson sévère – beaucoup, beaucoup plus grave que celui de papa. Il est toujours chez lui à Fort Wayne, mais dans une chaise roulante à présent. Il est vraiment dans un état épouvantable, mais, Denise, il *s'intéresse* aux choses. Il ne peut plus écrire, mais il nous a envoyé une "audiolettre" sur minicassette, pleine de sensibilité, où il nous parle de chacun de ses petits-enfants en détail, parce qu'il connaît ses petits-enfants et qu'il s'intéresse à eux, et il nous raconte qu'il s'est mis à l'étude du cambodgien, qu'il appelle khmer, en écoutant une bande et en regardant la chaîne de télévision cambodgienne (ou khmère, j'imagine) de Fort Wayne, parce que leur plus jeune fils a épousé une Cambodgienne, ou Khmère, j'imagine, et que ses parents ne parlent pas du tout anglais et que Gene veut pouvoir leur parler un peu. Tu imagines ? D'un côté, Gene est dans un fauteuil roulant, complètement handicapé, et il se demande encore ce qu'il peut faire pour les autres ! Tandis que papa, qui peut marcher, parler, s'habiller lui-même, ne fait rien d'autre de la journée que de rester assis dans son fauteuil.

– Maman, il est déprimé, dit Denise à voix basse en tranchant du pain.

– C'est ce que disent aussi Gary et Caroline. Ils disent qu'il est déprimé et qu'il devrait suivre un traitement. Ils disent que c'était un drogué du travail et que le manque de travail l'a poussé dans la dépression.

– Donc on le drogue et on l'oublie. Une théorie bien commode.

– Tu es injuste avec Gary.

– Ne me lance pas sur le sujet de Gary et Caroline.

– *Seigneur*, Denise, avec la façon que tu as de faire voler ce couteau, je ne comprends pas que tu n'aies pas encore perdu un doigt. »

Denise avait taillé trois petits récipients à fond de croûte dans l'extrémité d'une miche de pain. Sur l'un d'eux, elle disposa des copeaux de beurre arqués comme des voiles gonflées par le vent, dans un autre elle installa des éclats de parmesan au milieu d'un tapissage de feuilles de roquette lacérées, et elle remplit le troisième d'une purée d'olives arrosée d'huile d'olive et couverte d'une épaisse couche de poivrons rouges.

Enid dit : « Hum, ça n'a pas l'air mauvais du tout », en tendant la main avec la vivacité d'un chat vers l'assiette où Denise avait déposé les amuse-gueules. Mais l'assiette lui échappa.

« C'est pour papa.

— Un tout petit morceau !

— Je t'en ferai pour toi.

— Non, je veux seulement un petit morceau des siens. »

Mais Denise sortit de la cuisine et apporta l'assiette à Alfred, pour qui le problème de l'existence était celui-ci : à la manière de jeunes pousses de blé perçant le sol de la terre, le monde progressait dans le temps en ajoutant cellule après cellule à sa pointe avancée, entassant instant sur instant, et de saisir le monde même dans son instant le plus récent et le plus neuf n'apportait aucune garantie qu'on serait capable de le saisir à nouveau un instant plus tard. Le temps qu'il ait établi que sa fille, Denise, lui tendait une assiette d'amuse-gueules dans la salle de séjour de son fils Chip, l'instant suivant du temps bourgeonnait déjà en une existence virginale encore à saisir où il ne pouvait écarter absolument la possibilité que, par exemple, sa femme, Enid, fût en train de lui tendre une assiette de crottes dans le salon d'un bordel ; et, aussitôt avait-il reconfirmé dans leur être Denise, les amuse-gueules et la salle de séjour de Chip que la pointe avancée du temps ajoutait encore une couche supplémentaire de nouvelles cellules, si bien qu'il se trouvait de nouveau confronté à un monde neuf encore à saisir ; c'est pourquoi, plutôt que s'épuiser à courir après le monde, il préférait

de plus en plus passer ses journées plongé dans les racines historiques immuables des choses.

« De quoi t'occuper en attendant que je prépare le déjeuner »,
dit Denise.

Alfred considéra avec gratitude les amuse-gueules, qui étaient
à quatre-vingt-dix pour cent environ stables comme nourriture,
ne vacillant qu'occasionnellement en objets de taille et de forme
semblables.

« Peut-être aimerais-tu un verre de vin ?

– Pas nécessairement », répondit-il. Comme la gratitude
rayonnait depuis son cœur – comme il était ému –, ses mains
jointes et ses avant-bras commencèrent à rebondir plus librement sur ses genoux. Il essaya de trouver quelque chose dans la
pièce qui ne l'émeuve pas, quelque chose sur quoi il puisse
poser le regard sans danger ; mais comme la pièce était chez
Chip et comme Denise s'y trouvait, le moindre accessoire, la
moindre surface – même un bouton de radiateur, même un pan
de mur légèrement éraflé à la hauteur d'une cuisse – était un rappel des mondes distincts, différents du Midwest, où ses enfants
menaient leurs vies et donc de la multiplicité des distances qui le
séparaient d'eux ; ce qui faisait d'autant plus trembler ses mains.

Que la fille dont les attentions aggravaient le plus sa détresse
fût la dernière personne au monde par qui il aurait souhaité
être vu en proie à cette détresse appartenait à cette logique
diabolique qui confirmait un homme dans son pessimisme.

« Je te laisse une minute, dit Denise, pour faire avancer ce
déjeuner. »

Il ferma les yeux et la remercia. Comme s'il attendait une
accalmie dans une averse pour courir de sa voiture à l'épicerie,
il attendit une pause dans ses tremblements pour tendre la
main et goûter sans risque à ce qu'elle lui avait apporté.

Sa détresse offensait son sens de la propriété. Ces mains tremblantes appartenaient à nul autre que lui, et cependant elles
refusaient de lui obéir. Elles étaient comme des enfants rebelles.

Des gamins de deux ans en pleine crise de refus égoïste. Plus ses ordres étaient fermes, moins elles écoutaient et plus elles devenaient rétives et grincheuses. Il avait toujours été vulnérable à l'indiscipline des enfants et à leur refus de se comporter comme des adultes. L'irresponsabilité et l'indiscipline étaient le fléau de son existence, et c'était un autre exemple de cette logique diabolique que sa propre détresse intempestive résulte du refus de son corps de lui obéir.

Si ta main droite t'offense, disait Jésus, coupe-la.

Tandis qu'il attendait que le tremblement diminue – tandis qu'il observait, impuissant, les saccades qui agitaient ses mains, comme s'il était dans une garderie au milieu d'enfants braillards et indisciplinés, ayant perdu sa voix et incapable de les rappeler à l'ordre –, Alfred prit plaisir à cette idée de trancher sa main avec une hachette : de faire savoir au membre rebelle combien il était profondément fâché contre lui, combien peu il l'aimerait s'il persistait à lui désobéir. Cela lui procurait une forme d'extase d'imaginer la première profonde morsure de la lame de la hachette dans l'os et les muscles de son poignet insubordonné ; mais, à côté de l'extase, tout contre, il y avait une inclination à pleurer sur cette main qui était la sienne, qu'il aimait et à laquelle il souhaitait le meilleur, qu'il avait connue toute sa vie.

Il pensait de nouveau à Chip sans s'en rendre compte.

Il se demandait où Chip était parti. Comment il avait une nouvelle fois fait partir Chip.

La voix de Denise et la voix d'Enid dans la cuisine étaient comme une grosse mouche et une petite mouche piégées derrière un cadre de moustiquaire. Et l'instant arriva, la pause qu'il avait attendue. Se penchant en étayant sa main tendue de l'autre, il se saisit de la goélette aux voiles de beurre, la souleva de l'assiette, l'emporta sans qu'elle chavire et puis, tandis qu'elle dansait sur les flots, ouvrit la bouche et l'y fourra sans fausse manœuvre. Oui. Oui. La croûte lui cisailla les gencives, mais il réussit à maintenir la chose tout entière dans sa bouche et mastiqua soigneusement, passant au large de sa langue apathique. La moelleuse fonte du beurre, la douceur féminine du pain au levain. Il y avait des chapitres dans les brochures du Dr Hedgpeth que même Alfred, tout fataliste et homme discipliné qu'il fût, ne pouvait se résoudre à lire. Des chapitres consacrés au problème de la déglutition ; aux dernières affections de la langue ; à l'effondrement final de la signalisation...

La trahison avait pris naissance aux Signaux

La Midland Pacific Railroad, où, durant la dernière décennie de sa carrière, il avait dirigé les services techniques (et où, quand il donnait un ordre, il était exécuté, monsieur Lambert, immédiatement, monsieur), avait desservi plusieurs centaines de bourgades agricoles de l'ouest du Kansas et de l'ouest et du centre du Nebraska, des villes semblables à celles où Alfred et ses collègues de la direction avaient grandi, dedans ou à leur voisinage, des villes qui, avec l'âge, paraissaient d'autant plus délabrées en regard de la haute tenue des voies de la Midpac qui les traversaient. Bien que la responsabilité première de la compagnie fût envers les actionnaires, ses cadres du Kansas et du Missouri (y compris Mark Jamborets, son avocat-conseil) avaient convaincu le conseil d'administration que le chemin de fer se trouvant en pure position de monopole dans bien des villes de l'arrière-pays, il avait le devoir civique de maintenir en service ses lignes et ses embranchements. Alfred ne nourrissait personnellement aucune illusion sur l'avenir économique de villes de la Prairie où l'âge moyen de la population dépassait la cinquantaine, mais il croyait au rail et haïssait les camions, et il savait d'expérience ce qu'un service régulier signifiait pour la fierté civique d'une ville, comment le sifflet d'un train pouvait donner un coup de fouet au moral en une matinée de février par 41° de latitude nord et 101° de longitude ouest ; et, au cours de ses batailles avec l'Agence de protection de l'environnement et divers départements des transports, il avait appris à apprécier les parlementaires des États ruraux qui pouvaient intervenir en votre faveur lorsque vous aviez besoin d'une rallonge de temps pour nettoyer les cuves d'huile de vidange de vos ateliers de Kansas City, ou quand un foutu bureaucrate insistait pour vous faire payer quarante pour cent d'un pont inutile destiné à supprimer un passage à niveau sur une route de campagne. Des années après que la Soo Line et la Great Northern & Rock Island eurent abandonné des villes mortes ou mourantes d'un bout à l'autre des plaines du nord, la Midpac avait persisté à faire circuler de petits trains semi-hebdomadaires, ou même bi-hebdomadaires, à travers des endroits comme Alvin et Pisgah Creek, New Chartres et West Centerville.

Malheureusement, ce programme avait attiré des prédateurs. Au début des années 80, alors qu'Alfred approchait de la retraite, la Midpac était connue pour être un transporteur régional qui, malgré une gestion exceptionnelle et de superbes profits sur ses lignes longue distance, avait des résultats financiers très ordinaires. La Midpac avait déjà repoussé un soupirant importun quand elle tomba sous le regard intéressé de Hillard et Chauncy Wroth, jumeaux d'Oak Ridge, Tennessee, qui avaient transformé l'affaire familiale d'emballage de viande en un empire financier. Leur société, le groupe Orfic, incluait une chaîne d'hôtels, une banque à Atlanta, une compagnie pétrolière et l'Arkansas Southern Railroad. Les Wroth avaient des visages de guingois, des cheveux sales et aucun autre désir ou intérêt perceptible que de faire de l'argent ; la presse financière les avait baptisés *les raiders d'Oak Ridge*. Lors d'une des premières réunions exploratoires à laquelle assista Alfred, Chauncy Wroth persista à appeler le P-DG de Midpac « papa » : *Je comprends bien que vous trouviez pas ça « fair play », PAPA… Eh bien, PAPA, pourquoi vous et vos avocats n'auriez pas cette petite discussion maintenant… Diable, dire qu'Hillard et moi, nous croyions que vous dirigiez une affaire, PAPA, et non une œuvre de bienfaisance…* Ce genre d'antipaternalisme fonctionnait bien avec les ouvriers syndiqués de la compagnie, qui, après des mois de négociations ardues votèrent en faveur des Wroth un ensemble de concessions sur les salaires et les conditions de travail représentant près de 200 millions de dollars ; avec ces perspectives d'économies en main, plus vingt-sept pour cent de la capitalisation de la compagnie, plus des possibilités illimitées de financement par les junk-bonds, les Wroth lancèrent une OPA irrésistible et enlevèrent la compagnie. Un ancien commissaire aux autoroutes du Tennessee, Fenton Creel, fut embauché pour superviser la fusion avec l'Arkansas Southern. Creel ferma le quartier général de Midpac à Saint Jude, licencia ou mit en retraite un tiers de ses employés, et déménagea le reste à Little Rock.

Alfred prit sa retraite deux mois avant son soixante-sixième anniversaire. Il était chez lui et regardait *Bonjour l'Amérique !* depuis son nouveau fauteuil bleu quand Mark Jamborets, l'ancien avocat-conseil de Midpac, l'appela pour lui apprendre qu'un shérif de New Chartres (prononcez « Tcharters »), Kansas, s'était arrêté lui-même après avoir tiré sur un employé d'Orfic Midland. « Le shérif s'appelle Bryce Halstrom, expliqua Jamborets. Il a reçu un appel l'avertissant que des voyous étaient en train de saccager les câbles de signalisation de Midpac. Il s'est rendu sur les lieux et a vu trois gaillards occupés à arracher les câbles, à détruire les coffrets, à ramasser tout ce qui était en cuivre. L'un d'entre eux s'est pris une balle dans la hanche avant que les autres aient pu faire comprendre à Halstrom qu'ils étaient employés par Midpac. Embauchés pour récupérer du cuivre à soixante cents la livre.

« Mais c'est une installation en parfait état de fonctionnement, dit Alfred. Il y a à peine trois ans qu'on a refait tout l'embranchement de New Chartres.

– Les Wroth mettent tout le réseau secondaire à la casse, dit Jamborets. Ils liquident la voie directe pour Glendora ! Tu imagines que l'Atchison-Topeka ne leur ferait pas une proposition pour ça ?

– Eh bien, fit Alfred.

– C'est de la morale baptiste tournée à l'aigre, dit Jamborets. Les Wroth ne peuvent pas supporter que nous reconnaissions quelque autre principe que la recherche impitoyable du profit. Je te le dis : ils haïssent ce qu'ils sont incapables de comprendre. Et maintenant ils pratiquent la politique de la terre brûlée. Fermer la direction centrale de Saint Jude ? Quand elle est deux fois plus grosse que celle d'Atlantic Southern ? Ils punissent Saint Jude d'être la patrie de Midland Pacific. Et Creel punit les villes comme New Chartres d'être des villes Midpac. Il brûle la terre des financièrement impies.

– Eh bien, répéta Alfred, les yeux attirés par son fauteuil bleu et son délicieux potentiel de lieu de sommeil. Cela ne me regarde plus. »

Mais il avait œuvré trente ans durant à faire de Midland Pacific un outil irréprochable, et Jamborets continuait de l'appeler pour lui rapporter les derniers outrages commis dans le Kansas, et tout cela lui donnait une puissante envie de dormir. Bientôt, il ne resterait plus guère d'embranchements ni de lignes secondaires en service dans le secteur occidental de Midpac, mais Fenton Creel semblait content de démonter les câbles des signaux et de piller les relais. Cinq ans après l'OPA, les rails étaient toujours en place, le droit de passage n'avait pas été cédé. Seul le système nerveux de cuivre avait été démantelé en un geste d'automutilation managérial.

« Et maintenant, je me fais du souci pour notre couverture maladie, dit Enid à Denise. Orfic Midland fait basculer tous ses employés sur l'assurance privée dès avril. Il faut que je trouve une société qui agrée une partie de mes médecins et de ceux de papa. Je suis *inondée* de prospectus où toutes les différences sont dans les clauses en petits caractères et, honnêtement, Denise, je ne me sens pas capable de régler ça. »

Comme pour prévenir toute demande d'aide, Denise

demanda rapidement : « Quelles conventions accepte le Dr Hedgpeth ?

— Eh bien, en dehors de ses anciens patients qui paient à la consultation, comme papa, il ne travaille qu'avec l'organisme de Dean Driblett, dit Enid. Je t'ai parlé de cette réception dans la nouvelle maison de Dean : elle est *immense*, elle est *splendide*. Dean et Trish sont vraiment sans doute le jeune couple le plus charmant que je connaisse, mais, Seigneur ! Denise, j'ai appelé sa société l'an dernier quand papa est tombé sur la tondeuse, et tu sais ce qu'ils demandaient pour tondre notre petite pelouse ? Cinquante-cinq dollars par semaine ! Je n'ai rien contre le profit, je pense que c'est *merveilleux* que Dean réussisse, je t'ai parlé de son voyage à Paris avec Honey, je ne vais rien dire contre lui. Mais cinquante-cinq dollars par semaine ! »

Denise examina la salade de haricots verts de Chip et tendit la main vers l'huile d'olive. « Combien cela coûterait de rester au paiement à l'acte ?

— Denise, plusieurs centaines de dollars par mois en plus. Aucun de nos vieux amis n'a d'assurance privée, tout le monde paie à l'acte, mais je ne vois pas comment nous pourrions nous le permettre. Papa a été si prudent dans ses investissements que nous avons encore de la chance d'avoir un petit matelas pour les imprévus. Et c'est encore une chose qui m'inquiète beaucoup, beaucoup, beaucoup. » Enid baissa la voix. « L'un des anciens brevets de papa va finir par rapporter, et j'ai besoin de tes conseils. »

Elle sortit de la cuisine et s'assura qu'Alfred ne pouvait les entendre. « Al, comment ça va ? » cria-t-elle.

Il tenait précautionneusement son second hors-d'œuvre, le petit wagon vert, sous son menton. Comme s'il avait capturé un petit animal qui risquait de s'échapper, il hocha la tête sans lever les yeux.

Enid revint à la cuisine en tenant son sac. « Il a enfin une chance de gagner de l'argent, et ça ne l'intéresse pas. Gary lui a parlé au téléphone le mois dernier pour l'inciter à être un peu plus agressif, mais papa s'est dégonflé. »

Denise se raidit. « Qu'est-ce que Gary voulait que vous fassiez ?

— Que nous soyons seulement un peu plus agressifs. Tiens, je vais te montrer la lettre.

— Maman, ces brevets appartiennent à papa. Tu dois le laisser en faire ce qu'il veut. »

Enid espérait que l'enveloppe qui se trouvait au fond de son sac pourrait être le recommandé d'Axon Corp. qui avait disparu. Dans son sac, comme chez elle, les objets disparus réapparaissaient parfois de façon miraculeuse. Mais l'enveloppe qu'elle trouva était le premier recommandé avec accusé de réception qui n'avait jamais été perdu.

« Lis ça, dit-elle, et dis-moi si tu es d'accord avec Gary. »

Denise posa le pot de poivre de Cayenne avec lequel elle avait saupoudré la salade de Chip. Enid se tint contre son épaule et relut la lettre pour s'assurer qu'elle disait toujours ce dont elle avait le souvenir.

Cher M. Lambert,

Je vous écris au nom d'Axon Corporation, 24 East Industrial Serpentine, Schwenksville, Pennsylvanie, pour vous proposer le paiement d'une somme forfaitaire et définitive de cinq mille dollars ($ 5 000) en échange de la jouissance entière, exclusive et irrévocable de l'US. Patent n° 4.934.417 (ÉLECTROPOLYMÉRISATION D'UN GEL DE FERROACÉTATE THÉRAPEUTIQUE), dont vous êtes le titulaire original et unique.

La direction d'Axon regrette de ne pouvoir vous proposer une somme plus importante. Le produit que développe actuellement la compagnie en est aux tout premiers stades de son expérimentation et il n'y a aucune garantie que cet investissement portera ses fruits.

Si les termes du contrat de licence ci-joint vous agréent, veuillez le signer, faire authentifier les trois exemplaires et me les retourner avant le 30 septembre au plus tard.

Veuillez agréer, cher M. Lambert, l'expression de ma considération distinguée.

Joseph K. Prager
Associé-gérant
Bragg, Knuter & Speigh

Quand cette lettre était arrivée courant août et qu'Enid avait réveillé Alfred au sous-sol, il avait haussé les épaules et dit : « Cinq mille dollars ne vont rien changer à notre manière de vivre. » Enid avait suggéré qu'ils écrivent à Axon Corporation en demandant un prix de cession plus élevé, mais Alfred avait secoué la tête. « On aura vite fait de dépenser cinq mille dollars en frais d'avocat, avait-il dit, et qu'est-ce qu'il nous restera alors ? » Cela ne coûtait pourtant rien d'essayer, avait rétorqué Enid. « Je ne veux rien demander », avait dit Alfred. Mais s'il écrivait une simple lettre, avait suggéré Enid, en demandant dix mille… Elle avait laissé sa phrase en suspens tandis qu'Alfred la fusillait du regard. Elle aurait aussi bien pu lui proposer de faire l'amour.

Denise avait sorti une bouteille de vin du réfrigérateur, comme pour souligner son indifférence à un sujet qui importait à Enid. Enid se disait parfois que Denise n'avait que mépris pour tout ce qui comptait pour elle. Le jean moulant de Denise, tandis qu'elle refermait un tiroir d'une poussée de la hanche, émettait ce message. L'assurance avec laquelle elle enfonçait un tire-bouchon dans un col de bouteille émettait ce message. « Veux-tu un verre de vin ? »

Enid frissonna. « Il est si tôt dans la journée ! »

Denise buvait ça comme de l'eau. « Connaissant Gary, dit-elle, j'imagine qu'il vous a conseillé d'essayer de les estamper.

— Non, eh bien, tu vois… » Enid tendit les deux mains vers la bouteille de vin. « Une goutte à peine, verse-m'en à peine une gorgée, vraiment, je ne bois jamais d'alcool si tôt dans la journée, jamais – tu vois, mais Gary se demande pourquoi la société se donne le mal d'acheter le brevet s'ils sont si peu avancés dans leur développement. J'imagine que la procédure habituelle est d'enfreindre la protection du brevet – c'est trop ! Denise, je n'aime pas tant que ça le vin ! Parce que, tu vois, le brevet expire dans six ans, Gary pense donc que la société doit s'apprêter à faire des masses d'argent très vite.

— Papa a-t-il signé le contrat ?

— Oh, oui. Il est allé voir les Schumpert et il a fait authentifier sa signature par Dave.

— Alors tu dois respecter sa décision.

— Denise, il est entêté et déraisonnable. Je ne peux pas…

— Es-tu en train de me dire que tu mets en doute ses capacités mentales ?

— Non. Non. C'est parfaitement typique. Je ne peux simplement pas…

— S'il a déjà *signé* le contrat, dit Denise, qu'est-ce que Gary imagine que vous allez faire ?

— Rien, j'imagine.

— Alors à quoi ça rime ?

— À rien. Tu as raison, dit Enid. Nous ne pouvons rien y faire », bien qu'il y eût à faire en réalité. Si Denise avait été un peu moins partisane dans son soutien à Alfred, Enid aurait pu lui avouer que lorsque Alfred lui avait donné le contrat authentifié à porter à la poste, sur le chemin de la banque, elle avait caché le contrat dans la boîte à gants de leur voiture et laissé l'enveloppe reposer là et irradier la culpabilité pendant plusieurs jours ; et que, plus tard, pendant qu'Alfred faisait la sieste, elle avait caché l'enveloppe en un lieu plus sûr, au fond d'un placard de la buanderie contenant des pots de confitures périmées devenus gris avec l'âge (kumquats-raisins secs, courges-brandy, groseilles à maquereau coréennes), des vases, des paniers et des cubes de pâte à modeler de fleuriste trop fraîche pour être jetée, mais plus assez pour être utilisée ; et que, en conséquence de cet acte de malhonnêteté, Alfred et elle avaient toujours la possibilité de soutirer une grosse somme d'argent à Axon, et qu'il était donc crucial qu'elle retrouve la deuxième lettre recommandée d'Axon et la cache avant qu'Alfred ne découvre qu'elle l'avait trompé et lui avait désobéi. « Oh, mais cela me rappelle, dit-elle en vidant son verre, qu'il y a encore une autre chose pour laquelle j'ai vraiment besoin de ton aide. »

Denise hésita avant de répondre par un « Oui ? » poli et engageant. Cette hésitation confirma Enid dans sa conviction bien ancrée qu'Alfred et elle avaient dû faire une erreur quelque part dans l'éducation de Denise. N'avaient pas su insuffler à leur benjamine l'esprit de générosité et de serviabilité souriante qui convenait.

« Eh bien, comme tu sais, dit Enid, nous sommes allés à Philadelphie pour les huit derniers Noël d'affilée, et les fils de Gary sont assez âgés aujourd'hui pour souhaiter avoir un souvenir de Noëls chez leurs grands-parents, alors, *je* me suis dit…

– *Merde !* » Un cri surgit de la salle de séjour.

Enid posa son verre et sortit en toute hâte de la cuisine. Alfred était assis sur le bord de la méridienne dans une position qui tenait de la pénitence, les genoux dressés, le dos légèrement voûté, et observait l'endroit où s'était écrasé son troisième hors-d'œuvre. La gondole de pain avait échappé à ses doigts lors de l'approche finale de sa bouche et avait plongé vers ses genoux, répandant des débris et roulant jusqu'au sol, pour venir s'immobiliser sous la méridienne. Un criblage humide de poivre rouge grillé était venu adhérer à la jupe de la méridienne. Des auréoles huileuses se formaient autour de chaque brisure d'olive sur le tissu. La gondole vide était couchée sur le côté, révélant son intérieur humecté de jaune et taché de brun.

Denise se glissa devant Enid, une éponge à la main, et alla s'agenouiller à côté d'Alfred. « Oh, papa, dit-elle, ce n'était pas facile à manier, j'aurais dû m'en rendre compte.

— Trouve-moi un chiffon et je ferai le ménage.

— Non, ne bouge pas », dit Denise. Creusant la paume de sa main pour en faire un réceptacle, elle brossa les brisures d'olive de ses genoux et de ses cuisses. Les mains d'Alfred tremblaient dans l'air au voisinage de la tête de sa fille, comme s'il pouvait avoir à la repousser, mais elle fit rapidement son œuvre, et bientôt elle eut éponge les morceaux d'olive du plancher et rapportait les aliments souillés à la cuisine, où Enid avait éprouvé l'envie d'une petite rasade supplémentaire de vin et, dans sa hâte de ne pas se faire surprendre, s'était versé une rasade assez conséquente, qu'elle avait vidée cul sec.

« Quoi qu'il en soit, dit-elle, je croyais que Chip et toi étiez intéressés, que nous pourrions passer au moins un dernier Noël tous ensemble à Saint Jude. Qu'est-ce que tu en penses ?

— Je serai là où papa et toi souhaiterez être, répondit Denise.

— Non, je te pose la question à *toi*. Je veux savoir s'il y a quelque chose qui te plairait particulièrement. Si tu aimerais particulièrement passer un dernier Noël dans la maison où tu as grandi. Est-ce que tu crois que ça pourrait te faire plaisir ?

— Autant t'avertir tout de suite, dit Denise, tu ne trouveras pas moyen de faire quitter Philly à Caroline. Tu te fais des illusions si tu penses y arriver. Donc, si tu veux voir tes petits-enfants, il faudra que tu viennes dans l'Est.

— Denise, je te demande ce que *toi*, tu veux. Gary dit que Caroline et lui n'excluent pas de venir. J'ai besoin de savoir si un Noël à Saint Jude est quelque chose qui te ferait vraiment, vraiment plaisir, à *toi*. Parce que si, pour le reste d'entre nous, nous sommes tous d'accord qu'il est important d'être réunis en famille à Saint Jude une dernière fois...

– Maman, ça me va parfaitement, si tu penses arriver à le gérer.

– J'aurai besoin d'un peu d'aide en cuisine, c'est tout.

– Je peux t'aider en cuisine. Mais je ne pourrai venir que quelques jours.

– Tu ne peux pas prendre une semaine ?

– Non.

– Pourquoi pas ?

– Maman !

– *Merde !* » cria de nouveau Alfred depuis la salle de séjour tandis qu'un objet vitreux, peut-être un vase contenant des tournesols, heurtait le sol dans un fracas déchirant, le tumulte d'une catastrophe. « *Merde ! Merde !* »

Enid avait elle-même les nerfs tellement à fleur de peau qu'elle faillit lâcher son verre de vin, mais elle était en même temps heureuse de ce deuxième incident, quel qu'il fût, parce qu'il donnait à Denise un léger goût de ce qu'elle devait endurer chaque jour, vingt-quatre heures sur vingt-quatre, chez eux à Saint Jude.

Le soir du soixante-quinzième anniversaire d'Alfred avait trouvé Chip seul à Tilton Ledge, tenant congrès sexuel avec sa méridienne rouge.

C'était le début du mois de janvier et les bois environnant Ferraille Creek étaient détrempés par la neige fondue. Seul le ciel de centre commercial qui planait au-dessus du Connecticut et les cadrans digitaux de sa chaîne hi-fi éclairaient sa quête charnelle. Il était agenouillé au pied de la méridienne et flairait minutieusement son capitonnage, centimètre par centimètre, dans l'espoir que quelque relent vaginal y subsisterait peut-être huit semaines après que Melissa Paquette s'y fut étendue. Généralement, les odeurs distinctes et identifiables – poussière, sueur, urine, la puanteur de salle de garde du tabac froid, le relent fugitif du foutre – devenaient abstraites et impossibles à distinguer à force de s'échiner, et il devait donc s'interrompre régulièrement pour se rafraîchir l'odorat. Il enfonça les lèvres dans les nombrils boutonnés de la méridienne et embrassa les peluches, les poussières, les miettes et les poils qui s'y étaient accumulés. Aucun des trois endroits où il pensait sentir Melissa ne recelait d'odeur franche, mais, après une série de comparaisons exhaustive, il put se fixer sur le moins douteux d'entre eux, près d'un bouton au pied du dossier et lui consacrer toute son attention nasale. Il caressa d'autres boutons à deux mains, la fraîcheur du capitonnage irritant ses parties en une piètre imitation de la peau de Melissa, jusqu'à ce qu'il acquière un foi suffisante en la réalité de l'odeur – la conviction qu'il possédait quelque vestige de Melissa – pour consommer l'acte. Puis il roula au bas de son antiquité complaisante et s'affala par terre, la culotte baissée et la tête sur le coussin, une heure plus près d'avoir omis d'appeler son père le jour de son anniversaire.

Il fuma deux cigarettes, allumant la deuxième au mégot de la première. Il alluma sa télévision sur une chaîne du câble qui passait un marathon de vieux dessins animés de la Warner Bros. À la lisière de la piscine de lueur bleutée, il apercevait le courrier qui s'était entassé par terre depuis près d'une semaine sans qu'il y touche. Trois lettres du nouveau doyen par intérim étaient dans la pile, ainsi qu'un pli de mauvais augure de la caisse de retraite des enseignants, ainsi qu'une lettre du bureau du logement de l'université portant sur l'enveloppe la mention AVIS D'EXPULSION.

Plus tôt dans la journée, alors qu'il tuait le temps en entourant au stylo bille bleu chaque *M* majuscule du cahier principal d'un vieil exemplaire du *New York Times*, Chip avait conclu qu'il se comportait comme un déprimé. À présent, comme son téléphone se mettait à sonner, il se dit qu'un déprimé devrait continuer de regarder la télé en ignorant la sonnerie – devrait allumer une nouvelle cigarette et, sans la moindre émotion, regarder un nouveau dessin animé tandis que son répondeur prendrait le message s'il y en avait un.

Que son impulsion fût, au contraire, de bondir pour répondre au téléphone – qu'il puisse si facilement trahir le laborieux gâchis d'une journée – jetait un doute sur l'authenticité de sa souffrance. Il avait l'impression qu'il lui manquait la capacité de perdre toute appétence et tout lien avec la réalité comme les déprimés des livres et des films. Il lui sembla, au moment où il éteignit la télévision et se précipita à la cuisine, qu'il échouait même dans la tâche pitoyable de s'effondrer proprement.

Il referma sa braguette, alluma la lumière et décrocha le combiné. « Allô ?

– Qu'est-ce qui se passe, Chip ? demanda Denise sans préliminaires. Je viens de parler à papa et il disait que tu ne l'avais pas appelé.

– Denise. Denise. Pourquoi est-ce que tu cries ?

– Je crie, répondit-elle, parce que je suis bouleversée, parce que c'est le soixante-quinzième anniversaire de papa et que tu ne l'as pas appelé et que tu ne lui as pas envoyé de carte. Je suis bouleversée parce que j'ai travaillé douze heures d'affilée et que je viens d'appeler papa et qu'il se fait du souci pour toi. *Qu'est-ce qui se passe ?* »

Chip se surprit lui-même en riant. « Il se passe que j'ai perdu mon boulot.

– Tu n'as pas été titularisé ?

– Non, j'ai été vidé, répondit-il. Ils ne m'ont même pas laissé finir les deux dernières semaines de cours. Quelqu'un d'autre a dû faire passer les examens à ma place. Et je ne peux pas faire appel de la décision sans citer un témoin. Et si j'essaie de parler à mon témoin ce sera une preuve supplémentaire de mon crime.

– Qui est ce témoin ? Témoin de quoi ? »

Chip sortit une bouteille du conteneur de recyclage, vérifia qu'elle était bien vide et la remit dans le conteneur. « Une de mes anciennes étudiantes affirme que je suis obsédé par elle. Elle dit que j'ai eu une relation avec elle et que j'ai écrit une de ses dissertations dans une chambre de motel. Et à moins de prendre un avocat, ce qui est au-dessus de mes moyens parce qu'ils ont suspendu mon salaire, je n'ai pas le droit de parler à cette étudiante. Si j'essaie de la voir, ce sera considéré comme du harcèlement.

— Elle ment ?

— Il n'est pas nécessaire que maman et papa entendent parler de ça.

— Chip, est-ce qu'elle ment ? »

Sur le comptoir de cuisine de Chip se trouvait le cahier du *Times* où il avait entouré tous les *M* majuscules. Redécouvrir cet objet à présent, des heures plus tard, était comme se souvenir d'un rêve, sauf que le souvenir d'un rêve n'avait pas le pouvoir de happer une personne éveillée, tandis que la vue d'un article abondamment coché sur de nouvelles coupes franches dans les programmes Medicare et Medicaid suscita chez Chip le même sentiment de malaise et de désir inassouvi, la même envie d'évanouissement qui l'avait attiré vers la méridienne pour la flairer et l'étreindre. Il devait lutter à présent pour se souvenir qu'il était déjà *allé* à la méridienne, qu'il avait déjà *pris* ce chemin vers le réconfort et l'oubli.

Il plia le *Times* et le laissa tomber au sommet de sa poubelle, qui débordait déjà.

« Je n'ai jamais eu de relations sexuelles avec cette femme, dit-il.

— Tu sais que j'ai des idées arrêtées sur beaucoup de choses, dit Denise, mais pas sur celle-là.

— Je t'ai dit que je n'avais pas couché avec elle.

— J'insiste néanmoins, dit Denise, pour que tu saches que c'est un domaine où absolument rien de ce que tu pourrais me dire ne risque de me choquer. » Et elle se racla la gorge en signe d'ouverture.

Si Chip avait voulu se confier à une personne de sa famille, sa petite sœur aurait été le choix évident. Ayant abandonné ses études et conclu un mauvais mariage, Denise avait au moins quelque connaissance des ténèbres et de l'échec. Personne d'autre qu'Enid n'avait cependant jamais pris Denise pour une ratée. L'université qu'elle avait abandonnée était meilleure que celle dont Chip était diplômé et tant son mariage précoce que son récent divorce lui avaient conféré une maturité émotionnelle dont Chip n'avait que trop conscience de manquer, et il soup-çonnait en outre qu'alors même que Denise travaillait quatre-vingts heures par semaine elle parvenait néanmoins à lire plus de livres que lui. Au cours du dernier mois, depuis qu'il s'était lancé dans des projets tels que scanner le visage de Melissa Paquette à partir d'un trombinoscope des élèves de première année pour le coller sur des images obscènes téléchargées et trafiquer ces images pixel par pixel (et les heures s'envolaient rapidement quand on trafiquait des pixels), il n'avait pas lu un seul livre.

« Il y a eu un malentendu, déclara-t-il avec lassitude. On aurait dit qu'ils n'avaient qu'une hâte, c'était de me vider. Et maintenant on me refuse le droit de me défendre.

— Franchement, dit Denise, j'ai du mal à voir ton licencie-ment sous un jour négatif. Les universités sont de sales endroits.

— Mais c'était l'endroit où je pensais avoir ma place.

— Et moi je dis que c'est tout à ton honneur que ce ne soit pas le cas. Mais comment survis-tu, financièrement parlant ?

— Qui t'a dit que je survivais ?

— Tu as besoin d'un prêt ?

— Denise, tu n'as pas d'argent.

— Si, j'en ai. Je pense aussi que tu devrais rencontrer mon amie Julia. C'est celle qui est productrice. Je lui ai parlé de ton idée d'un *Troilus et Cressida* dans l'East Village. Elle disait que tu devrais l'appeler si tu étais intéressé par l'écriture. »

Chip secoua la tête comme si Denise était avec lui dans la cuisine et qu'elle pouvait le voir. Ils avaient parlé au téléphone, des mois auparavant, de moderniser certaines des pièces les moins connues de Shakespeare, et il ne supportait pas l'idée que Denise ait pu prendre cette conversation au sérieux ; qu'elle croie toujours en lui.

« Et pour revenir à papa, dit-elle. Tu as oublié que c'était son anniversaire ?

— Je perds le compte des jours ici.

— Je ne voudrais pas te bousculer, dit Denise, sauf que c'était moi qui ouvrais tes cadeaux de Noël.

— Noël était un mauvais moment à passer, pas de doute.

— Il était difficile de savoir quel paquet était pour qui. »

Dehors, un vent du sud s'était levé, un vent tiède qui accélérait le bruit de la neige fondue sur le patio arrière. Le sentiment qu'avait eu Chip quand le téléphone avait sonné – que sa détresse était facultative – l'avait de nouveau quitté.

« Donc, tu vas l'appeler ? » demanda Denise.

Il raccrocha sans lui répondre, coupa la sonnerie et appuya son visage contre le chambranle de la porte. Il avait résolu le problème des cadeaux de Noël le dernier jour possible pour les expédier par la poste, quand, dans une intense précipitation, il avait pioché des soldes et de vieilles occasions dans sa bibliothèque, et les avait emballés dans du papier d'aluminium et noués d'un ruban rouge, en refusant d'imaginer comment Caleb, par exemple, son neveu de neuf ans, pourrait réagir à une édition critique d'Oxford d'*Ivanhoe* dont la principale qualité, en tant que cadeau, était qu'elle demeurait revêtue de son film plastique d'origine. Les coins des livres avaient immédiatement percé les feuilles d'aluminium, et les feuilles qu'il avait ajoutées pour couvrir les trous n'avaient pas bien adhéré aux couches sous-jacentes, si bien que le résultat avait eu un effet matelassé et stratifié, comme une peau d'oignon ou de la pâte feuilletée, qu'il avait essayé d'atténuer en recouvrant chaque paquet d'autocollants de la Ligue nationale pour la défense du droit à l'avortement prélevés dans son kit annuel de membre. Son bricolage avait eu l'air si maladroit et infantile, si mentalement déséquilibré en vérité, qu'il avait jeté les paquets dans un vieux carton d'ananas pour ne plus les voir. Puis il avait expédié le carton par Federal Express chez Gary, à Philadelphie. Il avait l'impression de s'être débarrassé d'un énorme tas d'ordures, comme si, quelque crasseux et désagréable que cela ait pu être, il en était délivré à présent et ne se retrouverait pas de sitôt en pareille situation. Mais, trois jours plus tard, revenant chez lui tard le soir après une veillée de douze heures au Dunkin' Donuts de Norwalk, Connecticut, il se retrouva confronté au problème d'ouvrir les cadeaux que lui avaient envoyés les siens : deux boîtes en provenance de Saint Jude, une enveloppe matelassée de la part de Denise et un paquet de Gary. Il décida qu'il ouvrirait les paquets dans son lit et que, pour les monter dans sa chambre, il leur ferait gravir l'escalier à coups de pied. Ce qui s'avéra être un défi, car ces objets oblongs avaient tendance à accrocher les marches et à retomber. En outre, si l'enveloppe matelassée était trop légère pour présenter une résistance inertielle, il était difficile de lui communiquer une poussée en shootant dedans. Mais Chip avait passé un Noël si frustrant et démoralisant – il avait laissé un message sur la boîte vocale de Melissa à l'université, lui demandant de le rappeler à la cabine du Dunkin' Donuts ou, mieux encore, de venir en personne depuis la maison de ses parents non loin de là, à Westport, et ce n'était qu'à minuit que l'épuisement l'avait contraint à accepter l'idée que Melissa n'allait sans doute pas l'appeler et n'allait certainement pas venir le retrouver – qu'il n'était à présent psychiquement capable ni d'enfreindre les règles du jeu qu'il avait inventé ni de quitter la partie avant qu'elle n'ait atteint son terme. Et il était clair pour lui que les règles ne permettaient que les vrais coups de pied (interdisant, en particulier, de glisser le pied sous l'enveloppe matelassée et de la faire avancer en la poussant ou en la soulevant), et il fut donc obligé de shooter dans le cadeau de Denise avec une sauvagerie croissante jusqu'à ce que celui-ci se déchire et déverse son rembourrage de papier journal et qu'il réussisse à attraper son enveloppe déchirée de la pointe de sa botte et l'expédie en une parabole scintillante qui le fit atterrir à une marche de l'étage. Une fois là, cependant, l'enveloppe refusa de franchir le nez de la dernière marche. Chip la piétina, la fit valser et la déchira avec ses talons. Elle contenait un fatras de papier rouge et de soie verte. Il viola sa propre règle et fit franchir au fatras la dernière marche à la main, lui fit remonter le couloir à coup de pied et l'abandonna à côté de son lit tandis qu'il redescendait s'occuper des autres paquets. Ceux-là aussi, il les endommagea considérablement avant de trouver une méthode pour les faire rebondir sur une des premières marches et les propulser ensuite jusqu'au palier d'un grand coup de pied asséné au vol. Quand il expédia le paquet de Gary, il explosa en un nuage de soucoupes en polystyrène. Une bouteille enveloppée de papier bulle tomba et roula au bas de l'escalier. C'était un flacon de porto californien millésimé. Chip l'emporta jusqu'à son lit et se cala dans un rythme où il buvait une large gorgée de porto pour chaque cadeau qu'il réussissait à déballer. De sa mère, qui devait s'imaginer qu'il suspendait toujours une chaussette à sa cheminée, il avait reçu une boîte marquée *Bourre-chaussettes* contenant de petits articles soigneusement emballés : un paquet de pastilles contre la toux, une photo miniature de lui-même à l'université dans un cadre en cuivre oxydé, de petites bouteilles en plastique de shampooing, de démêlant et de crème pour les mains d'un hôtel de Hongkong où Enid et Alfred étaient descendus en faisant route vers la Chine onze ans plus tôt, et deux farfadets en bois gravé avec un sourire niais et une boucle de fil argenté qui traversait leur petit crâne afin de pouvoir les suspendre à un arbre. Pour dépôt sous son sapin supposé, Enid avait envoyé une deuxième boîte de cadeaux plus consistants enveloppés dans un papier rouge orné de têtes de père Noël : un appareil pour cuire les asperges à la vapeur, trois caleçons blancs, un sucre d'orge géant et deux coussins en calicot. De Gary et sa femme, outre le porto, Chip reçut un astucieux système de pompe à vide pour préserver les restes de vin de l'oxydation, comme si Chip avait jamais eu un problème de bouteille entamée et non finie. De Denise, à qui il avait offert une *Correspondance choisie d'André Gide*, après avoir effacé de la page de garde la preuve qu'il avait payé un dollar pour cette traduction particulièrement pataude, il reçut une magnifique chemise en soie vert d'eau, et de son père un chèque de cent dollars portant l'instruction écrite de sa main de s'acheter ce qui lui ferait plaisir.

Excepté la chemise, qu'il avait mise, le chèque, qu'il avait encaissé, et la bouteille de porto, qu'il avait vidée au lit la nuit de Noël, les cadeaux de sa famille étaient toujours répandus sur le plancher de sa chambre. Une partie du rembourrage de l'enveloppe matelassée de Denise avait dérivé jusqu'à la cuisine où elle s'était mélangée à des éclaboussures d'eau de vaisselle pour former une boue qu'il avait répandue un peu partout. Des troupeaux de cupules en polystyrène expansé d'un blanc moutonnier s'étaient rassemblés dans les endroits abrités.

Il était près de dix heures et demie dans le Midwest.

Allô, papa. Bons soixante-quinze ans. Tout va bien ici. Comment ça va à Saint Jude ?

Chip sentait qu'il ne pourrait passer ce coup de fil sans s'offrir un remontant ou une gâterie. Une forme de stimulant. Mais la télé suscitait en lui de telles angoisses critiques et politiques qu'il ne pouvait plus la regarder (y compris des dessins animés) sans fumer, et il avait maintenant une région doulou-reuse de la taille d'une paire de poumons dans la poitrine, il ne restait plus une goutte d'alcool dans la maison, pas même du sherry de cuisine, pas même du sirop contre la toux, et, après qu'il se fut échiné à prendre son plaisir avec la méridienne, ses endorphines étaient retournées se tapir aux quatre coins de son cerveau, telles des troupes usées par le combat, si épuisées par les exigences qu'il leur avait présentées au cours des cinq dernières semaines que rien, sauf peut-être Melissa en chair et en os, n'aurait pu les rassembler. Il avait besoin d'un petit rehausseur de moral, d'un petit remontant, mais n'avait rien de mieux que le vieux numéro du *Times* et il avait l'impression qu'il avait suffisamment entouré de *M* majuscules pour la journée, qu'il n'allait pas en entourer un de plus.

Il alla à la table de la salle à manger et vérifia l'absence du moindre fond dans les bouteilles qui y traînaient. Il avait employé les derniers 220 dollars de crédit de sa carte Visa pour acheter huit bouteilles d'un fronsac plutôt plaisant et, le samedi soir, avait donné un dernier dîner pour rassembler ses soutiens parmi le corps enseignant. Quelques années plus tôt, après que le département de théâtre de D… eut vidé une jeune professeure très appréciée, Cali Lopez, au motif d'avoir prétendu posséder un diplôme qu'elle n'avait pas, des étudiants et de jeunes enseignants avaient organisé des boycotts et des veillées aux chandelles qui avaient contraint l'université non seulement à réembaucher Lopez, mais aussi à la promouvoir au rang de professeur titulaire. Certes, Chip n'était ni lesbienne ni philippine, comme l'était Lopez, mais il avait enseigné la Théorie du Féminisme, il faisait un score de cent pour cent chez le Bloc Gay, il ne manquait jamais de bourrer ses programmes d'auteurs non occidentaux, et tout ce qu'il avait fait dans la chambre 23 du Comfort Valley Lodge, c'était mettre en pratique certaines théories (le mythe de la paternité littéraire ; le consumérisme résistant des (trans)actions sexuellement transgressives) que l'université l'avait engagé pour enseigner. Malheureusement, les théories apparaissaient quelque peu boiteuses quand il ne les exposait pas à des adolescents impressionnables. Sur les huit collègues qui avaient accepté son invitation à dîner le samedi soir, seuls quatre étaient venus. Et malgré ses efforts pour amener la conversation sur sa triste situation, la seule action collective qu'avaient entreprise ses amis à son égard avait été de lui donner la sérénade, alors qu'ils achevaient la huitième bouteille de vin, avec une exécution *a cappella* de « Non, je ne regrette rien ».

Il n'avait pas eu l'énergie de débarrasser la table au cours des jours suivants. Il examina les feuilles de trévise noircies, la peau de graisse pétrifiée sur une côte d'agneau inentamée, le fatras de bouchons et de cendres. La honte et le désordre étaient dans sa maison comme la honte et le désordre étaient dans sa tête. Cali Lopez était à présent le doyen par intérim, en remplacement de Jim Leviton.

Parlez-moi de votre relation avec votre étudiante, Melissa Paquette.

Mon ancienne étudiante ?

Votre ancienne étudiante.

J'ai de l'amitié pour elle. Nous avons dîné ensemble. J'ai passé du temps avec elle au début de la coupure de Thanksgiving. C'est une étudiante brillante.

Avez-vous d'une quelconque manière aidé Melissa à rédiger un devoir pour Vendla O'Fallon la semaine dernière ?

Nous en avons discuté en termes généraux. Elle avait certaines zones de confusion que j'ai pu l'aider à dissiper.

Votre relation avec elle a-t-elle été sexuelle ?

Non.

Chip, je pense que nous allons te suspendre avec salaire jusqu'à ce que nous puissions avoir une vision complète des choses. Voilà ce que nous allons faire. Nous tiendrons une audience au début de la semaine prochaine et, dans l'intervalle, tu ferais sans doute mieux de contacter un avocat et de voir ton délégué syndical. Je dois insister sur un point : tu ne dois pas parler avec Melissa Paquette.

Que dit-elle ? Que j'ai écrit ce devoir ?

Melissa a violé le code d'honneur en remettant un travail qui n'était pas le sien. Elle risque une suspension d'un semestre, mais nous avons conscience qu'elle bénéficie de circonstances atténuantes. Par exemple, ta relation sexuelle totalement inconvenante avec elle.

C'est ce qu'elle dit ?

Mon conseil personnel, Chip, est de démissionner dès maintenant.

C'est ce qu'elle dit ?

Tu n'as pas une chance.

La neige fondue pleuvait de plus en plus dru sur son patio. Il alluma une cigarette au petit feu de sa cuisinière, tira deux pénibles bouffées, et l'écrasa dans la paume de sa main. Il gémit en serrant les dents, ouvrit son réfrigérateur et glissa la main dans le freezer, puis resta une minute à sentir l'odeur de chair brûlée. Ensuite, serrant un glaçon, il alla au téléphone et composa le préfixe, le vieux numéro.

Quand le téléphone sonna à Saint Jude, il enfonça un pied dans le cahier du *Times* et l'écrasa, l'enfonçant jusqu'à le perdre de vue.

« Oh, Chip, s'écria Enid, il est déjà couché !

— Ne le réveille pas, dit Chip. Dis-lui seulement… »

Mais Enid posa le combiné et cria *Al ! Al !* à un volume qui décrut à mesure qu'elle s'éloignait du téléphone et montait l'escalier en direction des chambres. Chip l'entendit lancer : *C'est Chip !* Il l'entendit ordonner à Alfred : « Ne dis pas seulement bonsoir avant de raccrocher. *Cause* un peu avec lui. »

Le combiné changea de main dans un frou-frou.

« Oui, dit Alfred.

— Hé, papa, joyeux anniversaire, dit Chip.

— Oui, répéta Alfred, de la même voix neutre exactement.

— Désolé d'appeler si tard.

— Je ne dormais pas, dit Alfred.

— Je craignais de t'avoir réveillé.

— Oui.

— Donc, bon soixante-quinzième.

— Oui. »

Chip espéra qu'Enid redescendait à la cuisine aussi vite qu'elle le pouvait, avec sa hanche souffrante et tout, pour le tirer d'affaire. « J'imagine que tu es fatigué et qu'il se fait tard, dit-il. Nous n'avons pas besoin de parler.

— Merci de ton coup de fil », dit Alfred.

Enid était de nouveau en ligne. « Je vais finir cette vaisselle. Nous avons fait la fête ici ce soir ! Al, raconte à Chip la fête que nous avons faite ! Je vous laisse maintenant. »

Elle raccrocha. Chip dit : « Vous avez fait la fête.

— Oui. Les Root sont venus pour le dîner et un bridge.

— Il y avait un gâteau ?

— Ta mère a fait un gâteau. »

La cigarette avait fait un trou dans le corps de Chip par où, sentait-il, des maux douloureux pouvaient entrer et des facteurs vitaux s'échapper douloureusement. La glace fondue coulait entre ses doigts. « Comment était le bridge ?

— Des donnes épouvantables, comme toujours.

— Ça ne semble pas juste, le jour de ton anniversaire.

— J'imagine que tu te prépares pour un nouveau semestre, dit Alfred.

— Oui. Oui. En fait, non. En fait, j'ai plus ou moins décidé de ne pas enseigner du tout ce semestre.

— Je n'ai pas entendu. »

Chip haussa la voix. « Je disais que j'avais décidé de ne pas enseigner ce semestre. Je vais me mettre en congé et travailler sur ce que j'écris.

— Je croyais que tu devais bientôt être titularisé.

— Oui. En avril.

— Il me semble que quelqu'un qui attend d'être titularisé ferait mieux de rester à son poste et d'enseigner.

— Oui.

— S'ils voient que tu travailles dur, ils n'auront aucune raison de ne pas t'offrir la titularisation.

— Oui. Oui. » Chip hocha la tête. « En même temps, il faut

que je me prépare à l'éventualité où je ne l'aurais pas. Et j'ai une, euh… une offre très intéressante d'une productrice de Hollywood. Une amie d'université de Denise qui produit des films. Potentiellement très lucrative.

— Un bon travailleur est presque impossible à licencier, dit Alfred.

— Le processus peut devenir très politique, n'empêche. Je dois avoir d'autres options.

— Comme tu veux, dit Alfred. Cependant, j'ai constaté qu'il valait généralement mieux choisir un plan et s'y tenir. Si tu ne réussis pas ici, tu pourras toujours faire autre chose. Mais tu as travaillé tant d'années pour en arriver là. Un semestre de plus ne te tuera pas.

— Oui.

— Tu pourras te détendre quand tu seras titularisé. Tu n'auras plus rien à craindre.

— Oui.

— Eh bien, merci de ton appel.

— Oui. Joyeux anniversaire, papa. »

Chip laissa retomber le téléphone, quitta la cuisine, attrapa une bouteille de fronsac par le col et l'abattit violemment sur le bord de sa table. Il cassa une deuxième bouteille. Les six restantes, il les brisa deux par deux, un col dans chaque poing.

La colère le porta à travers les semaines difficiles qui suivirent. Il emprunta dix mille dollars à Denise et engagea un avocat afin de menacer de poursuivre D… College pour rupture de contrat abusive. C'était de l'argent jeté par la fenêtre, mais ça faisait du bien. Il alla à New York et versa quatre mille dollars de commission et de caution pour une sous-location dans la 9e Rue. Il s'acheta des vêtements en cuir et se fit percer les oreilles. Il emprunta à nouveau de l'argent à Denise et reprit contact avec un ami d'université qui dirigeait le *Warren Street Journal*. Il envisagea la vengeance sous la forme d'un scénario dévoilant le narcissisme et la traîtrise de Melissa Paquette et l'hypocrisie de ses collègues ; il voulait que ceux qui l'avaient blessé voient le film, se reconnaissent, et souffrent. Il flirta avec Julia Vrais et l'invita à sortir, et bientôt il dépensait deux ou trois cents dollars par semaine à la nourrir et la divertir. Il emprunta encore de l'argent à Denise. Il se colla une cigarette au coin des lèvres et tapa une ébauche de scénario. Sur la banquette arrière des taxis, Julia pressait son profil contre sa poitrine et serrait son col. Il laissait aux serveurs et aux chauffeurs de taxi des pourboires de trente ou quarante pour cent. Il citait Shakespeare et Byron dans des contextes cocasses. Il emprunta encore de l'argent à Denise et décida qu'elle avait raison, qu'avoir été vidé était la meilleure chose qui lui fût jamais arrivée.

Il n'était pas suffisamment naïf, bien sûr, pour prendre pour argent comptant les effusions professionnelles d'Eden Procuro. Mais plus il fréquentait Eden, plus il se sentait assuré que son scénario serait lu avec sympathie. D'abord, Eden était comme une mère pour Julia. Elle n'avait que cinq ans de plus, mais elle avait entrepris un reprofilage intégral de son assistante personnelle. Bien que Chip n'ait jamais pu se débarrasser de l'impression qu'Eden espérait placer quelqu'un d'autre que lui à la place de l'objet des intérêts affectifs de Julia (elle désignait généralement Chip comme le « cavalier » de Julia, et non comme son « petit ami », et quand elle parlait du « potentiel inexploité » de Julia et de son « manque d'assurance », il soupçonnait que la sélection d'un partenaire était le premier domaine où elle espérait constater une amélioration chez Julia), celle-ci lui assura qu'Eden le trouvait « vraiment mignon » et « extrêmement élégant ». Le mari d'Eden, Doug O'Brien, était, lui, clairement de son côté. Doug était un spécialiste des fusions-acquisitions chez Bragg, Knuter & Speigh. Il avait offert à Chip un travail de correction d'épreuves avec des horaires à la carte et avait veillé à ce que Chip touche le salaire horaire maximal. Chaque fois que Chip essayait de le remercier de cette faveur, Doug écartait cela d'un revers de main. « Vous êtes le gars qui a un doctorat,

disait-il. Ce livre que vous avez écrit est sacrément trapu. »
Chip devint rapidement un hôte régulier des dîners des
O'Brien-Procuro à Tribeca et de leurs week-ends à Quogue.
Buvant leur alcool et mangeant leur nourriture de traiteur, il
goûtait à un succès cent fois plus exquis qu'une titularisation. Il
avait l'impression de vivre pour de bon.

Puis un soir Julia le fit asseoir et lui annonça qu'il y avait une
donnée importante qu'elle avait omis de mentionner jusque-là,
et pouvait-il lui promettre de ne pas se mettre en colère ? La
donnée importante était qu'elle avait plus ou moins un mari.
Le vice-Premier ministre de Lituanie – un petit pays balte –
était un certain Gitanas Misevičius ? Eh bien, le fait était que
Julia l'avait épousé quelques années plus tôt, et elle espérait que
Chip ne serait pas trop furieux contre elle.

Son problème avec les hommes, disait-elle, était qu'elle avait
grandi sans. Son père était un marchand de bateaux maniaco-
dépressif qu'elle se souvenait d'avoir rencontré une seule fois en
souhaitant ne l'avoir jamais fait. Sa mère, cadre dans l'industrie
des cosmétiques, l'avait refilée à sa propre mère, qui l'avait
inscrite dans une institution catholique réservée aux filles. La
première expérience significative de Julia avec les hommes avait
eu lieu à l'université. Puis elle avait emménagé à New York et
s'était embarquée dans le long processus de coucher avec tout
ce que le district de Manhattan comptait de beaux mecs mal-
honnêtes, distraitement sadiques et radicalement infidèles. À
l'âge de vingt-huit ans, elle avait peu de motifs de satisfaction
excepté sa beauté, son appartement et son travail régulier (qui
consistait essentiellement, cependant, à répondre au téléphone).
Donc, quand elle avait rencontré Gitanas dans un club et que
Gitanas l'avait prise au sérieux, produisant bientôt un authentique diamant, et pas si petit que ça, serti dans une bague en or
blanc, et avait semblé l'aimer (et le type était, après tout, bel et
bien ambassadeur aux Nations unies ; elle y était allée et elle
l'avait entendu tonner dans sa langue balte à l'Assemblée

générale), elle avait fait de son mieux pour payer de retour sa gentillesse. Elle s'était montrée Aussi Agréable Qu'Il Est Humainement Possible. Elle avait refusé de décevoir Gitanas, même si, rétrospectivement, il aurait probablement mieux valu le décevoir. Gitanas était assez largement plus âgé et assez prévenant au lit (pas comme Chip, s'empressa de dire Julia, mais pas, tu sais, terrible), il semblait savoir ce qu'il faisait avec cette histoire de mariage, et elle l'accompagna donc un jour à la mairie. Elle aurait même pu se faire appeler « Mme Misevičius » si cela n'avait pas eu l'air aussi bizarre. Une fois mariée, elle se rendit compte que les sols en marbre, le mobilier laqué noir et les portes de placard modernes en verre fumé de l'appartement de l'ambassadeur sur l'East River n'étaient pas d'un kitsch aussi amusant qu'elle l'avait cru. Ils étaient plutôt insupportablement déprimants. Elle convainquit Gitanas de le vendre (le chef de la délégation paraguayenne fut ravi de l'acquérir) et d'acheter un appartement plus petit, mais plus agréable, sur Hudson Street, près de quelques bons clubs. Elle trouva un coiffeur compétent pour Gitanas et lui apprit à choisir des vêtements composés de fibres naturelles. Les choses semblaient aller pour le mieux. Mais Gitanas et elle avaient dû quelque part mal se comprendre, parce que, lorsque son parti (le VIPPPAKJRIINPB17 : le Seul et Unique Parti Inébranlablement Fidèle aux Idéaux Revanchistes de Kazimieras Jaramaitis et au Plébiscite « Indépendant » du 17 avril) perdit une élection au mois de septembre et le rappela à Vilnius pour rejoindre l'opposition parlementaire, il pensa naturellement que Julia le suivrait. Et Julia comprenait le concept d'une seule chair, de la femme soudée à son mari, et cetera ; mais, Gitanas, dans ses descriptions de la Vilnius postsoviétique, avait dépeint un tableau de rationnement de charbon et de coupures d'électricité chroniques, de crachins frigorifiques, de balles perdues et de régime alimentaire fondé sur la viande de cheval. Elle fit donc un coup terrible à Gitanas, sans aucun doute la pire chose qu'elle avait jamais faite à quiconque. Elle accepta de venir vivre à Vilnius, elle monta plus ou moins à bord de l'avion avec Gitanas et s'installa en première classe, puis elle s'éclipsa et fit plus ou moins changer le numéro de téléphone de leur appartement et demanda à Eden de dire à Gitanas, quand il appela, qu'elle avait disparu. Six mois plus tard, Gitanas revint passer le week-end à New York et Julia se sentit vraiment, vraiment coupable. Et, oui, impossible de le nier, elle s'était très mal conduite. Mais Gitanas entreprit de lui appliquer des qualificatifs déplaisants et il la frappa assez durement. La conséquence fut qu'ils ne pouvaient plus être ensemble, mais qu'elle continua d'utiliser leur appartement de Hudson Street en contrepartie du fait qu'ils restaient mariés pour le cas où Gitanas aurait besoin de trouver rapidement asile aux États-Unis, car les choses allaient apparemment de mal en pis en Lituanie.

Enfin, telle était leur histoire, à Gitanas et elle, et elle espérait que Chip ne lui en voudrait pas trop.

Et tel fut le cas. En vérité, au départ, non seulement il ne trouva rien à redire au fait que Julia fût mariée, mais il adora cela. Il était fasciné par ses bagues ; il la convainquit de les porter au lit. Aux bureaux du *Warren Street Journal,* où il lui arrivait de se sentir insuffisamment transgressif, comme si son moi le plus intime restait un bon petit gars du Midwest, il prenait plaisir à faire des allusions à l'homme d'État européen qu'il « cocufiait ». Dans sa thèse de doctorat (« Dubitativement dressé : anxiétés du phallus dans le drame Tudor »), il avait abondamment traité des cocus et, sous le couvert de son érudition moderne réprobatrice, il s'était échauffé sur l'idée du mariage comme droit de propriété, de l'adultère comme vol.

Bientôt, cependant, le frisson de braconner sur les terres du diplomate céda la place à des fantasmes bourgeois où Chip lui-même était le mari de Julia – son seigneur et maître. Il eut des crises de jalousie à l'égard de Gitanas Misevičius, qui, bien que lituanien et gifleur, était un brillant homme politique dont Julia prononçait à présent le nom avec culpabilité et mélancolie. À la veille du nouvel an, Chip lui demanda de but en blanc si elle avait jamais songé à divorcer. Elle répondit qu'elle aimait son appartement (« Le loyer est imbattable ! ») et qu'elle ne voulait pas en chercher un autre tout de suite.

Après le nouvel an, Chip revint au premier jet de « La Pourpre académique », qu'il avait bouclé dans un déchaînement euphorique de vingt pages de pilonnage de clavier, et découvrit qu'il avait de nombreux problèmes. Cela ressemblait, en fait, à un enfilage de phrases incohérentes. Durant le mois qu'il avait passé à célébrer à grands frais son achèvement, il avait imaginé pouvoir en retirer certains éléments d'intrigue galvaudés – la conspiration, l'accident de voiture, les méchantes lesbiennes – tout en continuant de raconter une bonne histoire. Sans ces éléments d'intrigue galvaudés, cependant, il semblait ne plus du tout avoir d'histoire.

Dans le but de sauver ses ambitions artistiques et intellectuelles, il ajouta un long monologue théorique en ouverture. Mais ce monologue était tellement illisible que chaque fois qu'il allumait son ordinateur, il ne pouvait s'empêcher de le trafiquer. Bientôt, il passa le plus clair de chaque séance de travail à polir compulsivement le monologue. Et quand il désespéra de pouvoir le raccourcir encore sans sacrifier d'importants matériaux thématiques, il commença à jouer avec les marges et les coupures de mots pour le faire s'achever au bas de la page 6 plutôt qu'au sommet de la page 7. Il remplaça le mot « commencer » par « débuter » pour gagner deux lettres, permettant ainsi au mot « (trans)actions » d'être coupé après le *c*, ce qui entraîna toute une cascade de lignes plus denses et de coupures de mots plus efficaces. Puis il décida que « débuter » n'avait pas le bon rythme, que « (trans)actions » ne devait en aucun cas être coupé, et il écuma donc le texte à la recherche d'autres mots un peu trop longs à remplacer par des synonymes plus courts, tout en se battant les flancs pour croire que des stars et des producteurs en costume Prada auraient plaisir à lire six pages (mais pas sept !) de pécufiage théorique universitaire.

Un jour, quand il était petit, il s'était produit une éclipse totale de soleil sur le Midwest et, dans l'une des bourgades étriquées qui faisaient face à Saint Jude de l'autre côté de la rivière, une fillette était sortie et, bravant une myriade de mises en garde, elle avait examiné le croissant déclinant du soleil jusqu'à ce que ses rétines la brûlent.

« Cela ne m'a pas du tout fait mal, rapporta la fillette au *Saint Jude Chronicle*. Je n'ai rien senti. »

Chaque jour que passait Chip à toiletter le corps d'un monologue dramatiquement mort était un jour où son loyer, sa nourriture et ses menus plaisirs étaient payés, en grande partie, par l'argent de sa petite sœur. Cependant, tant que l'argent était là, sa douleur n'était pas aiguë. Un jour débouchait sur l'autre. Il se levait rarement avant midi. Il avait plaisir à manger et à boire, il s'habillait suffisamment bien pour se persuader qu'il n'était pas une épave gélatineuse et tremblante, et il parvenait, quatre soirs sur cinq, à masquer le pire de son anxiété et de ses appréhensions et à prendre du bon temps avec Julia. Comme le montant de ce qu'il devait à Denise était énorme en comparaison de ce qu'il gagnait en corrigeant des épreuves mais maigre selon les normes de Hollywood, il travaillait de moins en moins à Bragg, Knuter & Speigh. Son seul véritable souci avait trait à sa santé. Par une journée d'été où sa séance de travail consistait à relire l'acte I, étant une fois de plus frappé par sa nullité irrémédiable, il pouvait descendre Broadway, aller s'asseoir sur un banc de Battery Park et laisser la brise de l'Hudson se glisser sous son col, écouter le martèlement incessant des hélicoptères et les cris lointains de marmots millionnaires de Tribeca, et se trouver terrassé par la culpabilité. Être si vigoureux et plein de santé, et pourtant si *rien* : incapable de tirer profit de sa bonne nuit de sommeil et du fait qu'il avait réussi à ne pas attraper de rhume pour faire avancer le travail, et pas plus capable de se laisser envahir par l'esprit festif pour flirter avec des étrangères et siffler des margaritas. Il aurait été mieux, se disait-il, de faire le malade et le mourant maintenant, alors qu'il était dans l'échec, et d'épargner sa santé et sa vitalité pour quelque moment ultérieur où, si inimaginable que cela puisse paraître, il sortirait peut-être de l'échec. Parmi toutes les choses qu'il gaspillait – l'argent de Denise, la bonne volonté de Julia, ses propres capacités et son éducation, les occasions offertes par la plus longue période de prospérité économique de l'histoire américaine –, son simple bien-être physique, là, sous le soleil, au bord de la rivière, était ce qui lui faisait le plus mal.

Il se trouva à court d'argent un vendredi du mois de juillet. Devant la perspective d'un week-end avec Julia qui pourrait lui coûter quinze dollars à la buvette d'un cinéma, il purgea sa bibliothèque de ses marxistes et les emporta au Strand dans deux sacs terriblement lourds. Les livres portaient encore leurs jaquettes d'origine et la somme de leurs prix catalogue s'élevait à 3 900 dollars. Un acheteur du Strand les évalua d'un œil distrait et délivra son verdict : « Soixante-cinq. »

Chip éclata d'un rire voilé, s'ordonnant de ne pas discuter ; mais son édition anglaise de *Raison et Légitimité* de Jürgen Habermas, qu'il avait trouvé trop difficile à lire, pour ne rien dire de l'annoter, était comme neuve et lui avait coûté 95 livres sterling. Il ne put s'empêcher de le signaler à titre d'exemple.

« Essayez autre part si vous préférez, dit l'acheteur, et sa main hésita au-dessus de la caisse enregistreuse.

– Non, non, vous avez raison, dit Chip. Soixante-cinq dollars, c'est formidable. »

Il était pathétiquement clair qu'il avait cru que ses livres lui rapporteraient des centaines de dollars. Il se détourna de leurs dos pleins de reproches, se souvenant comment chacun d'eux lui avait fait signe dans une librairie, promettant une critique radicale de la société capitaliste à son dernier stade, et comme il avait été heureux de les ramener chez lui. Mais Jürgen Haber-

mas n'avait pas les longs membres lisses à peau de pêche de
Julia, Theodor Adorno n'avait pas l'odeur fruitée de disponibi-
lité sensuelle de Julia, Fred Jameson n'avait pas la langue agile
de Julia. Au début du mois d'octobre, quand Chip finit par
envoyer son scénario à Eden Procuro, il avait vendu ses fémi-
nistes, ses formalistes, ses structuralistes, ses poststructuralistes,
ses freudiens et ses homosexuels. Pour se procurer les moyens
d'acheter à déjeuner pour ses parents et pour Denise, il ne lui
restait plus que ses chers historiens de la culture et son édition
Arden des œuvres complètes de Shakespeare ; et comme le
Shakespeare possédait une forme de magie – les volumes tous
identiques sous leurs jaquettes bleu pâle étaient comme un
archipel de havres sûrs –, il empila ses Foucault, ses Greenblatt,
ses Hooks et ses Poovey dans des sacs à provisions et vendit le
tout pour cent quinze dollars.

Il dépensa soixante dollars pour une coupe de cheveux, des
bonbons, un kit de détachage et deux verres au Cedar Tavern.
Au mois d'août, quand il avait invité ses parents, il avait espéré
qu'Eden Procuro aurait lu son scénario et lui aurait avancé de
l'argent avant leur arrivée, mais à présent la seule réussite et le
seul cadeau qu'il avait à leur offrir était un déjeuner maison. Il
alla chez un traiteur de l'East Village qui vendait d'excellents
tortellinis et de la baguette. Il envisageait un déjeuner italien à
la fois roboratif et peu coûteux. Mais le traiteur avait manifestement fait faillite et il n'avait pas le courage de remonter dix
blocks jusqu'à une boulangerie dont il était sûr qu'elle avait du
bon pain ; il erra donc au petit bonheur dans East Village,
entrant dans des boutiques clinquantes, soupesant des fromages, rejetant des pains, examinant des tortellinis de qualité
inférieure. Il finit par abandonner complètement la piste ita-
lienne et se fixa sur la seule autre idée de déjeuner qui lui venait
– une salade de riz sauvage, d'avocats et de poitrine fumée.
Le problème était maintenant de trouver des avocats mûrs.
Boutique après boutique, soit il n'y avait pas d'avocats, soit ils

étaient durs comme des noix. Il finit par trouver des avocats mûrs qui étaient de la taille de citrons verts et coûtaient trois dollars quatre-vingt-neuf cents pièce. Il en prit cinq et se demanda quoi faire. Il les reposa, les reprit, les reposa à nouveau et ne put se décider. Il surmonta une bouffée de haine pour Denise, qui l'avait acculé à inviter ses parents à déjeuner. Il avait l'impression de n'avoir jamais rien mangé d'autre de sa vie que de la salade de riz sauvage et des tortellinis, tant son imagination culinaire était désolée.

Vers huit heures, il atterrit devant le nouveau Cauchemar de la Consommation (« Tout – à prix cassé ! ») de Grand Street. L'humidité avait envahi le ciel, un vent sulfureux et maussade soufflant depuis Rahway et Bayonne. Les superbourgeois de SoHo et de Tribeca affluaient à travers les portes en acier brossé du Cauchemar. Les hommes étaient de tailles et de formes diverses, mais les femmes étaient invariablement minces et âgées de trente-six ans ; beaucoup étaient à la fois minces et enceintes. Chip avait une éruption à la nuque suite à sa coupe de cheveux et il ne se sentait pas prêt à être vu par tant de femmes parfaites. Mais derrière la porte du Cauchemar, il aperçut une cagette de légumes marquée *OSEILLE de Belize $ 0.99*.

Il entra dans le Cauchemar, attrapa un panier et y glissa une botte d'oseille. Quatre-vingt-dix-neuf cents. Un écran installé au-dessus du comptoir de la cafétéria du Cauchemar affichait en continu les décomptes ironiques de la RECETTE BRUTE DU JOUR, du PROFIT DU JOUR, du DIVIDENDE TRIMESTRIEL PRÉVU PAR ACTION (Estimation officieuse non contractuelle fondée sur les performances trimestrielles antérieures / Cette information n'est procurée qu'à des fins de divertissement) et des VENTES DE CAFÉ DE CET ÉTABLISSEMENT. Chip se faufila entre les badauds et les antennes de téléphone portable jusqu'au rayon poissonnerie, où, comme dans un rêve, il trouva du SAUMON DE NORVÈGE PÊCHÉ À LA LIGNE en vente à un prix raisonnable. Il indiqua un filet de taille moyenne et, à la question du poissonnier : « Avec ceci ? », il répliqua d'un ton cassant, presque suffisant : « Ce sera tout. »

Le prix porté sur le filet de poisson superbement emballé qu'on lui tendit s'élevait à soixante-dix-huit dollars quarante. Heureusement, cette découverte lui coupa le souffle, sinon il aurait pu émettre une protestation avant de se rendre compte, comme il le fit alors, que le Cauchemar affichait des prix par demi-livre. Deux ans plus tôt, deux mois plus tôt, il n'aurait jamais fait pareille erreur.

« Ha, ha ! » fit-il en se saisissant du filet à soixante-dix-huit dollars comme d'un gant de base-ball. Il s'agenouilla, tripota ses lacets et glissa le saumon à l'intérieur de sa veste de cuir et sous son pull, puis rentra son pull dans son pantalon et se releva.

« Papa, je veux de l'espadon », dit une petite voix derrière lui.

Chip fit deux pas et le saumon, qui était assez lourd, s'échappa de son pull et glissa sur son aine qu'il recouvrit, un instable instant, comme une brayette.

« *Papa ! Espadon !* »

Chip porta la main à son entrejambe. Le filet en suspension lui faisait l'effet d'une couche-culotte froide et chargée. Il le repositionna contre ses abdos, renfonça mieux son pull, ferma sa veste jusqu'au cou et se mit en marche d'un air résolu vers là où ses pas le mèneraient. Vers le présentoir des laitages. Là, il trouva un choix de *crèmes fraîches** françaises à des prix impliquant un transport par Concorde. L'accès à la moins exorbitante des *crèmes fraîches** locales était bloqué par un homme coiffé d'une casquette des Yankees qui s'égosillait dans un portable tandis qu'une fillette, apparemment à lui, décollait les opercules métalliques de demi-litres de yaourt français. Elle en avait déjà décollé cinq ou six. Chip se pencha pour glisser la main derrière l'homme, mais son ventre de poisson s'affaissa. « Excusez-moi », dit-il.

Tel un somnambule, l'homme qui était au téléphone s'écarta. « Je lui ai dit d'aller se faire voir ! Que ce connard aille se faire voir ! On a rien conclu. Y a rien de signé. Ce connard va encore baisser son prix de trente, tu vas voir. Chérie, arrête, si on les ouvre, on devra les payer. J'ai dit encore hier que c'était un putain de marché d'acheteur. On conclut que dalle tant qu'il descend pas au plancher. Que dalle ! Que dalle ! Que dalle ! »

Chip approchait des caisses avec un assortiment de quatre articles plausibles dans son panier quand il aperçut une tête d'une blondeur si pimpante qu'elle ne pouvait appartenir qu'à Eden Procuro. Qui était elle-même mince, âgée de trente-six ans et surmenée. Le petit garçon d'Eden, Anthony, était assis sur le porte-bébé d'un chariot adossé à une avalanche à quatre chiffres de coquillages, de fromages, de viandes et de caviars. Eden était penchée sur Anthony et le laissait tirailler les revers taupe de son tailleur italien et suçoter son corsage tandis que, dans son dos, elle tournait les pages d'un scénario dont Chip pouvait seulement prier pour qu'il ne fût pas le sien. Le saumon norvégien pêché à la ligne coulait à travers son emballage, la chaleur de son corps faisant fondre les graisses qui avaient conféré une certaine rigidité au filet. Il voulait échapper au Cauchemar, mais il n'était pas prêt à discuter de « La Pourpre académique » dans les circonstances présentes. Il s'engouffra dans une allée glaciale où les *gelati* étaient emballées dans de simples cartons blancs à petit lettrage noir. Un homme en costume était accroupi à côté d'une fillette aux cheveux semblables à du cuivre ensoleillé. La fillette était l'aînée d'Eden, April. L'homme était le mari d'Eden, Doug O'Brien.

« Chip Lambert, que se passe-t-il ? » lança Doug.

Chip ne semblait avoir d'autre solution que de se dandiner pour tenir son panier de provisions en même temps qu'il serrait la grosse pogne de Doug.

« April choisit sa gâterie d'après-dîner, dit Doug.

— Trois gâteries, dit April.

— Ses trois gâteries, d'accord.

— C'est quoi, çui-là ? demanda April, le doigt tendu.

– C'est un sorbet grenadine-capucine, mon ourson en sucre.

– Est-ce que je l'aime ?

– Ça, je ne peux pas te le dire. »

Doug, qui était plus jeune et plus trapu que Chip, affirmait si obstinément être impressionné par l'intellect de Chip et se révélait si radicalement incapable d'ironie ou de condescendance, que Chip avait dû finir par admettre que Doug l'admirait réellement. Cette admiration était plus épuisante que le dédain ne l'eût été.

« Eden m'a dit que vous aviez bouclé le scénario, dit Doug en remettant à leur place des gelati qu'April avait déplacées. Mon vieux, je suis impressionné. Ce projet m'a l'air *phénoménal*. »

April serrait trois cartons givrés contre sa robe-chasuble en velours.

« Quels parfums as-tu choisis ? » lui demanda Chip.

April haussa férocement les épaules, un haussement d'épaules de débutante.

« Mon ourson en sucre, apporte-les à maman. Je dois parler avec Chip. »

Tandis qu'April remontait l'allée, Chip se demanda ce que ce serait d'être le père d'un enfant, d'être toujours demandé plutôt que toujours demandeur.

« Une question que je voulais vous poser, dit Doug. Vous avez une seconde ? Mettons qu'on vous offre une nouvelle personnalité : vous la prendriez ? Mettons qu'on vous dise : *Je vais définitivement recâbler votre mécanique mentale de la manière que vous choisirez. Est-ce que vous paieriez pour ça ?* »

L'emballage du saumon était collé par la sueur à la peau de Chip et se délitait par le bas. Ce n'était pas le moment idéal pour apporter à Doug le compagnonnage intellectuel que celui-ci semblait désirer, mais Chip voulait que Doug continue d'avoir une haute opinion de lui et qu'il encourage Eden à acheter son scénario. Il demanda à Doug pourquoi il lui posait la question.

« Plein de trucs dingues passent sur mon bureau, dit Doug. Surtout maintenant avec tout cet argent qui afflue de l'étranger. Les dot-coms, bien sûr. Nous faisons toujours de notre mieux pour persuader l'Américain moyen de programmer joyeusement sa propre ruine financière. Mais la biotech est fascinante. Je viens de lire toutes sortes de brochures sur les courges génétiquement modifiées. Il semblerait que la population de ce pays mange beaucoup plus de courges que je n'en avais conscience, et les courges sont sujettes à plus de maladies que ne le laisserait deviner leur robuste apparence. Soit c'est ça, soit... Southern Cucumtech est sérieusement surévaluée à trente-cinq dollars l'action. Peu importe. Mais, Chip, cette histoire de cerveau, mon vieux, ça m'a fasciné. Le fait bizarre numéro un, c'est que j'ai le droit d'en parler. Tout ça est public. Est-ce bizarre ? »

Chip essayait de garder le regard tourné vers Doug en prenant l'air intéressé, mais ses yeux étaient comme des enfants, ils voulaient courir dans les allées. Il était prêt, fondamentalement, à bondir hors de sa peau. « Ouais. Bizarre.

— L'idée, dit Doug, c'est la réfection complète de votre installation cérébrale. On garde le toit et les murs, on remplace les cloisons et la plomberie. On vire ce coin dîner qui ne sert à rien. On pose un disjoncteur moderne.

— On-hon.

— Vous gardez votre belle allure, dit Doug. Vous avez toujours l'air sérieux et intellectuel, un peu nordique, à l'extérieur. Posé, studieux. Mais à l'intérieur, vous êtes plus habitable. Une grande salle de séjour avec une console de jeu. Une cuisine plus vaste et mieux agencée. Vous avez votre évier avec broyeur, votre four à chaleur tournante. Un distributeur de glaçons sur la porte du frigo.

— Est-ce que je me reconnais encore ?

— Est-ce nécessaire ? Tout le monde continuera de vous reconnaître – au moins votre allure extérieure. » Le grand chiffre brillant de la RECETTE BRUTE DU JOUR s'immobilisa un instant à 444.447,41, puis poursuivit son ascension.

« Mon ameublement constitue ma personnalité, dit Chip.

– Disons que c'est une réfection par étapes. Disons que les ouvriers sont très soigneux. Le cerveau est nettoyé chaque soir quand vous rentrez du travail et personne ne peut vous ennuyer le week-end, en vertu d'un arrêté municipal et des habituelles restrictions contractuelles. Tout le truc se fait par étapes – vous rentrez dedans peu à peu. Ou ça rentre en vous, pour ainsi dire. Personne ne vous oblige à changer de mobilier.

– C'est purement hypothétique. »

Doug leva un doigt. « La seule chose, c'est que cela pourrait impliquer des pièces métalliques. Il est possible que vous déclenchiez des alarmes à l'aéroport. J'imagine que vous pourriez aussi capter des radios parasites, sur certaines fréquences. Les Gatorade et autres boissons à hauts électrolytes pourraient poser problème. Mais qu'est-ce que vous en dites ?

– Vous plaisantez, n'est-ce pas ?

– Allez voir sur le web. Je vous donnerai l'adresse. "*Les implications sont dérangeantes, mais il est impossible d'arrêter cette puissante nouvelle technologie.*" Cela pourrait être la devise de notre époque, non ? »

Qu'un filet de saumon fût en train de se répandre dans la culotte de Chip comme une large limace chaude semblait avoir un rapport étroit avec son cerveau et un certain nombre de piètres décisions qu'avait prises ce cerveau. Chip savait rationnellement que Doug le laisserait bientôt filer et qu'il pourrait sans doute même échapper au Cauchemar de la Consommation et trouver les toilettes d'un café où il pourrait sortir le filet de saumon et retrouver ses pleines facultés critiques – qu'il viendrait un moment où il ne serait plus entouré de coûteux gelati avec un poisson tiède dans sa culotte, et que ce moment à venir serait un extraordinaire moment de soulagement –, mais pour l'heure il vivait encore dans un moment antérieur, bien moins plaisant, du point de vue duquel un nouveau cerveau semblait exactement ce qu'il fallait.

« Les desserts faisaient un pied de haut ! dit Enid, son instinct lui ayant soufflé que Denise ne serait pas impressionnée par les pyramides de crevettes. C'était chic comme tout. As-tu jamais rien vu de pareil ?

— Je suis certaine que c'était très bien, répondit Denise.

— Les Driblett font vraiment les choses sans compter. Je n'ai jamais vu de desserts aussi hauts. Et toi ? »

Les signes discrets montrant que Denise usait de sa patience — les inspirations légèrement appuyées qu'elle prenait, la maîtrise avec laquelle elle posa sa fourchette dans son assiette, but une gorgée de vin et reposa son verre — étaient plus blessants pour Enid qu'une franche explosion.

« J'ai vu des desserts de haute taille, dit Denise.

— Sont-ils terriblement difficiles à fabriquer ? »

Denise croisa les mains sur ses genoux et expira lentement. « Ce devait être une très belle fête. Je suis heureuse que vous vous soyez bien amusés. »

Enid s'était certes bien amusée à la fête de Dean et Trish, et elle regrettait que Denise n'ait pas été là pour constater par elle-même combien elle était chic. En même temps, elle craignait que Denise n'eût pas trouvé la fête chic du tout, que Denise eût mis en pièces tout ce qu'elle avait d'exceptionnel jusqu'à ce qu'il n'en reste plus que du très ordinaire. Les goûts de sa fille étaient un angle mort dans le champ de vision d'Enid, un trou dans son expérience par lequel ses propres plaisirs menaçaient toujours de fuir et de se dissiper.

« J'imagine que chacun a ses goûts, dit-elle.

— C'est exact, dit Denise. Bien que certains goûts soient supérieurs à d'autres. »

Alfred s'était penché très bas sur son assiette pour être sûr que tout morceau de saumon ou haricot qui tomberait de sa fourchette atterrirait dans la porcelaine. Mais il écoutait. Il dit : « Assez.

— C'est ce que tout le monde pense, dit Enid. Tout le monde pense que son propre goût est le meilleur.

— Mais la plupart des gens ont tort, dit Denise.

— Tout le monde a droit à son propre goût, dit Enid. Tout le monde a une voix dans ce pays.

— Malheureusement !

— Assez, dit Alfred à Denise. Tu ne gagneras jamais.

— Tu parles comme une snob, dit Enid.

— Maman, tu me répètes toujours qu'il n'y a rien de mieux qu'un dîner fait maison. Eh bien, c'est ce que je préfère aussi. Je pense qu'il y a une vulgarité à la Disney dans un dessert d'un pied de haut. *Tu* es meilleure cuisinière que...

— Oh non. Non. » Enid secoua la tête. « Je suis une cuisinière de rien du tout.

— C'est parfaitement faux ! D'où crois-tu que je...

— Pas de moi, coupa Enid. Je ne sais pas d'où mes enfants tirent leurs talents. Mais pas de moi. Je ne vaux rien comme cuisinière. Rien du tout. » (Quel bien étrange cela faisait à dire ! C'était comme de mettre de l'eau bouillante sur une piqûre d'ortie.)

Denise se redressa et leva son verre. Enid, qui, toute sa vie, avait été incapable de ne pas regarder ce qui se passait dans les assiettes des autres, avait vu Denise se servir trois bouchées de saumon, quelques feuilles de salade et un petit bout de pain. Chaque portion était un reproche à la taille de celles qu'avait prises Enid. À présent l'assiette de Denise était vide et elle ne s'était pas resservie.

« C'est tout ce que tu vas manger ? demanda Enid.

— Oui. J'ai bien déjeuné.

— Tu as maigri.

– En fait, non.

– Eh bien, ne maigris pas plus », dit Enid avec le rire étouffé avec lequel elle essayait de masquer les grands sentiments.

Alfred guidait une fourchetée de saumon nappé de sauce à l'oseille vers sa bouche. La nourriture tomba de sa fourchette et se brisa en morceaux aux formes abruptes.

« Je trouve que Chip a fait du bon travail, dit Enid. N'est-ce pas ? Ce saumon est excellent, très tendre.

– Chip a toujours été un bon cuisinier, dit Denise.

– Al, tu trouves ça bon ? Al ? »

La prise d'Al sur sa fourchette avait molli. Sa lèvre inférieure était affaissée, son œil plein d'un soupçon maussade.

« Tu es content de ce déjeuner ? » demanda Enid.

Il saisit sa main gauche de sa main droite et la serra. Les mains unies continuèrent leurs oscillations tandis qu'il contemplait les tournesols au milieu de la table. Il sembla *avaler* l'amertume de sa bouche pour réprimer la paranoïa.

« Chip a préparé tout ça ? demanda-t-il.

– Oui. »

Il secoua la tête comme si le fait que Chip ait fait la cuisine, l'absence de Chip, le terrassaient. « Je suis de plus en plus gêné par mes misères, dit-il.

– Tu n'as rien de bien grave, dit Enid. Il faut juste faire ajuster le traitement. »

Il secoua la tête. « Hedgpeth dit que c'est imprévisible.

– L'important, c'est de continuer à faire des choses, dit Enid, de rester actif, de toujours *aller* de l'avant.

– Non. Tu n'as pas écouté. Hedgpeth a pris grand soin de ne rien me promettre.

– D'après ce que j'ai lu…

– Je me contrefiche de ce que racontent tes articles de magazine. Je ne vais pas bien et Hedgpeth l'a reconnu. »

Denise posa son verre d'un bras raide, complètement étendu.

« Alors, qu'est-ce que tu penses du nouveau travail de Chip ? lui demanda Enid d'un air rayonnant.

– Son… ?

– Eh bien, au *Wall Street Journal.* »

Denise étudia le dessus de la table. « Je n'ai aucun avis sur la question.

– C'est formidable, tu ne trouves pas ?

– Je n'ai aucun avis sur la question.

– Tu penses qu'il y travaille à plein temps ?

– Non.

– Je ne comprends pas exactement ce qu'il y fait.

– Maman, je n'en sais rien.

– Il fait toujours du droit ?

– Tu veux parler de la correction d'épreuves ? Oui.

– Donc il est toujours au cabinet.

– Il n'est pas avocat, maman.

– Je sais qu'il n'est pas avocat.

– Eh bien, quand tu parles de "faire du droit" ou d'"être au cabinet" – est-ce que c'est ce que tu racontes à tes amies ?

– Je dis qu'il travaille dans un cabinet d'avocats. C'est tout ce que je dis. Un cabinet d'avocats de New York. Et c'est bien la vérité. Il y travaille.

– C'est trompeur et tu le sais, dit Alfred.

– Faut croire que je ferais mieux de ne jamais rien dire.

– Contente-toi de dire des choses qui soient vraies, dit Denise.

– Eh bien, je crois qu'il *devrait* faire du droit, dit Enid. Je crois que le droit serait parfait pour Chip. Il a besoin de stabilité. Il a besoin de structurer sa vie. Papa disait toujours qu'il ferait un excellent avocat. Je le voyais plutôt médecin, puisqu'il s'intéressait aux sciences, mais papa le voyait toujours devenir avocat. N'est-ce pas, Al ? Tu ne trouvais pas que Chip aurait fait un excellent avocat ? Il est si habile avec les mots.

– Enid, c'est trop tard.

– Je me disais : peut-être que travailler pour le cabinet lui donnerait envie de reprendre des études.

– Beaucoup trop tard.

– Ce qu'il y a, Denise, c'est qu'on peut faire *tant* de choses avec le droit. On peut être président d'une compagnie. On peut être juge ! On peut enseigner. On peut être journaliste. Il y a *tant* de voies que Chip pourrait emprunter.

– Chip fera ce qu'il veut faire, dit Alfred. Je n'ai jamais compris ce que c'était, mais ce n'est pas maintenant qu'il va changer. »

Il marcha deux blocks sous la pluie avant de trouver une tonalité. Dans le premier couple de cabines dont il approcha, l'un des instruments était castré, avec des glands colorés au bout de son cordon, et tout ce qui restait de l'autre, c'étaient quatre trous de boulon. Le téléphone de l'intersection suivante avait du chewing-gum dans la fente de son monnayeur, et la ligne de son compagnon était complètement morte. La manière habituelle d'exprimer sa rage pour un homme dans la situation de Chip était d'écraser le combiné sur l'appareil et d'abandonner les éclats de plastique dans le caniveau, mais Chip était trop pressé pour le faire. À l'angle de la Cinquième Avenue, il essaya un téléphone qui avait une tonalité, mais ne réagit pas quand il appuya sur le clavier et ne lui rendit pas ses vingt-cinq cents quand il raccrocha doucement, ni quand il reprit le combiné pour raccrocher violemment. L'autre téléphone avait une tonalité et accepta son argent, mais une voix synthétique affirma ne pas comprendre le numéro qu'il avait composé et ne lui rendit pas son argent non plus. Il essaya une deuxième fois et perdit sa dernière pièce de vingt-cinq cents.

Il sourit au spectacle des 4x4 qui se traînaient dans des postures d'automobiles prêtes à piler en l'absence de visibilité. Les concierges de ce quartier lavaient les trottoirs deux fois par jour et des camions de balayage aux brosses semblables à des moustaches de flics municipaux récuraient les rues trois fois par semaine, mais à New York il ne fallait jamais aller bien loin pour trouver la crasse et la fureur. Une plaque de rue semblait indiquer *Filth Avenue* – avenue de la crasse. Les portables étaient en train de tuer les cabines publiques. Mais, contrairement à Denise, qui considérait les portables comme les accessoires vulgaires de gens vulgaires, et contrairement à Gary, qui non seulement ne les haïssait pas mais en avait acheté un à chacun de ses trois fils, Chip haïssait les portables principalement parce qu'il n'en possédait pas un.

Sous la maigre protection du parapluie de Denise, il retraversa en direction d'un traiteur d'University Place. Le paillasson de l'entrée avait été recouvert d'un carton ondulé pour le rendre moins glissant, mais le carton était trempé et avait été piétiné, et ses lambeaux ressemblaient à du varech échoué. Les unes des présentoirs à journaux faisaient état du naufrage de deux économies de plus en Amérique du Sud et de nouveaux décrochages dans d'importantes Bourses asiatiques. Derrière la caisse, il y avait une affiche de la loterie : *Ce n'est pas pour gagner. C'est pour le plaisir* ™.

Chip utilisa deux des quatre dollars que contenait son portefeuille pour acheter des bonbons à la réglisse naturelle. En échange de son troisième dollar, le vendeur lui donna quatre pièces de vingt-cinq cents. « Je vais prendre aussi un *Lucky Leprechaun* », dit Chip.

Le trèfle à trois feuilles, la harpe en bois et le seau d'or qu'il découvrit ne constituaient pas une combinaison gagnante, ni plaisante.

« Y a-t-il un téléphone public qui marche dans le coin ?

– Pas téléphone public, répondit le vendeur.

– Je veux savoir s'il y en a un en état de marche dans le coin.

– Pas téléphone public ! » Le vendeur plongea la main sous le comptoir et brandit un téléphone portable. « Ce téléphone !

– Je peux passer un bref appel avec ?

– Trop tard pour courtier maintenant. Fallait appeler hier. Fallait acheter américain. »

Le vendeur rit d'une manière qui était d'autant plus insultante qu'elle était bon enfant. Mais Chip avait quelque raison d'être susceptible. Depuis que D… College l'avait viré, la capitalisation globale des sociétés américaines cotées avait crû de vingt-cinq pour cent. Au cours des mêmes vingt-deux mois, Chip avait liquidé une assurance vie, vendu une bonne voiture, travaillé à mi-temps pour un salaire du huitième décile, et il se retrouvait néanmoins au bord du gouffre. C'était une période où il était quasiment impossible de ne pas gagner de l'argent en Amérique, une période où les réceptionnistes achetaient à découvert auprès de leurs courtiers au TIG de 13,9% et parvenaient tout de même à faire un profit, des années d'Achat, des années de Demande, et Chip avait raté le train. Au plus profond de lui-même, il savait que si jamais il vendait « La Pourpre académique », les marchés auraient tous touché leur plus haut la semaine précédente et que tout argent qu'il y investirait serait perdu.

À en juger par la réaction négative de Julia à son scénario, l'économie américaine avait encore de beaux jours devant elle.

Plus haut dans la rue, à la Cedar Tavern, il trouva un téléphone public en état de marche. Des années semblaient être passées depuis qu'il y avait bu deux verres la veille au soir. Il composa le numéro du bureau d'Eden Procuro et raccrocha quand sa boîte vocale se déclencha, mais la pièce était déjà tombée. Les renseignements avaient le numéro privé de Doug O'Brien, et celui-ci répondit, mais il était occupé à changer une couche. Plusieurs minutes s'écoulèrent avant que Chip ne puisse lui demander si Eden avait déjà lu le scénario.

« Phénoménal. Le projet a l'air phénoménal, dit Doug. Je pense qu'elle l'a emporté quand elle est sortie.

— Savez-vous où elle est sortie ?

— Chip, vous savez que je ne peux pas dire aux gens où elle est. Vous le savez.

— Je pense que la situation peut être qualifiée d'urgente. »

Insérez – quatre-vingts cents – pour les deux minutes – suivantes –

« Seigneur, un téléphone à pièces, fit Doug. C'est un téléphone à pièces ? »

Chip abandonna au téléphone ses deux dernières pièces. « Il faut que je récupère le scénario avant qu'elle ne le lise. Il y a une correction que je…

— Ce n'est pas une question de nichons, ou si ? Eden disait que Julia avait un problème parce qu'il y avait trop de nichons. Je ne me ferais pas de souci pour ça. Généralement, il n'y en a jamais trop. Julia a vraiment été surmenée. »

Insérez – trente cents – supplémentaires – immédiatement –

« vous quoi… » dit Doug.

pour les deux minutes – suivantes – immédiatement –

« le plus probable… »

ou votre appel – sera interrompu – immédiatement –

« Doug ? lança Chip. Doug ? Je n'ai pas entendu. »

Nous sommes désolés –

« Oui, je suis là. Je vous demandais pourquoi vous ne… »

Au revoir, dit la voix synthétique, et le téléphone devint silencieux, les pièces gaspillées tombant en cliquetant dans ses entrailles. Le texte de sa plaque sentait sa Baby Bell, mais il annonçait : ORFIC TELECOM, **3 MINUTES 25 ¢**, CHAQUE MIN. SUPP. 40 ¢.

L'endroit le plus évident pour chercher Eden était son bureau de Tribeca. Chip approcha du bar en se demandant si la nouvelle barmaid, une blonde à mèches, du genre à chanter devant un groupe pour bals d'étudiants, se souviendrait suffisamment bien de lui depuis la veille au soir pour accepter son permis de conduire en garantie d'un prêt de vingt dollars. Deux consom-

mateurs isolés et elle regardaient un match de football bourbeux quelque part, les Nittany Lions en action, des silhouettes
brunes se tortillant dans un étang crayeux. Et tout près du bras
de Chip, oh, à moins de quinze centimètres, se trouvait une
corbeille de pourboires. Bêtement posée là. Il se demanda si
une transaction implicite (empocher la monnaie, ne jamais
remettre les pieds dans ce bar, envoyer un remboursement ano-
nyme à la femme ultérieurement) ne serait pas plus sûre qu'une
demande de prêt : pourrait même être la transgression qui
sauverait sa santé mentale. Il serra les pièces en une boule et se
rapprocha de la très jolie barmaid, mais la lutte des hommes
bruns à tête ronde continuait de captiver son regard, et il fit
donc demi-tour et quitta les lieux.

À l'arrière d'un taxi, observant le déroulement des magasins
humides, il se bourra de bonbons à la réglisse. S'il ne pouvait
reconquérir Julia, il voulait désespérément baiser avec la barmaid. Qui semblait avoir environ trente-neuf ans elle-même. Il
voulait emplir ses mains de ses cheveux enfumés. Il imagina
qu'elle vivait dans un immeuble réhabilité de la 5e Rue est, il
imagina qu'elle buvait une bière au coucher et dormait dans un
vieux T-shirt sans manches et un short de gym, que sa position
traduisait la fatigue, qu'elle avait un discret piercing au nombril, que sa chatte était comme un vieux gant de base-ball et ses
ongles de pied vernis du rouge le plus ordinaire. Il voulait sentir
ses jambes en travers de son dos, il voulait entendre l'histoire de
sa quarantaine d'années. Il se demanda si elle chantait vraiment
le rock-and-roll aux mariages et aux bar-mitsvah.

Par la fenêtre du taxi, il lut GAL PATHETIC au lieu de GAP
ATHLETIC. Il lut *Vampire Reality* au lieu d'*Empire Realty*.

Il était à moitié amoureux d'une personne qu'il ne pourrait
jamais revoir. Il avait piqué neuf dollars à une honnête travailleuse qui aimait le football universitaire. Même s'il y retour-
nait, la remboursait et s'excusait, il serait toujours l'homme qui
l'avait dépouillée alors qu'elle avait le dos tourné. Elle avait

quitté sa vie à tout jamais, il ne pourrait jamais passer les doigts dans ses cheveux, et ce n'était pas un bon signe que cette ultime perte le fasse hyperventiler. Qu'il fût trop brisé par la douleur pour avaler plus de réglisse.

Il lut *Gros Pénis* au lieu de *Cross Pens*, il lut ALTERCATIONS au lieu d'ALTÉRATIONS.

La vitrine d'un optométriste proposait : EXAMEN DES TÊTES.

Le problème, c'était l'argent et les affres d'une vie sans argent. Chaque passant, portable, casquette des Yankees et 4x4 qu'il croisait était un tourment. Il n'était pas jaloux, il n'était pas envieux. Mais, sans argent, il était à peine un homme.

Combien il avait changé depuis que D... College l'avait vidé ! Il ne souhaitait plus vivre dans un monde différent ; il désirait simplement être un homme qui ait sa dignité dans ce monde. Et peut-être Doug avait-il raison, peut-être les **seins** de son scénario étaient-ils sans importance. Mais il finit par comprendre – finit par saisir – qu'il pouvait simplement couper le monologue théorique inaugural *dans son intégralité*. Il pouvait opérer cette correction en dix minutes au bureau d'Eden.

Arrivé devant son immeuble, il donna au taxi la totalité des neuf dollars volés. À l'angle, une équipe à six camions filmait dans une rue pavée, projecteurs jetant tous leurs feux, générateurs chantant sous la pluie. Chip connaissait les codes de l'immeuble d'Eden et l'ascenseur était déverrouillé. Il pria pour qu'Eden n'ait pas encore ouvert le scénario. La nouvelle version amendée qui était dans sa tête était l'unique scénario authentique ; mais l'ancien monologue inaugural se trouvait toujours malheureusement sur le papier ivoire relié de l'exemplaire qui était entre les mains d'Eden.

À travers la porte vitrée du quatrième, il vit de la lumière dans le bureau d'Eden. Que ses chaussettes fussent trempées, que sa veste dégageât l'odeur d'une vache mouillée au bord de la mer et qu'il n'eût aucun moyen de sécher ses mains ou ses cheveux était certainement déplaisant, mais il appréciait encore le soulagement de ne plus avoir deux livres de saumon norvégien dans son slip. En comparaison, il se sentait plutôt bien dans son assiette.

Il frappa à la porte en verre jusqu'à ce qu'Eden émerge de son bureau et le dévisage. Eden avait les pommettes hautes, de grands yeux bleu délavé et une peau mince et translucide. Toute calorie superflue qu'elle avalait en déjeunant à LA ou en prenant l'apéritif à Manhattan était brûlée sur son home-trainer, ou dans son club de gym privé, ou dans la cinglerie générale d'être Eden Procuro. Elle était généralement électrique et enflammée, un paquet de fils de cuivre brûlants, mais son expression à présent, tandis qu'elle approchait de la porte, était hésitante ou troublée. Elle ne cessait de jeter des coups d'œil en arrière vers son bureau.

Chip fit signe qu'il désirait entrer.

« Elle n'est pas là », dit Eden à travers le verre.

Chip s'agita de nouveau. Eden ouvrit la porte et mit la main sur son cœur. « Chip, je suis *si* triste pour Julia et vous…

— Je cherche mon scénario. Vous l'avez lu ?

— Si je… ? À toute vitesse. Il faut que je le relise. Faut que je prenne des notes ! » Eden fit le geste de gribouiller près de sa tempe et rit.

« Ce monologue inaugural, dit Chip. Je l'ai supprimé.

— Oh, Seigneur, j'adore qu'on soit disposé à couper. J'adore. » Elle jeta un nouveau coup d'œil vers son bureau.

« Pensez-vous que sans le monologue…

— Chip, vous avez besoin d'argent ? »

Eden lui souriait avec une telle franchise candide qu'il eut l'impression de l'avoir surprise saoule ou la culotte baissée.

« Eh bien, je ne suis pas complètement à sec, dit-il.

— Non, non, bien sûr. Mais quand même.

— Pourquoi ?

— Comment vous débrouillez-vous avec l'Internet ? demanda-t-elle. Vous connaissez un peu de Java ? L'HTML ?

– Seigneur, non.

– Bon, venez un instant dans mon bureau. Ça ne vous dérange pas ? Suivez-moi. »

Chip suivit Eden en passant devant le bureau de Julia où le seul élément juliesque visible était une grenouille en peluche trônant sur l'écran de l'ordinateur.

« À présent que vous deux avez rompu, dit Eden, il n'y a vraiment aucune raison pour que vous ne…

– Eden, ce n'est pas une rupture.

– Non, non, croyez-moi, c'est fini, dit Eden. C'est complètement fini. Et je me dis que vous pourriez apprécier un petit changement de décor afin de surmonter…

– Eden, écoutez, Julia et moi connaissons un désaccord passager…

– Non, Chip, désolée, pas passager : définitif. » Eden rit à nouveau. « Julia ne sait peut-être pas être carrée, mais moi si. Et donc, quand j'y songe, il n'y a vraiment aucune raison pour que vous ne rencontriez pas… » Elle fit entrer Chip dans son bureau. « Gitanas ? Un coup de chance incroyable. J'ai ici l'homme de la situation. »

Un homme de l'âge de Chip, vêtu d'une veste en cuir à nervures rouges et d'un jean blanc moulant, était vautré dans un fauteuil à côté du bureau d'Eden. Il avait un visage large et poupin, surmonté d'un casque de cheveux blonds.

Eden débordait littéralement d'enthousiasme. « Gitanas, je me creusais la cervelle sans trouver personne pour vous aider, et voilà que l'homme probablement le plus qualifié de New York vient frapper à ma porte ! Chip Lambert, vous connaissez mon assistante, Julia ? » Elle fit un clin d'œil à Chip. « Eh bien, voici *le mari de Julia*, Gitanas Misevičius. »

À presque tous égards – couleur de cheveux, forme du crâne, taille et corpulence, et tout particulièrement le sourire las et penaud qu'il affichait –, Gitanas ressemblait plus à Chip que quiconque dont il se souvienne. Il ressemblait à Chip par sa mauvaise façon de se tenir et ses dents de travers. Il hocha nerveusement la tête sans se lever ni tendre la main. « Comment va », dit-il.

On pouvait affirmer sans crainte, se dit Chip, que Julia avait un type.

Eden tapota l'assise d'un fauteuil inoccupé. « Asseyez-vous, asseyez-vous », lui dit-elle.

Sa fille, April, était installée sur le canapé en cuir à côté de la fenêtre avec un fouillis de crayons et une liasse de papiers.

« April, salut ! lança Chip. Comment étaient ces desserts ? »

La question ne sembla pas agréer à April.

« Elle y goûtera ce soir, dit Eden. Une petite personne a essayé de voir jusqu'où elle pouvait aller hier soir.

— Je n'essayais pas de voir jusqu'où je pouvais aller », dit April.

Le papier qu'elle tenait sur les genoux était de couleur ivoire et portait du texte au verso.

« Asseyez-vous ! Asseyez-vous ! » exhorta Eden en faisant retraite vers son bureau en stratifié de bouleau. Dans son dos, la grande fenêtre était ocelée par la pluie. Il y avait de la brume sur l'Hudson. Des traînées noires évocatrices du New Jersey. Les trophées d'Eden, sur les murs, étaient des affiches de cinéma de Kevin Kline, Chloë Sevigny, Matt Damon, Winona Ryder.

« Chip Lambert, dit-elle à Gitanas, est un brillant écrivain, qui a un scénario en développement chez moi en ce moment, *et* il a un doctorat en littérature, *et* il travaille depuis deux ans avec mon mari aux fusions et acquisitions, *et* il est imbattable sur l'Internet, nous étions justement en train de parler de Java et d'HTML, et, comme vous le voyez, il dégage une impression, euh… » Là, Eden, prêta pour la première fois attention à l'apparence de Chip. Elle écarquilla les yeux. « Il doit pleuvoir des *hallebardes* là-dehors. Chip n'est pas, eh bien, d'ordinaire il n'est pas si trempé. (Mon cher, vous êtes vraiment trempé.) En toute honnêteté, Gitanas, vous ne trouverez pas mieux. Et Chip, je suis vraiment – ravie – que vous soyez passé par là. (Bien que vous soyez complètement trempé.) »

Un homme seul pouvait réchapper à l'enthousiasme d'Eden, mais deux hommes mis ensemble ne pouvaient que contempler le plancher pour préserver leur dignité face à lui.

« Malheureusement, dit Eden, je suis légèrement pressée par le temps, Gitanas étant passé de manière quelque peu impromptue. Ce qui serait formidable, ce serait que vous alliez vous installer dans ma salle de conférences pour discuter des choses, et prenez tout votre temps. »

Gitanas croisa les bras en s'étreignant le torse à la manière européenne, les poings fourrés sous les aisselles. Il ne dévisagea pas Chip, mais lui demanda : « Êtes-vous acteur ?

– Non.

– Eh bien, Chip, dit Eden, ce n'est pas exactement vrai.

– Si, je n'ai jamais joué la comédie de ma vie.

– Ha-ha-ha ! dit Eden. Chip fait le modeste. »

Gitanas secoua la tête et regarda le plafond.

La liasse de papiers d'April était bel et bien un scénario.

« De quoi s'agit-il ? demanda Chip.

– Gitanas cherche à engager quelqu'un…

– Un acteur américain, dit Gitanas avec dégoût.

– Pour faire, euh, des relations publiques institutionnelles pour lui. Et depuis plus d'une *heure* à présent » – Eden jeta un coup d'œil à sa montre et écarquilla les yeux et la bouche en une démonstration de surprise exagérée – « j'essaie de lui expliquer que les acteurs avec lesquels je travaille sont plus intéressés par le cinéma et le théâtre que par, disons, les projets d'investissements internationaux. Et tendent aussi à se faire des idées totalement irréalistes sur leurs talents d'écriture. Et ce que j'essaie d'expliquer à Gitanas, c'est que vous, Chip, non seulement vous disposez d'une parfaite maîtrise de la langue et du jargon, mais vous n'avez pas à prétendre être un expert en investissements. Vous *êtes* un expert en investissements.

– Je suis un correcteur d'épreuves de textes juridiques à temps partiel, dit Chip.

– Un artiste de la langue. Un scénariste doué. »

Chip et Gitanas échangèrent des coups d'œil. Quelque chose chez Chip, peut-être les traits physiques qu'ils avaient en commun, semblait intéresser le Lituanien. « Cherchez-vous du travail ? demanda Gitanas.

– Éventuellement.

– Êtes-vous un drogué ?

– Non.

– Je *dois* aller au cabinet de toilette, dit Eden. April, mon ange, viens avec moi. Emporte tes dessins. »

April sauta du canapé sans faire d'histoires et alla auprès d'Eden.

« Emporte tes dessins, veux-tu, mon ange. Là. » Eden rassembla les pages ivoire et conduisit April à la porte. « Vous avez à discuter. »

Gitanas porta la main à son visage et serra ses joues rondes, gratta les poils blonds de son menton. Il regarda par la fenêtre.

« Vous êtes au gouvernement », dit Chip.

Gitanas pencha la tête de côté. « Oui et non. J'y ai longtemps été. Mais mon parti est kaput, je suis dans les affaires maintenant. Dans les affaires gouvernementales, disons. »

Un des dessins avait glissé à terre entre la fenêtre et le canapé. Chip tendit la pointe du pied et attira la feuille à lui.

« Nous avons tant d'élections, dit Gitanas, personne n'en fait plus état au plan international. Nous avons trois ou quatre élections par an. Les élections sont notre plus grosse industrie. Nous avons la plus forte production annuelle d'élections *per capita* de tous les pays du monde. Encore plus même qu'en Italie. »

April avait dessiné le portrait d'un homme avec un corps

normalement constitué d'ovoïdes et de bâtons, mais à la place de la tête il avait une spirale bleu et noir renfrognée, un gribouillis grincheux, un enchevêtrement griffonné. À travers le papier ivoire, Chip distinguait des blocs de dialogues et d'indications scéniques de l'autre côté.

« Croyez-vous en l'Amérique ? demanda Gitanas.

– Seigneur, quel commencement ! dit Chip.

– Votre pays qui nous a sauvés nous a aussi ruinés. »

De la pointe du pied, Chip souleva un coin du dessin d'April et identifia les mots :

MONA
(serrant le combiné contre elle)
Qu'y a-t-il de mal à être amoureuse de soi-même ?
Où est le problème ?

– mais la page était devenue très lourde, ou son pied très faible. Il laissa retomber la feuille. Il la poussa sous le canapé. Ses extrémités étaient glacées et légèrement engourdies. Il n'y voyait pas bien.

« La Russie a fait faillite au mois d'août, dit Gitanas. Vous l'avez peut-être appris ? Contrairement à nos élections, on en a beaucoup parlé. C'était une nouvelle *économique*. C'était important pour les investisseurs. C'était aussi important pour la Lituanie. Notre principal partenaire commercial croule à présent sous les dettes en devises fortes, tandis que son rouble ne vaut rien. Devinez ce qu'ils utilisent, des dollars ou des roubles, pour nous acheter nos œufs de poule ? Et pour acheter les châssis de camion de notre usine de châssis de camion, qui est la seule usine sérieuse que nous ayons : eh bien, ce sont des roubles. Mais le reste du camion est fabriqué à Volgograd, et cette usine-là est fermée. Alors nous ne pourrons même pas avoir des roubles. »

Chip avait du mal à se sentir déçu pour « La Pourpre académique ». Ne plus jamais poser les yeux sur ce scénario, ne jamais le montrer à quiconque : cela pourrait être un soulagement encore plus grand que celui qu'il avait éprouvé dans les toilettes pour hommes de chez Fanelli en retirant le saumon de sa culotte.

Il se sentit tiré d'un enchantement de **seins**, de coupures de mots et de marges de trois centimètres, et plongé dans un monde riche et varié auquel il avait été sourd Dieu savait pendant combien de temps. Des années.

« Ce que vous me dites m'intéresse, dit-il à Gitanas.

– C'est intéressant. C'est intéressant, acquiesça Gitanas, qui continuait de s'étreindre étroitement. Brodsky a dit : "Le poisson frais sent toujours, le surgelé seulement quand il dégèle." Voilà, et après le grand dégel, quand tous les petits poissons ont été sortis du congélateur, nous nous sommes passionnés pour ceci et cela. Moi comme les autres. Tout autant que les autres. Mais l'économie a été mal gérée. Je me suis bien amusé à New York, mais au pays – il y avait une dépression, sévère. Puis, trop tard, en 1995, nous avons accroché la litas au dollar et commencé à privatiser, beaucoup trop vite. Ce n'était pas ma décision, mais j'aurais pu la prendre. La Banque mondiale avait l'argent dont nous avions besoin et la Banque mondiale disait de privatiser. Alors, OK, on a vendu le port. On a vendu la compagnie aérienne, vendu le téléphone. Le plus offrant était généralement américain, parfois allemand. Ce n'était pas censé arriver, mais c'est ce qui s'est passé. Personne n'avait d'argent à Vilnius. Et la compagnie du téléphone disait : OK, nous aurons des propriétaires étrangers aux poches bien remplies, mais le port et la compagnie aérienne resteront cent pour cent lituaniens. Bon, le port et la compagnie aérienne se disaient la même chose. Mais ça allait quand même. Afflux de capitaux, meilleurs morceaux de viande chez le boucher, moins de pannes de courant. Même le climat semblait moins rude. C'était surtout les criminels qui ramassaient les devises, mais ça, c'est la réalité postsoviétique. Après le dégel, il y a la pourriture. Brodsky n'a pas vécu assez longtemps pour la voir. Donc OK, mais toutes les économies du monde ont alors commencé à s'effondrer, la Thaïlande, le Brésil, la Corée, et là c'était un problème, parce que tout le capital est rentré se réfugier aux États-Unis. Nous avons découvert, par exemple, que notre compagnie aérienne nationale appartenait pour soixante-quatre pour cent au Quad Cities Found. À savoir ? Un FCP de croissance sans droit d'entrée géré par un jeune type du nom de Dale Meyers. Vous n'avez jamais entendu parler de Dale Meyers, mais tout citoyen adulte de Lituanie connaît son nom. »

Le récit de cette débandade semblait amuser Gitanas au plus haut point. Cela faisait longtemps que Chip n'avait pas éprouvé une si vive sensation d'*aimer* quelqu'un. Ses amis pédés de D… College et du *Warren Street Journal* étaient si francs et impulsifs dans leurs confidences qu'ils interdisaient toute réelle proximité, et ses réactions aux hétéros avaient longtemps été partagées en deux catégories : crainte et jalousie devant le succès, fuite devant la contagion de l'échec. Mais quelque chose dans le ton de Gitanas lui plaisait.

« Dale Meyers vit dans l'est de l'Iowa, dit Gitanas. Dale Meyers a deux assistants, un gros ordinateur et un portefeuille de trois milliards de dollars. Dale Meyers dit qu'il n'avait aucune intention de prendre le contrôle de notre compagnie nationale. Dale dit qu'il s'agit de transactions automatisées. Il dit que l'un de ses assistants a entré un paramètre erroné qui a amené l'ordinateur à continuer d'accroître sa position dans Lithuanian Airlines sans signaler les seuils qu'il avait franchis au fil du temps. OK, Dale présente ses excuses à tous les Lituaniens pour la bourde. Dale dit qu'il comprend l'importance d'une compagnie aérienne pour l'économie et la fierté d'un pays. Mais à cause de la crise en Russie et dans les pays baltes, personne n'achète de billets sur Lithuanian Airlines. Voilà, et les investisseurs américains commencent à retirer leur argent de

Quad Cities. La seule solution qu'a Dale pour faire face à ses obligations est de liquider le principal actif de Lithuanian Airlines. À savoir sa flotte. Il va vendre trois YAK40 à une compagnie de cargos basée à Miami. Il va vendre six turboprops de l'Aérospatiale à une jeune compagnie de navettes en Nouvelle-Écosse. À vrai dire, il l'a déjà fait, hier. Donc, oups ! plus de compagnie aérienne.

– Aïe ! » dit Chip.

Gitanas hocha férocement la tête. « Ouais ! Ouais ! Aïe ! Dommage qu'on ne puisse pas faire voler un châssis de camion ! OK, et ça continue : un conglomérat américain du nom d'Orfic Midland liquide le port de Kaunas. Là encore, du jour au lendemain. Oups ! Aïe ! Puis soixante pour cent de la Banque de Lituanie sont avalés par une banque de la banlieue d'Atlanta, Georgie. Et votre banque de banlieue liquide alors les réserves en devises de notre banque nationale. Votre banque double nos taux d'intérêt à court terme du jour au lendemain – pourquoi ? Pour couvrir les lourdes pertes dues à l'échec de leur collection de MasterCard "Dilbert fan club". Aïe ! Aïe ! Mais intéressant, hein ? La Lituanie n'a pas beaucoup de réussite, n'est-ce pas ? La Lituanie a vraiment bien merdé !

– Comment ça va, les hommes ? demanda Eden, de retour dans son bureau avec April en remorque. Peut-être voudriez-vous utiliser la salle de conférences ? »

Gitanas posa un attaché-case sur ses genoux et l'ouvrit. « J'explique à Cheep ma rogne contre l'Amérique.

– April, mon sucre, assieds-toi ici », dit Eden. Elle avait un grand bloc de papier journal qu'elle déploya par terre, près de la porte. « Voilà un meilleur papier pour toi. Tu peux faire de *grands* formats. Comme moi. Comme maman. Fais un *grand* format. »

April s'accroupit au milieu du papier et dessina un cercle vert autour d'elle.

« Nous avons imploré l'assistance du FMI et de la Banque

mondiale, dit Gitanas. Comme ils nous avaient encouragé à privatiser, peut-être seraient-ils intéressés d'apprendre que notre État-nation privatisé était à présent une zone de semi-anarchie, de barons du crime organisé et de cultures de subsistance ? Malheureusement, le FMI traite les plaintes de ses États-clients au bord de l'abîme par ordre de PNB décroissant. La Lituanie était vingt-sixième sur la liste lundi dernier. Maintenant, nous sommes vingt-huitième. Le Paraguay vient de nous battre. Toujours le Paraguay.

— Aïe !

— Le Paraguay étant pour une raison obscure le fléau de mon existence.

— Gitanas, je vous l'ai dit, Chip est parfait, dit Eden. Mais écoutez…

— Le FMI dit que nous devons nous attendre à un délai pouvant atteindre trente-six mois avant que la moindre opération de sauvetage puisse commencer ! »

Eden s'affala dans son fauteuil. « Pensez-vous que nous puissions conclure ça rapidement ? »

Gitanas sortit une feuille de son attaché-case. « Vous voyez, ce tirage d'une page web ? "Un service du Département d'État des États-Unis, Bureau des affaires européennes et canadiennes." Il dit : "L'économie lituanienne est gravement déprimée, le chômage proche de vingt pour cent, l'électricité et l'eau courante intermittentes à Vilnius, rares ailleurs." Quel homme d'affaires va mettre de l'argent dans un pays pareil ?

— Un homme d'affaires lituanien ? dit Chip.

— Oui, très drôle. » Gitanas lui lança un regard de connaisseur. « Mais si j'ai besoin de trouver quelque chose de différent sur cette page web et d'autres du même genre ? Si j'ai besoin d'effacer ce qui est là et d'y mettre, en bon anglais d'Amérique, que notre pays a échappé à la débâcle financière russe ? Disons, par exemple : "La Lituanie connaît présentement une inflation annuelle inférieure à six pour cent, ses réserves en dollars per capita sont égales à celles de l'Allemagne et sa balance commerciale est en excédent de près d'une centaine de millions de millions de dollars du fait d'une demande soutenue pour les ressources naturelles lituaniennes !"

– Chip, vous seriez parfait pour ça », dit Eden.

Chip avait tranquillement et fermement décidé de ne plus jamais regarder Eden et de ne plus jamais lui adresser la parole de toute sa vie.

« Quelles sont les ressources naturelles de la Lituanie ? demanda-t-il à Gitanas.

– Principalement le sable et le gravier, dit Gitanas.

– D'immenses réserves stratégiques de sable et de gravier. OK.

– Du sable et du gravier en abondance. » Gitanas referma son attaché-case. « Enfin, bon, voilà une devinette pour vous. Pourquoi une demande sans précédent pour ces ressources fascinantes ?

– Un boom de la construction en Finlande et en Lettonie ? Dans une Lettonie affamée de sable ? Dans une Finlande avide de gravier ?

– Et comment ces pays ont-ils échappé à la contagion de l'effondrement financier mondial ?

– La Lettonie possède des institutions démocratiques fortes et stables, dit Chip. Elle est le centre nerveux financier des pays baltes. La Finlande a imposé un strict contrôle des changes sur les capitaux flottants et réussi à sauvegarder une industrie du meuble d'envergure mondiale. »

Le Lituanien hocha la tête, manifestement satisfait. Eden tambourina des poings sur son bureau. « Bon Dieu, Gitanas, Chip est génial ! Il mérite *donc* une prime à la signature. Et aussi un logement de standing à Vilnius et un *per diem* en dollars.

– À Vilnius ? fit Chip.

– Oui, nous vendons un pays, dit Gitanas. Il nous faut un

client américain satisfait sur place. Il est aussi beaucoup, beaucoup plus sûr de travailler sur le web là-bas. »

Chip éclata de rire. « Vous croyez vraiment que des investisseurs américains vont vous envoyer de l'argent ? Sur quelle base ? Une pénurie de sable en Lettonie ?

— Ils m'envoient déjà de l'argent, dit Gitanas, sur la base d'une petite blague que j'ai faite. Même pas du sable et du gravier, juste une méchante petite blague que j'ai faite. Des dizaines de milliers de dollars déjà. Mais je veux qu'ils m'en envoient des millions.

— Gitanas, dit Eden. Mon cher. C'est complètement le moment de parler prime d'encouragement. On ne peut pas *rêver* d'une meilleure situation pour une clause escalier. Chaque fois que Chip double vos recettes, vous lui donnez un point de participation supplémentaire. Hein ? Hein ?

— Si je constate une multiplication des recettes par cent, croyez-moi, Cheep sera un homme riche.

— Mais je dis qu'il faut mettre tout ça par écrit. »

Gitanas croisa le regard de Chip et lui communiqua silencieusement son opinion sur leur hôtesse. « Eden, ce document, dit-il. Quel est l'intitulé de la fonction de Cheep ? Consultant en escroquerie électronique internationale ? Premier co-conspirateur adjoint ?

— Vice-président en charge des présentations volontairement biaisées », proposa Chip.

Eden poussa un hurlement de plaisir. « J'adore !

— Maman, regarde, dit April.

— Notre accord est purement oral, dit Gitanas.

— Bien sûr, il n'y a rien de réellement illégal dans ce que vous faites ? » dit Eden.

Gitanas répondit à sa question en jetant un long regard par la fenêtre. Dans sa veste à nervures rouges, il ressemblait à un pilote de motocross. « Bien sûr que non, dit-il.

— Donc ce n'est pas de l'escroquerie électronique ? dit Eden.

– Non, non. De l'escroquerie électronique ? Non.

– Parce que, je ne voudrais pas jouer les poules mouillées, mais ça ressemble pourtant bien à de l'escroquerie électronique.

– Les actifs fongibles collectifs de mon pays ont disparu dans le vôtre sans une vague, dit Gitanas. Un pays riche et puissant a dicté les règles selon lesquelles nous, Lituaniens, devions mourir. Pourquoi faudrait-il obéir à ces règles ?

– C'est une question centrale chez Foucault, dit Chip.

– *Idem* chez Robin des Bois, dit Eden. Ce qui ne me rassure pas fondamentalement sur le plan légal.

– Je propose à Cheep cinq cents dollars américains par semaine. Plus les bonus que je déciderai. Cheep, vous êtes intéressé ?

– Je peux gagner plus ici, dit Chip.

– Essayez un millier par *jour*, minimum, dit Eden.

– On va loin avec un dollar à Vilnius.

– Oh, je n'en doute pas, dit Eden. On va loin sur la lune aussi. Qu'est-ce qu'il y a à acheter ?

– Cheep, dit Gitanas. Expliquez à Eden ce que des dollars peuvent acheter dans un pays pauvre.

– J'imagine qu'on mange et qu'on boit pas mal, dit Chip.

– Un pays où la jeune génération a grandi dans un état d'anarchie morale et a le ventre creux.

– Sans doute qu'il ne doit pas être difficile de sortir avec des filles mignonnes, si c'est à ça que vous pensez.

– Si cela ne vous brise pas le cœur, dit Gitanas. De voir une mignonne petite gamine montée de sa province se mettre à genoux...

– Oh, Gitanas, dit Eden. Il y a une enfant dans la pièce.

– Je suis sur une île, dit April. Maman, regarde mon île.

– Je parle d'enfants, dit Gitanas. Quinze ans. Vous avez des dollars ? Treize. Douze.

– Douze ans n'est pas un argument de vente avec moi, dit Chip.

– Vous préférez dix-neuf ? Dix-neuf ans, c'est encore moins cher.

– Franchement, euh…, fit Eden en brassant l'air.

– Je veux que Cheep comprenne pourquoi un dollar représente beaucoup d'argent. Pourquoi mon offre est une offre sérieuse.

– Mon problème, dit Chip, c'est que j'aurai des dettes américaines à rembourser avec ces mêmes dollars.

– Croyez-moi, nous sommes familiers de ce problème en Lituanie.

– Chip veut un salaire de base de mille dollars par jour, plus un intéressement, dit Eden.

– Mille par semaine, dit Gitanas. Pour donner de la légitimité à mon projet. Pour un travail créatif et pour rassurer les gens intéressés.

– Un pour cent du chiffre, dit Eden. Un pour cent avec une garantie mensuelle de vingt mille. »

Sans faire attention à elle, Gitanas tira une épaisse enveloppe de sa veste et commença à compter des liasses de billets de cent de ses doigts épais et peu soignés. April était accroupie sur un îlot de papier vierge entouré de monstres dentus et de gribouillis cruels de diverses couleurs. Gitanas jeta un paquet de billets sur le bureau d'Eden. « Trois mille, dit-il, pour les trois premières semaines.

– Il voyage en classe affaires, bien sûr, dit Eden.

– Oui, d'accord.

– Et un logement de standing à Vilnius.

– Il y a une chambre dans la villa, pas de problème.

– Et puis, qui va le protéger de ces barons du crime organisé ?

– Je suis peut-être moi-même un baron du crime organisé, un petit peu », dit Gitanas avec un sourire las et penaud.

Chip considéra le tas de billets verts sur le bureau d'Eden. Quelque chose le faisait bander, peut-être l'argent, peut-être la vision de vénales jeunes filles de dix-neuf ans, ou peut-être était-ce seulement la perspective de monter à bord d'un avion et de mettre huit mille kilomètres entre lui et le cauchemar de sa vie à New York. Ce qui rendait les drogues immuablement si attirantes, c'était la possibilité d'être un autre. Des années après avoir compris que le hasch le rendait seulement paranoïde et insomniaque, il bandait toujours à l'idée d'en fumer. Désirait toujours cette évasion.

Il posa la main sur les billets.

« Et si je me connectais pour vous prendre des réservations à tous les deux ? dit Eden. Vous pourriez partir tout de suite !

– Vous allez donc le faire ? demanda Gitanas. C'est beaucoup de travail, beaucoup d'amusement. Un risque très faible. Il n'existe pas de risque nul, cependant. Pas quand il y a de l'argent.

– Je comprends », dit Chip en caressant les billets.

Dans l'apparat des mariages, Enid retrouvait immanquablement l'amour paroxystique du *lieu* – du Midwest en général et du Saint Jude banlieusard en particulier – qui pour elle était le seul véritable patriotisme et la seule spiritualité viable. Vivant sous des présidents aussi malhonnête que Nixon, vide que Reagan et dégoûtant que Clinton, elle avait perdu tout intérêt pour le chauvinisme de la bannière étoilée, et pas un seul des miracles pour lesquels elle avait prié le Seigneur ne s'était jamais accompli ; mais un samedi soir, à la saison des lilas, depuis un banc de l'église presbytérienne de Paradise Valley, elle pouvait regarder autour d'elle et voir deux cents personnes estimables et pas une seule de méprisable. Toutes ses amies étaient estimables et avaient des amis estimables, et comme les gens estimables tendaient à faire des enfants estimables, le monde d'Enid était comme une pelouse où le pâturin poussait si dense que le mal était proprement étouffé : irréprochable. Si, par exemple, c'était l'une des filles d'Esther et Kirby Root qui descendait l'allée centrale de l'église presbytérienne au bras de Kirby, Enid se souvenait de la petite Root quêtant des bonbons à Halloween dans sa robe de ballerine, vendant des biscuits à la fête des scouts et venant garder Denise, et comment, même après être parties pour de bonnes universités du Midwest, les filles Root mettaient un point d'honneur, quand elles revenaient pour des vacances, à frapper à la porte de service d'Enid pour la tenir informée de l'actualité des Root, restant souvent *une heure ou plus* (et pas, Enid le savait, parce que Esther leur avait dit d'y aller, mais tout simplement parce que c'étaient de braves gosses de Saint Jude qui s'intéressaient naturellement aux autres), et le cœur d'Enid chavirait à la vue d'une nouvelle douce et charitable fille Root recevant à présent pour récompense les vœux d'un jeune homme à la coupe de cheveux bien nette, du type de ceux qu'on voit dans les publicités pour les vêtements d'homme, un jeune gars vraiment formidable, qui avait une attitude optimiste, était poli avec les personnes âgées, ne croyait pas aux rapports sexuels avant le mariage, exerçait un métier profitable à la société, tel qu'ingénieur en constructions électriques ou biologiste de l'environnement, venait d'une famille traditionnelle, stable et unie, et voulait fonder sa propre famille traditionnelle, stable et unie. À moins qu'Enid ne fût cruellement trompée par les apparences, les jeunes gens de ce calibre continuaient, alors même que le vingtième siècle touchait à sa fin, d'être la *norme* dans le Saint Jude banlieusard. Tous les jeunes gars qu'elle avait connus comme louveteaux, utilisateurs de ses toilettes du sous-sol et déneigeurs de son bout de trottoir, les nombreux garçons Driblett, les divers Persons, les jumeaux Schumpert, tous ces jeunes gens soignés et *beaux* (que Denise, adolescente, avait rejetés, à la rage froide d'Enid, avec son air d'« amusement ») avaient descendu ou descendraient bientôt des allées centrales dans cette terre de protestantisme et échangeraient des vœux avec des jeunes filles estimables et normales, et s'installeraient, sinon à Saint Jude même, du moins dans le même fuseau horaire. Cela étant, au plus profond de son cœur, là où elle était moins différente de sa fille qu'elle n'était prête à le reconnaître, Enid savait que les smokings pouvaient être d'une couleur plus seyante que bleu pastel et que les robes des demoiselles d'honneur pouvaient être coupées dans des tissus plus intéressants que le crêpe de Chine mauve ; et pourtant, bien que l'honnêteté l'empêchât de qualifier d'« élégants » les mariages de ce style, il y avait une part plus bruyante et plus heureuse de son cœur qui adorait par-dessus tout ce genre de mariages, parce que le manque de sophistication assurait l'assemblée des invités qu'il y avait des valeurs plus importantes que le style pour les deux familles qui s'unissaient. Enid croyait aux assortiments et elle était heureuse d'un mariage où les demoiselles d'honneur réprimaient leurs désirs individuels égoïstes et portaient des robes assorties aux bouquets et aux serviettes en papier, au glaçage du gâteau et aux rubans des cocardes. Elle aimait qu'une cérémonie à l'église méthodiste de Chiltsville soit suivie par une modeste réception au Sheraton de Chiltsville. Elle aimait qu'une cérémonie plus élégante à l'église presbytérienne de Paradise Valley connaisse son apothéose au club-house de Deepmire, où même les pochettes d'allumettes de circonstance (*Dean & Trish* ♦ *13 juin 1987*) étaient assorties à la palette de couleurs. Le plus important de tout était que les mariés eux-mêmes fussent assortis : qu'ils aient des origines, des âges et des éducations semblables. Parfois, lors d'un mariage chez des amis moins proches d'Enid, la mariée était plus lourdement bâtie ou nettement plus âgée que le marié, ou la famille du marié venait d'une bourgade agricole du nord de l'État et était manifestement intimidée par l'élégance de Deepmire. En pareil cas, Enid était embarrassée pour les héros du jour. Plus typiquement, cependant, la seule note discordante à Deepmire était un toast déplacé porté par quelque garçon d'honneur secondaire, souvent un copain d'université du marié, souvent moustachu ou pourvu d'un menton fuyant, inévitablement pris de boisson, qui semblait n'avoir rien à voir avec le Midwest mais venir d'une grande ville de l'Est et qui essayait de faire le malin en faisant une allusion « humoristique » aux rapports sexuels avant le mariage, amenant les mariés à piquer un fard ou à rire les yeux fermés (non pas, semblait-il à Enid, parce qu'ils étaient amusés, mais parce qu'ils étaient naturellement pleins de tact et ne voulaient pas que l'importun saisisse à quel point sa remarque était déplacée), tandis qu'Alfred inclinait la tête pour ne pas entendre et qu'Enid fouillait la salle des yeux jusqu'à ce qu'elle croise le regard d'une amie avec laquelle elle puisse échanger un froncement de sourcils rassurant.

Alfred adorait les mariages, lui aussi. Ils lui semblaient être le seul genre de fête qui eût un véritable sens. Leurs sortilèges lui faisaient autoriser des achats (une nouvelle robe pour Enid, un nouveau costume pour lui-même, un ensemble de dix pièces de saladiers en teck haut de gamme pour cadeau) qu'il aurait normalement déclarés déraisonnables.

Enid avait espéré, un jour, quand Denise serait plus grande et aurait fini l'université, donner une réception de mariage vraiment élégante (mais, hélas, pas à Deepmire, car, presque seuls parmi leurs meilleurs amis, les Lambert ne pouvaient se permettre les tarifs astronomiques de Deepmire) pour Denise et un grand et solide jeune homme, peut-être d'origine scandinave, dont les cheveux de lin contrebalanceraient le défaut de cheveux trop sombres et trop bouclés dont Denise avait hérité d'Enid, mais qui, pour le reste, lui serait parfaitement assorti. Et cela brisa donc presque le cœur d'Enid quand, un soir d'octobre, moins de trois semaines après que Chuck Meisner eut donné pour sa fille Cindy la réception la plus somptueuse qu'ait jamais accueillie Deepmire, avec tous les hommes en queue-de-pie, une fontaine à champagne, un hélicoptère sur le fairway du 18 et un octuor de cuivres qui jouait des fanfares,

Denise avait appelé pour annoncer qu'elle et son patron étaient allés à Atlantic City et s'étaient mariés au tribunal. Enid, qui avait l'estomac bien accroché (n'était jamais malade, jamais), avait dû passer le combiné à Alfred et aller s'agenouiller dans la salle de bains en respirant à grands traits.

Le printemps précédent, à Philadelphie, Alfred et elle avaient fait un déjeuner tardif dans le restaurant *bruyant* où Denise s'abîmait les mains et gâchait sa jeunesse. Après le repas, qui avait été excellent bien que beaucoup trop riche, Denise avait insisté pour les présenter au « chef » avec qui elle étudiait et pour qui elle s'échinait présentement. Ce « chef », Émile Berger, était un Juif de Montréal, trapu, bougon, d'âge mûr, dont l'habit de travail était un vieux T-shirt blanc (comme un *cuisinier*, pas comme un chef, se dit Enid ; pas de veste, pas de toque) et qui considérait que la meilleure façon de se raser était de ne pas se raser du tout. Enid aurait détesté Émile et l'aurait rejeté même si elle n'avait pas décelé, à la manière qu'avait Denise de boire ses paroles, qu'il exerçait une influence d'une intensité malsaine sur sa fille. « Ces croquettes de crabe étaient *si* riches, accusa-t-elle dans la cuisine. *Une bouchée* et je n'en pouvais plus. » À quoi, au lieu de s'excuser et de se renier, comme tout poli natif de Saint Jude l'aurait fait, Émile répondit en admettant que, oui, si on pouvait y parvenir, et si le goût était bon, un crabe « léger » serait une chose merveilleuse, mais la question, madame Lambert, était comment faire ? Hein ? Comment rendre « légère » la chair de crabe ? Denise suivait cet échange avidement, comme si elle l'avait mis en scène ou comme si elle cherchait à le mémoriser. Devant le restaurant, avant qu'elle ne reprenne son service de quatorze heures, Enid prit soin de lui dire : « En voilà un tout petit bonhomme ! Et *si* juif. » Son ton était moins maîtrisé qu'elle ne l'aurait voulu, un peu grinçant et aigu sur les bords, et elle voyait à l'air distant dans les yeux de Denise et à certaine amertume au coin de sa bouche qu'elle avait heurté les sentiments de sa fille. Mais elle n'avait fait, une fois de plus, qu'exprimer la vérité. Et jamais, pas une seconde, elle n'aurait imaginé que Denise – qui, quelque immature et romantique qu'elle fût, et quelque irréaliste dans ses plans de carrière, venait d'avoir vingt-trois ans et avait un beau visage, une belle silhouette et toute sa vie devant elle – fût capable de *sortir* avec quelqu'un comme Émile. Quant à ce qu'une jeune femme était censée faire exactement de ses charmes physiques tandis qu'elle attendait que s'écoulent les années de maturation, à présent que les jeunes filles ne se mariaient plus si jeunes, Enid était certes plutôt dans le vague. De manière générale, elle croyait aux réunions en groupes de trois ou plus ; croyait, en un mot, aux soirées ! La seule chose dont elle était catégoriquement sûre, le principe qu'elle embrassait d'autant plus passionnément qu'il était ridiculisé par les médias et les divertissements populaires, était que les rapports sexuels avant le mariage étaient immoraux.

Et cependant, en cette soirée d'octobre, tandis qu'elle gisait à genoux sur le sol de la salle de bains, la pensée hérétique traversa Enid qu'il aurait peut-être été plus sage en fin de compte de moins insister sur le mariage dans ses homélies maternelles. Il lui vint à l'idée que l'acte impétueux de Denise avait peut-être même été déclenché, pour une toute petite partie, par un désir de faire ce qui était moral pour plaire à sa mère. Comme une brosse à dents dans la cuvette des W.-C., comme une sauterelle morte dans la salade, comme une couche sur la table du dîner, cette énigme révulsante défiait Enid : qu'il aurait pu être réellement préférable que Denise n'en fasse qu'à sa tête et commette l'adultère, préférable qu'elle se souille pour des instants de plaisir égoïste, préférable qu'elle gâche la pureté que tout jeune homme convenable était en droit d'attendre d'une future compagne, plutôt que d'épouser Émile. Si ce n'est que Denise n'aurait jamais dû être attirée par Émile pour commencer ! C'était le même problème qu'avait Enid avec Chip, et même Gary : ses enfants n'étaient pas assortis. Ils ne voulaient pas les choses qu'elle et toutes ses amies et tous les enfants de ses amies voulaient. Ses enfants voulaient des choses radicalement, honteusement, différentes.

Tout en observant périphériquement que le tapis de bain était plus taché qu'elle ne l'avait cru et devrait être remplacé avant les vacances, Enid écouta Alfred proposer d'envoyer à Denise une paire de billets d'avion. Elle fut frappée par le calme apparent avec lequel Alfred accueillait la nouvelle que son unique fille avait pris la décision la plus importante de sa vie sans le consulter. Mais, après qu'il eut raccroché, qu'elle fut ressortie de la salle de bains et qu'il eut fait la remarque, simplement, que la vie était pleine de surprises, elle remarqua l'étrange tremblement qui agitait ses mains. Ce tremblement était à la fois plus ample et plus intense que celui qu'il avait parfois en buvant du café. Et, durant les semaines qui suivirent, tandis qu'Enid tentait de se tirer du mieux possible de la position mortifiante dans laquelle Denise l'avait placée (1) en appelant ses meilleures amies et paraissant ravie d'annoncer que Denise allait se marier – prochainement ! – à un très sympathique Canadien, oui, mais qu'elle ne voulait voir que *la famille proche* à la cérémonie, voilà, et qu'elle présenterait son nouveau mari lors d'une réception informelle chez eux à Noël (aucune des amies d'Enid ne crut qu'elle était ravie, mais elles admirèrent ses efforts pour masquer sa souffrance ; certaines eurent même la délicatesse de ne pas lui demander où Denise avait déposé sa liste de mariage) et (2) en commandant, sans en référer à Denise, deux cents faire-part gravés, afin non seulement de donner un cachet plus conventionnel au mariage mais aussi pour secouer un peu l'arbre aux cadeaux dans l'espoir de recevoir quelques compensations pour les dizaines et les dizaines de jeux de saladiers en teck qu'Alfred et elle avaient offerts au cours des vingt dernières années : durant cette longue semaine, Enid fut si continuellement hantée par ce nouveau tremblement qui était apparu chez Alfred que, lorsqu'il finit par se laisser convaincre de voir son médecin et fut adressé au Dr Hedgpeth, qui diagnostiqua un Parkinson, une branche souterraine de son intelligence persista à associer sa maladie à l'annonce de Denise et à imputer ainsi à sa fille la dégradation qui s'ensuivit de sa propre qualité de vie, bien que le Dr Hedgpeth eût clairement affirmé que la maladie de Parkinson était d'origine somatique et que ses effets apparaissaient graduellement. À l'approche des vacances, alors que le Dr Hedgpeth les avait alimentés, Alfred et elle, en brochures et plaquettes dont les ternes coloris de publication médicale, les sinistres dessins au trait et les effrayantes photographies présageaient un avenir terne, sinistre et effrayant, Enid était largement convaincue que Denise et Émile avaient ruiné son existence. Elle avait cependant reçu l'ordre strict d'Alfred de faire en sorte qu'Émile se sente bien accueilli dans la famille. Aussi, lorsque la maison ouvrit ses portes en l'honneur des nouveaux mariés, elle afficha un grand sourire et accepta les unes après les autres les sincères félicitations de vieux amis de la famille qui adoraient Denise et trouvaient qu'elle était un ange (parce que Enid, dans son éducation, avait insisté sur l'importance de la gentillesse envers ses parents) (et cependant, qu'était ce mariage sinon un exemple d'excès de gentillesse envers un parent ?), quand elle aurait préféré des condoléances. Les efforts qu'elle fit pour être bonne joueuse et pleine d'entrain, pour obéir à Alfred et recevoir cordialement son gendre d'âge mûr et ne pas prononcer *un seul mot* sur sa religion, ne firent qu'ajouter à la honte et à la colère qu'elle éprouva cinq ans plus tard quand Denise et Émile divorcèrent et qu'Enid dut livrer cette nouvelle, aussi, à tous ses amis. Ayant attaché une telle importance au mariage, ayant lutté si dur pour l'accepter, elle trouvait que le moins que Denise pût faire aurait été de rester mariée.

« Tu as encore parfois des nouvelles d'Émile ? » demanda Enid.

Denise essuyait de la vaisselle dans la cuisine de Chip. « À l'occasion. »

Enid s'était installée à la table pour découper des bons de réduction dans les magazines qu'elle avait tirés de son sac à bandoulière Nordic Pleasurelines. La pluie s'abattait erratiquement par rafales qui fouettaient et embrumaient les fenêtres. Alfred était assis sur la méridienne de Chip, les yeux fermés.

« J'étais en train de me dire que si les choses avaient marché et que tu étais restée mariée. Tu sais, Denise, Émile sera un vieux monsieur dans pas si longtemps. Et c'est trop de travail. Tu ne peux pas imaginer la responsabilité que c'est.

— Dans vingt-cinq ans, il sera plus jeune que papa ne l'est aujourd'hui, dit Denise.

— Je ne sais plus si je t'ai jamais parlé de mon amie de lycée, Norma Greene.

— Tu me parles de Norma Greene littéralement chaque fois que je te vois.

— Eh bien, tu connais l'histoire alors. Norma a rencontré cet homme, Floyd Voinovich, qui était un parfait gentleman, assez nettement plus âgé qu'elle, avec un très bon travail, et elle a eu le coup de foudre pour lui ! Il l'emmenait sans cesse chez Morelli, au Steamer, au Bazelon Room, et le seul problème…

— Maman.

— Le seul problème, insista Enid, c'est qu'il était marié. Mais Norma n'était pas censée se faire du souci pour ça. Floyd disait que ce n'était qu'un arrangement provisoire. Il disait qu'il avait fait une erreur terrible, que son mariage était une abomination, qu'il n'avait jamais aimé sa femme…

— Maman.

— *Et* qu'il allait divorcer. » Prise par le plaisir du récit, Enid ferma les yeux. Elle savait bien que Denise n'aimait pas cette histoire, mais il y avait nombre de choses dans la vie de Denise qui étaient désagréables à Enid, alors. « Eh bien, cela a duré des années. Floyd était agréable et charmant, et il pouvait se permettre de faire des choses pour Norma qui auraient été inaccessibles à un homme plus proche de son âge. Norma avait acquis de vrais goûts de luxe, et puis, en plus, elle avait rencontré Floyd à un âge où une fille tombe éperdument amoureuse, et Floyd avait juré ses grands dieux qu'il allait divorcer de sa femme et épouser Norma. Eh bien, papa et moi avions déjà eu le temps de nous marier et d'avoir Gary. Je me souviens que Norma est venue nous voir un jour quand Gary était bébé et elle voulait seulement le prendre dans ses bras. Elle *adorait* les bébés, oh, elle était si heureuse de prendre Gary dans ses bras, et je me sentais terriblement mal pour elle, parce que cela faisait des années qu'elle voyait Floyd et il n'était toujours pas divorcé. J'ai dit : "Norma, tu ne peux pas attendre éternellement." Elle m'a répondu qu'elle avait essayé de ne plus voir Floyd. Elle était sortie avec d'autres hommes, mais ils étaient plus jeunes et ils ne lui semblaient pas mûûrs – Floyd avait quinze ans de plus qu'elle et il était très mûûr, et je comprends bien qu'un homme plus âgé et plus mûûr soit attirant pour une jeune femme…

– Maman.

– Et, bien sûr, ces jeunes gens n'avaient pas toujours les moyens d'emmener Norma dans des endroits à la mode ou de lui acheter des fleurs et des cadeaux comme le faisait Floyd (parce que, tu vois, il savait vraiment lui faire du charme quand elle s'impatientait), et puis, en plus, beaucoup de ces jeunes gens avaient envie de fonder une famille, et Norma…

– N'était plus si jeune, coupa Denise. J'ai apporté un dessert. Tu es prête pour le dessert ?

– Eh bien, tu sais ce qui est arrivé.

– Oui.

– C'est une histoire navrante, parce que Norma…

– Oui. Je connais l'histoire.

– Norma s'est retrouvée…

– Maman : *Je connais l'histoire*. Tu as l'air de penser qu'elle a un rapport avec ma propre situation.

– Denise, non. Tu ne m'as même jamais dit ce qu'était ta "situation".

— Alors pourquoi passes-tu ton temps à me raconter l'histoire de Norma Greene ?

— Je ne comprends pas pourquoi ça te contrarie si ça n'a rien à voir avec ta propre situation.

— Ce qui me contrarie, c'est que tu sembles penser que si. Me soupçonnes-tu de sortir avec un homme marié ? »

Non seulement Enid le soupçonnait, mais elle en fut soudain si fâchée, si congestionnée par la désapprobation, qu'elle en avait du mal à respirer.

« Enfin, *enfin*, je vais pouvoir me débarrasser d'une partie de ces magazines, dit-elle en tournant bruyamment les pages de papier glacé.

« Maman ?

— Il vaut mieux ne pas parler de ça. Comme dans la marine : ne rien demander, ne rien dire. »

Denise se tenait dans l'encadrement de la porte de la cuisine, les bras croisés, un torchon roulé en boule à la main. « D'où tires-tu l'idée que je sors avec un homme marié ? »

Enid fit claquer une nouvelle page.

« Gary t'a-t-il dit quelque chose qui t'ait donné cette idée ? »

Enid lutta pour secouer la tête. Denise serait furieuse si elle découvrait que Gary avait trahi une confidence, et bien qu'Enid passât une bonne part de son temps à être furieuse contre Gary pour une chose ou l'autre, elle se vantait de savoir garder un secret et ne voulait pas lui attirer d'ennuis. Il était vrai qu'elle ruminait la situation de Denise depuis de nombreux mois et qu'elle avait accumulé de vastes provisions de colère. Elle avait repassé son linge, ratissé les plates-bandes et attendu le sommeil la nuit en ressassant les jugements – *C'est le genre de comportement grossièrement égoïste que je ne comprendrai jamais et ne pardonnerai jamais* et *J'ai honte d'avoir donné le jour à une personne qui se conduit de la sorte* et *Dans une pareille situation, Denise, mes sympathies vont à mille pour cent à l'épouse, à mille pour cent* – qu'il lui démangeait de prononcer sur le mode de vie immoral de Denise. Et voilà qu'elle avait l'occasion de prononcer ces jugements. Cependant, si Denise récusait l'accusation, alors toute la colère d'Enid, tout son polissage et sa rumination de ses jugements tomberaient à l'eau. Mais si, au contraire, Denise reconnaissait tout, il pourrait tout de même être plus sage de la part d'Enid de ravaler les jugements qui lui brûlaient les lèvres que de risquer une querelle. Enid avait besoin de Denise comme alliée sur le front de Noël et elle ne voulait pas embarquer pour une croisière de luxe avec un fils disparu de manière inexplicable, un autre furieux de ce qu'elle ait trahi sa confiance et sa fille confirmant peut-être ses pires craintes.

Avec un grand effort humiliant, elle secoua donc la tête. « Non, non, non. Gary ne m'a rien dit. »

Denise plissa les yeux. « Rien dit sur quoi ?

— Denise, dit Alfred. Laisse-la tranquille. »

Et Denise, qui n'obéissait en rien à Enid, fit aussitôt demi-tour et retourna à la cuisine.

Enid trouva un bon offrant soixante cents de réduction sur Je Ne Peux Pas Croire Que Ce N'Est Pas Du Beurre ! pour tout achat de muffins anglais Thomas. Ses ciseaux entaillèrent le papier et, avec lui, le silence qui était tombé.

« Si je fais une chose lors de cette croisière, dit-elle, ce sera d'en finir avec tous ces magazines.

— Aucun signe de Chip », dit Alfred.

Denise apporta des parts de tarte dans des assiettes à dessert. « Je crains que nous ne revoyions plus Chip aujourd'hui.

— C'est *très* étrange, dit Enid. Je ne comprends pas pourquoi il ne nous passe pas au moins un coup de fil.

— J'ai supporté pire, dit Alfred.

— Papa, voici le dessert. Mon chef pâtissier a fait une tarte. Tu veux la prendre à table ?

— Oh, c'est une bien trop grosse part pour moi, dit Enid.

— Papa ? »

Alfred ne répondit pas. Sa bouche s'était de nouveau affaissée en un rictus amer qui donnait à Enid l'impression que quelque chose de terrible allait se produire. Il se tourna vers les fenêtres tachées de pluie où l'obscurité montait et les contempla avec lassitude, la tête penchée.

« Papa ?

– Al ? Il y a du dessert. »

Quelque chose sembla fondre en lui. Sans cesser de regarder la fenêtre, il leva la tête avec une joie timide, comme s'il pensait reconnaître quelqu'un dehors, quelqu'un qu'il aimait.

« Al, qu'y a-t-il ?

– Papa ?

– Il y a des enfants, dit-il en se redressant. Vous les voyez ? » Il leva un index tremblant. « Là. » Son doigt se déplaça latéralement, suivant les mouvements des enfants qu'il voyait. « Et là. Et là. »

Il se tourna vers Enid et Denise comme s'il s'attendait à les voir transportées par cette nouvelle, mais Enid n'était pas le moins du monde transportée. Elle était sur le point d'embarquer pour une très élégante croisière « Couleurs d'automne » où il serait absolument capital qu'Alfred ne renouvelle pas pareille erreur.

« Al, ce sont des tournesols, dit-elle, mi-furieuse, mi-suppliante. Tu vois des reflets dans la fenêtre.

– Eh bien ! » Il secoua rudement la tête. « Je croyais voir des enfants.

– Non, des tournesols, dit Enid. Tu as vu des tournesols. »

Après que son parti eut perdu les élections et que la crise monétaire russe eut achevé l'économie lituanienne, Gitanas disait qu'il avait passé ses journées seul dans les vieux bureaux du VIPPPAKJRIINPB17, consacrant ses heures perdues à construire un site web dont il avait acheté le nom de domaine, lithuania.com, à un spéculateur de Kaliningrad contre une charretée de ronéos, de machines à écrire à marguerite, d'ordinateurs Commodore 64 K, et autres équipements de bureau de l'ère Gorbatchev – les derniers vestiges physiques du parti. Pour faire connaître le calvaire des petits pays débiteurs, Gitanas avait créé une page web satirique proposant DÉMOCRATIE CONTRE PROFIT : ACHETEZ UNE PAGE D'HISTOIRE EUROPÉENNE et avait semé des liens et des références dans les newsgroups et les forums de discussion pour investisseurs américains. Les visiteurs du site étaient invités à envoyer de l'argent à l'ex-VIPPPAKJRIINPB17 – « l'un des partis politiques les plus vénérables de Lituanie », la « pierre angulaire » du gouvernement de coalition du pays durant « trois des sept dernières années », meilleur score aux élections générales d'avril 1993 et à présent un « parti pro-occidental favorable aux affaires » réorganisé sous le nom de « Société du parti pour l'économie de marché ». Le site web de Gitanas promettait que, dès que la Société du parti pour l'économie de marché aurait acheté suffisamment de votes pour remporter une élection nationale, ses investisseurs étrangers deviendraient non seulement des « actionnaires » de Lithuania Inc. (un « État-nation à but lucratif »), mais seraient en outre récompensés, à proportion du montant de leur investissement, par des monuments personnalisés à leur « contribution héroïque » à la « libération commerciale » du pays. Pour seulement 100 dollars, par exemple, un investisseur américain pourrait voir une rue de Vilnius (« de pas moins de 200 mètres de long ») porter son nom ; pour 5 000 dollars, la Société du parti pour l'économie de marché installerait un portrait de l'investisseur (« taille minimale 60 x 80 cm ; *avec cadre doré ouvragé* ») dans la Galerie des héros nationaux de l'historique Maison Slapeliai ; pour 25 000 dollars, l'investisseur recevrait en fief perpétuel une ville éponyme « de pas moins de 5 000 âmes » et se verrait accorder une « forme moderne et hygiénique de *droit du seigneur** » conforme à « la plupart » des recommandations posées par la Troisième Conférence internationale sur les droits de l'homme.

« C'était une méchante petite blague, dit Gitanas depuis l'angle du taxi dans lequel il s'était calé. Mais qui a ri ? Personne n'a ri. Ils ont simplement envoyé de l'argent. J'ai donné une adresse et les chèques de banque ont commencé à affluer. Des centaines de demandes de renseignements par e-mail. Quels produits fabriquerait Lithuania Inc. ? Qui étaient les dirigeants de la Société du parti pour l'économie de marché et avaient-ils de bonnes références en tant que gestionnaires ? Avais-je des statistiques sur les bénéfices passés ? L'investisseur pouvait-il choisir de donner à sa rue ou à son village lituanien le nom de ses enfants, ou celui du Pokémon favori de ses enfants ? Tout le monde réclamait des suppléments d'information. Tout le monde réclamait des plaquettes. Et des prospectus ! Et des titres papier ! Et des informations sur le courtage ! Sommes-nous cotés sur telle ou telle Bourse, et cetera ? Les gens veulent venir voir ! *Et personne ne rit.* »

Chip tambourinait d'une phalange sur le carreau en examinant les femmes de la Sixième Avenue. La pluie cessait, les parapluies pivotaient. « Et les produits vont à vous ou au Parti ?

— OK, ma philosophie là-dessus est en train d'évoluer », dit Gitanas. Il tira de son attaché-case une bouteille d'akvavit, dont il avait déjà versé des doses à assommer un phoque dans le bureau d'Eden. Il roula de côté et la tendit à Chip, qui but une forte rasade et la rendit.

« Vous étiez professeur d'anglais, dit Gitanas.

— J'ai enseigné dans le supérieur, oui.

— Et d'où vient votre famille ? De Scandinavie ?

— Mon père est scandinave, dit Chip. Ma mère est une sorte de bâtarde d'Europe de l'Est.

— En vous voyant, les gens de Vilnius penseront que vous êtes l'un des nôtres. »

Chip n'était pas pressé de regagner son appartement avant le départ de ses parents. À présent qu'il avait de l'argent en poche, un rouleau de trente billets de cent, il ne se souciait plus tant de ce que ses parents pensaient de lui. En fait, il semblait se souvenir que, quelques heures plus tôt, il avait vu son père trembler et supplier dans un encadrement de porte. Tandis qu'il buvait de l'akvavit et examinait les femmes sur le trottoir, il n'arrivait plus à saisir pourquoi le vieil homme lui avait autrefois paru une telle terreur.

Alfred, il est vrai, pensait que le seul tort de la peine de mort était de n'être pas suffisamment utilisée ; vrai aussi que les hommes dont il avait appelé de ses vœux le gazage ou l'électrocution à l'heure du dîner au cours de l'enfance de Chip étaient généralement des Noirs appartenant aux ghettos des quartiers nord de Saint Jude. (« Oh, Al », disait Enid, parce que le dîner était « le repas de famille », et qu'elle ne comprenait pas pourquoi ils devaient le passer à parler de chambres à gaz et d'assassinats en pleine rue.) Et un dimanche matin, après s'être tenu à la fenêtre pour compter les écureuils et évaluer les dommages causés à ses chênes et à sa pelouse, à la manière dont les Blancs des quartiers marginaux jaugeaient le nombre de maisons qui avaient été gagnées par « les Noirs », Alfred s'était livré à une expérience de génocide. Furieux de ce que les écureuils de sa pelouse pourtant réduite ne sachent pas cesser de se reproduire ou tâcher de se tenir, il alla au sous-sol et trouva un piège à souris devant lequel Enid, lorsqu'il le remonta, secoua la tête en émettant de légers bruits désapprobateurs. « Dix-neuf, qu'ils sont ! dit Alfred. Dix-neuf ! » Les suppliques émotionnelles ne pouvaient rien contre la discipline d'un nombre aussi précis et scientifique. Il amorça le piège avec un morceau du même pain complet que Chip avait mangé, grillé, pour son petit déjeuner. Puis, les cinq Lambert se rendirent ensemble à l'église et, entre le « Gloria Patri » et la doxologie, un jeune écureuil mâle, adoptant le comportement à haut risque du désespéré économique, s'empara du pain et se fit fracasser le crâne. La famille rentra pour trouver des mouches vertes en train de se repaître du sang, de la matière cervicale et du pain complet à demi mâché qui avaient giclé des mâchoires brisées du jeune écureuil. La bouche et le menton d'Alfred étaient verrouillés par le dégoût que les mesures disciplinaires d'exception – le fessage d'enfant, la consommation de rutabagas – suscitaient toujours en lui. (Il était parfaitement inconscient de ce dégoût qu'il trahissait pour la discipline.) Il attrapa une pelle dans le garage et enfourna le cadavre avec le piège dans le sac d'épicerie qu'Enid avait à demi rempli de sanguinaires la veille. Chip suivait tout cela à vingt pas de distance et il vit donc comment, lorsque Alfred passa du garage au sous-sol, ses jambes se dérobèrent légèrement, de côté, et il heurta la machine à laver, puis il longea la table de ping-pong au pas de course (Chip avait toujours été effrayé de voir son père courir, il paraissait trop vieux pour cela, trop discipliné) et disparut dans les toilettes du sous-sol ; à compter de ce jour, les écureuils firent ce que bon leur semblait.

Le taxi approchait d'University Place. Chip songea à revenir à la Cedar Tavern pour rembourser la barmaid, arrondissant peut-être la somme à cent dollars pour tout arranger, obtenant peut-être son nom et son adresse pour lui écrire de Lituanie. Il se penchait vers le chauffeur pour le diriger vers la Tavern quand une nouvelle pensée radicale l'arrêta : *J'ai volé neuf dollars, voilà ce que j'ai fait, voilà qui je suis, tant pis pour elle.*

Il se recala et tendit le bras vers la bouteille.

Devant son immeuble, le taxi refusa son billet de cent – trop gros, trop gros. Gitanas tira une plus petite coupure de sa veste de motocross rouge.

« Et si je vous retrouvais à votre hôtel ? » proposa Chip.

Gitanas était amusé. « Vous plaisantez ? Je veux dire, je vous fais entièrement confiance. Mais je vais peut-être vous attendre ici. Faites vos valises, prenez votre temps. Emportez un manteau chaud et un chapeau. Des costumes et des cravates. Pensez financier. »

Le portier Zoroastre était invisible. Chip dut utiliser sa clé pour entrer. Dans l'ascenseur, il respira à grands traits pour calmer son agitation. Il n'avait pas peur, il se sentait généreux, il était prêt à embrasser son père.

Mais l'appartement était vide. Sa famille avait dû le quitter quelques minutes plus tôt. Une chaleur corporelle planait encore dans l'air, de légers relents du parfum d'Enid, White Shoulders, et des odeurs de salle de bains, de vieilles personnes. La cuisine était plus propre que Chip ne l'avait jamais vue. Dans la salle de séjour, tous les nettoyages et les rangements auxquels il s'était livré étaient visibles à présent comme ils ne l'avaient pas été la veille au soir. Et ses bibliothèques étaient dénudées. Et Julia avait retiré ses shampooings et son sèche-cheveux de la salle de bains. Et il était plus ivre qu'il ne l'avait pensé. Et personne n'avait laissé de message pour lui. Il n'y avait rien sur la table hormis une part de tarte et un vase de tournesols. Il devait faire ses valises, mais tout, autour de lui et à l'intérieur de lui, était devenu si bizarre que, pendant un instant, il ne put que rester planté là où il était, et regarder. Les feuilles des tournesols avaient des taches noires et étaient ourlées de pâles sénescences ; les fleurs étaient charnues et splendides, aussi lourdes que des brownies, épaisses comme des mains. Au centre du visage radieux d'un tournesol, il y avait un bouton subtilement plus pâle cerné d'une aréole subtilement plus sombre. La nature, songea Chip, aurait difficilement pu inventer lit plus attrayant pour inviter un petit insecte ailé à s'y vautrer. Il effleura le velours brun et l'extase le submergea.

Le taxi contenant les trois Lambert arriva à destination : le long du quai, où la masse blanche d'un paquebot de croisière, le *Gunnar Myrdal,* occultait le fleuve, le New Jersey et la moitié du ciel. Une foule, essentiellement constituée de personnes âgées, avait convergé à la porte d'embarquement avant de se décomprimer dans le long couloir lumineux qui la suivait. Il y avait quelque chose de zombique dans leur migration déterminée, quelque chose de glaçant dans la cordialité et la tenue blanche du personnel d'accueil des Nordic Pleasurelines, les nuages de pluie se dispersant trop tard pour sauver la journée – l'hébétude de tout cela. Cohue et crépuscule au bord du Styx.

Denise régla le taxi et fit passer les bagages dans les mains des porteurs.

« Alors, maintenant, où vas-tu aller ? lui demanda Enid.

– Retour à Philly.

– Tu es adorable, dit spontanément Enid. J'aime tes cheveux à cette longueur. »

Alfred saisit la main de Denise et la remercia.

« Je regrette seulement que cela n'ait pas été une meilleure journée pour Chip, dit Denise.

– Parle de Noël à Gary, dit Enid. Et songe aussi à venir la semaine entière. »

Denise leva un poignet de cuir et vérifia l'heure. « Je viendrai cinq jours. Je ne pense pas que Gary le fasse, n'empêche. Et qui sait ce que fabrique Chip.

– Denise, dit Alfred avec impatience, comme si elle disait des absurdités, parle à Gary, s'il te plaît.

– D'accord, je le ferai. Je le ferai. »

Les mains d'Alfred rebondirent dans l'air. « Je ne sais pas combien de temps il me reste ! Ta mère et toi devez vous entendre. Gary et toi devez vous entendre.

– Al, tu as tout le…

– Nous devons tous nous entendre ! »

Denise n'avait jamais été portée sur les larmes, mais son visage se chiffonnait. « Papa, d'accord, dit-elle. Je vais lui parler.

– Ta mère veut un Noël à Saint Jude.

– Je lui parlerai. C'est promis.

– Bien. » Il se retourna brusquement. « Suffit comme ça. »

Son imperméable noir claquait au vent, et Enid parvenait à continuer d'espérer que le temps serait parfait pour une croisière, que la mer serait calme.

Vêtu d'habits secs, avec un sac-housse, un sac marin et des cigarettes – de suaves et mortelles Muratti, cinq dollars le paquet –, Chip se rendit à Kennedy avec Gitanas Misevičius et embarqua sur le vol d'Helsinki, où, en violation de son contrat oral, Gitanas avait acheté des billets en première, et non en classe affaires. « Nous pouvons boire ce soir, dormir demain », dit-il.

Leurs sièges étaient un couloir et un hublot. En s'asseyant, Chip se souvint de la manière dont Julia avait largué Gitanas. Il l'imagina en train de quitter prestement l'avion, puis piquant un cent mètres et se jetant sur la banquette arrière d'un bon vieux taxi jaune. Il sentit un spasme de mal du pays – terreur de l'autre ; amour du familier – mais, contrairement à Julia, il n'avait aucun désir de fuir. Il venait à peine de boucler sa ceinture qu'il s'endormit. Il se réveilla brièvement lors du décollage et replongea jusqu'au moment où la population entière de l'avion, comme un seul homme, alluma une cigarette.

Gitanas sortit un ordinateur de son attaché-case et l'alluma. « Julia donc », dit-il.

Durant un instant d'inquiétude nimbé de sommeil, Chip crut que Gitanas lui parlait en l'appelant Julia.

« Ma femme ? dit Gitanas.

– Ah. Bien sûr.

– Ouais, elle est sous antidépresseurs. C'était une idée d'Eden, je crois. Eden dirige plus ou moins sa vie à présent, je crois. On voyait bien qu'elle ne voulait pas me voir dans son bureau aujourd'hui. Ne voulait pas me voir en ville ! Je suis gênant maintenant. Voilà, mais, OK, donc Julia a commencé à prendre la drogue et soudain elle s'est réveillée et elle ne voulait plus être avec des hommes avec des brûlures de cigarette. C'est ce qu'elle dit. Assez des hommes avec des brûlures de cigarette. Temps de changer. Fini les hommes avec des brûlures. » Gitanas chargea un CD dans le lecteur de l'ordinateur. « Elle veut l'appartement, n'empêche. Au moins, son avocate veut qu'elle le veuille. L'avocate que lui paie Eden. Quelqu'un a changé les serrures de l'appartement, j'ai dû payer le gardien pour qu'il me fasse entrer. »

Chip ferma la main gauche. « Des brûlures de cigarette ?

— Ouais. Oh, ouais, j'en ai quelques-unes. » Gitanas tendit le cou pour voir si l'un ou l'autre de leurs voisins écoutait, mais tous les passagers qui les entouraient, hormis deux enfants aux yeux fermés, étaient occupés à fumer. « Prison militaire soviétique, dit-il. Je vais vous montrer mes souvenirs d'un agréable séjour là-bas. » Il retira l'un de ses bras de sa veste de cuir rouge et roula la manche du T-shirt jaune qu'il portait en dessous. Une constellation lunaire de tissus cicatriciels coulait de son aisselle à son coude à l'intérieur de son bras. « Voilà mon année 1990, dit-il. Huit mois dans une caserne de l'Armée rouge dans l'État souverain de Lituanie.

— Vous étiez un dissident, dit Chip.

— Ouais ! Ouais ! Dissident ! » Il rentra son bras dans sa manche. « C'était horrible, formidable. Très fatigant, mais ça ne paraissait pas fatigant. La fatigue est venue plus tard. »

Les souvenirs qu'avait Chip de 1990 tournaient autour du drame Tudor, d'interminables et stériles querelles avec Tori Timmelman, d'une implication secrète et malsaine avec certains textes de Tori qui illustraient les objectifications déshumanisantes de la pornographie, et de pas grand-chose d'autre.

« Voilà, j'ai un peu peur de regarder ça », dit Gitanas. Sur l'écran de son ordinateur apparaissait l'image sombre et monochrome d'un lit, vu du dessus, avec un corps sous les couvertures. « Le gardien me dit qu'elle a un petit ami et je me suis procuré quelques données. Je tiens ma surveillance du propriétaire précédent. Détecteur de mouvements, infrarouges, photos numériques. Vous pouvez regarder si vous voulez. Ça pourrait être intéressant. Ça pourrait être chaud. »

Chip se souvint du détecteur de fumée du plafond de chez Julia. Souvent il l'avait contemplé jusqu'à avoir les lèvres sèches et les yeux exorbités. Il lui avait toujours paru être un détecteur de fumée étrangement compliqué.

Il se redressa sur son siège. « Vous n'avez peut-être pas envie de regarder ça. »

Gitanas pointait et cliquait sans relâche. « Je vais tourner l'écran. Vous ne serez pas obligé de regarder. »

Des cumulus de fumée se rassemblaient dans les couloirs. Chip décida qu'il avait besoin d'allumer une Muratti ; mais la différence entre tirer une bouffée et inspirer s'avéra négligeable.

« Ce que je voulais dire, fit-il en interposant sa main devant l'écran de l'ordinateur, c'est que vous pourriez préférer éjecter ce CD et ne pas le regarder. »

Gitanas fut sincèrement surpris. « Pourquoi je ne voudrais pas le regarder ?

— Eh bien, réfléchissons-y.

— Vous devriez peut-être me le dire.

— Non, réfléchissons-y un peu. »

Pendant un instant, l'atmosphère fut furieusement joyeuse. Gitanas examina l'épaule de Chip, ses genoux, son poignet, comme s'il se demandait où il allait le mordre. Puis il éjecta le CD et le jeta à la figure de Chip. « Allez vous faire foutre !

— Je sais, je sais.

— Prenez-le. Allez vous faire foutre. Je ne veux plus jamais le revoir. Prenez-le. »

Chip glissa le CD dans la poche de sa chemise. Il se sentait bien. Il se sentait au petit poil. L'avion était à son altitude de croisière et le bruit avait le raclement constant vaguement blanc de sinus desséchés, la couleur de hublots de plastique éraflés, le goût du café léger froid dans un gobelet en plastique réutilisable. L'Atlantique Nord était sombre et désert, mais ici, dans l'avion, il y avait des lumières dans le ciel. Ici, il y avait de la sociabilité. Il était bon d'être éveillé et de sentir de l'éveil tout autour de lui.

« Alors, quoi, vous avez aussi des brûlures de cigarette ? » demanda Gitanas.

Chip montra sa paume. « Ce n'est rien.

– Volontaire. Vous Américain pathétique.

– Une autre sorte de prison », dit Chip.

*Plus il y songeait,
plus il était en rogne*

Les lucratives affaires de Gary Lambert avec Axon Corp. avaient commencé trois semaines plus tôt, lors d'un dimanche après-midi qu'il avait passé dans sa nouvelle chambre noire couleur, essayant de prendre plaisir à reproduire deux vieilles photos de ses parents et, en y prenant plaisir, à se rassurer sur sa santé mentale.

Gary s'était fait beaucoup de souci pour sa santé mentale, mais, cet après-midi-là, quand il quitta sa vaste maison parée de schiste de Seminole Street, traversa son vaste jardin et grimpa les marches de son vaste garage, la météo de son esprit était aussi chaude et dégagée que celle du nord-ouest de Philadelphie. Le soleil de septembre brillait à travers un mélange de brume et de petits nuages à fond gris, et, dans la mesure où Gary était capable de comprendre et de pister sa neurochimie (il était vice-président de CenTrust Bank, et non psy, ne l'oublions pas), tous ses principaux indicateurs semblaient afficher le beau fixe.

Bien qu'en règle générale Gary approuvât la tendance moderne à la gestion individuelle de son épargne en vue de la retraite, de son opérateur de téléphonie longue distance et du choix des établissements scolaires de ses enfants, il était nettement moins enchanté d'avoir la responsabilité de sa propre chimie cérébrale, surtout quand certaines personnes de son entourage, à commencer par son père, refusaient d'endosser une telle responsabilité. Mais Gary était extrêmement consciencieux. En entrant dans la chambre noire, il estima que ses niveaux de Neurofacteur 3 (à savoir la sérotonine : un médiateur très, très important) touchaient à leurs sommets hebdomadaires ou peut-être même mensuels, que ses niveaux de Facteur 2 et de Facteur 7 dépassaient eux aussi les attentes, que son Facteur 1 avait rebondi après un effondrement en début de matinée lié au verre d'armagnac qu'il avait bu avant de se coucher. Il avait de l'élasticité dans sa foulée, une agréable conscience de sa taille supérieure à la moyenne et de son hâle de fin d'été. Son ressentiment à l'égard de sa femme, Caroline, était modéré et bien contenu. On notait une baisse sensible de certains indices clés de paranoïa (p. ex., son soupçon persistant que Caroline et ses deux fils aînés se moquaient de lui), et son évaluation corrigée des variations saisonnières de la futilité et de la brièveté de la vie était cohérente avec la robustesse générale de son économie mentale. Il n'était pas le moins du monde cliniquement déprimé.

Il tira les rideaux de velours noir et ferma les volets étanches, sortit une boîte de papier 18 x 24 du grand réfrigérateur en inox et engagea deux bandes de Celluloïd dans le nettoyeur de négatifs motorisé – un petit gadget à la lourdeur sensuelle.

Il tirait des images de l'infortunée Décennie de Golf Conjugal de ses parents. L'une montrait Enid penchée dans un rough épais, grimaçant derrière ses lunettes de soleil dans la chaleur écrasante du cœur du continent, sa main gauche serrant le manche de son fidèle bois 5, son bras droit rendu flou par le geste de droper en douce (une traînée blanche à la marge de l'image) sur le fairway. (Alfred et elle n'avaient jamais joué que sur des parcours publics, plats, courts et peu chers.) Sur l'autre photo, Alfred portait un short serré et une casquette à visière Midland Pacific, des chaussettes noires et des chaussures de golf préhistoriques, et haranguait une marque de départ blanche de la taille d'un ananas en souriant à la caméra comme pour dire : *Une balle de cette taille, je ne la raterais pas !*

Après que Gary eut plongé les agrandissements dans le fixateur, il ralluma la lumière et découvrit que les deux tirages étaient maculés d'étranges marbrures jaunes.

Il jura un peu, non tant parce qu'il se souciait des photos que parce qu'il voulait conserver sa bonne humeur, son allant bourré de sérotonine, et pour cela il lui fallait un minimum de coopération de la part du monde des objets.

Dehors, le temps se figeait. Il y avait un filet d'eau dans les gouttières, un tambourinement sur le toit depuis les arbres qui le surplombaient. À travers les murs du garage, tandis qu'il tirait une deuxième paire d'agrandissements, Gary entendait Caroline et les garçons jouer au football dans le jardin. Il entendait des courses et des shoots, de rares cris, le fracas sismique du ballon heurtant le garage.

Quand le deuxième jeu de tirages émergea du fixateur avec les mêmes marbrures jaunes, Gary sut qu'il ferait mieux de renoncer. Mais on frappa alors à la porte extérieure et son plus jeune fils, Jonah, se glissa derrière le rideau noir.

« Tu tires des photos ? » demanda-t-il.

Gary plia en quatre en toute hâte les tirages ratés et les enfouit dans la poubelle. « Je m'y mets seulement », dit-il.

Il refit ses bains et ouvrit une nouvelle boîte de papier. Jonah s'assit à côté d'une lampe rouge et marmonna en tournant les pages de l'une des histoires de Narnia, *Le Prince Caspian*, que la sœur de Gary, Denise, lui avait offerte. Jonah était au cours élémentaire, mais il lisait déjà des livres d'un niveau de fin de cours moyen. Il prononçait souvent à voix haute les mots écrits dans un chuchotement articulé qui allait de pair avec sa gentillesse narnienne en tant que personne. Il avait des yeux sombres et brillants, une voix de hautbois et des cheveux d'une douceur de vison, et parvenait à ressembler, même aux yeux de Gary, plus à un animal sensible qu'à un petit garçon.

Caroline n'était pas entièrement favorable à Narnia – l'auteur, C. S. Lewis, était un propagandiste catholique connu, et le héros narnien, Aslan, était une figure christique quadrupède et à long poil –, mais Gary avait pris grand plaisir à lire *Le Lion, la Sorcière et le Placard* étant enfant et il n'était assurément pas devenu un zélote papiste. (En fait, il était strictement matérialiste.)

« Donc ils tuent un ours, raconta Jonah, mais ce n'est pas un ours parlant, et Aslan revient, mais seule Lucy le voit et les autres ne veulent pas la croire. »

Gary plongea les tirages dans le bain d'arrêt. « Pourquoi ne la croient-ils pas ?

– Parce que c'est la plus *jeune* », dit Jonah.

Dehors, sous la pluie, Caroline riait et criait. Elle avait l'habitude de s'agiter à perdre haleine pour être l'égale des garçons. Les premières années de leur mariage, elle avait travaillé à plein temps dans un cabinet d'avocats, mais, après la naissance de Caleb, elle avait touché un héritage et elle ne travaillait plus qu'à mi-temps, pour un salaire d'une minceur philanthropique, au Fonds de défense des enfants. Sa véritable vie tournait autour des garçons. Elle les appelait ses meilleurs amis.

Six mois plus tôt, à la veille du quarante-troisième anniversaire de Gary, pendant que Jonah et lui étaient en visite chez ses parents à Saint Jude, un entrepreneur du coin et son ouvrier étaient venus refaire l'électricité, la plomberie et l'aménagement intérieur de l'étage du garage en un cadeau d'anniversaire surprise de la part de Caroline. Gary avait plusieurs fois évoqué l'idée de refaire des tirages de ses vieilles photos de famille favorites et de les rassembler dans un album relié de cuir, les *200 Meilleures Photos de la Famille Lambert*. Mais un tirage commercial aurait largement suffi, et les garçons étaient en train de lui apprendre la retouche par ordinateur, et s'il avait quand même eu besoin d'un labo il aurait pu en louer un à l'heure. Son impulsion lors de son anniversaire – après que Caroline l'eut conduit au garage et placé devant une chambre noire dont il n'avait ni le besoin ni l'envie – fut donc de pleurer. Certains ouvrages de psychologie à l'usage des néophytes de la table de nuit de Caroline lui avaient cependant appris à discerner les Signes Avertisseurs de la dépression clinique, et l'un de ces Signes Avertisseurs, s'accordaient à dire toutes les autorités, était une tendance aux larmes inopportunes. Il avait donc ravalé la boule qu'il avait dans la gorge, bondi en tous sens dans la nouvelle et coûteuse chambre noire en s'exclamant pour Caroline (qui éprouvait à la fois le remords de l'acheteur et l'anxiété du donateur) qu'il était absolument ravi de ce cadeau ! Puis, pour se rassurer sur le fait qu'il ne souffrait pas de dépression clinique et veiller à ce que Caroline ne soupçonne jamais rien de pareil, il avait décidé de travailler deux fois par semaine dans la chambre noire jusqu'à complétion de l'album des *200 Meilleures Photos de la Famille Lambert.*

Le soupçon que Caroline, consciemment ou non, ait tenté de l'exiler de la maison en l'expédiant dans la chambre noire du garage était un autre indice clé de paranoïa.

Quand la minuterie sonna, il transféra le troisième jeu de tirages dans le fixateur et ralluma les lumières.

« C'est quoi, ces taches blanches ? demanda Jonah en coulant un œil dans la cuvette.

— Jonah, je ne sais pas !

— On dirait des nuages », dit Jonah.

Le ballon de football percuta bruyamment le côté du garage.

Gary abandonna l'Enid grimaçante et l'Alfred souriant dans le fixateur et ouvrit les volets. Son araucaria et le massif de bambou qui le jouxtait étaient luisants de pluie. Au milieu du jardin, vêtus de tricots trempés et boueux qui leur collaient aux omoplates, Caroline et Aaron respiraient à grands traits pendant que Caleb refaisait un lacet. À quarante-cinq ans, Caroline avait des jambes d'étudiante. Ses cheveux étaient presque aussi blonds que lorsque Gary l'avait rencontrée, vingt ans plus tôt, à un concert de Bob Seger au Spectrum. Gary était toujours immensément attiré par sa femme, toujours excité par sa beauté naturelle et son sang quaker. Mû par un réflexe ancien, il attrapa un appareil photo et braqua son téléobjectif sur elle.

L'expression du visage de Caroline le consterna. Il y avait un pincement dans son sourcil, un pli de douleur autour de sa bouche. Elle boitait quand elle se lança de nouveau à la poursuite de la balle.

Gary tourna l'appareil vers son fils aîné, Aaron, qui était plus photogénique quand il était pris par surprise, avant de pouvoir incliner sa tête à l'angle avantageux qui, pensait-il, le flattait. Le visage d'Aaron était empourpré et constellé de fines taches de boue, et Gary actionna le zoom pour cadrer un beau cliché. Mais le ressentiment à l'égard de Caroline était en train de submerger ses défenses neurochimiques.

La partie était arrêtée à présent et elle courait en boitant vers la maison.

Lucy enfouit la tête dans sa crinière pour se cacher de son visage, chuchota Jonah.

Un cri s'éleva dans la maison.

Caleb et Aaron réagirent immédiatement, traversant la pelouse au galop tels des héros de film d'action, et disparurent à l'intérieur. Un instant plus tard, Aaron ressortit et lança, de sa voix sujette aux dérapages de la mue : « Papa ! Papa ! Papa ! Papa ! »

L'hystérie des autres rendait Gary méthodique et calme. Il quitta la chambre noire et descendit lentement l'escalier rendu glissant par la pluie. Dans l'espace ouvert au-dessus des voies du réseau de banlieue, derrière le garage, une sorte d'autoamélioration de la lumière en douche printanière traversait l'air humide.

« Papa, grand-maman au téléphone ! »

Gary traversa le jardin à pas comptés, s'arrêtant pour examiner et regretter les blessures que le football avait infligées à la pelouse. Le quartier environnant, Chestnut Hill, avait quelque chose de narnien. Des érables centenaires, des gingkos et des sycomores, souvent mutilés pour laisser le passage aux fils électriques, poussaient dans une profusion débordante au-dessus de rues aux multiples rapiéçages portant le nom de tribus décimées. Séminole et Cherokee, Navajo et Shawnee. Sur des kilomètres dans toutes les directions, malgré une forte densité de population et de hauts revenus, il n'y avait pas de voie rapide et peu de commerces utiles. Le Pays Oublié du Temps, comme l'appelait Gary. Ici, la plupart des maisons, y compris la sienne, étaient construites dans un schiste qui ressemblait à de l'étain brut et était exactement de la couleur de ses cheveux.

« *Papa !*

— Merci, Aaron, je t'ai entendu la première fois.

— Grand-maman au téléphone !

— Je sais, Aaron. Tu viens de me le dire. »

Dans la cuisine dallée de pierre, il trouva Caroline affalée sur une chaise, les paumes plaquées sur les reins.

« Elle a appelé ce matin, dit-elle. J'ai oublié de t'en parler. Le téléphone sonnait toutes les cinq minutes, et voilà que j'ai couru…

— Merci Caroline.

— J'ai couru…

— Merci. » Gary empoigna le sans-fil et le tint à bout de bras, comme pour garder sa mère à distance, tandis qu'il passait dans la salle à manger. Là, il fut assailli par Caleb, qui avait un doigt glissé dans les pages en papier glacé d'un catalogue. « Papa, je peux te parler une seconde ?

— Pas maintenant, Caleb, ta grand-mère est au téléphone.

— Je veux seulement…

— Pas maintenant, je viens de te dire. »

Caleb secoua la tête et sourit d'un air incrédule, tel un foot-balleur de premier plan qui aurait manqué un penalty.

Gary traversa le vestibule dallé de marbre pour passer dans l'immense salle de séjour et dit « allô » dans le petit téléphone.

« J'ai *dit* à Caroline, clama Enid, que je te rappellerais si tu n'étais pas près du téléphone.

— Tes appels coûtent sept cents la minute, dit Gary.

— Ou tu aurais pu me rappeler.

— Maman, nous parlons d'environ vingt-cinq cents.

— J'ai essayé de te joindre toute la journée. L'agence de voyages a besoin d'une réponse d'ici demain matin au plus tard. Et, tu sais, nous espérons toujours que tu viendras pour un dernier Noël, comme je l'ai promis à Jonah, alors…

— Attends une seconde, dit Gary. Je vais voir avec Caroline.

— Gary, tu as eu des *mois* pour en discuter. Je ne vais pas rester là à attendre que tu…

— Une seconde. »

Il occulta les perforations du combiné avec son pouce et retourna à la cuisine, où Jonah était debout sur une chaise avec un paquet d'Oreo. Caroline, toujours affalée à la table, respirait à traits saccadés. « J'ai fait quelque chose de terrible quand j'ai couru répondre, dit-elle.

— Tu as passé deux heures à te démener sous la pluie, dit Gary.

— Non, tout allait bien jusqu'à ce que je coure répondre.

— Caroline, je t'ai vue boiter avant que…

— Tout allait *bien*, jusqu'à ce que je coure répondre au *téléphone*, qui sonnait pour la *cinquantième* fois…

— Bon, d'accord, dit Gary, c'est la faute de ma mère. Maintenant, dis-moi ce que tu veux que je lui réponde pour Noël.

— Eh bien, comme tu veux. Ils sont les bienvenus ici.

— Nous avons parlé de la possibilité d'aller *là-bas*. »

Caroline secoua la tête, comme pour effacer quelque chose. « Non. *Tu* en as parlé. Je n'en ai jamais parlé.

— Caroline…

— Je ne peux pas discuter de ça quand elle est au téléphone. Demande-lui de rappeler la semaine prochaine. »

Jonah se rendait compte qu'il pouvait prendre autant de biscuits qu'il voulait sans que ses parents le remarquent.

« Elle a besoin de prendre des dispositions maintenant, dit

Gary. Ils essaient de décider s'ils vont passer ici le mois prochain. Cela dépend de Noël.

— On dirait que je me suis foulé une vertèbre.

— Si tu ne veux pas en parler, je vais lui dire que tu envisages de venir à Saint Jude.

— Hors de question ! Ce n'était pas notre accord.

— Je propose une exception ponctuelle à notre accord.

— Non ! Non ! » Des mèches humides de cheveux blonds tressautèrent en fouettant l'air tandis que Caroline signifiait son refus. « Tu ne peux pas changer les règles comme ça.

— Une exception ponctuelle ne revient pas à changer les règles.

— Bon Dieu, je pense qu'il faut que je passe une radio », dit Caroline.

Gary sentait le grésillement de la voix de sa mère contre son pouce. « C'est oui ou c'est non ? »

Se levant, Caroline se pencha contre lui et enfouit le visage dans son pull. Elle lui frappa légèrement le sternum de son petit poing. « S'il te plaît, dit-elle en enfonçant le nez dans sa clavicule. Dis-lui que tu la rappelles plus tard. S'il te plaît ? Je me suis vraiment fait mal au dos. »

Gary tenait le téléphone à bout de bras tandis qu'elle se serrait contre lui. « Caroline. Ils sont venus ici huit ans d'affilée. Ce n'est pas exagéré de ma part de proposer une exception ponctuelle. Puis-je au moins dire que nous examinons la possibilité ? »

Caroline secoua sombrement la tête et s'affala sur la chaise.

« Très bien, dit Gary. Je vais prendre ma propre décision. »

Il passa dans la salle à manger, où Aaron, qui les avait écoutés, le contempla comme s'il était un monstre de cruauté conjugale.

« Papa, demanda Caleb, si tu ne parles pas à grand-maman, je peux te demander quelque chose ?

— Non, Caleb, je parle à grand-maman.

– Alors je pourrai te parler juste après ?

– Ah, bon Dieu ! » disait Caroline.

Au salon, Jonah s'était installé sur le plus grand des canapés en cuir avec sa pile de biscuits et *Le Prince Caspian*.

« Maman ?

– Je ne comprends pas, dit Enid. Si ce n'est pas le bon moment pour parler, très bien, rappelle-moi, mais me faire attendre *dix minutes*…

– Oui, mais je suis à toi maintenant.

– Bon, alors, qu'est-ce que vous avez décidé ? »

Avant que Gary ait pu répondre, éclata dans la cuisine un misérable gémissement purement félin, un cri tel que Caroline en avait produit lors des rapports quinze ans auparavant, avant qu'il n'y ait des garçons pour l'entendre.

« Maman, désolé, une seconde.

– Ce n'est pas juste, dit Enid. C'est discourtois.

– Caroline, lança Gary en direction de la cuisine, penses-tu que nous pourrions nous conduire comme des adultes pendant quelques minutes ?

– Ah, ah, ouille ! Ouille ! cria Caroline.

– Personne n'est jamais mort de s'être tordu le dos, Caroline.

– S'il te plaît ! cria-t-elle, rappelle-la plus tard. J'ai trébuché sur la dernière marche en courant pour répondre, Gary, ça fait *mal*… »

Il tourna le dos à la cuisine. « Désolé, maman.

– Mais qu'est-ce qui se passe chez toi ?

– Caroline s'est fait un peu mal au dos en jouant au foot.

– Tu sais que je n'aime pas dire ça, dit Enid, mais les maux et les douleurs vont avec l'âge. Je pourrais te parler de douleurs toute la journée si je voulais. Ma hanche me relance sans cesse. En vieillissant, heureusement, on devient un peu plus mûûr.

– Oh ! Ahh ! Ahh ! s'écria voluptueusement Caroline.

– Oui, c'est ce qu'il faut espérer, dit Gary.

– Enfin, qu'est-ce que vous avez décidé ?

– Le jury délibère toujours sur Noël, dit-il, mais vous pourriez peut-être projeter de passer ici…

– Aïe ! Aïe ! Aïe !

– Il est terriblement tard pour faire des réservations pour Noël, dit sévèrement Enid. Tu sais, les Schumpert ont pris leurs réservations pour Hawaii dès avril parce que l'an dernier, quand ils ont attendu septembre, ils n'ont pas pu obtenir les places qu'ils… »

Aaron surgit en courant de la cuisine. « Papa !

– Je suis au téléphone, Aaron.

– Papa !

– Je suis au téléphone, Aaron, comme tu peux le constater.

– Dave a subi une colostomie, dit Enid.

– Il faut que tu fasses quelque chose *tout de suite*, dit Aaron. Maman a vraiment mal. Elle demande que tu l'emmènes à l'hôpital !

– Au fait, papa, dit Caleb, réapparaissant avec son catalogue, il y a un endroit où tu pourrais m'emmener aussi.

– Non, Caleb.

– Non ? Mais s'il y a une boutique où j'ai absolument besoin d'aller ?

– Les places à des prix raisonnables sont vite prises, dit Enid.

– Aaron ? appela Caroline depuis la cuisine. Aaron ! Où es-tu ? Où est ton père ? Où est Caleb ?

– C'est bien bruyant ici pour quelqu'un qui essaie de se concentrer, dit Jonah.

– Désolé, maman, dit Gary. Je vais passer dans un endroit plus calme.

– Il se fait très *tard* », dit Enid, avec dans la voix la panique d'une femme pour laquelle chaque jour qui passait, chaque heure, signifiait la réservation de toujours plus de sièges sur les vols de la fin décembre et donc la désintégration atome après atome de tout espoir que Gary et Caroline emmènent leurs garçons à Saint Jude pour un dernier Noël.

« Papa, plaida Aaron, suivant Gary dans l'escalier jusqu'à l'étage, qu'est-ce que je lui dis ?

– Dis-lui d'appeler les urgences. Prends ton portable, appelle une ambulance. » Gary haussa la voix : « Caroline ? Appelle les urgences ! »

Neuf ans auparavant, après un voyage dans le Midwest dont les tourments particuliers avaient inclus des tempêtes de grêle tant à Philadelphie qu'à Saint Jude, une attente de quatre heures en bout de piste avec un enfant de cinq ans geignard et un de deux ans hurlant, une nuit de vomissements effrénés pour Caleb en réaction (selon Caroline) au beurre et au saindoux de la cuisine de fête d'Enid et une méchante gamelle qu'avait prise Caroline sur l'allée verglacée de ses beaux-parents (ses problèmes de dos remontaient à l'époque où elle avait pratiqué le hockey sur gazon à Friends' Central, mais elle disait à présent avoir « réactivé » la blessure sur cette allée), Gary avait promis à sa femme qu'il ne lui demanderait plus jamais d'aller passer Noël à Saint Jude. Mais voilà que ses parents étaient venus à Philadelphie huit années d'affilée et, même s'il ne partageait pas l'obsession de sa mère pour Noël – il y voyait le symptôme d'un malaise plus général, d'un vide douloureux dans la vie d'Enid –, il pouvait difficilement blâmer ses parents de vouloir rester chez eux cette année-là. Gary avait aussi calculé qu'Enid serait mieux disposée à quitter Saint Jude pour déménager dans l'Est si elle avait eu son « dernier Noël ». Fondamentalement, il était prêt à faire le voyage, et il attendait un *minimum de coopération* de la part de sa femme : une capacité d'adulte à considérer les circonstances particulières.

Il s'enferma dans son bureau et ferma la porte contre les cris et les gémissements de sa famille, le martèlement de pieds dans l'escalier, la pseudo-urgence. Il décrocha le combiné du téléphone de son bureau et coupa le sans-fil.

« C'est ridicule, dit Enid d'une voix défaite. Pourquoi tu ne me rappelles pas ?

– Nous n'avons pas encore complètement décidé pour décembre, dit-il, mais nous pourrions très bien venir à Saint Jude. Auquel cas, je pense que vous devriez passer ici après la croisière. »

Enid respirait assez bruyamment. « Nous ne ferons pas deux voyages à Philadelphie cet automne, dit-elle. Je veux voir les garçons à Noël, et, pour ce qui me concerne, ça signifie que vous venez à Saint Jude.

– Non, maman, dit-il. Non, non, non, nous n'avons rien décidé.

– J'ai *promis* à Jonah…

– Ce n'est pas Jonah qui achète les billets. Ce n'est pas lui le responsable ici. Donc tu fais tes plans, nous ferons les nôtres, et espérons que tout s'arrange. »

Gary percevait, avec une étrange clarté, le bruissement de mécontentement des narines d'Enid. Il entendait le flux et le reflux de sa respiration, et il comprit tout d'un coup.

« *Caroline ?* demanda-t-il. *Caroline, es-tu sur la ligne ?* »

La respiration cessa.

« *Caroline, est-ce que tu m'espionnes ? Es-tu sur la ligne ?* »

Il entendit un léger déclic électronique, une bouffée de parasites.

« Maman, désolé… »

Enid : « Qu'est-ce qui se passe ? »

Incroyable ! Putain ! Incroyable ! Gary écrasa le combiné sur son bureau, déverrouilla la porte et remonta le couloir, passant devant une chambre où Aaron s'examinait dans la glace, le sourcil froncé et la tête inclinée à l'Angle flatteur, passant l'escalier où Caleb serrait son catalogue tel un témoin de Jéhovah avec une brochure, jusqu'à la chambre de maître où Caroline était couchée en position fœtale sur un tapis persan dans ses habits boueux, une cartouche frigorifique pleine de givre appuyée contre le bas du dos.

« *Est-ce que tu m'espionnes ?* »

Caroline secoua la tête faiblement, espérant peut-être faire croire qu'elle était trop mal en point pour avoir atteint le téléphone posé à côté du lit.

« C'est un non ? Tu dis non ? Tu n'as pas écouté ?

— Non, Gary, dit-elle d'une petite voix.

— J'ai entendu le déclic, j'ai entendu la respiration…

— Non.

— Caroline, il y a trois téléphones sur cette ligne, j'en ai deux dans mon bureau, et le troisième est ici. Tu m'entends ?

— Je ne t'espionnais pas. J'ai simplement décroché… » — elle inspira à travers des dents serrées — « pour voir si la ligne était libre. C'est tout.

— Et tu es restée à écouter ! Tu espionnais ! Comme si nous n'en avions pas parlé et reparlé des dizaines de fois !

— Gary, dit-elle d'une petite voix piteuse, je te jure que non. Mon dos me tue. Je n'ai pas pu raccrocher pendant une minute. Je l'ai posé par terre. Je ne t'espionnais pas. Sois gentil avec moi, s'il te plaît. »

Que son visage fût beau et que la douleur qu'il affichait ressemblât à de l'extase — que sa vue, couchée en chien de fusil, couverte de boue, les joues rouges et les cheveux en bataille, abîmée sur le tapis persan l'excitât ; qu'une part en lui crût en ses dénégations et fût pleine de tendresse pour elle — ne faisait qu'accentuer le sentiment de trahison. Il remonta furieusement le couloir jusqu'à son bureau et claqua la porte. « Maman, allô, je suis désolé. »

Mais la communication était coupée. Il devait maintenant rappeler Saint Jude à ses propres frais. Par la fenêtre surplombant le jardin, il apercevait des cumulus pourpres allumés par le soleil, de la vapeur s'élevant des araucarias.

Comme ce n'était pas elle qui réglait la note, Enid semblait maintenant plus heureuse. Elle demanda à Gary s'il avait entendu parler d'une société du nom d'Axon. « Elle est basée à Schwenksville, en Pennsylvanie, dit-elle. Ils veulent acheter le brevet de papa. Tiens, je vais te lire la lettre. Je suis un peu troublée par ça. »

À CenTrust Bank, où Gary gérait à présent le département des actions, il s'était depuis longtemps spécialisé dans les valeurs à forte capitalisation et ne s'était jamais beaucoup soucié du menu fretin. Le nom d'Axon ne lui était pas familier. Mais tandis qu'il écoutait sa mère lui lire la lettre de M. Joseph K. Prager de Bragg, Knuter & Speigh, il sentit qu'il connaissait les manigances de ces gens-là. Il était clair que l'avocat, lorsqu'il avait rédigé une lettre pour l'envoyer à un vieux monsieur du Midwest, n'avait offert à Alfred qu'un tout petit pourcentage à peine de la valeur réelle du brevet. Gary connaissait la manière de fonctionner de ces faiseurs d'entourloupes. À la place d'Axon, il n'aurait pas agi différemment.

« Je pense que nous devrions demander dix mille et pas cinq mille, dit Enid.

— Quand est-ce que ce brevet expire ? demanda Gary.

— Dans six ans environ.

— Ils doivent avoir un gros coup en vue. Sinon, ils ne se gêneraient pas pour l'utiliser sans rien demander.

— La lettre dit que c'est expérimental et sans garantie.

— Maman, exactement ! C'est exactement ce qu'ils veulent que tu penses. Mais si c'est tellement expérimental, pourquoi est-ce qu'ils viennent nous ennuyer ? Pourquoi ne pas attendre six ans ?

— Oh, je vois.

— C'est très, très bien que tu m'aies parlé de ça, maman. Ce qu'il faut faire, c'est répondre à ces types en leur demandant deux cent mille dollars d'avance sur les droits de licence. »

Enid eut le souffle coupé, comme elle l'avait longtemps eu lors des voyages familiaux en voiture quand Alfred se jetait sur la voie opposée pour dépasser un camion. « *Deux cent mille !* Mon Dieu, Gary...

— Et un pour cent de royalties sur le produit brut de leur

procédé. Dis-leur que vous êtes parfaitement prêts à défendre vos légitimes revendications devant un tribunal.

— Mais s'ils disent non ?

— Crois-moi, ces gens-là n'ont aucune envie de plaider. Il n'y a aucun danger à se montrer agressif.

— Bien, mais c'est le brevet de papa et tu connais son avis.

— Passe-le-moi », dit Gary.

Ses parents étaient intimidés par toutes les formes d'autorité. Quand Gary voulait se rassurer sur le fait qu'il avait échappé à leur sort, quand il avait besoin de mesurer la distance qui le séparait de Saint Jude, il considérait sa propre intrépidité face aux autorités — y compris l'autorité paternelle.

« Oui, dit Alfred.

— Papa, je crois que tu devrais négocier avec ces types. Ils sont dans une position très faible et tu pourrais vraiment gagner de l'argent. »

À Saint Jude, le vieil homme resta silencieux.

« Ne me dis pas que tu vas accepter cette offre, dit Gary. Parce que ce n'est pas possible. Ce n'est même pas envisageable.

— J'ai pris ma décision, dit Alfred. Ce que je fais ne te concerne pas.

— Mais si, pourtant. J'ai un intérêt légitime dans cette histoire.

— Non, Gary.

— J'ai un intérêt légitime », insista Gary. Si jamais Enid et Alfred se trouvaient à court d'argent, c'était à Caroline et lui — et non à sa sœur sous-capitalisée, ni à son incapable de frère — qu'il reviendrait de payer pour leur entretien. Mais il se contrôlait suffisamment pour ne pas le dire explicitement à Alfred. « Vas-tu au moins me dire ce que tu comptes faire ? Peux-tu me faire cette grâce ?

— Tu pourrais me faire la grâce de ne pas me poser la question, dit Alfred. Cependant, puisque tu la poses, je vais te répondre. Je vais prendre ce qu'ils m'offrent et donner la moitié de la somme à Orfic Midland. »

L'Univers était mécaniste : le père parlait, le fils réagissait.

« Allons, papa, dit Gary de la voix grave et lente qu'il réservait aux occasions où il était très fâché et absolument sûr d'avoir raison. Tu ne peux pas faire ça.

— Je peux et je vais le faire, dit Alfred.

— Non, vraiment, papa, tu dois m'écouter. Il n'y a absolument aucune raison légale ou morale pour que tu partages l'argent avec Orfic Midland.

— J'ai utilisé le matériel et les appareils de la compagnie, dit Alfred. Il était entendu que je partagerais tout revenu que je tirerais des brevets. Et c'est Mark Jamborets qui m'a mis en contact avec le juriste des brevets. Je le soupçonne de m'avoir fait un tarif de faveur.

— C'était il y a quinze ans ! La compagnie n'existe même plus. Les gens avec lesquels tu avais conclu cet arrangement sont morts.

— Pas tous. Mark Jamborets n'est pas mort.

— Papa, c'est un beau sentiment. Je comprends l'intention, mais...

— J'en doute fort.

— Ce chemin de fer a été violé et étripé par les frères Wroth.

— Je refuse d'en discuter plus longtemps.

— C'est dingue ! Dingue ! s'écria Gary. Tu veux être loyal envers une société qui vous a baisés, toi et la ville de Saint Jude, de toutes les manières possibles. Elle te baise encore, *maintenant même*, avec ta couverture maladie.

— Tu as ton opinion, j'ai la mienne.

— Et je te dis que tu es irresponsable. Tu es égoïste. Si tu veux te nourrir de beurre de cacahuète et faire des économies de bouts de chandelle, c'est ton affaire, mais c'est injuste pour maman et c'est injuste pour...

— Je me contrefiche de ce que toi et ta mère pensez.

– C'est injuste pour moi ! Qui va payer tes factures si tu as des ennuis ? Sur qui peux-tu t'appuyer ?

– Je supporterai ce que j'aurai à supporter, dit Alfred. Oui, et je me nourrirai de beurre de cacahuète si je dois. J'aime le beurre de cacahuète. C'est un bon aliment.

– Et si c'est ce que maman doit manger, elle le mangera aussi. C'est ça ? Elle peut aussi se nourrir de pâtée pour chien tant qu'on y est ! Qui se soucie de ce qu'*elle* veut ?

– Gary, je sais ce que je dois faire. Je ne te demande pas de comprendre – je ne comprends pas tes propres décisions, mais je sais ce qui est juste. Restons-en là.

– Bon, donne deux mille cinq cents dollars à Orfic Midland s'il le faut absolument, dit Gary. Mais ce brevet vaut…

– Restons-en là, je t'ai dit. Ta mère voudrait te parler de nouveau.

– Gary, s'écria Enid, l'orchestre symphonique de Saint Jude donne *Casse-Noisette* en décembre ! Ils font un travail magnifique avec le ballet régional et les places partent *tellement* vite, crois-tu que je devrais en prendre neuf pour la veille de Noël ? Ils donnent une matinée à quatorze heures, ou bien on peut y aller le soir du vingt-trois, si tu penses que c'est mieux. À toi de décider.

– Maman, écoute-moi. Ne laisse pas papa accepter cette offre. Ne le laisse rien faire avant que j'aie vu cette lettre. Je veux que tu m'en envoies une photocopie dès demain.

– D'accord, je le ferai, mais je pense que le plus important maintenant, c'est *Casse-Noisette*, d'avoir les neuf places ensemble, parce qu'elles partent *tellement* vite, Gary tu n'imagines pas. »

Quand il finit par raccrocher, Gary pressa ses mains contre ses yeux et vit, gravées en fausses couleurs dans l'obscurité de son écran de cinéma mental, deux images de golf : Enid améliorant la position de sa balle dans le rough (cela s'appelait *tricher*) et Alfred plaisantant sur ses piètres performances au jeu.

Le vieil homme avait réussi le même genre de coup contre

son camp quatorze ans plus tôt, après que les frères Wroth eurent acheté la Midland Pacific. Alfred était à quelques mois de son soixante-cinquième anniversaire quand Fenton Creel, le nouveau président de Midpac, l'avait emmené déjeuner chez Morelli à Saint Jude. La crème des cadres de Midpac avait été purgée par les Wroth pour avoir résisté à la prise de contrôle, mais Alfred, en tant qu'ingénieur en chef, n'avait pas fait partie de cette garde du palais. Dans le chaos résultant de la fermeture du bureau de Saint Jude et du déménagement des opérations à Little Rock, les Wroth avaient eu besoin de quelqu'un pour continuer à faire rouler les trains tandis que la nouvelle équipe, emmenée par Creel, apprenait les ficelles du métier. Creel offrit à Alfred une augmentation de cinquante pour cent de son salaire et un paquet d'actions Orfic s'il acceptait de rester deux ans de plus, de surveiller le déménagement à Little Rock et d'assurer la continuité du fonctionnement.

Alfred haïssait les Wroth et avait envie de dire non, mais ce soir-là, chez eux, Enid le travailla au corps. Elle fit remarquer que les seules actions Orfic représentaient soixante-dix-huit mille dollars, que sa retraite serait calculée sur ses trois dernières années pleines de salaire et qu'ils avaient une chance unique d'augmenter leurs revenus futurs de cinquante pour cent.

Ces arguments irrésistibles parurent ébranler Alfred, mais trois jours plus tard il annonça à Enid en rentrant à la maison qu'il avait offert sa démission l'après-midi même et que Creel l'avait acceptée. Alfred était alors à sept semaines d'une année pleine à son dernier salaire, le plus élevé ; c'était parfaitement absurde de démissionner. Mais il ne donna aucune explication, ni alors ni plus tard, ni à Enid ni à quiconque d'autre, à ce soudain revirement. Il dit simplement : *J'ai pris ma décision.*

À la table de Noël à Saint Jude cette année-là, quelques instants après qu'Enid eut glissé sur la petite assiette du bébé Aaron une bouchée de farce d'oie aux noisettes et que Caroline eut arraché la farce de l'assiette, foncé à la cuisine et l'eut jetée à la poubelle comme si c'était une crotte d'oie en disant : « C'est cent pour cent de gras – beurk », Gary perdit patience et cria : *Tu n'aurais pas pu attendre sept semaines ? Tu n'aurais pas pu attendre d'avoir soixante-cinq ans ?*

Gary, j'ai travaillé dur toute ma vie. Ma retraite ne regarde que moi.

Et l'homme si pressé de prendre sa retraite qu'il n'avait pas pu attendre ces sept semaines supplémentaires, qu'en avait-il fait, de sa retraite ? Il était resté vissé dans son fauteuil bleu.

Gary ne savait rien d'Axon, mais Orfic Midland était le genre de conglomérat dont il était payé pour suivre les avoirs et la structure du management. Il se trouvait savoir que les frères Wroth avaient vendu leur bloc de contrôle pour couvrir leurs pertes dans des mines d'or canadiennes. Orfic Midland avait rejoint les rangs des mégafirmes ternes et indistinctes dont les quartiers généraux parsemaient les banlieues cossues ; ses cadres avaient été remplacés comme les cellules d'un organisme vivant ou comme les lettres d'un jeu de substitution où MERDE devient MERLE, puis PERLE, puis PARLE, puis PARME, si bien que lorsque Gary avait donné son accord au dernier bloc d'achat d'**OrficM** pour le portefeuille de CenTrust, aucune trace humaine blâmable ne subsistait de la société qui avait démantelé le troisième employeur de Saint Jude et supprimé tout service ferroviaire dans une vaste partie du Kansas rural. Orfic Midland était complètement sortie des transports à présent. Ce qui subsistait des grandes lignes de Midpac avait été vendu afin de permettre à la société de se concentrer sur la construction et la gestion d'établissements pénitentiaires, le café pour connaisseurs et les services financiers ; un nouveau câblage en fibres optiques à 144 brins était enfoui à l'emplacement de l'ancien droit de passage de la compagnie ferroviaire.

Et c'était ça la compagnie envers laquelle Alfred se sentait un devoir de loyauté ?

Plus Gary y songeait, plus il était en rogne. Il s'isola dans son bureau, incapable de juguler son agitation croissante ou de ralentir le rythme de machine à vapeur auquel il prenait ses respirations. Il était aveugle aux couchers de soleil jaune citrouille qui se déployaient dans les tulipiers derrière les voies du réseau de banlieue. Il ne voyait rien d'autre que les principes qui étaient en jeu.

Il aurait pu rester là indéfiniment, s'obsédant, rassemblant des preuves contre son père, s'il n'avait entendu un bruissement dans le couloir. Il se leva d'un bond et tira la porte.

Caleb était assis en tailleur et étudiait son catalogue. « Je peux te parler maintenant ?

— Tu étais là et tu m'écoutais ?

— Non, dit Caleb. Tu m'as dit qu'on pourrait parler quand tu aurais fini. J'avais une question. Je me demandais quelle pièce je pourrais mettre sous surveillance. »

Même à l'envers, Gary voyait que les prix des appareils du catalogue de Caleb – des engins aux boîtiers en aluminium brossé, aux écrans à cristaux liquides couleur – étaient des nombres à quatre ou cinq chiffres.

« C'est mon nouveau hobby, dit Caleb. Je veux mettre une pièce sous surveillance. Maman dit que je peux équiper la cuisine si tu es d'accord.

— Tu veux surveiller la cuisine ? Comme hobby ?

— Ouais ! »

Gary secoua la tête. Il avait eu toutes sortes de hobbies étant enfant, et cela l'avait longtemps affligé que ses propres enfants semblent n'en avoir aucun. Finalement, Caleb s'était rendu compte que s'il utilisait le mot « hobby » Gary donnerait son feu vert à des dépenses qu'il aurait pu, sinon, interdire à Caroline. Ainsi, le hobby de Caleb avait été la photographie jusqu'à ce que Caroline lui ait acheté un appareil autofocus, un reflex avec un meilleur téléobjectif zoom que celui de Gary, et un appareil digital automatique. Son hobby avait été l'informatique jusqu'à ce que Caroline lui ait acheté un palmtop et un agenda électronique. Mais Caleb allait sur ses douze ans et Gary avait marché une fois de trop. Sa méfiance était en éveil au sujet des hobbies. Il avait arraché à Caroline la promesse de n'acheter aucune sorte d'équipement à Caleb sans le consulter au préalable.

« La surveillance n'est pas un hobby, dit-il.

— Si, papa, c'en est un ! C'est maman qui me l'a suggéré. Elle disait que je pourrais commencer par la cuisine. »

Gary se dit aussitôt — et il lui sembla que c'était un nouveau Signe Avertisseur de la dépression : *Le placard à alcools est dans la cuisine.*

« Mieux vaudrait me laisser parler de ça avec maman, hein ?

— Mais le magasin n'est ouvert que jusqu'à six heures, dit Caleb.

— Tu peux attendre quelques jours. Ne me dis pas le contraire.

— Mais j'ai attendu tout l'après-midi. Tu m'as dit qu'on pourrait se parler et maintenant il fait presque nuit. »

Qu'il fît presque nuit donnait clairement à Gary droit à un verre. Le placard à alcools était dans la cuisine. Il fit un pas dans cette direction. « De quels appareils est-il question exactement ?

— Juste une caméra, un micro et des servo-contrôles. » Caleb fourra le catalogue entre les mains de Gary. « Regarde, je n'ai même pas besoin de trucs chers. Celle-là ne coûte que six cent cinquante dollars. Maman a dit que c'était sans problème. »

Régulièrement, Gary avait l'impression qu'il y avait quelque chose de désagréable que sa famille voulait oublier, quelque chose que lui seul souhaitait rappeler ; quelque chose qui nécessitait seulement son acquiescement, son allons-y, pour être oublié. Cette impression, aussi, était un Signe Avertisseur.

« Caleb, dit-il, j'ai l'impression que ce genre d'activité ne va pas t'amuser très longtemps. Ça coûte cher et tu en auras vite assez.

– Non ! Non ! lança Caleb, avec angoisse. Ça me *passionne*, papa. C'est un hobby.

– Tu t'es vite lassé, cependant, de beaucoup des autres choses que tu nous as fait acheter. Des choses qui te "passionnaient" aussi à l'époque.

– Là, c'est différent, plaida Caleb. Cette fois, je suis vraiment, complètement passionné. »

Manifestement, le garçon était prêt à dépenser sans compter une monnaie verbale dévaluée pour acheter l'acquiescement de son père.

« Tu vois ce que je veux dire, quand même ? dit Gary. Tu vois le schéma ? Que les choses ne sont pas pareilles avant que tu les aies achetées et après ? Tes désirs changent après que tu as acheté les choses. Tu t'en rends compte ? »

Caleb ouvrit la bouche, mais avant qu'il n'ait émis une autre protestation ou réclamation, un air malin passa sur son visage.

« J'imagine, dit-il avec une feinte humilité. J'imagine que je m'en rends compte.

– Eh bien, penses-tu que cela va arriver avec ce nouvel équipement ? » demanda Gary.

Caleb donna toutes les apparences de réfléchir sérieusement à la question. « Je pense que c'est différent, dit-il enfin.

– Bien, OK, dit Gary. Mais je veux que tu te souviennes que nous avons eu cette discussion. Je ne veux pas que ça devienne un autre jouet coûteux que tu utilises une semaine ou deux avant de l'abandonner. Tu seras bientôt un adolescent et je voudrais te voir capable d'un peu plus de concentration…

– Gary, ce n'est pas juste ! » lança Caroline. Elle clopinait depuis la porte de la chambre de maître, une épaule voûtée et la main appuyée dans le dos, faisant pression sur la cartouche lénifiante.

« Salut, Caroline. Je ne savais pas que tu écoutais.

– Caleb n'abandonne rien.

– Exact, dit Caleb.

– Ce que tu ne comprends pas, dit Caroline à Gary, c'est que tout va être utilisé dans ce nouveau hobby. C'est ce qu'il a de si génial. Il a trouvé le moyen d'utiliser tout l'équipement à la fois…

– Bien, excellent, je suis heureux de l'apprendre.

– Il fait quelque chose de créatif et toi, tu le fais se sentir coupable. »

Un jour, quand Gary s'était interrogé à voix haute sur le fait de savoir si procurer autant de gadgets à Caleb ne risquait pas de bloquer son imagination, Caroline l'avait quasiment accusé de diffamer son fils. Parmi ses ouvrages d'éducation favoris, il y avait *L'Imagination technologique : Ce que les enfants d'aujourd'hui ont à apprendre à leurs parents*, dans lequel le Pr Nancy Claymore, opposant le « paradigme usé » de l'Enfant-doué-comme-génie-socialement-isolé au « paradigme branché » de l'Enfant-doué-comme-consommateur-créativement-connecté, plaidait que les jouets électroniques seraient bientôt si peu chers et si largement répandus que l'imagination d'un enfant ne s'exercerait plus par les dessins aux crayons de couleur et les histoires inventées mais par la synthèse et l'exploitation des technologies existantes – idée que Gary trouvait à la fois convaincante et déprimante. Quand il était un enfant à peine plus jeune que Caleb, son hobby avait été de faire des maquettes avec des bâtons de sucette.

« Ça veut dire qu'on va à la boutique tout de suite ? demanda Caleb.

– Non, Caleb, pas ce soir, il est presque six heures », dit Caroline.

Caleb tapa du pied. « C'est toujours pareil ! J'attends, j'attends, et puis c'est trop tard.

– On va louer un film, dit Caroline. On prendra le film que tu veux.

– Je ne veux pas de film. Je veux faire de la surveillance.

– C'est hors de question, dit Gary. Alors tu ferais mieux de t'y faire. »

Caleb alla dans sa chambre et claqua la porte. Gary le suivit et rouvrit la porte en coup de vent. « Ça suffit maintenant, dit-il. On ne claque pas les portes dans cette maison.

– Tu claques les portes !

– Je ne veux pas entendre un mot de plus.

– Tu claques les portes !

– Tu veux passer la semaine entière dans ta chambre ? »

Caleb répondit en louchant et en aspirant les lèvres à l'intérieur de la bouche : pas un mot de plus.

Gary laissa ses yeux errer dans les recoins de la chambre du garçon qu'il prenait généralement soin de ne pas regarder. Abandonnés en piles, comme le butin dans l'appartement d'un voleur, se trouvaient de nouveaux équipements photographiques, informatiques et vidéo d'une valeur marchande totale qui excédait probablement le salaire annuel de la secrétaire de Gary à CenTrust. Une telle débauche de luxe dans la tanière d'un gamin de onze ans ! Diverses substances que des portes moléculaires avaient retenues tout l'après-midi firent irruption et inondèrent les circuits neuraux de Gary. Une chaîne de réactions provoquées par le Facteur 6 relâchèrent ses valves lacrymales et expédièrent une vague de nausée le long de son nerf pneumogastrique : une « impression » qu'il survivait jour après jour en se détournant de vérités fondamentales qui, jour après jour, devenaient de plus en plus pressantes et décisives. La vérité était qu'il allait mourir. Qu'amasser des trésors dans sa tombe ne vous sauvait pas.

La lumière déclinait rapidement derrière les fenêtres.

« Tu vas vraiment utiliser tout cet équipement ? » demanda-t-il avec un sentiment d'oppression dans la poitrine.

Caleb, lèvres toujours aspirées, haussa les épaules.

« Personne ne devrait claquer les portes, dit Gary. Moi non plus. D'accord ?

– Ouais, papa. Comme tu veux. »

Sortant de la chambre de Caleb dans le couloir plein d'ombres, il faillit percuter Caroline, qui repartait, filant sur la pointe des pieds, en chaussettes, en direction de leur chambre.

« Encore ? Encore ? Je te demande de ne pas m'espionner et qu'est-ce que tu fais ?

– Je n'espionnais pas. Il faut que je m'allonge. » Et elle se précipita en boitant dans la chambre.

« Tu peux toujours courir, tu ne pourras pas te cacher, dit Gary en la suivant. J'aimerais savoir pourquoi tu m'espionnes.

– C'est ta paranoïa, je ne t'espionne pas.

– Ma paranoïa ? »

Caroline s'affala sur le lit conjugal en chêne massif. Après leur mariage, elle avait entrepris cinq années de psychothérapie bihebdomadaire que le thérapeute, lors de l'ultime séance, avait déclarée être « une parfaite réussite » et qui lui avaient conféré un avantage définitif sur Gary dans la course à la santé mentale.

« Tu as l'air de penser que tout le monde *excepté* toi a un problème, dit-elle. Ce qui est aussi ce que pense ta mère. Sans jamais…

– Caroline. Réponds-moi, s'il te plaît. Regarde-moi dans les yeux et réponds-moi, s'il te plaît. Cet après-midi, quand tu…

– Non, Gary, tu ne vas pas recommencer. Écoute-toi parler !

– Quand tu faisais la folle sous la pluie et t'éreintais à essayer de garder le rythme d'un garçon de onze ans et d'un autre de quatorze ans…

– Tu es obsédé ! Tu es obsédé par ça !

– Courant, glissant, shootant sous la pluie…

– Tu parles à tes parents et ensuite tu passes ta colère sur nous.

– *Boitais-tu avant de rentrer dans la maison ?* » Gary agita un doigt devant le visage de sa femme. « Regarde-moi dans les yeux, Caroline, regarde-moi droit dans les yeux. Allez ! Fais-le ! Regarde-moi dans les yeux et répète que *tu ne boitais pas déjà.* »

Caroline était secouée par la douleur. « Tu passes près d'une heure au téléphone avec eux…

– Tu en es incapable ! triompha Gary en une amère victoire. Tu me mens et tu refuses de le reconnaître !

– *Papa ! Papa !* » entendit-il de l'autre côté de la porte. Gary se tourna et vit Aaron qui secouait furieusement la tête, hors de lui, son beau visage tordu et humide de larmes. « Arrête de lui crier dessus ! »

Le neurofacteur du remords (le Facteur 26) envahit les sites du cerveau de Gary qui avaient été tout spécialement adaptés par l'évolution pour y réagir.

« D'accord, Aaron », dit-il.

Aaron s'écarta, tourna le dos et marcha de long en large, faisant de grands pas vers nulle part, comme s'il s'efforçait de chasser les larmes honteuses de ses yeux à travers son corps, par ses jambes, pour les piétiner ensuite. « Bon Dieu, s'il te plaît, papa, ne-lui-crie-pas-dessus.

– D'accord, Aaron, dit Gary. Fini de crier. »

Il tendit la main pour la poser sur l'épaule de son fils, mais Aaron s'enfuit dans le couloir. Gary abandonna Caroline pour le suivre, son sentiment d'isolement renforcé par cette démonstration que sa femme avait de solides alliés dans la maison. Ses fils la protégeraient de son mari. De son mari qui criait. Comme son père avant lui. Son père avant lui qui était maintenant déprimé. Mais qui, dans la force de l'âge, avait si bien effrayé le jeune Gary en criant qu'il ne lui serait jamais venu à l'idée d'intercéder pour sa mère.

Aaron était couché à plat ventre sur son lit. Dans le paysage d'après tornade de vêtements et de magazines qui jonchaient le sol de sa chambre, les deux pôles d'ordre étaient sa trompette Bundy (avec des sourdines et un pupitre à musique) et sa vaste collection de CD rangée par ordre alphabétique, comprenant des éditions complètes en coffrets de Dizzy, Satchmo et Miles Davis, plus d'importantes quantités de Chet Baker, Wynton

Marsalis, Chuck Mangione, Herb Alpert et Al Hirt, tous offerts par Gary afin d'encourager son intérêt pour la musique.

Gary posa une fesse sur le bord du lit. « Je suis désolé de t'avoir fait de la peine, dit-il. Comme tu le sais, je peux être terriblement obstiné et carré. Et ta mère a parfois du mal à reconnaître ses torts. Surtout quand…

— Elle. S'est. Fait. Mal. Au. Dos », fit la voix d'Aaron, assourdie par une couette Ralph Lauren. « Elle *ne ment pas.*

— Je sais qu'elle a mal au dos, Aaron. J'aime beaucoup ta mère.

— Alors ne lui *crie* pas dessus.

— OK. Finis les cris. Occupons-nous du dîner. » Gary massa doucement l'épaule d'Aaron. « Qu'est-ce que tu en dis ? »

Aaron ne bougea pas. D'autres paroles réconfortantes apparaissaient nécessaires, mais Gary n'en trouvait aucune. Il éprouvait un déficit critique en Facteurs 1 et 3. Il avait eu le sentiment, quelques instants plus tôt, que Caroline était sur le point de l'accuser d'être « déprimé » et il craignait que, si l'idée qu'il était déprimé faisait son chemin, il ne perde tout droit à avoir des opinions. Il perdrait ses certitudes morales ; chaque mot qu'il prononcerait deviendrait un symptôme de maladie ; il ne l'emporterait plus jamais dans une querelle.

Il était donc d'autant plus important maintenant de résister à la dépression – de la combattre par la vérité.

« Écoute, dit-il. Tu étais dehors avec maman et vous jouiez au foot. Dis-moi si je me trompe. Est-ce qu'elle boitait avant de rentrer ? »

Un instant, tandis qu'Aaron s'arrachait au lit, Gary crut que la vérité allait prévaloir. Mais le visage qu'Aaron lui présenta était un fruit sec plissé par la révulsion et l'incrédulité.

« Tu es horrible ! dit-il. Tu es *horrible* ! » Et il s'enfuit de la chambre.

D'ordinaire, Gary n'aurait pas laissé passer ça. D'ordinaire, il aurait bataillé avec son fils toute la soirée s'il avait fallu en passer par là pour lui soutirer des excuses. Mais ses marchés mentaux – glycémiques, endocriniens, synaptiques – étaient en plein crash. Il se sentait répugnant, batailler avec Aaron ne pourrait que le rendre encore plus répugnant, et la sensation d'être répugnant était peut-être le principal Signe Avertisseur.

Il savait qu'il avait commis deux erreurs critiques. Il n'aurait jamais dû promettre à Caroline qu'il n'y aurait plus aucun Noël à Saint Jude. Et aujourd'hui, lorsqu'elle boitait en grimaçant dans le jardin, il aurait dû prendre au moins une photo d'elle. Il pleurait les avantages moraux que ces erreurs lui avaient coûtés.

« Je ne suis pas cliniquement déprimé », dit-il à son reflet dans la vitre quasiment noire de la fenêtre de la chambre. Avec un grand effort de volonté, mobilisant toute la vigueur de son être, il se leva du lit d'Aaron et sortit d'un bon pas pour se prouver qu'il était capable de passer une soirée normale.

Jonah grimpait l'escalier obscur avec *Le Prince Caspian*. « J'ai fini le livre, dit-il.

– Tu l'as aimé ?

– Adoré, dit Jonah. C'est de la littérature pour enfants hors du commun. Aslan a fait une porte dans l'air à travers laquelle les gens passaient et disparaissaient. Ils sortaient de Narnia et revenaient dans le monde réel. »

Gary s'accroupit. « Viens dans mes bras. »

Jonah passa les bras autour de lui. Gary sentait la souplesse de ses jeunes articulations, la flexibilité oursonne, la chaleur qui rayonnait à travers son crâne et ses joues. Il se serait coupé la gorge si le garçon avait eu besoin de sang ; son amour avait cette immensité ; et il se demandait pourtant si c'était seulement l'amour qu'il recherchait à présent ou s'il n'était pas aussi en train de bâtir une coalition. De s'assurer un allié tactique pour son camp.

Ce dont a besoin cette économie stagnante, pensait le président du conseil d'administration de la Réserve fédérale Gary R. Lambert, *c'est d'une injection massive de gin Bombay Sapphire.*

Dans la cuisine, Caroline et Caleb étaient affalés sur la table et buvaient du Coca en mangeant des chips. Caroline avait les pieds posés sur une chaise et des oreillers sous les genoux.

« Qu'est-ce qu'on pourrait faire à dîner ? » demanda Gary.

Sa femme et son fils cadet échangèrent des regards comme si c'était le genre de question vaseuse pour lequel il était connu. À la densité des miettes de chips, il vit qu'ils avaient bien travaillé à se couper l'appétit.

« Un mixed-grill, j'imagine, dit Caroline.

– Oh, oui, papa, fais un mixed-grill ! » dit Caleb d'un ton qui pouvait aussi bien être de l'ironie que de l'enthousiasme.

Gary demanda s'il y avait de la viande.

Caroline s'enfourna des chips dans la bouche et haussa les épaules.

Jonah demanda la permission de préparer le feu.

Gary, qui sortait de la glace du freezer, l'accorda.

Soirée ordinaire. Soirée ordinaire.

« Si je place la caméra au-dessus de la table, dit Caleb, je verrai aussi une partie de la salle à manger.

– Tu manqueras complètement le coin repas, par contre, dit Caroline. Si elle est au-dessus de la porte de service, tu peux balayer des deux côtés. »

Gary s'abrita derrière la porte du placard à alcools pour verser cinq centimètres de gin dans sa glace.

« "Alt. quatre-vingt-cinq", lut Caleb dans son catalogue.

– Ça signifie que la caméra peut voir quasiment à la verticale. »

Toujours masqué par la porte du placard, Gary prit une solide et réconfortante rasade. Puis, refermant le placard, il brandit le verre pour le cas où quiconque souhaiterait voir quelle dose relativement sage il s'était servie.

« Désolé de te l'apprendre, dit-il, mais la surveillance n'est pas à l'ordre du jour. Ça ne peut pas constituer un hobby.

– Papa, tu as dit que c'était OK tant que je ne perdais pas mon intérêt.

– J'ai dit que j'y réfléchirais. »

Caleb secoua la tête avec véhémence. « Non ! Ce n'est pas vrai ! Tu as dit que je pouvais le faire tant que je ne l'abandonnais pas.

– C'est exactement ce que tu as dit, confirma Caroline avec un sourire déplaisant.

– Oui, Caroline, je suis sûr que tu n'en as pas perdu un mot. Mais nous n'allons pas mettre cette cuisine sous surveillance. Caleb, tu n'as pas mon autorisation pour faire ces achats.

– Papa !

– C'est ma décision, définitive.

– Caleb, c'est sans importance, dit Caroline. Gary, c'est sans importance parce qu'il a son argent à lui. Il peut le dépenser comme il veut. N'est-ce pas, Caleb ? »

Hors la vue de Gary, sous le niveau de la table, elle fit à Caleb une sorte de signe de la main.

« Exact, j'ai mes économies ! » Le ton de Caleb une fois de plus ironique ou enthousiaste, ou, peut-être, les deux.

« Nous reparlerons de tout ça plus tard, Caleb », dit Gary. Chaleur, perversion et stupidité, découlant toutes du gin, dégoulinaient de derrière ses oreilles dans ses bras et son torse.

Jonah revint, nimbé d'une odeur de bois de mimosa.

Caroline avait ouvert un deuxième sachet géant de chips.

« Ne vous gâtez pas l'appétit, les amis », dit Gary d'une voix tendue en sortant des aliments de boîtes en plastique.

À nouveau, mère et fils échangèrent des regards.

« Ouais, c'est vrai, dit Caleb. Faut garder de la place pour le mixed-grill ! »

Gary trancha des viandes et embrocha des légumes avec énergie. Jonah mit la table, disposant les assiettes avec la précision qui lui était chère. La pluie avait cessé, mais la terrasse était toujours glissante quand Gary sortit.

Ça avait commencé comme une plaisanterie familiale : papa commandait toujours un mixed-grill au restaurant, papa n'acceptait que les restaurants qui avaient un mixed-grill à leur carte. Pour Gary, il y avait effectivement quelque chose d'infiniment délicieux, quelque chose d'irrésistiblement *luxueux*, dans un morceau d'agneau, un morceau de porc, un morceau de veau et une ou deux de ces saucisses fines et tendres à la mode moderne – le mixed-grill classique, en bref. C'était un tel plaisir qu'il commença à préparer ses propres mixed-grills à la maison. À côté des pizzas, des mets chinois à emporter et des grands plats de pâtes, le mixed-grill devint un des ordinaires de la famille. Caroline y contribuait en rapportant chaque samedi de multiples sacs de viande et de saucisses lourds et sanguinolents, et, bientôt, Gary prépara des mixed-grills deux ou trois fois par semaine, bravant les temps les plus infects sur la terrasse et adorant cela. Il préparait des blancs de perdreau, des foies de volaille, des filets mignons et des saucisses de dinde pimentées à la mexicaine. Il préparait des courgettes et des poivrons rouges. Il préparait des aubergines, des poivrons jaunes, des côtelettes d'agneau, des saucisses italiennes. Il inventa un magnifique assortiment saucisses-entrecôte-chou chinois. Il adorait ça, il adorait ça, il adorait ça, et tout d'un coup ça ne lui fit plus rien.

Le terme clinique, ANHÉDONIE, s'était présenté à lui dans l'un des livres de chevet de Caroline, intitulé *Se sentir BIEN !* (Ashley Tralpis, M.D., Ph.D.). Il avait lu l'article du dictionnaire concernant l'ANHÉDONIE en frissonnant de s'y reconnaître, une sorte de *oui, oui* taraudant : « État psychologique caractérisé par l'incapacité à trouver du plaisir dans des actes normalement agréables. » L'ANHÉDONIE était plus qu'un Signe Avertisseur, c'était carrément un symptôme. Une pourriture sèche contaminant un plaisir après l'autre, un champignon gâtant le goût du luxe et la jouissance des loisirs qui avaient alimenté pendant tant d'années la résistance de Gary à l'étroitesse de ses parents.

Au mois de mars précédent, à Saint Jude, Enid avait fait

remarquer que, pour un vice-président de banque marié à une femme qui ne travaillait qu'à temps partiel, à titre bénévole, pour le Fonds de défense des enfants, Gary semblait faire *énormément* la cuisine. Gary n'avait pas eu trop de mal à clouer le bec à sa mère ; elle était mariée à un homme qui n'aurait pas su cuire un œuf à la coque, et elle était manifestement jalouse. Mais, lors de l'anniversaire de Gary, après qu'il fut rentré de Saint Jude en compagnie de Jonah et eut reçu la coûteuse surprise d'un labo photo couleur, après qu'il eut trouvé la force de s'exclamer : *Une chambre noire, génial, quelle joie !*, Caroline lui avait tendu un plat de crevettes roses et de brutales darnes d'espadon à griller, et il s'était demandé si sa mère n'avait pas raison. Sur la terrasse, irradié par la chaleur, une lassitude l'envahit tandis qu'il calcinait les crevettes et racornissait l'espadon. Les aspects de sa vie qui n'étaient pas associés au barbecue lui apparaissaient à présent comme de simples déviations superflues au milieu de l'écrasante répétition des heures où il allumait son feu et arpentait la terrasse en tournant autour de la fumée. Fermant les yeux, il voyait des crottes de nez tordues de viandes roussies sur une grille chromée et des braises d'enfer. L'éternel supplice des damnés. Les tourments desséchants de la répétition compulsive. Sur les parois intérieures du barbecue, un épais tapis de graisses phénoliques noires s'était accumulé. Le coin où il vidait les cendres, derrière le garage, ressemblait à un paysage lunaire ou à la cour d'une cimenterie. Il en avait plus qu'assez des mixed-grills, et il dit le lendemain à Caroline : « Je fais trop la cuisine.

— Fais-la moins, répondit-elle. On mangera dehors.

— Je veux manger à la maison *et* je veux moins faire la cuisine.

— Alors fais-toi livrer, dit-elle.

— Ce n'est pas la même chose.

— C'est toi qui tiens à ces dîners à table en famille. Les garçons s'en fichent complètement.

– *Moi*, je ne m'en fiche pas. C'est important pour *moi*.

– Très bien, mais, Gary : ce n'est pas important pour moi, ce n'est pas important pour les garçons, et il faudrait qu'on te fasse la cuisine ? »

Il ne pouvait blâmer entièrement Caroline. Durant les années où elle avait travaillé à plein temps, il ne s'était jamais plaint des surgelés, des plats à emporter ni des plats cuisinés. Caroline devait avoir l'impression qu'il changeait les règles à son détriment. Mais Gary avait l'impression que la nature même de la vie familiale changeait – que le sens de la communauté, la proximité filiale et fraternelle n'avaient plus la cote qu'ils avaient quand il était jeune.

Et il était donc toujours là, à son barbecue. Par les fenêtres de la cuisine, il voyait Caroline faire un combat de pouces avec Jonah. Il la voyait prendre le casque d'Aaron pour écouter de la musique, la voyait hocher la tête en rythme. Cela *ressemblait* certainement à une vie de famille. Y avait-il réellement quelque chose qui n'allait pas là-dedans en dehors de la dépression clinique de l'homme qui observait la scène ?

Caroline semblait avoir oublié à quel point son dos lui faisait mal, mais elle s'en souvint dès l'instant où il rentra avec le plat fumant de protéines animales vulcanisées. Elle s'assit de travers à table, chipota sa nourriture du bout de sa fourchette, et gémit doucement. Caleb et Aaron l'observaient avec un souci appuyé.

« Personne d'autre ne veut savoir comment *Le Prince Caspian* se termine ? fit Jonah. Personne n'est curieux ? »

Les paupières de Caroline palpitaient et sa bouche était ouverte, mâchoire misérablement pendante, pour laisser entrer et sortir un filet d'air. Gary lutta pour trouver quelque chose à dire qui ne sente pas la dépression, qui ne sente pas l'hostilité, mais il était assez saoul.

« Seigneur, Caroline, dit-il, on sait que tu as mal au dos, on sait que tu n'es pas bien, mais si tu ne peux même pas t'asseoir normalement à table... »

Sans un mot, elle se leva en glissant sur sa chaise, clopina jusqu'à l'évier son assiette à la main, vida son dîner dans le broyeur, et monta l'escalier en clopinant. Caleb et Aaron s'excusèrent, broyèrent leur dîner à leur tour et la suivirent. En tout, peut-être trente dollars de viande filèrent à l'égout, mais Gary, s'efforçant de maintenir ses niveaux de Facteur 3 au-dessus du plancher, parvint assez bien à oublier les animaux qui étaient morts à cette fin. Il resta planté sur sa chaise dans le crépuscule plombé de son ivresse, mangea sans plaisir et écouta le clair bavardement imperturbable de Jonah.

« C'est une excellente bavette, papa, et j'aimerais bien un autre morceau de courgette grillée, s'il te plaît. »

De la salle de jeux, à l'étage, émanèrent les aboiements d'un jeu télévisé. Gary eut un bref instant de compassion pour Aaron et Caleb. C'était un fardeau qu'une mère ait un besoin si extrême de vous, d'être responsables de sa félicité, Gary le savait. Il comprenait aussi que Caroline était plus seule au monde que lui. Son père, un anthropologue charismatique et bel homme, était mort dans un accident d'avion au Mali quand elle avait onze ans. Les parents de son père, de vieux quakers au langage parfois biblique, lui avaient légué la moitié de leur fortune, dont un Andrew Wyeth d'excellente facture, trois aquarelles de Winslow Homer, et quinze cents hectares de forêt près de Kennett Square pour lesquels un promoteur avait payé une somme incroyable. La mère de Caroline, à présent âgée de soixante-seize ans et pleine d'une santé effrayante, vivait avec son second mari à Laguna Beach et était un soutien financier important du Parti démocrate californien ; elle venait dans l'est chaque année en avril et se vantait de ne pas être « une de ces vieilles femmes » obsédées par leurs petits-enfants. Caroline n'avait qu'un frère, du nom de Philip, célibataire condescendant et grippe-sou, physicien des états solides, pour qui sa mère avait une adoration assez terrifiante. Gary n'avait jamais rencontré ce genre de famille à Saint Jude. Dès le départ, il avait aimé et plaint Caroline pour l'infortune et le désintérêt qu'elle avait connus dans sa jeunesse. Il avait entrepris de lui apporter une meilleure famille.

Mais, après le dîner, alors que Jonah et lui remplissaient le lave-vaisselle, il commença d'entendre un rire de femme à l'étage, un rire réellement bruyant, et il décida que Caroline était en train de lui jouer un très sale tour. Il fut tenté de monter et de s'imposer à la fête. Cependant, tandis que le bourdonnement du gin refluait de son crâne, le martèlement d'une inquiétude plus ancienne se faisait audible. Une inquiétude liée à Axon.

Il se demandait pourquoi une petite société ayant un procédé très expérimental se donnait la peine d'offrir de l'argent à son père.

Que la lettre envoyée à Alfred vienne de Bragg, Knuter & Speigh, firme qui travaillait souvent en étroite association avec des banques d'investissement, suggérait un *soin attentif* – qu'on ne négligeait aucun détail à la veille de quelque chose d'important.

« Tu ne veux pas monter rejoindre tes frères ? demanda Gary à Jonah. Ils ont l'air de s'amuser là-haut.

– Non, merci, répondit Jonah. Je vais lire la suite des livres de Narnia et je pensais m'installer au sous-sol, où c'est tranquille. Tu viendras avec moi ? »

L'ancienne salle de jeux du sous-sol, toujours déshumidifiée, moquettée, lambrissée de pin, toujours *agréable*, était affligée de la nécrose du désordre qui, tôt ou tard, tue un espace vivant : appareils de stéréo, emballages en polystyrène expansé, équipements de ski et de plage démodés en coulées aléatoires. Les anciens jouets d'Aaron et de Caleb se trouvaient dans cinq grandes boîtes et une douzaine de plus petites. Personne d'autre que Jonah n'y touchait jamais, et, devant une telle surabondance, même Jonah, seul ou en compagnie d'un copain en visite, adoptait une approche essentiellement archéologique.

Il pouvait consacrer un après-midi à déballer la moitié de l'une des grandes boîtes, triant patiemment des petits soldats et leurs accessoires, les véhicules et les bâtiments selon l'échelle et la marque (les jouets qui ne correspondaient à rien, il les expédiait derrière le canapé), mais il atteignait rarement le fond d'une boîte avant le terme de la visite ou l'heure du dîner et il renfournait tout ce qu'il avait déterré, et donc les jouets dont la profusion aurait dû être un paradis pour un enfant de sept ans restaient essentiellement inutilisés, autre exemple d'ANHÉDONIE que Gary occultait du mieux qu'il pouvait.

Tandis que Jonah s'installait pour lire, Gary alluma le « vieux » portable de Caleb et se connecta. Il tapa les mots axon et schwenksville dans le champ **Rechercher**. L'un des deux sites référencés était l'Axon Corporation Home Page, mais ce site, quand Gary tenta de le consulter, s'avéra être EN COURS DE RECONSTRUCTION. L'autre proposition le conduisit à une page profondément enfouie dans le side web de Westportfolio Biofunds, dont le listing des Sociétés non cotées à surveiller était un Pétaouchnock numérique de graphismes glauques et de fautes d'orthographe. La page Axon avait connu sa dernière mise à jour un an plus tôt.

Axon Corporation, 24 East Industrial Serpentine, Schwenksville, PA, SARL immatriculée dans l'État du Delaware, détient les droits mondiaux du Procédé Eberle de Neurochimiotactisme Dirigé. Le Procédé Eberle est protrégé par les brevets 5.101.239, 5.101.599, 5.103.628, 5.103.629 et 5.105.996, dont Axon Corporation est le détenteur exclusif des droits d'exploitation. Axon se livre à l'amélioration, à la comercialisation et à la vente du Procédé Eberle aux hopitaux et aux cliniques dans le monde entier, ainsi qu'à la recherche et au dévelopement de technologies apparentées. Son fondateur et président est le Dr Earl H. Eberle, ancien Maître de Conférences en Neurobiologie Appliquée à l'École de Médecine de Johns Hopkins.

Le Procédé Eberle de Neurochimiotactisme Dirigé, aussi connu sous le nom de Chimiothérapie Tomographique-Inverse Eberle a vérolutionné le traitement des neuroblastomes inopérables et de toute une gamme d'autres défauts morphologiques du cerveau.

Le Procédé Eberle utilise des rayonements en fréquence radio contrôlés par ordinateur pour diriger de puissents carcinolytes, mutagènes, et certaines toxines non-spécifiques vers les tissus cérébaux malades et les activer localement sans emdommager les tissus sains environnants.

Aujourd'hui, à cause des limitations de la puissance de calcul, le Procédé Eberle nécessite la sédation et l'immobilisation du patient dans un Cylindre Eberle pendant jusqu'à trente-six heures tandis que des champs minutieusement orchestrés dirigent les ligands thérapeuthiquement actifs et leurs « vaisseaux » porteurs inertes jusqu'au site de la maladie. La prochaine génération de Cylindres Eberle devrait réduire le temps total de traitement maximal à moins de deux heures.

Le Procédé Eberle a recu l'entière approbation de la FDA comme thérapie « sure et efficace » en octobre 1996. Une large utlisation clinique a travers le monde au cours des années suivantes, comme détaillé dans les publications émunérées ci-dessous, n'a fait que confirmer sa sureté et son efficacité.

Les espoirs de Gary de soutirer rapidement des paquets d'argent à Axon s'étiolaient en l'absence de battage en ligne. Se sentant un peu e-fatigué, luttant contre un e-mal de crâne, il lança une recherche sur earl eberle. Les plusieurs centaines de réponses comprenaient des articles aux titres tels que NOUVEL ESPOIR POUR LES NEUROBLASTOMES et UN PAS DE GÉANT EN AVANT et CE TRAITEMENT POURRAIT BIEN ÊTRE UN MIRACLE. Eberle *et al.* étaient aussi représentés dans des revues professionnelles avec « Stimulation à distance assistée par ordinateur des sites récepteurs 14, 16A et 21 : une démonstration pratique », « Quatre complexes de ferroacétates à faible toxicité qui traversent la barrière hémato-méningée », « Stimulation *in vitro* de microtubules colloïdaux par des ondes radio », et une douzaine d'autres articles. La référence qui intéressa cependant le plus Gary était parue dans *Forbes ASAP* six mois plus tôt :

Certaines de ces innovations, comme la sonde ballon Fogarty et la chirurgie cornéenne Lasik, sont des vaches à lait pour les sociétés détentrices de leurs brevets respectifs. D'autres, aux noms ésotériques comme le **Procédé Eberle** de Neurochimiotactisme Dirigé, enrichissent leurs inventeurs à l'ancienne mode : un homme, une fortune. Le **Procédé Eberle** qui, jusqu'en 1996 encore, ne disposait pas d'un agrément réglementaire mais est reconnu aujourd'hui comme l'étalon en matière de traitement d'une large classe de tumeurs et de lésions cérébrales, est estimé rapporter à son inventeur, le neurobioliogiste de Johns Hopkins Earl H. (« Curly ») Eberle, jusqu'à 40 millions de dollars par an en droits de licence et autres revenus dans le monde entier.

Quarante millions de dollars par an était nettement mieux. *Quarante millions de dollars par an* restaura les espoirs de Gary et réactiva sa rage. Earl Eberle gagnait quarante millions de dollars par an tandis qu'Alfred Lambert, lui aussi un inventeur, mais (ne nous voilons pas la face) un *perdant* par tempérament – un agneau sur cette terre – s'en voyait offrir cinq mille pour ses efforts. Et prévoyait de partager cette miette avec Orfic Midland !

« J'adore ce livre, annonça Jonah. C'est peut-être mon livre préféré à ce jour. »

Pourquoi donc, se demanda Gary, pourquoi cette précipitation à obtenir le brevet de papa, hein, Curly ? Pourquoi la grosse pression ? L'intuition financière, un chaud picotement dans ses reins, lui disait que peut-être, après tout, un élément d'information confidentielle lui était tombé tout cuit dans le bec. Un élément d'information confidentielle issu d'une source fortuite (et donc parfaitement légale). Une aubaine bien juteuse.

« C'est comme s'ils étaient sur une croisière de luxe, dit Jonah, sauf qu'ils essaient de voguer jusqu'au bout du monde. Tu comprends, c'est là que vit Aslan, au bout du monde. »

Dans la base de données Edgar de la SEC, Gary trouva un prospectus non approuvé, ce qu'on appelle un prospectus poudre aux yeux, pour une introduction en Bourse d'Axon. L'introduction était programmée pour le quinze décembre, dans plus de trois mois. Le chef de file des syndicataires était Hevy & Hodapp, une des toutes premières banques d'investissement. Gary vérifia certains signes vitaux – chiffre d'affaires, taille de l'émission, pourcentage du capital flottant – et, les reins picotants, cliqua sur le bouton **Importer plus tard**.

« Jonah, neuf heures, dit-il. File prendre ton bain.

– J'adorerais faire une croisière de luxe, papa, dit Jonah, en grimpant l'escalier, si cela pouvait s'organiser. »

Dans un autre champ **Rechercher**, les mains légèrement parkinsoniennes, Gary entra les mots belle, nue et blonde.

« Ferme la porte, s'il te plaît, Jonah. »

L'image d'une belle blonde nue apparut à l'écran. Gary pointa et cliqua, et il put voir un homme nu et hâlé, vu le plus souvent de dos, mais aussi en plan serré des genoux au nombril, consacrer une attention totalement turgescente à la belle blonde nue. Ces images évoquaient un peu une chaîne de montage. La belle blonde nue était comme un matériau brut que l'homme nu et hâlé œuvrait avec enthousiasme à travailler de son outil. D'abord le matériau était débarrassé de son enveloppe de tissus de couleur, puis il était placé sur ses genoux et l'ouvrier spécialisé insérait son outil dans sa bouche, ensuite le matériau était mis sur le dos tandis que l'ouvrier procédait à un calibrage oral, puis l'ouvrier façonnait le matériau pour lui conférer une succession de positions horizontales et verticales, le pliant et le coinçant comme de besoin, et l'usinait très vigoureusement au moyen de son outil…

Les images apaisaient Gary plus qu'elles ne l'excitaient. Il se demanda s'il avait atteint un âge où l'argent l'excitait plus qu'une belle blonde nue se livrant à des actes sexuels, ou si l'ANHÉDONIE, la dépression du père solitaire dans un sous-sol, gagnait jusque sur ce terrain-là.

La sonnette retentit au-dessus de lui. Un martèlement de pieds adolescents descendit de l'étage pour répondre.

Gary ferma en toute hâte la fenêtre du site et monta à temps pour voir Caleb regagner l'étage avec une grande boîte à pizzas. Gary le suivit et resta un instant à la porte de la salle de jeux, sentant une odeur de poivrons et écoutant la mastication muette de ses fils et de son épouse. À la télévision, quelque chose de militaire, un char ou un camion, grondait sur un accompagnement de musique de film de guerre.

« Nous aucmentons la brézion, lieutenant. Allez-fous barler maintenant ? »

Dans *L'Éducation libérale : l'art du prochain millénaire*, le Dr Harriet L. Schachtman avertissait : *Bien trop souvent, les parents anxieux d'aujourd'hui « protègent » leurs enfants des prétendus « ravages » de la télévision et des jeux d'ordinateur pour n'arriver qu'à les exposer aux ravages bien plus importants de l'ostracisme social par leurs camarades.*

Pour Gary, qui n'avait eu droit qu'à une demi-heure de télévision par jour étant enfant et ne s'était pas senti ostracisé, la théorie de Schachtman ressemblait à une recette pour laisser les parents les plus permissifs d'une communauté fixer les normes auxquelles les parents plus exigeants seraient obligés de se ranger. Mais Caroline adhérait de tout cœur à la théorie, et comme elle était l'unique curateur de l'ambition de Gary de ne pas être semblable à son propre père, et comme elle croyait que les enfants apprenaient plus des interactions avec leurs camarades

que de l'éducation parentale, Gary s'en remettait à son jugement et laissait les garçons regarder la télévision sans restriction.

Ce qu'il n'avait pas prévu, c'est que lui-même serait ostracisé.

Il se replia dans son bureau et rappela Saint Jude. Le combiné
sans fil de la cuisine était encore sur sa table, rappel de dissen-
sions antérieures et de nouveaux combats à venir.

Il espérait parler à Enid, mais ce fut Alfred qui répondit et lui
apprit qu'elle était en visite chez les Root. « Nous avons eu une
réunion du comité de rue ce soir », dit-il.

Gary songea à rappeler plus tard, mais il refusait de se laisser
intimider par son père. « Papa, dit-il. J'ai fait quelques recherches
sur Axon. Nous avons affaire à une société qui est *pleine* d'argent.

— Gary, je t'ai déjà dit que je ne voulais pas que tu te mêles
de ça, répliqua Alfred. Ce serait hypothétique maintenant, de
toute façon.

— Qu'est-ce que ça veut dire, "hypothétique" ?

— Ça veut dire hypothétique. L'affaire est réglée. Les
documents ont été certifiés. Je couvre mes frais juridiques et
c'est parfait comme ça. »

Gary appuya deux doigts sur son front. « Seigneur ! Papa. Tu
l'as fait certifier ? Un dimanche ?

— Je dirai à ta mère que tu as appelé.

— Ne poste *pas* ces documents. Tu m'entends ?

— Gary, j'en ai plus qu'assez.

— Eh bien, tant pis, parce que je ne fais que commencer !

— Je t'ai demandé de ne pas en parler. Si tu ne veux pas te
conduire comme une personne normale et civilisée, je n'ai pas
le choix…

— Ta normalité est de la foutaise. Ta civilisation est de la
foutaise. C'est de la faiblesse ! C'est de la peur ! Ce sont des
foutaises !

— Je ne veux pas discuter de ça.

— Alors laisse tomber.

— C'est bien mon intention. Le sujet est clos. Ta mère et moi viendrons deux jours le mois prochain et nous espérons vous voir ici en décembre. Mon seul souhait est que nous puissions tous rester courtois.

— Peu importe le fond des choses. Pourvu que nous soyons tous "courtois".

— C'est l'essence de ma philosophie, oui.

— Eh bien, ce n'est pas la mienne, dit Gary.

— J'en ai conscience. Et c'est la raison pour laquelle nous resterons quarante-huit heures et pas plus. »

Gary raccrocha de plus méchante humeur que jamais. Il avait espéré que ses parents resteraient une semaine entière en octobre. Il aurait voulu qu'ils mangent de la tarte dans le comté de Lancaster, voient une production de l'Annenberg Center, aillent se promener dans les Poconos, ramassent des pommes à West Chester, entendent Aaron jouer de la trompette, regardent Caleb jouer au foot, jouissent de la compagnie de Jonah et constatent plus généralement que Gary menait une belle vie, digne de leur admiration et de leur respect ; et quarante-huit heures n'y suffiraient pas.

Il quitta son bureau et alla souhaiter bonne nuit à Jonah. Puis il prit une douche, s'allongea sur le vaste lit en chêne et essaya de se plonger dans le dernier *Inc*. Mais, dans sa tête, il ne pouvait cesser de plaider avec Alfred.

Lors de sa visite à Saint Jude au mois de mars, il avait été atterré de voir combien son père s'était dégradé en quelques semaines depuis Noël. Alfred semblait perpétuellement sur le point de perdre pied tandis qu'il titubait dans les couloirs ou manquait dévaler un escalier ou engloutissait un sandwich d'où pleuvaient la salade et la farce ; il consultait sa montre à tout bout de champ et son regard se perdait dès que la conversation ne le concernait pas directement. Le vieux cheval de fer filait droit vers le crash et Gary supportait mal ce spectacle. Parce que qui d'autre, si ce n'était Gary, devrait prendre ses responsabilités ? Enid était hystérique et moralisatrice, Denise vivait dans un monde imaginaire et Chip n'avait pas remis les pieds à Saint Jude depuis trois ans. Qui d'autre, sinon Gary, allait dire : *Ce train ne devrait pas circuler sur cette voie ?*

La première des priorités, de l'avis de Gary, était de vendre la maison. En tirer un bon prix, installer ses parents dans quelque chose de plus petit, de plus neuf, de plus sûr, de moins cher, et investir agressivement la différence. La maison était le principal avoir d'Enid et Alfred, et Gary consacra une matinée à inspecter minutieusement toute la propriété, du dedans comme du dehors. Il trouva des fissures dans les joints, des filets de rouille dans les lavabos des salles de bains, et un avachissement du plafond de la chambre de maître. Il releva des taches de pluie sur le mur intérieur du vestibule de la porte de service, une barbe d'eau savonneuse séchée sur le menton du vieux lave-vaisselle, un martèlement alarmant dans le chauffage à air pulsé, des pustules et des billons dans l'asphalte de l'allée, des termites dans le tas de bois, une branche de chêne damocléenne au-dessus d'une lucarne, des fissures larges comme le doigt dans les fondations, des murs de soutènement qui gîtaient, une moutonnement de pelures de peinture sur les huisseries des fenêtres, de grosses araignées enhardies au sous-sol, des étendues de cloportes desséchés et de coques de criquets, des odeurs peu familières de champignons et de flatulences, où qu'il regarde, le relâchement de l'entropie. Même dans un marché porteur, la maison commençait à perdre de la valeur, et Gary se disait : Nous allons vendre cette salope *maintenant*, nous ne pouvons pas perdre un *jour* de plus.

Le dernier matin de sa visite, pendant que Jonah aidait Enid à confectionner un gâteau d'anniversaire, Gary emmena Alfred à la quincaillerie. Dès qu'ils furent partis, Gary dit qu'il était temps de mettre la maison en vente.

Alfred, dans le siège du passager de l'Oldsmobile hors d'âge, regarda droit devant lui. « Pourquoi ?

— Si vous manquez la saison de printemps, dit Gary, vous

allez devoir attendre une année supplémentaire. Et vous ne pouvez pas vous offrir une année supplémentaire. Vous ne pouvez pas tabler sur votre bonne santé et la maison est en train de se dévaluer. »

Alfred secoua la tête. « Je fais campagne pour depuis longtemps. Une chambre et une cuisine sont tout ce qu'il nous faut. Un endroit où ta mère puisse faire la cuisine et où nous puissions nous tenir. Mais ce n'est pas la peine. Elle ne veut pas partir.

— Papa, si vous ne vous installez pas dans un endroit adapté, tu vas finir par te faire mal. Tu vas finir par atterrir dans une maison de santé.

— Je n'ai aucune intention d'aller dans une maison de santé. Voilà.

— Ce n'est pas parce que tu n'en as pas l'intention que ça n'arrivera pas. »

Alfred regarda, au passage, l'ancienne école élémentaire de Gary. « Où allons-nous ?

— Tu vas dévaler les escaliers, tu vas déraper sur la glace et te briser la hanche, et tu finiras dans une maison de santé. La grand-mère de Caroline…

— Je n'ai pas entendu où nous allions.

— Nous allons à la quincaillerie, dit Gary. Maman veut un variateur de lumière pour la cuisine. »

Alfred secoua la tête. « Elle et ses éclairages romantiques.

— Ça lui fait plaisir, dit Gary. Qu'est-ce qui te fait plaisir, à toi ?

— Qu'est-ce que tu veux dire ?

— Je veux dire que tu l'as à peu près épuisée. »

Les mains actives d'Alfred, sur ses genoux, rassemblaient du vent – fouillant dans un pot de poker qui n'existait pas. « Je te demande une nouvelle fois de ne pas te mêler des affaires des autres », dit-il.

La lumière du milieu de matinée d'une journée de dégel de la fin de l'hiver, la tranquillité d'une heure creuse en semaine à

Saint Jude : Gary se demanda comment ses parents supportaient cela. Les chênes étaient du même noir huileux que les corbeaux qui se perchaient dessus. Le ciel était de la même couleur que les chaussées blanchies par le sel sur lesquelles les conducteurs locaux d'âge mûr se traînaient jusqu'à leurs destinations en obéissant à des limitations de vitesse barbituriques : des centres commerciaux avec des piscines de neige fondue sur leurs toits isolés à la toile goudronnée, des voies rapides qui surplombaient des chantiers de ferrailleurs troués de flaques, l'hôpital psychiatrique de l'État et les tours de transmission qui expédiaient feuilletons et jeux télévisés dans l'éther ; les périphériques et, au-delà, des milliers d'hectares d'arrière-pays boueux où des pick-up étaient enfoncés jusqu'aux moyeux dans l'argile, des tirs de 22 long rifle résonnaient dans les bois, et l'on n'entendait que du gospel et de la pedal steel guitar à la radio ; des quartiers résidentiels où chaque fenêtre renvoyait le même éclat blême, où les pelouses jaunes envahies par les écureuils étaient jonchées de jouets en plastique, dont un ou deux étaient englués dans la boue, un facteur sifflotant un air celte et refermant les volets des boîtes aux lettres plus violemment que nécessaire, parce que le vide de ces rues, en une telle heure creuse, en une telle saison creuse, avait de quoi vous tuer.

« Tu es heureux de ta vie ? demanda Gary en attendant une flèche pour tourner à gauche. Peux-tu dire que tu sois heureux un seul instant ?

— Gary, j'ai une maladie…

— Beaucoup de gens ont des maladies. Si telle est ton excuse, très bien, si tu veux t'apitoyer sur ton sort, très bien, mais pourquoi imposer ça à maman ?

— Bon. Tu repars demain.

— Ce qui veut dire ? fit Gary. Que tu vas rester dans ton fauteuil et que maman va faire la cuisine et la lessive pour toi ?

— Il y a des choses dans la vie qu'il faut savoir supporter.

– Pourquoi te donner le mal de rester en vie si tu as cette attitude ? Qu'y aurait-il qui te fasse envie ?

– Je me pose la question tous les jours.

– Bien, et quelle est ta réponse ? demanda Gary.

– Quelle est *ta* réponse ? Qu'est-ce qui devrait me faire envie selon *toi* ?

– Voyager.

– J'ai suffisamment voyagé. J'ai passé trente ans à voyager.

– Passer du temps avec ta famille. Du temps avec les gens que tu aimes.

– Sans commentaire.

– Qu'est-ce que ça veut dire, "sans commentaire" ?

– Rien de plus : sans commentaire.

– Tu es toujours fâché pour Noël.

– Tu l'interprètes comme tu veux.

– Si tu es fâché pour Noël, tu pourrais me faire l'honneur de me le dire…

– Sans commentaire.

– Au lieu d'insinuer.

– Nous aurions dû arriver deux jours plus tard et repartir deux jours plus tôt, dit Alfred. C'est tout ce que j'ai à dire concernant Noël. Nous aurions dû rester quarante-huit heures.

– C'est parce que tu es déprimé, papa. Tu es cliniquement déprimé…

– Comme toi.

– Et l'attitude responsable serait de te faire soigner.

– Tu as entendu ce que je viens de dire ? Je t'ai dit : comme toi.

– De quoi parles-tu ?

– Devine.

– Papa, vraiment, non, de quoi parles-tu ? Ce n'est pas *moi* qui passe toutes mes journées à roupiller dans un fauteuil.

– Tu es au fond du trou, décréta Alfred.

– C'est absolument *faux*.

– Un jour tu le verras.

– Mais non ! s'exclama Gary. Ma vie est fondamentalement différente de la tienne.

– Écoute-moi bien. Je regarde ton mariage et je vois ce que je vois. Un jour, tu le verras, toi aussi.

– C'est du vent et tu le sais. Tu es simplement en rogne contre moi et tu ne sais pas comment gérer ça.

– Je t'ai dit que je ne voulais pas en parler.

– Et je n'ai pas de respect pour ce refus.

– Eh bien, il y a des aspects de ta vie pour lesquels je n'ai pas de respect non plus. »

Cela n'aurait pas dû être blessant d'entendre qu'Alfred, qui avait tort sur à peu près tout, ne respectait pas certains aspects de la vie de Gary ; et, cependant, ça l'était.

À la quincaillerie, il laissa Alfred payer le variateur. La façon qu'avait le vieil homme de sortir un billet après l'autre de son mince portefeuille et sa légère hésitation avant de les tendre étaient autant de signes de son respect pour l'argent – de sa conviction insensée que chaque dollar comptait.

De retour à la maison, tandis que Gary et Jonah tapaient dans un ballon, Alfred rassembla des outils, coupa l'alimentation électrique de la cuisine et entreprit d'installer le variateur. Gary ne songea pas un instant à ne pas laisser Alfred s'occuper seul des problèmes de câblage. Mais lorsqu'il rentra pour déjeuner, il découvrit que son père n'avait rien fait de plus que démonter la plaque de l'ancien interrupteur. Il tenait le variateur à la main comme si c'était un détonateur qui le faisait trembler de peur.

« Ma maladie ne me facilite pas les choses, expliqua-t-il.

– Tu dois vendre cette maison », répondit Gary.

Après le déjeuner, il emmena sa mère et son fils au musée des Transports de Saint Jude. Pendant que Jonah grimpait à bord d'anciennes locomotives et visitait le sous-marin en cale sèche, qu'Enid s'asseyait pour ménager sa hanche douloureuse, Gary dressa mentalement la liste des pièces du musée, espérant que cette liste lui donnerait un sentiment de devoir accompli. Il ne pouvait affronter les pièces elles-mêmes, leurs épuisants déluges d'information, leur joyeuse prose-pour-les-masses. L'ÂGE D'OR DE LA MACHINE À VAPEUR. L'AUBE DE L'AVIATION. UN SIÈCLE DE SÉCURITÉ AUTOMOBILE. Bloc sur bloc de texte. Quelle fatigue. Ce que Gary haïssait le plus dans le Midwest, c'était de se sentir si peu choyé, si peu privilégié, à Saint Jude, qui, dans son égalitarisme optimiste, refusait obstinément de lui accorder le respect auquel ses dons et sa réussite lui donnaient droit. Oh, la tristesse de cet endroit ! Tout autour de lui, les péquenauds appliqués de Saint Jude semblaient intéressés et parfaitement à l'aise. Remplissant joyeusement de faits leurs têtes contrefaites. Comme si les faits allaient les sauver. Pas une femme moitié aussi jolie ou aussi bien habillée que Caroline. Pas un autre homme à la coupe de cheveux soignée ou au ventre aussi plat que celui de Gary. Mais, comme Alfred, comme Enid, ils étaient tous extrêmement déférents. Ils ne bousculaient pas Gary, ne passaient pas devant lui, mais attendaient qu'il fût passé à la pièce suivante. Puis ils se rassemblaient et lisaient, s'instruisaient. Seigneur, il haïssait le Midwest ! Il arrivait à peine à respirer et à tenir la tête droite. Il eut l'impression qu'il allait avoir un malaise. Il se réfugia dans la boutique du musée, où il acheta une boucle de ceinturon en argent, deux gravures représentant des ponts sur chevalets de la vieille Midland Pacific, une flasque en étain (tout pour lui-même), un portefeuille en peau (pour Aaron) et le CD-ROM d'un jeu vidéo sur la guerre de Sécession (pour Caleb).

« Papa, demanda Jonah, grand-maman dit qu'elle va m'acheter deux livres s'ils coûtent moins de dix dollars chacun ou un livre à moins de vingt dollars, tu es d'accord ? »

Enid et Jonah étaient une fête d'amour. Enid avait toujours préféré les petits aux grands, et la niche adaptative de Jonah dans l'écosystème familial était d'être le parfait petit-fils, toujours prêt à grimper sur les genoux, sans prévention contre les légumes verts, peu intéressé par la télévision et les jeux d'ordinateur, et capable de répondre chaleureusement à des questions comme : « Est-ce que tu te plais à l'école ? » À Saint Jude, il s'épanouissait dans l'attention non divisée de trois adultes. Il déclarait que Saint Jude était l'endroit le plus agréable qu'il eût jamais connu. Depuis le siège arrière de l'Oldsmobile, ses yeux d'elfe grands ouverts, il s'émerveillait de tout ce qu'Enid lui montrait.

« C'est si facile de se garer ici !

» Pas de circulation !

» Le musée des Transports est mieux que tous les musées qu'il y a chez *nous*, papa, tu ne trouves pas ?

» J'adore la place qu'on a dans cette voiture. Je pense que c'est la plus chouette voiture dans laquelle je sois jamais monté.

» Toutes les boutiques sont si proches et si commodes ! »

Ce soir-là, après qu'ils furent rentrés du musée et que Gary fut allé faire un supplément de courses, Enid servit des côtes de porc farcies et un gâteau d'anniversaire au chocolat. Jonah mangeait rêveusement de la glace quand elle lui demanda s'il aimerait venir passer Noël à Saint Jude.

« J'adorerais, répondit Jonah, les paupières tombantes de satiété.

— Tu pourrais avoir des biscuits au sucre, du lait de poule, et tu nous aiderais à décorer le sapin, dit Enid. Il neigera probablement, alors tu pourras faire de la luge. Et puis, Jonah, il y a de *merveilleuses* illuminations chaque année à Waindell Park, ça s'appelle Christmasland, tout le parc est illuminé…

— Maman, nous sommes en mars, dit Gary.

— On peut venir pour Noël ? lui demanda Jonah.

— On reviendra très vite, répondit Gary. Pour Noël, je ne sais pas.

— Je crois que Jonah serait ravi, dit Enid.

— Je serais *complètement* ravi, dit Jonah en prélevant une

nouvelle cuillerée de glace. Je pense que ça pourrait être le meilleur Noël que j'aurais jamais vécu.

— Je le crois aussi, dit Enid.

— Nous sommes en mars, répéta Gary. On ne parle pas de Noël en mars. Tu te souviens ? On n'en parle pas non plus en juin ni en août. Tu te souviens ?

— Eh bien, dit Alfred en se levant de table, je vais aller me coucher.

— Je vote pour Noël à Saint Jude », dit Jonah.

Enrôler directement Jonah dans sa campagne, exploiter un petit garçon pour faire pression, semblait à Gary un sale tour de la part d'Enid. Après avoir couché Jonah, il dit à sa mère que Noël devrait être le cadet de ses soucis.

« Papa n'est même pas capable de poser un interrupteur, dit-il. Et voilà que vous avez une fuite à l'étage, vous avez de l'eau qui s'infiltre autour de la cheminée…

— J'adore cette maison, dit Enid depuis l'évier de la cuisine où elle récurait la sauteuse où avaient cuit les côtes de porc. Papa doit seulement faire des efforts pour changer d'attitude.

— Il a besoin d'électrochocs ou de médicaments, dit Gary. Et si tu veux consacrer ta vie à son service, c'est ton choix. Si tu veux vivre dans une vieille maison pleine de problèmes en essayant de ne rien changer, très bien aussi. Si tu veux te ruiner la santé à faire les deux, vas-y. Mais ne me demande pas de faire des projets pour Noël au mois de mars pour que tu aies l'impression que tout va très bien. »

Enid cala la sauteuse sur le comptoir à côté de l'égouttoir surchargé. Gary savait qu'il aurait dû prendre un torchon, mais le bric-à-brac de casseroles humides, de plats et d'ustensiles de son dîner d'anniversaire l'avait fatigué ; les essuyer paraissait une tâche aussi désespérée que de réparer tout ce qui tombait en quenouille dans la maison de ses parents. La seule manière de couper court au désespoir était de s'en désintéresser entièrement.

Il se versa un petit fond de cognac pendant qu'Enid, avec des

gestes nerveux et malheureux, ramassait les résidus de nourriture qui obstruaient l'écoulement de l'évier.

« Qu'est-ce que *tu* crois que je devrais faire ? demanda-t-elle.

— Vendre la maison, dit Gary. Appeler un agent immobilier
dès demain.

— Et emménager dans un appartement moderne tout
étriqué ? » Enid secoua les mains au-dessus de la poubelle pour
se débarrasser des résidus humides et répugnants. « Quand je
dois m'absenter toute la journée, Dave et Mary Beth invitent
papa à déjeuner. Il adore ça, et je suis tellement rassurée de le
savoir avec eux. L'automne dernier, il plantait un nouvel if et il
n'arrivait pas à extraire la vieille souche, alors Joe Person est
venu avec une pioche et tous deux ont passé l'après-midi entier
à travailler ensemble.

— Il ne devrait pas planter des ifs, dit Gary, regrettant déjà la
faiblesse de la dose qu'il s'était servie. Il ne devrait pas manier la
pioche. Il tient à peine debout.

— Gary, je sais que nous ne resterons pas ici éternellement.
Mais je voudrais au moins passer ici un *agréable* dernier Noël
en famille. Et je voudrais...

— Tu envisagerais de déménager si on passait ce Noël
ensemble ? »

Un nouvel espoir adoucit l'expression d'Enid. « Caroline et
toi, vous envisageriez de venir ?

— Je ne peux rien promettre, dit Gary. Mais si cela t'aidait
à mettre la maison en vente, nous pourrions certainement
envisager...

— Je serais ravie que vous veniez. *Ravie.*

— Maman, il faut tout de même être réaliste.

— Finissons l'année, dit Enid, réfléchissons à un Noël ici,
comme le souhaite Jonah, et puis nous verrons ! »

L'ANHÉDONIE de Gary avait empiré à son retour à Chestnut
Hill. Pour occuper son hiver, il avait compilé des centaines
d'heures de vidéos pour en extraire une cassette de cent vingt

minutes des *Hauts Faits de la famille Lambert*, dont il pourrait tirer de bonnes copies pour, peut-être, les envoyer comme « carte de vœux vidéo ». Lors de la révision finale, tandis qu'il visionnait à de multiples reprises ses scènes de famille favorites et recalait ses morceaux favoris (« Wild Horses », « Time After Time », etc.), il commença à haïr ces scènes, à *haïr* ces morceaux. Et quand, dans la nouvelle chambre noire, il tourna son attention vers les *200 Meilleures Photos de la Famille Lambert*, il découvrit qu'il ne prenait aucun plaisir non plus à regarder ces photographies. Des années durant, il avait joué mentalement avec les *200 Meilleures Photos de la Famille Lambert*, comme avec un fonds commun de placement idéalement équilibré, dressant avec une intense satisfaction la liste des images dont il était sûr qu'elles y avaient leur place. À présent, il se demandait qui d'autre que lui-même il essayait d'impressionner avec ces images. Qui essayait-il de persuader, et de quoi ? Il avait l'étrange tentation de *brûler* ses vieux clichés favoris. Mais sa vie entière était construite comme une correction de la vie de son père, et Caroline et lui avaient depuis longtemps décidé qu'Alfred était cliniquement déprimé, et la dépression clinique était connue pour avoir une base génétique et être essentiellement transmissible, et Gary n'avait donc d'autre choix que de résister à l'ANHÉDONIE, de continuer à serrer les dents, continuer à faire de son mieux pour *s'amuser*…

Il se réveilla démangé par une érection, avec Caroline à côté de lui sous les draps.

La lampe de sa table de nuit était toujours allumée, mais le reste de la chambre était plongé dans l'obscurité. Caroline était allongée dans une posture de sarcophage, le dos à plat sur le matelas, un oreiller sous les genoux. À travers les stores des fenêtres de la chambre filtrait l'air humide et tiède d'un été maintenant fatigué. Nul vent n'agitait les feuilles du sycomore dont les plus basses branches frôlaient les fenêtres.

Sur la table de nuit de Caroline, il y avait une édition reliée de *Terrain d'entente : comment épargner à votre enfant l'adolescence que VOUS avez eue* (Caren Tamkin, Ph. D., 1998).

Elle semblait dormir. Ses longs bras, impeccablement conservés par la fréquentation trois fois par semaine de la piscine du Cricket Club, gisaient à ses côtés. Gary examina son petit nez, sa grande bouche rouge, le duvet blond et le reflet mat de la sueur sur sa lèvre supérieure, la bande effilée de peau blonde entre l'ourlet de son T-shirt et l'élastique de son vieux short de gym de Swarthmore College. Son sein le plus proche soulevait son T-shirt, le contour carmin de son tétin visible à travers le coton distendu…

Quand il tendit la main et caressa les cheveux de Caroline, son corps tout entier fut agité d'une secousse, comme si la main de Gary était une palette de défibrillateur.

« Qu'est-ce qui t'arrive ? demanda-t-il.

— Mon dos me tue.

— Il y a une heure, tu étais en pleine forme et tu riais aux éclats. Maintenant, tu as de nouveau mal ?

— L'effet de l'Advil se dissipe.

— La mystérieuse résurgence de la douleur.

— Tu n'as pas eu une seule parole de sympathie depuis que je me suis tordu le dos.

— Parce que tu mens sur la manière dont c'est arrivé, dit Gary.

— Seigneur ! *Encore ?*

— Deux heures de foot et de cavalcades sous la pluie, ce n'est pas le problème. C'est la sonnerie du téléphone.

— Oui, répondit Caroline. Parce que ta mère ne veut pas dépenser dix cents pour laisser un message. Il faut qu'elle laisse sonner trois fois et raccroche, laisse sonner trois fois et raccroche…

— Ça n'a rien à voir avec ce que *tu* aurais pu faire, toi, dit Gary. C'est ma mère ! Elle a volé jusqu'ici par magie et t'a flanqué un coup dans le dos parce qu'elle veut te blesser !

– À force d'entendre le téléphone sonner et s'arrêter et sonner et s'arrêter tout l'après-midi, je suis à bout de nerfs.

– Caroline, *je t'ai vue boiter avant de rentrer*. J'ai vu la grimace sur ton visage. Ne me dis pas que tu n'avais pas déjà mal. »

Elle secoua la tête. « Tu sais ce que c'est ?

– Et puis l'espionnage !

– Est-ce que tu sais ce que c'est ?

– Tu écoutes sur l'unique autre téléphone accessible de la maison et tu as le culot de prétendre…

– Gary, tu es *déprimé*. Tu t'en rends compte ? »

Il éclata de rire. « Je ne crois pas.

– Tu broies du noir, tu es soupçonneux et obsédé. Tu te promènes en tirant une mine de cent pieds de long. Tu ne dors pas bien. Tu ne sembles trouver de plaisir à rien.

– Tu es en train de changer de sujet, dit-il. Ma mère a appelé parce qu'elle avait une demande raisonnable concernant Noël.

– Raisonnable ? » Ce fut le tour de Caroline d'éclater de rire. « Gary, elle est *fêlée* sur la question de Noël. Elle est *maboule*.

– Oh, Caroline. Sérieusement.

– Je suis sérieuse !

– Sérieusement, Caroline. Ils ne vont pas tarder à vendre cette maison, ils aimeraient que nous venions tous les voir avant qu'ils *meurent*, Caroline, avant que mes parents *meurent*…

– Nous avons toujours été d'accord sur ce point. Nous étions d'accord que cinq personnes aux vies actives ne devraient pas avoir à prendre l'avion en période de pointe afin que deux personnes *aux vies entièrement vides* n'aient pas à venir ici. Et j'ai été plus que contente de les recevoir…

– Tu parles !

– Jusqu'à ce que les règles changent soudain !

– Tu n'as pas été contente de les recevoir. Caroline. Ils en sont au point où ils refusent de rester plus de quarante-huit heures.

– Et ce serait ma faute ? » Elle adressait ses gestes et ses mimiques, assez bizarrement, au plafond. « Ce que tu ne comprends pas, Gary, c'est que nous sommes une famille émotionnellement saine. Je suis une mère aimante et profondément impliquée. J'ai trois enfants intelligents, créatifs et émotionnellement sains. Si tu penses qu'il y a un problème dans cette maison, tu ferais mieux de regarder de ton côté.

— Je fais une proposition raisonnable, dit Gary. Et tu me traites de "déprimé".

— Tu ne t'es donc jamais posé la question ?

— Dès l'instant où je parle de Noël, je suis "déprimé".

— Sérieusement, es-tu en train de me dire qu'il ne t'est jamais venu à l'esprit au cours de ces six derniers mois que tu pourrais avoir un problème clinique ?

— Caroline, c'est extrêmement agressif de traiter quelqu'un de fou.

— Pas si la personne a un problème clinique.

— Je propose que nous allions à Saint Jude, dit-il. Si tu ne veux pas en discuter comme une adulte, je prendrai ma propre décision.

— Ah bon ? » Caroline émit un grognement de mépris. « J'imagine que Jonah pourrait t'accompagner. Mais renseigne-toi pour savoir si Aaron et Caleb monteront dans cet avion avec toi. Demande-leur un peu où ils préféreraient être pour Noël. »

Demande-leur un peu dans quelle équipe ils jouent.

« Je croyais que nous formions une famille, dit Gary, et que nous faisions les choses ensemble.

— C'est toi qui décides unilatéralement.

— Dis-moi que ce n'est pas la fin de notre mariage.

— C'est toi qui as changé.

— Parce que, non, Caroline, c'est, non, c'est ridicule. Il y a de bonnes raisons de faire une exception pour cette année.

— Tu es déprimé, dit-elle, et je veux te retrouver. Je suis fatiguée de vivre avec un vieux bonhomme déprimé. »

Gary, de son côté, voulait retrouver la Caroline qui, quelques nuits à peine plus tôt, s'était agrippée à lui dans le lit quand il y avait eu de gros coups de tonnerre. La Caroline qui approchait de lui d'une démarche élastique quand il entrait dans une pièce. La semi-orpheline dont le désir le plus fervent était d'être dans *son* équipe à lui.

Mais il avait aussi toujours aimé sa dureté, ce qui la différenciait des Lambert, ce qui la rendait foncièrement antipathique à sa famille. Au fil des années, il avait rassemblé certaines de ses remarques en une sorte de décalogue personnel, un Dix Meilleures Répliques de Caroline, auquel il se référait intérieurement pour y puiser force et courage :

1. Tu ne ressembles en rien à ton père.
2. Tu n'as pas à t'excuser d'avoir acheté une BMW.
3. Ton père maltraite émotionnellement ta mère.
4. J'adore le goût de ton sperme.
5. Le travail est la drogue qui a ruiné la vie de ton père.
6. Prenons les deux !
7. Ta famille a une relation malsaine à la nourriture.
8. Tu es incroyablement beau.
9. Denise est jalouse de ce que tu as.
10. Il n'y a absolument rien de positif à souffrir.

Il avait souscrit à ce credo des années durant – il s'était senti profondément redevable à Caroline de chacune de ces remarques – et il se demandait à présent quelle part de vérité elles recelaient. Aucune, peut-être.

« J'appelle l'agence de voyages demain matin, dit-il.

– Et moi, je te dis, répliqua aussitôt Caroline, que tu ferais mieux d'appeler le Dr Pierce. Tu as besoin de parler à quelqu'un.

– J'ai besoin de quelqu'un qui dise la vérité.

– Tu veux la vérité ? Tu veux que je dise pourquoi je n'irai pas là-bas ? » Caroline se redressa et se pencha en avant selon l'angle bizarre qu'imposait son mal de dos. « Tu veux vraiment le savoir ? »

Gary laissa tomber ses paupières. Au-dehors, les grillons faisaient comme une cataracte d'eau dans un tuyau. Au loin, on entendait un aboiement rythmique, comme les à-coups d'une scie à main.

« La vérité, dit Caroline, c'est que quarante-huit heures ça me semble parfait. Je ne veux pas que mes enfants se souviennent de Noël comme du moment où tout le monde s'engueule. Ce qui paraît fondamentalement inévitable à présent. Ta mère arrive avec trois cent soixante jours de fixation sur Noël, elle est obsédée depuis le mois de janvier précédent et puis, bien sûr, *Où est cette figurine de renne autrichienne – vous ne l'aimez pas ? Vous ne la mettez pas ? Où est-elle ? Où est-elle ? Où est la figurine de renne autrichienne ?* Elle est obsédée par la nourriture, obsédée par l'argent, obsédée par les vêtements, elle transporte sa panoplie complète de dix valises et autres bagages, dont mon mari reconnaissait que c'était *un genre de problème*, mais voilà que soudain, sans prévenir, il prend *sa* défense. Nous allons retourner toute la maison à la recherche d'un article de souvenir kitsch à treize dollars parce qu'il a une valeur sentimentale pour ta mère…

— Caroline.

— Et quand il s'avère que Caleb…

— Ce n'est pas une version honnête.

— S'il te plaît, Gary, laisse-moi finir, quand il s'avère que Caleb a fait le genre de chose que *n'importe quel garçon normal* pourrait faire avec une saleté de souvenir qu'il a trouvée à la cave…

— Je ne peux pas écouter ça.

— Non, non, le problème n'est pas que ta mère à l'œil d'aigle soit obsédée par une saloperie de kitsch autrichien, non, ça, ce n'est pas ça le problème…

— C'était une pièce d'artisanat gravée à la main valant une centaine de...

— Peu importe, même si elle valait mille dollars ! Depuis quand le punis-tu, lui, ton propre fils, pour la folie de ta mère ? On dirait que tu voudrais soudain nous faire vivre en 1964 à Peoria. "Finis ton assiette !" "Mets une cravate !" "Pas de télé ce soir !" Et tu te demandes pourquoi nous ne nous laissons pas faire ! Tu te demandes pourquoi Aaron roule des yeux quand ta mère entre dans la pièce ! On dirait que tu es *embarrassé* qu'elle nous voie. On dirait que, tant qu'elle est là, tu essaies de faire croire que nous vivons en accord avec ses principes. Mais je te le dis, Gary, nous ne devons avoir honte de *rien*. C'est ta mère qui devrait être embarrassée. Elle me suit dans la cuisine en me surveillant, on dirait, comme si je faisais rôtir une dinde chaque semaine, et si je tourne le dos une seconde elle va déverser un litre d'huile dans ce que je suis en train de préparer, et si je quitte la pièce elle va se mettre à *fouiller dans la poubelle* comme une putain de police des aliments, elle va sortir de la nourriture de la poubelle pour *la donner à manger à mes enfants...*

— La pomme de terre était dans l'évier, pas dans la poubelle, Caroline.

— Et tu la défends ! Elle sort fouiller dans la benne pour voir quelle autre sorte de cochonceté elle peut exhumer pour s'en désoler et me demande littéralement toutes les dix minutes : "Comment va ton dos ? Comment va ton dos ? Comment va ton dos ? Est-ce que ton dos va mieux ? Comment tu t'es fait mal ? Est-ce que ton dos va mieux ? Comment va ton dos ?" Elle *cherche* des choses à désapprouver, puis elle essaie de dire à *mes* enfants comment s'habiller pour dîner dans *ma* maison, et tu ne me soutiens pas ! Tu ne me soutiens pas, Gary. Tu commences à t'excuser et je ne comprends pas, mais c'est fini maintenant. Fondamentalement, je pense que c'est ton frère qui est dans le vrai. Voilà un type sympa, intelligent et drôle qui a l'honnêteté de dire ce qu'il peut et ne peut pas tolérer en matière de réunions de famille. Et ta mère fait comme si c'était un raté et une tache sur votre blason ! Tu voulais la vérité ? La vérité est que je ne supporterai pas un autre Noël de ce genre. Si nous devons absolument voir tes parents, ce sera sur notre propre terrain. Comme tu me l'as promis. »

Un édredon de noirceur bleue enveloppait le cerveau de Gary. Il avait atteint, sur la pente descendante de la soirée post-martini, le stade où un sentiment de complication pesait sur ses joues, son front, ses paupières, sa bouche. Il comprenait à quel point sa mère exaspérait Caroline, mais, en même temps, il trouvait à redire dans à peu près toutes les affirmations de Caroline. L'assez joli renne en bois, par exemple, avait été conservé dans une boîte clairement étiquetée ; Caleb lui avait brisé deux pattes et lui avait planté un clou de charpentier dans le crâne ; Enid avait pris une pomme de terre bouillie dans l'évier et en avait fait des pommes sautées pour Jonah ; Caroline n'avait pas attendu le départ de ses beaux-parents pour mettre à la poubelle le peignoir en polyester rose qu'Enid lui avait offert pour Noël.

« Quand j'ai dit que je voulais la vérité, dit-il sans ouvrir les yeux, je voulais dire que je t'ai vue boiter avant de courir répondre au téléphone.

— Seigneur Dieu ! dit Caroline.

— Ma mère ne t'a pas fait mal au dos. Tu t'es fait mal au dos.

— S'il te plaît, Gary. Rends-moi un service et appelle le Dr Pierce.

— Admets que tu mens et nous parlerons de tout ce que tu voudras. Mais rien ne changera tant que tu ne l'admettras pas.

— Je ne reconnais même pas ta voix.

— Cinq jours à Saint Jude. Tu ne peux pas faire ça pour une femme qui, comme tu le dis, n'a rien d'autre dans sa vie ?

— Reviens à moi, s'il te plaît. »

Une secousse de rage força Gary à ouvrir les yeux. Il écarta les draps d'un coup de pied et sauta hors du lit. « C'est la fin d'un mariage ! Je n'arrive pas à y croire !

– Gary, s'il te plaît…

– Nous allons nous séparer à cause d'un séjour à Saint Jude ! »

Puis un visionnaire en survêtement pérorait devant de mignonnes étudiantes. Derrière le visionnaire, à une mi-distance farfelue, se trouvaient des stérilisateurs, des cartouches de chromatographie et des morceaux de tissu dans des solutions faibles, des robinets médico-scientifiques à long col, des affiches de chromosomes écartelés et des diagrammes de cerveaux rouge thon émincés comme des sashimis. Le visionnaire était Earl « Curly » Eberle, un quinquagénaire à petite bouche avec des lunettes de bazar, que les créateurs de la vidéo promotionnelle d'Axon Corp. avaient fait leur possible pour rendre aguichant. Les mouvements de caméra étaient nerveux, le sol du labo tanguait et faisait des embardées. Des zooms confus venaient saisir des étudiants aux visages luisants de fascination. L'arrière de la tête du visionnaire faisait l'objet d'une attention étrangement obsessionnelle (il était effectivement frisé).

« Bien sûr, la chimie, aussi, même la chimie du cerveau, disait Eberle, revient fondamentalement à manipuler des électrons dans leurs coquilles. Mais comparez cela, si vous voulez bien, à un appareil électronique qui consiste en petits commutateurs bi ou tripolaires. La diode, le transistor. Le cerveau, lui, comprend plusieurs dizaines de types de commutateurs. Le neurone transmet ou pas ; mais cette décision est régulée par des sites récepteurs qui possèdent souvent toute une palette d'intermédiaires entre franchement Ouvert et franchement Fermé. Même si vous pouviez construire un neurone artificiel à partir de transistors moléculaires, l'avis général est que vous ne pourriez toujours pas traduire toute cette chimie dans le langage binaire du oui/non sans manquer de place. Si nous prenons l'estimation prudente de vingt ligands neuroactifs, dont jusqu'à huit peuvent opérer simultanément, chacun de ces huit commutateurs ayant cinq positions différentes – ce n'est pas pour vous infliger la combinatoire, mais à moins que vous ne viviez dans le monde de Monsieur Patate, vous allez faire un androïde plutôt comique. »

Plan serré sur un étudiant à tête de navet en train de rire.

« Bien, ces faits sont si élémentaires, disait Eberle, que nous ne nous donnons généralement même pas la peine de les détailler. Les choses sont ainsi, un point c'est tout. Le seul lien exploitable que nous ayons avec l'électrophysiologie de la cognition et de la volition est chimique. Tel est le consensus, l'évangile de notre science. Personne qui ait toute sa raison n'essaierait de lier le monde des neurones au monde des circuits imprimés. »

Eberle marquait une pause théâtrale.

« Personne, sauf Axon Corporation. »

Des vagues de chuchotements traversèrent la mer des investisseurs institutionnels qui avaient afflué dans la Salle de Bal B du Four Seasons Hotel, au centre de Philadelphie, pour la présentation de l'introduction en Bourse d'Axon. Un écran vidéo géant avait été dressé sur l'estrade. Chacune des vingt tables rondes de la salle plongée dans la pénombre portait des plateaux de satays et de sushis avec les coupelles de sauces adéquates.

Gary était assis avec sa sœur, Denise, à une table proche de la porte. Il espérait faire des affaires lors de cette présentation et il aurait préféré venir seul, mais Denise avait insisté pour déjeuner avec lui, car on était lundi, son jour de liberté, et elle s'était invitée à ses côtés. Gary avait deviné qu'elle trouverait des raisons politiques, morales ou esthétiques de s'affliger de la séance, et, bien évidemment, elle regardait la vidéo avec des yeux plissés par la suspicion et les bras fermement croisés. Elle portait une robe droite jaune à fleurs rouges, des sandales noires et une paire de lunettes en plastique ronde à la Trotski ; mais ce qui la distinguait radicalement des autres femmes de la Salle de Bal B, c'étaient ses jambes nues. Une femme qui s'occupait d'argent mettait des bas.

QU'EST-CE QUE LE PROCÉDÉ CORECTOR ?

« CorectOr », disait l'image détourée de Curly Eberle, dont le jeune auditoire avait été digitalement fondu en une toile de fond uniforme de matière cervicale rouge thon, « est une thérapie neurobiologique révolutionnaire ! »

Eberle était assis sur une chaise de bureau ergonomique avec laquelle, apparaissait-il maintenant, il pouvait planer et décrire de vertigineuses arabesques dans un espace graphique représentant la mer intérieure de la boîte crânienne. Des ganglions semblables à du varech, des neurones rappelant des calmars et des capillaires en forme d'anguille commencèrent à défiler.

« Conçu à l'origine comme une thérapie à destination des malades atteints de Parkinson, d'Alzheimer et d'autres affections neurologiques dégénératives, disait Eberle, CorectOr s'est montré si puissant et si polyvalent que ses promesses dépassent la simple thérapie pour laisser envisager la complète guérison, et une guérison non seulement de ces terribles maladies dégénératives mais aussi d'une foule d'atteintes typiquement considérées comme psychiatriques ou même psychologiques. En bref, CorectOr offre pour la première fois la possibilité de remettre à neuf et d'améliorer le câblage d'un cerveau humain adulte. »

« Pfouh ! » dit Denise en tordant le nez.

Gary était à présent tout à fait familier du procédé CorectOr. Il avait examiné minutieusement le prospectus poudre aux yeux d'Axon et lu toutes les analyses sur la société qu'il avait pu trouver sur Internet et à travers les services privés auxquels souscrivait CenTrust. Les analystes pessimistes, gardant le souvenir de récentes corrections dévastatrices dans le secteur des biotechnologies, mettaient en garde contre l'investissement dans une technologie médicale non éprouvée qui ne serait pas mise sur le marché avant six ans. Certainement, une banque comme CenTrust, avec son devoir fiduciaire de prudence, n'allait pas toucher à cette introduction. Mais les fondamentaux d'Axon étaient beaucoup plus sains que ceux de la majorité des start-up de biotechnologies et, pour Gary, le fait que la société se soit donné le mal d'acheter le brevet de son père à un stade si peu avancé du développement de CorectOr était un signe de grande confiance. Il voyait là une occasion de se faire un peu d'argent tout en se vengeant de l'escroquerie commise par Axon aux dépens de son père, ainsi que, plus généralement, de se montrer audacieux là où Alfred avait été *timide*.

Il se trouvait qu'au mois de juin, lorsque les premiers dominos de la crise des devises étrangères avaient basculé, Gary avait retiré l'essentiel de l'argent avec lequel il boursicotait des fonds de croissance européens et asiatiques. Cet argent était à présent disponible pour un investissement dans Axon ; et comme l'introduction était pour dans trois mois, comme les gros paquets de demandes n'étaient pas encore arrivés, et puisque le prospectus poudre aux yeux contenait suffisamment d'incertitudes pour donner à réfléchir aux non-initiés, Gary aurait dû n'avoir aucune difficulté à obtenir une réservation pour cinq mille titres. Mais il n'eut à peu près que des difficultés.

Son propre agent de change (à commission réduite), qui avait à peine entendu parler d'Axon, tarda à faire ses devoirs et rappela Gary pour lui dire que l'allocation de sa société n'était qu'un paquet symbolique de deux mille cinq cents titres. Normalement, un courtier n'allait pas attribuer plus de cinq pour cent de son allocation à un seul client si tôt dans la partie, mais comme Gary avait été le premier à appeler, son gars était prêt à lui réserver cinq cents titres. Gary insista, mais la triste réalité était qu'il n'était pas un gros client. Il investissait généralement par multiples de cent et, pour économiser sur les commissions, il exécutait lui-même en ligne les opérations de plus faible importance.

Caroline, elle, était un gros investisseur. Profitant des conseils de Gary, elle achetait souvent par multiples de mille. Son courtier travaillait pour la plus grosse maison de Philadelphie, et il ne faisait aucun doute qu'il pouvait trouver quatre mille cinq cents titres Axon pour un client très précieux ; c'était la règle du jeu. Malheureusement, depuis ce dimanche après-midi où elle s'était fait mal au dos, Gary et Caroline avaient été aussi près de s'ignorer mutuellement qu'un couple pouvait l'être tout en continuant à jouer son rôle de parents. Gary tenait à se procurer ses cinq mille titres Axon, mais il refusait de sacrifier ses principes et de revenir en rampant vers sa femme pour lui demander d'investir à sa place.

Il choisit donc d'appeler plutôt son contact pour les grosses caps chez Hevy & Hodapp, un nommé Pudge Portleigh, et de lui demander de l'inscrire pour cinq mille titres de l'offre à son propre compte. Au fil des années, dans son rôle fiduciaire à CenTrust, Gary avait acheté beaucoup de titres à Portleigh, dont quelques rossignols patentés. Gary fit miroiter à Portleigh la perspective que CenTrust lui confie à l'avenir une part encore accrue de ses transactions. Mais Portleigh, étrangement fuyant, avait seulement accepté de transmettre la requête de Gary à Daffy Anderson, qui était le responsable de l'introduction chez Hevy & Hodapp.

S'en étaient suivies deux semaines exaspérantes durant lesquelles Pudge Portleigh n'avait pas rappelé Gary pour lui confirmer sa réservation. La rumeur en ligne autour d'Axon avait enflé d'un murmure à un grondement. Deux importants articles sur la question par l'équipe d'Eberle – « Stimulation tomographique inverse de la synaptogenèse sur des chemins neuraux déterminés » et « Renforcement positif transitoire dans les circuits limbiques appauvris en dopamine : récents progrès cliniques » – parurent dans *Nature* et dans le *New England Journal of Medecine* à quelques jours d'intervalle. Les deux articles furent abondamment commentés dans la presse financière, avec même un encart en première page du *Wall Street Journal*. Les uns après les autres, les analystes se mirent à émettre de forts signaux d'achat sur Axon, Portleigh continuait de ne pas répondre à ses messages, et Gary sentait les avantages de sa longueur d'avance frauduleuse fondre heure après heure…

1. PRENEZ UN COCKTAIL !

« … de ferrocitrates et de ferroacétates spécialement composé pour traverser la barrière hémato-méningée et s'accumuler de manière interstitielle ! »

Disait le bonimenteur invisible dont la voix avait rejoint celle d'Earl Eberle sur la bande-son de la vidéo.

« Nous rajoutons aussi un léger sédatif sans effet d'accoutumance et une généreuse giclée de sirop de noisette Moccacino offerte par la plus grande chaîne de cafétérias du pays ! »

Une figurante de la scène de conférence précédente, fille aux fonctions neurologiques de laquelle il n'y avait manifestement strictement rien à redire, buvait avec un délice manifeste et une palpitation sexy des muscles de la gorge un grand verre givré d'électrolytes de CorectOr.

« C'était quoi, le brevet de papa ? chuchota Denise à Gary. Gel de ferroacétate machin-bidule ? »

Gary hocha sombrement la tête. « Électropolymérisation. »

Dans les archives de sa correspondance, qui contenaient, entre autres choses, chaque lettre qu'il avait reçue de l'un ou l'autre de ses parents, Gary avait retrouvé une vieille copie du brevet d'Alfred. Il n'était pas certain de l'avoir jamais vraiment regardée, tant il était impressionné à présent par sa description limpide d'une « anisotropie électrique » dans « certains gels

ferro-organiques » et sa proposition d'utiliser ces gels pour
« imager précisément » des tissus humains vivants et créer un
« contact électrique direct » avec les « structures morphologiques fines ». Comparant la formulation du brevet avec la
description de CorectOr sur le site web fraîchement remodelé
d'Axon, Gary fut frappé par l'ampleur de la similitude. Manifestement, le brevet à cinq mille dollars d'Alfred était au cœur
d'un procédé pour lequel Axon espérait à présent lever plus de
200 millions de dollars de fonds : comme s'il n'avait pas déjà
dans sa vie de quoi avoir des insomnies et broyer du noir !

« Yo, Kelsey, ouais, Kelsey, prends-moi douze mille Exxon à
un zéro quatre max », dit soudain, et trop fort, le jeune homme
qui était assis à la gauche de Gary. Le gosse avait un terminal
boursier de poche, un fil dans l'oreille et le regard schizophrène
de l'utilisateur de portable. « Douze mille Exxon, plafond à un
zéro quatre », dit-il.

Exxon, Axon, mieux vaut faire attention, songea Gary.

2. METTEZ UN CASQUE
& ALLUMEZ LA RADIO !

« Vous n'entendrez rien – sauf si vos plombages captent
Radio Vatican sur la bande AM », plaisanta le bonimenteur
tandis que la fille souriante abaissait sur sa frimousse photogénique un dôme métallique rappelant un séchoir de salon de
coiffure, « mais les ondes radio pénètrent les recoins les plus
reculés de votre crâne. Imaginez une sorte de GPS pour le
cerveau : des rayonnements en ondes radio précisément focali-
sés sur les chemins neuraux associés à des compétences particulières afin de les *stimuler sélectivement*. Comme de signer de
votre nom. De monter un escalier. De vous souvenir de votre
date d'anniversaire. De penser positivement ! Testées cliniquement dans d'innombrables hôpitaux d'un bout à l'autre des
États-Unis, les méthodes de tomographie inverse du Dr Eberle

ont été encore améliorées pour rendre ce stade du procédé CorectOr aussi simple et indolore qu'une visite chez votre coiffeur.

— Jusque récemment, intervenait Eberle (sa chaise et lui planant toujours dans une mer de sang et de matière grise simulés), mon procédé nécessitait une nuit d'hospitalisation et le vissage d'un anneau d'acier calibré sur le crâne du sujet. De nombreux patients trouvaient cela gênant ; certains en étaient même franchement incommodés. À présent, cependant, l'accroissement phénoménal de la puissance de calcul des ordinateurs a rendu possible un procédé qui est *instantanément autocorrecteur* quant à la localisation des chemins neuraux soumis à la stimulation... »

« Kelsey, t'es un as ! » brailla le jeune M. Douze-Mille-Titres-Exxon.

Au cours des premières heures et des premiers jours qui avaient suivi la grande empoignade du dimanche entre Gary et Caroline, trois semaines plus tôt, l'un et l'autre avaient fait des ouvertures de paix. Très tard dans la nuit de ce dimanche, elle avait tendu la main à travers la zone démilitarisée du matelas et touché sa hanche. Le lendemain soir, il avait présenté des excuses à peu près complètes dans lesquelles, sans rien concéder sur le point central, il avait exprimé chagrin et regrets pour les dommages collatéraux qu'il avait causés, les sentiments froissés, les distorsions volontaires et les accusations blessantes, et donné ainsi à Caroline un avant-goût de l'afflux de tendresse qui l'attendait si elle voulait simplement reconnaître que, concernant le point central, il était dans le vrai. Le mardi matin, elle lui avait préparé un vrai petit déjeuner – toast à la cannelle, saucisses et un bol de porridge surmonté de raisins secs disposés de manière à former un visage à la bouche comiquement boudeuse. Le mercredi matin, il lui avait fait un compliment, un simple constat factuel (« Tu es belle ») qui, sans constituer une déclaration d'amour, était cependant le rappel d'une base objective (l'attirance physique) sur laquelle l'amour pourrait être restauré si elle voulait bien admettre que, concernant le point central, il était dans le vrai.

Mais chaque ouverture pleine d'espoir, chaque sortie exploratoire, tournait court. Quand il pressa la main qu'elle lui tendait et murmura qu'il était désolé pour son dos, elle fut incapable de franchir le pas suivant et de reconnaître qu'il était possible (une simple « possibilité » aurait suffi !) que ses deux heures de foot sous la pluie aient contribué à sa blessure. Et quand elle le remercia pour son compliment et lui demanda comment il avait dormi, il ne put manquer de distinguer un accent de critique tendancieuse dans sa voix ; il comprit qu'elle disait : *Les troubles chroniques du sommeil sont un symptôme courant de la dépression clinique, oh, et, au fait, comment as-tu dormi, mon chéri ?* et il n'osa donc pas avouer que, en fait, il avait atrocement mal dormi ; il déclara avoir extrêmement bien dormi, merci, Caroline, extrêmement bien, *extrêmement* bien.

Chaque ouverture de paix manquée réduisait les chances de succès de la suivante. Bientôt, ce qui à première vue lui avait semblé une possibilité absurde – que le coffre de leur union ne contienne plus une réserve suffisante d'amour et de bonne volonté pour couvrir les coûts émotionnels qu'aller à Saint Jude entraînait pour Caroline ou ne pas aller à Saint Jude entraînait pour lui – prit la forme de quelque chose de terriblement réel. Il commença à haïr Caroline de simplement continuer à lutter avec lui. Il haïssait les réserves d'indépendance inattendues dans lesquelles elle puisait afin de lui résister. Ce qu'il y avait de particulièrement accablant et haïssable, c'était la haine qu'elle avait pour *lui*. Il aurait pu mettre un terme à la crise en une minute s'il n'avait eu qu'à lui pardonner ; mais lire dans ses yeux à quel point elle le trouvait répugnant – cela le rendait fou, cela empoisonnait son espoir.

Heureusement, les ombres jetées par l'accusation de dépression, si longues et sombres qu'elles fussent, ne s'étendaient pas encore jusqu'à son bureau d'angle de CenTrust et au plaisir qu'il prenait à gérer ses gérants, ses analystes et ses courtiers. Les quarante heures que passait Gary à la banque étaient devenues les seules heures qu'il pouvait espérer goûter dans la semaine. Il avait même commencé à caresser l'idée de travailler cinquante heures par semaine, mais c'était plus facile à dire qu'à faire, car à la fin de ses journées de huit heures il ne restait souvent littéralement plus aucun travail sur son bureau et il était bien trop conscient, en outre, que passer de longues heures au bureau pour échapper au malheur domestique était exactement le piège dans lequel était tombé son père ; était sans aucun doute la manière dont Alfred avait commencé à s'automédicamenter.

Quand il avait épousé Caroline, Gary s'était juré intérieurement de ne jamais travailler au-delà de cinq heures de l'aprèsmidi et de ne jamais rapporter de porte-documents chez lui le soir. En entrant dans une banque régionale de taille moyenne, il avait choisi l'un des itinéraires les moins ambitieux que pouvait emprunter un diplômé de Wharton School. Au départ, son intention avait simplement été d'éviter les erreurs de son père – de se donner le temps de profiter de la vie, de s'occuper de sa femme, de jouer avec ses enfants –, mais rapidement, alors même qu'il se révélait un gestionnaire de portefeuilles hors pair, il devint plus spécifiquement allergique à l'ambition. Des collègues bien moins doués que lui allaient travailler pour des fonds de pension, s'établir comme conseils financiers libéraux, ou lançaient leurs propres fonds communs de placement ; mais ils faisaient des journées de douze ou quatorze heures, et tous, sans exception, avaient le style de maniaque à front dégoulinant du *carriériste*. Gary, protégé par l'héritage de Caroline, était libre de cultiver le détachement et d'incarner, comme patron, le père idéal, sévère et aimant, qu'il ne pouvait être qu'imparfaitement à la maison. Il demandait honnêteté et excellence à ses collaborateurs. En retour, il offrait une formation patiente, une loyauté absolue et la garantie qu'il ne leur ferait jamais porter le chapeau pour ses propres erreurs. Si sa gestionnaire des grosses caps, Virginia Lin, recommandait d'augmenter de six à neuf pour cent le poids des valeurs d'énergie dans la SICAV de fond de portefeuille de la banque et que Gary (comme il en avait le droit) décidait de laisser la ventilation en l'état, et si le secteur de l'énergie connaissait alors quelques trimestres fastes, il affichait sa grimace ironique à la « Je suis un con » et présentait des excuses publiques à Lin. Heureusement, pour chaque mauvaise décision, il en prenait deux ou trois bonnes, et dans l'histoire de l'univers on n'avait jamais connu six meilleures années pour l'investissement en actions que les six années durant lesquelles il avait géré le département actions de CenTrust ; seul un imbécile ou un escroc aurait pu échouer. Avec une réussite garantie, Gary pouvait faire parade du peu de crainte que lui inspiraient son patron, Marvin Koster, et le patron de son patron, Marty Breitenfeld, le président de CenTrust. Gary ne courbait jamais l'échine, ne se livrait à aucune flatterie. En vérité, Koster comme Breitenfeld avaient commencé à s'en remettre à *lui* en matière de goût et de protocole, Koster demandant quasiment à Gary la permission d'inscrire sa fille aînée à Abington Friends plutôt qu'à Friends' Select, Breitenfeld retenant Gary à l'entrée des toilettes du management pour lui demander si Caroline et lui pensaient aller à la soirée de gala au profit de la bibliothèque publique ou si Gary avait fait cadeau de ses billets à une secrétaire…

3. DÉTENDEZ-VOUS – C'EST TOUT DANS LA TÊTE !

Curly Eberle était réapparu dans son fauteuil de bureau intracranien avec un modèle en plastique d'une molécule d'électrolyte dans chaque main. « Une propriété remarquable des gels de ferrocitrate/ferroacétate, disait-il, est que, soumis à un faible niveau de stimulation radio à certaines fréquences de résonance, les molécules peuvent polymériser spontanément. Ce qui est plus remarquable encore, c'est que ces polymères s'avèrent d'excellents conducteurs des impulsions électriques. »

L'Eberle virtuel contemplait avec un sourire bienveillant les ondes impatientes qui venaient frétiller dans la bouillie sanglante et animée qui l'environnait. Comme si ces ondes étaient les premiers accents d'un menuet ou d'un quadrille, toutes les molécules ferreuses s'appariaient pour former de longues lignes de couples.

« Ces microtubules conducteurs éphémères, disait Eberle, rendent imaginable ce qui était auparavant inimaginable : une interface numérico-chimique directe, quasi instantanée. »

« C'est formidable, chuchota Denise à Gary. C'est ce que papa a toujours voulu.

— Quoi, s'arranger pour ne pas faire fortune ?

— Aider les autres, répliqua Denise. Changer les choses. »

Gary aurait pu faire remarquer que si le vieil homme avait réellement envie d'aider quelqu'un, il pourrait commencer par sa femme. Mais Denise avait des idées étranges et inébranlables concernant Alfred. Inutile de mordre à son appât.

4. LES RICHES S'ENRICHISSENT !

« Oui, un coin oisif du cerveau pourrait être l'atelier du Diable, disait le bonimenteur, mais le procédé CorectOr ignore tous les chemins neuraux inactifs. Là où il y a de l'action cependant, CorectOr est là pour la renforcer ! *Pour aider les riches à s'enrichir ! »*

Une vague de rires, d'applaudissements et de hourras balaya la Salle de Bal B. Gary sentit que son voisin de gauche, qui battait des mains, le visage radieux, M. Douze-Mille-Titres-Exxon, regardait dans sa direction. Peut-être le type se demandait-il pourquoi Gary n'applaudissait pas. Ou peut-être était-il intimidé par l'élégance tranquille des vêtements de Gary.

Pour Gary, un élément clé de son identité de non-carriériste, de non-besogneux, consistait à s'habiller comme s'il n'avait aucun besoin de travailler : comme s'il était un gentleman qui se trouvait simplement avoir plaisir à venir au bureau pour donner un coup de main aux autres. À la *noblesse oblige**.

Ce jour-là, il portait une veste sport vert bouteille mi-soie, une chemise en lin écru et un pantalon noir sans plis ; son propre portable était éteint, sourd à tous les appels. Il renversa sa chaise et parcourut la salle de bal du regard pour vérifier qu'il était bien le seul homme à ne pas porter de cravate, mais le contraste entre lui et la foule d'aujourd'hui laissait beaucoup à désirer. Quelques années plus tôt à peine, la salle aurait été une jungle uniforme de costumes cintrés à fines rayures de mafieux, de chemises bicolores et de mocassins à glands. Mais à présent, dans les années de maturité finale du long, long boom, même les jeunes balourds des banlieues du New Jersey achetaient des costumes italiens sur mesure et des lunettes de soleil de marque. Tant d'argent avait inondé le système que des types de vingt-six ans qui croyaient qu'Andrew Wyeth était un fabricant de meubles et Winslow Homer un personnage de dessin animé pouvaient s'habiller comme l'aristocratie de Hollywood…

Ô, misanthropie et amertume. Gary voulait goûter le plaisir d'être un homme qui ne manquait ni de temps ni d'argent, mais le pays ne lui facilitait pas la tâche. Tout autour de lui, des millions de millionnaires américains fraîchement enrichis aspiraient pareillement à se sentir extraordinaires – à acheter la maison de rêve, à skier sur une pente vierge, à connaître personnellement le chef de cuisine, à fouler la plage immaculée. Il y avait en outre des dizaines de millions de jeunes Américains qui n'avaient pas d'argent mais s'employaient néanmoins à être parfaitement cool. Et la triste vérité était que tout le monde ne pouvait pas être extraordinaire, tout le monde ne pouvait pas être parfaitement cool ; parce que, à qui reviendrait-il d'être ordinaire ? Qui se chargerait de la tâche ingrate d'être comparativement *moins* cool ?

Eh bien, il restait les bons citoyens du cœur de l'Amérique : conducteurs de monospaces saint-judéains affichant un surpoids de quinze ou vingt kilos, avec des pulls de couleur pastel, des autocollants antiavortement et des cheveux coupés en brosse. Mais Gary avait observé ces dernières années, avec une accumulation d'inquiétude semblable à la tension tectonique, que la population continuait de quitter le Midwest pour les côtes plus cool. (Il faisait lui-même partie de cet exode, bien sûr, mais il s'était exilé depuis longtemps et, franchement, l'antériorité avait ses privilèges.) En même temps, tous les restaurants de Saint Jude accédaient à une sophistication européenne (soudain les femmes de ménage connaissaient les tomates séchées au soleil, soudain les éleveurs de porcs connaissaient la *crème brûlée**), les clients du centre commercial voisin de la maison de ses parents affichaient une assurance désagréablement semblable à la sienne, et les appareils électroniques en vente à Saint Jude étaient tout aussi puissants et *cool* que ceux de Chestnut Hill. Gary aurait aimé que toute nouvelle migration vers les côtes soit proscrite et tous les habitants du Midwest encouragés à retrouver le goût des nourritures bourratives, des habits démodés et des jeux de société, afin de conserver une réserve nationale stratégique de nigauderie, une terre vierge de tout sens esthétique qui permette aux privilégiés, comme lui, de se sentir extrêmement civilisés à tout jamais...

Mais, suffit ! se dit-il. Une volonté trop dévorante d'être au-dessus du lot, un désir de régner dans la superbe de sa supériorité, était encore un Signe Avertisseur de la dépr. clin.

Et M. Douze-Mille-Titres-Exxon ne le regardait pas, lui, de toute façon. Il regardait les jambes nues de Denise.

« Les brins de polymère, expliquait Eberle, s'associent chimio-tactiquement aux chemins neuraux actifs et facilitent ainsi la décharge du potentiel électrique. Nous ne comprenons pas encore pleinement le mécanisme, mais son effet est de rendre toute action qu'exécute le patient plus facile et *plus agréable* à répéter ou à poursuivre. Produire un tel effet, même de manière transitoire, serait une réussite clinique passionnante. Ici, à Axon, nous avons trouvé le moyen de rendre cet effet *permanent*. »

« Regardez donc », ronronnait le bonimenteur.

5. À VOTRE TOUR MAINTENANT DE TRAVAILLER UN PEU !

Tandis qu'un personnage de dessin animé portait d'une main tremblante une tasse à sa bouche, certains chemins neuraux défaillants s'allumaient dans sa tête. Puis le personnage buvait des électrolytes de CorectOr, coiffait un casque Eberle, et levait à nouveau la tasse. De petits microtubules luisants affluaient vers les chemins actifs, qui commençaient à resplendir de lumière et de force. Stable comme un roc, la main de dessin animé reposait la tasse sur sa soucoupe.

« Il faut qu'on fasse inscrire papa pour des essais, chuchota Denise.

— Qu'est-ce que tu veux dire ? demanda Gary.

— Eh bien, c'est fait pour traiter le Parkinson. Ça pourrait l'aider. »

Gary soupira comme un pneu se vidant de son air. Comment se pouvait-il qu'une idée aussi incroyablement évidente ne lui soit jamais venue ? Il eut honte de lui-même et éprouva en même temps un obscur agacement à l'endroit de Denise. Il braqua un sourire terne vers l'écran comme s'il ne l'avait pas entendue.

« Une fois que les chemins ont été identifiés et stimulés, disait Eberle, nous ne sommes qu'à un tout petit pas d'une réelle correction morphologique. Et là, comme partout dans la médecine d'aujourd'hui, *le secret réside dans les gènes.* »

6. VOUS VOUS SOUVENEZ DE CES COMPRIMÉS QUE VOUS AVEZ PRIS LE MOIS DERNIER ?

Trois jours auparavant, le vendredi après-midi, Gary avait fini par joindre Pudge Portleigh chez Hevy & Hodapp. Portleigh avait paru extrêmement tourmenté.

« Gare, désolé, on nage en plein délire ici, dit Portleigh, mais écoute-moi, mon ami, j'ai parlé de ta demande à Daffy Anderson. Daffy me dit OK, pas de problème, on va mettre cinq cents titres de côté pour un bon client de CenTrust. Alors, tu es content, mon ami ? Tout va bien ?

— Non, dit Gary. On avait dit cinq mille, pas cinq cents. »

Portleigh resta un instant silencieux. « Merde, Gare. Gros cafouillage. Je croyais que tu avais dit cinq cents.

— Tu me l'as répété. Tu as dit cinq mille. Tu disais que tu le notais.

— Rappelle-moi – c'est pour ton propre compte ou pour celui de CenTrust ?

— Le mien.

— Écoute, Gare, voilà ce que tu vas faire. Appelle toi-même Daffy, explique-lui la situation, explique le cafouillage, et vois s'il peut t'en dégoter cinq cents de plus. Je peux te soutenir jusque-là. D'accord, j'ai fait une erreur, je n'imaginais pas à quel point ça deviendrait chaud. Mais il faut que tu comprennes, Daffy retire de la bouche de quelqu'un d'autre pour te nourrir. C'est la chaîne Nature, Gare. Tous les petits zoziaux avec leurs becs grands ouverts. Moi ! Moi ! Moi ! Je peux te soutenir pour cinq cents de plus, mais il faudra que tu pousses tes jérémiades toi-même. D'accord, mon ami ? Tout va bien ?

— Non, Pudge, tout ne va pas bien, dit Gary. Tu te souviens que je t'ai soulagé de vingt mille titres d'Adelson Lee refinancé ? On a aussi pris…

– Gare, Gare, ne me fais pas ce coup-là, dit Pudge. Je sais. Comment aurais-je oublié Adelson Lee ? Seigneur, s'il te plaît, ça hante toutes mes heures. Tout ce que j'essaie de te dire, c'est que cinq cents Axon, ça peut ressembler à une claque, mais ça n'est pas une claque. C'est le mieux que Daffy puisse pour toi.

– Rafraîchissante bouffée d'honnêteté, dit Gary. Maintenant, répète-moi que tu as oublié que j'avais dit cinq mille.

– D'accord, je suis un sale con. Merci de me le faire savoir. Mais je ne peux pas t'en obtenir plus de mille sans aller voir tout en haut. Si tu en veux cinq mille, Daffy a besoin d'un ordre explicite de Dick Hevy. Et puisque tu parles d'Adelson Lee, Dick me fera remarquer que CoreStates en a pris quarante mille, First Delaware en a pris trente mille, TIAA-CREF en a pris cinquante, et ainsi de suite. Le calcul est aussi simple. Tu nous as donné un coup de main pour une vingtaine, on peut t'aider pour cinq cents. Bon, je peux essayer Dick, si tu veux. Je peux aussi probablement en soutirer cinq cents de plus à Daffy rien qu'en lui disant qu'on imaginerait jamais qu'il avait un aérodrome à mouches à le voir maintenant. Woaw, les miracles du Piloxil ! Mais, fondamentalement, c'est le genre de deal où Daffy se prend pour le père Noël. Il sait si tu as été sage ou non. En particulier, il sait pour qui tu travailles. Honnêtement, pour le genre de considération que tu revendiques, ce qu'il te faut, c'est tripler la taille de ta boîte. »

La taille, oh, ça comptait. À moins de promettre d'acheter ultérieurement quelques rossignols patentés avec l'argent de CenTrust (et il y avait de quoi lui faire perdre son poste), Gary n'avait plus de moyen de pression sur Pudge Portleigh. Cependant, il lui restait un moyen de pression *moral* en l'espèce du sous-paiement par Axon du brevet d'Alfred. Avant de trouver le sommeil, la veille au soir, il avait poli les termes du discours clair et mesuré qu'il entendait tenir aux huiles d'Axon cet après-midi-là : *Je veux que vous me regardiez dans les yeux et me disiez que l'offre que vous avez faite à mon père était raisonnable et équi-*

*table. Mon père avait des motifs personnels d'accepter cette offre ;
mais je sais ce que vous lui avez fait. Vous me comprenez ? Je ne
suis pas un vieux bonhomme du Midwest. Je sais ce que vous avez
fait. Et je pense que vous comprenez bien que je n'imagine pas
quitter cette pièce sans un engagement ferme pour cinq mille titres.
Je pourrais aussi insister pour recevoir des excuses. Mais je vous propose simplement une transaction carrée entre adultes. Qui, soit dit
en passant, ne vous coûte r i e n. Zéro. Nada. Niente.*

« Synaptogenèse ! » exultait le bonimenteur vidéo d'Axon.

7. NON, CE N'EST PAS
UN LIVRE DE LA BIBLE !

Les investisseurs professionnels de la Salle de Bal B riaient
aux éclats.

« Est-ce que ça pourrait être une escroquerie ? demanda
Denise à Gary.

– Pourquoi acheter le brevet de papa pour une escroquerie ? » répliqua Gary.

Elle secoua la tête. « Ça me donne envie de… je ne sais pas,
d'aller me recoucher. »

Gary comprenait cette impression. Il n'avait pas eu une
bonne nuit de sommeil en trois semaines. Son rythme circadien
était déphasé de cent quatre-vingts degrés, il fonctionnait toute
la nuit à plein régime et se frottait les yeux toute la journée, et il
avait de plus en plus de mal à croire que son problème n'était
pas neurochimique, mais personnel.

Comme il avait eu raison, tous ces derniers mois, de cacher à
Caroline les nombreux Signes Avertisseurs ! Comme son intuition avait été exacte qu'un déficit putatif en Neurofacteur 3
saperait la légitimité de ses arguments moraux ! Caroline était
de plus douée pour camoufler son animosité à son égard en
« préoccupation » pour sa « santé ». Ses lourdes forces de guerre
domestique conventionnelles ne pouvaient rien contre cet

armement biologique. Il attaquait cruellement sa *personne* ; elle attaquait héroïquement sa *maladie*.

S'appuyant sur cet avantage stratégique, Caroline avait effectué une série de brillants mouvements tactiques. Quand Gary avait bâti ses plans en vue du premier week-end entier d'hostilités, il avait fait l'hypothèse que Caroline soutiendrait un siège comme la semaine précédente – copinerait sans façon avec Aaron et Caleb en les incitant à se moquer de ce pauvre vieux papa qui ne comprenait rien à rien. Il lui avait donc tendu une embuscade le jeudi soir. Il proposa, tout de go, d'emmener Aaron et Caleb faire du VTT dans les Poconos le dimanche, partant dès l'aube pour une longue journée de fraternisation entre hommes à laquelle Caroline ne pourrait pas participer *parce qu'elle avait mal au dos*.

La contre-manœuvre de Caroline consista à appuyer sa proposition avec enthousiasme. Elle pressa Caleb et Aaron d'y aller et de *bien s'amuser avec leur père*. Elle mit un étrange accent sur ce membre de phrase, amenant Aaron et Caleb à s'exclamer, comme sur un signal : « Du VTT, ouais, papa, super ! » Et tout d'un coup, Gary comprit ce qui se passait. Il comprit pourquoi, le lundi soir, Aaron était venu s'excuser de lui-même de lui avoir dit qu'il était « horrible », et pourquoi le mardi, pour la première fois depuis des mois, Caleb l'avait invité à jouer au baby-foot, et pourquoi Jonah, le mercredi, lui avait apporté, sans qu'il ne lui eût rien demandé, sur un plateau recouvert de liège, un deuxième martini servi par Caroline. Il comprit pourquoi ses enfants étaient devenus agréables et attentionnés : *parce que Caroline leur avait dit que leur père luttait contre une dépression clinique*. Quel coup magistral ! Et pas une seconde il ne douta qu'il s'agissait d'un coup – que la « préoccupation » de Caroline était totalement feinte, une ruse de guerre, une manière d'éviter de passer Noël à Saint Jude – parce qu'il continuait de n'y avoir ni chaleur ni tendresse pour lui, pas la moindre lueur, dans ses yeux.

« As-tu dit aux garçons que j'étais déprimé ? lui demanda Gary dans l'obscurité, depuis la lointaine marge de leur lit d'un demi-arpent. Caroline ? Leur as-tu menti au sujet de mon état mental ? Est-ce la raison pour laquelle tout le monde se rend soudain tellement agréable ?

— Gary, dit-elle. Ils se rendent agréables parce qu'ils veulent que tu les emmènes faire du VTT dans les Poconos.

— Il y a quelque chose de pas clair là-dedans.

— Tu sais, tu deviens *sérieusement* paranoïaque.

— Merde, merde, merde !

— Gary, tu me fais peur, là.

— Tu fricotes avec ma tête ! Et il n'y a pas pire coup que ça. Il n'y a pas plus salaud.

— S'il te plaît, s'il te plaît, écoute-toi donc.

— Réponds à ma question, dit-il. Leur as-tu dit que j'étais "déprimé" ? Que je "traversais une phase difficile" ? »

— Eh bien – n'est-ce pas le cas ?

— Réponds à ma question ! »

Elle ne répondit pas à sa question. Elle ne dit plus rien de toute la nuit, bien qu'il eût répété sa question pendant une demi-heure, lui laissant une minute ou deux chaque fois pour répondre ; mais elle ne répondit pas.

Le matin de l'expédition en VTT, il était tellement ravagé par le manque de sommeil, que sa seule ambition était de tenir le coup physiquement. Il chargea trois vélos sur le char d'assaut de Caroline, un Ford Stomper, et roula pendant deux heures, déchargea les vélos, et pédala kilomètre après kilomètre sur des pistes creusées d'ornières. Les garçons filaient loin devant. Chaque fois qu'il les rattrapait, ils étaient bien reposés et prêts à filer de nouveau. Ils ne disaient rien, mais affichaient une expression d'amicale attente, comme si Gary pouvait avoir une confession à leur faire. Sa situation était cependant neurochimiquement quelque peu désespérée ; il n'avait rien d'autre à dire que : « Mangeons nos sandwiches », ou : « Une crête de plus et on fait demi-tour. » Au crépuscule, il rechargea les vélos sur le Stomper, conduisit deux heures, et les déchargea dans un accès d'ANHÉDONIE.

Caroline sortit de la maison et dit aux grands que Jonah et elle avaient passé une journée formidable. Elle se déclara convertie aux livres de Narnia. Toute la soirée, ensuite, Jonah et elle bavardèrent à propos d'« Aslan », de « Cair Paravel » et de « Reepicheep », du forum de discussion réservé aux enfants qu'elle avait trouvé sur Internet et du site web C. S. Lewis qui offrait des jeux en ligne vraiment cool pour jouer et des tonnes d'articles narniens vraiment cool à commander.

« Il y a un CD-ROM de *Prince Caspian*, dit Jonah à Gary, sur lequel j'ai hâte de pouvoir jouer.

— On dirait que c'est un jeu très intéressant et bien conçu, dit Caroline. J'ai montré à Jonah comment le commander.

— Est-ce qu'il y a un Dressing-room ? dit Jonah. Et tu pointes et cliques sur le Dressing-room pour passer dans Narnia ? Et puis il y a tous ces trucs cool dedans ? »

Immense fut le soulagement de Gary le lendemain matin quand il accosta cahin-caha, tel un yacht secoué par la tempête, dans le havre protégé de sa semaine de travail. Il n'y avait rien d'autre à faire que de se rafistoler du mieux qu'il pouvait, de garder le cap, de *ne pas être déprimé*. Malgré des pertes sérieuses, il restait confiant dans la victoire. Depuis sa toute première querelle avec Caroline, vingt ans plus tôt, quand il était resté cloîtré dans son appartement à regarder les onze manches d'un match des Phillies en écoutant son téléphone sonner toutes les dix minutes, toutes les cinq minutes, toutes les deux minutes, il avait compris qu'au cœur tictaquant de Caroline il y avait un puits d'insécurité. Tôt ou tard, s'il retirait son amour, elle viendrait marteler sa poitrine de ses petits poings et se plierait à lui.

Caroline ne montrait cependant aucun signe de fléchissement. Tard le soir, quand Gary était trop halluciné et furieux pour fermer les yeux, pour ne rien dire de dormir, elle refusait poliment mais fermement de se disputer avec lui. Elle se montrait particulièrement inflexible dans son refus de discuter de Noël ; elle disait qu'entendre Gary parler de ce sujet, c'était comme de regarder boire un alcoolique.

« Qu'est-ce que tu attends de moi ? lui demanda Gary. Dis-moi ce que tu attends de moi.

– J'attends que tu t'occupes de ta santé mentale.

– Zut, Caroline. Mauvaise, mauvaise, mauvaise réponse. »

Entre-temps, Discordia, la déesse du conflit conjugal, avait trouvé le renfort de l'industrie du transport aérien. Apparut dans l'*Inquirer* une annonce publicitaire pleine page pour une vente liquidative de billets sur Midland Airlines, dont un aller-retour entre Philly et Saint Jude à 198 dollars. Seules quatre dates étaient rayées à la fin décembre ; en prolongeant leur séjour d'une seule journée, Gary pourrait emmener toute sa famille à Saint Jude et la ramener à Philly (par vol direct !) pour moins d'un millier de dollars. Il fit réserver cinq billets par son agence de voyages, renouvelant son option jour après jour. Finalement, le vendredi matin, alors que la réservation devait être confirmée avant minuit, il annonça à Caroline qu'il prenait des billets. En accord avec sa stricte politique de refus d'aborder le sujet, Caroline se tourna vers Aaron et lui demanda s'il avait révisé son test d'espagnol. De son bureau à CenTrust, animé d'un esprit de guerre de tranchées, Gary appela son agence de voyages et valida l'achat des billets. Puis il appela son médecin et lui demanda un somnifère, quelque chose d'un peu plus puissant que ce qu'il pourrait se procurer sans ordonnance. Le Dr Pierce répondit qu'un somnifère ne lui paraissait pas une très bonne idée. Caroline, dit Pierce, avait signalé que Gary pourrait être déprimé, et un somnifère ne changerait rien à ça. Peut-être Gary ferait-il mieux de venir le voir pour lui raconter comment il se sentait ?

Un instant, après avoir raccroché, Gary se permit de s'imaginer divorcé. Mais trois portraits mentaux éclatants et idéalisés de ses enfants, voilés par une horde vampirique de craintes financières, chassèrent l'idée de sa tête.

Lors d'une invitation à dîner le samedi il avait fouillé l'armoire à pharmacie de ses amis Drew et Jamie, espérant trouver un flacon de quelque chose de la classe du Valium, mais pas de chance.

La veille, Denise l'avait appelé et avait insisté, avec une raideur menaçante, pour qu'ils déjeunent ensemble. Elle disait qu'elle avait vu Enid et Alfred à New York samedi. Elle disait que Chip et sa petite amie lui avaient posé un lapin et avaient disparu.

Gary, incapable de trouver le sommeil, s'était demandé si ce genre de coup était ce que Caroline avait eu à l'esprit quand elle avait décrit Chip comme un homme « suffisamment honnête » pour dire ce qu'il pouvait « tolérer » ou non.

« Les cellules sont génétiquement reprogrammées pour ne libérer un facteur de croissance nerveuse que lorsqu'elles sont localement activées ! » disait joyeusement le fac-similé vidéo d'Earl Eberle.

Un séduisant jeune mannequin, le crâne serré dans un casque Eberle, était sanglé dans une machine qui rééduquait son cerveau à faire fonctionner ses jambes.

Un mannequin à la mine hivernale, une mine misanthrope et amère, relevait les coins de sa bouche du bout de ses doigts, tandis qu'une animation agrandie d'une partie de son cerveau montrait le fleurissement des dendrites, la naissance de nouveaux liens synaptiques. Un instant plus tard, elle était capable de sourire, de manière hésitante, sans se servir de ses doigts. Un instant plus tard, son sourire était éblouissant.

CORECTOR : C'EST L'AVENIR !

« Axon Corporation a la chance de détenir cinq brevets qui protègent cette puissante plate-forme technologique, disait Earl

Eberle à la caméra. Ces brevets, ainsi que huit autres qui sont en cours d'enregistrement, forment un coupe-feu insurmontable qui protège les cent cinquante millions de dollars que nous avons dépensés en recherche et développement. Axon est reconnu comme le leader mondial dans ce domaine. Nous affichons six années consécutives de cash-flow positif et un flux de recettes que nous espérons voir dépasser quatre-vingts millions de dollars au cours de cette année. Les investisseurs potentiels peuvent être assurés que chaque dollar que nous lèverons le 15 décembre servira à développer ce produit merveilleux, qui fera date dans l'histoire de la médecine.

« CorectOr : c'est l'avenir ! » disait Eberle.

« C'est l'avenir ! abondait le bonimenteur.

« C'est l'avenir ! » répétait en chœur la foule de mignons étudiants aux lunettes de polars.

« J'aimais le passé », dit Denise en levant sa bouteille d'un demi-litre d'eau minérale d'importation.

De l'avis de Gary, beaucoup trop de gens respiraient l'air de la Salle de Bal B. Un quelconque problème de ventilation. Quand l'éclairage reprit son plein éclat, une troupe de serveurs silencieux se déploya entre les tables, portant des assiettes sous cloche.

« Je parie que c'est du saumon, dit Denise. Non, je suis sûre que c'est du saumon. »

Quittant leurs chaises de talk-show pour s'avancer sur l'estrade, apparurent trois personnages qui rappelèrent à Gary son voyage de noces en Italie. Caroline et lui avaient visité une cathédrale quelque part en Toscane, peut-être à Sienne, dans le musée de laquelle se trouvaient de hautes statues médiévales de saints, qui s'étaient autrefois dressées sur le toit de la cathédrale, ayant chacune le bras levé comme un candidat à la présidentielle en campagne et chacune affichant un sourire béat de certitude.

Le plus âgé des trois salueurs béatifiques, un homme au

visage rose et aux lunettes sans monture, tendit la main comme pour bénir l'assistance.

« Bien ! dit-il. Bien, mesdames et messieurs ! Je m'appelle Joe Prager, je dirige le secteur des opérations de marché chez Bragg Knuter. À ma gauche, vous avez Merilee Finch, la P-DG d'Axon, à ma droite, Daffy Anderson, le grand manitou des opérations chez Hevy & Hodapp. Nous espérions que Curly en personne daignerait se joindre à nous, mais c'est le héros du jour, il a une interview sur CNN en ce moment même. Je vais donc me livrer à quelques avertissements, vous me comprenez, avant de céder la parole à Daffy et Merilee.

– Yo, Kelsey, parle-moi, mon chou, parle-moi, s'écria le jeune voisin de Gary.

– Le premier avertissement, dit Prager, est que je prie tout le monde de bien noter que j'insiste sur le fait que les résultats de Curly sont extrêmement préliminaires. Il ne s'agit que de recherche en Phase Un, les amis. Quelqu'un ne m'a pas entendu ? Quelqu'un au fond ? » Prager tendit le cou et agita les bras en direction des tables les plus éloignées, dont celle de Gary. « Communiqué officiel : ceci est de la recherche en Phase Un. Axon n'a pas encore reçu, et ne cherche d'aucune manière à faire croire qu'elle ait reçu l'approbation de la FDA pour des essais en Phase Deux. Et qu'est-ce qui vient après la Phase Deux ? La Phase Trois ! Et après la Phase Trois ? Un processus d'évaluation en plusieurs étapes qui peut retarder le lancement du produit, jusqu'à trois années supplémentaires. Donc, écoutez bien, nous avons affaire à des résultats cliniques qui sont *extrêmement intéressants mais extrêmement préliminaires*. Donc *caveat emptor*. OK Doc ? Vous me comprenez. OK Doc ? »

Prager luttait pour garder son sérieux. Merilee Finch et Daffy Anderson retenaient leur sourire comme si eux aussi avaient de coupables secrets.

« Deuxième avertissement, dit Prager. Une vidéo de promotion n'est pas une notice. Les déclarations de Daffy ici aujourd'hui, tout comme celles de Merilee, sont impromptues et, là encore, *ne constituent pas une notice...* »

L'équipe de serveurs arriva à la table de Gary et lui donna du saumon sur un filet de lentilles. Denise refusa son plat d'un geste.

« Tu ne vas pas manger ? » chuchota Gary.

Elle secoua la tête.

« Denise. Vraiment. » Il se sentait blessé de manière inexplicable. « Tu peux quand même avaler quelques bouchées pour m'accompagner. »

Denise le regarda droit dans les yeux avec une expression indéchiffrable. « Je suis un peu barbouillée.

— Tu veux partir d'ici ?

— Non. Simplement, je ne veux pas manger. »

À trente-deux ans, Denise était toujours belle, mais de longues heures aux fourneaux avaient commencé à durcir sa jeune peau en une sorte de masque de terre cuite qui rendait Gary un peu plus nerveux chaque fois qu'il la voyait. Elle était sa petite sœur, après tout. Le temps où elle pouvait espérer se marier et avoir des enfants passait avec une rapidité à laquelle il était accoutumé et elle, soupçonnait-il, non. Sa carrière ressemblait pour lui à une malédiction qui la faisait travailler seize heures par jour et ne voir personne. Gary craignait – il revendiquait, en tant que frère aîné, le *droit* de craindre – que lorsque le moment viendrait où Denise sortirait de cette possession elle ne soit trop âgée pour entamer une vie de famille.

Il mangea rapidement son saumon tandis qu'elle buvait son eau minérale.

Sur l'estrade, la P-DG d'Axon, une quadragénaire blonde à la pugnacité intelligente d'un doyen d'université, parlait des effets secondaires. « Hormis les maux de tête et les nausées, auxquels on peut s'attendre, disait Merilee Finch, nous n'avons encore rien décelé. Gardez aussi à l'esprit que notre technologie de base est largement utilisée depuis des années maintenant sans qu'on ait rapporté d'effet délétère significatif. » Finch tendit un doigt vers la salle. « Oui, le costume Armani gris ?

— CorectOr n'est pas déjà le nom d'un laxatif ?

— Ah, eh bien, dit Finch en hochant violemment la tête – oui. Curly et moi avons envisagé environ dix mille noms différents avant de comprendre que la marque n'est pas vraiment un problème pour le malade d'Alzheimer, le parkinsonien ou le grand déprimé. On aurait pu appeler ça Cancéro-Amianté, ils continueraient de faire des pieds et des mains pour l'avoir. Mais la grande vision de Curly, là, et la raison pour laquelle il est prêt à faire face aux blagues scato, c'est que dans vingt ans il ne restera plus une prison aux États-Unis à cause de ce procédé. Je veux dire, pour être réaliste, nous vivons à l'époque des grandes percées médicales. Il ne fait aucun doute que nous aurons plusieurs thérapies en concurrence pour l'Alzheimer et le Parkinson. Certaines de ces thérapies seront sans doute disponibles avant CorectOr. Donc, pour la plupart des atteintes du cerveau, notre produit ne sera qu'une des armes de la panoplie. Manifestement, la *meilleure* arme, mais, tout de même, seulement une arme parmi beaucoup d'autres. D'un autre côté, quand il s'agit de maladies sociales, du cerveau du criminel, il n'existe pas d'autre option à l'horizon. C'est le CorectOr ou la prison. Donc c'est un nom qui va de l'avant. Nous revendiquons tout un nouveau continent. Nous plantons le drapeau espagnol sur la plage, là. »

Il y eut un murmure à une table éloignée où était installé un contingent de braves gens en costume de tweed, peut-être des gestionnaires de fonds de pension, peut-être les types des fondations de chez Penn ou chez Temple. Une femme à la silhouette de cigogne se leva de cette table et cria : « C'est quoi, l'idée, vous reprogrammez le multirécidiviste pour qu'il prenne plaisir à passer la serpillière ?

— C'est dans l'ordre du possible, oui, répondit Finch. C'est une utilisation envisageable, bien que sans doute pas la meilleure. »

La contestatrice n'en croyait pas ses oreilles. « Pas la *meilleure* ? C'est un *cauchemar* éthique !

— Nous sommes dans un pays libre, allez investir dans les énergies alternatives, lança Finch pour se mettre dans la poche une salle qui lui était déjà largement acquise. Achetez de la géothermie sur le second marché. Des options sur l'électricité solaire, pas cher du tout, très vertueux. Oui, le suivant, s'il vous plaît ? La chemise rose ?

— Vous rêvez complètement, insista la contestatrice en criant, si vous pensez que le peuple américain...

— Ma chérie, coupa Finch avec l'avantage de son microcravate et de la sonorisation, le peuple américain soutient la peine de mort. Croyez-vous qu'une alternative socialement constructive comme celle-ci lui posera problème ? Dans dix ans, on verra laquelle de nous deux rêve. Oui, la chemise rose à la table trois, oui ?

— Excusez-moi, persista la contestatrice, j'essaie de rappeler à vos investisseurs potentiels le huitième amendement...

— Merci. Merci beaucoup, dit Finch, son sourire professionnel se raidissant. Puisque vous évoquez les punitions cruelles et excessives, permettez-moi de vous suggérer une promenade à quelques blocks d'ici jusqu'à Fairmount Avenue. Allez jeter un coup d'œil à l'Eastern State Penitentiary. La première prison moderne du monde, inaugurée en 1829. Enfermement en cellule individuelle, parfois jusqu'à vingt ans, taux de suicide stupéfiant, bénéfice correctif nul, et, pour que les choses soient bien claires, *cela reste le modèle fondamental du système correctionnel dans les États-Unis d'aujourd'hui.* Curly ne parle pas de ça sur CNN. Il parle du million d'Américains qui sont atteints de Parkinson et des quatre millions qui sont atteints d'Alzheimer. Ce que je vous raconte là n'est pas destiné au grand public. Mais le fait est qu'une alternative cent pour cent volontaire à l'incarcération est tout sauf cruelle et excessive. Parmi toutes les applications potentielles de CorectOr, celle-ci est la *plus* humaine. Telle est la vision libérale : une autoamélioration volontaire, authentique et permanente. »

Secouant la tête avec la virulence de l'irréductible, la contestatrice quittait déjà la salle. M. Douze-Mille-Titres-Exxon, à la gauche de Gary, porta une main en cornet à sa bouche et la hua.

À d'autres tables, d'autres jeunes gens l'imitèrent, huant, ricanant, faisant leur tapage de supporters sportifs et appuyant, craignait Gary, le mépris de Denise pour le monde dans lequel il se mouvait. Denise s'était penchée en avant et contemplait M. Douze-Mille-Titres-Exxon avec une stupéfaction non dissimulée.

Daffy Anderson, un gaillard au physique de troisième ligne avec d'épaisses rouflaquettes luisantes et des cheveux d'une tout autre texture coupés en brosse, s'était avancé pour répondre aux questions financières. Il parla de *plaisante sursouscription*. Il compara la fièvre de cette introduction au *curry Vindaloo* et à *Dallas en juillet*. Il refusa de divulguer le prix que prévoyait de demander Hevy & Hodapp pour un titre Axon. Il parla de *le fixer raisonnablement* et – vous me comprenez – *de laisser le marché jouer son rôle*.

Denise toucha l'épaule de Gary et lui montra une table derrière l'estrade où Merilee Finch se tenait seule et s'enfournait du saumon dans la bouche. « Notre proie s'alimente. Passons à l'attaque.

– Pour quoi faire ? demanda Gary.

– Pour faire prendre papa dans les essais. »

Rien dans l'idée d'une participation d'Alfred à une étude en Phase Deux ne tentait Gary, mais il lui vint à l'idée qu'en laissant Denise aborder la question des maux d'Alfred, en lui permettant de susciter la sympathie pour les Lambert et d'établir leur droit légitime aux faveurs d'Axon, il pourrait accroître ses chances d'obtenir ses cinq mille titres.

« Je te laisse parler, dit-il en se levant. Puis j'aurai une question à lui poser, moi aussi. »

Lorsque Denise et lui s'avancèrent vers l'estrade, des têtes se tournèrent pour admirer les jambes de Denise.

« Quelle partie de "pas de commentaire" n'avez-vous pas comprise ? » demandait Daffy Anderson à un questionneur pour faire rire la salle.

Les joues de la P-DG d'Axon étaient gonflées comme celles d'un écureuil. Merilee Finch porta une serviette à sa bouche et dévisagea avec lassitude les Lambert qui l'accostaient. « Je suis *tellement* affamée », dit-elle. C'était l'excuse d'une femme mince pour la trivialité de ce qui l'occupait. « Nous installerons des tables supplémentaires dans quelques minutes, si vous voulez bien attendre.

— Il s'agit d'une affaire semi-privée », dit Denise.

Finch avala avec difficulté – peut-être par embarras, peut-être faute d'une mastication suffisante. « Oui ? »

Denise et Gary se présentèrent et Denise parla de la lettre qu'avait reçue Alfred.

« Il fallait que je *mange* quelque chose, expliqua Finch en se bourrant de lentilles. Je crois que c'est Joe qui a rédigé la lettre pour votre père. Je pense que tout est réglé à présent. Il serait heureux de discuter avec vous si vous aviez d'autres questions.

— Notre question est plutôt pour vous, dit Denise.

— Excusez-moi. Encore une bouchée. » Finch mâcha laborieusement son saumon, avala de nouveau, et laissa tomber sa serviette sur l'assiette. « En ce qui concerne ce brevet, je peux vous dire franchement que nous pensions l'enfreindre. C'est ce que tout le monde fait. Mais Curly est lui-même un inventeur. Il a voulu être correct.

— Franchement, dit Gary, être correct aurait signifié en offrir plus. »

La langue de Finch pointait sous sa lèvre supérieure tel un chat sous des couvertures. « Vous vous faites peut-être une idée un peu exagérée des résultats de votre père, dit-elle. Beaucoup de chercheurs se sont penchés sur ces gels dans les années soixante. La découverte de l'anisotropie électrique est généralement attribuée, je crois, à une équipe de Cornell. En plus, si j'en crois Joe, la formulation de ce brevet est vague. Il ne parle même pas du cerveau, mais seulement de "tissus humains". La justice est le droit du plus fort quand il s'agit du droit des brevets. Je pense que notre offre était assez généreuse. »

Gary fit sa grimace à la « Je suis un con » et regarda l'estrade, où Daffy Anderson était assiégé par une foule d'admirateurs et d'implorateurs.

« Notre père était satisfait de votre offre, assura Denise à Finch. Et il sera ravi de savoir ce que vous en faites. »

La complicité féminine, le faire ami-ami, soulevait légèrement le cœur de Gary.

« J'ai oublié dans quel hôpital il travaillait, dit Finch.

— Aucun, dit Denise. Il était ingénieur des chemins de fer. Il avait un labo à la cave. »

Finch fut surprise. « Il a fait ce travail en amateur ? »

Gary ne savait pas quelle version d'Alfred il détestait le plus : le vieux tyran irascible qui avait fait une grande découverte à la cave et se laissait dépouiller d'une fortune, ou l'amateur égaré qui avait involontairement reproduit les travaux de véritables chimistes dans sa cave, dépensé l'argent de la famille pour déposer et proroger un brevet à la formulation vague et recevait maintenant une miette de la table d'Earl Eberle. Toutes deux le mettaient en rage.

Peut-être valait-il mieux, après tout, que le vieil homme ait refusé le conseil de Gary et pris l'argent.

« Mon père est parkinsonien, dit Denise.

— Oh, je suis absolument désolée.

— Bon, nous nous demandions si vous ne pourriez pas l'inclure dans les essais de votre… produit.

– Possible, dit Finch. Il faudrait poser la question à Curly. J'aime bien le côté solidarité humaine. Votre père vit par ici ?

– Il est à Saint Jude. »

Finch se rembrunit. « Cela ne marchera pas si vous ne pouvez pas l'amener à Schwenksville deux fois par semaine durant six mois au moins.

– Aucun problème, répondit Denise en se tournant vers Gary. N'est-ce pas ? »

Gary haïssait chaque minute de cette conversation. Santé santé, femme femme, gentil gentil, facile facile. Il ne répondit pas.

« Comment est-il mentalement ? » demanda Finch.

Denise ouvrit la bouche, mais aucun son n'en sortit au départ.

« Il est bien, dit-elle en se ressaisissant. Oui… bien.

– Pas de démence ? »

Denise pinça les lèvres et secoua la tête. « Non. Il est parfois un peu confus, mais… non.

– La confusion pourrait venir de ses médicaments, dit Finch, auquel cas cela peut s'arranger. Mais la démence induite par un corps de Lewy dépasse le champ d'un essai en Phase Deux. Tout comme l'Alzheimer.

– Il a toute sa tête, dit Denise.

– Eh bien, s'il est capable de suivre des consignes simples et s'il est disposé à venir dans l'Est en janvier, Curly pourrait essayer de l'inclure. Cela ferait un belle histoire. »

Finch sortit une carte de visite professionnelle, secoua chaleureusement la main de Denise et plongea dans la foule qui entourait Daffy Anderson.

Gary la suivit et la prit par le coude. Elle se retourna, surprise.

« Écoutez, Merilee, dit-il d'une voix sourde, comme pour dire : *Soyons réalistes à présent, entre adultes on peut se dispenser de fredaines.* Je suis heureux que vous pensiez que mon père soit une "belle histoire". Et c'est très généreux de votre part de lui donner cinq mille dollars. Mais je crois que vous avez plus besoin de nous que nous de vous. »

Finch fit signe à quelqu'un et leva un doigt ; elle serait là dans une seconde. « En vérité, dit-elle à Gary, nous n'avons aucun besoin de vous. Alors je ne comprends pas très bien ce que vous voulez dire.

— Ma famille voudrait acheter cinq mille titres de votre introduction. »

Finch éclata du rire d'un cadre dirigeant à la semaine de travail de quatre-vingts heures. « Comme tout le monde dans cette salle, dit-elle. C'est pour cela que nous avons des banques d'investissement. Maintenant, si vous voulez bien m'excuser… »

Elle se libéra et s'éloigna. Dans la cohue, Gary avait du mal à respirer. Il était furieux contre lui-même d'avoir *quémandé*, furieux d'avoir laissé Denise venir à cette présentation, furieux d'être un Lambert. Il partit à grandes enjambées vers la sortie la plus proche sans attendre Denise, qui se hâta à sa suite.

Entre le Four Seasons et la tour de bureaux voisine, se trouvait un parvis paysager si abondamment planté et si soigneusement entretenu qu'il aurait pu s'agir de pixels dans un paradis du cybershopping. Les deux Lambert traversaient le parvis quand la colère de Gary trouva une faille par où s'épancher. Il dit : « J'aimerais bien savoir où tu imagines que papa va séjourner s'il vient ici.

— Partie chez toi, partie chez moi, dit Denise.

— Tu n'es jamais chez toi. Et papa a déclaré ne jamais vouloir rester plus de quarante-huit heures chez *moi*.

— Ce ne serait pas comme à Noël dernier, dit Denise. Crois-moi. L'impression que j'ai eue samedi…

— Et comment irait-il à Schwenksville deux fois par semaine ?

— Gary, qu'est-ce que tu dis ? Tu veux laisser tomber ? »

Deux employés de bureau, voyant approcher une querelle, libérèrent un banc en marbre. Denise s'assit sur le banc et croisa les bras dans une attitude d'intransigeance. Gary se mit à tourner en rond, les mains sur les hanches.

« Depuis dix ans, dit-il, papa n'a *rien* fait pour prendre soin de lui-même. Il est resté le cul dans son foutu fauteuil bleu à s'apitoyer sur lui-même. Je ne sais pas pourquoi tu imagines qu'il va soudain commencer…

– Eh bien, s'il pensait qu'il y avait une réelle possibilité de guérison…

– Quoi, afin de pouvoir être déprimé cinq ans de plus et mourir misérablement à quatre-vingt-cinq ans au lieu de quatre-vingts ? Ça va faire une grande différence ?

– Il est peut-être déprimé parce qu'il est malade.

– Je suis désolé, mais c'est des foutaises, Denise. C'est n'importe quoi. Il est déprimé depuis avant même sa retraite. Il était déprimé alors qu'il était encore en pleine santé. »

Une fontaine basse murmurait non loin de là, suscitant un sentiment d'intimité. Un petit nuage sans attaches s'était égaré dans le carré de ciel privé délimité par les lignes des toits. La lumière était maritime et diffuse.

« Que ferais-tu, demanda Denise, si tu avais maman sur le dos sept jours sur sept, te tannant pour que tu sortes de la maison, observant chacun de tes mouvements et agissant comme si le genre de fauteuil dans lequel tu t'assieds était un enjeu moral ? Plus elle lui dit de se bouger, plus il s'accroche à son fauteuil. Plus il s'accroche à son fauteuil, plus elle…

– Denise, tu vis dans un monde imaginaire. »

Elle dévisagea Gary avec haine. « Ne me prends pas de haut. C'est tout aussi irréaliste de faire comme si papa était une vieille machine hors d'usage. C'est une personne, Gary. Il a une vie intérieure. Et il est gentil avec moi, au moins…

– Eh bien, il n'est pas si gentil avec moi, dit Gary. Il se comporte en tyran égoïste et désagréable avec maman. Et je trouve que s'il veut rester dans son fauteuil et somnoler jusqu'à ce que mort s'ensuive, c'est parfait. Ça me convient parfaitement. Ça me convient à mille pour cent. Mais commençons par arracher ce fauteuil à une maison de deux étages qui part en ruine et perd de sa valeur. Faisons en sorte que maman retrouve une certaine qualité de vie. Faisons ça, et il pourra rester dans son fauteuil à se lamenter sur son sort jusqu'à la fin des temps.

— Elle adore cette maison. Cette maison *est* sa qualité de vie.

— Eh bien, elle vit dans un monde imaginaire, elle aussi ! Ça lui fait une belle jambe d'adorer cette maison quand elle doit garder le vieux à l'œil vingt-quatre heures sur vingt-quatre. »

Denise loucha et souffla une mèche de son front. « C'est toi qui vis dans un monde imaginaire, dit-elle. Tu as l'air de croire qu'ils vont être heureux de vivre dans un appartement de deux pièces dans une ville où nous sommes toi et moi les seules personnes qu'ils connaissent. Et tu sais qui ça arrangerait ? *Toi.* »

Il leva les bras au ciel. « Donc ça m'arrangerait ! J'en ai marre de me faire du souci pour cette maison de Saint Jude. J'en ai marre d'aller là-bas. J'en ai marre d'entendre maman se plaindre. Une situation qui nous arrange toi et moi vaut mieux qu'une situation qui n'arrange *personne*. Maman vit avec un type qui est une épave. Il est au bout du rouleau, cuit, finito, terminus, liquidation. Mais elle continue de penser que s'il faisait un peu plus d'efforts tout irait bien et la vie redeviendrait comme avant. Eh bien, j'ai une nouvelle pour vous tous : *ça ne sera plus jamais comme avant.*

— Tu ne *veux* même pas qu'il aille mieux.

— Denise. » Gary se pinça les yeux. « Ils ont eu cinq ans de sursis avant qu'il tombe malade. Et qu'est-ce qu'il faisait ? Il regardait les infos locales et il attendait que maman lui fasse à manger. Voilà le monde bien réel dans lequel nous vivons. Et *je* veux qu'ils quittent cette maison…

— Gary.

— Je veux les voir dans une maison de retraite et je n'ai pas peur de le dire.

— Gary, écoute-moi. » Denise se pencha en avant avec une

insistance bienveillante qui ne fit que l'irriter davantage. « Papa peut venir s'installer chez moi pendant six mois. Ils peuvent venir tous les deux, je peux ramener des repas tout prêts, ce n'est pas un problème. S'il va mieux, ils rentreront chez eux. S'il ne va pas mieux, ils auront six mois pour décider s'ils aiment vivre à Philly. Alors, *qu'est-ce* qui ne va pas là-dedans ? »

Gary ne savait pas ce qui n'allait pas. Mais il entendait déjà les déchants désobligeants à propos de la merveilleuse gentillesse de Denise. Et comme il était impossible d'imaginer Caroline et Enid partageant paisiblement une maison pendant six jours (pour ne rien dire de six semaines ni de six mois), Gary ne pouvait pas, même pour la forme, offrir d'accueillir lui-même leurs parents.

Il leva les yeux vers l'intensité de blancheur qui marquait la proximité du soleil avec un coin de la tour de bureaux. Les plates-bandes de chrysanthèmes, de bégonias et de fétuque bleue qui l'entouraient étaient comme les figurantes en bikini d'un clip musical, plantées dans le plein éclat de la perfection et vouées à être arrachées avant d'avoir une chance de perdre un pétale, de se piquer de taches brunes, de faire des feuilles mortes. Gary avait toujours aimé les parvis paysagers comme toiles de fond pour la mise en scène des privilèges, comme métonymies du dorlotage, mais il était vital de ne pas trop leur en demander. Il était vital de ne pas venir à eux dans le besoin.

« Tu sais, ça m'est complètement égal, dit-il. C'est une idée formidable. Et si tu veux te charger de l'aspect matériel, ce serait formidable.

— OK, je me chargerai de l'"aspect matériel", dit rapidement Denise. Bien, et pour Noël, où en est-on ? Papa voudrait vraiment que vous veniez. »

Gary éclata de rire. « Alors, il s'est mis de la partie, lui aussi, maintenant ?

— Il le souhaite pour maman. Et elle le veut vraiment fort.

— Bien sûr qu'elle le veut. Elle s'appelle Enid Lambert. Que peut vouloir Enid Lambert d'autre que Noël à Saint Jude ?

— Eh bien, moi, j'irai, dit Denise, et je vais essayer de convaincre Chip de venir, et je pense que vous cinq devriez venir aussi. Je pense que nous devrions tous nous rassembler et faire ça pour eux. »

Le léger tremblement de vertu dans sa voix mit Gary sur les dents. Un sermon sur Noël était la dernière chose dont il avait besoin en cet après-midi d'octobre, tandis que l'aiguille de son compteur de Facteur 3 oscillait dangereusement près du zéro.

« Papa a dit une chose étrange samedi, poursuivit Denise. Il a dit : "Je ne sais pas combien de temps j'ai." Tous deux parlaient comme si c'était leur dernière chance de passer un Noël en famille. C'était poignant.

— Eh bien, tu peux compter sur maman, dit Gary avec un brin d'emportement, pour formuler les choses de façon à maximiser la pression émotionnelle !

— Certes. Mais je pense qu'elle y croyait aussi.

— Je suis sûr qu'elle y croit ! dit Gary. Et je vais y réfléchir. Mais, Denise, ce n'est *pas si facile* de nous faire voyager tous les cinq jusque là-bas. Ce n'est pas si facile ! surtout quand c'est tellement important que nous soyons tous là-bas ! Tu comprends ?

— Je sais, je suis d'accord, insista tranquillement Denise. Mais souviens-toi, ce serait une occasion tout à fait unique.

— J'ai dit que j'y réfléchirais. C'est tout ce que je peux faire, compris ? Je vais y réfléchir ! Je vais y réfléchir ! D'accord ? »

Denise semblait ébahie par son éclat. « D'accord. Bien. Merci. Mais le truc, c'est que…

— Ouais, c'est ça, dit Gary en s'écartant de trois pas avant de faire soudain demi-tour. Dis-moi ce que c'est.

— Eh bien, j'étais en train de me dire…

— Tu sais, j'ai déjà une demi-heure de retard. Il faut vraiment que je retourne au bureau. »

Denise roula des yeux vers lui et resta la bouche ouverte à mi-phrase.

« *Finissons-en* avec cette conversation, dit Gary.

— D'accord, bien, je ne voudrais pas ressembler à maman, mais...

— Un peu trop tard pour ça ! Hein ? Hein ? s'écria-t-il avec une jovialité toquée, les mains levées au ciel.

— Je ne voudrais pas ressembler à maman, mais... n'attends pas trop avant de prendre des billets. Voilà, c'est dit. »

Gary commença à rire, mais ravala son rire avant qu'il ne sorte de lui. « Bon plan ! dit-il. Tu as raison ! Faut se décider ! Faut acheter ces billets ! Bon plan ! » Il frappa dans ses mains comme un entraîneur.

« Quelque chose ne va pas ?

— Non, tu as raison. Nous devrions tous aller à Saint Jude pour un dernier Noël avant qu'ils vendent la maison ou que papa parte de la caisse ou que quelqu'un meure. Y a pas à tortiller. Nons devrions tous être là-bas. C'est absolument évident. Tu as parfaitement raison.

— Alors je ne comprends pas ce qui te met dans un tel état.

— Rien ! Rien ne me met dans aucun état !

— Bien, bien. » Denise le dévisagea tranquillement. « Alors laisse-moi te poser une dernière question. J'aimerais savoir pourquoi maman semble croire que j'ai une liaison avec un homme marié. »

Un flux de culpabilité, une onde de choc, traversa Gary. « Aucune idée, dit-il.

— Lui as-tu dit que j'avais une liaison avec un homme marié ?

— Comment aurais-je pu lui dire ça ? Je ne sais strictement rien de ta vie privée.

— Eh bien, le lui aurais-tu suggéré ? As-tu fait une allusion ?

— Denise ! Vraiment. » Gary retrouvait son sang-froid familial, son aura d'indulgence de grand frère. « Tu es la personne la plus réservée que je connaisse. Sur quelle base aurais-je pu dire quoi que ce soit ?

— As-tu fait une allusion ? demanda-t-elle. Parce que *quelqu'un* l'a fait. *Quelqu'un* lui a mis cette idée dans la tête. Et il m'est revenu que je t'avais dit une petite chose un jour, que tu aurais pu interpréter de travers et lui communiquer. Gary, elle et moi avons suffisamment de problèmes sans que tu lui donnes des idées.

— Tu sais, si tu n'étais pas si mystérieuse…

— Je ne suis pas "mystérieuse".

— Si tu n'étais pas si secrète, insista Gary, peut-être n'aurais-tu pas ce problème. On dirait que tu *veux* que les gens se racontent des choses sur toi.

— C'est très intéressant que tu ne répondes pas à ma question. »

Il expira lentement entre ses dents. « Je n'ai pas la moindre idée de l'endroit où maman a pêché cette idée. Je ne lui ai rien dit.

— Très bien, dit Denise en se levant. Je vais donc me charger de cet "aspect matériel". Tu réfléchis à Noël. Et nous nous retrouverons quand papa et maman seront là. À plus tard. »

Avec une détermination stupéfiante, elle se dirigea vers la sortie la plus proche, à pas suffisamment contrôlés pour ne pas trahir la colère, mais assez rapides pour que Gary ne puisse la rattraper sans courir. Il attendit une minute pour voir si elle allait revenir. Quand il constata que non, il quitta le parvis et dirigea ses pas vers son bureau.

Gary avait été flatté quand sa petite sœur avait choisi une université dans la ville même où Caroline et lui venaient d'acheter leur maison de rêve. Il s'était fait une joie à l'idée de présenter (de montrer, en réalité) Denise à tous ses amis et ses collègues. Il s'était imaginé qu'elle viendrait dîner tous les mois à Seminole Street et que Caroline et elle seraient comme deux sœurs. Il s'était imaginé que toute sa famille, y compris Chip, finirait par s'établir à Philadelphie. Il s'était imaginé des nièces et des neveux, des fêtes et des jeux de société, de longs Noëls sous la neige dans Seminole Street. Cela faisait maintenant quinze ans que Denise et lui vivaient dans la même ville et il avait à peine l'impression de la connaître. Elle ne lui demandait jamais rien. Si épuisée fût-elle, elle ne venait jamais à Seminole Street sans des fleurs ou un dessert pour Caroline, des dents de requin ou des BD pour les enfants, une blague sur les avocats ou une charade pour Gary. Il n'y avait pas de faille dans sa bienséance, pas moyen de lui faire sentir à quel point il était profondément déçu que, de l'avenir richement familial qu'il s'était imaginé, presque *rien* ne s'était réalisé.

Un an plus tôt, à déjeuner, Gary lui avait parlé d'un « ami » à lui (en fait, un collègue, Jay Pascoe), marié, qui avait une liaison avec le professeur de piano de sa fille. Gary disait qu'il comprenait l'intérêt récréatif de son ami dans cette histoire (Pascoe n'avait aucune intention de quitter sa femme), mais qu'il ne voyait pas ce que le professeur de piano y trouvait.

« Donc tu n'imagines pas, avait dit Denise, qu'une femme pourrait souhaiter avoir une liaison avec toi ?

— Je ne parle pas de moi, avait dit Gary.

— Mais tu es marié et tu as des enfants.

— Je dis que je ne comprends pas ce que la femme trouve à un type qu'elle sait être un menteur et un faux jeton.

— Sans doute déteste-t-elle les menteurs et les faux jetons en général, avait répliqué Denise. Mais elle fait une exception pour le type dont elle est amoureuse.

— Elle se trompe elle-même en un sens.

— Non, Gary, c'est ainsi que fonctionne l'amour.

— Eh bien, j'imagine qu'il lui reste toujours une chance d'avoir un coup de bol et d'épouser un paquet de fric. »

Ce déchirement de l'innocence libérale de Denise par l'âpre réalité économique avait semblé l'attrister.

« Tu vois quelqu'un qui a des enfants, dit-elle, et tu vois

combien il est heureux d'être père, et tu es attirée par ce bonheur. L'impossibilité est attirante. Tu sais, la sécurité des impasses.

— Tu as l'air de savoir de quoi tu parles, dit Gary.

— Émile est le seul homme qui m'ait jamais attirée qui n'ait pas eu d'enfants. »

Cela intéressa Gary. Sous le couvert de la stupidité fraternelle, il se risqua à demander : « Alors, avec qui sors-tu en ce moment ?

— Personne.

— Donc ce n'est pas un homme marié », plaisanta-t-il.

Le visage de Denise pâlit d'un ton, puis rougit de deux lorsqu'elle tendit la main vers son verre d'eau. « Je ne vois personne, dit-elle. Je travaille très dur.

— Eh bien, essaie de te souvenir qu'il n'y a pas que la cuisine dans la vie. Tu es maintenant à un stade où tu devrais sérieusement penser à ce que tu veux vraiment et aux moyens d'y parvenir. »

Denise s'agita sur sa chaise et fit signe au serveur d'apporter l'addition. « Je pourrais peut-être épouser un paquet de fric », dit-elle.

Plus Gary songeait aux affaires de sa sœur avec des hommes mariés, plus cela le mettait en colère. Néanmoins, il n'aurait jamais dû en faire part à Enid. Cette révélation avait eu pour cause l'absorption de gin sur un estomac vide tout en entendant sa mère chanter les louanges de Denise à Noël, quelques heures après que le renne autrichien mutilé soit réapparu et que le cadeau d'Enid à Caroline ait été découvert dans une poubelle, tel un bébé assassiné. Enid portait aux nues le généreux multimillionnaire qui finançait le nouveau restaurant de Denise et l'avait envoyée faire une luxueuse tournée gastronomique en France et en Europe centrale, elle portait aux nues les longues heures de travail de Denise, son dévouement et sa réussite, et, avec son sens équivoque des comparaisons, elle stigmatisait le « matérialisme » de Gary, son « ostentation » et son « obsession de l'argent » – comme si elle-même n'était pas polarisée par le dollar ! Comme si elle-même, si elle avait pu se le permettre, n'aurait pas acheté une maison semblable à celle de Gary et ne l'aurait pas meublée à peu près de la même manière que lui ! Il avait envie de lui dire : *De tes trois enfants, je suis celui dont la vie ressemble de loin le plus à la tienne ! Je possède ce que tu m'as appris à désirer ! Et maintenant que je l'ai, tu le dénigres !*

Mais ce qu'il dit en réalité, quand l'esprit-de-genièvre finit par déborder, fut : « Pourquoi tu ne demandes pas à Denise avec qui elle couche ? Demande-lui si le type est marié et s'il a des enfants.

— Je ne pense pas qu'elle sorte avec quelqu'un, dit Enid.

— Je te conseille, dit l'esprit-de-genièvre, de lui demander si elle a jamais eu une liaison avec un homme marié. Je pense que l'honnêteté t'oblige à poser cette question avant de l'ériger en parangon des valeurs du Midwest. »

Enid se boucha les oreilles. « Je ne veux pas en entendre parler !

— Très bien, continue, plonge la tête dans le sable ! éructa l'esprit débraillé. Simplement, je ne veux plus entendre de salades sur le parfait ange qu'elle serait. »

Gary savait qu'il avait enfreint le code d'honneur des frères et sœurs. Mais il était heureux de l'avoir fait. Il était heureux que Denise ait de nouveau Enid sur le dos. Il se sentait environné, encerclé, par des femmes désapprobatrices.

Il y avait, bien sûr, une manière évidente de se libérer : il pouvait dire *oui* au lieu de *non* à l'une de la douzaine de secrétaires, femmes croisées dans la rue et vendeuses qui, n'importe quelle semaine, remarquaient sa taille et ses cheveux d'un gris schisteux, sa veste en daim et son pantalon de velours français, et le regardaient dans les yeux comme pour lui dire : *La clé est sous le paillasson*. Il n'y avait toujours pas de chatte sur terre qu'il préférerait lécher, pas de cheveux qu'il préférerait rassembler dans son poing comme une cordelière de soie, pas de regard dans lequel il aurait préféré lire son propre orgasme que celui de Caroline. Le seul résultat garanti d'une aventure serait d'ajouter une femme désapprobatrice de plus à sa vie.

Dans le vestibule de la tour de CenTrust, sur Market Street, il se joignit à une foule d'êtres humains devant les ascenseurs. Employées de bureau et informaticiens, comptables et ingénieurs en perforatrices, de retour d'un déjeuner tardif.

« Le lion, il est ascendant, dit la femme qui se tenait le plus près de Gary. C'est le moment de faire du shopping. Le lion, il préside souvent aux bonnes affaires dans les boutiques.

— Où est Notre Sauveur là-dedans ? demanda la femme à qui elle s'était adressée.

— C'est aussi un bon moment pour penser à Notre Sauveur, répondit calmement la première. L'époque du lion est excellente pour cela.

— Complémentation de lutécium combinée avec des mégadoses de vitamine E partiellement hydrogénée ! dit une troisième personne.

— Il a programmé son radio-réveil, dit une quatrième, ce qui en dit long sur quelque chose que je ne savais même pas qu'on pouvait le faire, mais il l'a programmé pour qu'il le réveille sur WMIA onze minutes après chaque heure. Toute la nuit durant. »

Un ascenseur finit par arriver. Tandis que la masse d'humanité s'y engouffrait, Gary envisagea d'attendre un véhicule moins peuplé, un trajet moins pullulant de médiocrité et d'odeurs corporelles. Mais il aperçut, en provenance de Market Street, une jeune spécialiste du développement immobilier qui, au cours des derniers mois, lui avait adressé des sourires engageants, invitant à la conversation, au contact. Pour l'éviter, il se rua dans l'ascenseur au moment où les portes se fermaient. Mais les portes butèrent sur son pied et se rouvrirent. La jeune spécialiste se serra contre lui.

« Le prophète Jérémie, ma fille, il parle du lion. Tout est dans cette brochure ici.

– Genre, il est trois heures onze du matin et les Clippers mènent 146 à 145 devant les Grizzlies avec douze secondes à jouer dans la troisième prolongation. »

Strictement aucune réverbération dans un ascenseur plein. Chaque son était étouffé par des vêtements, de la chair et des coiffures. L'air prérespiré. La crypte surchauffée.

« Cette brochure est l'œuvre du Diable.

– Lis-la à la pause café, ma fille. Quel mal y a-t-il ?

– Les deux équipes les plus mal classées essayant d'améliorer leurs chances dans la loterie de la bourse aux joueurs en perdant ce dernier match de la saison dépourvu de tout autre enjeu.

– Le lutécium est une terre rare, très rare et issue de la terre, et il est pur parce qu'il est élémentaire !

– Il mettrait le réveil à quatre heures onze, il pourrait avoir tous les derniers résultats en ne se levant qu'une seule fois. Mais il y a la coupe Davis à Sydney avec une mise à jour heure par heure. Impossible de manquer ça. »

La jeune spécialiste de l'immobilier était petite, avec un joli visage et des cheveux teints au henné. Elle leva un sourire vers Gary comme pour l'inviter à lui adresser la parole. Elle avait l'air de venir du Midwest et heureuse de se trouver près de lui.

Gary fixa son regard sur rien et essaya de ne pas respirer. Il était chroniquement embarrassé par le *T* qui surgissait au milieu de CenTrust. Il avait envie d'enfoncer durement ce *T*, comme un tétin, mais quand il l'enfonçait, il n'arrivait à rien de satisfaisant. Il obtenait cent-rust : penny rouillé.

« Ma fille, ce n'est pas une foi de remplacement. C'est *complémentaire*. Isaïe parle de ce lion aussi. Il l'appelle le lion de Judée.

– Un tournoi pro-am en Malaisie avec un gagnant potentiel ayant bouclé son parcours, mais cela pouvait changer entre deux heures onze et trois heures onze. Peut pas manquer ça.

— Ma foi n'a pas besoin d'être remplacée.

— Sheri, ma fille, tu as les oreilles bouchées à la cire ? Écoute ce que je viens de te dire. Ce. N'est. Pas. Une. Foi. De. Remplacement. C'est complémentaire.

— Ça garantit une peau soyeuse et éclatante plus une réduction de dix-huit pour cent des crises d'angoisse !

— Genre, je me demande quel effet ça fait à Samantha d'avoir un réveil qui sonne à côté de son oreiller huit fois par nuit toutes les nuits.

— Tout ce que je dis, c'est que c'est le moment de faire du shopping, c'est tout ce que je dis. »

Gary songea, tandis que la jeune spécialiste de l'immobilier se pressait contre lui pour laisser un flot d'humanité empourprée quitter l'ascenseur, tandis qu'elle appuyait sa tête teinte au henné contre ses côtes plus fortement qu'il ne semblait strictement nécessaire, qu'une autre raison pour laquelle il était resté fidèle à Caroline durant vingt années de mariage était son aversion toujours croissante pour le contact physique avec d'autres êtres humains. Certainement était-il amoureux de la fidélité ; certainement tirait-il une stimulation érotique de l'adhésion à ce principe, mais, quelque part entre son cerveau et ses couilles, un câble était-il en train de se défaire, car, lorsqu'il déshabilla et viola mentalement cette petite rouquine, sa principale pensée fut qu'il trouverait épouvantablement étouffant et mal désinfecté le site de son infidélité – un placard à fournitures plein de bactéries coliformes, un Courtyard de la chaîne Marriott aux murs et aux draps constellés de sperme desséché, la banquette arrière râpeuse de l'adorable Coccinelle ou Plymouth qu'elle possédait sans nul doute ; la moquette infestée de spores de son studio de débutante à Montgomeryville ou Conshohocken, chaque endroit surchauffé et sous-ventilé, évoquant les verrues génitales et la chlamydia à sa propre manière déplaisante – et quelle lutte ce serait pour respirer, quel étouffement que sa chair, combien sordides et vains ses efforts pour ne pas marquer de condescendance…

Il bondit hors de l'ascenseur au seizième étage, aspirant de grandes bouffées fraîches d'air climatisé.

« Votre femme a appelé, dit sa secrétaire, Maggie. Elle veut que vous la rappeliez tout de suite. »

Gary releva une pile de messages dans sa boîte sur le bureau de Maggie. « A-t-elle dit de quoi il s'agissait ?

— Non, mais elle a l'air bouleversée. Même quand je lui ai dit que vous n'étiez pas là, elle a continué de rappeler. »

Gary s'enferma dans son bureau et feuilleta les messages. Caroline avait appelé à 13 h 35, 13 h 40, 13 h 55 et 14 h 10 ; il était maintenant 14 h 25. Il se massa le poing avec triomphe. Enfin, enfin, un signe de désespérance.

Il appela chez lui et demanda : « Qu'est-ce qui se passe ? »

Caroline avait la voix tremblante. « Gary, ton portable est détraqué. Je l'ai appelé plusieurs fois et ça ne répond pas. Qu'est-ce qui lui arrive ?

— Je l'ai coupé.

— Depuis combien de temps tu l'as coupé ? Cela fait une heure que j'essaie de te joindre et maintenant il faut que j'aille chercher les garçons, mais je ne veux pas sortir de la maison ! Je ne sais pas quoi faire !

— Caro. Dis-moi ce qui se passe.

— Il y a quelqu'un de l'autre côté de la rue.

— Qui est-ce ?

— Je ne sais pas. Quelqu'un dans une voiture, je ne sais pas. Cela fait une heure qu'ils sont là. »

L'extrémité de la bite de Gary fondait comme le haut d'une bougie. « Eh bien, dit-il, as-tu pu voir qui c'était ?

— J'ai peur, dit Caroline. Et les flics disent que c'est une voie publique.

— Ils ont raison. C'est une voie publique.

— Gary, quelqu'un a encore volé la pancarte Neverest ! » Elle était au bord des larmes. « Je suis rentrée à midi et elle avait disparu. Puis j'ai regardé dehors et cette voiture était là, et il y a quelqu'un sur le siège avant en ce moment même.

— Quel genre de voiture ?

— Un gros break. Assez vieux. Je ne l'ai jamais vu par ici.

— Il était là quand tu es rentrée ?

— Je ne sais pas ! Mais il faut que j'aille chercher Jonah et je ne veux pas quitter la maison, avec la pancarte qui a disparu et cette voiture garée devant…

— Le système d'alarme fonctionne toujours, hein ?

— Mais si je reviens et qu'ils sont encore dans la maison et que je les surprends…

— Caroline, ma chérie, calme-toi. Tu entendrais l'alarme…

— Une vitre cassée, une alarme qui se déclenche, quelqu'un d'acculé, ces gens sont armés…

— Allons, allons, allons. Caroline ? Voilà ce que tu vas faire… Caroline ? » La peur dans sa voix et le besoin que sa peur suggérait l'excitaient tellement qu'il dut se pincer à travers le tissu de son pantalon, se rappeler à la réalité. « Rappelle-moi sur ton portable, dit-il. Garde-moi en ligne, va prendre le Stomper et descends l'allée. Tu peux parler à qui tu veux à travers la fenêtre. Je serai tout le temps avec toi. Entendu ?

— OK. OK. Je te rappelle tout de suite. »

Pendant que Gary attendait, il pensa à la chaleur, au goût salé et à la douceur de peau de pêche du visage de Caroline tandis qu'elle pleurait, au bruit quand elle ravalait son mucus lacrymal, et à sa bouche grande ouverte, offerte, alors, à la sienne. N'avoir rien ressenti, pas le moindre élan, dans la souris morte d'où sortait son urine depuis trois semaines, avoir cru qu'elle n'aurait plus jamais besoin de lui et qu'il ne la désirerait plus jamais, et puis, subitement, être transporté par le désir : ça, c'était le mariage tel qu'il le connaissait. Son téléphone sonna.

« Je suis dans la voiture, dit Caroline depuis l'espace auriculaire en forme de cockpit de la téléphonie mobile. Je fais marche arrière.

– Tu peux relever son numéro d'immatriculation aussi. Note-le avant de t'arrêter à côté de lui. Montre-lui que tu le relèves.

– OK. OK. »

Dans une miniature métallique, il entendit le souffle de gros animal de son 4x4, le *om* enflant de sa transmission automatique.

« Oh, merde, Gary, gémit-elle, il est parti ! Je ne le vois pas ! Il a dû me voir arriver et s'en aller !

– Très bien, parfait, c'est ce que tu voulais.

– Non, parce qu'il va faire le tour du block et revenir quand je ne serai plus là ! »

Gary la calma et lui expliqua comment approcher sans danger de la maison quand elle reviendrait avec les garçons. Il promit de garder son portable allumé et de rentrer tôt. Il se retint de faire des comparaisons sur leurs santés mentales respectives.

Déprimé ? Il n'était pas déprimé. Les signes vitaux de l'exubérance de l'économie américaine affluaient numériquement sur l'écran multipartitionné de son téléviseur. Orfic Midland, plus un point trois huitièmes dans la journée. Le dollar US se moquant de l'euro, enfonçant le yen. Virginia Lin fit un saut pour proposer de vendre un paquet d'Exxon à 104. Gary voyait, de l'autre côté du fleuve, le paysage de zone inondable de Camden, New Jersey, dont la ruine profonde, depuis cette hauteur et cette distance, faisait penser à un sol de cuisine dont on aurait arraché le linoléum. Le soleil était fier au sud, source de soulagement. Gary ne supportait pas que ses parents viennent dans l'Est et que le temps soit pourri sur la côte. Le même soleil brillait présentement sur leur navire de croisière, quelque part au nord du Maine. Dans un coin de son écran de télé, s'affichait la tête de Curly Eberle. Gary agrandit l'image et haussa le son au moment où Eberle concluait : « Un appareil de musculation pour le cerveau, ce n'est pas une mauvaise image, Cindy. » Les présentateurs des nouvelles économiques en continu, pour qui le risque financier n'était que le compagnon de virée d'un retournement potentiel, hochèrent sagement la tête. « Un appareil de musculation pour le cerveau, Ow-*kay*, enchaîna la présentatrice, et, tout de suite, un jouet qui fait fureur en Belgique (!) et son inventeur dit que *ce* produit pourrait faire encore plus fort que les *Beanie Babies* ! » Jay Pascoe fit un saut pour râler contre le marché obligataire. Les fillettes de Jay avaient maintenant un nouveau professeur de piano et la même vieille mère. Gary saisit environ un mot sur trois de ce que disait Jay. Il avait les nerfs en pelote comme lors de ce lointain après-midi avant son cinquième rendez-vous avec Caroline, quand ils étaient si prêts à perdre enfin leur chasteté que chaque heure qui passait était comme un bloc de granit à casser pour un prisonnier entravé…

Il quitta son bureau à quatre heures trente. Dans sa berline suédoise, il se faufila par Kelly Drive et Lincoln Drive, quitta la vallée du Shuylkyll, sa brume et ses voies express, ses immeubles cossus, pour grimper sous les tunnels d'ombre et les arches gothiques des feuillages de l'automne commençant le long de Wissahickon Creek et retrouver l'arboréalité enchantée de Chestnut Hill.

Nonobstant l'imagination enflammée de Caroline, la maison semblait intacte. Gary remonta lentement l'allée devant les plates-bandes de funkias et de fusains où, tout comme elle l'avait indiqué, une autre pancarte PROTÉGÉ PAR NEVEREST avait été volée. Depuis le début de l'année, Gary avait planté et perdu cinq pancartes PROTÉGÉ PAR NEVEREST. Cela l'ulcérait d'inonder le marché de pancartes sans valeur, diluant ainsi la valeur de PROTÉGÉ PAR NEVEREST comme dissuasion contre les cambrioleurs. Ici, au cœur de Chestnut Hill, inutile de le dire, la valeur faciale des pancartes Neverest, Western Civil Defense et ProPhilaTex plantées devant chaque maison était appuyée par la réalité perceptible de projecteurs et de scanners rétiniens, de batteries de secours, de lignes d'alerte enfouies et de portes contrôlées à distance ; mais ailleurs dans le nord-ouest de Philly, de Mount Airy à Germantown et Nicetown, où les sociopathes avaient leurs affaires et leurs tanières, il existait une classe de propriétaires au grand cœur qui haïssaient ce que cela pourrait signifier quant à leurs « valeurs » d'acheter leur propre système de sécurité, mais dont les « valeurs » libérales ne leur interdisaient pas de voler les pancartes PROTÉGÉ PAR NEVEREST de Gary à un rythme quasi hebdomadaire pour les planter devant leurs propres maisons...

Dans le garage, il fut assailli par un besoin alfredesque de s'allonger sur le siège de la voiture et de fermer les yeux. En coupant le moteur il sembla couper aussi quelque chose dans son cerveau. Où ce désir et cette énergie avaient-ils disparu ? Cela, aussi, était le mariage tel qu'il le connaissait.

Il s'obligea à quitter la voiture. Un bandeau de fatigue le serrait depuis les yeux et les sinus jusqu'au cervelet. Même si Caroline était prête à lui pardonner, même si elle et lui parvenaient à s'éclipser pour fricoter en l'absence des enfants (et, pour être réaliste, cela semblait parfaitement impossible), il était probablement trop fatigué à présent pour s'exécuter. Devant lui s'étendaient cinq heures accaparées par les enfants avant qu'il ne puisse être seul avec elle au lit. Simplement retrouver l'énergie qu'il avait à peine cinq minutes plus tôt nécessiterait du sommeil – au moins huit heures, dix peut-être.

La porte de service était fermée, la chaîne de sécurité mise. Il y toqua de manière aussi ferme et enjouée qu'il le put. Par la fenêtre, il vit Jonah arriver au petit trot en tongs et maillot de bain, taper le code de sécurité, puis déverrouiller la porte et retirer la chaîne.

« Salut, papa, je suis en train de faire un sauna dans la salle de bains », lui lança-t-il avant de repartir au même petit trot.

L'objet du désir de Gary, la femme blonde émolliée par les

larmes qu'il avait rassurée au téléphone, était assis à côté de Caleb et regardait une rediffusion intergalactique sur la télé de la cuisine. De vrais humanoïdes en pyjama unisexe.

« Salut ! dit Gary. On dirait que tout va bien ici. »

Caroline et Caleb hochèrent la tête, les yeux sur une autre planète.

« Je pense que je vais aller mettre une nouvelle pancarte, dit Gary.

— Tu devrais la clouer à un arbre, dit Caroline. L'ôter de son poteau et la clouer à un arbre. »

Presque émasculé par l'attente déçue, Gary emplit sa poitrine d'air et toussa. « L'idée, Caroline, n'est-elle pas qu'il y ait une certaine classe, une subtilité dans le message que nous envoyons ? Un côté "À bon entendeur, salut" ? Si tu es obligé d'*enchaîner* ta pancarte à un arbre pour qu'on ne te la vole pas…

— J'ai dit clouer.

— Ça revient à annoncer aux sociopathes : *Nous sommes battus ! Venez vous servir ! Venez vous servir !*

— Je n'ai pas dit enchaîner. J'ai dit clouer. »

Caleb tendit la main vers la télécommande et haussa le volume.

Gary descendit à la cave et retira d'un carton plat la dernière du lot de six pancartes que le représentant de Neverest lui avait vendu. Vu le prix d'un système de protection Neverest, les pancartes étaient d'une qualité incroyablement médiocre. La pancarte elle-même était grossièrement peinte et fixée par de fragiles rivets en aluminium à un poteau fait d'une feuille métallique enroulée trop fragile pour être enfoncé dans le sol à coups de marteau (il fallait creuser un trou).

Caroline ne leva pas les yeux quand il revint à la cuisine. Il aurait eu matière à se demander s'il n'avait pas rêvé ses appels au secours paniqués s'il n'y avait pas eu un reste d'humidité dans son caleçon et si, pendant les trente secondes qu'il avait passées à la cave, elle n'avait pas reverrouillé la porte de service, mis la chaîne et réarmé l'alarme.

Lui, bien sûr, était mentalement dérangé, tandis qu'elle ! Elle !

« Bon Dieu ! » dit-il en martelant leur date de mariage sur le clavier numérique.

Laissant la porte grande ouverte, il sortit devant la maison et planta la nouvelle pancarte Neverest dans le vieux trou stérile. Lorsqu'il revint, une minute plus tard, la porte était de nouveau verrouillée. Il sortit ses clés, tourna le verrou et poussa la porte autant que le permettait la chaîne, déclenchant le premier niveau de l'alarme à l'intérieur. Il s'arc-bouta contre la porte, faisant craquer ses gonds. Il songea à faire sauter la chaîne à coups d'épaule. Avec une grimace et un cri, Caroline se leva d'un bond et vint en boitillant composer le code avant la limite fatidique des trente secondes. « Gary, dit-elle, tu aurais pu frapper.

— J'étais devant la maison. J'étais à quinze mètres de là. Quel besoin avais-tu de mettre l'alarme ?

— Tu ne comprends pas comment c'était ici aujourd'hui, marmonna-t-elle tout en retournant à petits pas aux espaces interstellaires. Je me sens très seule ici, Gary. Très seule.

— Mais je suis là. D'accord ? Je suis là maintenant.

— Oui. Tu es là.

— Hé, pop, qu'est-ce qu'il y a à dîner ? demanda Caleb. On peut avoir des mixed-grills ?

— Oui, dit Gary. Je vais préparer le dîner *et* je ferai la vaisselle *et* je pourrais aussi tailler la haie parce que moi, pour ma part, je me sens bien ! D'accord, Caroline ? Ça te va ?

— Oui, s'il te plaît, bien sûr, prépare le dîner, marmonna-t-elle sans quitter l'écran des yeux.

— Bien. Je vais préparer le dîner. » Gary frappa dans ses mains et toussa. Il avait l'impression que, dans sa poitrine et dans sa tête, des rouages usés tombaient de leur axe pour être broyés par d'autres éléments de sa machinerie interne, comme s'il exigeait de son corps une bravoure, une énergie sans faille, qu'il n'était tout simplement pas en mesure de fournir.

Il avait besoin d'au moins six heures de bon sommeil ce soir. Pour cela, il projetait de boire deux vodka-martinis et de se pieuter avant dix heures. Il renversa la bouteille de vodka sur un shaker de glace et la laissa glouglouter impudemment, parce que lui, qui était une huile à CenTrust, n'avait aucune raison d'avoir honte de se détendre après une dure journée de travail. Il lança un feu de bois et vida sa vodka-martini. Telle une pièce jetée dans une vaste orbite chancelante de désintégration, il revint à la cuisine et parvint à préparer la viande, mais il se sentait trop fatigué pour la faire cuire. Comme Caroline et Caleb ne lui avaient prêté aucune attention quand il s'était versé sa première vodka-martini, il s'en prépara une deuxième, pour se donner un coup de fouet, et la considéra officiellement comme sa première. Luttant contre les effets d'optique vitreux d'une ébriété à la vodka, il sortit et jeta la viande sur le grill. À nouveau la lassitude, à nouveau le déficit de tous les neurofacteurs amicaux l'assaillirent. Sans se cacher de toute la famille, il se confectionna une troisième (officiellement : une deuxième) vodka-martini et la but. Par la fenêtre, il constata que le grill était en proie aux flammes.

Il remplit d'eau un poêlon en Teflon et n'en renversa qu'une partie en se précipitant pour éteindre le feu. Un nuage de vapeur, de fumée et d'aérosols s'éleva. Il retourna tous les morceaux de viande, exposant leurs revers carbonisés et brillants. Il y avait une odeur de brûlé mouillé, semblable à celle que les pompiers laissent derrière eux. Il ne restait plus assez de vie dans les braises pour faire mieux que colorer légèrement la face crue des morceaux de viande, bien qu'il les laissât cuire une dizaine de minutes.

Son fils miraculeusement attentionné, Jonah, avait entre-temps mis le couvert et sorti le pain et le beurre. Gary servit les bouts de viande les moins brûlés et les moins crus à sa femme et ses enfants. Maniant maladroitement son couteau et sa fourchette, il emplit sa bouche de cendres et de poulet saignant qu'il était trop fatigué pour mastiquer et avaler, et trop fatigué aussi pour aller les cracher. Il resta avec la chair de volaille non mastiquée dans la bouche jusqu'à ce qu'il se rende compte qu'un filet de salive lui coulait le long du menton – une piètre manière de témoigner d'une bonne santé mentale. Il avala tout rond. Il eut l'impression d'engouffrer une balle de tennis. Sa famille le regardait.

« Papa, ça va ? » demanda Aaron.

Gary s'essuya le menton. « Très bien, Aaron, merci. Le boulet est un deu pur. Un peu dur. » Il toussa, l'œsophage pareil à une colonne de feu.

« Tu aurais peut-être besoin de t'étendre un moment, dit Caroline, comme à un enfant.

— Je crois que je vais aller tailler cette haie, dit Gary.

— Tu m'as l'air plutôt fatigué, dit Caroline. Tu ferais peut-être mieux de t'allonger.

— Je ne suis pas fatigué, Caroline. J'ai seulement pris de la fumée dans les yeux.

— Gary…

— Je sais que tu racontes à tout le monde que je suis déprimé, mais il se trouve que ce n'est pas le cas.

— Gary.

— Hein, Aaron ? C'est bien ça ? Elle t'a dit que j'étais cliniquement déprimé – hein ? »

Aaron, pris par surprise, tourna les yeux vers Caroline, qui secoua la tête avec une lenteur appuyée.

« Eh bien ? Elle te l'a dit ? » insista Gary.

Aaron baissa les yeux vers son assiette en rougissant. Le spasme d'amour que Gary éprouva alors pour son fils aîné, ce fils aimant, honnête, orgueilleux et rougissant, était intimement lié à la rage qui le propulsait à présent, avant qu'il n'eût compris ce qui se passait, loin de la table. Il jurait devant ses enfants. Il disait : « *Merde*, Caroline ! *Marre* de tes chuchotis ! Je vais aller tailler cette putain de haie ! »

Jonah et Caleb baissèrent la tête, comme pour éviter les balles perdues. Aaron semblait déchiffrer l'histoire de sa vie, en particulier de son avenir, dans son assiette souillée de graisse.

Caroline parla de la voix calme, basse et frémissante de la victime manifeste. « D'accord, Gary, bien, dit-elle. Dans ce cas, laisse-nous dîner tranquillement. Va-t'en, s'il te plaît. »

Gary s'en alla. Il se précipita au-dehors et traversa le jardin. Tout le feuillage environnant la maison était maintenant rendu crayeux par les lumières qui s'échappaient des fenêtres, mais le demi-jour restait suffisant à l'ouest pour découper les silhouettes des arbres. Dans le garage, il décrocha de son support l'escabeau de deux mètres cinquante et dansa et virevolta avec lui, manquant défoncer le pare-brise du Stomper avant de le maîtriser. Il traîna l'escabeau devant la maison, alluma les lumières, et retourna chercher le taille-haie électrique et la rallonge de trente mètres. Pour ne pas souiller sa coûteuse chemise en lin, qu'il s'aperçut tardivement n'avoir pas quittée, avec le cordon sale, il le laissa traîner derrière lui et s'emmêler destructivement dans les fleurs. Il se mit en T-shirt, mais ne prit pas la peine de changer de pantalon de crainte de perdre son allant et de s'étendre sur la pelouse gorgée de la chaleur du jour pour écouter les grillons, le cliquetis des cigales, et de piquer du nez. L'exercice physique soutenu lui éclaircit les idées dans une certaine mesure. Il grimpa sur l'escabeau et tailla les excroissances vert tendre des ifs, se penchant aussi loin qu'il l'osait. Se trouvant dans l'impossibilité d'atteindre les trente centimètres de haie les plus proches de la maison, il aurait probablement dû arrêter le taille-haie, redescendre et déplacer l'escabeau, mais comme il ne s'agissait que de trente centimètres et qu'il ne disposait pas de ressources infinies d'énergie et de patience, il essaya de faire avancer l'escabeau en direction de la maison, de le faire sautiller par des ébranlements tout en continuant de tenir, dans sa main gauche, le taille-haie en marche.

Le léger coup, l'effleurement à peine sensible, qu'il porta alors au gras de son pouce droit s'avéra, après inspection, avoir creusé un trou assez profond, saignant abondamment, qu'il aurait fallu montrer à un médecin des urgences dans le meilleur des mondes possibles. Mais Gary ne se faisait pas d'illusions. Il savait qu'il était trop ivre pour conduire lui-même jusqu'à Chestnut Hill Hospital, et il ne pouvait demander à Caroline de l'y amener sans soulever des questions embarrassantes quant à sa décision de grimper sur un escabeau et de se servir d'un appareil électrique après avoir bu, ce qui signifierait, en outre, reconnaître combien de vodka il avait bu avant dîner et, plus généralement, de présenter une image contraire à celle de la Bonne Santé Mentale qu'il avait voulu donner en allant tailler la haie. Donc, tandis qu'un nuage d'insectes suceurs de sang et dévoreurs de lainages attirés par la lumière extérieure, s'engouffrait dans la maison par la porte d'entrée que Gary avait négligé de refermer derrière lui quand il s'était précipité à l'intérieur, avec son sang étrangement frais qui coulait dans ses deux mains enlacées, il s'enferma dans la salle de bains du rez-de-chaussée et laissa ruisseler le sang dans le lavabo, voyant du jus de grenade, ou du sirop de chocolat, ou de l'huile de vidange, dans ses tourbillons magnétiques. Il fit couler de l'eau froide sur l'entaille. De l'extérieur de la porte de la salle de bains non verrouillée, Jonah lui demanda s'il s'était fait mal. Gary assembla de sa main gauche un tampon absorbant de papier-toilette et le pressa contre la blessure, puis posa acrobatiquement une bande adhésive que l'eau et le sang empêchèrent de coller. Il y avait du sang sur le siège des cabinets, du sang sur le carrelage, du sang sur la porte.

« Papa, il y a des bestioles qui rentrent, dit Jonah.

– Oui, Jonah, pourquoi tu ne fermes pas la porte ? Monte prendre un bain. Je viendrai vite et on jouera aux dames.

– On ne pourrait pas plutôt jouer aux échecs ?

– Oui.

– Mais il faudra que tu me donnes une dame, un fou, un cavalier et une tour.

– Oui, va prendre un bain !

– Tu viendras vite ?

– Oui ! »

Gary tira un nouveau morceau de bande du distributeur dentelé et se moqua de lui-même dans la glace pour s'assurer qu'il en était toujours capable. Le sang filtrait à travers le papier-toilette, coulant le long de son poignet et décollant l'adhésif. Il s'enveloppa la main dans un essuie-main et en prit un autre, bien humecté, pour essuyer le sang de la salle de bains. Il entrouvrit la porte et écouta la voix de Caroline à l'étage, le lave-vaisselle dans la cuisine, l'eau du bain de Jonah qui coulait. Une piste de sang remontait le vestibule jusqu'à la porte d'entrée. Accroupi et se déplaçant en crabe, sa main blessée serrée contre le ventre, Gary tamponna le sang avec l'essuie-main. Il y avait aussi du sang sur le caillebotis de bois gris de la véranda. Gary marcha en se tordant les pieds pour ne pas faire de bruit. Il alla dans la cuisine chercher un seau et une serpillière, et là, dans la cuisine, se trouvait le placard à alcools.

Ma foi, il l'ouvrit. En serrant la bouteille de vodka sous son aisselle droite, il put dévisser la capsule de la main gauche. Au moment où il levait la bouteille, alors qu'il basculait la tête en arrière pour effectuer un dernier léger prélèvement sur le solde plutôt maigre du flacon, son regard glissa au-dessus du haut de la porte du placard et il vit la caméra.

La caméra était de la taille d'un paquet de cartes. Elle était montée sur un support altazimuth au-dessus de la porte de service. Son boîtier était en aluminium brossé. Elle avait une lueur pourpre dans l'œil.

Gary remit la bouteille dans le placard, passa à l'évier et fit couler de l'eau dans un seau. La caméra pivota de trente degrés pour le suivre.

Il aurait voulu arracher la caméra du plafond, ou, à défaut, il aurait voulu monter expliquer à Caleb la moralité douteuse de l'espionnage, ou, à défaut, il aurait voulu au moins savoir depuis combien de temps cette caméra était installée ; mais, comme il avait quelque chose à cacher, toute action qu'il entreprendrait contre la caméra, toute objection qu'il ferait à sa présence dans sa cuisine, apparaîtrait nécessairement à Caleb comme intéressée.

Il laissa tomber l'essuie-main ensanglanté et sale dans le seau et approcha de la porte de service. La caméra bascula sur son support pour le garder en plein champ. Il se planta en dessous et la regarda droit dans l'œil. Il secoua la tête et prononça les mots *Non, Caleb*. Naturellement, la caméra ne lui répondit pas. Gary se rendit alors compte que la pièce devait aussi être équipée de micros. Il pouvait parler directement à Caleb, mais il craignait que, s'il regardait l'œil par procuration de Caleb et entendait sa propre voix et la faisait entendre dans la chambre de Caleb, le résultat n'en soit un soulignement intolérablement violent de la réalité de ce qui se passait. Il se contenta donc de secouer la tête et de faire un mouvement de balayage de sa main gauche, un « Coupez » ! de réalisateur de cinéma. Puis il prit le seau dans l'évier et nettoya le sol de la véranda.

Comme il était ivre, le problème de la caméra et du spectacle offert à Caleb de sa blessure et de son flirt avec le placard à alcools ne demeura pas dans la tête de Gary comme un ensemble de pensées conscientes et d'angoisses, mais se referma en boucle et devint une sorte de présence physique à l'intérieur de lui, une dure masse tumorale qui descendit à travers son estomac pour aller se fixer au creux de ses entrailles. Le problème n'allait nulle part, bien sûr. Mais, pour l'instant, il était imperméable à la pensée.

« Papa ? appela la voix de Jonah depuis une fenêtre de l'étage. Je suis prêt pour jouer aux échecs. »

Le temps que Gary rentre, en laissant la haie à demi taillée et l'escabeau dans une étendue de lierre, son sang avait percé trois épaisseurs de serviette pour fleurir à la surface en une tache rosâtre de plasma filtré de ses corpuscules. Il craignait de rencontrer quelqu'un dans le couloir, Caleb ou Caroline certainement, mais tout particulièrement Aaron, parce que Aaron lui avait demandé si tout allait bien, Aaron n'avait pas été capable de lui mentir, et ces discrètes manifestations de l'amour d'Aaron étaient en un sens l'élément le plus effrayant de toute la soirée.

« Pourquoi tu as une serviette sur la main ? demanda Jonah tout en retirant la moitié des forces de Gary de l'échiquier.

– Je me suis coupé, Jonah. J'applique de la glace sur la blessure.

– Tu sens l'al-co-ol. » La voix de Jonah était rythmée.

« L'alcool est un puissant désinfectant », dit Gary.

Jonah avança un pion en e4. « Je parle de l'al-co-ol que tu as bu, moi. »

À dix heures, Gary était couché et donc, si l'on voulait, toujours en accord avec son projet initial, toujours sur la voie de – quoi ? Eh bien, il ne savait pas exactement. Mais s'il dormait un peu, il serait peut-être capable de trouver le moyen d'aller de l'avant. Afin de ne pas salir les draps, il avait glissé sa main blessée, enveloppée dans la serviette, dans un sachet de pain de mie. Il éteignit la lampe de chevet et se tourna contre le mur, sa main ensachée lovée contre la poitrine, le drap et la couverture d'été tirés jusque sur l'épaule. Il dormit profondément un moment et fut réveillé dans la chambre obscurcie par les élancements dans sa main. De part et d'autre de l'entaille, la chair le démangeait comme s'il y avait des vers dedans, la douleur irradiant à travers toute sa main. Caroline respirait régulièrement, dormant du sommeil du juste. Gary se leva pour vider sa vessie et prendre quatre Advil. Quand il retourna se coucher, son dernier plan pathétique tomba en ruine, parce qu'il n'arriva pas à se rendormir. Il avait l'impression que le sang coulait du sachet de pain. Il envisagea de se lever et de se glisser dans le garage pour aller aux urgences. Il additionna les heures que cela lui prendrait et la quantité de vigilance qu'il devrait consommer d'ici le retour et ôta le total du nombre d'heures qui restaient avant qu'il doive se lever pour aller travailler, et conclut que le mieux était de dormir jusqu'à six heures et puis, si besoin était, de passer par les urgences en allant au bureau ; mais tout cela dépendait entièrement de sa capacité à retrouver le sommeil, et comme il en était incapable, il reconsidéra la situation et recalcula, mais il restait à présent moins de minutes dans la nuit que lorsqu'il avait envisagé pour la première fois de se lever et de se faufiler au-dehors. Le calcul était cruel par sa régression. Il se leva de nouveau pour aller pisser. Le problème de la surveillance de Caleb gisait, impossible à digérer, dans ses tripes. Il avait une envie dévorante de réveiller Caroline pour la baiser. Sa main blessée l'élançait. Elle paraissait monstrueuse ; il avait une main de la taille et du poids d'un fauteuil, chaque doigt un doux rondin de sensibilité exacerbée. Et Denise ne cessait de le dévisager avec haine. Et sa mère ne cessait de revenir à la charge pour son Noël. Et il se glissa brièvement dans une pièce où son père avait été sanglé sur une chaise électrique et coiffé d'un casque métallique, et la propre main de Gary était posée sur le contacteur en forme d'étrier à l'ancienne mode, qu'il avait manifestement déjà actionné, parce qu'Alfred bondit hors de la chaise, fantastiquement galvanisé, souriant horriblement, une parodie d'enthousiasme, dansant sur place avec des membres raides et saccadés, puis faisant le tour de la pièce en accéléré et s'abattant d'un bloc, face contre terre, comme un escabeau aux jambes repliées, et gisant là, sur le sol de la chambre d'exécution, tous les muscles de son corps tressautant et fumant...

Une lumière grise apparaissait derrière les fenêtres quand Gary se leva pour pisser une quatrième ou cinquième fois.

L'humidité et la chaleur du matin ressemblaient plus à juillet qu'à octobre. La brume ou le brouillard qui planait sur Seminole Street brouillait – ou désincarnait – ou diffractait – les croassements des corbeaux qui remontaient la colline, au-dessus de Navajo Road et de Shawnee Street, comme des adolescents du coin se dirigeant vers le parking du Wawa Food Market (qu'ils appelaient « Club Wa », selon Aaron) pour fumer leurs cigarettes.

Il se rallongea et attendit le sommeil.

« ... du jour est le cinq octobre et parmi les principales nouvelles que nous suivrons ce matin, son exécution étant prévue pour avoir lieu dans moins de vingt-quatre heures, les avocats de Khellye... », fit la radio de Caroline avant qu'elle ne la coupe d'une tape.

Au cours de l'heure suivante, tandis qu'il écoutait le lever de ses fils et les bruits de leur petit déjeuner et les stridences d'une trompette actionnée par John Philip Sousa, offertes par Aaron, un nouveau plan radical prit forme dans le cerveau de Gary. Il était couché en fœtus, immobile, contre le mur, sa main glissée dans le sachet de pain de mie collé contre la poitrine. Son nouveau plan radical était de ne rien faire.

« Gary, tu es réveillé ? demanda Caroline depuis une distance moyenne, l'embrasure de la porte sans doute. Gary ? »

Il ne dit rien ; ne répondit pas.

« Gary ? »

Il se demanda si elle pourrait être intriguée par le fait qu'il ne fasse rien, mais déjà ses pas remontaient le couloir et elle appelait : « Jonah, allez, tu vas être en retard...

– Où est papa ? demanda Jonah.

– Il est encore au lit, allons-y. »

Il y eut un trottinement de petits pieds et vint alors le premier véritable défi au nouveau plan radical de Gary. Depuis un endroit plus proche que l'embrasure de la porte, Jonah s'exprima. « Papa ? Nous allons partir. Papa ? » Et Gary ne devait rien faire. Il devait faire comme s'il n'entendait rien, ou ne pouvait entendre, il devait infliger sa grève générale, sa dépression clinique, à la seule créature qu'il aurait souhaité pouvoir épargner. Si Jonah approchait encore – si, par exemple, il venait le serrer dans ses bras –, Gary doutait de pouvoir rester silencieux et immobile. Mais Caroline appelait à nouveau du bas de l'escalier et Jonah s'empressa de partir.

Au loin, Gary entendit taper la date de son mariage pour armer le périmètre. Puis la maison aux odeurs de toasts devint silencieuse et il moula sur son visage l'expression d'insondable souffrance et d'apitoiement sur elle-même qu'affichait Caroline quand son dos la faisait souffrir. Il comprit, comme il ne l'avait jamais compris auparavant, tout le réconfort que procurait cette expression.

Il songea à se lever, mais il n'avait besoin de rien. Il ne savait même pas quand Caroline reviendrait ; si elle travaillait au FDE aujourd'hui, elle pourrait ne pas être de retour avant trois heures. C'était sans importance. Il serait là.

En fait, Caroline revint une demi-heure plus tard. Les bruits de son départ furent inversés. Il entendit l'approche du Stomper, le code de désarmement, les pas dans l'escalier. Il sentit sa femme dans l'embrasure de la porte, silencieuse, l'observant.

« Gary ? » fit-elle d'une voix plus basse, plus tendre.

Il ne fit rien. Il resta allongé. Elle vint jusqu'à lui et s'agenouilla auprès du lit. « Qu'est-ce qui se passe ? Tu es malade ? »

Il ne répondit pas.

« Qu'est-ce que c'est que ce sac ? Mon Dieu ! Qu'est-ce que tu as fait ? »

Il ne dit rien.

« Gary, dis quelque chose ! Tu es déprimé ?

– Oui. »

Elle soupira alors. Des semaines de tension accumulée s'écoulaient de la pièce.

« Je me rends, dit Gary.

– Qu'est-ce que tu veux dire ?

– Nous ne sommes pas obligés d'aller à Saint Jude, dit-il. Personne n'est obligé d'y aller s'il ne veut pas. »

Cela lui coûta beaucoup de dire ça, mais il y avait une récompense. Il sentit approcher la chaleur de Caroline, son rayonnement, avant qu'elle ne le touche. Le soleil levant, le premier effleurement de ses cheveux sur son cou tandis qu'elle se penchait sur lui, l'approche de son souffle, le doux atterrissage de ses lèvres sur sa joue. Elle dit : « Merci.

– J'irai peut-être pour la veille de Noël, mais je rentrerai pour Noël.

– Merci.

– Je suis complètement déprimé.

– Merci.

– Je me rends », dit Gary.

L'ironie, bien sûr, voulut qu'aussitôt qu'il se fut rendu – peut-être aussitôt qu'il eut avoué sa dépression, presque certainement lorsqu'il lui montra sa main et qu'elle lui eut mis un pansement correct, et en tout cas pas plus tard que le moment où, avec une locomotive aussi longue, dure et lourde qu'une machine de train modèle réduit échelle O, il plongea dans des recoins humides et doucement ondulés qui même après vingt ans de fréquentation lui semblaient toujours inexplorés (son approche était dans le style cuiller, par-derrière, si bien que Caroline pouvait garder les reins arqués vers l'extérieur et qu'il pouvait sans risque caler sa main bandée contre son flanc ; la baise blessait, les deux l'étaient) – non seulement il ne se sentait plus déprimé, mais il était euphorique.

L'idée lui vint – mal à propos, sans doute, vu le tendre acte conjugal dans lequel il était présentement engagé ; mais il était qui il était, il était Gary Lambert, il avait des pensées déplacées et il en avait marre de s'excuser ! – qu'il pouvait à présent demander sans problème à Caroline de lui acheter quatre mille cinq cents titres Axon et qu'elle serait heureuse de le faire.

Elle oscillait d'avant en arrière comme une toupie sur un minuscule point de contact, tout son être sexué étant presque en apesanteur sur le bout humidifié de son majeur.

Il se dépensa glorieusement. Se dépensa, se dépensa, se dépensa.

Ils étaient toujours étendus, nus, à l'heure buissonnière de neuf heures et demie par un mardi quand le téléphone posé sur la table de nuit de Caroline sonna. Répondant, Gary fut choqué d'entendre la voix de sa mère. Il fut choqué par la réalité de son existence.

« J'appelle du bateau », dit Enid.

Pendant un instant de culpabilité, avant qu'il ne s'avise que téléphoner d'un bateau devait être coûteux et que les nouvelles de sa mère pourraient donc ne pas être bonnes, Gary crut qu'elle l'appelait parce qu'elle savait qu'il l'avait trahie.

En mer

Deux cents heures, l'obscurité, le *Gunnar Myrdal* : tout autour du vieil homme, l'eau courante chantait mystérieusement dans des tuyaux métalliques. Tandis que le navire fendait la mer noire à l'est de la Nouvelle-Écosse, l'horizontale légèrement inclinée, de la proue vers la poupe, comme si malgré sa grande compétence d'acier le navire était mal à l'aise et ne parvenait à résoudre le problème d'une colline liquide qu'en la fendant rapidement ; comme si la stabilité dépendait d'une telle dissimulation des terreurs de la flottaison. Il y avait un autre monde en dessous – là était le problème. Un autre monde en dessous qui avait du volume mais pas de forme. Le jour, la mer était une surface bleue liserée de moutons, un défi réaliste à la navigation, et le problème pouvait être négligé. La nuit, cependant, l'esprit allait de l'avant et plongeait dans le souple – le violemment désert – néant sur lequel le lourd navire d'acier voyageait et dans chaque mouvement de houle on voyait un travestissement des repères, on voyait combien un homme serait irrémédiablement perdu par six brasses de fond. La terre ferme était dépourvue de cet axe Oz. La terre ferme était comme d'être éveillé. Même dans un désert non cartographié, on pouvait tomber à genoux et marteler la terre à coups de poing, et la terre ne cédait pas. Bien sûr, l'océan, lui aussi, avait une peau de vigilance. Mais chaque point de cette peau était un point où l'on pouvait couler et disparaître en coulant.

En même temps que les choses tanguaient, elles vibraient. Il y avait un tremblement dans la structure du *Gunnar Myrdal*, une incessante trépidation dans le sol, le lit et les parois lambrissées de bouleau. Un tremblement syncopé si essentiel au bateau et si semblable au parkinson dans sa manière de croître constamment sans jamais sembler faiblir, qu'Alfred avait situé le problème en lui-même jusqu'à ce qu'il entende des passagers plus jeunes, bien portants, en faire mention.

Il reposait à peu près éveillé dans la cabine B11. Éveillé dans une boîte métallique qui tanguait et vibrait, une sombre boîte métallique qui allait quelque part dans la nuit.

Il n'y avait pas de hublot. Une chambre avec vue aurait coûté des centaines de dollars de plus et Enid avait raisonné que, puisqu'une cabine servait principalement à dormir, qui avait besoin d'un hublot, à un prix pareil ? Elle y regarderait peut-être six fois au cours du voyage. Cela faisait cinquante dollars le coup d'œil.

Elle dormait à présent, aussi silencieuse que si elle simulait le sommeil. Alfred endormi était une symphonie de ronflements, de sifflements et d'étouffements, une épopée de Z. Enid était un haïku. Elle restait immobile des heures durant puis se réveillait en ouvrant les paupières comme une lumière qu'on aurait rallumée. Parfois au petit matin à Saint Jude, pendant la longue minute qu'il fallait au radio-réveil pour faire basculer un chiffre, la seule chose mobile dans la maison était l'œil d'Enid.

Le matin de la conception de Chip elle avait seulement paru feindre le sommeil, mais le matin de celle de Denise, sept ans plus tard, elle jouait vraiment la comédie. Dans son âge mûr, Alfred avait invité à de telles duperies mineures. Plus d'une dizaine d'années de mariage l'avaient transformé en l'un de ces prédateurs excessivement civilisés dont on entend parler dans les zoos, le tigre du Bengale qui a oublié comment tuer, le lion accablé par la dépression. Pour susciter l'attirance, Enid devait être un cadavre immobile, dépourvu de sang. Si elle se manifestait activement, passait activement une cuisse par-dessus la sienne, il s'arc-boutait contre elle et enfouissait son visage ; il suffisait qu'elle sorte nue de la salle de bains pour qu'il détourne le regard, comme la Règle d'Or l'enjoignait à l'homme qui détestait lui-même être vu. Ce n'était que tôt le matin, lorsqu'il s'éveillait à la vue de ses petites épaules blanches, qu'il s'aventurait hors de sa tanière. Son immobilité et sa complétude, les lentes aspirations d'air qu'elle prenait, sa matérialité totalement vulnérable, le faisaient bondir. Et lorsqu'elle sentait sa grosse patte sur ses côtes et son souffle carnivore sur son cou, elle se laissait aller, comme avec la résignation instinctive d'une proie (« Finissons-en avec ça »), bien qu'en vérité sa passivité fût calculée, parce qu'elle savait que la passivité l'excitait. Il la prenait, et dans une certaine mesure elle souhaitait être prise, comme un animal : dans une silencieuse mutuelle intimité de violence. Elle aussi gardait les yeux fermés. Ne se donnait souvent même pas la peine de bouger du côté qu'elle occupait, mais ouvrait simplement sa hanche, relevait le genou dans un réflexe vaguement proctologique. Puis, sans lui montrer son visage, il se retirait dans la salle de bains, où il se lavait, se rasait, et dont il ressortait pour trouver le lit déjà fait et entendre, au rez-de-chaussée, le percolateur qui glougloutait. Du point de vue d'Enid, dans la cuisine, un lion peut-être, et non son mari, l'avait voluptueusement éreintée, ou peut-être l'un des hommes en uniforme qu'elle aurait dû épouser s'était-il glissé dans son lit. Ce n'était pas une vie merveilleuse, mais une femme pouvait vivre de cet aveuglement et de ses souvenirs (qui ressemblaient aussi curieusement, à présent, à un aveuglement) des premières années, quand il avait été fou d'elle et avait plongé ses yeux dans les siens. La chose importante était de garder tout cela tacite. Si l'acte n'était jamais évoqué, il n'y aurait aucune raison de s'en abstenir avant qu'elle ne soit à nouveau clairement enceinte, et, même une fois enceinte, aucune raison de s'en abstenir tant que ce fait n'était jamais mentionné.

Elle avait toujours voulu trois enfants. Plus la nature lui en refusait un troisième, moins elle se sentait accomplie en comparaison de ses voisines. Bea Meisner, bien que plus grosse et plus bête qu'Enid, se bécotait publiquement avec son mari, Chuck ; deux fois par mois, les Meisner prenaient une baby-sitter et allaient danser. Chaque année en octobre, invariablement, Dale Driblett emmenait sa femme, Honey, dans un endroit extravagant et lointain pour leur anniversaire de mariage et les nombreux jeunes Driblett avaient tous leur anniversaire en juillet. Même Esther et Kirby Root se donnaient des tapes sur le popotin aux barbecues. Elle effrayait Enid, lui faisait honte, la tendresse aimante des autres couples. C'était une fille brillante, ayant le sens des affaires, qui était passée directement du repassage des draps et des nappes dans la pension de famille de sa mère au repassage des draps et des chemises *chez** Lambert. Dans les yeux de chacune de ses voisines, elle lisait la question tacite : Al la faisait-il au moins se sentir unique de cette manière unique ?

Aussitôt qu'elle était à nouveau visiblement enceinte, elle avait une réponse tacite. Les changements de son corps étaient irréfutables, et elle imaginait si clairement les inférences flatteuses que Bea, Esther et Honey pouvaient en tirer sur sa vie amoureuse qu'elle-même en tirait bientôt les mêmes inférences.

Ainsi rendue heureuse par la grossesse, elle se laissait aller et abordait des sujets interdits avec Alfred. Non pas, inutile de le dire, le sexe, l'accomplissement personnel ou la justice. Mais il existait d'autres questions à peine moins taboues, et, dans son étourderie, Enid franchit la ligne jaune un matin. Elle suggéra qu'il achète des titres d'une certaine valeur. Alfred répondit que la Bourse était un paquet de dangereuses absurdités qu'il valait mieux laisser aux riches et aux spéculateurs oisifs. Enid suggéra qu'il achète néanmoins des titres d'une certaine valeur. Alfred dit qu'il se souvenait du Mardi noir comme si c'était hier. Enid suggéra qu'il achète néanmoins des titres d'une certaine valeur. Alfred dit qu'il serait très malavisé d'acheter cette valeur. Enid suggéra qu'il l'achète néanmoins. Alfred dit qu'ils n'avaient pas d'argent à dépenser, surtout avec un troisième enfant à venir. Enid suggéra que l'argent pouvait s'emprunter. Alfred dit que non. Il dit non d'une voix beaucoup plus forte et quitta la table du petit déjeuner. Il dit non si fort qu'une coupe décorative en cuivre apposée au mur de la cuisine résonna brièvement, et, sans l'avoir embrassée, il quitta la maison pour onze jours et dix nuits.

Qui aurait deviné qu'une si *petite* erreur de sa part pouvait tout changer ?

En août, la Midland Pacific avait promu Alfred ingénieur en chef adjoint pour les voies et les ouvrages d'art, et il venait d'être envoyé dans l'Est inspecter chaque kilomètre de l'Erie Belt Railroad. Les responsables locaux de l'Erie Belt le promenaient dans des draisines à moteur à gaz qui détalaient comme une araignée d'eau vers une voie de garage quand les mégalosaures de l'Erie Belt passaient dans un tonnerre. L'Erie Belt était un réseau régional dont les camions avaient sapé le trafic marchandise tandis que les automobiles privées avaient fait plonger dans le rouge le trafic voyageurs. Même si ses lignes principales restaient généralement saines, ses lignes secondaires pourrissaient à un point inimaginable. Les trains se traînaient à quinze kilomètres à l'heure sur des rails ondoyants comme de la ficelle. Kilomètre sur kilomètre de voies irrémédiablement gauchies. Alfred voyait des traverses mieux adaptées au paillage qu'à serrer des crampons. Des arrêts de cheminement qui avaient perdu leur tête à force de rouille, des crapauds à la dérive sous une croûte de corrosion comme des crevettes en beignet. Du ballast si désagrégé que les traverses pendaient aux rails plus qu'elles ne les maintenaient. Des poutrelles rongées et galeuses, comme du gâteau au chocolat allemand, les sombres copeaux, les résidus divers.

Combien modeste – comparée aux locomotives furieuses – pouvait paraître une étendue de voie envahie par les mauvaises herbes, contournant un champ de sorgho tardif. Mais sans cette voie, le train n'était que dix mille tonnes de néant ingouvernable. La volonté était dans la voie.

Partout où Alfred se rendait dans l'arrière-pays de l'Erie Belt, il entendait les jeunes employés de la compagnie se dire : « Te fatigue pas !

— À plus tard, Sam. Travaille pas trop dur.

— Te fatigue pas.

— Toi non plus, vieux. Te fatigue pas. »

Cette phrase sonnait aux oreilles d'Alfred comme une malédiction de l'Est, une épitaphe cruelle pour un État autrefois formidable, l'Ohio, qui avait été mis à genoux par ces parasites de camionneurs. Personne à Saint Jude n'aurait jamais osé *lui* dire de ne pas se fatiguer. Dans la Prairie où il avait grandi, un homme qui ne se fatiguait pas ne valait pas grand-chose. Arrivait maintenant une génération efféminée pour laquelle « ne pas se fatiguer » était une valeur. Alfred entendait des équipes d'entretien des voies de l'Erie Belt qui taillaient des bavettes pendant le temps de travail, il voyait des employés de bureau habillés de manière voyante qui prenaient des pauses café de dix minutes, il voyait des blancs-becs de dessinateurs fumer avec une satisfaction méprisante tandis qu'un chemin de fer autrefois fiable tombait en ruine tout autour d'eux. « Ne pas se fatiguer » était le mot d'ordre de ces jeunes gens exagérément aimables, le gage de leur familiarité excessive, le faux réconfort qui leur permettait de ne pas prêter attention à la crasse dans laquelle ils travaillaient.

La Midland Pacific, à l'opposé, n'était qu'acier brillant et béton blanc. Des traverses si neuves que la créosote bleue soulignait leurs veines. Les sciences appliquées de l'amortissement des vibrations et du béton nervuré précontraint, des détecteurs de mouvement et des rails soudés. La Midpac était basée à Saint Jude et desservait une région plus travailleuse, plus centrale, du pays. Contrairement à l'Erie Belt, elle était fière de son engagement à maintenir un service de qualité sur ses voies secondaires. Un millier de villes et de bourgades du cœur du pays dépendaient de Midpac.

Plus Alfred en découvrait sur l'Erie Belt, plus il ressentait vivement la supériorité de taille, de force et de vitalité morale dans son propre organisme. En chemise, cravate et chaussures à coques, il empruntait lestement la passerelle sur la Maumee, quinze mètres au-dessus des barges de crasses et des eaux boueuses, s'accrochait à la semelle inférieure de la ferme et se penchait en contrebas pour assener sur la poutre principale de la travée un coup de son marteau favori, qu'il emportait toujours dans sa mallette ; des croûtes de peinture et de rouille aussi larges que des feuilles de sycomore tombaient en spiralant dans la rivière. Une machine de triage s'engageait sur la travée en faisant sonner sa cloche et Alfred, qui ne connaissait pas le vertige, se glissait dans un maître-entrait et plantait les pieds sur les extrémités des traverses qui dépassaient au-dessus de la rivière. Tandis que les traverses remuaient et tressautaient, il jetait sur son écritoire une évaluation condamnatrice de l'aptitude du pont.

Peut-être quelques-unes des conductrices qui traversaient la Maumee sur le pont voisin de Cherry Street le voyaient-elles perché là, le ventre plat et les épaules larges, le vent pressant ses revers de pantalon contre ses chevilles, et peut-être sentaient-elles, comme Enid l'avait senti la première fois qu'elle avait posé les yeux sur lui, qu'elles étaient là en présence d'un *homme*. Bien qu'il fût inconscient de leurs regards, Alfred ressentait de l'intérieur ce qu'elles voyaient de l'extérieur. Le jour, il se sentait un homme, et il en témoignait, on pourrait même dire qu'il en faisait étalage, en marchant sans se tenir sur d'étroites corniches, en travaillant des dix et douze heures sans interruption et en recensant les faiblesses efféminées d'un réseau de chemin de fer de l'Est.

La nuit était une autre affaire. La nuit, il restait sans dormir sur des matelas qui semblaient faits de carton et recensait les défauts de l'humanité. On aurait cru que, dans tous les motels où il descendait, il avait des voisins qui forniquaient comme s'il n'y avait pas de lendemain – des hommes mal élevés et sans discipline, des femmes qui gloussaient et criaient. À une heure du matin à Erie, Pennsylvanie, une fille dans la chambre voisine hurla et haleta comme une catin. Un petit malin de rien du tout lui faisait son affaire. Alfred en voulait à la fille de se la couler douce. Il en voulait au type pour son assurance nonchalante. Il leur en voulait à tous deux de ne pas avoir assez d'égards pour baisser le ton. Comment pouvaient-ils ne pas se préoccuper un seul instant de leur voisin, allongé sans dormir dans la chambre d'à côté ? Il en voulait à Dieu de permettre à de telles personnes d'exister. Il en voulait à la démocratie de les lui infliger. Il en voulait à l'architecte du motel d'avoir compté sur une simple cloison de parpaing pour préserver la tranquillité du client. Il en voulait à la direction du motel de ne pas garder en réserve une chambre pour les hôtes souffrants. Il en voulait aux habitants frivoles et nonchalants de Washington, Pennsylvanie, qui avaient fait deux cent cinquante kilomètres pour suivre un match de foot universitaire et rempli toutes les chambres de motel du nord-ouest de la Pennsylvanie. Il en voulait aux autres clients de leur indifférence à la fornication, il en voulait à l'humanité tout entière de son insensibilité, et c'était tellement injuste. Il était injuste que le monde manque à tel point d'égards pour un homme qui avait tant d'égards pour le monde. Aucun homme ne travaillait aussi dur que lui, aucun homme ne faisait un voisin de motel aussi discret, aucun homme n'était davantage un homme, et cependant tous les détraqués du monde avaient le droit de lui voler son sommeil avec leurs agissements lubriques…

Il refusait de pleurer. Il pensait que s'il s'entendait pleurer à deux heures du matin dans une chambre de motel flairant le tabac, la terre pourrait s'arrêter de tourner. S'il n'avait que ça, il avait de la discipline. La capacité à refuser : il l'avait.

Mais l'exercice qu'il en faisait n'était pas reconnu. Le lit de la chambre voisine cognait à nouveau contre le mur, le type grognant comme un cabotin, la fille s'étouffant dans ses hululements. Et toutes les serveuses, dans toutes les villes, avaient des rotondités mammaires mal rangées dans une blouse à monogramme non entièrement boutonnée et ne manquaient pas de se pencher sur lui.

« Un rab de café, beau gosse ?

– Ah, oui, s'il vous plaît.

– Tu rougis, mon chou, ou c'est le soleil qui se lève ?

– J'aimerais l'addition à présent, merci. »

Et à l'hôtel Olmsted de Cleveland, il surprit un porteur et une femme de chambre en train de s'embrasser lascivement dans une cage d'escalier. Et les voies qu'il voyait quand il fermait les yeux étaient une fermeture éclair qu'il ouvrait interminablement, et les signaux qu'il laissait derrière lui viraient du rouge de l'interdiction au vert de la permission dès l'instant où il les passait, et dans un lit affaissé de Fort Wayne d'horribles succubes s'abattaient sur lui, des femmes dont le corps tout entier – jusqu'à leurs habits et leurs sourires, leurs jambes croisées – n'était qu'une invitation, tel un vagin, et jusqu'à la surface de sa conscience (ne salis pas le lit !) il luttait contre l'embolus enflant du foutre, ses yeux s'ouvrant sur Fort Wayne au lever du soleil tandis qu'un néant brûlant séchait dans son pyjama : une victoire, tout bien considéré, car il avait refusé sa satisfaction aux succubes. Mais à Buffalo, le chef de gare avait une photo de Brigitte Bardot punaisée sur la porte de son bureau, à Youngstown, Alfred découvrit un magazine cochon sous l'annuaire de téléphone du motel, et à Hammond, Indiana, il se trouva piégé sur une voie de garage tandis qu'un train de marchandise défilait devant lui et que des pom-pom girls faisaient des grands écarts sur le terrain de football qui était juste à sa gauche, la plus blonde des filles *rebondissant* un peu au plus bas de son écart, comme si elle devait *embrasser* le gazon déchiré par les crampons de sa vulve vêtue de coton, et le fourgon de queue oscillait coquinement tandis que le train finissait par s'éloigner : comme le monde semblait se conjurer pour torturer un homme vertueux.

Il revint à Saint Jude dans une voiture de direction accrochée à un convoi de marchandise longue distance, et, arrivé à Union Station, il prit un train de banlieue. Dans les rues qui séparaient la gare de sa maison, les dernières feuilles tombaient. C'était la saison de la dégringolade, de la dégringolade vers l'hiver. Des cavaleries de feuilles tournoyaient en travers des pelouses râpées. Il s'arrêta dans la rue et contempla la maison qui lui appartenait conjointement avec une banque. Les gouttières étaient obstruées par des brindilles et des glands, les plates-bandes de chrysanthèmes étaient ravagées. Il lui revint à l'esprit que sa femme était à nouveau enceinte. Les mois le poussaient de l'avant sur leur voie rigide, l'amenant plus près du jour où il serait le père de trois enfants, de l'année où il finirait de payer son emprunt, de l'heure de sa mort.

« J'aime ta valise, dit Chuck Meisner par la fenêtre de sa Ford Fairlane, en venant s'immobiliser le long du trottoir. Un instant, je t'ai pris pour le démarcheur en brosses de ménage.

— Chuck, fit Alfred, surpris. Bonjour !

— J'ai une conquête en vue. Le mari n'est jamais là. »

Alfred rit, parce que ce n'était qu'une plaisanterie. Chuck et lui se croisaient souvent dans la rue, l'ingénieur au garde-à-vous, le banquier détendu derrière son volant. Alfred en costume et Chuck en tenue de golf. Alfred mince et droit. Chuck chauve et ventripotent. Chuck ne se fatiguait pas trop à l'agence qu'il dirigeait, mais Alfred le considérait néanmoins comme un ami. Chuck écoutait effectivement ce qu'il disait, semblait impressionné par le travail qu'il abattait et reconnaissait en lui une personne aux qualités peu communes.

« J'ai vu Enid au culte dimanche, dit Chuck. Elle m'a dit que tu étais parti depuis une semaine déjà.

– J'ai passé onze jours en déplacement.

– Une urgence quelque part ?

– Pas exactement, dit Alfred avec fierté. J'ai inspecté chaque kilomètre de voie de l'Erie Belt Railroad.

– L'Erie Belt. Hum. » Chuck passa ses pouces autour du volant en laissant ses mains reposer sur ses genoux. Il était le conducteur le plus nonchalant qu'Alfred connût, tout en étant aussi le plus vigilant. « Tu fais bien ton boulot, Al, dit-il. Tu es un ingénieur formidable. Donc il faut qu'il y ait une raison pour l'Erie Belt.

– Effectivement, dit Alfred. Midpac l'achète. »

Le moteur de la Fairlane éternua une fois à la manière d'un chien. Chuck avait grandi dans une ferme près de Cedar Rapids, et l'optimisme de sa nature plongeait ses racines dans la terre arable profonde et bien arrosée de l'est de l'Iowa. Les fermiers de l'est de l'Iowa n'avaient jamais appris à ne pas faire confiance au monde. Tandis que tout humus qui aurait pu nourrir l'espoir en Alfred s'était envolé lors de l'une ou l'autre sécheresse de l'ouest du Kansas.

« Donc, dit Chuck, j'imagine qu'il y a eu une annonce publique.

– Non. Aucune annonce. »

Chuck hocha la tête, regardant au-delà d'Alfred la maison Lambert. « Enid sera contente de te voir. Je crois qu'elle a eu une dure semaine. Les garçons ont été malades.

– Tu gardes cette information pour toi.

– Al, Al, Al.

– Je n'en aurais parlé à personne d'autre que toi.

– Merci de ta confiance. Tu es un bon ami et un bon chrétien. Et il me reste environ l'équivalent de quatre trous avant la nuit pour tailler cette haie. »

La Fairlane s'ébranla et Chuck la fit tourner d'un seul index vers l'entrée de son allée, comme s'il composait le numéro de son agent de change.

Alfred reprit sa valise et sa mallette. Elle avait été à la fois spontanée et tout l'opposé de spontanée, sa confidence. Un spasme de bienveillance et de gratitude envers Chuck, une émission calculée de la fureur qui s'était accumulée en lui onze jours durant. Un homme parcourt trois mille kilomètres, mais il ne peut pas boucler les vingt derniers pas sans faire *quelque chose*...

Et il paraissait hautement improbable que Chuck *use* effectivement de l'information...

Entrant dans la maison par la porte de la cuisine, Alfred vit des morceaux de rutabagas crus dans une casserole, une botte serrée par un élastique de côtes de bettes et une viande mystérieuse dans un papier de boucherie brun. Et aussi un oignon perdu qui paraissait destiné à être frit et servi avec... du foie ?

Par terre, à l'entrée de l'escalier de la cave se trouvait un amoncellement de magazines et de pots à confiture.

« Al ? » lança Enid depuis le sous-sol.

Il posa sa valise et sa mallette, rassembla les magazines et les pots à confiture dans ses bras, et les descendit.

Enid posa son fer sur la planche à repasser et sortit de la buanderie pleine de trac – était-ce le désir, la crainte de la colère d'Alfred ou la crainte qu'elle-même ne se mette en colère, elle ne le savait pas.

Il la fixa rapidement : « Qu'est-ce que je t'ai demandé de faire avant de partir ?

— Tu rentres tôt, dit-elle. Les garçons sont encore au club.

— Quelle est l'unique chose que je t'ai demandé de faire pendant mon absence ?

— J'ai des lessives en retard. Les garçons ont été malades.

— Te souviens-tu, dit-il, que je t'ai demandé de ranger ce qui traînait en haut de l'escalier ? C'est l'unique chose – *l'unique chose* – que je t'ai demandé de faire pendant mon absence. »

Sans attendre de réponse, il alla à son laboratoire de métallurgie et jeta les magazines et les pots à confiture dans une benne. Il décrocha du râtelier un marteau mal équilibré, un grossier gourdin néandertalien qu'il haïssait et ne conservait qu'à des fins de démolition, et brisa méthodiquement chaque pot à confiture. Un éclat de verre lui piqua la joue et il martela d'autant plus furieusement, écrasant les tessons en morceaux plus petits, mais rien ne pouvait effacer sa transgression avec Chuck Meisner, ni les triangles, rendus humides par le contact de l'herbe, des collants des pom-pom girls, quelque énergie qu'il déploie.

Enid écoutait depuis son poste à la planche à repasser. Elle ne se souciait guère de la réalité de cet instant. Que son mari fût parti en voyage onze jours plus tôt sans même un baiser d'adieu était une chose qu'elle avait presque réussi à oublier. En l'absence du Al vivant, elle avait transmuté son vil ressentiment en l'or du désir et du remords. Son ventre enflé, les plaisirs du quatrième mois, les moments passés seule avec ses beaux garçons, la jalousie de ses voisines étaient tous des philtres multicolores au-dessus desquels elle avait agité la baguette de son imagination. À l'instant même où Al descendait l'escalier, elle imaginait encore des excuses, des baisers de retrouvailles, un bouquet de fleurs peut-être. À présent elle entendait les ricochets d'éclats de verre et les coups de marteau obliques sur de l'acier galvanisé de forte épaisseur, les cris frustrés de matériaux durs en conflit. Les philtres pouvaient bien avoir été multicolores, mais, malheureusement (elle le voyait à présent), ils étaient chimiquement inertes. Rien n'avait réellement changé.

Il était vrai qu'Al lui avait demandé de descendre les pots et les magazines, et il y avait probablement un mot pour désigner la manière dont elle avait évité ces pots et ces magazines au cours des onze derniers jours, manquant souvent se prendre les pieds dedans ; peut-être un mot psychiatrique aux nombreuses syllabes ou peut-être un mot tout simple comme « rancune ». Mais il lui semblait qu'il lui avait demandé de faire plus qu'« une unique chose » en son absence. Il lui avait aussi demandé de préparer aux garçons trois repas par jour, de les habiller, de leur faire la lecture, de les soigner quand ils étaient malades, de lessiver le sol de la cuisine, de laver les draps, de repasser ses chemises, et de faire tout cela sans les baisers d'un mari ni aucune parole d'encouragement. Si elle essayait d'obtenir le crédit de ses travaux ménagers, cependant, il lui demandait simplement qui avait *payé* par ses travaux pour la maison, la nourriture et les draps ? Peu importait que le travail d'Al le satisfasse tant qu'il n'avait pas besoin de son amour, alors que les tâches ménagères d'Enid l'ennuyaient tant qu'elle avait doublement besoin de son amour. Selon toute comptabilité rationnelle, ses travaux à lui annulaient les siens.

Peut-être, puisqu'il lui avait demandé de faire « une unique chose » en plus, la stricte équité lui aurait-elle permis de lui demander de faire « une unique chose » en plus, lui aussi. Elle aurait pu lui demander de l'appeler une fois au cours de son déplacement, par exemple. Mais il pouvait plaider que « quelqu'un allait trébucher sur ces magazines et se faire mal », tandis que personne n'allait trébucher sur le fait qu'il ne l'appelle pas au cours de son déplacement, personne n'allait se faire mal là-dessus. Décompter un appel interurbain à sa société aurait été un abus de note de frais (« Tu as le numéro de mon bureau s'il y a une urgence ») et un appel aurait donc coûté un peu d'argent au ménage, tandis que descendre des vieilleries au sous-sol ne coûtait rien, et elle avait toujours tort, et c'était démoralisant de vivre éternellement dans la cave de ses torts, d'attendre éternellement que quelqu'un prenne pitié de vous dans vos torts, et il n'y avait donc vraiment rien d'étonnant à ce qu'elle ait fait ses courses en vue du Dîner de la Vengeance.

À mi-hauteur de l'escalier de la cave, remontant pour préparer ce dîner, elle s'arrêta et poussa un soupir.

Alfred entendit le soupir et soupçonna qu'il avait à voir avec la « lessive » et « quatre mois de grossesse ». Cependant, sa propre mère avait mené un attelage de chevaux de labour dans un champ d'un hectare alors qu'elle était enceinte de huit mois, il manquait donc un peu de compassion. Il donna à sa joue ensanglantée un saupoudrage hémostatique de sulfate d'ammonium aluminé.

Un martèlement de petits pieds et un toc-toc emmitouflé résonnèrent à la porte d'entrée, la cargaison humaine déposée par Bea Meisner. Gary et Chipper, son lycéen et son collégien, sentaient le chlore de la piscine. Avec leurs cheveux humides, ils avaient l'air de créatures de rivière. Rats musqués, ratons laveurs. Elle adressa un signe de remerciement aux feux arrière de Bea.

Aussi vite qu'ils le pouvaient sans courir (interdit dans la maison), les garçons descendirent au sous-sol, jetèrent leurs paquets de tissu éponge trempé dans la buanderie et allèrent trouver leur père dans son laboratoire. Il était dans leur nature de se jeter sur lui pour le serrer dans leurs bras, mais cette nature avait été domestiquée. Ils attendirent, immobiles, tels de bons employés, que le patron s'exprime.

« Donc ! dit-il. Vous avez nagé.

— Je suis un Dauphin ! » s'écria Gary. C'était un garçon incroyablement joyeux. « J'ai mon insigne de Dauphin !

— Un Dauphin. Bien, bien. » À Chipper, à qui la vie avait surtout offert des perspectives tragiques depuis ses deux ans, le patron dit plus doucement : « Et toi, fiston ?

— Nous avons utilisé des planches, dit Chipper.

— C'est un Têtard, dit Gary.

— Bien. Un Dauphin et un Têtard. Et quelles compétences particulières peux-tu offrir maintenant que tu es un Dauphin ?

— Le mouvement de jambes en ciseaux.

— J'aurais bien aimé avoir une belle grande piscine comme ça quand j'étais petit », dit le patron, même si, à ce qu'il en savait, la piscine du club n'était ni belle ni grande. « Hormis de l'eau boueuse dans un étang à vaches, je ne me souviens pas d'avoir vu plus d'un mètre de profondeur d'eau avant de connaître la Platte. Je devais avoir près de dix ans. »

Ses jeunes subordonnés ne suivaient pas. Ils se dandinaient d'un pied sur l'autre, Gary continuant de sourire timidement comme dans l'espoir d'un retournement de la conversation. Chipper dévorant des yeux le laboratoire, qui était un territoire interdit sauf quand le patron s'y trouvait. L'air y sentait la paille de fer.

Alfred considéra gravement ses deux subordonnés. Fraterniser avait toujours été quasiment au-dessus de ses forces. « Vous avez aidé votre mère à la cuisine ? » demanda-t-il.

Quand un sujet n'intéressait pas Chipper, comme c'était le cas de celui-là, il pensait aux filles, et quand il pensait aux filles il éprouvait une poussée d'espoir. Sur les ailes de cet espoir, il s'échappa du laboratoire et monta l'escalier.

« Demande-moi combien font neuf fois vingt-trois, dit Gary au patron.

— Très bien, dit Alfred. Combien font neuf fois vingt-trois ?

— Deux cent sept. Demande-m'en un autre.

— Combien fait vingt-trois au carré ? »

Dans la cuisine, Enid passa la viande prométhéenne dans la farine et la déposa dans une poêle électrique Westinghouse suffisamment grande pour faire cuire neuf œufs au plat disposés en quinconce. Un couvercle en aluminium moulé cliqueta lorsque l'eau des rutabagas entra subitement en ébullition. Plus tôt dans la journée, la vue d'un demi-paquet de bacon dans le réfrigérateur lui avait donné l'idée du foie, le foie grisâtre avait invité à un complément de jaune vif et le Dîner avait ainsi pris forme. Malheureusement, quand elle s'apprêta à faire cuire le bacon, elle s'aperçut qu'il n'y en avait que trois tranches et non les six ou huit qu'elle avait imaginées. Elle s'efforçait à présent de croire que trois tranches suffiraient à toute la famille.

« Qu'est-ce que c'est que *ça* ? demanda Chipper avec inquiétude.

– Du foie au bacon ! »

Chipper sortit de la cuisine à reculons en secouant la tête en une violente dénégation. Certains jours étaient maudits dès l'entame ; le porridge du petit déjeuner était farci de morceaux de datte semblables à du hachis de cafard ; des traînées bleuâtres d'on ne savait quoi dans son lait ; un rendez-vous chez le médecin après le petit déjeuner. D'autres jours, comme celui-ci, ne révélaient toute leur horreur qu'en approchant de leur terme.

Il zigzagua à travers la maison en répétant : « Pouah, horrible, pouah, horrible, pouah, horrible, pouah, horrible…

– On mange dans cinq minutes, lave-toi les mains », lança Enid.

Le foie cautérisé avait l'odeur de doigts ayant manipulé des pièces de monnaie sales.

Chipper finit par s'immobiliser dans la salle de séjour, où il colla le visage contre la fenêtre, espérant apercevoir Cindy Meisner dans sa salle à manger. Il avait été assis à côté de Cindy au retour du club et avait senti le chlore sur elle. Un pansement détrempé pendouillait à son genou par quelques restes d'agent adhésif.

Tchouc-clonk, tchouc-clonk, tchouc-clonk, fit le presse-purée d'Enid en parcourant le pot de rutabagas aqueux, doux-amers.

Alfred se lava les mains dans la salle de bains, passa le savon à Gary, et utilisa une petite serviette.

« Imagine un carré », dit-il à Gary.

Enid savait qu'Alfred avait horreur du foie, mais la chair en était pleine de fer bon pour la santé et, quels que fussent les défauts d'Alfred comme mari, personne ne pouvait dire qu'il ne respectait pas les règles. La cuisine était le domaine d'Enid et il n'interférait jamais.

« Chipper, tu t'es lavé les mains ? »

Chipper avait l'impression que s'il pouvait seulement apercevoir Cindy, ne fût-ce qu'un instant, il pourrait réchapper au

Dîner. Il imaginait être avec elle dans sa maison et la suivre dans sa chambre. Il imaginait sa chambre comme un havre protégé des dangers et des responsabilités.

« Chipper ?

– Tu élèves A au carré, tu élèves B au carré et tu ajoutes deux fois le produit de A par B, dit Alfred à Gary alors qu'ils s'asseyaient à table.

– Chipper, tu ferais mieux de te laver les mains », avertit Gary.

Alfred dessina un carré :

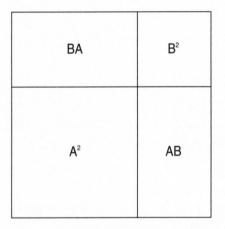

Figure 1. Grand carré et petits carrés

« Je suis désolée qu'il y ait si peu de bacon, dit Enid. Je pensais en avoir plus. »

Dans la salle de bains, Chipper hésitait à se mouiller les mains parce qu'il craignait de ne plus pouvoir les sécher. Il laissa couler l'eau de manière audible tandis qu'il se frottait les mains dans une serviette. Son échec à apercevoir Cindy par la fenêtre l'avait démoli.

« Nous avons eu une grosse fièvre, rapportait Gary. Chipper a aussi eu une otite. »

Des écailles de farine brunie luisantes de graisse étaient empâtées sur les lobes ferreux du foie comme de la corrosion. Le bacon aussi, le peu qu'il y en avait, avait pris la couleur de la rouille.

Chipper tremblait dans l'embrasure de la porte de la salle de bains. On tombait sur un supplice à la fin de la journée et il fallait un moment pour en saisir toute l'atrocité. Certains supplices présentaient une forte courbure et pouvaient être facilement négociés. D'autres n'avaient quasiment pas de courbure et on savait qu'on mettrait des heures à en sortir. D'énormes supplices écrasants gros comme des planètes. Le Dîner de la Vengeance était l'un d'eux.

« Comment s'est passé ton voyage ? demanda Enid à Alfred parce qu'il le fallait bien de temps à autre.

— Fatigant.

— Chipper, mon chéri, nous sommes tous à table.

— Je compte jusqu'à cinq, dit Alfred.

— Il y a du bacon, tu aimes le bacon », chantonna Enid. C'était un mensonge cynique, pragmatique, l'un parmi la centaine de manquements conscients dont elle se sentait coupable chaque jour en tant que mère.

« Deux, trois, quatre », dit Alfred.

Chipper courut prendre place à table. Aucune raison de récolter une fessée.

« Bnissez-nous-sgneur bnissez-srepas squi-l'ont-préparé etprocrez-dupain-àsquinenont-pas – sissoitil », dit Gary.

Une louche de rutabagas en purée au repos sur une assiette laissait suinter un liquide jaunâtre transparent semblable à du plasma ou à du pus. Les côtes de bettes dégorgeaient quelque chose de cuivreux, de verdâtre. Les forces de la capillarité et la croûte de farine assoiffée se conjuguaient pour attirer les deux liquides sous le foie. Quand on soulevait le foie, un léger bruit de succion s'entendait. La croûte inférieure détrempée était innommable.

Chipper considéra la vie d'une fille. Traverser légèrement la vie, être une Meisner, jouer dans cette maison et être aimée comme une fille.

« Tu veux voir la prison que j'ai faite avec des bâtons de sucette ? demanda Gary.

— Une prison, bien bien », dit Alfred.

Une jeune personne prévoyante ne dévorait pas immédiatement son bacon ni ne le laissait être noyé par les jus de légume. Une jeune personne prévoyante évacuait son bacon vers les hauteurs du bord de son assiette et l'y conservait comme une carotte. Une jeune personne prévoyante mangeait sa part d'oignons frits, qui n'étaient pas bons, mais pas mauvais non plus, si elle avait besoin d'une friandise préliminaire.

« Nous avons eu une réunion de patrouille hier, dit Enid. Gary chéri, nous pourrons voir ta prison après dîner.

— Il a fait une chaise électrique, dit Chipper. Pour aller dans sa prison. J'ai aidé.

— Ah ? Bien bien.

— Maman a ces grandes boîtes de bâtons de sucette, dit Gary.

— C'est la Meute, dit Enid. La Meute a une réduction. »

Alfred n'avait pas une haute opinion de la Meute. Une bande de pères qui ne se fatiguaient pas gérait la Meute. Les activités pilotées par la Meute étaient légères : concours impliquant des avions en balsa, ou des voitures en pin, ou des trains de papier dont les wagons étaient des livres lus.

(Schopenhauer : *Si vous voulez une boussole sûre pour vous guider à travers la vie… vous ne pouvez mieux faire que de vous accoutumer à regarder ce monde comme un pénitencier, une sorte de colonie pénale.*)

« Gary, répète ce que tu es, dit Chipper, pour qui Gary était le miroir des élégances. Tu es un Loup ?

— Un Brevet de plus et je suis un Ours.

— Mais tu es quoi maintenant, un Loup ?

— Je suis un Loup mais fondamentalement je suis un Ours. Tout ce qu'à me reste à faire, c'est la Conversation.

– La Conservation, corrigea Enid. Tout ce qu'il me reste à faire, c'est la Conservation.

– Ce n'est pas la Conversation ?

– Steve Driblett a fabriqué une giotine, mais elle marche pas, dit Chipper.

– Driblett est un Loup.

– Brent Person a fabriqué un avion, mais il s'est pété en deux.

– Person est un Ours.

– Dis "cassé", chéri, pas "pété".

– Gary, c'est quoi le plus gros pétard ? demanda Chipper.

– Les M-80. Puis les soleils.

– Ça ne serait pas une idée sensass de trouver un M-80, de le mettre dans ta prison et de tout faire sauter ?

– Fiston, dit Alfred, je ne te vois pas avaler ton dîner. »

Chipper devenait aussi expansif qu'un animateur de télé ; pour l'instant, le Dîner n'avait aucune réalité. « Ou *sept* M-80, dit-il, et tu les ferais tous péter à la fois, ou l'un après l'autre, ça ne serait pas sensass ?

– Je mettrais une charge dans chaque coin et une amorce supplémentaire, dit Gary. Je nouerais les amorces ensemble et je les ferais toutes partir en même temps. C'est la meilleure façon de faire, n'est-ce pas, papa ? Séparer les charges et mettre une amorce supplémentaire, n'est-ce pas, papa ?

– Sept mille cent millions de M-80 », s'écria Chipper. Il fit des bruits explosifs pour suggérer le mégatonnage qu'il avait à l'esprit.

« Chipper, dit Enid pour le recadrer en douceur, raconte à papa ce que nous allons faire la semaine prochaine.

– La patrouille va au musée des Transports et je viens aussi, récita Chipper.

– Oh, Enid ! » Alfred fit grise mine. « Pourquoi les emmènes-tu là ?

– Bea dit que c'est passionnant pour les enfants. »

Alfred secoua la tête, dégoûté. « Qu'est-ce que Bea Meisner y connaît en matière de transports ?

— C'est parfait pour une réunion de patrouille, dit Enid. Il y a une vraie machine à vapeur où les garçons peuvent grimper.

— Ce qu'ils ont, dit Alfred, c'est une Mohawk vieille de trente ans de la New York Central. Ce n'est pas une antiquité. Ce n'est pas rare. C'est un tas de ferraille. Si les garçons veulent voir ce qu'est un *vrai* chemin de fer…

— Mets une pile et deux électrodes sur la chaise électrique, dit Gary.

— Mets un M-80 !

— Chipper, non, tu fais passer un courant et c'est le *courant* qui tue le prisonnier.

— C'est quoi, un courant ? »

Un courant passait quand on plantait des électrodes de zinc et de cuivre dans un citron et qu'on les reliait.

Comme Alfred vivait dans un monde aigri ! Quand il se surprenait dans un miroir, il était choqué de se découvrir l'air encore si jeune. La bouche pincée des instituteurs rongés par les hémorroïdes, l'éternelle moue amère des arthritiques, il pouvait parfois relever ces expressions sur son propre visage, bien qu'il fût physiquement dans la plénitude, au tournant de sa vie.

Il appréciait donc un dessert riche. Tarte aux noix de pécan. Pomme au four. Un peu de douceur dans ce monde.

« Ils ont deux locomotives et un vrai fourgon de queue ! » dit Enid.

Alfred pensait que le juste et le vrai étaient une catégorie minoritaire que le monde cherchait à éliminer. Cela l'ulcérait que des romantiques comme Enid ne sachent distinguer le faux de l'authentique : un médiocre et vain « musée » commercial d'un véritable honnête chemin de fer…

« Il faut être au moins un Poisson.

— Les garçons s'en font une joie.

— Je pourrais être un Poisson. »

La Mohawk qui faisait la fierté du musée était évidemment un symbole romantique. De nos jours, les gens semblent en vouloir aux chemins de fer d'avoir abandonné le romantisme de la vapeur en faveur du diesel. Les gens ne comprennent foutre rien aux chemins de fer. Une locomotive Diesel est souple, efficace et ne demande que peu d'entretien. Les gens pensaient que les chemins de fer leur devaient des grâces romantiques, puis ils ronchonnaient quand le train était lent. Voilà ce qu'étaient la plupart des gens – idiots.

(Schopenhauer : *Parmi les maux de la colonie pénale, il y a la compagnie de ceux qui y sont emprisonnés.*)

En même temps, Alfred lui-même haïssait l'idée de voir les vieilles machines à vapeur sombrer dans l'oubli. C'était un magnifique cheval de fer, et en exposant la Mohawk, le musée permettait aux nonchalants amateurs de loisirs de la banlieue de Saint Jude de danser sur sa tombe. Les gens de la ville n'avaient pas le droit de traiter de haut le cheval de fer. Ils ne le connaissaient pas intimement, comme Alfred. Ils n'étaient pas tombés amoureux de lui dans le coin nord-ouest du Kansas, où il avait été l'unique lien avec le vaste monde, comme cela avait été le cas d'Alfred. Il méprisait le musée et ses visiteurs pour tout ce qu'ils ignoraient.

« Ils ont un train en modèle réduit qui occupe une pièce entière ! » dit Enid, implacable.

Et les foutus amateurs de modèles réduits, oui, les foutus collectionneurs. Enid savait parfaitement ce qu'il pensait de ces dilettantes et de leurs maquettes absurdes et irréalistes.

« Une pièce entière ? demanda Gary avec scepticisme. Grande comment ?

– Est-ce que ça ne serait pas sensass de mettre des M-80 sur un, hum… un, hum… un pont en modèle réduit ? Ker-PSS-SCHIT ! P'kouhh, p'kouhh !

– Chipper, mange ton dîner *maintenant*, dit Alfred.

– Immense, immense, dit Enid. Le train est beaucoup, beaucoup, beaucoup plus grand que celui que votre père vous a acheté.

— *Maintenant*, dit Alfred. Tu m'écoutes ? Maintenant. »

Deux côtés de la table étaient heureux et deux ne l'étaient pas. Gary raconta une histoire aimable et sans intérêt à propos d'un gosse de sa classe qui avait trois lapins, tandis que Chipper et Alfred, incarnations jumelles de la désolation, baissaient les yeux vers leur assiette. Enid se rendit à la cuisine pour chercher un supplément de rutabagas.

« Je sais à qui ne pas demander s'il veut en reprendre », dit-elle en revenant.

Alfred lui décocha un regard d'avertissement. Ils étaient convenus, pour le bien des enfants, de ne jamais faire allusion à son propre manque de goût pour les légumes et pour certaines viandes.

« Je vais en prendre », dit Gary.

Chipper avait une boule dans la gorge, une désolation si obstructive qu'il n'aurait de toute façon pas pu avaler grand-chose. Mais quand il vit son frère reprendre joyeusement de la Vengeance, la colère le gagna et il comprit un instant que son dîner tout entier pourrait être englouti en un rien de temps, ses devoirs accomplis et sa liberté retrouvée ; il ramassa donc sa fourchette et la plongea dans le tas escarpé de rutabagas, en enchevêtra un bout entre ses dents et le porta vers sa bouche. Mais le rutabaga sentait la charogne et il était déjà froid — il avait la texture et la température d'une merde de chien humide par une fraîche matinée — et ses tripes se convulsèrent en un réflexe de vomissement qui lui secoua l'échine.

« J'*adore* les rutabagas, dit Gary de manière incompréhensible.

— Je pourrais vivre en ne mangeant que des légumes, déclara Enid.

— Du lait, demanda Chipper, le souffle court.

— Chipper, pince-toi simplement le nez si tu n'aimes pas ça », dit Gary.

Alfred enfournait bouchée après bouchée d'abominable Vengeance, mâchant rapidement et avalant mécaniquement, se disant qu'il avait déjà supporté pire.

« Chip, dit-il, prends une bouchée de chaque chose. Tu ne quitteras pas cette table sans ça.

— Du lait.

— Mange d'abord un peu de ton dîner. Tu as compris ?

— Du lait.

— Ça compte s'il se pince le nez ? demanda Gary.

— Du lait, s'il vous plaît.

— Ça *suffit* maintenant », dit Alfred.

Chipper se tut. Ses yeux parcouraient son assiette en tous sens, mais il n'avait pas été prévoyant et elle ne contenait plus que du malheur. Il leva son verre et fit couler silencieusement une toute petite goutte de lait chaud dans la pente de sa gorge. Il tendit la langue pour l'accueillir.

« Chip, repose ce verre.

— Peut-être qu'il pourrait se pincer le nez, mais alors il faudrait qu'il mange *deux* bouchées de chaque chose.

— Le téléphone sonne. Gary, tu peux répondre ?

— Qu'est-ce qu'il y a pour le dessert ? demanda Chipper.

— J'ai un excellent *ananas* frais.

— Oh, bon Dieu, Enid…

— Quoi ? » Elle cligna des yeux avec innocence, ou une innocence feinte.

« Tu pourrais au moins lui donner un biscuit ou une glace s'il mange son dîner…

— C'est tellement bon, l'ananas. Ça vous fond dans la bouche.

— Papa, c'est M. Meisner. »

Alfred se pencha sur l'assiette de Chipper, et, d'un seul coup de fourchette, enleva tout le rutabaga à l'exception d'une bouchée. Il adorait ce garçon ; il mit l'infâme bouillie froide dans sa bouche et l'avala avec un frisson. « Mange cette dernière bouchée, dit-il, prends une bouchée de l'autre et tu auras ton dessert. » Il se leva. « J'*achèterai* le dessert si nécessaire. »

Quand il passa devant Enid en allant à la cuisine, elle frémit et s'écarta.

« Oui », dit-il dans le téléphone.

À travers le combiné, il perçut l'humidité et le désordre domestique, la chaleur et la confusion du royaume Meisner.

« Al, dit Chuck, je viens de jeter un coup d'œil dans le journal, tu sais, le titre Erie Belt, hum. Cinq dollars cinq huitièmes paraît terriblement bas. Tu es sûr de cette histoire avec Midpac ?

— M. Replogle a quitté Cleveland avec moi. Il m'a dit que le conseil d'administration n'attendait plus qu'un rapport définitif sur les voies et les ouvrages d'art. Je vais leur donner ce rapport lundi.

— Midpac est resté très discret.

— Chuck, je ne peux te recommander aucune ligne de conduite, mais tu as raison, il reste un certain nombre de questions en suspens…

— Al, Al, dit Chuck. Tu as une conscience très droite et nous t'apprécions tous pour cela. Je vais te laisser retourner à ton dîner. »

Alfred raccrocha en haïssant Chuck comme il aurait haï une fille avec laquelle il se serait laissé aller à avoir des relations. Chuck était un banquier et un profiteur. On aurait aimé perdre son innocence pour quelqu'un qui en vaille la peine, et quoi de mieux qu'un bon voisin, mais personne ne pouvait en valoir la peine. Il avait les mains couvertes d'excréments.

« Gary : ananas ? demanda Enid.

— Oui, s'il te plaît ! »

La quasi-disparition de sa racine légumière avait rendu Chipper légèrement fiévreux. Les choses allaient super-super-super-mieux ! Il recouvrit d'un geste expert un quart de son assiette avec la dernière bouchée de rutabagas, nivelant l'asphalte jaune au moyen de sa fourchette. Pourquoi rester dans la méchante réalité du foie et des côtes de bettes quand un avenir était concevable dans lequel votre père les aurait avalés aussi ? Apportez les biscuits ! mande Chipper. Apportez les glaces !

Enid remporta trois assiettes vides à la cuisine.

Alfred, à côté du téléphone, étudiait l'horloge au-dessus de l'évier. Elle affichait ces malfaisantes cinq heures où les malades de la grippe se réveillent après des rêves fiévreux de fin d'après-midi. Une heure peu après cinq heures qui était une parodie de cinq heures. Sur le cadran de l'horloge, le soulagement de l'ordre – deux aiguilles pointant précisément sur des nombres entiers – ne revenait qu'une seule fois par heure. Comme tous les autres instants manquaient de cette précision, tout instant recelait le potentiel de la misère grippale.

Et souffrir ainsi sans raison. Savoir qu'il n'y avait pas d'ordre moral dans la grippe, pas de justice dans les effluves de douleur que produisait son cerveau. Le monde n'étant plus rien qu'une matérialisation de l'implacable Volonté aveugle.

(Schopenhauer : *Ce n'est pas la moindre part du tourment de l'existence que le Temps nous presse continuellement, ne nous laissant jamais reprendre notre souffle mais nous relançant toujours, tel un chef de corvée avec son fouet.*)

« J'imagine que tu ne veux pas d'ananas, dit Enid. J'imagine que tu vas t'acheter ton propre dessert.

– Enid, laisse tomber. J'aimerais que, pour une fois dans ta vie, tu laisses tomber. »

Serrant l'ananas contre elle, elle demanda pourquoi Chuck avait appelé.

« Nous en parlerons plus tard, dit Alfred en retournant à la salle à manger.

– Papa ? commença Chipper.

– Fiston, je viens de te faire une faveur. À ton tour de me faire une faveur et de cesser de jouer avec ta nourriture pour

331

finir ton dîner. *Tout de suite.* Tu m'as compris ? Tu le finis tout de suite, ou bien il n'y aura pas de dessert et pas d'autre gâterie ce soir ni demain soir, et tu vas rester à table jusqu'à ce que tu l'aies fini.

— Papa, n'empêche, tu pourrais… ?

— TOUT DE SUITE. TU M'AS COMPRIS, OU TU AS BESOIN D'UNE FESSÉE ? »

Les amygdales libèrent un mucus ammoniacal quand de vraies larmes s'accumulent derrière elles. La bouche de Chipper se tordit à droite et à gauche. Il vit l'assiette qui se trouvait devant lui sous un nouveau jour. C'était comme si la nourriture était un compagnon insupportable dont il avait été sûr que ses relations en haut lieu, les ficelles tirées pour son compte, lui épargneraient la compagnie. Venait maintenant le constat que la nourriture et lui avaient encore un bon bout de chemin à faire ensemble.

Il pleurait à présent la disparition de son bacon, si dérisoire ait-il été, avec un réel et profond chagrin.

Étrangement, cependant, il ne fondit pas en larmes.

Alfred se retira au sous-sol dans un piétinement et un claquement de porte.

Gary était assis très tranquillement et multipliait de petits nombres entiers dans sa tête.

Enid plongea un couteau dans le ventre tourmenté de l'ananas. Elle décida que Chipper était exactement comme son père – à la fois affamé et impossible à nourrir. Il faisait honte à la nourriture. Préparer un vrai dîner pour le voir accueilli avec un dégoût soigné, voir le garçon *s'étouffer* littéralement avec son porridge : cela restait en travers de la gorge d'une mère. Tout ce que Chipper voulait, c'était du lait et des biscuits, du lait et des biscuits. Le pédiatre disait : « Ne cédez pas. Il finira par avoir faim et manger autre chose. » Enid essayait donc de se montrer patiente, mais Chipper s'asseyait à table et déclarait : « Ça sent le vomi ! » On pouvait lui donner une tape sur le poignet pour l'avoir dit, mais il l'avait dit en faisant aussi la grimace, et on pouvait le fesser pour avoir fait la grimace, mais il l'avait dit aussi avec ses yeux, et il y avait des limites aux corrections – aucun moyen, en fin de compte, de pénétrer derrière les iris bleus et d'éradiquer le dégoût d'un enfant.

Récemment, elle s'était mise à le nourrir de sandwiches au fromage grillé toute la journée, gardant pour le dîner les légumes aux feuilles jaunes et vertes nécessaires à un régime équilibré et laissant Alfred livrer bataille à sa place.

Il y avait quelque chose de presque savoureux et de presque excitant à faire punir le garçon récalcitrant par son mari. À se tenir innocemment à l'écart tandis que le garçon souffrait pour l'avoir blessée.

Ce qu'on découvrait sur soi-même en élevant des enfants n'était pas toujours agréable ni attirant.

Elle apporta deux assiettes d'ananas à la salle à manger. Chipper avait la tête baissée, mais le fils qui adorait manger tendit une main avide vers son assiette.

Gary suçait et respirait à grand bruit, dévorant son ananas sans un mot.

Le champ de rutabagas jaune merde de chien ; le foie voilé par la cuisson et donc incapable de reposer bien à plat sur l'assiette ; la pelote de côtes de bettes ligneuses effondrée et distordue mais toujours entière, tel un oiseau mollement comprimé dans une coquille, ou un vieux cadavre écrasé dans une tourbière ; les relations spatiales entre ces aliments ne paraissaient plus aléatoires à Chipper, mais elles approchaient de la permanence, de la nécessité.

Les aliments s'estompaient, ou une nouvelle mélancolie les couvrait de son ombre. Chipper fut moins immédiatement dégoûté ; il cessa même de songer à manger. Des sources de refus plus profondes se frayaient un chemin.

Bientôt la table fut entièrement débarrassée, à l'exception de son set et de son assiette. La lumière devint râpeuse. Il entendit

Gary et sa mère bavarder de choses inconséquentes tandis qu'elle faisait la vaisselle et que Gary l'essuyait. Puis le pas de Gary dans l'escalier de la cave. La claquement métronomique d'une balle de ping-pong. De nouveaux éclats sonores affligés de grandes casseroles attrapées et plongées dans l'eau.

Il était arrivé à un endroit où elle ne pouvait pas le toucher. Il se sentait presque joyeux, entièrement cérébral, sans émotions. Même son derrière était engourdi à force d'appuyer sur la chaise.

« Papa veut que tu restes là jusqu'à ce que tu aies mangé ça. Finis-le maintenant. Et tu auras toute ta soirée pour toi. »

Si sa soirée avait véritablement été à lui, il aurait pu la passer tout entière à regarder Cindy Meisner depuis une fenêtre.

« Nom adjectif, dit sa mère, verbe possessif nom. Conjonction conjonction pronom accentué verbe pronom j'avalerais simplement ça et adverbe temporel pronom auxiliaire conditionnel infinitif... »

Étrange comme il ne se sentait pas contraint de comprendre les mots qui lui étaient adressés. Étrange, son sentiment d'être libéré même de ce fardeau minimal de décoder l'anglais parlé.

Elle cessa de le tourmenter pour descendre au sous-sol, où Alfred s'était enfermé dans son labo et Gary accumulait (« Trente-sept, trente-huit ») les rebonds consécutifs sur sa raquette.

« Toc toc ? » dit-elle, en secouant la tête en un geste d'invitation.

Elle était handicapée par la grossesse ou du moins par l'idée de la grossesse, et Gary aurait pu la battre à plate couture, mais elle avait un plaisir si manifeste à ce qu'on joue avec elle qu'il se désengagea simplement, multipliant mentalement leurs scores ou se fixant de petits défis comme de renvoyer la balle alternativement d'un côté et de l'autre de la table. Chaque soir après dîner, il polissait son art de supporter une occupation barbante qui faisait plaisir à l'un de ses parents. Cela lui semblait être un art de survie. Il croyait qu'un mal terrible le frapperait le jour où il cesserait de préserver les illusions de sa mère.

Et elle semblait tellement vulnérable ce soir. Les fatigues du dîner et de la vaisselle avaient détendu la mise en plis de ses cheveux. De petites taches de sueur perlaient à travers le corsage en coton de sa robe. Ses mains avaient séjourné dans des gants en latex et étaient aussi rouges que des langues.

Il coupa un revers le long de la ligne, la balle échappant à Enid et filant jusqu'à la porte fermée du labo de métallurgie. Elle rebondit et frappa sur la porte avant de s'immobiliser. Enid alla la ramasser prudemment. Quel silence, quelle obscurité, il régnait derrière cette porte. Al semblait ne pas avoir une seule lumière allumée.

Il existait des aliments que même Gary haïssait – les choux de Bruxelles, les gombos bouillis – et Chipper avait observé son pragmatique frère les escamoter et les expédier dans les buissons denses qui bordaient la porte de service, si c'était l'été, ou les cacher sur sa personne pour les jeter dans les toilettes, si c'était l'hiver. À présent que Chipper était seul au rez-de-chaussée, il n'aurait eu aucun mal à faire disparaître son foie et ses côtes de bettes. La difficulté : son père croirait qu'il les avait mangés, et les manger était exactement ce qu'il refusait de faire. La présence de la nourriture dans l'assiette était nécessaire pour prouver le refus.

Il pela minutieusement et ramassa la croûte de farine de la tranche de foie et la mangea. Cela lui prit dix minutes. La surface dénudée du foie n'offrait pas un spectacle plaisant.

Il déplia un peu les côtes de bettes et les redisposa.

Il examina le tissage de son set de table.

Il écouta les rebonds de la balle, les grommellements exagérés de sa mère et ses cris d'encouragement éprouvants pour les nerfs (« Hou-là, elle est belle, Gary ! »). Le bruit du ping-pong des autres était pire qu'une fessée ou même que le foie. Seul le silence était acceptable dans son potentiel d'infinitude. Au ping-pong, le score grimpait jusqu'à vingt et un et la manche était finie, puis une deuxième, puis une troisième, et c'était parfait pour les participants parce qu'ils s'étaient bien amusés, mais pour le garçon seul à table ça ne l'était pas. Il s'était investi dans les échos du jeu, les chargeant d'espoir au point de souhaiter qu'ils ne s'arrêtent jamais. Mais ils s'arrêtèrent, et il était toujours à table, sauf qu'une demi-heure s'était écoulée. La soirée se consumait dans la futilité. Même à sept ans, Chipper pressentait que cette impression de futilité serait un élément permanent de sa vie. Une sombre attente et une promesse rompue, le constat paniqué que le temps passait.

Cette futilité avait, disons, un goût.

Lorsqu'il s'était gratté le crâne ou frotté le nez, ses doigts recelaient quelque chose. L'odeur du soi.

Ou, encore, le goût des larmes naissantes.

Imaginez les nerfs olfactifs s'échantillonnant, les récepteurs enregistrant leur propre configuration.

Le goût de la souffrance auto-infligée, d'une soirée gâchée par dépit, apportait d'étranges satisfactions. Les autres cessaient d'être suffisamment réels pour porter la responsabilité de ce que vous ressentiez. Seuls restaient vous et votre refus. Et comme l'apitoiement sur soi-même, ou comme le sang qui emplissait votre bouche quand on vous extrayait une dent – les fluides ferriques salés que vous avaliez et vous permettiez de savourer –, le refus avait un goût auquel on pouvait s'attacher.

Dans le labo, sous la salle à manger, Alfred était assis dans l'obscurité, la tête baissée et les yeux clos. C'était intéressant à quel point il avait eu besoin de solitude, avec quelle horrible netteté il l'avait signifié à tous ceux qui l'entouraient ; et maintenant, s'étant finalement emprisonné, il attendait, espérant que quelqu'un vienne le déranger. Il voulait que ce quelqu'un voie combien il était blessé. Même s'il était froid avec elle, il paraissait injuste qu'elle soit froide à son tour avec lui : injuste qu'elle puisse joyeusement jouer au ping-pong, s'agiter devant sa porte, sans jamais frapper pour demander comment ça allait.

Trois mesures standard de la solidité d'un matériau étaient sa résistance à la pression, à la tension, et au cisaillement.

Chaque fois que les pas de sa femme approchaient du labo, il se raffermissait pour accepter ses réconforts. Puis il entendit la partie s'achever, et il pensa que *certainement* elle allait avoir pitié de lui à présent. C'était l'unique chose qu'il lui demandait, l'unique chose…

(Schopenhauer : *La femme paie la dette de la vie non par ce qu'elle fait, mais par ce qu'elle souffre ; par les douleurs de l'enfantement et des soins à l'enfant, et par la soumission à son mari, pour qui elle devrait être une compagne patiente et réconfortante.*)

Mais aucun secours ne s'annonçait. À travers la porte fermée, il l'entendit faire retraite dans la buanderie. Il entendit le léger ronronnement d'un transformateur, Gary jouant avec le train électrique sous la table de ping-pong.

Une quatrième mesure de la solidité, importante pour les fabricants de matériel roulant et de pièces mécaniques, était la dureté.

Avec une indicible dépense de volonté, Alfred alluma une lumière et ouvrit son carnet de laboratoire.

Même l'ennui le plus extrême avait ses limites miséricordieuses. La table du dîner, par exemple, possédait un envers que Chipper explora en posant son menton sur la surface et en tendant les bras par-dessous. Au plus loin qu'il pouvait atteindre se trouvaient des déflecteurs traversés par des câbles tendus menant à des anneaux que l'on pouvait tirer. Des intersections compliquées de blocs et d'angles mal dégrossis étaient ponctuées, çà et là, de vis profondément enfoncées, de petits puits cylindriques à l'ouverture hérissée de fibres de bois rugueuses, irrésistibles pour le doigt explorateur. Meilleures encore étaient les crottes de nez qu'il avait laissées collées lors de veilles antérieures. Desséchées, elles avaient la texture du papier de riz ou d'ailes de mouche. C'était un bonheur de les décoller et de les pulvériser.

Plus Chipper tâtait son petit royaume de l'envers, plus il répugnait à le découvrir des yeux. Il savait d'instinct que la réalité visible serait décevante. Il verrait des fissures qui avaient échappé à ses doigts, et le mystère des royaumes au-delà de son atteinte serait dissipé, les trous de vis perdraient leur sensualité abstraite et les crottes de nez lui feraient honte, et alors, un soir, sans plus rien à savourer ni à découvrir, il pourrait tout simplement mourir d'ennui.

L'ignorance élective était un élément important de l'art de survivre, peut-être le principal.

Le laboratoire d'alchimie d'Enid, sous la cuisine, contenait une machine à laver Maytag avec une essoreuse que l'on basculait au-dessus, un couple de rouleaux en caoutchouc semblables à d'énormes lèvres noires. Eau de Javel, agent blanchissant, eau déminéralisée, amidon. Un fer à repasser gros comme une locomotive au cordon d'alimentation gainé de tissu à motif. Des montagnes de chemises blanches de trois tailles différentes.

Pour préparer une chemise pour le repassage, elle l'aspergeait d'eau et la roulait dans une serviette. Quand elle était entièrement réhumidifiée, elle repassait d'abord le col, puis les épaules, et continuait en descendant.

Durant et après la Dépression, elle avait appris de nombreuses techniques de survie. Sa mère tenait une pension de famille dans la cuvette entre le centre de Saint Jude et l'université. Enid était douée pour les maths et donc, non seulement elle lavait les draps, nettoyait les toilettes et servait à table, mais elle faisait aussi les comptes de sa mère. À sa sortie du lycée, à la fin de la guerre, elle tenait tous les livres de la maison, facturait les pensionnaires et calculait les taxes. Avec les dollars qu'elle gagnait en sus – paies de baby-sitter, pourboires des étudiants et autres pensionnaires au long cours –, elle se payait des cours du soir, progressait vers un diplôme de comptable qu'elle espérait ne jamais devoir utiliser. Déjà deux hommes en uniforme lui avaient fait leur déclaration, l'un comme l'autre *assez* bons danseurs, mais ni l'un ni l'autre n'avaient de claires perspectives et tous deux risquaient encore de se faire tirer dessus. Sa mère avait épousé un homme sans perspectives qui était mort jeune. Éviter un pareil mari était une priorité pour Enid. Elle avait l'intention de mener une vie confortable et heureuse.

Quelques années après la guerre débarqua à la pension un jeune ingénieur en métallurgie récemment transféré à Saint Jude pour diriger une fonderie. C'était un garçon musculeux, aux lèvres pleines et aux cheveux drus, qui avait l'air d'un homme dans ses costumes d'homme. Les costumes étaient eux-mêmes des splendeurs de tweed épais. Une ou deux fois chaque soir, lorsqu'elle servait le dîner à la grande table ronde, Enid jetait un coup d'œil par-dessus son épaule, le surprenant à la regarder, et le faisait rougir. Al venait du Kansas. Au bout de deux mois, il trouva le courage de l'emmener patiner. Ils burent des chocolats et il expliqua que les êtres humains étaient nés pour souffrir. Il l'emmena à la fête de Noël d'une aciérie et lui expliqua que les gens intelligents étaient condamnés à être torturés par les imbéciles. C'était cependant un bon danseur et un homme plein de perspectives et elle l'embrassa dans l'ascenseur. Bientôt ils furent fiancés et prirent chastement un train de nuit pour McCook, Nebraska, afin de rendre visite à ses vieux parents. Son père avait une esclave, à laquelle il était marié.

En faisant le ménage dans la chambre d'Al à Saint Jude, elle trouva un volume de Schopenhauer très fatigué dont certains passages étaient soulignés. Par exemple : *Le plaisir dans ce monde, a-t-on dit, excède les douleurs ; ou, tout au moins, il y a un juste équilibre entre les deux. Si le lecteur souhaite voir rapidement si cette affirmation est vraie, qu'il compare les sentiments respectifs de deux animaux, dont l'un est occupé à manger l'autre.*

Que penser d'Al Lambert ? Il y avait les discours de vieux qu'il tenait sur lui-même, et son allure juvénile. Enid avait choisi de croire aux promesses de son allure. La vie devint alors l'affaire d'attendre que sa personnalité change.

Tandis qu'elle attendait, elle repassait vingt chemises par semaine, plus ses propres jupes et corsages.

S'insinuait autour des boutons avec la pointe du fer. Aplanissait les froissures, chassait les faux plis.

Sa vie aurait été plus facile si elle ne l'avait pas tant aimé, mais elle ne pouvait s'empêcher de l'aimer. Le regarder, c'était déjà l'aimer.

Jour après jour, elle s'employait à épurer la diction des garçons, à lisser leurs manières, à chasser toute tache de leur morale, à rendre droites leurs attitudes, et jour après jour elle faisait face à une pile de linge sale froissé.

Même Gary était parfois anarchique. Ce qu'il préférait, c'était envoyer la locomotive électrique foncer dans les courbes et la faire dérailler, voir le morceau de métal noir déraper maladroitement, puis rouler-bouler avec des étincelles de frustration. Sinon, il aimait aussi placer des vaches en plastique et des petites voitures sur les rails et concocter des tragédies miniatures.

Ce qui lui procurait le vrai frisson technologique, cependant, c'était une voiture radiocommandée, objet d'un intense battage publicitaire à la télévision, qui pouvait aller *partout*. Pour éviter toute ambiguïté, il en fit le seul et unique article de sa liste de Noël.

Depuis la rue, si vous faisiez attention, vous pouviez voir les lumières baisser derrière les fenêtres quand le train de Gary, le fer d'Enid ou les expériences d'Alfred soutiraient de l'énergie au réseau. Mais comme la maison paraissait sans vie pour le reste ! Dans les maisons illuminées des Meisner, des Schumpert, des Person et des Root, les gens étaient clairement chez eux – des familles entières rassemblées autour de tables, de jeunes têtes penchées sur des devoirs, des salons bleus par des télévisions, des marmots en vadrouille, un grand-parent testant la vertu d'un sachet de thé par une troisième immersion. C'étaient des maisons animées, sans façon.

Que quelqu'un y soit présent signifiait quelque chose pour une maison. C'était plus qu'un fait majeur : c'était le seul fait.

La famille était l'âme de la maison.

L'esprit en éveil était comme une lumière dans la maison.

L'âme était comme une marmotte dans son trou.

La conscience était au cerveau ce que la famille était à la maison.

Aristote : *Supposez que l'œil soit un animal — la vue serait son âme.*

Pour comprendre l'esprit, on se représentait l'activité domestique, le bourdonnement de vies apparentées sur des chemins divers, le rougeoiement fondamental de l'âtre. On parlait de « présence », d'« amas » et d'« occupation ». Ou bien, inversement, de « vacance » et de « fermeture ». De « perturbation ».

Peut-être la vaine lumière dans une maison où trois personnes étaient séparément occupées au sous-sol et une seule dans les étages, un petit garçon qui contemplait une assiette de nourriture froide, était semblable à l'esprit d'un dépressif.

Gary fut le premier à se lasser du sous-sol. Il remonta, évitant la salle à manger trop éclairée, comme si elle contenait la victime d'un défigurement atroce, et monta à l'étage se brosser les dents.

Enid suivit bientôt avec sept chemises blanches chaudes. Elle aussi évita la salle à manger. Son raisonnement était que si le problème que recelait la salle à manger était de sa responsabilité, alors elle était épouvantablement négligente de ne pas le résoudre, mais une mère aimante ne pouvait en aucun cas être à ce point négligente, et elle était une mère aimante, donc la responsabilité ne pouvait pas lui revenir. Tôt ou tard, Alfred remonterait et verrait quelle brute il avait été, et il serait très, très embêté. S'il avait le culot de lui reprocher le problème, elle pourrait dire : « C'est toi qui as dit qu'il devait rester là jusqu'à ce qu'il ait fini. »

Tout en faisant couler un bain, elle borda Gary dans son lit. « Tu seras toujours mon petit lion, dit-elle.

— Oui.

— N'est-ce pas qu'il est féwoce ? N'est-ce pas qu'il est wichieux ? N'est-ce pas que c'est mon wichieux wetit wion ? »

Gary ne répondit pas à ces questions. « Maman, dit-il. Chipper est encore à table, et il est presque neuf heures.

— C'est une histoire entre papa et Chipper.

— Maman ? Il n'aime vraiment pas ça. Il ne joue pas la comédie.

— Je suis tellement contente que tu manges de tout, dit Enid.

— Maman, ce n'est pas vraiment juste.

— Mon chou, c'est une phase par laquelle passe ton frère. C'est merveilleux que tu t'en préoccupes autant, cela dit. C'est merveilleux d'être aussi attentionné. Sois toujours aussi attentionné. »

Elle se dépêcha d'aller fermer les robinets et de s'immerger.

Dans une chambre obscure de la maison voisine, Chuck Meisner imaginait, en la pénétrant, que Bea était Enid. En même temps qu'il progressait vers l'éjaculation, il supputait.

Il se demandait s'il y avait une Bourse qui cotait des options sur Erie Belt. Acheter cinq mille titres cash avec trente puts de couverture. Ou mieux, si quelqu'un lui offrait un bon taux, une centaine de calls secs.

Elle était enceinte et changeait de taille de bonnet, de A à B, et même C enfin, devinait Chuck, au moment de la naissance du bébé. Comme la note de certains emprunts obligataires de municipalités en déroute.

L'une après l'autre, les lumières de Saint Jude s'éteignaient.

Et si l'on restait assis suffisamment longtemps à la table du dîner, que ce soit par punition, par refus ou simplement par lassitude, on ne cessait jamais d'y être assis. Une partie de vous-même y restait toute sa vie.

Comme si un contact prolongé et trop direct avec le pur écoulement du temps pouvait laisser des cicatrices permanentes sur les nerfs, comme de fixer le soleil.

Comme si une connaissance trop intime de quelque intérieur que ce soit était nécessairement une connaissance nuisible. Était une connaissance impossible à effacer.

(Combien fatiguée, combien usée, une maison habitée à l'excès.)

Chipper entendait des choses et voyait des choses, mais elles étaient toutes dans sa tête. Au bout de trois heures, les objets qui l'entouraient étaient aussi vides de goût qu'un vieux che-wing-gum remâché. Ses états mentaux étaient forts en compa-raison et les submergeaient. Il aurait fallu un effort de volonté, une reprise de conscience, pour convoquer le terme « set de table » et l'appliquer au champ visuel qu'il avait observé si intensément que sa réalité s'était dissoute dans l'observation, ou pour appliquer le terme « chaudière » au bruissement dans les tuyaux qui, par sa récurrence, avait pris le caractère d'un état émotionnel ou d'un acteur de son imagination, d'une incarna-tion du Temps Méchant. Les légères fluctuations de la lumière tandis que quelqu'un repassait, qu'un autre jouait, qu'un troi-sième faisait des expériences et que le réfrigérateur ronronnait puis s'arrêtait, avaient fait partie du rêve. Cette mutabilité, bien qu'à peine discernable, avait été une torture. Mais elle avait cessé à présent.

À présent seul restait Alfred au sous-sol. Il sondait un gel de ferroacétates avec les électrodes d'un ampèremètre.

Un nouveau domaine de recherche en métallurgie : les métaux façonnables à température ambiante. Le Graal était une substance qui pouvait être coulée ou moulée mais qui, après traitement (peut-être par un courant électrique), possédait la solidité supérieure, la conductivité et la résistance à l'usure de l'acier. Une substance aussi facile que le plastique et aussi dure que le métal.

Le problème était pressant. Une guerre culturelle faisait rage et les forces du plastique avaient le dessus. Alfred avait vu des pots de confiture et de gelée avec des couvercles en plastique. Des automobiles au toit en plastique.

Malheureusement, un métal dans son état libre – un bon poteau en acier ou un chandelier en cuivre massif – représentait un haut degré d'ordre, et la Nature était négligée et préférait le désordre. Le désagrègement de la rouille. La promiscuité des molécules en solution. Le chaos des objets chauds. Les états désordonnés avaient immensément plus de chances de se produire spontanément que les cubes d'acier parfait. Selon la Seconde Loi de la thermodynamique, une grande quantité de *travail* était nécessaire pour résister à cette tyrannie du probable – pour forcer les atomes d'un métal à bien se conduire.

Alfred était certain que l'électricité était à la hauteur de cette tâche. Le courant que fournissait le réseau revenait à emprunter de l'ordre à distance. Dans les centrales électriques, un morceau de charbon organisé devenait une flatulence de gaz chauds inutiles ; un réservoir d'eau maître de lui-même devenait un écoulement entropique errant vers un delta. De tels sacrifices d'ordre produisaient l'utile ségrégation des charges électriques qu'il exploitait chez lui.

Il cherchait un matériau qui soit, en fait, capable de se plaquer lui-même. Il faisait pousser des cristaux de matériaux inhabituels en présence de courants électriques.

Ce n'était pas de la science dure, mais le probabilisme cru des essais et des erreurs, une recherche à tâtons d'accidents qui puissent lui profiter. Un de ses camarades d'université avait déjà gagné son premier million avec les résultats d'une découverte faite par hasard.

Qu'il puisse un jour ne plus avoir de soucis d'argent : c'était un rêve identique au rêve d'être réconforté par une femme, vraiment réconforté, quand la détresse l'envahissait.

Le rêve d'une transformation radicale : de se réveiller un jour et de se découvrir une personne totalement différente (plus assurée, plus sereine), d'échapper à cette prison du donné, de se sentir divinement capable.

Il avait des argiles et des gels de silicate. Il avait des pâtes de silicium. Il avait des sels ferriques dissous qui succombaient à leur propre déliquescence. D'ambivalents acétylacétonates et tétracarbonyles à bas point de fusion. Un morceau de gallium de la taille d'une prune de Damas.

Le chimiste en chef de Midland Pacific, un docteur suisse lassé jusqu'à la mélancolie par un million de mesures de viscosité d'huiles pour moteur et de duretés Brinell, fournissait Alfred. Leurs supérieurs étaient au courant de l'arrangement – Alfred n'aurait jamais couru le risque d'être pris à faire quelque chose en douce – et il était tacitement entendu que s'il découvrait un jour un procédé brevetable, Midpac aurait sa part des bénéfices.

Ce soir, il se passait quelque chose d'inhabituel dans le gel de ferroacétate. Ses mesures de conductivité variaient brutalement selon l'endroit précis où il enfonçait la sonde de l'ampèremètre. Pensant que la sonde pourrait être sale, il choisit une aiguille plus fine avec laquelle il piqua de nouveau le gel. Il obtint pour résultat une conductivité nulle. Il piqua le gel à un autre endroit et obtint une mesure très élevée.

Que se passait-il ?

La question l'absorbait et le réconfortait, et elle tint en lisière le garde-chiourme jusqu'à ce que, à dix heures, il éteigne l'éclairage du miscroscope et note dans son carnet : CHROMATE BLEU D'ÉTAIN À 2%. TRÈS TRÈS INTÉRESSANT.

Dès l'instant où il sortit du labo, l'épuisement le terrassa. Il farfouilla pour mettre le verrou, ses doigts analytiques soudain épais et stupides. Il avait une énergie intarissable pour le travail, mais dès qu'il s'interrompait, il pouvait à peine tenir debout.

Son épuisement s'accrut quand il monta l'escalier. La cuisine et la salle à manger étaient vivement illuminées, et il semblait y avoir un petit garçon affalé sur la table, le visage sur son set. La scène était si déplacée, si pétrie de Vengeance, que, un instant, Alfred crut sincèrement que le garçon à la table était un fantôme de sa propre enfance.

Il tâtonna à la recherche d'interrupteurs, comme si la lumière était un gaz empoisonné dont il devait arrêter l'écoulement.

Dans un clair-obscur moins périlleux, il prit le garçon dans ses bras et l'emporta à l'étage. Le garçon portait l'empreinte du set de table gravé sur une joue. Il murmurait des absurdités. Il était à demi éveillé mais résistait à la pleine conscience, gardant la tête baissée tandis qu'Alfred le déshabillait et trouvait un pyjama dans le placard.

Une fois le garçon couché, pourvu d'un baiser et profondément endormi, un temps impossible à évaluer s'écoula à travers les pieds de la chaise posée à côté du lit où Alfred était assis, conscient de peu de chose d'autre que du malaise entre ses tempes. La fatigue était si douloureuse qu'elle l'empêchait de s'endormir.

Ou peut-être dormit-il, car soudain il était debout et se sentait légèrement revigoré. Il sortit de la chambre de Chipper et alla jeter un œil dans celle de Gary.

Juste derrière la porte de Gary, puant la colle Elmer, se trouvait une prison en bâtonnets d'eskimo. La prison n'avait rien à voir avec la maison de correction sophistiquée qu'Alfred avait imaginée. C'était un grossier carré sans toit, grossièrement subdivisé. Son plan, en fait, était exactement le carré binomial qu'il avait évoqué avant le dîner.

Et ceci, là, dans la plus grande pièce de la prison, ce ramassis bordélique de colle semi-liquide et de bâtons d'eskimo cassés était... une brouette pour poupées ? Un tabouret miniature ?

Une chaise électrique.

Dans une brume d'épuisement qui lui brouillait les idées, Alfred s'agenouilla pour l'examiner. Il se découvrit sensible au caractère poignant de la réalité matérielle de l'objet – au pathos de la pulsion de Gary à le fabriquer et à rechercher l'approbation de son père – et, de façon plus dérangeante, à l'impossibilité de faire cadrer cette réalisation grossière avec l'image mentale précise d'une chaise électrique qu'il avait formée à la table du dîner. Comme la femme illogique d'un rêve qui était à la fois Enid et autre qu'Enid, la chaise qu'il s'était représentée avait été à la fois complètement une chaise électrique et complètement des bâtons d'eskimo. L'idée lui vint alors, plus vigoureusement que jamais, que peut-être *chaque* « vraie » chose du monde était aussi médiocrement protéiforme, au fond, que cette chaise électrique. Peut-être son esprit faisait-il même à présent au plancher de bois dur apparemment réel sur lequel il était agenouillé exactement ce qu'il avait fait, des heures auparavant, à la chaise inconnue. Peut-être un plancher ne devenait-il véritablement un plancher que dans la reconstruction mentale qu'il en faisait. La nature du plancher était dans une certaine mesure incontestable, bien sûr ; le bois existait indubitablement et avait des propriétés mesurables. Mais il y avait un *deuxième* plancher, le plancher tel qu'il se réfléchissait dans sa tête, et il se demandait si la « réalité » assiégée qu'il défendait n'était pas, non la réalité d'un vrai plancher dans une vraie chambre, mais la réalité d'un plancher dans sa tête qui était idéalisé et n'avait donc pas plus de valeur que les rêveries idiotes d'Enid.

Le soupçon que tout était relatif. Que le « réel » et l'« authentique » pouvaient n'être pas simplement condamnés, mais fictifs pour commencer. Que son sentiment de droiture, de ne défendre que ce qui était réel, n'était qu'un sentiment. Tels étaient les soupçons qui l'avaient guetté, embusqués dans toutes ces chambres de motel. Telles étaient les terreurs profondes cachées sous les lits grinçants.

Et si le monde refusait de cadrer avec sa version de la réalité, alors c'était nécessairement un monde insensible, un monde rébarbatif et répugnant, une colonie pénitentiaire, et il y était voué à une solitude violente.

Il baissa la tête à la pensée de la force qu'il faudrait à un homme pour survivre à une pareille vie entière de solitude.

Il remit la piètre chaise électrique boiteuse sur le sol de la plus grande pièce de la prison. Dès qu'il la lâcha, elle bascula de côté. Une vision où il réduisait la prison en miettes lui traversa l'esprit, des images de jupes remontées et de sous-vêtements déchirés, de soutiens-gorge lacérés et de hanches offertes, mais elles n'aboutirent à rien.

Gary dormait dans un silence parfait, comme sa mère. Il n'y avait aucun espoir qu'il eût oublié la promesse implicite de son père de regarder la prison après dîner. Gary n'oubliait jamais rien.

Pourtant, je fais de mon mieux, pensa Alfred.

Redescendant à la salle à manger, il remarqua le changement dans la nourriture sur l'assiette de Chipper. Les marges bien grillées du foie avaient été soigneusement épluchées et mangées, de même que le moindre bout de croûte. Il apparaissait aussi que le rutabaga avait été avalé ; le petit grain qui subsistait était rayé de minuscules marques de fourchette. Et plusieurs côtes de bettes avaient été disséquées, les feuilles les plus tendres détachées et mangées, les tiges ligneuses rougeâtres mises de côté. Il semblait que Chipper eût avalé la bouchée contractuelle de chaque aliment en fin de compte, sans doute en prenant beaucoup sur lui-même, et avait été mis au lit sans avoir reçu le dessert qu'il avait mérité.

Par un matin de novembre, trente-cinq ans plus tôt, Alfred avait trouvé la patte avant ensanglantée d'un coyote entre les dents d'un piège métallique, témoignage de quelques heures désespérées au cours de la nuit précédente.

Survint un flot de douleur si intense qu'il dut serrer les dents et se tourner vers sa philosophie pour l'empêcher de se transformer en larmes.

(Schopenhauer : *Une seule considération peut servir à expliquer les souffrances des animaux : que la volonté de vivre, qui sous-tend le monde entier des phénomènes, doit dans leur cas satisfaire ses besoins en se nourrissant d'elle-même.*)

Il éteignit les dernières lumières du rez-de-chaussée, passa par les toilettes, et enfila un pyjama propre. Il ouvrit sa valise pour y récupérer sa brosse à dents.

Dans le lit, musée d'anciens transports, il se glissa à côté d'Enid, s'installant aussi près du bord extérieur qu'il le pouvait. Il jeta un coup d'œil au réveil, au trait de radium sur ses deux aiguilles dressées – plus proches de minuit à présent que de onze heures – et ferma les yeux.

La question arriva d'une voix de midi : « De quoi parlais-tu avec Chuck ? »

Son épuisement redoubla. De ses yeux fermés, il vit des béchers, des sondes et l'aiguille tremblante de l'ampèremètre.

« On aurait dit que c'était de l'Erie Belt, dit Enid. Chuck est au courant ? Tu lui en as parlé ?

— Enid, je suis très fatigué.

— Je suis seulement surprise, c'est tout. Je me pose des questions.

— C'était un accident et je le regrette.

— Je trouve seulement ça intéressant, dit Enid, que Chuck puisse faire un investissement que nous n'avons pas le droit de faire.

— Si Chuck choisit de tirer parti d'un avantage inéquitable qu'il a sur d'autres investisseurs, c'est son affaire.

— Beaucoup d'actionnaires de l'Erie Belt seraient heureux d'obtenir cinq dollars trois quarts demain. Qu'y a-t-il d'inéquitable là-dedans ? »

Ses mots avaient le ton d'un argument travaillé pendant des heures, d'une doléance bichonnée dans l'obscurité.

« Ces actions vaudront neuf dollars et demi dans trois semaines, dit Alfred. Je le sais et la plupart des gens l'ignorent. C'est inéquitable.

— Tu es plus intelligent que la plupart des gens, dit Enid, tu as mieux réussi tes études et tu as maintenant un meilleur travail. C'est inéquitable aussi, n'est-ce pas ? Tu ne devrais pas te rendre idiot pour être parfaitement équitable ? »

Ronger sa propre patte n'était pas un acte à entreprendre à la légère ni à faire à demi. À quel stade et par quel processus le coyote avait-il pris la décision de planter ses crocs dans sa propre chair ? Sans doute y avait-il d'abord eu une période d'attente et d'atermoiements. Mais ensuite ?

« Je ne vais pas discuter de ça avec toi, dit Alfred. Mais, puisque tu es réveillée, je veux savoir pourquoi Chip n'a pas été mis au lit.

— C'est toi qui as dit qu'il…

— Tu es montée bien avant moi. Mon intention n'était pas qu'il reste à table pendant cinq heures. Tu l'utilises contre moi, et je n'aime pas du tout ça. Il aurait dû être couché à huit heures. »

Enid mijotait dans ses torts.

« Pouvons-nous être d'accord que cela ne se reproduira plus ? demanda Alfred.

— Nous pouvons.

— Bien. Dormons alors. »

Quand il faisait très, très sombre dans la maison, l'enfant encore à naître y voyait aussi clairement que les autres. Elle avait des oreilles et des yeux, des doigts, un cerveau antérieur et un cervelet, et elle flottait dans un lieu central. Elle connaissait déjà les principaux désirs. Jour après jour, la mère allait et venait dans un ragoût de désir et de culpabilité, et à présent l'objet du désir de la mère reposait à un mètre d'elle. Tout chez la mère était prêt à fondre et céder à un contact aimant n'importe où sur son corps.

Il y avait beaucoup de respiration. Beaucoup de respiration, mais pas de contact.

Le sommeil fuyait même Alfred. Chaque halètement sinusiteux d'Enid semblait lui percer l'oreille à l'instant où il était de nouveau prêt à se laisser glisser.

Après un intervalle de temps qu'il évalua à vingt minutes, le lit commença à être secoué par des sanglots mal contrôlés.

Il rompit son silence, gémissant presque : « Qu'est-ce qu'il y a encore ?

— Rien.

— Enid, il est très, très tard, le réveil est réglé sur six heures, et je suis épuisé. »

Elle éclata en larmes houleuses. « Tu ne m'as pas fait de baiser d'adieu !

— Je le sais bien.

— Eh bien, n'y ai-je pas droit ? Quand un mari laisse sa femme deux semaines seule à la maison ?

— C'est du passé. Et puis, franchement, j'ai supporté bien pire.

— Puis il rentre à la maison et ne dit même pas bonjour ? Il m'attaque tout de suite ?

— Enid, j'ai passé une semaine épouvantable.

— Et quitte la table avant la fin du dîner ?

— Une semaine épouvantable et je suis terriblement fatigué…

— Et s'enferme au sous-sol pendant cinq heures ? Alors même qu'il est censé être très fatigué ?

— Si tu avais eu la semaine que j'ai passée…

— *Tu ne m'as pas fait de baiser d'adieu.*

— Deviens adulte ! Pour l'amour du ciel ! Deviens adulte !

— Parle moins fort ! »

(Parle moins fort ou le bébé pourrait entendre.)

(Entendait *effectivement* et n'en perdait pas une miette.)

« Est-ce que tu t'imagines que je faisais une croisière touristique ? demanda Alfred dans un murmure. Tout ce que je fais, je le fais pour toi et les garçons. Cela fait deux semaines que je n'ai pas eu une minute à moi. Je crois que j'avais droit à quelques heures au laboratoire. Tu ne le comprendrais pas, et tu ne me croirais pas si tu le comprenais, mais je crois avoir trouvé quelque chose de très intéressant.

— Oh, de très intéressant ! » dit Enid. Ce n'était pas vraiment la première fois qu'elle entendait cela.

« Eh bien, *c'est* très intéressant.

— Quelque chose qui a des applications commerciales ?

— On ne sait jamais. Regarde ce qui est arrivé à Jack Callahan. Cela pourrait finir par payer les études des garçons.

— Je croyais que tu disais que la découverte de Jack Callahan était un accident.

— Bon Dieu, mais écoute-toi. Tu me dis que *je* suis négatif, mais quand il s'agit d'un travail qui compte pour *moi*, qui est négatif ?

— Je ne comprends simplement pas pourquoi tu n'envisages même pas…

— Suffit.

— Si le but est de faire de l'argent…

— Suffit. Suffit ! Je me *fiche* de ce que font les autres. Je ne suis pas de ce genre-là. »

Deux fois au temple le dimanche précédent, Enid avait tourné la tête et surpris Chuck Meisner à la fixer. Elle avait la poitrine un peu plus pleine que d'ordinaire, c'était probablement tout. Mais Chuck avait rougi les deux fois.

« Pour quelle raison es-tu si froid avec moi ? demanda-t-elle.

— Il y a des raisons, dit Alfred, mais je ne te les dirai pas.

— Pourquoi es-tu si malheureux ? Pourquoi tu ne veux rien me dire ?

— Je préférerais mourir que de te le dire. Plutôt mourir.

— Oh, oh, oh ! »

C'était un *mauvais* mari qu'elle avait décroché, un mauvais, mauvais, mauvais mari qui ne lui donnerait jamais ce dont elle avait besoin. Tout ce qui aurait pu la satisfaire, il trouvait une raison de le lui refuser.

Et elle reposait donc, une Tantale, à côté de l'illusion inerte d'un régal. Le plus petit doigt n'importe où aurait. Pour ne rien dire de ses lèvres de prune fendue. Mais il était inutile. Une liasse de billets fourrée dans un matelas, moisissant et se dévaluant, voilà ce qu'il était. Une dépression au cœur du pays l'avait racorni de la même manière qu'elle avait racorni sa propre mère, qui ne comprenait pas que les comptes rémunérés étaient garantis par le gouvernement fédéral à présent, ou que les valeurs de père de famille détenues à long terme en réinvestissant les dividendes pourraient l'aider à assurer leurs vieux jours. C'était un mauvais investisseur.

Mais pas elle. On l'avait même vue, quand une chambre était très sombre, prendre un ou deux véritables risques, et c'est ce qu'elle fit alors. Roula sur elle-même et asticota sa cuisse avec des seins qu'un certain voisin avait admirés. Posa la joue sur les côtes de son mari. Elle le sentait attendre qu'elle s'en aille, mais elle devait d'abord caresser la plaine de son ventre musculeux, en planant, touchant les poils mais pas la peau. À sa légère surprise, elle sentit sa quéquette prendre vie à l'approche de ses doigts. Son aine tenta de l'esquiver, mais les doigts étaient plus lestes. Elle sentait sa virilité pousser à travers la braguette de son pyjama et, dans un accès de faim réprimée, elle fit une chose qu'il ne lui avait jamais permis de faire auparavant. Elle se pencha de côté et la prit dans sa bouche. La chose : le garçon qui forcissait à toute vitesse, le mastard aux vagues relents d'urine. Entre l'habileté de ses mains et le renflement de sa poitrine, elle se sentait désirable et capable de tout.

L'homme qui était sous elle vibrait de résistance. Elle libéra momentanément sa bouche. « Al ? Chéri ?

– Enid. Qu'est-ce que tu… »

Sa bouche redescendit sur le cylindre de chair. Elle resta un instant immobile, suffisamment longtemps pour sentir la chair se durcir contre son palais, pulsation par pulsation. Puis elle releva la tête. « Nous pourrions avoir un peu d'argent de côté à la banque – tu ne crois pas ? Emmener les garçons à Disneyland. Tu ne crois pas ? »

Elle replongea. Langue et pénis approchaient d'un accord, et il avait pris maintenant le goût de l'intérieur de sa bouche. D'une corvée et du monde que cela impliquait. Involontairement peut-être, il lui enfonça un genou dans les côtes et elle s'écarta, se sentant toujours désirable. Elle en reprit plein la bouche et le fond de la gorge. Fit surface pour respirer et replongea pour une nouvelle grande gorgée.

« Ne serait-ce qu'investir deux mille dollars, murmura-t-elle. Avec un différentiel de quatre dollars – ah ! »

Alfred avait retrouvé ses moyens et écarté de lui le succube.

(Schopenhauer : *Ceux qui gagnent l'argent sont les hommes, non les femmes ; et de cela il s'ensuit que les femmes ne sont ni en droit d'en avoir la possession incontrôlée ni des personnes dignes d'en recevoir l'administration.*)

Le succube tendit à nouveau la main vers lui, mais il attrapa son poignet et releva sa chemise de nuit de son autre main.

Peut-être les plaisirs de la balançoire, comme de la chute libre et de la plongée, étaient-ils des héritages d'un temps où l'utérus vous délivrait des contraintes du haut et du bas. Un temps où l'on n'avait même pas encore acquis les mécanismes du vertige. Toujours livré aux délices protégés d'une chaude mer intérieure.

Seule *cette* chute était effrayante, *cette* chute qui s'accompagnait d'un afflux d'adrénaline charriée par le sang, tandis que la mère semblait connaître quelque douleur…

« Al, pas sûre que ce soit une bonne idée, n'est-ce pas, je ne crois pas…

– Le livre dit qu'il n'y a aucun danger…

– Je ne sais pas, quand même. Ooh ! Vraiment. Al ? »

Il était un homme qui avait des rapports sexuels légitimes avec sa femme légitime.

« Al, n'empêche, peut-être pas. Bon. »

Combattant l'image de la CHATTE adolescente sous son collant. Et de tous les autres CONS avec leurs NÉNÉS et leurs CULS qu'un homme pourrait vouloir BAISER, les combattant alors que la chambre était très sombre et que beaucoup de choses étaient permises dans l'obscurité.

« Oh, ça me rend tellement malheureuse ! » gémit tranquillement Enid.

Pire était l'image de la petite fille recroquevillée à l'intérieur d'elle, une fillette pas beaucoup plus grande qu'un gros insecte, mais déjà témoin d'un tel mal. Témoin d'une burette complètement engorgée qui allait et venait derrière le col de l'utérus et puis, avec un rapide double spasme qui ne pouvait guère être considéré comme un avertissement adéquat, crachait d'épais rideaux de foutre alcalin dans sa chambre privée. Même pas encore née et déjà noyée sous une connaissance poisseuse.

Alfred reprenait son souffle en se repentant d'avoir profané le bébé. Un dernier enfant était une dernière occasion d'apprendre de ses erreurs et de faire des corrections, et il résolut de saisir l'occasion. À compter du jour où elle serait née, il la traiterait plus gentiment qu'il n'avait traité Gary ou Chipper. Assouplirait la loi pour elle, la gâterait même carrément, et ne la forcerait jamais à rester à table après que tout le monde eut fini.

Mais il avait fait gicler une telle saleté sur elle alors qu'elle était sans défense. Elle avait assisté à de telles scènes de mariage et donc, bien sûr, quand elle serait plus âgée, elle le trahirait.

Ce qui rendait possible la correction la condamnait aussi.

La sonde sensible qui lui avait donné des mesures en plein dans le rouge indiquait maintenant zéro. Il s'écarta et tourna le dos à sa femme. Sous l'emprise de l'instinct sexuel (comme l'appelait Arthur Schopenhauer), il avait perdu de vue la cruelle brièveté du temps qui lui restait avant de se raser et d'attraper le train, mais à présent l'instinct était déchargé et la brièveté de ce qui restait de la nuit pesait sur sa poitrine comme un rail de type 140, et Enid s'était remise à pleurer, comme le faisaient les épouses quand l'heure était psychotiquement tardive et que jouer avec le réveil n'était pas possible. Des années plus tôt, aux débuts de leur mariage, elle pleurait parfois aux petites heures du matin, mais alors Alfred éprouvait tant de gratitude pour le plaisir qu'il avait volé et le défoncement qu'elle avait subi qu'il ne manquait jamais de lui demander pourquoi elle pleurait.

Ce soir-là, typiquement, il n'éprouvait ni gratitude ni la moindre obligation de l'interroger. Il avait sommeil.

Pourquoi les épouses choisissaient-elles la nuit pour pleurer ? Pleurer la nuit était très bien quand on n'avait pas un train à attraper dans quatre heures pour aller travailler et que l'on n'avait pas, quelques instants plus tôt, commis une profanation dans la recherche d'une satisfaction dont l'urgence vous échappait à présent totalement.

Peut-être fallait-il tout cela – dix nuits d'insomnie dans de mauvais motels suivies par une soirée sur le grand huit des émotions et enfin les reniflements et les miaulements à filer se tirer une balle dans le voile du palais d'une épouse essayant de s'endormir à force de larmes à deux heures du putain de bordel de matin – pour lui ouvrir les yeux sur le fait que (a) le sommeil était une femme et que (b) ses réconforts étaient de ceux qu'il n'avait aucune obligation de refuser.

Pour un homme qui toute sa vie avait combattu la sieste comme toutes les autres délices pernicieux, cette découverte était cataclysmique – pas moins importante à sa manière que la découverte, quelques heures plus tôt, d'une anisotropie électrique dans un gel de ferroacétates en réseau. Plus de trente ans s'écouleraient avant que la découverte faite au sous-sol ne porte des fruits financiers ; la découverte faite dans la chambre rendit immédiatement l'existence plus supportable chez les Lambert.

Une Pax Somnis était descendue sur la maisonnée. La nouvelle amante d'Alfred apaisa ce qui restait en lui de la bête. Combien il était plus facile, au lieu de tempêter ou de bouder, de simplement fermer les yeux. Bientôt tout le monde comprit qu'il avait une maîtresse invisible, qu'il recevait dans la salle de jeux le samedi après-midi, quand sa semaine de travail à Midpac prenait fin, une maîtresse qu'il emmenait avec lui lors de ses déplacements professionnels et dans les bras de laquelle il tombait dans des lits qui ne paraissaient plus si inconfortables, dans des chambres de motel qui ne paraissaient plus si bruyantes, une maîtresse qu'il ne manquait jamais de visiter au cours d'une soirée de paperasseries, une maîtresse en compagnie de laquelle il partageait un oreiller de voyage après déjeuner lors des excursions familiales en été, tandis qu'Enid pilotait maladroitement la voiture et que les enfants se taisaient sur la banquette arrière. Le sommeil était la fille idéalement compatible avec le travail qu'il aurait dû épouser pour commencer. Parfaitement soumise, infiniment indulgente, et si respectable qu'on pouvait l'amener au temple, au concert et au théâtre municipal de Saint Jude. Elle ne le réveillait jamais par des larmes. Elle ne demandait rien et, en échange de rien, lui procurait tout ce dont il avait besoin pour une longue journée de travail. Il n'y avait aucun désordre dans leur liaison, aucun embrasement romantique, ni fuites, ni sécrétions, pas de honte. Il pouvait tromper Enid dans son propre lit sans lui livrer l'ombre d'une preuve légalement recevable, et tant qu'il gardait sa liaison privée dans la mesure où il ne piquait pas du nez lors des soirées avec des amis, Enid la tolérait, comme les épouses sensées l'avaient toujours fait, et c'était donc une infidélité dont, à mesure que passaient les décennies, il semblait qu'il ne dût jamais rendre compte...

« Psst ! Trouduc ! »

Alfred s'éveilla en sursaut à la vibration et au lent tangage du *Gunnar Myrdal*. Y avait-il quelqu'un dans la cabine ?

« Trouduc !

– Qui est là ? » demanda-t-il, mi par défi, mi par peur.

De minces couvertures scandinaves tombèrent quand il se releva pour fouiller du regard le clair-obscur, s'efforçant de dépasser les limites de son moi. Ceux qui sont un peu sourds connaissent comme des compagnons de cellule les fréquences auxquelles résonne leur tête. Son plus ancien compagnon était un contralto semblable au *la* médian des grandes orgues, un beuglement de clairon vaguement situé dans son oreille gauche. Il connaissait ce son, à des volumes croissants, depuis trente ans ; il était si bien installé qu'il semblait parti pour lui survivre. Il avait l'absence de sens virginale des choses éternelles ou infinies. Était aussi réel qu'un battement de cœur, mais ne correspondait à rien de réel en dehors de lui. Était un son que rien ne produisait.

Par-dessous, des sons plus faibles et plus fugitifs étaient actifs. Amas semblables à des cirrus de très hautes fréquences loin dans la stratosphère derrière ses oreilles. Notes vagabondes d'une fugacité presque fantomatique comme sorties d'un lointain orgue à vapeur. Un ensemble discordant de sons médiums qui allaient et venaient comme des grillons au centre de son crâne. Un lent bourdonnement, presque un grondement, comme une dilution de la fondamentale assourdissante d'un moteur Diesel, un son dont il n'avait jamais vraiment cru qu'il soit réel – c.-à-d. irréel – jusqu'à ce qu'il ait pris sa retraite de Midpac et perdu le contact avec les locomotives. Tels étaient les sons que son cerveau créait et écoutait à la fois, dont il était familier.

Hors de lui-même, il entendait le frottement de deux mains oscillant doucement sur leurs articulations dans les draps.

Et la mystérieuse circulation de l'eau tout autour de lui, dans les capillaires secrets du *Gunnar Myrdal*.

Et quelqu'un qui hennissait dans l'espace douteux sous l'horizon du couchage.

Et le réveil qui détaillait chaque tic-tac. Il était trois heures du matin et sa maîtresse l'avait abandonné. En cet instant où il avait plus que jamais besoin de son réconfort, elle était partie putasser avec de plus jeunes dormeurs. Pendant trente ans elle l'avait servi, lui avait tendu ses bras et ouvert ses cuisses chaque soir à dix heures et quart. Elle avait été l'encoignure qu'il recherchait, la matrice. Il la trouvait toujours l'après-midi ou en début de soirée, mais pas dans un lit la nuit. Dès qu'il se couchait, il tâtonnait dans les draps et parfois, l'espace de quelques heures, trouvait quelque extrémité osseuse d'elle à serrer. Mais, immanquablement, vers deux ou trois heures, elle disparaissait, lui interdisant de prétendre qu'elle lui appartenait toujours.

Il jeta un regard craintif en travers de la moquette orange vers les boiseries d'une blondeur nordique du lit d'Enid. Enid semblait morte.

L'eau courant dans les millions de tuyaux.

Et la vibration, il avait son idée sur cette vibration. Qu'elle venait des machines, que lorsqu'on construisait un navire de croisière de luxe on étouffait ou masquait tous les bruits que produisaient les machines, l'un après l'autre, jusqu'à la plus basse fréquence audible et plus bas encore, mais on ne pouvait descendre jusqu'à zéro. Il vous restait cet inaudible tremblement à deux hertz, reliquat et rappel irréductible d'un silence imposé à la puissance.

Un petit animal, une souris, détala dans les ombres hachurées au pied du lit d'Enid. Un instant, Alfred eut l'impression que le sol tout entier était composé de corpuscules frétillants. Puis les souris se fondirent dans une unique souris plus insolente, une horrible souris – crottes guettant vos pas, manie de tout ronger, urinements désordonnés…

« Trouduc, trouduc ! » railla le visiteur en quittant l'obscurité pour la pénombre du bord du lit.

Alfred reconnut le visiteur avec consternation. Il vit d'abord la silhouette voûtée de la déjection puis sentit un relent de décomposition bactérienne. Ce n'était pas une souris. C'était un étron.

« Des troubles urinaires maintenant, hi hi ! » dit l'étron.

C'était un étron sociopathe, une selle folle, un moulin à paroles. Il s'était présenté à Alfred la veille au soir et l'avait plongé dans un tel état d'agitation que seuls les soins d'Enid, un torrent de lumière électrique et la caresse apaisante d'Enid sur son épaule, avaient sauvé la nuit.

« Pars ! » commanda sévèrement Alfred.

Mais l'étron escalada le bord de l'impeccable lit Nordic et s'étala tel un brie, ou un cabrales entouré de feuilles à l'odeur de purin, sur les couvertures. « Cours toujours, mon pote. » Et fondit, littéralement, dans une tempête de bruits de pet hilares.

Craindre de rencontrer l'étron sur son oreiller revenait à convoquer l'étron sur l'oreiller, où il s'affala, prenant des poses de contentement chatoyantes.

« Va-t'en, va-t'en, dit Alfred en plantant un coude dans la moquette tandis qu'il plongeait la tête la première hors du lit.

— Pas question, José, dit l'étron. Je vais d'abord passer dans tes habits.

— Non !

— Un peu que je vais le faire, mon pote. Vais passer dans tes habits et me promener sur les meubles. Vais baver et laisser une trace. Vais puer atrocement.

— Pourquoi ? Pourquoi ? Pourquoi ferais-tu une chose pareille ?

— Parce que c'est dans ma nature, croassa l'étron. C'est tout moi. Mettre le confort d'un autre au-dessus du mien ? Aller sauter dans une cuvette de W.-C. pour épargner la sensibilité de quelqu'un ? C'est le genre de trucs que *toi*, tu fais, mon pote. Tu fais tout cul par-dessus tête. Et regarde où ça t'a mené.

— Les autres devraient avoir plus de respect.

— Tu devrais en avoir moins. Personnellement, je suis opposé à toutes les restrictions. Si tu t'en sens, fonce. Si tu le veux, prends-le. Le mec doit faire passer ses intérêts en premier.

— La civilisation repose sur la contrainte, dit Alfred.

— La civilisation ? Surévaluée. Je te demande ce qu'elle a jamais fait pour moi ? M'a chassé par le trou des chiottes ! M'a traité comme de la merde !

— Mais c'est ce que tu *es*, plaida Alfred, espérant que l'étron pourrait percevoir la logique. C'est à ça que *servent* des toilettes.

— Qui tu traites de merde ici, trouduc ? J'ai les mêmes droits que tout le monde, non ? La vie, la liberté, la recherche de la foufounette ? C'est ce qui est écrit dans la Constitution des ZÉTA…

— Inexact, dit Alfred. Tu penses à la Déclaration d'indépendance.

— Un vieux bout de papier jauni quelque part, si tu savais ce que je m'en branle de savoir lequel exactement. Les culs serrés comme toi n'ont cessé de corriger chaque putain de mot qui sortait de ma bouche depuis que j'étais haut comme ça. Toi et tous les instits fascistes constipés et les flics nazis. Pour ce que ça me fait, les mots sont imprimés sur un putain de rouleau de PQ. *Je* dis que c'est un pays libre, *je* suis dans la majorité, et *toi*, mon pote, tu es une minorité. Alors je t'emmerde. »

L'étron avait une attitude, un ton de voix, qu'Alfred trouvait étrangement familiers sans pouvoir exactement les replacer. Il commença à faire des culbutes et des cabrioles sur son oreiller, étalant une pellicule luisante brun-vert pleine de grumeaux et de fibres, laissant des faux plis et des creux blancs là où le tissu était froissé. Alfred, par terre à côté du lit, se couvrit des mains le nez et la bouche pour combattre l'horreur et la puanteur.

Puis l'étron se faufila dans sa jambe de pyjama. Il sentit le chatouillement de ses petites pattes de souris.

« Enid ! » appela Alfred de toutes ses forces.

L'étron était quelque part aux environs du haut de ses cuisses. Luttant pour plier ses jambes raides et passer ses pouces engourdis dans la ceinture, il baissa sa culotte de pyjama pour piéger l'étron à l'intérieur. Il comprit soudain que l'étron était un détenu en cavale, un déchet humain dont la place était en prison. C'était pour cela qu'il y avait des prisons : pour ceux qui pensaient que c'étaient eux, et non la société, qui fixaient les règles. Et si la prison ne les dissuadait pas, ils méritaient la mort ! La mort ! Puisant dans sa colère, Alfred réussit à arracher la boule de tissu de ses pieds et, avec des bras tremblants, il la plaqua à terre, la martelant de ses avant-bras, puis l'enfonça profondément entre le ferme matelas Nordic et le sommier à ressorts Nordic.

Il se mit à genoux pour reprendre son souffle dans son haut de pyjama et sa couche pour incontinent.

Enid continuait de dormir. Quelque chose de distinctement évaporé dans son attitude ce soir.

« Ffblaaatch ! » railla l'étron. Il était réapparu sur le mur au-dessus du lit d'Alfred et y pendait de manière précaire, comme s'il y avait été précipité, à côté d'une gravure encadrée du port d'Oslo.

« Sois maudit ! lança Alfred. Ta place est en prison ! »

L'étron s'étrangla de rire tout en glissant très lentement le long du mur, ses pseudopodes visqueux menaçant de couler sur les draps en contrebas. « J'ai l'impression, dit-il, que les personnalités anales constipées comme la tienne veulent *tout* mettre en prison. Les marmots, par exemple, mauvaise affaire, mon vieux, ils font tomber ton bastringue de tes étagères, ils renversent de la nourriture sur le tapis, ils crient au cinéma, ils pissent à côté du pot. Au trou ! Et les *Polynésiens*, vieux, ils répandent du sable dans la maison, laissent des jus de poisson sur le mobilier, et toutes ces minettes pubescentes avec leurs doudounes à l'air ? En prison ! Et les dix-vingt ans, tant qu'on y est, tous ces ados en rut, je ne te dis pas pour l'insolence, vas-y pour la contrainte. Et les Nègres (sujet douloureux, Fred ?), j'entends des hurlements exubérants et une grammaire surprenante, je sens de l'alcool de la variété maltée et de la sueur très riche, façon jus de crâne, et toutes ces danses et cette bringue et ces chanteurs qui miaulent comme des organes humidifiés avec de la salive et des gels spéciaux : à quoi *sert* une prison sinon à y jeter un Nègre ? Et tes Jamaïcains, avec leurs joints, leurs gamins bedonnants, leurs barbecues quasi quotidiens, leurs hantavirus charriés par les rats et leurs boissons sucrées avec du sang de porc au fond ? Claque la porte de la cellule et avale la clé. Et les Chinois, vieux, ces légumes à te donner la chair de poule avec des noms bizarres, comme des godemichés maison que quelqu'un aurait oublié de laver après utilisation, un dollah, un dollah, et ces carpes fangeuses et ces oiseaux chanteurs écorchés vifs, et, allez, genre, la soupe de chien, les boulettes de caca à la noix et les bébés filles sont les spécialités nationales, et la *bonde de porc*, par quoi nous désignons ici l'*anus* d'un *cochon*, sans doute quelque chose de poilu et difficile à mâcher, la bonde de porc est un truc que les Chinois paient pour *manger* ? Et si on atomisait simplement le milliard virgule deux qu'ils sont, hein ? Commencer par faire le ménage dans cette partie du monde. Et n'oublions pas les femmes en général, rien d'autre qu'un semis de Kleenex et de Tampax partout où elles vont. Et les tapettes avec leurs lubrifiants de cabinet médical, et les Méditerranéens avec leurs moustaches et leur ail, et les Français avec leurs porte-jarretelles et leurs fromages obscènes, et les prolos gratteurs de couilles avec leurs voitures trafiquées et leurs rots de bière, et les Juifs avec leurs burettes circoncises et leur gefilte Fisch comme des étrons au naturel, et les HSP avec leurs hors-bord, leurs chevaux de polo au cul baveux et leurs cigares à dégueuler ? Hé, le truc drôle, Fred, les seuls gens qui échappent à ta prison sont les hommes d'origine nordique de la classe moyenne supérieure. Et tu *me* cherches des poux parce que je voudrais que ça marche à *mon* idée ?

— Qu'est-ce que je dois faire pour que tu quittes cette pièce ?

— Relâche le vieux sphincter, mon pote. Laisse filer.

– Jamais de la vie !

– Dans ce cas je pourrais rendre visite à ta trousse de rasage. M'offrir un petit épisode de diarrhée sur ta brosse à dents. Faire couler quelques jolies petites gouttes dans ton savon à barbe et demain matin tu pourras faire mousser une riche écume brune…

– Enid, dit Alfred d'une voix tendue, sans quitter des yeux l'étron malin, je suis en difficulté. J'apprécierais d'avoir ton assistance. »

Sa voix aurait dû la réveiller, mais son sommeil était d'une profondeur digne de la Belle au bois dormant.

« Enid *chériiie*, railla l'étron en prenant un accent à la David Niven. J'apprécierais *grandement* que tu me prêtasses quelque assistance aussitôt que cela te sera *possiblement* envisageable. »

Des signaux non confirmés en provenance des nerfs du creux des reins d'Alfred et de l'arrière de ses genoux indiquaient que de nouvelles unités d'étrons se trouvaient dans les parages. Les rebelles étroniens furetant furtivement, se répandant en traces fétides.

« La bouffe et le cul, mon pote, dit le chef des étrons, qui ne tenait plus au mur que par un pseudopode de mousse fécale, tout se résume à ça. Tout le reste, et je dis ça en toute modestie, n'est que de la merde. »

Puis le pseudopode se rompit et le chef des étrons – laissant derrière lui sur le mur une petite touffe de putrescence – plongea avec un cri de jubilation sur un lit qui *appartenait à Nordic Pleasurelines* et devait être fait dans quelques heures par une ravissante jeune Finnoise. Imaginer cette femme de chambre propre et charmante trouvant des excréments tartinés sur le couvre-lit était presque plus qu'Alfred n'en pouvait supporter.

Sa vision périphérique était à présent peuplée de selles en pleine convulsion. Il devait garder le contrôle, garder le contrôle. Soupçonnant qu'une fuite dans les toilettes pourrait être la cause de ses troubles, il gagna la salle de bains à quatre pattes et referma la porte d'un coup de pied derrière lui. Pivota avec une relative facilité sur le carrelage lisse. Cala le dos contre la porte et appuya les pieds contre l'évier qui lui faisait face. Il rit un instant de l'absurdité de sa situation. Il était là, un cadre supérieur américain, assis en couches sur le sol d'une salle de bains flottante, assiégé par un escadron de fèces. On avait les idées les plus étranges au milieu de la nuit.

La lumière était meilleure dans la salle de bains. Il y avait une science de la propreté, une science de l'apparence, une science même de l'excrétion comme en témoignait le coquetier de porcelaine suisse surdimensionné qui faisait office de cabinet, un objet royalement juché sur un piédestal, aux leviers de contrôle finement moletés. Dans cet environnement plus agréable, Alfred fut capable de se ressaisir au point de comprendre que les rebelles étroniens étaient le fruit de son imagination, une sorte de rêve, et que la cause de son anxiété n'était qu'un problème de vidange.

Malheureusement, les opérations étaient interrompues pour la nuit. Il n'y avait aucun moyen de jeter un coup d'œil personnellement au blocage, aucun moyen non plus d'y faire descendre un furet ou une caméra vidéo. Très improbable aussi qu'un entrepreneur puisse amener un engin sur place vu les conditions. Alfred n'était même pas certain qu'il aurait su indiquer sa position sur une carte.

Il n'y avait rien d'autre à faire que d'attendre le matin. En l'absence d'une véritable solution, deux demi-solutions valaient mieux que pas de solution du tout. On attaquait le problème avec ce qu'on avait sous la main.

Une paire de couches supplémentaires : cela devrait permettre de tenir quelques heures. Et les couches étaient là, dans un sac juste à côté du siège des cabinets.

Il était près de quatre heures. Ce serait bien le diable si le chef de district n'était pas à son poste à sept heures. Alfred n'arrivait pas à retrouver le nom exact du type, mais c'était sans importance. Suffisait d'appeler le bureau et celui qui répondrait.

C'était caractéristique du monde moderne, pourtant, n'est-ce pas, à quel point les fichues attaches des couches étaient glissantes.

« Voyez-vous ça », dit-il, espérant faire passer pour de l'amusement philosophe sa rage contre une modernité traîtresse. Les bandes adhésives auraient aussi bien pu être couvertes de Téflon. Entre sa peau sèche et ses tremblements, retirer la languette d'une bande était comme de ramasser une bille avec deux plumes de paon.

« Eh bien, nom d'une pipe ! »

Il persista dans sa tentative pendant cinq minutes, puis cinq autres. Il n'arrivait tout simplement pas à retirer la languette.

« Eh bien, nom d'une pipe ! »

Souriant de sa propre incapacité. Souriant de frustration et du sentiment écrasant d'être observé.

« Eh bien, nom d'une pipe ! » répéta-t-il une fois de plus. L'expression avait souvent la vertu de dissiper la honte des petits échecs.

Comme une pièce était changeante la nuit ! Le temps qu'Alfred ait renoncé à défaire les bandes adhésives et simplement tiré une troisième couche autour de sa cuisse aussi loin qu'il pouvait, ce qui malheureusement n'était pas très haut, il n'était plus dans la même salle de bains. La lumière avait acquis une intensité clinique ; il sentait la lourde main d'une heure encore plus extrêmement tardive.

« Enid ! appela-t-il. Peux-tu m'aider. »

Avec cinquante ans de métier comme ingénieur, il vit du premier coup d'œil que le réparateur avait salopé le travail. L'une des couches était quasiment retournée du devant derrière et la deuxième avait une jambe légèrement spasmodique qui dépassait entre deux de ses épaisseurs, laissant inutilisé en une masse informe l'essentiel de ses capacités d'absorption, ses bandes adhésives n'adhérant à rien. Alfred secoua la tête. Il ne pouvait en vouloir au réparateur. La faute était sienne. N'aurait jamais dû entreprendre un tel travail dans de pareilles conditions. Erreur de jugement de sa part. Essayer de limiter les dégâts en tâtonnant dans le noir créait souvent plus de problèmes que ça n'en résolvait.

« Oui, nous voilà dans une belle panade », dit-il avec un sourire amer.

Mais, était-ce du liquide par terre ? Oh, Seigneur, il semblait y avoir du liquide par terre.

Aussi du liquide coulant dans les myriades de tuyaux du *Gunnar Myrdal*.

« Enid, s'il te plaît, pour l'amour du ciel. J'ai besoin de ton aide. »

Aucune réponse du côté du chef de district. Tout le monde semblait être en vacances. Quelque chose à voir avec la couleur d'un automne.

Du liquide par terre ! Du liquide par terre !

Bien, bien, si c'était comme ça, il était payé pour endosser les responsabilités. Il était payé pour faire face aux crises.

Il prit une profonde inspiration pour se raffermir.

Dans une crise de ce genre, la première urgence était manifestement de ménager un itinéraire de dégagement. Ne pas se préoccuper de réparer la voie, il fallait d'abord trouver une rampe, ou on risquait la grosse catastrophe.

Il nota sombrement qu'il n'avait pas de mire d'arpenteur, même pas un simple fil à plomb. Il devrait travailler à l'œil nu.

Comment diable s'était-il retrouvé échoué là, d'abord ? Il ne devait même pas encore être cinq heures du matin.

« Rappelle-moi d'appeler le chef de district à sept heures », dit-il.

Bien sûr, il devait y avoir quelque part un régulateur de service. Mais le problème était alors de trouver un téléphone, et là apparut une étrange réticence à lever le regard au-dessus du niveau du cabinet. Les conditions étaient impossibles dans cette région. Il pourrait être le milieu de la matinée avant qu'il ne mette la main sur un téléphone. Et à ce moment-là.

« Pfouh ! Que de travail ! » dit-il.

Il semblait y avoir une légère dépression dans le bac à douche. Oui, effectivement, une rigole y était déjà, peut-être un vieux projet de route de l'Équipement qui n'avait jamais vu le jour, peut-être une intervention du corps du Génie. Une de ces aubaines nocturnes : une vraie rigole. N'empêche, il faisait face à un satané problème de logistique s'il voulait déplacer le chantier pour tirer parti de la rigole.

« Pas franchement le choix, cela dit, je le crains. »

Autant s'y mettre. La fatigue ne risquait guère de refluer. Pense aux Hollandais avec leur Projet Delta. Quarante ans à combattre la mer. Mets les choses en perspective – une nuit difficile. Il avait déjà connu pire.

Sécuriser l'installation, voilà le plan. Jamais de la vie il ne ferait confiance à une petite rigole pour absorber toute la fuite. On ne savait pas ce qui pouvait arriver plus bas sur la ligne.

« Et là, on aurait des ennuis, dit-il. Là, on aurait de gros ennuis. »

Ça pouvait être sacrément pire, en fait. Ils avaient de la chance qu'un ingénieur se trouve justement sur place au moment où l'eau avait jailli. Imaginez qu'il n'ait pas été là, quelle panade.

« Ç'aurait pu tourner au désastre. »

Le plus urgent était d'appliquer une sorte de rustine provisoire sur la fuite, puis d'attaquer le cauchemar logistique de dévier tout le trafic vers la rigole, et il ne resterait plus qu'à espérer qu'il puisse garder la situation sous contrôle jusqu'au lever du soleil.

« Voyons ce que nous avons. »

Dans la lumière insuffisante, il vit le liquide traverser le plancher dans un sens, puis revenir lentement sur lui-même, comme si l'horizontale avait perdu la tête.

« Enid ! » appela-t-il sans guère d'espoir tandis qu'il attaquait le travail révulsant d'arrêter la fuite et de se remettre sur les rails, et que le navire continuait d'avancer.

Grâce à Aslan® – et au Dr Hibbard, un jeune homme de grande valeur, exceptionnel –, Enid connaissait sa première nuit de véritable sommeil depuis de nombreux mois.

Il y avait un millier de choses qu'elle *désirait* de la vie et, comme peu étaient disponibles à domicile avec Alfred à Saint Jude, elle avait canalisé à toute force ses désirs dans les jours comptés, le temps de vie d'un éphémère, que durerait la croisière de luxe. Des mois durant, la croisière avait été le reposoir de son esprit, l'avenir qui rendait son présent supportable, et, après que son après-midi à New York se fut révélé frustrant en amusements, elle était montée à bord du *Gunnar Myrdal* avec un appétit redoublé.

Sur chaque pont, l'amusement était la grande et joyeuse affaire de hordes de vieux qui goûtaient leur retraite comme elle aurait souhaité qu'Alfred jouisse de la sienne. Bien que Nordic Pleasurelines s'affichât résolument comme une compagnie d'une certaine classe, cette croisière accueillait presque exclusivement des groupes tels que l'Association des anciens élèves de l'université de Rhode Island, la Hadassah de Chevy Chase (Maryland), la Réunion de la 85e division aéroportée (les « Diables du ciel ») et la Ligue de bridge de compétition du comté de Dade (Floride), catégorie senior. Des veuves en parfaite santé se guidaient l'une l'autre par le coude jusqu'à des lieux de rassemblement particuliers où étaient distribués des badges nominaux et des plaquettes d'information, et où la marque de reconnaissance mutuelle préférée était le hurlement à briser les tympans.

Déjà des seniors avides de savourer la moindre minute de leur précieux temps de croisière buvaient le cocktail glacé du jour, une canneberge lapone frappée, dans d'immenses verres qu'il fallait étreindre à deux mains. D'autres étaient massés aux bastingages des ponts inférieurs, ceux qui étaient abrités de la pluie, et scrutaient Manhattan à la recherche d'un visage à qui faire signe. Dans l'Abba Show Lounge, un orchestre jouait de la polka heavy metal.

Pendant qu'Alfred s'offrait une dernière séance d'avant-dîner à la salle de bains, sa troisième en l'espace d'une heure, Enid était installée dans le salon du pont « B » et écoutait le lent martèlement-frottement de quelqu'un qui progressait avec un déambulateur à travers le salon du pont « A » au-dessus d'elle.

Apparemment l'uniforme de croisière de la Ligue de compétition était un T-shirt portant l'inscription : LES VIEUX JOUEURS DE BRIDGE NE MEURENT JAMAIS, ILS DEVIENNENT SEULEMENT VULNÉRABLES. Enid trouva que la plaisanterie souffrait mal la répétition.

Elle vit des retraités *courir*, détachant réellement leurs deux pieds du sol, en direction de la canneberge lapone frappée.

« Bien sûr, murmura-t-elle en méditant sur l'âge avancé de tous les participants, qui d'autre pourrait s'offrir une telle croisière ? »

L'espèce de teckel qu'un homme tirait au bout d'une laisse s'avéra être un réservoir d'oxygène monté sur des roues de patin à roulettes et enveloppé d'un paletot.

Un homme très gros passa dans un T-shirt qui disait : TITANIC : LA COQUE.

Vous passiez une vie entière à faire attendre un mari impatient et à présent le séjour minimal de votre mari impatient dans des toilettes durait un quart d'heure.

LES VIEUX UROLOGUES NE MEURENT JAMAIS, ILS SE TARISSENT SEULEMENT.

Même lors d'une soirée sans exigences vestimentaires particulières, telle que celle-ci, les T-shirts étaient officiellement déconseillés. Enid avait mis un tailleur en laine et demandé à Alfred de porter une cravate, même si, vu son maniement d'une cuiller à soupe ces derniers temps, ses cravates n'étaient guère plus que de la chair à canon sur le front du dîner. Elle lui en avait fait emporter une douzaine. Elle avait une conscience aiguë que Nordic Pleasurelines était « de luxe ». Elle attendait – et avait payé pour, en partie avec son propre argent – de l'*élégance*. Chaque T-shirt qu'elle voyait bafouait un peu plus ses fantasmes et, donc, son plaisir. Cela lui restait sur le cœur que des gens plus riches qu'elle fussent si souvent moins méritants et moins séduisants. Plus rustauds, plus grossiers. Il y avait un réconfort à trouver dans le fait d'être plus pauvre que des gens qui étaient intelligents et beaux. Mais être moins fortuné que ces gros lards en T-shirt aux plaisanteries éculées…

« Je suis prêt », annonça Alfred en faisant son apparition dans le salon. Il prit la main d'Enid pour la montée en ascenseur jusqu'à la salle à manger Søren-Kierkegaard. La main dans celle d'Alfred, elle se sentait mariée et, dans cette mesure, enracinée dans l'univers et réconciliée avec la vieillesse, mais elle ne pouvait s'empêcher de penser combien elle aurait aimé serrer sa main au cours des décennies où il avait toujours marché un pas ou deux en avant d'elle. Sa main était nécessiteuse et soumise à présent. Même ses tremblements qui paraissaient si violents à voir étaient plutôt ténus au contact. Elle sentait la main prête à reprendre son pagayage dès qu'elle la lâcherait, cependant.

Les passagers qui s'étaient inscrits individuellement avaient été assignés à des tables particulières réservées à la clientèle « flottante ». Au ravissement d'Enid, qui adorait une compagnie cosmopolite pourvu qu'elle ne fût pas trop snob, deux des « flottants » de leur table venaient de Norvège et deux autres de Suède. Enid aimait les pays européens quand ils étaient petits. On pouvait découvrir une intéressante coutume suédoise ou un fait sur la Norvège sans être renvoyé à son ignorance de la musique allemande, de la littérature française ou de l'art italien. L'usage de « skol » était un bon exemple. De même le fait que la Norvège était le plus gros exportateur européen de pétrole brut, comme M. et Mme Nygren d'Oslo en informaient la table quand les Lambert s'installèrent aux deux dernières places vacantes.

Enid s'adressa d'abord à son voisin de gauche, M. Söderblad, un Suédois d'âge mûr au blazer bleu et au foulard rassurants. « Quelles sont vos impressions du bateau jusque-ici ? demanda-t-elle. Est-il vraiment *complètement* authentique ?

– Eh bien, il semble effectivement flotter, répondit M. Söderblad avec un sourire, en dépit d'une mer agitée. »

Enid haussa la voix pour mieux se faire comprendre. « Je veux dire, est-il AUTHENTIQUEMENT SCANDINAVE ?

– Eh bien, oui, bien sûr, répondit M. Söderblad. En même temps, tout est de plus en plus américain dans le monde, vous ne trouvez pas ?

– Mais pensez-vous qu'il restitue VRAIMENT COMPLÈTE-MENT l'atmosphère d'un VRAI NAVIRE SCANDINAVE ? insista Enid.

– À vrai dire, il est mieux que la plupart des bateaux en Scandinavie. Mon épouse et moi sommes très satisfaits jusque-ici. »

Enid abandonna son enquête, guère convaincue que M. Söderblad ait saisi son importance. Il lui importait que l'Europe fût européenne. Elle s'était rendue sur le continent cinq fois en vacances et deux fois lors de voyages d'affaires avec Alfred, soit une demi-douzaine de fois en tout environ, et, aux amis qui projetaient de visiter l'Espagne ou la France, elle aimait dire à présent, avec un soupir, qu'elle en avait assez vu. Cela la rendait folle, cependant, d'entendre son amie Bea Meisner affecter la même indifférence : « J'en ai par-dessus la tête d'aller à Saint-Moritz pour les anniversaires de mes petits-enfants », etc. Cindy, la fille idiote et d'une beauté injuste de Bea, avait épousé un médecin du sport autrichien, un von

Machinchose qui avait décroché le bronze olympique en slalom géant. Que Bea continue même à fréquenter Enid revenait à un triomphe de la fidélité sur des fortunes divergentes. Mais Enid n'oubliait jamais que c'était l'investissement massif de Chuck Meisner en actions Erie Belt à la veille de l'OPA de Midpac qui leur avait permis d'acheter leur maison de Paradise Valley. Chuck était devenu président du conseil d'administration de sa banque tandis qu'Alfred restait scotché au deuxième échelon de Midpac et plaçait ses économies dans des rentes rongées par l'inflation, si bien que les Lambert ne pouvaient toujours pas s'offrir la qualité de Nordic Pleasurelines sans qu'Enid ne puise dans ses fonds privés, ce qu'elle faisait pour éviter de devenir folle de jalousie.

« Ma meilleure amie de Saint Jude passe ses vacances à Saint-Moritz, lança-t-elle tout à trac en direction de l'avenante épouse de M. Söderblad. Son gendre autrichien connaît une réussite formidable et il y possède un chalet ! »

Mme Söderblad était comme un accessoire en métal précieux quelque peu éraflé et terni par l'utilisation de M. Söderblad. Son rouge à lèvres, la couleur de ses cheveux, son fard à paupières et son vernis à ongles étaient autant de variations sur le thème du platine ; sa robe du soir était en lamé argenté et offrait de larges aperçus sur des épaules dorées au soleil et des adjonctions siliconées. « Saint-Moritz est très beau, dit-elle. Je me suis produite de nombreuses fois à Saint-Moritz.

– VOUS ÊTES UNE ARTISTE ? s'écria Enid.

– Signe était animatrice de soirées, se hâta de préciser M. Söderblad.

– Ces stations des Alpes peuvent être terriblement chères », fit remarquer la Norvégienne, Mme Nygren, avec un frisson. Elle portait de grandes lunettes rondes et avait des rides rayonnantes qui concouraient à lui donner un air de mante religieuse. Visuellement, elle et l'éclatante Söderblad étaient de mutuelles offenses. « D'un autre côté, poursuivit-elle, nous autres Norvégiens, nous pouvons nous permettre d'être difficiles. Même dans certains de nos jardins publics le ski peut être "super". Il n'y a vraiment rien de pareil ailleurs.

– Bien sûr, il y a une distinction à faire, dit M. Nygren, qui était très grand et avait des oreilles semblables à des escalopes crues, entre le ski de type alpin et la variété nordique, le ski de randonnée. La Norvège a produit des skieurs alpins d'exception – je cite le nom de Kjetil Andre Aamodt avec l'assurance que cela éveillera un "écho" –, mais il faut bien reconnaître que nous n'avons pas toujours concouru au premier plan dans ce domaine. Cependant, le ski de randonnée, ou ski nordique, est une tout autre histoire. Là, nous pouvons dire sans crainte que nous continuons de moissonner plus que notre part de distinctions.

– Les Norvégiens sont extraordinairement ennuyeux », dit M. Söderblad d'une voix rauque à l'oreille d'Enid.

Les deux autres « flottants » de la table, un vieux couple distingué de Chadds Ford, Pennsylvanie, du nom de Roth, avaient fait à Enid la faveur instinctive d'engager la conversation avec Alfred. Celui-ci avait le visage empourpré par la chaleur de la soupe, le drame d'une cuiller, et peut-être aussi l'effort de refuser de jeter ne serait-ce qu'un coup d'œil à l'étourdissant décolleté söderbladien tandis qu'il expliquait aux Roth le fonctionnement des stabilisateurs d'un paquebot. M. Roth, un homme à l'air intelligent portant un nœud papillon et des lunettes d'écaille qui lui faisaient de gros yeux, le criblait de questions pertinentes et assimilait si rapidement les réponses qu'Alfred en semblait presque choqué.

Mme Roth s'intéressait moins à Alfred qu'à Enid. Mme Roth était une petite femme, une jolie fillette d'environ soixante-cinq ans. Ses coudes arrivaient à peine à la hauteur de la table. Elle avait des cheveux noirs parsemés de blanc coupés au carré, des joues roses et de grands yeux bleus avec lesquels elle scrutait ouvertement Enid à la manière de quelqu'un de très intelligent ou de très bête. Un regard d'une intensité aussi écrasante évoquait la faim. Enid sentit immédiatement que Mme Roth deviendrait sa grande amie sur la croisière, ou sinon sa grande rivale, et donc, avec une sorte de coquetterie, elle s'abstint de lui adresser la parole ou de répondre d'une quelconque manière à son attention. Alors que des steaks étaient apportés à table et des homards dévastés remportés, elle lança une volée de questions, que M. Söderblad para une à une, concernant son métier, qui semblait être en rapport avec le commerce des armes. Elle se repaissait du regard azuréen de Mme Roth en même temps que de la jalousie que les « flottants » suscitaient aux autres tables, pensait-elle. Elle imaginait qu'aux yeux de la plèbe en T-shirt, les « flottants » avaient l'air extrêmement européens. Un *cachet** de distinction. La beauté, des cravates, un foulard.

« Parfois je suis tellement excité à l'idée de mon café du matin, dit M. Söderblad, que je n'arrive pas à m'endormir le soir. »

Les espoirs d'Enid qu'Alfred l'emmène danser à la salle de bal Fifi Brindacier se brisèrent quand il se leva et annonça qu'il allait se coucher. Il n'était même pas sept heures. Qui avait jamais entendu parler d'un adulte allant se coucher à sept heures du soir ?

« Rassieds-toi et attends le dessert, dit-elle. Les desserts sont censés être *divins*. »

La serviette peu ragoûtante d'Alfred tomba de ses cuisses. Il semblait n'avoir aucune idée du point auquel il l'embarrassait et la décevait. « Reste, toi, dit-il. Ça me suffit comme ça. »

Et il s'éloigna d'un pas chancelant à travers la moquette de la salle Søren-Kierkegaard, luttant contre les oscillations de l'horizontale qui étaient plus prononcées depuis que le navire avait quitté le port de New York.

Des vagues de chagrin familières (à cause de l'amusement dont la privait un tel mari) découragèrent Enid jusqu'à ce qu'elle s'avise qu'elle avait à présent une longue soirée devant elle, et pas d'Alfred pour la lui gâcher.

Elle s'égaya, et s'égaya encore plus lorsque M. Roth s'en alla pour la salle de lecture Knut Hamsun, abandonnant sa femme à la table. Mme Roth changea de siège pour se rapprocher d'Enid.

« Nous autres Norvégiens, nous sommes de grands lecteurs, en profita pour glisser Mme Nygren.

— Et de grands bavards, marmonna M. Söderblad.

— Les bibliothèques publiques et les librairies sont très animées à Oslo, informa Mme Nygren. Je pense que ça n'est *pas* pareil ailleurs. La lecture est en déclin dans le monde. Mais pas en Norvège, hum. Mon Per est en train de lire les œuvres complètes de John Galsworthy pour la deuxième fois cet automne. En anglais.

— Nooon, Inga, nooon, gémit Per Nygren. La troisième !

— Seigneur ! fit M. Söderblad.

— C'est vrai. » Mme Nygren regarda Enid et Mme Roth comme si elle s'attendait à lire l'admiration sur leurs visages. « Chaque année, Per lit une œuvre de chaque titulaire du prix Nobel de littérature, ainsi que l'œuvre complète de son lauréat favori parmi les auteurs de l'année précédente. Et, voyez vous, chaque année la tâche devient un peu plus difficile, parce qu'il y a eu un lauréat de plus, vous voyez.

— C'est un peu comme de monter la barre au saut en hauteur, expliqua Per. Chaque année le défi est un peu plus relevé. »

M. Söderblad, qui, selon le décompte d'Enid, en était à sa huitième tasse de café, se pencha vers elle et dit : « Mon Dieu, que ces gens sont ennuyeux !

— Je peux affirmer sans crainte avoir plus lu de Henrik Pontoppidan que la plupart des gens », dit Per Nygren.

Mme Söderblad inclina la tête de côté, avec un sourire rêveur. « Savez-vous, dit-elle, peut-être à Enid ou à Mme Roth, que jusqu'il y a un siècle la Norvège était une colonie de la Suède ? »

Les Norvégiens explosèrent comme une ruche fracassée.

« Une colonie ! ? Une colonie ? ?

— Oh, oh, siffla Inga Nygren, je *pense* qu'il y a là une histoire que nos amis américains méritent de…

— C'est une histoire d'alliances stratégiques ! déclara Per Nygren.

— Quel est le terme *exact* en suédois que vous essayez de rendre par "colonie", *madame* Söderblad ? Comme mon anglais est manifestement beaucoup plus solide que le vôtre, je pourrais peut-être proposer à nos amis américains une traduction plus précise, telle que *"partenaire égal dans un royaume péninsulaire unifié"* ?

— Signe, dit sarcastiquement M. Söderblad à sa femme, il me semble bien que tu as touché un point sensible. » Il leva la main. « Garçon, encore un peu.

— Si l'on choisit de se placer à la fin du neuvième siècle, dit Per Nygren, et je soupçonne que même nos amis suédois nous concéderont que l'ascension de Harald à la belle chevelure est une "rampe de lancement" tout indiquée pour notre examen des relations en dents de scie entre les deux grandes puissances rivales, ou peut-être devrais-je dire *trois* grandes puissances, puisque le Danemark lui aussi joue un rôle assez fascinant dans notre histoire…

— Nous serions ravis de l'entendre, mais peut-être une autre fois, interrompit Mme Roth en se penchant pour toucher la main d'Enid. Vous vous souvenez que nous étions convenues de sept heures ? »

Enid ne fut déconcertée qu'un bref instant. Elle s'excusa et suivit Mme Roth dans le hall principal, où elles se heurtèrent à une cohue de seniors et de relents gastriques, de relents de désinfectant.

« Enid, je m'appelle Sylvia, dit Mme Roth. Que pensez-vous des machines à sous ? Ça m'a démangée toute la journée.

– Oh, moi aussi ! dit Enid. Je crois qu'elles sont dans la salle Stringbird.

– Strindberg, oui. »

Enid admirait la rapidité d'esprit, mais ne se targuait pas d'en posséder. « Merci pour le... vous savez, dit-elle en suivant Sylvia Roth dans la cohue.

– Sauvetage. Ce n'était rien. »

La salle Strindberg était pleine de badauds, de joueurs de black-jack à faible mise et de passionnés des machines à sous. Enid ne se souvenait pas de la dernière fois où elle s'était autant amusée. Le cinquième *quarter* qu'elle glissa fit apparaître trois prunes ; comme si tant de fruits troublaient les entrailles de la machine, elle déversa une cascade ferraillante dans ses parties inférieures. Enid enfourna sa prise dans un seau en plastique. Onze *quarters* plus tard, cela recommença : trois cerises, une avalanche argentée. Des joueurs aux cheveux blancs qui perdaient avec application sur les machines voisines lui lancèrent des regards mauvais. Je suis gênée, se dit-elle, alors qu'elle ne l'était pas.

Des décennies de moyens insuffisants avaient fait d'elle un investisseur discipliné. Elle sortit de ses gains le montant de sa mise initiale. Elle mit aussi de côté la moitié de ses prises.

Sa cagnotte ne donnait cependant aucun signe de fléchissement.

« Bon, j'ai eu ma dose, dit Sylvia Roth au bout de près d'une heure, en tapant sur l'épaule d'Enid. Irions-nous écouter le quatuor à cordes ?

– Oui ! Oui ! C'est dans la salle Greed.

– Grieg, dit Sylvia en riant.

– Oh, c'est drôle, n'est-ce pas ? Grieg. Je suis si bête ce soir.

– Combien avez-vous gagné ? Vous sembliez avoir de la réussite.

– Je ne sais pas, je n'ai pas compté. »

Sylvia lui adressa un sourire appuyé. « Je pense bien que si. Je suis sûre que vous avez compté exactement.

– D'accord, dit Enid en rougissant parce qu'elle appréciait tant Sylvia. Cent trente dollars. »

Un portrait d'Edvard Grieg était pendu dans une salle aux dorures exubérantes qui rappelait la splendeur dix-huitième de la cour royale de Suède. Le grand nombre de chaises vides confirma le soupçon d'Enid que beaucoup des participants à la croisière manquaient de classe. Elle avait fait des croisières où il n'y avait plus un siège de libre aux concerts classiques.

Bien que Sylvia semblât tout sauf enchantée par les musiciens, Enid les trouva merveilleux. Ils jouaient, *de mémoire*, des airs classiques populaires comme la « Rhapsodie suédoise » et des extraits de *Finlandia* et de *Peer Gynt*. Au milieu de *Peer Gynt*, le deuxième violon devint vert et quitta la salle un instant (la mer était un peu houleuse, mais Enid avait l'estomac bien accroché et Sylvia avait un patch), puis il reprit sa place et rejoignit ses compagnons sans, pour ainsi dire, rater un temps. Les vingt spectateurs crièrent : « Bravo ! »

À l'élégante réception qui suivit, Enid dépensa 7,7 pour cent de ses gains au jeu pour une cassette des enregistrements du quatuor. Elle essaya un verre offert à titre gracieux de Spögg, une liqueur suédoise qui faisait alors l'objet d'une campagne de promotion de 15 millions de dollars. Le Spögg avait goût de vodka, de sucre et de raifort, soit, en fait, les ingrédients qui le composaient. Comme leurs compagnons réagissaient au Spögg avec des airs de surprise et de réprobation, Enid et Sylvia attrapèrent le fou rire.

« Faveur spéciale, dit Sylvia. Un verre de Spögg. Essayez donc !

– Miam ! dit Enid en se tenant les côtes, le souffle coupé. Spögg ! »

Puis elles enchaînèrent avec la promenade Ibsen pour la

réception avec service de glaces qui y était prévue à dix heures. Dans l'ascenseur, Enid eut l'impression que le bateau ne souffrait pas seulement d'un mouvement de roulis mais aussi d'embardées, comme si sa proue était le visage de quelqu'un en proie à la répugnance. En sortant de l'ascenseur, elle manqua culbuter sur un homme qui était à quatre pattes, comme la moitié d'une farce à deux impliquant une bousculade. Le dos de son T-shirt portait une blague : ILS PERDENT SEULEMENT LEUR COUP D'ŒIL.

Enid accepta un soda à la crème glacée des mains d'un serveur coiffé d'une toque. Puis elle entama un échange de données familiales avec Sylvia qui devint rapidement un assaut de plus de questions que de réponses. Enid avait l'habitude, quand elle sentait que la famille n'était pas le sujet favori de son interlocuteur, de fouiller la plaie impitoyablement. Elle aurait préféré mourir plutôt que de reconnaître que ses propres enfants la décevaient, mais entendre parler des enfants décevants des autres — de leurs divorces sordides, de leurs abus d'alcool, de leurs investissements inconsidérés — la faisait se sentir mieux.

À première vue, Sylvia Roth n'avait aucun motif de honte. Ses fils étaient tous deux installés en Californie, l'un dans la médecine, l'autre dans l'informatique, et tous deux étaient mariés. Cependant, ils semblaient être un terrain brûlant, à éviter ou à franchir au pas de course. « Votre fille est allée à Swarthmore, dit-elle.

— Oui, brièvement, répondit Enid. Donc, *cinq* petits-fils, quand même. Bonté divine ! Quel âge a le plus jeune ?

— Il a eu deux ans le mois dernier, et chez vous ? demanda Sylvia. Des petits-enfants ?

— Notre fils aîné, Gary, a trois fils, mais donc, c'est intéressant, un intervalle de cinq ans entre les deux plus jeunes ?

— Presque six, en fait, et votre fils à New York, j'aimerais que vous me parliez de lui aussi. Êtes-vous passés le voir aujourd'hui ?

— Oui, il nous avait préparé un excellent déjeuner, mais nous n'avons pas pu aller voir son bureau au *Wall Street Journal* où il a son nouveau travail à cause de ce temps épouvantable qu'il faisait, et donc vous allez souvent en Californie ? Voir vos petits-enfants ? »

Un certain esprit, une disposition à jouer le jeu, abandonna Sylvia. Elle avait le regard perdu dans son verre de soda vide. « Enid, vous me feriez une faveur ? demanda-t-elle enfin. Montez avec moi prendre un petit verre. »

La journée d'Enid avait commencé à cinq heures du matin à Saint Jude, mais elle ne refusait jamais une invitation agréable. À l'étage supérieur, au bar Lagerkvist, Sylvia et elle furent servies par un nain en pourpoint de cuir et casque à cornes qui les persuada de commander de l'akvavit à la framboise sauvage.

« Je veux vous dire quelque chose, dit Sylvia, parce qu'il faut que je le dise à quelqu'un sur ce bateau, mais vous ne devrez le répéter à personne. Savez-vous garder un secret ?

— C'est une chose qui m'est facile.

— Donc, dit Sylvia. Dans trois jours, il va y avoir une exécution en Pennsylvanie. Bien, et deux jours après cela, le jeudi, Ted et moi aurons notre quarantième anniversaire de mariage. Si vous posez la question à Ted, il vous dira que c'est la raison pour laquelle nous sommes à bord de cette croisière, pour notre anniversaire de mariage. Il vous dira ça, mais ce n'est pas la vérité. Ou ce n'est qu'une vérité pour Ted et non pour moi. »

Enid prit peur.

« L'homme qui va être exécuté, dit Sylvia Roth, a tué notre fille.

— Non… »

La transparence bleutée du regard de Sylvia lui donnait l'air d'un bel animal adorable qui n'était, cependant, pas tout à fait humain. « Ted et moi, dit-elle, nous faisons cette croisière parce que nous avons un problème avec l'exécution. Nous avons un problème l'un avec l'autre.

— Non ! Qu'est-ce que vous me dites ? » Enid frissonna.

« Oh, je ne peux pas supporter d'entendre ça ! Je ne peux pas supporter d'entendre ça ! »

Sylvia prit silencieusement acte de cette allergie à sa révélation. « Je suis désolée, dit-elle. Ce n'est pas honnête de ma part de vous prendre au piège. Peut-être devrions-nous en rester là. »

Mais Enid se reprit rapidement. Elle était décidée à ne pas manquer de devenir la confidente de Sylvia. « Dites-moi tout ce que vous avez besoin de me dire, dit-elle. Et je vous écouterai. » Elle croisa les mains sur ses genoux comme une bonne auditrice. « Allez-y. Je vous écoute.

— L'autre chose que je dois vous dire, poursuivit Sylvia, est que je dessine des armes à feu. Des revolvers, des pistolets. Vous voulez vraiment que je vous raconte tout ça ?

— Oui. » Enid hocha la tête avidement et vaguement. Le nain, remarqua-t-elle, utilisait un petit escabeau pour attraper les bouteilles. « C'est intéressant. »

Pendant de nombreuses années, dit Sylvia, elle avait fait de la gravure en amateur. Elle avait un atelier baigné par le soleil dans leur maison de Chadds Ford, elle avait une pierre lithographique douce comme de la crème et un jeu de vingt ciseaux à bois allemands, et elle appartenait à une association artistique de Wilmington où, tandis que sa benjamine, Jordan, grandissait, se transformant de garçon manqué en jeune femme indépendante, elle vendait des gravures décoratives pour des prix de l'ordre de quarante dollars lors de ses expositions bisannuelles. Puis Jordan avait été assassinée et pendant cinq ans Sylvia n'avait plus gravé, dessiné et peint que des armes. Année après année, rien que des armes.

« Épouvantable, épouvantable », dit Enid avec une désapprobation non dissimulée.

Le tronc du tulipier battu par le vent qui se trouvait devant l'atelier de Sylvia évoquait des crosses et des canons. Chaque forme humaine cherchait à devenir un chien, un pontet, un barillet, une crosse. Il n'y avait pas d'abstraction qui ne pût être une balle traçante, ou la fumée de la poudre noire ou la fleur d'une blessure. Le corps était un monde en soi dans le débordement de ses possibilités et, tout comme aucune partie de ce petit monde n'était à l'abri de la pénétration d'une balle, aucune forme du grand monde n'était sans écho dans un revolver. Même un haricot pinto ressemblait à un Derringer, même un flocon de neige à un Browning sur son trépied. Sylvia n'était pas folle ; elle pouvait se forcer à dessiner un cercle ou à esquisser une rose. Mais ce qu'elle désirait, c'était dessiner des armes à feu. Revolvers, fusils, munitions, projectiles. Elle passait des heures à reproduire au crayon les motifs des reflets sur un placage au nickel. Parfois elle dessinait aussi ses mains, ses poignets et ses avant-bras dans ce qu'elle imaginait (car elle n'avait jamais tenu une arme) être la prise adéquate pour un calibre .50 Desert Eagle, un Glock 9 mm, un M16 complètement automatique avec crosse repliable en aluminium, et autres armes exotiques tirées des catalogues qu'elle conservait dans des enveloppes en papier kraft dans son atelier baigné par le soleil. Elle s'abandonnait à sa manie comme une âme perdue à une occupation infernalement juste (bien que Chadds Ford, les subtiles fauvettes qui se risquaient hors des framboisiers, les senteurs de massettes chaudes et de kakis en fermentation que le vent d'octobre débusquait des cuvettes voisines, résistaient loyalement à être transformés en enfer) ; elle était un Sisyphe qui détruisait chaque soir ses propres créations – les déchirait, les effaçait dans de l'alcool à brûler. Allumait un joyeux feu dans le salon.

« Épouvantable, répéta Enid dans un murmure. Je ne pense pas qu'il puisse arriver pire chose à une mère. » Elle fit signe au nain pour un supplément d'akvavit à la framboise sauvage.

Certains mystères de son obsession, dit Sylvia, étaient qu'après avoir été élevée dans la foi quaker, elle se rendait toujours à des réunions à Kennett Square ; que les instruments de la torture et de l'assassinat de Jordan comportaient une sangle en nylon renforcé, un torchon, deux ceintres métalliques, un fer à repasser Light'n Easy de General Electric et un couteau à pain de douze pouces WMF de Williams-Sonoma, soit aucune arme à feu ; que le tueur, un jeune homme de dix-neuf ans du nom de Khellye Withers s'était rendu de lui-même à la police de Philadelphie sans (là encore) qu'aucune arme n'ait été dégainée ; qu'avec un mari qui encaissait un énorme salaire de fin de carrière en tant que vice-président aux Normes et aux Réglements pour Du Pont, et un 4x4 tellement énorme qu'une collision frontale avec un cabriolet Volkswagen l'aurait à peine éraflé, et une maison de style Queen Anne de six chambres dont la cuisine et l'office auraient contenu sans peine tout l'appartement de Jordan à Philadelphie, Sylvia avait une vie d'une aisance et d'un confort presque insensés où sa seule tâche en dehors de la préparation des repas, sa seule tâche littéralement, était de se remettre de la mort de Jordan ; qu'il lui arrivait néanmoins si souvent de s'absorber dans le rendu d'une crosse de revolver ou des veines de son bras qu'elle devait conduire à des vitesses folles pour ne pas manquer sa thérapie trihebdomadaire avec une psychiatre spécialisée de Wilmington ; qu'en parlant à la psychiatre spécialisée et en se rendant à des réunions le mercredi soir avec d'autres Parents de victimes de la violence et à des réunions le jeudi soir avec son groupe du Troisième âge et en lisant la poésie, les romans, les mémoires et les ouvrages de réflexion que ses amies lui recommandaient, et en se détendant par du yoga et de l'équitation, et en étant bénévole auprès d'un physiothérapeute à l'hôpital pédiatrique, elle parvenait à traverser sa peine alors même que sa compulsion à dessiner des armes s'intensifiait ; qu'elle ne parlait de cette compulsion à personne, pas même à la psychiatre spécialisée de Wilmington ; que ses amis et ses conseillers l'exhortaient tous constamment à se « guérir » par son « art » ; que par « art », ils entendaient ses gravures sur bois et ses lithos ; que lorsqu'il lui arrivait de tomber sur une ancienne litho à elle chez une amie, dans la salle de bains ou dans une chambre d'amis, son corps frémissait de honte devant l'imposture ; que lorsqu'elle voyait des armes à feu à la télé ou au cinéma elle se tordait de semblable manière et pour des raisons semblables ; qu'elle était secrètement convaincue, en d'autres termes, d'être devenue une véritable artiste, une authentique artiste des armes à feu ; que c'était la preuve de ce talent artistique qu'elle détruisait au terme de chaque journée ; qu'elle était convaincue que Jordan, bien que titulaire d'un diplôme en peinture des Beaux-Arts et d'une maîtrise en thérapie par l'art, et malgré les encouragements et les cours payants qu'elle avait reçus pendant vingt ans, n'avait pas été une bonne artiste ; qu'après être parvenue à cette vision objective de sa fille disparue elle continuait à dessiner des armes et des munitions, et qu'en dépit de la rage et de la soif de vengeance que dénotait manifestement la persistance de son obsession, elle n'avait pas une seule fois en cinq ans dessiné le visage de Khellye Withers.

Le matin d'octobre où ces mystères l'assaillirent en masse, Sylvia monta en courant à son atelier après son petit déjeuner. Sur une feuille de papier Canson ivoire, utilisant un miroir pour qu'elle apparaisse comme sa main droite, elle dessina sa main gauche le pouce levé et les doigts courbés, vue de trois quarts arrière. Elle remplit ensuite cette main d'un revolver .38 à canon court, expertement raccourci par la perspective, pénétrant une paire de lèvres narquoises au-dessus desquelles elle dessina précisément, de mémoire, les yeux railleurs de Khellye Withers, dont le récent épuisement des voies de recours avait fait couler peu de larmes. Et, sur ce – une paire de lèvres, une paire d'yeux –, Sylvia avait posé son crayon.

« Il était temps d'avancer, dit Sylvia à Enid. Je l'ai compris tout d'un coup. Que cela me plaise ou non, la survivante et l'artiste, c'était moi, pas elle. Nous sommes tous conditionnés à penser que nos enfants sont plus importants que nous, vous savez, et à vivre par procuration à travers eux. Tout d'un coup, j'en ai eu marre de ce genre de pensée. Je serais peut-être morte demain, je me suis dit, mais je suis vivante maintenant. Et je peux vivre pour moi. J'ai payé le prix, j'ai fait le travail, et je n'ai aucune raison d'avoir honte.

« Et quand l'événement, le grand bouleversement de votre vie, est une pensée… n'est-ce pas étrange ? Qu'absolument rien ne change, sinon que vous voyez les choses différemment, que vous êtes moins craintive, moins anxieuse, et globalement plus forte de ce fait : n'est-ce pas étonnant que quelque chose de complètement invisible qui se passe dans votre tête puisse paraître plus réel que tout ce que vous avez connu auparavant ? Vous voyez les choses plus clairement et vous *savez* que vous les voyez plus clairement. Et vous vous rendez compte que c'est cela, aimer la vie, que c'est cela dont on parle quand on parle sérieusement de Dieu. Des moments pareils.

— Peut-être un de plus ? » dit Enid au nain en levant son verre. Elle n'écoutait quasiment pas Sylvia, mais secouait la tête et murmurait des « Oh ! » et des « Ah ! » tandis que sa conscience titubait à travers des nuages d'alcool dans des domaines de spéculation aussi absurdes que la sensation que pourrait lui procurer le nain contre ses hanches et son ventre s'il l'embrassait. Sylvia s'avérait être *très* intellectuelle, et Enid avait l'impression d'avoir noué une amitié sous des augures plutôt douteux, mais tout en n'écoutant pas elle devait aussi écouter, parce qu'il lui manquait certains éléments clés, comme de savoir si Khellye Withers était noir et si Jordan avait été brutalement violée.

De son atelier, Sylvia s'était rendue tout droit à un supermarché Wawa, où elle avait acheté un exemplaire de chaque magazine porno disponible. Rien de ce qu'elle y trouva n'était cependant suffisamment explicite. Elle avait besoin de voir la plomberie réelle, l'acte lui-même. Elle revint à Chadds Ford et alluma l'ordinateur que son fils cadet lui avait offert pour nourrir la proximité au moment de leur perte. Sa messagerie électronique avait accumulé un mois entier de salutations filiales qu'elle ignora. En moins de cinq minutes elle localisa le matériau qu'elle recherchait – il suffisait d'avoir une carte de crédit – et elle joua de la souris à travers des vues prises sur le vif jusqu'à ce qu'elle trouve l'angle adéquat sur l'acte adéquat avec les acteurs adéquats : homme noir effectuant une fellation sur un homme blanc, caméra placée derrière la hanche gauche, de trois quarts arrière, croissants de lumière soulignant les fesses, phalanges de doigts noirs sombrement visibles dans leur étreinte de cette face cachée de la lune. Elle téléchargea l'image et la regarda en haute résolution.

Elle avait soixante-cinq ans et n'avait jamais vu une scène pareille. Elle avait fabriqué des images toute sa vie et n'avait jamais été consciente de leur mystère. Et voilà qu'il était là. Tout ce commerce de bits et d'octets, ces uns et ces zéros ruisselant depuis les serveurs de quelque université du Midwest. Tant de trafic manifeste de tant de rien manifeste. Une population collée à des écrans et à des magazines.

Elle s'interrogea : Comment les gens pouvaient-ils réagir à ces images si les images ne jouissaient pas secrètement du même statut que la réalité ? Non pas que les images fussent si puissantes, mais que le monde fût si faible. Il pouvait être frappant, certainement, dans sa faiblesse, comme les jours où le soleil rôtissait les pommes tombées dans les vergers et où la vallée prenait une odeur de cidre, et les nuits fraîches où Jordan venait dîner à Chadds Ford et où les pneus de son cabriolet avaient fait crisser l'allée de gravier ; mais le monde n'était *fongible* qu'en images. Rien ne pénétrait dans la tête sans devenir des images.

Et pourtant Sylvia était frappée par le contraste entre le porno online et son dessin inachevé de Withers. Contrairement au désir ordinaire, qui pouvait être apaisé par des images ou par l'imagination pure, le désir de vengeance ne se laissait pas abuser. L'image la plus saisissante ne pouvait le satisfaire. Ce désir exigeait la mort d'un individu spécifique, que soit mis un terme à une histoire spécifique. Comme disaient les menus : PAS DE SUBSTITUTIONS. Elle pouvait dessiner son désir, mais pas son accomplissement. Et elle finit donc par s'avouer la vérité : elle voulait la mort de Khellye Withers.

Elle voulait sa mort en dépit de sa récente interview au *Philadelphia Inquirer* où elle avait reconnu que tuer l'enfant d'une autre ne lui rendrait pas le sien. Elle voulait sa mort en dépit de la ferveur religieuse avec laquelle sa psychiatre spécialisée lui avait interdit d'interpréter religieusement la mort de Jordan – par exemple comme un jugement divin sur ses opinions politiques progressistes, son éducation libérale ou sa richesse insensée. Elle voulait sa mort en dépit de sa conviction que la mort de Jordan avait été une tragédie aléatoire et que la rédemption ne résidait pas dans la vengeance mais dans la réduction de l'incidence des tragédies aléatoires à l'échelle du pays. Elle voulait sa mort en dépit de sa vision d'une société qui fournirait des emplois convenablement payés à des jeunes gens comme lui (de sorte qu'il n'aurait pas besoin de lier les poignets et les chevilles de son ancienne thérapeute et de lui arracher les mots de passe de sa carte de retrait bancaire et de ses cartes de crédit), une société qui étancherait le flot des drogues illégales dans les quartiers déshérités (de sorte que Withers n'aurait pas pu dépenser l'argent volé en crack et aurait eu l'esprit plus clair quand il était retourné à l'appartement de son ancienne thérapeute, qu'il ne se serait pas mis à fumer le caillou et à la torturer, par intermittence, pendant trente heures), une société où les jeunes gens auraient eu d'autres choses en lesquelles croire que les produits de marque (de sorte que Withers n'aurait pas fait une fixation aussi violente sur le cabriolet de son ancienne thérapeute et l'aurait crue quand elle lui avait juré qu'elle avait prêté la voiture à une amie pour le week-end, aurait accordé moins d'importance à la présence de deux jeux de clés (« Pas pu encaisser ça », expliqua-t-il dans ses aveux partiellement extorqués mais néanmoins légalement valides, « toutes ces clés sur la .

table de la cuisine, voyez ce que je veux dire ? Pas encaissé qu'elle se foute de ma gueule. »), et n'aurait pas appliqué à de multiples reprises le fer Light'n Easy de sa victime sur sa peau nue en faisant monter le réglage de température de NYLON à COTON/LIN tandis qu'il lui demandait où elle avait garé le cabriolet, et ne lui aurait pas tranché la gorge dans un accès de panique quand son amie était passée le dimanche soir lui rendre la voiture et son troisième jeu de clés), une société qui mettrait fin une fois pour toutes à la maltraitance des enfants (de sorte qu'il aurait été absurde de la part d'un meurtrier reconnu coupable d'affirmer, lors de l'examen de son degré de responsabilité, que son beau-père l'avait brûlé avec un fer à repasser quand il était petit – bien que dans le cas de Withers, qui n'avait aucune cicatrice de brûlure pour en témoigner, une telle affirmation semblât plutôt souligner le peu d'imagination de l'accusé en tant que menteur). Elle voulait sa mort en dépit même de sa prise de conscience, en thérapie, que son air railleur n'avait été qu'un masque protecteur revêtu par un gamin solitaire entouré de gens qui le haïssaient, et que si elle lui avait seulement souri comme une mère indulgente, il aurait pu mettre bas son masque et pleurer avec un véritable remords. Elle voulait sa mort, en dépit – elle le savait – du plaisir qu'éprouveraient les conservateurs pour qui l'expression « responsabilité personnelle » constituait une permission d'ignorer l'injustice sociale. Elle voulait sa mort en dépit de son incapacité, pour ces raisons politiques, à assister à l'exécution et à voir de ses propres yeux la chose qu'aucune image ne pouvait remplacer.

« Mais rien de tout cela, dit-elle, n'explique pourquoi nous faisons cette croisière.

— Non ? demanda Enid, comme tirée de son sommeil.

— Non. Nous sommes ici parce que Ted refuse de reconnaître que Jordan a été assassinée.

— Il est…

– Oh, il le sait, dit Sylvia. Simplement, il refuse d'en parler. Il était très proche de Jordan, plus proche à de nombreux égards qu'il ne l'a jamais été de moi. Et il a souffert, je lui reconnaîtrai ça. Il a vraiment souffert. Il pleurait tellement qu'il pouvait à peine bouger. Puis, un matin, il avait surmonté. Il m'a dit que Jordan était partie et qu'il n'allait pas vivre dans le passé. Il m'a dit qu'à compter du 1er septembre il oublierait qu'elle était une victime. Et chaque jour, à mesure qu'on approchait de la fin août, il m'a rappelé qu'à compter du 1er septembre il refuserait de reconnaître qu'elle avait été assassinée. Ted est un homme très rationnel. Son opinion est que les êtres humains n'ont cessé de perdre des enfants et que trop s'abandonner au chagrin est de la bêtise et de la faiblesse. Il ne se souciait pas non plus de ce qu'il adviendrait de Withers. Il disait que suivre le procès n'était qu'une façon supplémentaire de ne pas surmonter l'assassinat.

« Et donc, le 1er septembre, il m'a dit : "Cela pourra te sembler étrange, mais je ne parlerai plus jamais de sa mort, et je veux que tu te souviennes que je te dis ça. Tu t'en souviendras, Sylvia ? Afin que tu ne penses pas plus tard que je suis fou." Et je lui ai dit : "Je n'aime pas ça, Ted, je ne l'accepte pas." Et il m'a dit qu'il était désolé, mais qu'il devait le faire. Et le lendemain soir, quand il est rentré du travail, je lui ai dit… que l'avocat de Withers prétendait que ses aveux lui avaient été extorqués et que le véritable meurtrier courait toujours. Et Ted m'a fait un drôle de sourire, comme il fait quand il veut me faire marcher, et il m'a dit : "Je ne vois pas de quoi tu me parles." Alors je lui ai dit : "Je te parle de la personne qui a tué notre fille." Et il a dit : "Personne n'a tué notre fille. Je ne veux plus jamais t'entendre dire ça." Et j'ai dit : "Ted, ça ne marchera pas." Et il a dit : "Qu'est-ce qui ne marchera pas ?" Et j'ai dit : "Tu fais comme si Jordan n'était pas morte." Et il a dit : "Nous avions une fille et elle n'est plus là. J'imagine donc qu'elle est morte, mais, je te préviens, Sylvia, *ne* me dis *pas* qu'elle a été tuée, c'est compris ?" Et depuis ce jour, Enid, quoi que j'aie pu faire, il n'a jamais changé d'attitude. Et je vais vous dire, je suis à un doigt de divorcer. Sans cesse. Sauf qu'il reste totalement adorable avec moi pour le reste. Il ne se met jamais en colère quand je parle de Withers, il refuse seulement de m'entendre et écarte le sujet d'un rire, comme si c'était une bizarre idée fixe à moi. Et je vois bien qu'il est comme notre chat quand il nous apporte un oiseau mort. Le *chat* ne sait pas que vous n'aimez pas les oiseaux morts. Ted voudrait que je sois rationnelle comme lui, il pense qu'il me rend un service, et il m'emmène faire tous ces voyages et ces croisières, et tout est parfait, sauf que pour lui la chose la plus terrible de notre vie n'est pas arrivée et pour moi, si.

— Elle est réellement arrivée ? » demanda Enid.

Sylvia recula la tête, choquée. « Merci », dit-elle, bien qu'Enid eût posé la question parce qu'elle était dans un état de confusion, et non dans l'idée de rendre un service à Sylvia. « Merci d'être assez honnête pour me demander cela. Je me sens folle, parfois. Tout mon travail se passe dans ma tête. Je déplace un million de petites pièces de rien, un million de pensées, de sentiments et de souvenirs dans ma tête, jour après jour, depuis des années, il y a cet énorme échafaudage et toute cette programmation, comme si je construisais une cathédrale d'allumettes à l'intérieur de ma tête. Et cela ne m'aide même pas de tenir un journal, parce que je n'arrive pas à ce que les mots couchés sur la page aient un quelconque effet sur mon cerveau. Dès que j'écris quelque chose, je l'abandonne. C'est comme de jeter des piécettes par-dessus le bord d'un bateau. Et je fais donc tout ce travail mental sans aucune possibilité de soutien extérieur, hormis ces gens un peu perdus de mes groupes du mercredi et du jeudi, et pendant ce temps-là mon propre mari prétend que la *raison d'être* même de ce gigantesque chantier intérieur – à savoir que ma fille a été assassinée – n'existe pas. Et donc, de plus en plus, les seuls repères littéralement qui me restent dans ma vie, mes seuls points cardinaux, sont mes émotions.

« Et Ted plane au-dessus de tout ça, il pense que notre culture attache trop d'importance aux sentiments, il dit que c'est incontrôlable, que ce ne sont pas les ordinateurs qui rendent tout virtuel, mais la santé mentale. Tout le monde essaie de corriger ses pensées et d'améliorer ses sentiments et de travailler sur ses capacités relationnelles et ses compétences parentales au lieu de simplement se marier et élever des enfants comme autrefois, voilà ce que dit Ted. Nous avons sauté au niveau d'abstraction suivant parce que nous avons trop de temps et trop d'argent, voilà ce qu'il dit, et il refuse de jouer à ce jeu-là. Il veut manger de la "vraie" nourriture, aller dans de "vrais" endroits et parler de "vraies" choses, comme les affaires et la science. Donc, lui et moi ne sommes plus du tout d'accord sur ce qui compte dans la vie.

« Et il a mystifié ma thérapeute, Enid. Je l'avais invitée à dîner afin qu'elle puisse jeter un coup d'œil sur lui, et, vous savez, ces dîners que les magazines recommandent de ne pas faire quand vous recevez, où vous passez vingt minutes en cuisine avant chaque plat ? C'est ce que j'ai préparé, un risotto à la milanaise, suivi de steaks grillés à la poêle avec une réduction en deux étapes, et pendant tout ce temps ma thérapeute était dans la salle à manger en train d'interroger Ted. Et quand je l'ai revue le lendemain, elle m'a dit que son état était très courant chez les hommes, qu'il semblait avoir suffisamment surmonté son chagrin pour fonctionner, qu'elle pensait qu'il ne changerait pas et que c'était à moi maintenant de l'accepter.

« Et, vous savez, je suis pas censée me laisser aller à des pensées magiques ou religieuses, mais une pensée à laquelle je n'arrive pas à échapper est que cette soif de vengeance insensée que j'ai eue pendant toutes ces années n'est pas vraiment la mienne. C'est celle de Ted. Il ne veut pas l'affronter lui-même, et il faut que quelqu'un l'affronte, donc je le fais, comme si j'étais une mère porteuse, sauf que je ne porte pas un bébé, je porte des émotions. Peut-être que si Ted avait mieux pris en charge ses sentiments, s'il avait été moins pressé de retourner travailler chez Du Pont, je serais restée la même, j'aurais vendu mes gravures à l'association chaque Noël. Peut-être était-ce l'attitude si rationnelle et terre à terre de Ted qui m'a fait craquer. Et donc, peut-être la morale de cette longue histoire que vous avez été un amour d'écouter, Enid, est que je ne peux m'empêcher de trouver une morale à l'histoire, quels que soient mes efforts pour ne pas le faire. »

Enid eut à ce moment-là une vision de pluie. Elle se vit dans une maison sans murs ; pour empêcher la tempête d'entrer, elle n'avait que du tissu. Voilà que la pluie venait de l'est, et elle agrafait une version en tissu de Chip et de son formidable nouveau travail de journaliste. Voilà qu'elle venait de l'ouest, et le tissu était combien les garçons de Gary étaient beaux et intelligents et combien elle les aimait. Puis le vent tournait, et elle *courait* au côté nord de la maison avec les lambeaux de tissu que Denise offrait : comment elle s'était mariée trop jeune, mais elle était plus mûre à présent et connaissait un grand succès dans la restauration et espérait rencontrer le prince Charmant ! Puis la pluie s'engouffrait par le sud, le tissu se désintégrant alors même qu'elle insistait pour dire que les affections d'Al étaient des plus légères et qu'il irait très bien s'il faisait des efforts pour mieux se tenir et affinait son traitement médicamenteux, et il pleuvait de plus en plus fort, et elle était si fatiguée, et elle n'avait que du tissu…

« Sylvia ? fit-elle

— Oui ?

— Je dois vous dire quelque chose. C'est au sujet de mon mari. »

Avide, peut-être, de rendre la pareille, Sylvia hocha la tête en signe d'encouragement. Mais, soudain, elle rappela Katharine Hepburn à Enid. Les yeux d'Hepburn recelaient une inconscience naïve de sa situation privilégiée qui donnait envie à une pauvre femme comme Enid de lui assener des coups de pied dans ses tibias patriciens avec ses plus méchantes chaussures à bouts ferrés. Ce serait une erreur, sentit-elle, de confesser quoi que ce soit à cette femme.

« Oui ? relança Sylvia.

– Rien. Je suis désolée.

– Non. Allez-y.

– Rien, vraiment, sauf que je *dois* aller me coucher. Il y aura certainement des tas de choses à faire demain ! »

Elle se leva en vacillant et laissa Sylvia signer la note du bar. Elles prirent l'ascenseur en silence. Une intimité trop précipitée avait laissé dans son sillage une sorte de malaise crasseux. Quand Sylvia descendit au niveau du pont supérieur, cependant, Enid la suivit. Elle ne supportait pas d'être vue par Sylvia comme une personne du genre à avoir une cabine sur le pont « B ».

Sylvia s'arrêta devant la porte d'une vaste cabine du côté extérieur du couloir. « Où est votre cabine ?

– Un peu plus loin là-bas », répondit Enid. Mais ce mensonge, vit-elle, n'était pas tenable. Demain, elle devrait prétendre s'être trompée.

« Bonne nuit, alors, dit Sylvia. Merci encore de votre écoute. »

Elle attendit avec un sourire aimable qu'Enid s'en aille. Mais Enid ne bougea pas. Elle regardait autour d'elle d'un air vague. « Je suis désolée. Quel pont est-ce ?

– C'est le supérieur.

– Oh, mon Dieu, je me suis trompée de pont. Je suis désolée.

– Ne soyez pas désolée. Voulez-vous que je vous accompagne ?

– Non, je me suis trompée, je vois bien. C'est le pont supérieur et je suis censée être plus bas. Beaucoup plus bas. Donc, je suis désolée. »

Elle se retourna, mais ne partit pas encore. « Mon mari… »

Elle secoua la tête. « Non, notre fils, en fait. Nous n'avons pas déjeuné avec lui. C'est ce que je voulais vous dire. Il est venu nous chercher à l'aéroport et nous devions déjeuner avec son amie et lui, mais ils sont tout simplement… *partis*, je ne comprends pas, et il n'est pas revenu, et nous ne savons toujours pas où il est passé. Voilà.

— C'est étrange, acquiesça Sylvia.

— Bon, je ne veux pas vous ennuyer…

— Non non non, Enid, ne dites pas des choses pareilles.

— Je voulais juste faire cette mise au point, et maintenant je vais me coucher, et je suis *tellement* heureuse que nous nous soyons rencontrées ! Il y a des tas de choses à faire demain. Bon. Nous nous verrons au petit déjeuner ! »

Avant que Sylvia ne puisse l'arrêter, Enid s'élança en crabe dans le couloir (elle avait besoin d'une opération à la hanche, mais imaginez laisser Al à la maison pendant qu'elle serait à l'hôpital, imaginez donc !) en se maudissant d'avancer à l'aveuglette dans un couloir où elle n'avait pas sa place et d'avoir laissé échapper de honteuses absurdités à propos de son fils. Elle bifurqua vers une banquette capitonnée, s'y affala et put enfin fondre en larmes. Dieu lui avait donné l'imagination de pleurer sur les malheureux besogneux qui peuplaient les cabines intérieures du pont « B », le plus économique, d'un paquebot de luxe ; mais une enfance sans argent l'avait laissée incapable de digérer les trois cents dollars par personne qu'il en coûtait pour monter d'une seule catégorie ; et donc elle pleurait sur elle-même. Elle avait l'impression qu'Al et elle étaient les deux seules personnes intelligentes de leur génération qui aient réussi à ne pas faire fortune.

C'était un supplice que les inventeurs grecs du Festin et du Rocher avaient omis dans leur enfer : la Couverture de l'Autoaveuglement. Une merveilleuse couverture bien chaude tant qu'elle couvrait l'âme tourmentée, *mais elle ne couvrait jamais entièrement tout*. Et les nuits devenaient froides à présent.

Elle songea à retourner à la cabine de Sylvia et à se confesser pleinement.

Mais alors, à travers ses larmes, elle vit une chose très douce sous le banc à côté d'elle.

C'était un billet de dix dollars. Plié en deux. Très doux.

Jetant un regard vers le couloir, elle tendit la main pour s'en saisir. Le toucher de la gravure était délicieux.

Se sentant restaurée, elle descendit au pont « B ». Une musique d'ambiance murmurait dans le salon, quelque chose de guilleret avec des accordéons. Elle crut entendre bêler son nom, au loin, tandis qu'elle passait sa carte dans la serrure magnétique et poussait sur la porte.

Elle rencontra une résistance et poussa plus fort.

« Enid, bêla Alfred de l'autre côté.

— Chut, Al, qu'est-ce qu'il y a ? »

La vie telle qu'elle la connaissait s'acheva lorsqu'elle se glissa à l'intérieur par la porte entrebâillée. La quotidienneté céda la place à un pur continuum d'heures. Elle trouva Alfred nu, adossé à la porte, sur une couche de draps étalée sur des cahiers du journal de Saint Jude. Un pantalon, un veston et une cravate étaient disposés sur son lit, où ne subsistait que le matelas. Le reste de la literie avait été entassé sur l'autre lit. Il continua de l'appeler même après qu'elle eut allumé la lumière et se fut plantée dans son champ de vision. Son premier but fut de le calmer et de lui faire enfiler un pyjama, mais cela prit du temps, car il était terriblement agité et ne finissait pas ses phrases, n'accordant même pas ses noms et ses verbes en nombre et en personne. Il croyait que c'était le matin et qu'il devait se baigner et s'habiller, que le sol devant la porte était une baignoire, que la poignée était un robinet, mais que rien ne fonctionnait. Il insistait néanmoins pour tout faire à sa manière, ce qui l'amenait à tirer et à pousser, lui assenant au passage un coup à l'épaule. Il fulminait, elle pleurait et l'injuriait. Il arrivait, avec ses mains follement agitées, à déboutonner son haut de pyjama aussi vite qu'elle pouvait le boutonner. Elle ne l'avait jamais entendu utiliser les mots m***e et c****e, et l'aisance avec laquelle il les employait fit comprendre à Enid qu'il n'avait cessé pendant des années de les prononcer silencieusement dans sa tête. Il défit le lit d'Enid pendant qu'elle essayait de refaire le sien. Elle le supplia de rester tranquille. Il s'écria qu'il était très tard et qu'il était complètement perdu. Même à cet instant, elle ne pouvait s'empêcher de l'aimer. Peut-être, surtout à cet instant. Peut-être avait-elle su depuis toujours, pendant cinquante ans, qu'il y avait ce petit garçon en lui. Peut-être que tout l'amour qu'elle avait donné à Chipper et à Gary, tout l'amour en retour duquel elle avait si peu reçu en fin de compte, n'avait été qu'un simple entraînement pour cet enfant plus exigeant. Elle l'apaisa et le gronda, maudissant en silence les médicaments qui lui brouillaient l'esprit, pendant une heure ou plus, et enfin son réveil de voyage affichait 5 h 10, puis 7 h 30, et il faisait marcher son rasoir électrique. N'ayant pas réellement sombré dans le sommeil, elle se sentit très bien au moment de se lever et de s'habiller, et terriblement mal au moment d'aller prendre le petit déjeuner, la langue comme un chiffon à poussière et l'impression d'avoir la tête embrochée.

Même pour un gros bateau, ce matin-là la mer était difficile. Les flocs régurgitatifs au-dehors de la salle Kierkegaard étaient presque rythmiques, une sorte de musique du hasard, Mme Nygren trompettait des informations sur les dangers de la caféine et la quasi-bicaméralité du Storting, les Söderblad arrivèrent en nage après d'intimes exercices suédois et Al parvint à se montrer capable de faire la conversation à Ted Roth. Enid et Sylvia reprirent leurs relations avec raideur, leurs muscles émotionnels tendus et douloureux après la surchauffe de la veille au soir. Elles parlèrent du temps. Une coordinatrice des activités du nom de Suzy Ghosh vint avec des informations éclairantes et des formulaires d'inscription pour l'excursion de l'après-midi à Newport, Rhode Island. Avec un large sourire et de petits cris de joie anticipée, Enid signa pour une visite des demeures historiques de la ville avant de découvrir avec consternation que tous les autres, hormis les parias norvégiens, faisaient passer l'écritoire sans s'inscrire. « Sylvia ! protesta-t-elle d'une voix tremblante, vous ne faites pas la visite ? » Sylvia jeta un regard à son mari au nez chaussé de lunettes, qui hocha la tête tel McGeorge Bundy donnant son feu vert à l'envoi de troupes au sol au Viêt-nam et, un instant, ses yeux bleus semblèrent regarder à l'intérieur ; apparemment, elle avait cette capacité des êtres enviables, de ceux qui ne venaient pas du Midwest, des personnes fortunées, à déterminer ses désirs sans tenir compte des attentes sociales ni des impératifs moraux. « OK, oui, bien, dit-elle, peut-être. » D'ordinaire, Enid aurait eu un haut-le-corps devant ce soupçon de charité, mais aujourd'hui elle renonçait à examiner la bride du cheval donné. Elle avait besoin de toute la charité qu'elle pouvait recevoir. Et elle tâchait donc d'avancer sur la rude pente du jour, profitant d'une demi-séance gratuite de massage suédois, observant la sénescence des feuillages côtiers depuis la promenade Ibsen, et avalant six Ibuprofène et un litre de café pour se préparer à son après-midi dans la charmante ville historique de Newport ! Escale fraîchement lavée par la pluie où Alfred annonça que ses pieds lui faisaient trop mal pour débarquer, et Enid lui fit promettre de ne pas faire la sieste, sinon il ne dormirait pas la nuit, et, en riant (car comment aurait-elle pu reconnaître que c'était une question de vie ou de mort ?), elle implora Ted Roth de l'empêcher de piquer du nez, et Ted répondit que le débarquement des Nygren devrait lui faciliter la tâche.

Des odeurs de créosote chauffée par le soleil et de moules froides, de gasoil et de terrains de football, de varech se desséchant, une nostalgie presque génétique des choses maritimes et des choses automnales assaillit Enid lorsqu'elle boitilla sur la passerelle en direction du car. La journée était dangereusement belle. De grosses rafales de vent, les nuages associés, et un soleil férocement léonin baladaient le regard, agitant les bardeaux blancs et les pelouses tondues de Newport, les rendant impossibles à voir en continu. « Mesdammessieurs, lança le guide, calez-vous dans votre fauteuil et savourez le spectacle. » Mais ce qui peut être savouré peut aussi vous submerger. Enid avait dormi six des précédentes cinquante-cinq heures et, alors même que Sylvia la remerciait de l'avoir entraînée, elle découvrit qu'elle n'avait aucune énergie pour faire du tourisme. Les Astor et les Vanderbilt, leurs résidences d'agrément et leur argent : elle en avait marre. Marre de jalouser, marre d'elle-même. Elle ne comprenait rien aux objets anciens ni à l'architecture, elle ne savait pas dessiner comme Sylvia, elle ne lisait pas comme Ted, elle n'avait que peu de centres d'intérêt et aucune compétence. La capacité d'aimer était la seule et unique chose qu'elle eût jamais possédée. Elle cessa donc d'écouter le guide et prit garde à l'angle d'octobre de la lumière jaune, aux intensités de la saison trop féroces pour le cœur. Dans le vent qui poussait les vagues à travers la baie, elle sentait l'approche de la nuit. Elle venait vite sur elle : mystère, douleur, et un étrange sentiment ardent de *possibilité*, comme si un immense chagrin était une chose à rechercher et à quérir. Dans le car entre Rosecliff et le phare, Sylvia proposa à Enid un téléphone portable pour appeler Chip. Enid déclina l'offre, car les téléphones portables dévoraient les dollars et elle pensait qu'on risquait de s'exposer à des dépenses rien qu'en les touchant, mais elle fit cette déclaration : « Cela fait des années, Sylvia, que nous n'avons plus de relations avec lui. Je ne crois pas qu'il nous dise la vérité sur ce qu'il fait de sa vie. Il a dit un jour qu'il travaillait pour le *Wall Street Journal*. J'ai peut-être mal compris, mais il me semble que c'est ce qu'il a dit, et je ne crois pas que ce soit réellement là qu'il travaille. Je ne sais pas comment il gagne sa vie en réalité. Vous devez penser que c'est affreux de ma part de me plaindre de ça quand vous avez connu des choses tellement pires. » Devant l'insistance de Sylvia – non, ce n'était pas affreux, pas du tout –, Enid aperçut la possibilité de confesser encore une ou deux choses honteuses, et comment cette révélation publique pourrait, tout en étant douloureuse, offrir un soulagement. Mais comme tant d'autres phénomènes qui étaient beaux à distance – éclairs, éruptions volcaniques, les étoiles et les planètes –, cette douleur séduisante s'avéra, de plus près, être d'une échelle inhumaine. Depuis Newport, le *Gunnar Myrdal* mit le cap à l'est dans des vapeurs de saphir. Enid trouva le bateau étouffant après un après-midi au contact des vastes ciels et des bacs à sable grands comme des pétroliers des superriches, et, même si elle gagna soixante dollars de plus dans la salle Stringbird, elle se sentait comme un animal de laboratoire encagé aux côtés d'autres animaux presseurs de leviers, au milieu des voyants et des gargouillements mécanisés, et l'heure du coucher arriva tôt, et lorsque Alfred commença à remuer elle était déjà réveillée et écoutait la cloche de l'anxiété sonner avec une telle force que le cadre de son lit vibrait et que ses draps étaient abrasifs, et voilà qu'Alfred allumait les lumières et criait, et qu'un voisin frappait sur la cloison et criait en retour, et Alfred pétrifié, écoutant, le visage tordu par la psychose paranoïaque, puis murmurant d'un ton de conspirateur qu'il avait vu un é***n courir entre les lits, puis défaire et refaire lesdits lits, la pose d'une couche, la pose d'une deuxième couche pour calmer une exigence hallucinée, les dérobades de ses jambes aux nerfs fatigués, et le bêlement du mot « Enid » jusqu'à ce qu'il l'ait quasiment épuisé, et la femme au nom mis à vif hoquetant dans l'obscurité avec le pire désespoir et une anxiété comme elle n'en avait jamais connu jusqu'à ce que finalement – comme un voyageur nocturne arrivant dans une gare ne différant des lugubres gares précédentes que par la lueur du crépuscule matinal, les petits miracles de la visibilité restaurée : une mare blafarde dans un parking en terre, la fumée tourbillonnant depuis une cheminée en zinc – elle fut amenée à une décision.

Sur son plan du bateau, à l'arrière du pont « D », figurait le symbole universel du secours pour ceux qui étaient dans le besoin. Après le petit déjeuner, elle laissa son mari en conversation avec les Roth et se rendit jusqu'à cette croix rouge. L'objet physique correspondant à ce symbole était une porte en verre dépoli portant trois mots tracés en lettres dorées. « Infirmerie » était le premier, « Alfred » le deuxième ; le troisième était brouillé par les ombres jetées par « Alfred ». Elle l'étudia en vain. No. Bel. Nob-Ell. No Bell.

Les trois mots firent retraite quand la porte fut tirée par un jeune homme musculeux au badge épinglé sur un revers blanc : Mather Hibbard, docteur en médecine. Il avait un large visage, à la peau légèrement grêlée, semblable à celui de l'acteur italo-américain que les gens adoraient, celui qui eut une fois la tête d'affiche en tant qu'ange et une autre fois en tant que danseur disco. « Salut, comment allez-vous ce matin ? » lança-t-il en montrant des dents nacrées. Enid le suivit à travers un vestibule jusqu'à sa salle de consultation, où il lui indiqua une chaise auprès de son bureau.

« Je suis Mme Lambert, dit-elle. Enid Lambert, en B11. J'espérais que vous pourriez m'aider.

— Je l'espère aussi. Qu'est-ce qui vous arrive ?

— J'ai des problèmes.

— Des problèmes mentaux ? Des problèmes émotionnels ?

— Eh bien, c'est mon mari…

— Excusez-moi. Stop ? Stop ? » Le Dr Hibbard s'inclina sèchement et sourit avec malice. « Vous dites que c'est *vous* qui avez des problèmes ? »

Son sourire était complètement adorable. Il prit en otage cette part d'Enid qui fondait à la vue des bébés phoques et des chatons, et il refusa de la lâcher jusqu'au moment où, un peu à contrecœur, elle lui eut souri en retour. « Mon problème, dit-elle, ce sont mon mari et mes enfants…

— Encore désolé, Edith. Temps mort ? » Le Dr Hibbard s'inclina très bas, posa les mains sur la tête et coula un œil entre ses bras. « Il faut que les choses soient claires : c'est *vous* qui avez des problèmes ?

— Non. *Je* vais très bien. Mais tout le monde autour de…

— Vous êtes inquiète ?

— Oui, mais…

— Vous ne dormez pas ?

— Exactement. Vous comprenez, mon mari…

— Edith ? Vous disiez Edith ?

— Enid. Lambert. L-A-M-B…

— Enith, combien font quatre fois sept moins trois ?

— Quoi ? Euh… eh bien, vingt-cinq.

— Et quel jour de la semaine sommes-nous aujourd'hui ?

— Nous sommes lundi.

— Et quelle ville balnéaire historique du Rhode Island avons-nous visitée hier ?

— Newport.

— Prenez-vous régulièrement des médicaments contre la dépression, l'angoisse, les troubles bipolaires, la schizophrénie, l'épilepsie, la maladie de Parkinson ou tout autre trouble psychiatrique ou neurologique ?

— Non. »

Le Dr Hibbard hocha la tête et se redressa, tira un profond tiroir dans le meuble qui se trouvait derrière lui et en retira une poignée de bruyantes plaquettes de médicaments. Il en compta huit et les posa sur le bureau devant Enid. Elles avaient un lustre coûteux dont l'allure ne lui plaisait pas.

« Voici un excellent nouveau médicament qui va vous aider énormément », récita Hibbard d'une voix monotone. Il lui fit un clin d'œil.

« Excusez-moi ?

— Nous serions-nous mal compris ? J'ai cru vous entendre dire : "J'ai des problèmes." Et vous m'avez parlé d'inquiétudes et de problèmes de sommeil ?

— Oui, mais ce que je voulais dire, c'était que mon mari…

– Mari, oui. Ou femme. C'est souvent l'époux le moins inhibé qui vient me voir. En vérité, une peur paralysante de demander de l'Aslan est l'affection pour laquelle l'Aslan est le plus couramment indiqué. Ce médicament exerce un remarquable effet de blocage sur la honte "profonde" ou "morbide". » Le sourire de Hibbard était comme un coup de dents dans une pomme. Il avait de longs cils d'adolescent, une tête qui appelait les caresses. « Cela vous intéresse ? demanda-t-il. J'ai toute votre attention ? »

Enid baissa les yeux et se demanda si l'on pouvait mourir de manque de sommeil. Prenant son silence pour un accord, Hibbard poursuivit : « Nous pensons qu'un dépresseur classique du système nerveux central comme l'alcool supprime la "honte" ou les "inhibitions". Mais les aveux honteux auxquels on se laisse aller sous l'influence de trois martinis ne perdent rien de leur caractère honteux pour avoir été faits ; en témoigne le profond remords qui s'ensuit quand l'effet des martinis s'efface. Ce qui se passe au niveau moléculaire, Edna, quand vous buvez ces martinis, c'est que l'éthanol interfère avec la réception du Facteur 28A en excès, le facteur de la honte "profonde" ou "morbide". Mais le 28A n'est pas métabolisé ni proprement réabsorbé par le site récepteur. Il reste stocké de manière temporaire et instable par le site transmetteur. Alors, quand l'éthanol disparaît, le récepteur est *inondé* par le 28A. La crainte de l'humiliation et le désir de l'humiliation sont étroitement liés : les psychologues le savent, les romanciers russes le savent. Et cela se révèle non seulement "vrai", mais réellement *vrai*. Vrai au niveau moléculaire. Enfin, l'effet de l'Aslan sur la chimie de la honte est complètement différent de celui d'un martini. Nous parlons de l'anéantissement complet des molécules de 28A. Aslan est un prédateur féroce. »

C'était manifestement au tour d'Enid de parler à présent, mais quelque chose lui avait échappé quelque part. « Docteur, dit-elle, je suis désolée, mais je n'ai pas dormi et je suis un peu confuse. »

Le médecin eut un froncement de sourcils adorable. « Confuse ? Ou *confuse* ?

— Excusez-moi ?

— Vous m'avez dit que vous aviez "des problèmes". Vous transportez cent cinquante dollars en liquide ou en chèques de voyage. Sur la base de vos réponses cliniques, j'ai diagnostiqué une dysthymie subclinique sans démence observable et je vous donne, gratuitement, huit plaquettes d'échantillons d'Aslan "Croisière", contenant chacune trois cachets dosés à trente milligrammes, de sorte que vous puissiez goûter confortablement le restant de votre croisière et suivre par la suite le programme recommandé de réduction de trente à vingt, puis dix milli. Cependant, Elinor, je dois vous avertir tout de suite que si vous êtes *confuse*, et non simplement confuse, cela pourrait m'obliger à réviser mon diagnostic, ce qui risquerait fort de mettre en péril votre accès à l'Aslan. »

Là, Hibbard haussa les sourcils et siffla quelques mesures d'une mélodie dont son sourire faussement fourbe masquait l'air.

« Je ne suis pas confuse, dit Enid. Mon mari est confus.

— Si par "confus", vous voulez dire *confus*, alors permettez-moi d'exprimer l'espoir sincère que vous destiniez l'Aslan à votre propre usage et non à celui de votre mari. Lorsque la démence est présente, l'Aslan est fortement contre-indiqué. Officiellement, je dois donc insister pour que vous n'utilisiez ce traitement que selon mes stipulations et sous ma stricte supervision. En pratique, cependant, je ne suis pas naïf. Je comprends qu'un médicament aussi puissant, procurant un tel soulagement, un médicament qui n'est pas encore disponible sur le sol américain, puisse facilement se retrouver en d'autres mains. »

Hibbard sifflota encore quelques mesures discordantes, caricature d'une personne s'occupant de ses petites affaires, tout en étudiant Enid pour être sûr qu'il l'amusait.

« Mon mari devient parfois bizarre la nuit, dit-elle en détournant les yeux. Très agité et difficile, et je ne peux plus dormir. Je suis morte de fatigue toute la journée et complètement bouleversée. Et il y a tant de choses que j'ai envie de *faire*.

– L'Aslan vous aidera, lui assura Hibbard d'une voix plus sérieuse. Beaucoup de voyageurs considèrent que c'est un investissement plus important même que l'assurance annulation. Avec tout ce que vous avez payé pour le privilège d'être ici, Enid, vous avez le droit de vous sentir de votre mieux à chaque instant. Une dispute avec votre époux, de l'inquiétude pour un animal de compagnie que vous auriez laissé à la maison, une supposée rebuffade quand rien de tel n'avait été voulu : vous ne pouvez pas vous permettre ces sentiments négatifs. Prenez-le comme ça : si l'Aslan vous empêche de rater ne serait-ce qu'une des activités prépayées de Pleasurelines à cause de votre dysthymie subclinique, il aura payé pour lui-même, par quoi j'entends que votre consultation au tarif de base avec moi, à l'issue de laquelle vous recevrez huit plaquettes d'échantillons d'Aslan "Croisière" à trente milligrammes aura payé pour elle-même.

– C'est quoi, Ashland ? »

Quelqu'un frappa à la porte extérieure et Hibbard frissonna comme pour s'éclaircir l'esprit. « Edie, Eden, Edna, Enid, excusez-moi un instant. Je commence à comprendre que vous êtes réellement *confuse* quant à la psychopharmacologie de pointe que Pleasurelines est fière de mettre à la disposition de sa clientèle clairvoyante. Je vois que vous avez besoin d'un peu plus d'explications que la plupart de nos passagers, et si vous voulez bien m'excuser un petit instant… »

Hibbard prit huit plaquettes d'échantillons d'Aslan dans son meuble, se donna la peine de verrouiller celui-ci et d'empocher la clé, et sortit dans le vestibule. Enid entendit son murmure et la voix rauque d'un homme plus âgé qui lui répondait. « Vingt-cinq », « Lundi » et « Newport ». Moins de deux minutes plus tard, le médecin revenait, quelques chèques de voyage à la main.

« C'est vraiment correct, ce que vous faites ? demanda Enid. Légalement, je veux dire ?

— Bonne question, Enid, mais devinez quoi : c'est merveilleusement légal. » Il examina un des chèques d'un air un peu absent, puis les fourra tous dans sa poche de poitrine. « Excellente question, cela dit. Tip top. L'éthique professionnelle m'interdit de vendre les médicaments que je prescris et je ne peux donc que distribuer des échantillons gratuits, ce qui rejoint heureusement la politique *tutto è incluso* de Pleasurelines. Malheureusement, comme Aslan n'a pas encore obtenu toutes les autorisations nécessaires des autorités américaines, comme la plupart de nos passagers sont américains et comme le fabricant d'Aslan, Farmacopea SA, n'a donc aucune raison de me fournir des échantillons gratuits en quantité suffisante pour faire face à la demande, je me trouve dans l'obligation d'acheter des échantillons en gros. D'où mes honoraires de consultation, qui pourraient sinon paraître excessifs à certains.

— Quelle est la valeur marchande du lot de huit plaquettes ? demanda Enid.

— Étant des échantillons gratuits qui ne doivent en aucun cas être vendus, ils n'ont aucune valeur marchande, Eartha. Si vous me demandez ce que cela me coûte de vous apporter ce service gratuitement, la réponse est environ quatre-vingt-huit dollars.

— Quatre dollars le comprimé !

— Exact. Le dosage pour des patients d'une sensibilité ordinaire est de trente milligrammes par jour. En d'autres termes, un comprimé. Quatre dollars par jour pour avoir la pêche : la plupart des passagers considèrent que c'est une affaire.

— Mais dites-moi alors, qu'est-ce que c'est ? Ashram ?

— Aslan. Nommé, me dit-on, d'après une créature mythique d'une ancienne mythologie. Mithraïsme, adorateurs du soleil, et ainsi de suite. J'inventerais si je vous en disais plus. Mais il semblerait qu'Aslan était un grand lion bienveillant. »

Le cœur d'Enid bondit dans sa cage. Elle saisit une plaquette d'échantillons sur le bureau et examina les comprimés à travers les bulles de plastique dur. Chaque comprimé de couleur or fauve était rayé en croix pour faciliter la subdivision et blasonné d'un soleil aux nombreux rayons – ou était-ce la silhouette d'une tête de lion à la riche crinière ? ASLAN® Croisière™ disait l'étiquette.

« Qu'est-ce que ça fait ? demanda-t-elle.

– Absolument rien, répondit Hibbard, si vous êtes en parfaite santé mentale. Cela dit, soyons honnête, qui l'est ?

– Oh, et si vous ne l'êtes pas ?

– Aslan procure une régulation factorielle de pointe. Les meilleures spécialités dont l'usage est autorisé aux États-Unis sont comme deux Marlboro et un rhum-Coca en comparaison.

– C'est un antidépresseur ?

– Le terme est cru. Je préfère de beaucoup "optimisateur de personnalité".

– Et "Croisière" ?

– Aslan optimise selon seize dimensions chimiques, répondit patiemment Hibbard. Mais devinez quoi. L'optimum pour une personne goûtant une croisière de luxe n'est pas l'optimum pour une personne sur son lieu de travail. Les différences chimiques sont assez subtiles, mais si vous savez effectuer un contrôle fin, pourquoi ne pas le proposer ? À côté d'Aslan "Basique", Farmacopea commercialise huit variétés spécialisées. Aslan "Ski", Aslan "Hacker", Aslan "Ultraperformance", Aslan "Ado", Aslan "Club Med", Aslan "Belles années" et j'oublie lequel ? Aslan "Californie". Très apprécié en Europe. Le projet est de porter le nombre de variétés à vingt d'ici deux ans. Aslan "Examens", Aslan "Dîner aux chandelles", Aslan "Nuits blanches", Aslan "Défi du lecteur", Aslan "Gold", etc., etc., etc. L'approbation des autorités sanitaires américaines accélérerait le processus, mais elles n'ont pas l'air pressées. Vous me demandez ce qu'il y a de spécifique dans "Croisière" ? Principalement qu'il bascule votre anxiété en position Off. Ramène ce petit cadran à zéro. Aslan "Basique" ne fera pas ça, parce qu'un niveau modéré d'anxiété est souhaitable pour fonctionner dans la vie courante. Je suis sur "Basique" présentement, par exemple, parce que je travaille.

— Comment...

— Moins d'une heure. C'est le plus magnifique. L'action est effectivement instantanée. À comparer aux quatre semaines pour certains des dinosaures qu'ils utilisent toujours aux États-Unis. Commencez le Zoloft aujourd'hui et vous aurez de la chance si vous vous sentez mieux à la fin de la semaine prochaine.

— Non, mais comment est-ce que je fais renouveler la prescription chez moi ? »

Hibbard consulta sa montre. « De quelle région êtes-vous, Andie ?

— Le Midwest. Saint Jude.

— OK. Votre meilleure chance sera le Mexique. Ou si vous avez des amis qui partent pour l'Argentine ou l'Uruguay, vous pourriez essayer de combiner quelque chose avec eux. Évidemment, si vous aimez le traitement et que vous voulez une totale facilité d'accès, Pleasurelines espère que vous ferez une autre croisière. »

Enid se renfrogna. Le Dr Hibbard était très séduisant et charismatique, et elle aimait l'idée d'une pilule qui l'aiderait à goûter la croisière et à mieux s'occuper d'Alfred, mais le médecin lui paraissait un brin embobineur. Et puis, elle s'appelait Enid. E-N-I-D.

« Vous êtes vraiment, vraiment, vraiment sûr que cela va m'aider ? demanda-t-elle. Vous êtes vraiment absolument certain que c'est la meilleure solution pour moi ?

— Je le "garantis", dit Hibbard avec un clin d'œil.

— Qu'est-ce qu'"optimiser" veut dire, au fait ? demanda Enid.

— Vous vous sentirez émotionnellement plus souple, dit Hibbard. Plus flexible, plus assurée, plus heureuse de vous-même. Votre anxiété et votre hypersensibilité vont disparaître, de même que tout souci morbide de l'opinion des autres. Tout ce dont vous avez honte maintenant…

— Oui, dit Enid. Oui.

— "Si la question vient sur le tapis, j'en parlerai ; sinon, pourquoi l'évoquer ?" Telle sera votre attitude. La bipolarité vicieuse de la honte, ces allers-retours rapides entre la confession et la honte – est-ce que cela vous affecte ?

— Je pense que vous me comprenez.

— La chimie de votre cerveau, Elaine. Un vif besoin de confesser, un vif besoin de cacher : qu'est-ce qu'un vif besoin ? Qu'est-ce que cela peut être d'autre que de la chimie ? Qu'est-ce que la mémoire ? Une modification chimique ! Ou peut-être une modification structurelle, mais devinez quoi. Les structures sont faites de protéines ! Et de quoi sont faites les protéines ? D'acides aminés ! »

Enid avait l'obscur souci que son Église enseignait autre chose – à propos du Christ qui était à la fois un paquet de chair pendu à une croix et aussi le Fils de Dieu –, mais les questions de doctrine lui avaient toujours paru d'une complexité insurmontable, et le révérend Anderson avait un visage si aimable, il racontait souvent des blagues et citait des dessins humoristiques du *New Yorker* ou des écrivains profanes comme John Updike dans ses sermons, et ne faisait jamais rien de dérangeant comme de dire à la congrégation qu'elle était damnée, ce qui aurait été absurde parce que tout le monde à l'église était si gentil et serviable, et puis, aussi, Alfred avait toujours fait la fine bouche devant sa foi et il était plus facile de cesser de croire (si, à vrai dire, elle avait jamais cru) que d'essayer de vaincre Alfred dans une querelle philosophique. À présent, Enid pensait que lorsqu'on était mort on était vraiment mort, et la façon de voir les choses du Dr Hibbard lui paraissait sensée.

Néanmoins, n'étant pas une cliente facile, elle dit : « Je ne suis qu'une vieille bourrique du Midwest, d'accord, mais changer de personnalité ne me paraît pas correct. » Elle afficha une longue mine aigre pour être sûre que sa désapprobation soit perceptible.

« Qu'y a-t-il de mal à changer ? demanda Hibbard. Êtes-vous heureuse de la façon dont vous vous sentez maintenant ?

— Eh bien, non, mais je serai une personne différente après avoir pris cette pilule, si je suis *différente*, ça ne peut pas être correct, et...

— Edwina, je vous comprends parfaitement. Nous avons tous des attachements irrationnels aux coordonnées chimiques particulières qui font notre caractère et notre tempérament. C'est une version de la crainte de la mort, d'accord ? Je ne sais pas ce que ce sera de ne plus être moi. Mais devinez quoi. Si "je" ne suis plus là pour voir la différence, pourquoi "je" m'en soucierais ? Être mort n'est un problème que si vous savez que vous êtes mort, ce qui n'est pas le cas parce que vous êtes mort !

— Mais on dirait que votre pilule rend tout le monde pareil.

— Hon hon. Bip bip. Faux. Parce que devinez quoi : deux personnes peuvent avoir la même personnalité et rester des individus. Deux personnes qui ont le même QI peuvent avoir des connaissances et des souvenirs complètement différents. D'accord ? Deux personnes très affectueuses peuvent avoir des objets d'affection entièrement différents. Deux individus également craintifs peuvent avoir des craintes complètement différentes. Peut-être l'Aslan nous rend-il un peu plus semblables, mais devinez quoi, Enid. Nous restons tous des individus. »

Le médecin décocha un sourire particulièrement adorable, et Enid, qui avait calculé qu'il empochait soixante-deux dollars par consultation, décida qu'elle en avait maintenant reçu pour son argent de son temps et de son attention, et elle fit ce qu'elle avait toujours su qu'elle ferait depuis qu'elle avait posé les yeux sur les comprimés solaires et léonins. Elle plongea la main dans son sac et, de l'enveloppe Pleasurelines qui contenait ses gains aux machines à sous, elle sortit une poignée de billets et compta cent cinquante dollars.

« Toute la joie du Lion, dit Hibbard avec un clin d'œil en poussant la pile de plaquettes d'échantillons en travers de son bureau. Vous avez besoin d'un sachet ? »

Le cœur battant, Enid revint vers la proue du pont « B ». Après le cauchemar de la journée et de la nuit précédentes, elle avait de nouveau une perspective concrète à attendre ; et comme était doux l'optimisme de la personne chargée d'une drogue fraîchement acquise dont elle pensait qu'elle lui changerait la tête ; comme était universel le désir d'échapper aux déterminations du soi. Rien de plus fatigant que de porter la main à la bouche, rien de plus violent que d'avaler, aucun sentiment religieux, aucune foi en quoi que ce soit de plus mystique que les relations de cause à effet n'était nécessaire pour connaître la bénédiction métamorphosante d'une pilule. *Elle ne pouvait attendre pour la prendre.* Elle était comme sur un nuage en revenant à la cabine B11, où heureusement elle ne vit pas signe d'Alfred. Comme pour reconnaître la nature illicite de sa mission, elle referma le verrou sur la porte d'entrée. S'enferma en outre dans la salle de bains. Leva les yeux vers leurs jumeaux en reflet et, sur une pulsion cérémonielle, croisa leur regard comme elle ne l'avait plus fait depuis des mois ou peut-être des années. Poussa un Aslan doré à travers le revers d'aluminium de la plaquette. Le plaça sur sa langue et l'avala avec de l'eau.

Elle consacra quelques minutes à se brosser les dents et parachever le travail au fil dentaire, un brin de ménage buccal pour passer le temps. Puis, avec un frisson d'épuisement culminant, elle alla se coucher sur le lit pour attendre.

Un soleil doré caressa les couvertures dans sa cabine sans hublot.

Il fourra sa chaude truffe veloutée au creux de sa main. Il lécha ses paupières d'une langue à la fois râpeuse et lisse. Sa poitrine était douce et rousse.

Quand elle se réveilla, le froid néon de la cabine n'était plus artificiel. C'était la lumière voilée d'un soleil momentanément occulté par un nuage.

J'ai pris le médicament, se dit-elle. J'ai pris le médicament. J'ai pris le médicament.

Sa nouvelle flexibilité émotionnelle fut mise à rude épreuve le lendemain matin, quand elle se leva à sept heures et découvrit Alfred dormant en chien de fusil dans la cabine de douche.

« Al, tu es couché dans la douche, dit-elle. Ce n'est pas un endroit pour dormir. »

L'ayant réveillé, elle commença à se brosser les dents. Alfred ouvrit des yeux apaisés et regarda autour de lui. « Ouf, je suis plein de courbatures, dit-il.

— Mais qu'est-ce que tu fais là ? gargouilla Enid à travers une mousse de fluor, brossant joyeusement.

— Me suis complètement perdu au cours de la nuit, répondit-il. J'ai fait de tels rêves. »

Elle découvrit que dans les bras d'Aslan elle avait de nouvelles réserves de patience pour le coup de brosse oscillant, tuant pour le poignet, que son dentiste lui avait recommandé pour les flancs de ses molaires. Elle observa avec un intérêt de faible à moyen tandis qu'Alfred retrouvait la station verticale en passant par un processus à étapes multiples d'étaiements, de jeux de levier, de hissages, d'arc-boutages et de basculements contrôlés. Un dhotî dément de couches entassées et déchirées pendait à ses reins. « Regarde-moi ça, dit-il en secouant la tête. Tu as vu ça !

— J'ai passé une nuit merveilleusement calme », répondit-elle.

« Et comment vont nos flottants ce matin ? demanda la coordinatrice des excursions Suzy Ghosh à la tablée, d'une voix semblable à la chevelure d'une publicité pour shampooing.

— Nous n'avons pas coulé hier soir si c'est ce que vous voulez dire », répondit Sylvia Roth.

Les Norvégiens monopolisèrent rapidement Suzy avec une interrogation complexe concernant la nage en rond dans la plus grande des piscines du *Gunnar Myrdal*.

« Eh bien, eh bien, Signe, fit remarquer M. Söderblad à sa femme d'une voix forte et indiscrète, voilà qui est une grande surprise. Les Nygren ont une longue question pour Mlle Ghosh ce matin.

— Oui, Stig, ils semblent toujours avoir une longue question, n'est-ce pas ? Ce sont des gens très appliqués, nos Nygren. »

Ted Roth faisait tourner un demi-pamplemousse comme un potier, le vidant de sa chair. « L'histoire du carbone, dit-il, est l'histoire de notre planète. Vous êtes familier de l'effet de serre ?

— C'est triplement net d'impôt », dit Enid.

Alfred hocha la tête. « Je suis familier de l'effet de serre.

— Il faut en fait détacher les coupons, ce que j'oublie parfois de faire, dit Enid.

— La terre était très chaude il y a quatre milliards d'années, dit le Dr Roth. L'atmosphère était irrespirable. Méthane, dioxyde de carbone, sulfure d'hydrogène.

— Bien sûr, à nos âges, le revenu importe plus que la performance.

— La Nature n'avait pas appris à casser la cellulose. Quand un arbre tombait, il restait à terre et était enfoui par les arbres suivants. C'était le Carbonifère. La Terre était une jungle en folie. Et au cours des millions et des millions d'années où des arbres se sont empilés, presque tout le carbone de l'air a été épuisé et enterré. Et il est resté là jusqu'à hier, géologiquement parlant.

— La nage en rond, Signe. Penses-tu que ça fasse onduler le bassin ?

— Il y a des gens dégoûtants, dit Mme Nygren.

— Une branche qui tombe aujourd'hui est digérée par les moisissures et les microbes, et tout le carbone repart dans le ciel. Il ne pourra jamais y avoir de nouveau Carbonifère. Jamais. Parce qu'on ne peut pas demander à la Nature de désapprendre à biodégrader la cellulose.

— Ça s'appelle Orfic Midland maintenant, dit Enid.

— Les mammifères sont arrivés quand le monde s'est refroidi. Du givre sur la citrouille. Des choses velues dans des tanières. Mais à présent nous avons un mammifère très malin qui arrache tout le carbone du sous-sol et le renvoie dans l'atmosphère.

— Je crois que nous possédons nous-mêmes des Orfic Midland, dit Sylvia.

— À vrai dire, dit Per Nygren, nous aussi, nous possédons des Orfic Midland.

— Per doit savoir, dit Mme Nygren.

— Je n'en doute pas, dit M. Söderblad.

— Une fois que nous aurons brûlé tout le charbon, le pétrole et le gaz, dit le Dr Roth, nous aurons une atmosphère antique. Une atmosphère chaude et sale comme on n'en a plus vu depuis trois cents millions d'années. Une fois que nous aurons laissé le génie du carbone sortir de sa bouteille de pierre.

— La Norvège a un magnifique système de retraite, hum, mais je complète ma pension par un fonds privé. Per vérifie le cours de chaque action du fonds tous les matins. Il y a un grand nombre de titres américains. Combien, Per ?

— Quarante-six présentement, dit Per Nygren. Si je ne me trompe pas, "Orfic" est l'acronyme de l'Oak Ridge Fiduciary Investment Corporation. Le titre maintient bien son cours et verse un coquet dividende.

— Fascinant, dit M. Söderblad. Où est mon café ?

— Mais, Stig, tu sais, dit Signe Söderblad, je suis presque sûre que nous avons aussi de ce titre, Orfic Midland.

— Nous avons beaucoup de titres. Je ne peux pas me souvenir de tous les noms. En plus, aussi, c'est imprimé tout petit dans le journal.

— La morale de l'histoire, c'est : ne recyclez pas le plastique. Envoyez votre plastique à la décharge. Enterrez ce carbone.

— S'il n'avait tenu qu'à Al, nous aurions tout sur un livret de caisse d'épargne.

— Enterrez-le, enterrez-le. Bloquez le génie dans la bouteille.

— Il se trouve que j'ai une maladie des yeux qui me rend la lecture pénible, dit M. Söderblad.

— Ah, vraiment ? dit Mme Nygren d'un ton acide. Quel est le nom médical de cette maladie ?

— J'aime la fraîcheur de l'automne, dit le Dr Roth.

— Cela étant, dit Mme Nygren, j'imagine qu'apprendre le nom de cette maladie demanderait une lecture pénible.

— C'est une petite planète.

— Il y a le syndrome de l'œil *paresseux*, bien sûr, mais avoir deux yeux *paresseux* à la fois…

— Ce n'est pas vraiment possible, dit M. Nygren. Le syndrome de l'"œil paresseux", ou amblyopie, est une affection où l'un des yeux fait le travail de l'autre. Donc, si l'un des yeux est paresseux, l'autre, par définition…

— Per, tais-toi, dit Mme Nygren.

— Inga !

— Garçon, du café !

— Imaginez la classe moyenne supérieure ouzbek, dit le Dr Roth. Une des familles possède le même Ford Stomper que nous. En fait, la seule différence entre notre classe moyenne supérieure et leur classe moyenne supérieure est qu'aucun d'entre eux, pas même la famille la plus riche de la ville, n'a de sanitaires.

— J'ai bien conscience, dit M. Söderblad, qu'en tant que

non-lecteur je suis moralement inférieur à tous les Norvégiens. Je l'accepte.

— Des nuées de mouches comme autour d'un cadavre de quatre jours. Des seaux de cendres que vous versez dans le trou. Même une petite commission vous en fait voir beaucoup plus que vous ne le voudriez. Et un Ford Stomper rutilant parqué dans la cour. Et ils nous caméscopent en train de les caméscoper.

— En même temps, en dépit de mon handicap, je parviens à goûter quelques plaisirs dans la vie.

— Mais comme nos plaisirs doivent être vains, cependant, Stig, dit Signe Söderblad, en comparaison de ceux des Nygren.

— Oui, ils semblent réellement connaître les plaisirs profonds et durables de l'esprit. En même temps, Signe, tu portes une robe des plus flatteuses ce matin. Même M. Nygren l'a admirée en dépit des plaisirs profonds et durables qu'il trouve ailleurs.

— Per, viens, dit Mme Nygren. On nous insulte.

— Stig, tu entends ? Les Nygren ont été insultés et nous quittent.

— Quel dommage ! Ils sont si drôles.

— Nos enfants sont tous dans l'Est à présent, dit Enid. Plus personne ne semble aimer le Midwest.

— J'attends mon heure ici, mon pote, dit une voix familière.

— La caissière du restaurant des cadres à Du Pont était une Ouzbek. J'ai probablement vu des Ouzbeks au magasin Ikea de Plymouth Meeting. Il ne faut pas croire que ce soient des extra-terrestres. Les Ouzbeks portent des bifocales. Ils prennent l'avion.

— Nous nous arrêtons à Philadelphie sur le chemin du retour afin de pouvoir dîner dans son nouveau restaurant. Il s'appelle le Generator.

— Enid, ça alors ! C'est *son* restaurant ? Ted et moi y étions il y a quinze jours.

— Le monde est petit, dit Enid.

— Nous avons fait un dîner succulent. Vraiment mémorable.

– Nous avons donc dépensé six mille dollars pour retrouver l'odeur d'une fosse d'aisances.

– Je ne l'oublierai jamais, dit Alfred.

– Et sommes reconnaissants de cette fosse d'aisances ! En termes de bénéfices réels du voyage à l'étranger. En termes de ce que la télé et les livres ne peuvent communiquer. En termes de ce qu'on ne peut connaître que de première main. Enlevez la fosse d'aisances et nous aurions l'impression d'avoir gâché nos six mille dollars.

– Irions-nous nous rôtir la cervelle sur le pont supérieur ?

– Oh, Stig, allons-y ! Je suis intellectuellement épuisée.

– Remercions Dieu pour la pauvreté. Remercions Dieu pour la conduite à gauche. Remercions Dieu pour Babel. Remercions Dieu pour les voltages étranges et les prises aux formes bizarres. » Le Dr Roth baissa ses lunettes et regarda par-dessus elles, observant l'exode suédois. « Je note au passage que toutes les robes de cette femme sont conçues pour être enlevées rapidement.

– Je n'ai jamais vu Ted si pressé d'aller au petit déjeuner. Et au déjeuner. Et au dîner.

– Éblouissant paysage nordique, dit Roth. N'est-ce pas pour cela que nous sommes là ? »

Alfred baissa les yeux avec embarras. Une petite arête de pruderie était fichée dans la gorge d'Enid aussi. « Pensez-vous réellement qu'il ait un problème de vue ?

– Il a un excellent coup d'œil à un égard au moins.

– Ted, s'il te plaît, arrête.

– Que la bombe suédoise soit un cliché éculé est en soi un cliché éculé.

– Arrête, je t'en prie. »

L'ex-vice-président de Compliance remonta ses lunettes sur son nez et se tourna vers Alfred. « Je me demande si nous sommes déprimés parce qu'il n'y a plus de terres vierges. Parce que nous ne pouvons plus prétendre qu'il existe un lieu où personne n'est encore allé. Je me demande si la dépression globale est en hausse, à l'échelle mondiale.

— Je me sens si bien ce matin. J'ai si bien dormi.

— Les rats de laboratoire deviennent apathiques en cas de surpopulation.

— Vous semblez effectivement métamorphosée, Enid. Dites-moi que ce n'est pas lié à ce médecin du pont "D". J'ai entendu des histoires.

— Des histoires ?

— La prétendue cyberfrontière, dit le Dr Roth, mais où est la jungle ?

— Une drogue du nom d'Aslan, dit Sylvia.

— Aslan ?

— La prétendue frontière de l'espace, mais j'aime cette terre. C'est une bonne planète. L'atmosphère ne contient quasiment pas de cyanure, ni d'acide sulfurique, ni d'ammoniac. Ce dont toutes les planètes sont loin de pouvoir se vanter.

— Le coup de pouce à Grand-mère, ils appellent ça, je crois.

— Mais même dans votre grande maison tranquille, vous vous sentez à l'étroit s'il y a une grande maison tranquille aux antipodes et partout entre les deux.

— Tout ce que je demande, c'est un peu d'intimité, dit Alfred.

— Pas une plage entre le Groenland et les Falklands qui ne soit menacée d'aménagement. Pas un hectare qui soit resté vierge.

— Oh, flûte, quelle heure est-il ? demanda Enid. Il ne faut pas que nous manquions cette conférence.

— Sylvia est différente. Elle aime le tumulte des quais.

— J'aime le tumulte, dit Sylvia.

— Les passerelles, les hublots, les dockers. Elle aime la corne de brume. Pour moi, c'est un parc à thème flottant.

— Il faut supporter une certaine dose de fantaisie, dit Alfred. C'est inévitable.

— L'Ouzbékistan ne m'a rien valu de bon à l'estomac, dit Sylvia.

– J'aime ce gâchis, dit le Dr Roth. Ça fait du bien de voir toutes ces étendues inutiles.

– Tu romantises la pauvreté.

– Je te demande pardon ?

– Nous avons voyagé en Bulgarie, dit Alfred. Je ne connais pas l'Ouzbékistan, mais nous avons voyagé en Chine. Tout, pour ce qu'on en voyait depuis le train – s'il ne tenait qu'à moi, je le raserais entièrement. Tout raser et recommencer à zéro. Les maisons n'ont pas à être jolies, mais qu'elles soient solides. Installer des sanitaires. Un bon mur en béton et un toit qui ne fuie pas – voilà ce dont ces gens ont besoin. Des égouts. Voyez les Allemands, ce qu'ils ont fait pour reconstruire. Voilà un pays modèle.

– Je ne mangerais pas un poisson du Rhin, cela dit. S'il y a encore un poisson dedans.

– Les écologistes racontent beaucoup de bobards.

– Alfred, vous êtes trop intelligent pour appeler ça des bobards.

– Il faut que j'aille aux toilettes.

– Al, quand tu auras fini, pourquoi tu ne prendrais pas un livre pour lire dehors ? Sylvia et moi allons à la conférence sur les investissements. Installe-toi au soleil. Et détends-toi, détends-toi, détends-toi. »

Il avait ses bons et ses mauvais jours. On aurait dit que lorsqu'il était allongé la nuit, certaines humeurs s'accumulaient dans les bonnes ou les mauvaises places, comme la marinade autour d'une bavette de flanchet, et que, le matin venu, ses terminaisons nerveuses avaient reçu ou non suffisamment de ce dont elles avaient besoin ; comme si sa clarté d'esprit pouvait dépendre de quelque chose d'aussi simple que le fait qu'il ait dormi couché sur le côté ou sur le dos la nuit précédente ; ou comme si, de manière plus dérangeante, il était un poste de radio à transistor endommagé qui, une fois vigoureusement secoué, pourrait fonctionner normalement ou ne cracher que du bruit blanc lardé de phrases décousues, de quelques mesures de musique.

Néanmoins, même le pire matin était mieux que la meilleure nuit. Le matin, tous les processus *s'accéléraient*, expédiant ses médocs à leurs destinations : la capsule jaune canari contre l'incontinence, le petit truc rose ressemblant à un Tums contre les tremblements, le blanc oblong pour lutter contre les nausées, le comprimé bleu pâle pour réprimer les hallucinations causées par le petit truc rose ressemblant à un Tums. Le matin, son sang était bondé de voyageurs, les journaliers du glucose, les éboueurs lactiques et uréiques, les livreurs hémoglobineux transportant leur cargaison d'oxygène fraîchement brassé dans leurs camionnettes cabossées, les contremaîtres sévères comme l'insuline, les cadres moyens enzymiques et supérieurs épinéphriques, les flics leucocytes et les urgentistes, de coûteux consultants arrivant dans leurs limousines roses, blanches et jaune canari, tous empruntant l'ascenseur aortique et se dispersant dans le système. Avant midi, le taux d'accidents du travail était minuscule. Le monde était comme neuf.

Il avait de l'énergie. Depuis la salle Kierkegaard, il progressa par basculements rattrapés à travers un couloir moquetté de rouge qui lui avait précédemment octroyé un lieu d'aisance, mais semblait ce matin-là être entièrement voué au commerce, ni H ni F en vue, seulement des salons de coiffure, des boutiques et le cinéma Ingmar-Bergman. Le problème était qu'on ne pouvait plus faire confiance à son système nerveux pour évaluer correctement son besoin d'y aller. La nuit, sa solution était de porter une protection. Le jour, sa solution était d'aller aux toilettes toutes les heures et de ne jamais se séparer de son vieil imperméable noir au cas où il aurait un accident à cacher. L'imperméable avait la vertu supplémentaire d'offenser la sensibilité romantique d'Enid, et les escales aux toilettes la vertu supplémentaire de structurer sa vie. Maintenir la cohésion des choses – empêcher l'océan des terreurs nocturnes de briser la dernière cloison – était sa seule ambition à présent.

Des foules de femmes affluaient en direction de la salle de bal Brindacier. Un fort tourbillon dans leur courant expédia Alfred dans un couloir bordé par les cabines des conférenciers et des artistes. Au fond de ce couloir, un W.-C. pour hommes l'invita.

Un officier à épaulettes utilisait l'un des deux urinoirs. Craignant d'être incapable de s'exécuter en présence d'un tiers, Alfred entra dans une cabine et fit coulisser le verrou avant de se retrouver face à une cuvette mitraillée d'excréments qui, heureusement, ne disait rien et se contentait de puer. Il sortit et essaya la cabine voisine, mais là quelque chose courait par terre – un étron mobile, allant se mettre à couvert – et il n'osa pas entrer. Dans l'intervalle, l'officier avait actionné la chasse d'eau et, lorsqu'il s'écarta de son urinoir, Alfred reconnut ses joues bleues et ses lunettes teintées de rose, ses lèvres empourprées comme des parties génitales. De sa braguette restée ouverte pendait une trentaine de centimètres de tuyau mou cuivré. Un sourire jaune s'ouvrit entre ses joues bleues. Il dit : « J'ai laissé un petit trésor dans votre lit, monsieur Lambert. Pour remplacer celui que j'ai pris. »

Alfred tituba hors des toilettes et s'engouffra dans un escalier, de plus en plus haut, montant sept volées de marches jusqu'à l'air libre du pont des sports. Là, il trouva un banc à la chaleur du soleil. De la poche de son imperméable, il tira une carte des provinces maritimes du Canada et essaya de se positionner sur le quadrillage, d'identifier quelques points de repère.

Trois vieux messieurs vêtus de parkas en Gore-Tex étaient accoudés à la rambarde. Leurs voix étaient tantôt inaudibles, tantôt parfaitement distinctes. Apparemment, le vent avait des poches dans sa masse fluide, de petits espaces de tranquillité par où une phrase ou deux pouvaient se frayer un chemin.

« Il y a un type qui a une carte », dit l'un d'eux. Il vint vers Alfred, l'air heureux comme tous les hommes du monde hormis Alfred. « Excusez-moi, monsieur. Que pensez-vous que vous voyions là, sur la gauche ?

– C'est la péninsule de Gaspé, répondit fermement Alfred. On devrait apercevoir une grosse ville juste après ce promontoire.

– Merci beaucoup. »

L'homme retourna auprès de ses compagnons. Comme si la position du navire leur importait grandement, comme si cette seule quête d'information les avait fait monter sur le pont des sports, tous trois repartirent aussitôt vers un pont inférieur, laissant Alfred seul au sommet du monde.

Le ciel protecteur était plus mince dans cette région d'eaux septentrionales. Les nuages défilaient en vagues ressemblant aux sillons d'un champ, glissant sous le dôme céleste, qui était notablement bas. On approchait de l'Ultima Thule ici. Les objets verts avaient des couronnes rouges. Dans les forêts qui s'étendaient sur l'ouest à perte de vue, comme dans la vaine fuite des nuages, comme dans la clarté irréelle de l'air, il n'y avait rien de local.

Étrange d'apercevoir l'infini précisément dans une courbe finie, l'éternité précisément dans le saisonnier.

Alfred avait reconnu l'homme aux joues bleues des toilettes comme l'homme des Signaux, la trahison personnifiée. Mais l'homme aux joues bleues des Signaux n'aurait jamais pu s'offrir une croisière de luxe, et cela le troublait. L'homme aux joues bleues venait du passé lointain, mais il marchait et parlait dans le présent, et l'étron était une créature de la nuit, mais il était en activité en plein jour, et cela le troublait beaucoup.

Selon Ted Roth, les trous dans la couche d'ozone naissaient aux pôles. C'était durant la longue nuit arctique que la coquille de la Terre commençait à s'affaiblir, mais une fois la coquille percée les dégâts se répandaient, gagnant jusqu'aux tropiques ensoleillés – même l'équateur – et bientôt nul lieu sur Terre n'était plus sûr.

Entre-temps, un observatoire situé dans les lointaines régions inférieures avait émis un faible signal, un message ambigu.

Alfred reçut le signal et se demanda quoi en faire. Il appréhendait les toilettes à présent, mais il pouvait difficilement baisser son pantalon là, en plein air. Les trois hommes pouvaient revenir à tout instant.

À sa droite, derrière une barrière de protection se trouvait un ensemble de plans et de cylindres grassement peints, deux planètes de navigation, un cône inversé. Comme il ne connaissait pas le vertige, rien ne l'empêchait d'ignorer le ferme avertissement en quatre langues, de se glisser derrière la barrière et de prendre pied sur la surface métallique râpeuse afin de chercher, en quelque sorte, un arbre derrière lequel pisser. Il était loin au-dessus de tout et invisible.

Mais trop tard.

Les jambes de son pantalon étaient trempées, la gauche presque jusqu'à la cheville. Une humidité chaude-froide partout.

Et là où une ville aurait dû apparaître sur la côte, la terre refluait au contraire. Des vagues grises chevauchaient des eaux étranges et la vibration des machines devint plus laborieuse, moins facile à ignorer. Soit le navire n'avait pas encore atteint la péninsule de Gaspé, soit il l'avait déjà dépassée. L'information qu'il avait transmise aux hommes en parka était fausse. Il était perdu.

Et, du pont situé immédiatement en contrebas, le vent lui fit parvenir un gloussement. Il revint, une trille perçante, une moquerie venue du nord.

Il s'écarta des sphères et des cylindres et se pencha par-dessus la rambarde extérieure. Quelques mètres plus loin en direction de la poupe se trouvait une petite zone à bain de soleil « nordique », isolée par une palissade en cèdre, et un homme se tenant là où aucun passager n'était censé se trouver pouvait voir par-dessus la palissade et contempler Signe Söderblad, ses bras, ses cuisses et son ventre qui avaient la chair de poule, les deux framboises charnues en lesquelles un ciel d'hiver ayant soudain viré au gris avait transformé ses mamelons, la fourrure rousse frémissante entre ses jambes.

Le monde diurne flottait sur le monde nocturne et le monde nocturne essayait d'inonder le monde diurne et il s'échinait à essayer de garder étanche le monde diurne. Mais il s'y était produit une brèche cruelle.

Arriva alors un autre nuage, plus gros, plus dense, qui donna au golfe en contrebas une couleur d'un noir verdâtre. Navire et ombre en collision.

Et la honte et le désespoir…

Ou était-ce le vent gonflant la voile de son imperméable ?

Ou était-ce le tangage du navire ?

Ou le tremblement de ses jambes ?

Ou la vibration correspondante des machines ?

Ou un étourdissement ?

Ou l'invitation au vertige ?

Ou la chaleur relative de l'invitation de l'eau libre à quelqu'un qui était trempé et que le vent congelait ?

Ou se penchait-il, délibérément, pour voir à nouveau le pubis fauve ?

« Comme il est approprié, dit le conseiller en investissements de réputation internationale Jim Crolius, de parler d'argent sur une croisière de luxe "Couleurs d'automne" de Nordic Pleasurelines. Mes amis, c'est une belle matinée ensoleillée, n'est-ce pas ? »

Crolius s'exprimait depuis un pupitre, à côté d'un chevalet sur lequel le titre de sa causerie – « Survivre aux corrections » –

s'affichait en lettres violettes. Sa question suscita des murmures d'assentiment dans les premiers rangs, ceux qui étaient arrivés tôt pour avoir de bonnes places. Quelqu'un y lança même : « Oui, *Jim* ! »

Enid se sentait tellement mieux ce matin, mais quelques perturbations atmosphériques s'attardaient encore dans sa tête, par exemple un grain présentement consistant en (a) du ressentiment à l'égard des femmes qui étaient arrivées absurdement tôt à la salle de bal Brindacier, comme si le bénéfice potentiel des conseils de Jim Crolius pouvait dépendre de la distance à laquelle on se trouvait de lui, et (b) un ressentiment particulier à l'égard du genre d'arrogante New-Yorkaise qui marchait sur tout le monde pour établir une relation personnelle avec un conférencier en l'appelant par son prénom (elle était certaine que Jim Crolius n'était pas dupe de leur présomption et de leurs flatteries creuses, mais il pourrait être trop poli pour les ignorer et s'intéresser à des femmes du Midwest moins arrogantes et plus méritantes telles qu'Enid), et (c) une intense irritation à l'égard d'Alfred pour s'être arrêté aux toilettes *deux* fois sur le chemin du petit déjeuner, ce qui l'avait empêchée de quitter la salle Kierkegaard suffisamment tôt pour s'assurer elle-même une bonne place aux premiers rangs.

Presque aussitôt que le grain était apparu, il s'était cependant dissipé, et le soleil avait de nouveau brillé de tous ses feux.

« Eh bien, ça me fend le cœur de vous l'annoncer à vous qui êtes assis au fond, disait Jim Crolius, de là où *je* me trouve, ici à côté de la fenêtre, j'aperçois quelques nuages à l'horizon. Ce pourraient être de gentils petits nuages blancs. Ou ce pourraient être de sombres nuages de pluie. Les apparences peuvent être trompeuses ! De là où je me trouve, je pourrais croire tenir un cap sûr devant moi, mais je ne suis pas un expert. Je risquerais d'envoyer le bateau droit sur un récif. Bon, vous ne voudriez pas embarquer sur un bateau sans capitaine, n'est-ce pas ? Un capitaine muni de toutes les cartes et de tous les gadgets, les cloches et sifflets, tout le fourniment. D'accord ? Vous avez votre radar, vous avez votre sonar, vous avez votre GPS. » Jim Crolius comptait les instruments sur ses doigts. « Vous avez vos satellites là-haut dans l'espace ! Tout ça est assez technique. Mais il faut que quelqu'un dispose de cette information, ou nous pourrions avoir de gros ennuis. D'accord ? C'est *profond*, un océan. Il s'agit de votre *vie*. Ce que je suis en train de vous dire, c'est que vous n'avez peut-être pas envie de maîtriser personnellement tous ces problèmes techniques, les cloches et les sifflets, tout le fourniment. Mais vous feriez mieux d'espérer avoir un bon capitaine quand vous embarquez pour la haute mer de la haute finance. »

Des applaudissements éclatèrent dans les premiers rangs.

« Il doit vraiment nous prendre pour des gosses de huit ans, murmura Sylvia Roth à Enid.

– C'est seulement son introduction, répondit Enid.

– Maintenant, c'est aussi approprié en un autre sens, poursuivit Jim Crolius, à savoir que nous sommes ici pour voir les feuillages virer. L'année a ses rythmes – hiver, printemps, été, automne. Tout cela est cyclique. Ça monte au printemps, ça tombe en automne. Exactement comme le marché. Les cycles économiques, voyez ? Vous pouvez avoir un marché haussier pendant cinq, dix, même quinze ans. On l'a déjà vu. Mais on a aussi assisté à des corrections. Je n'ai peut-être pas l'air bien vieux, mais j'ai déjà assisté à un authentique *krach* au cours de ma vie. Sale truc. Les cycles économiques. Mes amis, nous avons un paquet de verdure là-bas maintenant. L'été a été long et fertile. En fait, montrez-moi en levant la main combien d'entre vous payent cette croisière, soit entièrement soit partiellement, par le produit de vos investissements ? »

Forêt de mains levées.

Jim Crolius hocha la tête avec satisfaction. « Eh bien, mes amis, ça me fend le cœur de vous le dire, mais ces feuilles commencent à virer. Si vertes que soient les choses pour vous maintenant, elles ne vont pas survivre à l'hiver. Bien sûr, chaque année est différente, chaque cycle est différent. On ne sait jamais quand ce vert va virer. Mais nous sommes ici, tous autant que nous sommes, parce que nous sommes des gens prévoyants. Chaque personne de cette salle m'a prouvé qu'elle était un investisseur avisé du seul fait qu'elle est là. Vous savez pourquoi ? *Parce que c'était toujours l'été quand vous êtes partis de chez vous.* Chaque personne de cette salle a eu la prévoyance de savoir que quelque chose allait changer lors de cette croisière. Et la question que nous avons tous – je m'exprime par métaphores ici –, la question est : tout ce vert magnifique là-bas va-t-il se changer en or magnifique ? Ou va-t-il seulement flétrir sur la branche dans l'hiver de notre mécontentement ? »

La salle de bal Brindacier était électrisée à présent. Un murmure passait dans les rangs : « Merveilleux ! Merveilleux !

– Plus de matière et moins d'emballage », dit sèchement Sylvia Roth.

Mort, songeait Enid. Il parlait de mort. Et tous ceux qui applaudissaient étaient si *vieux*.

Mais où était l'aiguillon de cette prise de conscience ? Aslan l'avait effacé.

Jim Crolius se tourna à présent vers le chevalet et fit basculer la première de ses pages en gros caractères. La deuxième page portait le titre QUAND LE CLIMAT CHANGE, et les catégories – Bons de caisse, Obligations, Actions, etc. – coupèrent le souffle des premiers rangs hors de toute proportion avec leur contenu informatif. Un instant, Enid eut l'impression que Jim Crolius se livrait à une analyse de marché purement technique du genre auquel son courtier de Saint Jude lui avait dit de ne jamais prêter attention. En omettant les effets minimes de la traînée aux faibles vitesses, un objet en « chute libre » (un objet de valeur « plongeant » sans retenue) subissait une accélération de 9,81 mètres par seconde carrée sous l'effet de la pesanteur, et, l'accélération étant la dérivée de second ordre de la distance, l'analyste pouvait intégrer une fois par rapport à la distance parcourue par l'objet (en gros 10 mètres) pour calculer sa vitesse (12,6 mètres par seconde) au moment où il passait au centre d'une fenêtre de 2,40 mètres de haut, et en faisant l'hypothèse d'un objet de 1,80 mètre, en faisant aussi l'hypothèse simplificatrice d'une vitesse constante sur l'intervalle, dériver un chiffre approximatif de quatre dixièmes de seconde de visibilité totale ou partielle. Quatre dixièmes de seconde n'étaient pas grand-chose. Si vous regardiez ailleurs, décomptant mentalement les heures qui vous séparaient de l'exécution d'un jeune tueur, tout ce que vous perceviez, c'était quelque chose de sombre qui passait en un éclair. Mais s'il se trouvait que vous regardiez droit vers la fenêtre en question et que vous vous sentiez d'un calme inconnu, quatre dixièmes de seconde étaient plus que suffisants pour identifier l'objet en chute libre comme votre époux depuis quarante-sept ans ; pour remarquer qu'il portait cet *horrible* imperméable informe qui n'aurait jamais dû être porté en public, mais qu'il s'était obstiné à mettre dans sa valise et qu'il s'obstinait à transporter partout ; à connaître non seulement la certitude que quelque chose de terrible s'était produit, mais aussi une étrange impression d'intrusion, comme si vous étiez témoin d'un événement auquel la Nature n'avait jamais voulu que vous assistiez, comme l'impact d'une météorite ou la copulation des baleines ; et même d'observer l'expression du visage de votre mari, de noter sa beauté presque juvénile, son étrange sérénité, car qui aurait prévu la grâce avec laquelle l'homme furieux tomberait ?

Il se souvenait des soirées où il était à l'étage avec l'un de ses garçons, ou les deux, ou sa fille, au creux des bras, leur tête humide qui sentait le bain pressant durement contre ses côtes tandis qu'il leur lisait à haute voix *Black Beauty* ou *Les*

Chroniques de Narnia. Comment sa seule voix, sa résonance palpable, les avait assoupis. C'étaient des soirées, et il y en avait des centaines, peut-être des milliers, où rien de suffisamment traumatique pour laisser une cicatrice n'était arrivé à l'unité nucléaire. Des soirées de proximité pure vanille dans son fauteuil de cuir noir ; de douces soirées de doute entre les nuits de lugubre certitude. Ils lui revenaient à présent, ces contre-exemples oubliés, parce qu'à la fin, quand vous tombiez dans l'eau, il n'y avait rien de solide à quoi se raccrocher, sinon vos enfants.

Le Generator

Robin Passafaro était une Philadelphienne issue d'une famille de fauteurs de troubles et de vrais croyants. Le grand-père de Robin et ses oncles Jimmy et Johnny étaient tous des Teamsters à l'ancienne mode ; le grand-père, Fazio, avait été vice-président national du syndicat des Camionneurs à l'époque du boss Frank Fitzsimmons et chef de la plus grosse section de Philadelphie, dont il avait manipulé les cotisations des 3 200 membres pendant vingt ans. Fazio avait survécu à deux inculpations pour extorsion de fonds, un infarctus, une laryngectomie et neuf mois de chimiothérapie avant de prendre sa retraite à Sea Isle City, sur la côte du New Jersey, où il continuait d'aller clopiner sur la jetée tous les matins et appâtait ses casiers à crabes avec du poulet cru.

Oncle Johnny, le fils aîné de Fazio, s'en sortait bien entre ses deux pensions d'invalidité (« douleurs lombaires chroniques et aiguës », indiquaient les formulaires), son travail saisonnier de peintre en bâtiment au noir et sa chance ou son talent de boursicoteur en ligne. Johnny vivait près de Veterans Stadium avec sa femme et sa plus jeune fille dans une bicoque au revêtement extérieur de vinyle qu'ils avaient agrandie, jusqu'à ce qu'elle remplisse tout leur petit terrain, du trottoir à la ligne de fond ; les jardinières et le carré d'herbe artificielle étaient sur le toit.

Oncle Jimmy (« Baby Jimmy ») était célibataire et gérant de FIT Archivage, un mausolée de parpaing que la Fraternité internationale des Teamsters, en un temps d'optimisme, avait fait construire sur les rives industrielles de la Delaware, puis – comme seuls trois (3) fidèles adhérents avaient choisi de se faire inhumer dans son millier de caveaux à l'épreuve du feu –, converti en un dépôt à long terme pour documents légaux et autres archives d'entreprise. Baby Jimmy était célèbre dans les associations locales d'aide aux toxicos pour s'être rendu accro à la méthadone sans avoir jamais tâté de l'héroïne.

Le père de Robin, Nick, était le fils cadet de Fazio et le seul Passafaro de sa génération à n'avoir jamais fricoté avec les Teamsters. Nick était le cerveau de la famille et un socialiste militant ; les Teamsters et leurs liens avec Nixon et Sinatra étaient anathème pour lui. Nick épousa une Irlandaise, alla volontairement s'installer dans le quartier racialement mixte de Mount Airy et s'engagea dans une carrière d'enseignant de sciences humaines en lycée dans les quartiers défavorisés, mettant au défi les proviseurs de le licencier pour son trotskisme bouillonnant.

Nick et sa femme, Colleen, avaient été déclarés infertiles. Ils avaient adopté un garçon d'un an, Billy, quelques mois avant que Colleen ne tombe enceinte de Robin – la première de trois filles. Robin était adolescente quand elle apprit que Billy avait été adopté, mais son plus ancien souvenir d'enfance, dit-elle à Denise, était le sentiment d'être *privilégiée* sans rien pouvoir y faire.

En ce qui concernait Billy, les symptômes ne laissaient aucune place au doute : encéphalogramme anormal, des nodules articulaires, des taches noires sur ses scanners. Les causes – graves négligences ou traumatisme cérébral antérieur à son adoption – demeuraient hypothétiques ; mais pour ses sœurs, Robin en particulier, il était une pure et simple terreur. Billy découvrit vite que, si cruel qu'il se montrât avec Robin, elle s'en prendrait toujours à elle-même. Si elle lui prêtait cinq dollars, il se moquait d'elle et de son illusion qu'il la rembourserait. (Si elle se plaignait à son père, Nick la remboursait lui-même.) Billy la pourchassait avec des sauterelles dont il avait coupé le bout des pattes, des grenouilles qu'il avait trempées dans de l'Ajax, et il lui disait – ça se voulait une plaisanterie : « Je leur ai fait mal à cause de toi. » Il plaçait des excréments en boue dans les culottes des poupées de Robin. Il l'appelait la Tocarde et Robin-pas-de-poitrine. Il lui enfonçait un crayon dans le bras et cassait la mine en profondeur. Le lendemain du jour où la bicyclette toute neuve de Robin avait disparu du garage, il était revenu avec une bonne paire de rollers noirs, qu'il disait avoir trouvés dans Germantown Avenue. Des mois durant, il parcourut le quartier en filant comme l'éclair pendant qu'elle attendait une autre bicyclette.

Leur père, Nick, voyait toutes les injustices du premier et du tiers monde, sauf celles dont Billy était l'auteur. À son entrée au lycée, les méfaits de Billy avaient amené Robin à cadenasser son placard, à boucher le trou de serrure de sa porte avec des Kleenex et à dormir avec son portefeuille sous l'oreiller ; mais, même ces mesures, elle les prenait avec plus de tristesse que de colère. Elle n'avait guère à se plaindre et elle le savait. Ses sœurs et elle étaient pauvres et heureuses dans leur grande maison décatie de Phil-Ellena Street, et elle fréquenta un bon lycée quaker, puis une excellente université quaker, en bénéficiant chaque fois d'une bourse intégrale, puis elle épousa son petit ami de l'université et eut deux petites filles, tandis que Billy dévalait la pente.

Nick avait appris à Billy l'amour de la politique, et Billy l'avait payé de retour en le traitant de *bourgeois libéral, bourgeois libéral* *. Quand cela cessa d'exaspérer suffisamment Nick, Billy se tourna vers les autres Passafaro, qui étaient tout disposés à aimer tout traître que recèlerait la famille du traître à la famille. Lorsque Billy fut arrêté sous sa deuxième inculpation criminelle et que Colleen le mit à la porte, ses parents Teamsters lui firent un accueil digne d'un héros. C'était peu avant qu'il ne passe complètement les bornes.

Il vécut un an avec son oncle Jimmy, qui, à cinquante ans

largement passés, ne se sentait jamais si heureux qu'en compagnie d'adolescents aux mêmes centres d'intérêt avec qui il pouvait partager ses vastes collections d'armes à feu et de couteaux, de vidéos de Chasey Lain et de figurines de Warlord III et de Donjons et Dragons. Mais Jimmy vénérait aussi Elvis Presley dans un sanctuaire occupant un angle de sa chambre et Billy, qui n'avait jamais réussi à se mettre dans la tête que Jimmy ne plaisantait pas avec Elvis, finit par profaner le sanctuaire d'une manière atroce et irréversible dont Jimmy refusa toujours de parler par la suite. Il fut jeté à la rue.

De là, Billy glissa dans la scène underground radicale de Philadelphie – ce Croissant-Rouge de fabricants de bombes, d'éditeurs de fanzines, de punks, de bakouninistes, de prophètes végétaliens mineurs, de fabricants de couvertures organiques, de femmes baptisées Afrika, de biographes amateurs d'Engels et d'émigrés des Brigades rouges qui s'étendait de Fishtown et Kensington, au nord, en passant par Germantown et West Philly (où le maire Goode avait traité les bons citoyens de MOVE à la bombe incendiaire) en descendant jusqu'à la ruine de Point Breeze. C'était une vieille donnée de Philadelphie qu'une fraction non négligeable des crimes de la ville étaient commis avec une conscience politique. Après le premier mandat de Frank Rizzo, personne ne pouvait plus prétendre que la police municipale était propre ou impartiale ; et puisque, de l'avis des habitants du Croissant-Rouge, tous les flics étaient des assassins ou, tout au moins, des complices *ipso facto* de l'assassinat (*cf.* MOVE !), tout crime violent ou redistribution de richesses auquel un flic trouverait à objecter pouvait être justifié comme un acte légitime dans une sale guerre au long cours. Cette logique échappait généralement aux juges locaux, cependant. Le jeune anarchiste Billy Passafaro écopa au fil des années de peines de plus en plus lourdes pour ses crimes et délits – mise à l'épreuve, travail d'intérêt général, camp d'entraînement pénal expérimental et, pour finir, pénitencier de l'État à Graterford.

Robin et son père se disputaient fréquemment sur la justice de ces condamnations, Nick caressant son bouc à la Lénine et affirmant que, même s'il était non violent pour sa part, il n'était pas opposé à la violence mise au service des idéaux, Robin le mettant au défi de lui indiquer quel idéal politique exactement Billy avait promu en poignardant un étudiant de première année de Penn State avec une queue de billard cassée.

L'année avant que Denise ne rencontre Robin, Billy fut libéré sur parole et se rendit à l'inauguration d'un centre informatique communautaire dans le quartier pauvre de Nicetown, dans le nord de la ville. L'un des nombreux coups politiques du populaire successeur réélu du maire Goode était l'exploitation commerciale des écoles publiques. Le maire avait habilement présenté le déplorable état d'abandon des écoles comme un terrain propice aux affaires (« Agissez vite, joignez-vous à notre message d'espoir », disaient ses lettres), et la N… Corp. avait réagi à son boniment en prenant en charge les programmes athlétiques gravement sous-financés des écoles de la ville. Le maire venait à présent d'accoucher d'un arrangement similaire avec la W… Corp., qui allait donner à la ville de Philadelphie suffisamment d'exemplaires de son célèbre Global Desktop pour « armer » chaque classe de la ville, plus cinq centres informatiques communautaires des quartiers dévastés du nord et de l'ouest. L'accord donnait à W… le droit exclusif d'utiliser à des fins promotionnelles et publicitaires toutes les activités scolaires du district scolaire de Philadelphie, y compris, mais non seulement, toutes les applications de Global Desktop. Les critiques du maire dénonçaient tour à tour le « bradage » et se plaignaient que W… livrait aux écoles sa version 4.0 lente et sujette aux plantages de Global Desktop et sa version 3.2 quasiment inutilisable aux centres informatiques communautaires. Mais l'humeur était allègre en cet après-midi de septembre à Nicetown. Le maire et le vice-président chargé des relations publiques âgé de vingt-huit ans de W…, Rick Flamburg, unirent leurs mains sur de gros ciseaux pour couper le ruban. Des politiciens de couleur locaux prononcèrent les mots *enfants* et *demain*. Ils dirent *numérique* et *démocratie* et *histoire*.

Hors de la tente blanche, l'habituelle foule d'anarchistes, prudemment surveillée par un détachement de police qui fut plus tard critiqué pour son trop faible effectif, exhibait des banderoles et des panneaux, et cachait, dans les poches de ses pantalons de treillis, de puissants aimants au moyen desquels ils espéraient, au milieu de l'ingestion de cake et de la bibition de punch et de la confusion, effacer les données des nouveaux Global Desktop du Centre. Leurs banderoles disaient REFUSEZ-LES et LES ORDINATEURS SONT LE CONTRAIRE DE LA RÉVOLUTION et CE PARADIS ME DONNE LA MIGRAINE. Billy Passafaro, rasé de frais et portant une chemise blanche à manches courtes, brandissait un madrier d'un mètre vingt sur lequel il avait écrit BIENVENUE À PHILADELPHIE ! ! Quand les cérémonies officielles s'achevèrent et que la scène prit un tour gentiment anarchique, Billy se glissa dans la foule, souriant et brandissant son message d'ouverture, jusqu'à ce qu'il soit suffisamment proche des dignitaires pour pouvoir faire tournoyer son madrier comme une batte de base-ball et défoncer le crâne de Rick Flamburg. Trois coups supplémentaires démolirent le nez, la mâchoire, la clavicule et la plupart des dents de Flamburg, avant que les gardes du corps du maire ne plaquent Billy au sol et qu'une douzaine de flics ne viennent s'empiler par-dessus.

Billy eut la chance : il y avait trop de monde sous la tente pour que les flics l'abattent sur-le-champ. Il eut aussi la chance, vu le caractère manifestement prémédité de son crime et la pénurie politiquement embarrassante de pensionnaires blancs dans les couloirs de la mort, que Rick Flamburg ne meure pas. (Il est moins évident que Flamburg lui-même, un célibataire diplômé de Dartmouth que l'attaque laissa paralysé, défiguré, quasiment incapable d'articuler, aveugle d'un œil et sujet à des migraines foudroyantes, en ait été aussi heureux.) Billy fut inculpé de tentative de meurtre, coups et blessures volontaires et attaque à main armée. Il refusa catégoriquement tout accord avec l'accusation et choisit de se défendre lui-même devant le tribunal, rejetant comme des « collabos » tant son avocat commis d'office que le vieux conseil des Teamsters qui offrit de facturer ses services à la famille cinquante dollars de l'heure.

À la surprise de presque tous, sauf Robin, qui n'avait jamais douté de l'intelligence de son frère, Billy échafauda une autodéfense bien construite. Il plaida que la « vente » par le maire des enfants de Philadelphie au « technoesclavage » de la W… Corp. constituait un « danger public manifeste et immédiat » auquel il avait été légitime de réagir violemment. Il dénonça la « connivence malsaine » du milieu des affaires avec l'administration. Il se compara aux Minutemen de Lexington et de Concord. Quand Robin, beaucoup plus tard, montra à Denise les minutes du procès, Denise imagina de réunir Billy et son frère Chip pour un dîner et de les écouter disserter sur la « bureaucratie », mais ce dîner devrait attendre que Billy ait effectué soixante-dix pour cent de sa peine de douze à dix-huit ans de prison à Graterford.

Nick Passafaro avait pris un congé sans solde et loyalement assisté au procès de son fils. Nick passa à la télé et dit tout ce qu'on pouvait attendre d'un vieux rouge : « Une fois par jour la victime est noire et on ne dit rien ; une fois par an la victime est blanche et c'est un tollé général » et : « Mon fils va payer cher pour son crime, mais W… ne paiera jamais pour les siens » et : « Les Rick Flamburg de ce monde ont gagné des milliards en vendant de la violence factice aux enfants d'Amérique. » Nick agréait la majorité des arguments de plaidoirie de Billy et il était fier de sa prestation, mais après que les photos des blessures de Flamburg eurent été présentées au tribunal, il commença à perdre pied. Les profondes empreintes en V sur le crâne, le nez, la mâchoire et la clavicule de Flamburg traduisaient une sauvagerie dans l'acte, une folie, qui cadrait mal avec l'idéalisme.

Nick cessa de dormir à mesure que le procès avançait. Il cessa de se raser et perdit son appétit. Sur l'insistance de Colleen, il consulta un psychiatre et revint avec un traitement, mais il continua néanmoins de la réveiller au milieu de la nuit. Il criait : « Je ne m'excuserai pas ! » Il criait : « C'est une guerre ! » Ses dosages furent renforcés et, au mois d'avril, les affaires scolaires le mirent à la retraite d'office.

Comme Rick Flamburg avait travaillé pour W... Corp., Robin se sentait responsable de tout cela.

Robin était devenue l'ambassadrice des Passafaro auprès de la famille de Rick Flamburg, allant le visiter à l'hôpital jusqu'à ce que les parents de Flamburg aient épuisé leur colère et leur suspicion, et reconnu qu'elle n'était pas la gardienne de son frère. Elle s'asseyait auprès de Flamburg et lui lisait *Sports Illustrated*. Elle marchait à côté de son déambulateur lorsqu'il s'exerçait dans un couloir. Le soir de sa deuxième opération de chirurgie plastique, elle emmena ses parents dîner et écouta leurs histoires (franchement ennuyeuses) à propos de leur fils. Elle leur raconta combien Billy avait été vif, comment, dès l'école primaire, il avait déjà su écrire assez bien pour rédiger un mot crédible excusant son absence de l'école, quelle mine de blagues cochonnes et d'informations capitales sur la reproduction il avait été, et quelle impression cela faisait d'être une fille intelligente et de voir son frère tout aussi intelligent se rendre de plus en plus idiot année après année, comme s'il cherchait précisément à ne pas vous ressembler : combien tout cela était mystérieux et à quel point elle était désolée de ce qu'il avait fait à leur fils.

À la veille du procès de Billy, Robin invita sa mère à l'accompagner à l'église. Colleen avait reçu sa confirmation, mais elle n'avait plus communié depuis quarante ans ; l'expérience des églises de Robin se limitait aux mariages et aux enterrements. Néanmoins, trois dimanches de suite, Colleen accepta que Robin passe la chercher à Mount Airy et la conduise à la paroisse de son enfance, Saint Dymphna, à North Philly. Quittant le sanctuaire le troisième dimanche, Colleen dit à Robin, avec la pointe d'accent irlandais qui ne l'avait jamais quittée : « Ça me suffira comme ça, merci. » Après cela, Robin se rendit seule à la messe de Saint Dymphna et, bientôt, aux cours de catéchisme.

Robin pouvait s'offrir le temps de ces bonnes œuvres et de ces actes de dévotion grâce à W… Corp. Son mari, Brian Callahan, était le fils d'un petit industriel local et il avait grandi confortablement à Bala-Cynwyd, jouant à la crosse et développant des goûts de luxe en attendant d'hériter de la société de chimie spécialisée de son père. (Callahan senior avait élaboré dans sa jeunesse un lucratif composé qui, jeté dans les convertisseurs Bessemer, pansait leurs fissures et leurs ulcères tandis que leurs parois de céramique restaient chaudes.) Brian avait épousé la plus jolie fille de sa promotion (à son avis, c'était Robin), et peu après son diplôme, il était devenu président de High Temp Products. La société était installée dans un immeuble en brique jaune d'une zone industrielle proche du pont Tacony-Palmyra ; par coïncidence, son plus proche voisin en activité était FIT Archivage. La dépense intellectuelle impliquée par la gestion de High Temp Products étant minimale, Brian passait ses après-midi de P-DG à bidouiller des lignes de code informatique et des transformations de Fourier en faisant hurler sur la sono présidentielle certains groupes californiens cultes pour lesquels il avait un faible (Fibulator, Thinking Fellers Union, the Minutemen, the Nomatics) et à écrire une application qu'il finit par faire breveter, à laquelle il intéressa un capital-risqueur et qu'un jour, sur le conseil de celui-ci, il vendit tranquillement à W… Corp. pour 19 500 000 dollars.

Le produit de Brian, baptisé Eigenmelody, transformait toute pièce de musique enregistrée en un vecteur propre qui résumait l'essence harmonique et mélodique du morceau en coordonnées discrètes manipulables. Un utilisateur d'Eigenmelody pouvait sélectionner sa chanson préférée de Mary J. Blige et Eigenmelody ferait une analyse spectrale de son choix, fouillerait dans une base de données de musique enregistrée à la recherche de chansons présentant un vecteur propre similaire et produirait une liste d'artistes que l'utilisateur aurait pu ne jamais trouver sans son aide ; les Au Pairs, Laura Nyro, Thomas Mapfumo, la version vagissante des *Noces* de Pokrovsky. Eigenmelody était tout à la fois un jeu de société, un outil musicologique et un accélérateur de ventes de disques. Brian avait suffisamment avancé la mise au point de son produit pour que le dinosaure W…, paniqué devant son retard dans le business de la distribution de musique en ligne, accoure à lui avec une grosse liasse de billets de Monopoly dans sa main tendue.

Il était caractéristique de Brian, qui n'avait rien dit de la vente imminente à Robin, que le soir du jour où l'accord fut finalisé il n'en laisse rien filtrer avant que les filles soient couchées dans leur modeste maison de jeunes cadres branchés proche de l'Art Museum et que Robin et lui soient installés devant un documentaire sur les taches solaires.

« Au fait, dit Brian, toi et moi, on n'a plus besoin de travailler. »

Il était typique de Robin – de ses nerfs à fleur de peau – qu'en accueillant cette nouvelle, elle pique un fou rire qui s'acheva en hoquets.

Hélas, il y avait une part de vérité dans la vieille épithète de Billy pour Robin : la Tocarde. Robin avait l'impression de mener déjà la vie belle avec Brian. Elle vivait dans sa maison de ville, faisait pousser des légumes et des aromates dans son petit jardin, enseignait les « arts du langage » à des enfants de dix et onze ans dans une école expérimentale de West Philly, envoyait sa fille Sinéad dans une excellente école élémentaire privée de Fairmount Avenue et sa fille Erin au jardin d'enfants de Friends' Select, achetait des étrilles et des tomates du Jersey au marché couvert de Reading, passait ses week-ends et ses mois d'août dans la maison de famille de Brian à Cape May, fréquentait de vieux amis qui avaient aussi des enfants et consumait suffisamment d'énergie sexuelle avec Brian (dans l'idéal, elle aimait le faire *tous les jours*, dit-elle à Denise) pour rester presque calme.

La Tocarde fut donc choquée par la question que lui posa ensuite Brian. Il lui demanda où elle pensait qu'ils iraient vivre. Il disait songer au nord de la Californie. Il pensait aussi à la Provence, à New York et à Londres.

« Nous sommes heureux ici, répondit Robin. Pourquoi aller quelque part où nous ne connaissons personne et où tout le monde est millionnaire ?

— Le climat, dit Brian. La beauté, la sécurité, la culture. La classe. Toutes choses qui ne sont pas le fort de Philadelphie. Je ne dis pas qu'il faut déménager. Je te demande seulement de me dire s'il y a un endroit où tu aimerais aller, même pour un été.

— Je suis bien ici.

— Restons ici, alors, dit-il. Jusqu'à ce que tu aies envie d'aller ailleurs. »

Elle avait été suffisamment naïve, dit-elle à Denise, pour penser que cela mettait fin à la discussion. Elle avait fait un bon mariage, qui reposait stablement sur l'éducation des enfants, la nourriture et le sexe. Brian et elle venaient de milieux différents, mais High Temp Products n'était pas exactement E. I. Du Pont de Nemours, et Robin, diplômée de deux écoles prestigieuses, n'était pas une petite prolétaire. Les quelques vraies différences significatives entre eux tenaient au style, et ces différences étaient pour la plupart imperceptibles pour Robin, parce que Brian était un bon mari et un chic type, et parce que, dans son innocence simpliste, Robin n'imaginait pas que le style eût quelque chose à voir avec le bonheur. Ses goûts musicaux allaient à John Prine et Etta James, et Brian passait donc Prine et James à la maison et gardait ses Bartók, ses Defunkt, ses Flaming Lips et ses Mission of Burma pour faire rugir sa sono à High Temp. Que Robin s'habille comme une étudiante attardée, avec des baskets blanches, un blouson en synthétique mauve et d'immenses lunettes rondes cerclées de métal telles que les gens à la mode n'en portaient plus depuis 1978 ne décevait pas complètement Brian, parce que lui seul parmi les hommes la connaissait nue. Que Robin fût hypernerveuse et eût une voix stridente et un rire de kookaburra semblait, de la même manière, un faible prix à payer pour un cœur d'or, une veine lubrique affolante et un métabolisme accéléré qui lui conservait une silhouette de top-model. Que Robin ne se rase jamais les aisselles et ne nettoie que trop rarement ses lunettes – eh bien, elle était la mère des enfants de Brian et tant qu'il pouvait passer sa musique et jouer avec ses tenseurs dans son coin, il ne lui coûtait pas d'accepter l'anti-style que les femmes d'un certain âge affichaient comme un insigne d'identité féministe. Cela, en tout cas, était la manière dont Denise imaginait que Brian avait résolu le problème du style jusqu'à ce que se déverse la corne d'abondance de W…

(Denise, bien qu'à peine plus jeune de trois ans que Robin, ne pouvait pas imaginer porter une parka en synthétique mauve ni s'abstenir de se raser les aisselles. Elle ne *possédait* même pas de baskets blanches.)

La première concession de Robin à sa nouvelle richesse fut de passer l'été à chercher une maison avec Brian. Elle avait grandi dans une grande maison et elle voulait que ses filles en fassent autant. Si Brian avait besoin de trois mètres sous plafond, de quatre salles de bains et de finitions en acajou partout, elle pouvait s'en accommoder. Le six septembre, ils signèrent une promesse de vente pour une grande maison de pierre dans Panama Street, près de Rittenhouse Square.

Deux jours plus tard, avec toute la force de ses épaules cultivées en prison, Billy Passafaro accueillait le vice-président chargé des relations publiques de W… à Philadelphie.

Ce que Robin avait besoin de savoir et ne put découvrir, au cours des semaines qui suivirent l'agression, était si, lorsqu'il avait rédigé son message sur le madrier, Billy avait eu vent de l'aubaine de Brian et savait à quelle société Brian et elle étaient redevables de leur soudaine prospérité. La réponse importait, importait, importait. Cependant, il était inutile de poser la question à Billy. Elle savait qu'elle ne tirerait jamais la vérité de Billy, elle obtiendrait la réponse qu'il penserait la plus à même de la blesser. Billy avait signifié abondamment à Robin qu'il ne cesserait jamais de la railler, ne la traiterait jamais en égale, jusqu'à ce qu'elle puisse lui prouver que sa vie était aussi foirée et misérable que la sienne. Et c'était précisément ce rôle totémique qu'elle semblait jouer pour lui, précisément le fait qu'il l'ait élue comme la détentrice archétypale de l'heureuse vie normale qu'il ne pouvait avoir, qui lui donnait l'impression que c'était sa tête à *elle* qu'il avait visée quand il avait démoli Rick Flamburg.

Avant le procès, elle demanda à son père s'il avait dit à Billy que Brian avait vendu Eigenmelody à W… Elle ne voulait pas lui poser la question, mais elle ne put s'en empêcher. Comme il donnait de l'argent à Billy, Nick était la seule personne de la famille à rester en contact avec lui. (L'oncle Jimmy avait juré de descendre le profanateur de son sanctuaire, le petit merdeux de neveu, si jamais il repointait sa tête merdeuse de mépriseur d'Elvis, et Billy avait fini par voler une fois de trop tous les autres ; même les parents de Nick, Fazio et Carolina, qui avaient longtemps soutenu qu'il n'y avait rien de mal chez Billy mais, selon les termes de Fazio, un « trouble de l'attention », n'ouvraient plus la porte de leur maison de Sea Isle City à leur petit-fils.)

Malheureusement, Nick saisit immédiatement l'importance de la question de Robin. Choisissant soigneusement ses mots, il répondit que non, il ne se souvenait pas d'avoir rien dit à Billy.

« Cela vaudrait mieux si tu me disais simplement la vérité, papa, dit Robin.

– Eh bien… je… je ne pense pas qu'il y ait le moindre rapport… euh, Robin.

– Je ne me sentirais peut-être pas coupable. Ça pourrait peut-être seulement me mettre en rogne.

– Eh bien… Robin… ces… ces sentiments reviennent souvent au même, de toute façon. Culpabilité, colère, c'est la même chose… hein ? Mais ne t'en fais pas pour Billy. »

Elle raccrocha en se demandant si Nick essayait de la protéger de sa culpabilité, essayait de protéger Billy de sa colère, ou s'il était seulement égaré par la tension. Elle soupçonnait une combinaison des trois. Elle soupçonnait que durant l'été son père avait parlé de l'aubaine de Brian à Billy et que père et fils avaient alors échangé sarcasmes et amertume à propos de W… Corp. et de la bourgeoise Robin et de l'oisif Brian. Elle soupçonnait cela, au minimum, à cause des mauvaises relations entre Brian et son père. Brian ne fut jamais aussi franc avec sa femme qu'il l'avait été avec Denise (« Nick est la pire espèce de lâche », lui avait-il dit un jour), mais il ne se cachait pas de haïr les dissertations de mauvais garçon de Nick sur les usages de la violence et l'autosatisfaction pépère qu'il tirait de son prétendu socialisme. Brian aimait bien Colleen (« Il est sûr qu'elle n'a pas fait une affaire dans *ce* mariage », dit-il à Denise), mais il secouait la tête et quittait la pièce chaque fois que Nick commençait à pérorer. Robin n'essayait pas d'imaginer ce que son père et Billy avaient dit sur Brian et elle. Mais elle était quasiment certaine que des choses avaient été dites et que Rick Flamburg en avait payé le prix. La réaction de Nick aux photographies de Flamburg montrées au procès ne faisait qu'appuyer cette idée.

Durant le procès, tandis que son père partait en morceaux, Robin étudiait le catéchisme à Saint Dymphna et elle fit valoir deux fois ses droits sur le nouvel argent de Brian. D'abord, elle quitta son travail à l'école expérimentale. Elle en avait assez de travailler pour des parents qui payaient 23 000 dollars l'année par enfant (même si, évidemment, Brian et elle payaient presque autant pour l'éducation de Sinéad et d'Erin). Et elle se lança alors dans un projet philanthropique. Dans un secteur sévèrement dégradé de Point Breeze, à moins de deux kilomètres de leur nouvelle maison, elle acheta un terrain vague, où ne se dressait plus qu'une unique maison abandonnée dans un coin. Elle s'offrit aussi cinq camions d'humus et une bonne assurance en responsabilité civile. Son projet était d'embaucher des adolescents du quartier au salaire minimum, de leur enseigner les rudiments de la culture biologique et de les laisser se partager les profits des légumes qu'ils parviendraient à vendre. Elle se lança dans son Projet Potager avec une intensité maniaque qui était effrayante, même de la part de Robin. Brian la trouva affairée à son Global Desktop à quatre heures du matin, martelant des deux pieds et comparant des variétés de navets.

Avec un entrepreneur différent venant chaque semaine à Panama Street pour faire des améliorations et Robin qui disparaissait dans une sentine utopiste de temps et d'énergie, Brian se fit à l'idée de rester dans la morne ville de son enfance. Il décida de prendre du bon temps. Il commença à aller déjeuner dans les bons restaurants de Philadelphie, l'un après l'autre, les comparant à son favori du moment, Mare Scuro. Quand il fut certain que Mare Scuro était décidément celui qu'il préférait, il appela son chef et lui fit une proposition.

« Le premier restaurant vraiment *à la page** de Philadelphie, dit-il. Le genre d'endroit qui donne envie de dire : "Hé, *je* pourrais vivre à Philadelphie – si j'étais obligé." Je me fiche que quiconque d'autre ait ce sentiment. Je veux seulement un endroit qui *me* donne ce sentiment. Alors, quoi qu'on vous paie maintenant, je le double. Et vous irez en Europe manger quelques mois à mes frais. Puis vous reviendrez et vous tiendrez un restaurant vraiment *à la page**.

– Vous allez perdre énormément d'argent, répondit Denise, si vous ne trouvez pas un partenaire d'expérience ou un gestionnaire d'exception.

— Dites-moi ce que je dois faire, et je le ferai, dit Brian.

— Vous "doublez", disiez-vous ?

— Vous avez le meilleur restaurant de la ville.

— "Doubler" est intrigant.

— Alors dites oui.

— Cela se pourrait, dit Denise. Mais vous allez tout de même sans doute perdre beaucoup d'argent. Vous surpayez certainement votre *chef**. »

Denise avait toujours eu du mal à dire non quand elle se sentait proprement désirée. En grandissant dans la banlieue de Saint Jude, elle avait été tenue à bonne distance de quiconque aurait pu la désirer de cette manière, mais à la fin de ses études secondaires elle avait travaillé un été au service des Signaux de la Midland Pacific Railroad et là, dans la grande salle baignée de soleil avec ses rangées jumelles de tables à dessin, elle avait rencontré les désirs d'une douzaine d'hommes plus âgés. Le cerveau de la Midland Pacific, le temple de son âme était un immeuble de bureaux en pierre datant de la Dépression surmonté de créneaux arrondis ressemblant aux bords d'une gaufre étriquée. La conscience d'ordre supérieur avait son siège cortical dans la salle du Conseil et la salle à manger du seizième étage et dans les bureaux des services les plus abstraits (Opérations, Juridique, Relations publiques) dont les vice-présidents étaient logés au quinzième. En bas, dans les tréfonds du cerveau reptilien du bâtiment, se trouvaient la facturation, la paie, le personnel et les archives. Entre les deux étaient installés les services de compétence médiane tels que les Constructions, qui s'occupait des ponts, des voies, des bâtiments et des signaux.

Les lignes de la Midland Pacific mesuraient vingt mille kilomètres de long, et pour chaque signal et chaque câble, chaque paire de feux rouge et orange, chaque détecteur de mouvement enfoui dans le ballast, chaque barrière de passage à niveau clignotante, chaque agglomération de minuteurs et de relais logée dans un abri en aluminium sans aération, il y avait des schémas mis à jour dans l'un des six lourds coffres de la salle des plans du douzième étage du quartier général. Les plus anciens schémas avaient été dessinés à la main sur du vélin, les plus récents au Rapidographe sur des formulaires préimprimés en mylar.

Les dessinateurs qui entretenaient ces fichiers et faisaient la liaison avec les ingénieurs de terrain qui maintenaient au chemin de fer un système nerveux sain et clair étaient des natifs du Texas, du Kansas et du Missouri. Ces hommes intelligents, incultes, nasillards, qui s'étaient élevés à la dure depuis des emplois non qualifiés dans les équipes des signaux, où ils fauchaient les mauvaises herbes, creusaient des trous de poteaux et tiraient des câbles, en vertu de leur compétence en matière de circuits (et aussi, comme Denise s'en rendit compte plus tard, en vertu de la blancheur de leur peau), avaient été choisis pour être formés et promus. Aucun n'avait plus d'une année ou deux d'université, la plupart aucune. Par un jour d'été, quand le ciel virait au blanc et l'herbe au brun et que leurs anciens compagnons luttaient contre la chaleur sur le terrain, les dessinateurs étaient fort heureux d'être assis sur des chaises à roulettes capitonnées dans un air si frais qu'ils gardaient tous un pull sous la main dans leur tiroir personnel.

« Tu verras que certains font des pauses café, avait dit Alfred dans la lumière rose du soleil levant tandis qu'ils descendaient au centre pour le premier jour de travail de Denise. Je veux que tu saches qu'ils ne sont pas payés pour prendre des pauses café. J'attends de toi que tu ne prennes pas de pauses café toi-même. Le chemin de fer nous fait une faveur en t'engageant et il te paie pour travailler huit heures. Je veux que tu n'oublies jamais ça. Si tu t'y mets avec la même énergie que tu as consacrée à tes devoirs d'école et à ta trompette, tu laisseras le souvenir d'une employée modèle. »

Denise hocha la tête. Dire qu'elle avait l'esprit de compétition était un euphémisme. Dans l'orchestre du lycée, il y avait eu deux filles et douze garçons dans la section de trompettes. Elle occupait le premier pupitre et les garçons les douze suivants. (Le tout dernier était occupé par une métisse de Cherokee de la campagne qui n'atteignait que le *do* médium au lieu du *mi* supérieur et contribuait à jeter ce voile de dissonance qui affecte tous les orchestres scolaires.) Denise n'avait pas une grande passion pour la musique, mais elle aimait exceller, et sa mère pensait que les orchestres étaient bons pour les enfants. Enid aimait la discipline de l'orchestre, la normalité optimiste, le patriotisme. En son temps, Gary avait été un honnête trompettiste et Chip s'était (brièvement, nasillardement) essayé au basson. Quand son temps était venu, Denise avait demandé à suivre les pas de Gary, mais Enid ne trouvait pas que la trompette convienne aux petites filles. Ce qui convenait aux petites filles, c'était la flûte. Mais Denise n'avait jamais trouvé grande satisfaction à se mesurer aux autres filles. Elle avait insisté pour la trompette, Alfred l'avait soutenue et Enid avait fini par s'aviser qu'il y aurait des frais de location en moins si Denise utilisait l'ancienne trompette de Gary.

Contrairement aux partitions, les schémas de signaux que Denise dut copier et classer cet été-là lui demeurèrent inintelligibles. Comme elle ne pouvait se mesurer aux dessinateurs, elle se mesura au garçon qui avait travaillé aux Signaux les deux étés précédents, Alan Jamborets, le fils de l'avocat de la compagnie ; et, comme elle n'avait aucun moyen d'évaluer la performance de Jamborets, elle travailla avec une intensité dont elle était certaine que personne ne pouvait l'égaler.

« Denise, waouw, bon Dieu, merde ! dit Laredo Bob, un Texan toujours en sueur, tandis qu'elle découpait et collationnait des bleus.

— Quoi ?

— Tu vas te brûler à aller si vite.

– J'aime ça en fait, dit-elle. Une fois que je suis dans le rythme.

– Le truc, pourtant, dit Laredo Bob, c'est que tu pourrais en laisser un peu pour demain.

– Je n'aime pas ça à ce point-*là*.

– D'accord, mais va prendre un café maintenant. Tu m'entends ? »

Les dessinateurs poussaient des hourras en trottant vers l'entrée.

« L'heure du café !

– La carriole des snacks est là !

– L'heure du café ! »

Elle continua de travailler sans ralentir.

Laredo Bob était le tâcheron qui écopait des corvées quand il n'y avait pas de stagiaire pour l'en décharger. Laredo Bob aurait dû être contrarié que Denise – sous le regard du patron – accomplisse en une demi-heure certaines tâches de bureau aux-quelles il aimait consacrer une pleine matinée tout en mâchon-nant un cigare Swisher Sweet. Mais Laredo Bob croyait que le caractère était un destin. Pour lui, les habitudes de travail de Denise étaient simplement la preuve qu'elle était la fille de son père et qu'elle serait bientôt un cadre dirigeant tout comme son père, tandis que lui, Laredo Bob, continuerait à accomplir des tâches de bureau à la vitesse qu'on pouvait attendre de la part de quelqu'un que le sort avait assigné à cette place. Laredo Bob croyait en outre que les femmes étaient des anges et les hommes de pauvres pécheurs. L'ange auquel il était marié témoignait principalement de sa nature douce et aimable en pardonnant son goût pour le tabac et en nourrissant et habillant quatre enfants sur un unique et maigre salaire, mais il ne fut en aucun cas surpris quand l'Éternel Féminin se révéla posséder des capa-cités surnaturelles dans le domaine de l'étiquetage et du classe-ment alphabétique des milliers de boîtes de microformes montées sur des cartes. Denise apparaissait à Laredo Bob comme une créature parfaitement merveilleuse et belle. Bientôt il se mit à entonner un air de rockabilly (« Denise-oh-pourquoi-t'es-là, qu'est-ce-que t'as fait ?) quand elle arrivait le matin et quand elle revenait de sa pause déjeuner dans le petit jardin public sans arbres qui se trouvait de l'autre côté de la rue.

Le chef des dessinateurs, Sam Beuerlein, dit à Denise que l'été prochain ils seraient obligés de la payer pour ne pas venir travailler car elle faisait le travail de deux personnes.

Un Arkansan souriant, Lamar Parker, qui portait des lunettes comme des culs de bouteille et avait des précancers sur le front, lui demanda si son papa lui avait dit quelle bande de voyous incapables étaient les gars des Signaux.

« Seulement incapables, répondit Denise. Il n'a jamais parlé de "voyous". »

Lamar gloussa, tira sur sa Marlboro et répéta sa remarque au cas où ceux qui l'entouraient ne l'auraient pas entendue.

« Hé-hé-hé », marmonna le nommé Don Armour avec un sarcasme désagréable.

Don Armour était le seul homme des Signaux qui semblait ne pas être amoureux de Denise. C'était un vétéran du Viêt-nam trapu et bas sur pattes dont les joues, rasées de près, étaient presque aussi bleues et glauques qu'une prune. Ses biceps massifs gonflaient les manches de ses blazers ; les instruments de dessin ressemblaient à des jouets entre ses mains ; il avait l'air d'un adolescent prisonnier d'un banc d'écolier. Au lieu de poser les pieds sur l'anneau de son haut tabouret à roulettes comme tous les autres, il les laissait pendre, le bout de ses chaussures effleurant le sol. Il s'étalait sur sa planche à dessin, approchant les yeux à quelques centimètres de son Rapidographe. Après avoir travaillé une heure dans cette position, il s'affalait et enfonçait le nez dans le mylar ou enfouissait son visage dans ses mains et gémissait. Il passait souvent ses pauses café écrasé comme la victime d'un meurtre, le front sur la table, ses lunettes de sport en plastique dans le poing.

Quand Denise fut présentée à Don Armour, il détourna le regard et la gratifia d'une poignée de main de poisson mort. Quand elle travaillait à l'autre bout de la salle de dessin, elle l'entendait marmonner des choses tandis que les types qui l'entouraient gloussaient ; quand elle était près de lui, il restait silencieux et souriait d'un air narquois et buté à sa table à dessin. Il lui rappelait les petits malins qui hantaient les derniers rangs des salles de classe.

Elle était aux toilettes un matin de juillet quand elle entendit Armour et Lamar de l'autre côté de la porte, devant la fontaine où Lamar rinçait ses tasses. Elle se colla à la porte et tendit l'oreille.

« Tu te souviens qu'on trouvait que ce vieil Alan bossait comme un fou ? dit Lamar

— J'ai une chose à dire pour la défense de Jamborets, dit Don Armour. Il était beaucoup plus reposant pour les yeux.

— Hé hé !

— Difficile d'abattre beaucoup de boulot avec quelqu'un d'aussi mignon qu'Alan Jamborets qui se baladerait toute la journée en jupette.

— Alan Jamborets était beau garçon, c'est vrai. »

Il y eut un grognement. « Je le jure devant Dieu, Lamar, dit Don Armour, je suis à ça de déposer plainte à l'inspection du travail. C'est cruel et inhumain. Tu as vu cette jupe ?

— Je l'ai vue. Mais tais-toi maintenant.

— Je deviens cinglé.

— C'est un problème temporaire, Donald. Il se réglera de lui-même d'ici deux mois.

— Si les Wroth ne me virent pas avant.

— Dis donc, qu'est-ce qui te rend si sûr que cette fusion va aboutir ?

— J'en ai bavé huit ans sur le terrain pour accéder à ce bureau. Il ne pouvait pas manquer qu'un truc arrive et foute tout en l'air. »

Denise portait une petite jupe bleu électrique achetée dans un dépôt-vente dont, à vrai dire, elle était surprise qu'elle s'accorde avec le code vestimentaire féminin islamique de sa mère. Au point qu'elle accepta l'idée que Lamar et Don Armour aient parlé d'*elle* – et cette idée avait indéniablement un statut étrange, proche de la migraine, dans son cerveau. Elle se sentait d'autant plus profondément snobée par Don. C'était comme s'il donnait une fête *chez elle* sans l'inviter.

Quand elle retourna à la salle de dessin, il jeta un coup d'œil sceptique autour de la pièce, s'arrêtant sur tout le monde sauf elle. Lorsque son regard la sauta, elle éprouva un curieux besoin de s'enfoncer les ongles dans la chair ou de se pincer les seins.

C'était la saison des orages à Saint Jude. L'atmosphère recelait une odeur de violence mexicaine, d'ouragans ou de putsch. Il pouvait y avoir des orages matinaux dans des ciels changeants et illisibles, des bulletins météo opaques et menaçants en provenance de municipalités des comtés du sud où personne de votre connaissance n'avait jamais mis le pied. Et un orage de midi tombant d'une enclume solitaire errant dans un ciel par ailleurs presque dégagé. Ou le plus sérieux orage du milieu de l'après-midi, lorsque de lourdes vagues vert d'eau de nuages s'amassaient au sud-ouest, le soleil apparaissant d'autant plus brillant localement et la chaleur pesant plus intensément comme si elle était consciente que le temps était compté. Et le grand guignol d'une belle explosion à l'heure du dîner, tempêtes entassées dans le rayon de quatre-vingts kilomètres du balayage du radar comme de grosses araignées dans un petit bocal, nuages rugissant les uns contre les autres depuis les quatre coins du ciel et drap sur drap d'épaisses gouttes de pluie arrivant comme une peste, l'image derrière votre fenêtre virant au noir et blanc et flou, arbres et maisons surgissant dans la lumière des éclairs, gosses en maillot de bain et serviettes trempées courant chez eux tête baissée, comme des réfugiés. Et le grondement tard le soir, les caissons roulants de l'été en route.

Chaque jour, la presse de Saint Jude charriait les échos d'une fusion imminente. Les prétendants de Midpac, les importuns jumeaux Hillard et Chauncy Wroth, étaient en ville pour discuter avec trois syndicats. Les Wroth étaient à Washington pour contrer une déposition de Midpac devant un sous-comité du Sénat. La Midpac aurait demandé à l'Union Pacific d'être son chevalier blanc. Les Wroth défendaient la manière dont ils avaient restructuré l'Arkansas Southern après son absorption. Les porte-parole de Midpac prièrent tous les habitants de Saint Jude d'écrire à leurs représentants au Congrès ou de les appeler…

Denise quittait le bâtiment pour déjeuner sous un ciel partiellement nuageux quand la tête d'un poteau électrique explosa à une centaine de mètres d'elle. Elle vit une éclatante lueur rose et sentit le souffle de l'explosion sur sa peau. Des secrétaires s'enfuirent en hurlant dans le petit parc. Denise tourna sur ses talons et rapporta son livre, son sandwich et sa prune au douzième étage, où chaque jour se formaient deux tables de belote. Elle s'assit à côté de la fenêtre, mais il semblait prétentieux ou inamical de lire *Guerre et Paix*. Elle partagea son attention entre le ciel en furie au-dehors et la partie la plus proche d'elle.

Don Armour déballa un sandwich et l'ouvrit sur une tranche de mortadelle où la texture du pain était lithographiée en moutarde jaune. Ses épaules tombaient. Il remballa vaguement son sandwich dans son papier et regarda Denise comme si elle était le dernier tourment de sa journée.

« Seize.

— Qui a semé ce bordel ?

— Ed, dit Don Armour en déployant ses cartes, fais gaffe avec ces bananes. »

Ed Alberding, le dessinateur le plus âgé, avait un corps en forme de quille et des cheveux gris bouclés ressemblant à une permanente de vieille dame. Il battait rapidement des paupières tout en mastiquant de la banane et en étudiant ses cartes. La banane, pelée, était posée sur la table devant lui. Il en détacha une nouvelle minuscule bouchée.

« C'est terriblement plein de potassium, la banane, dit Don Armour.

– Excellent pour la santé, le potassium », dit Lamar depuis l'autre bout de la table.

Don Armour posa ses cartes et dévisagea gravement Lamar : « Tu plaisantes ? Les médecins se servent du potassium pour provoquer des arrêts cardiaques.

– Ce vieil Eddie mange deux, trois bananes chaque jour, dit Lamar. Comment ça va du côté du cœur, monsieur Ed ?

– Allez, jouez, les gars, dit Ed.

– Mais je me fais terriblement de souci pour ta santé, dit Don Armour.

– Tu racontes trop de bobards, toi.

– Jour après jour, je te vois ingérer du potassium toxique. C'est mon devoir d'ami de te mettre en garde.

– Le pli est pour toi, Don.

– Joue une carte, Don.

– Et tout ce que je récolte, dit Armour d'un ton blessé, n'est que suspicion et rejet.

– Donald, tu joues ou tu tiens la chaise au chaud ?

– Bien sûr, si Ed devait tomber raide sous le coup d'une attaque cardiaque due à un empoisonnement aigu au potassium à long terme, ça me ferait grimper au quatrième rang dans l'ancienneté et m'assurerait une place à Little Rock chez l'Arkansas Southern *et* Midland Pacific, alors pourquoi est-ce que je parle de ça ? S'il te plaît, Ed, mange ma banane aussi.

– Hé hé, fais gaffe à ce que tu dis, fit Lamar.

– Messieurs, je pense que les dernières levées sont pour moi.

– Le chien ! »

Mélange. Distribution.

« Ed, tu sais, ils ont des ordinateurs à Little Rock, dit Don Armour, sans un regard pour Denise.

— Hon, fit Ed. Des ordinateurs ?

— Tu descends là-bas, je te préviens, ils vont te faire apprendre à travailler dessus.

— Eddie sera dans les bras des anges avant d'avoir appris à utiliser un ordinateur, dit Lamar.

— Permettez-moi de ne pas être d'accord, dit Don. Ed va aller à Little Rock et apprendre le dessin assisté par ordinateur. Il va rendre tous les autres malades avec ses bananes.

— Dis donc, Donald, qu'est-ce qui te rend si sûr de ne pas aller toi-même à Little Rock ? »

Don secoua la tête. « Nous dépenserions deux ou trois mille dollars de moins par an en vivant à Little Rock, et bientôt j'en gagnerais mille de plus. La vie n'est pas chère là-bas. Patty pourrait peut-être travailler à mi-temps, que les gosses retrouvent une mère. Nous pourrions acheter un terrain dans les Ozarks avant que les filles ne soient trop âgées pour en profiter. Un coin avec un étang. Tu crois que quelqu'un va faire en sorte que ça m'arrive ? »

Ed classait ses cartes avec les gestes convulsifs d'un chipmunk. « Pourquoi est-ce qu'ils ont besoin d'ordinateurs ? demanda-t-il.

— Pour remplacer les vieux types inutiles, dit Don, son visage rougeaud se fendant d'un sourire désagréable.

— Nous remplacer ?

— Pourquoi est-ce que tu crois que ce sont les Wroth qui nous achètent, *nous*, et pas le contraire ? »

Mélange. Distribution. Denise regarda le ciel plonger des fourchettes d'éclairs dans la salade des arbres à l'horizon de l'Illinois. Alors qu'elle avait la tête tournée, il se produisit une explosion à la table.

« Bon Dieu, Ed, dit Don Armour, pourquoi tu vas pas jusqu'au bout, pourquoi tu les lèches pas avant de les poser ?

— Du calme, Don, dit Sam Beuerlein, le chef des dessinateurs.

— Est-ce que je suis le seul à qui ça retourne l'estomac ?

— Calme-toi. »

Don jeta ses cartes et repoussa sa chaise à roulettes si violemment que sa lampe articulée craqua et ondula. « Laredo, appela-t-il, viens reprendre mon jeu. J'ai besoin de respirer un air sans banane.

— On se calme. »

Don secoua la tête. « Il faut le dire maintenant, Sam, ou c'est devenir fou quand la fusion aura lieu.

— Tu es malin, Don, dit Beuerlein. Tu retomberas sur tes pieds quoi qu'il arrive.

— Je ne suis pas sûr d'être malin. En tout cas, deux fois moins qu'Ed. N'est-ce pas, Ed ? »

Le nez d'Ed frémit. Il tapota la table de ses cartes avec impatience.

« Trop jeune pour la Corée, trop vieux pour *ma* guerre, dit Don. C'est ce que j'appelle être malin. Assez malin pour descendre du bus et traverser Olive Street tous les matins pendant vingt-cinq ans sans jamais se faire renverser par une voiture. Assez malin pour reprendre son bus tous les soirs. Voilà ce qui s'appelle être malin dans ce monde. »

Sam Beuerlein éleva la voix. « Don, écoute-moi maintenant. Va faire un tour, compris ? Sors et calme-moi. Quand tu reviendras, tu pourras décider que tu dois des excuses à Eddie.

— Dix-huit », dit Ed en tapant sur la table.

Don appuya sa main dans le bas de son dos et remonta l'allée en boitillant tout en secouant la tête. Laredo Bob, la moustache barbouillée de jaune d'œuf, s'approcha et prit les cartes de Don.

« Pas besoin d'excuses, dit Ed. Jouons seulement cette partie, les gars. »

Denise quittait les toilettes après le déjeuner quand Don Armour sortit de l'ascenseur. Il avait un châle de marques de pluie sur les épaules. Il roula les yeux à la vue de Denise, comme si c'était une persécution supplémentaire.

« Quoi ? » demanda-t-elle.

Il secoua la tête et s'éloigna.

« Quoi ? Quoi ?

— La pause déjeuner est finie, dit-il. Vous n'êtes pas censée être au travail ? »

Chaque schéma de câblage portait une étiquette avec le nom de la ligne et le point kilométrique. L'ingénieur des Signaux désignait les plans à corriger et les dessinateurs envoyaient des copies papier des schémas au terrain, soulignant les additions au crayon jaune et les soustractions en rouge. Les ingénieurs de terrain faisaient alors le travail, améliorant souvent leurs propres bricolages et raccourcis, puis renvoyaient les copies au quartier général, froissées, jaunies et pleines d'empreintes de doigts graisseux, avec des pincées de poussière rouge de l'Arkansas ou des brins de mauvaise herbe du Kansas dans leurs plis, et les dessinateurs reportaient les corrections à l'encre noire sur les originaux en vélin et en mylar.

Durant le long après-midi, tandis que le blanc ventre de perche du ciel virait à la couleur des flancs et du dos d'un poisson, Denise plia les milliers de tirages qu'elle avait découpés au cours de la matinée, six exemplaires de chacun selon la méthode prescrite qui leur permettait de tenir dans le classeur de l'ingénieur de terrain. Il y avait des signaux aux points kilométriques 25,9, 27,8, 32,2, 33,3 et ainsi de suite jusqu'à la ville de New Chartres au point 118,95, terme de la ligne.

En repartant vers la banlieue ce soir-là, elle demanda à son père si les Wroth allaient fusionner la compagnie avec l'Arkansas Southern.

« Je ne sais pas, dit Alfred. J'espère que non. »

La compagnie allait-elle déménager à Little Rock ?

« Cela semble être leur intention, s'ils en prennent le contrôle. »

Que deviendraient les hommes des Signaux ?

« J'imagine que certains des plus anciens déménageraient. Les plus jeunes – sans doute licenciés. Mais je ne veux pas que tu parles de ça.

– Je n'en parlerai pas », dit Denise.

Enid, comme chaque jeudi soir depuis trente-cinq ans, avait préparé le dîner. Elle avait fait des poivrons farcis et pétillait d'enthousiasme à propos du prochain week-end.

« Il faudra que tu rentres en bus demain, dit-elle à Denise au moment où ils s'asseyaient à table. Papa et moi allons au Lake Fond du Lac Estates avec les Schumpert.

– Qu'est-ce que c'est que le Lake Fond du Lac Estates ?

– C'est un attrape-couillon, dit Alfred, dont j'aurais mieux fait de me tenir à l'écart. Mais ta mère a eu raison de ma résistance.

– Al, dit Enid, cela *ne nous engage à rien.* Il n'y a *aucune pression* pour aller à aucun des séminaires. Nous pouvons passer tout le week-end à faire ce que nous voulons.

– Il y aura nécessairement des pressions. L'aménageur ne peut pas passer son temps à offrir des week-ends gratuits sans essayer de vendre des parcelles.

– La brochure disait *aucune* pression, *aucune* attente, *aucun* engagement.

– J'ai des doutes, dit Alfred.

– Mary Beth dit qu'il y a une merveilleuse cave viticole près de Bordentown que nous pourrions aller visiter. Et nous pourrons nous baigner dans le lac ! Et la brochure dit qu'il y a des pédalos et un restaurant gastronomique.

– Je n'imagine pas l'intérêt que peut présenter une cave viticole du Missouri à la mi-juillet, dit Alfred.

– Il faut seulement entrer dans l'*esprit* des choses, dit Enid. Les Driblett y sont allés en octobre dernier et se sont tellement amusés. Dale disait qu'il n'y avait aucune pression. Très peu de pression, disait-il.

– Regarde la source.

– Qu'est-ce que tu veux dire ?

– Un homme qui gagne sa vie en vendant des cercueils.

– Dale n'est pas différent des autres.

– J'ai dit que j'avais des doutes. Mais j'irai. » Alfred se tourna vers Denise : « Tu pourras rentrer en bus. Nous te laisserons une voiture ici.

– Kenny Kraikmeyer a appelé ce matin, dit Enid à Denise. Il se demandait si tu serais libre samedi soir. »

Denise ferma un œil et écarquilla l'autre. « Qu'est-ce que tu as répondu ?

– J'ai dit que je pensais que tu le serais.

– *Quoi ?*

– Je suis désolée. Je ne savais pas que tu avais des projets. »

Denise éclata de rire. « Mon seul projet pour l'instant est de ne pas voir Kenny Kraikmeyer.

– Il était très poli, dit Enid. Tu sais, tu peux très bien sortir une seule fois avec quelqu'un qui se donne le mal de te le proposer. Si tu ne t'amuses pas, tu n'es pas obligée de recommencer. Mais tu devrais commencer à dire oui à *quelqu'un*. Les gens vont penser que personne n'est assez bien pour toi. »

Denise posa sa fourchette. « Kenny Kraikmeyer me donne littéralement envie de vomir.

– Denise, dit Alfred.

– Ce n'est pas bien, dit Enid d'une voix tremblante. Ce n'est pas le genre de chose que j'accepte de t'entendre dire.

– D'accord, je suis désolée d'avoir dit ça. Mais je ne suis pas libre samedi. Pas pour Kenny Kraikmeyer. Qui, s'il veut sortir, pourrait songer à me poser la question à *moi*. »

Denise songea qu'Enid aurait probablement volontiers passé un week-end avec Kenny Kraikmeyer au Lake Fond du Lac, et que Kenny y aurait sans doute pris plus de bon temps qu'Alfred.

Après dîner, elle se rendit à bicyclette à la plus ancienne maison du quartier, un cube de brique d'avant la guerre de Sécession, haut de plafonds, qui faisait face à l'ancienne gare de banlieue à présent condamnée. La maison appartenait au professeur de théâtre du lycée, Henry Dusinberre, qui avait confié ses chics bananiers d'Abyssinie, ses crotons tapageurs et ses facétieux palmiers en pots aux soins de son élève favorite tandis qu'il passait un mois avec sa mère à La Nouvelle-Orléans. Parmi les antiquités équivoques du salon de Dusinberre, il y avait une douzaine de flûtes à champagne, ayant chacune une colonne ascendante de bulles d'air piégées dans son pied de cristal à facettes, que seule Denise, parmi tous les jeunes comédiens et plumitifs en herbe qui gravitaient autour de son bar à alcools les samedis soir, avait le droit d'utiliser. (« Ces jeunes brutes n'ont qu'à utiliser des gobelets en plastique », disait-il en disposant ses membres décharnés dans son fauteuil club en vachette. Il avait disputé deux rounds contre un cancer à présent officiellement en rémission, mais sa peau luisante et ses yeux protubérants indiquaient que tout n'allait pas pour le mieux oncologiquement. « Lambert, créature extraordinaire, disait-il, asseyez-vous là que je vous voie de profil. Vous rendez-vous compte que les Japonais vous vénéreraient pour votre cou ? Vous *vénéreraient*. ») C'était chez Dusinberre qu'elle avait goûté sa première huître crue, son premier œuf de caille, sa première grappa. Dusinberre l'avait cuirassée dans sa résolution de ne pas succomber aux charmes d'un « adolescent boutonneux » (comme il disait). Il achetait des jupes et des vestes à l'essai dans des brocantes et, quand elles allaient à Denise, il les lui donnait. Heureusement, Enid, qui aurait souhaité que Denise s'habille plus comme une Schumpert ou une Root, avait si peu d'estime pour les vêtements anciens qu'elle croyait sincèrement qu'une robe de soirée en satin jaune brodé avec des boutons en agate œil-de-tigre en parfait état avait coûté à Denise (comme elle l'affirmait) dix dollars à l'Armée du Salut. Surmontant les amères objections d'Enid, elle avait porté cette robe à son bal de fin d'année avec Peter Hicks, l'acteur fort boutonneux qui avait joué Tom face à son Amanda dans *La Ménagerie de verre*. Peter Hicks, le soir du bal, avait été invité à se joindre à Dusinberre et elle pour boire dans les flûtes rococo, mais Peter conduisait et il en resta à son gobelet de Coca.

Après avoir arrosé les plantes, elle s'assit dans le fauteuil en vachette de Dusinberre et écouta New Order. Elle regrettait de pas avoir envie de sortir avec quelqu'un, mais les garçons qu'elle respectait, comme Peter Hicks, ne l'émouvaient pas romantiquement, et le reste sortait du même moule que Kenny Kraikmeyer qui, bien que parti pour l'Académie navale et une carrière dans le génie nucléaire, se prenait pour un type branché et collectionnait les « vinyles » (*sic*) de Cream et de Jimi Hendrix avec une passion que Dieu avait certainement entendu lui voir consacrer à la construction de maquettes de sous-marins. Denise était légèrement inquiète de l'intensité de sa répulsion. Elle ne comprenait pas ce qui la rendait si *absolument* féroce. Elle était malheureuse d'être si féroce. Il semblait que quelque chose clochait dans la manière dont elle se voyait elle-même et voyait les autres.

Chaque fois que sa mère lui en faisait la remarque, cependant, elle ne savait pas faire autrement que de lui expédier un missile.

Le lendemain, elle passait sa pause déjeuner dans le parc, prenant le soleil dans un de ces débardeurs sans manches (sa mère ignorait qu'elle en portait au travail sous ses pulls), lorsque Don Armour surgit de nulle part et se laissa tomber sur le banc à côté d'elle.

« Vous ne jouez pas aux cartes, dit-elle.

– Je deviens fou », dit-il.

Elle revint à son livre. Elle le sentait examiner son corps ostensiblement. L'air était chaud, mais pas assez pour expliquer la chaleur de la moitié de son visage à laquelle il faisait face.

Il ôta ses lunettes et se frotta les yeux. « C'est là que vous venez vous installer tous les jours.

– Oui. »

Il n'était pas beau. Sa tête semblait trop grosse, ses cheveux s'éclaircissaient et son visage était du rouge nitreux crépusculaire de la mortadelle, sauf là où sa barbe le bleuissait. Mais elle reconnut un amusement, une intensité, une tristesse animale dans son expression ; et les courbes en selle de ses lèvres étaient attirantes.

Il lut le dos de son livre. « Léon Tolstoï », dit-il. Il secoua la tête et rit silencieusement.

« Quoi ?

— Rien, dit-il. J'essaie seulement d'imaginer comment c'est d'être vous.

— Qu'est-ce que vous voulez dire ?

— Je veux dire belle. Intelligente. Disciplinée. Riche. Allant à l'université. Comment c'est ? »

Elle eut la tentation ridicule de lui répondre en le touchant, de lui faire sentir comment c'était. Il n'y avait pas d'autre manière, en vérité, de répondre.

Elle haussa les épaules et dit qu'elle ne savait pas.

« Votre petit ami doit se trouver très chanceux, dit Don Armour.

— Je n'ai pas de petit ami. »

Il tressaillit comme si c'était une nouvelle désagréable. « Je trouve ça surprenant et étonnant. »

Denise haussa de nouveau les épaules.

« J'avais un job d'été quand j'avais dix-sept ans, dit Don. Je travaillais pour un vieux couple de mennonites qui tenait un grand magasin d'antiquités. Nous utilisions ce truc qu'on appelle "mélange magique" – diluant pour peinture, esprit-de-bois, acétone, huile d'abrasin. Cela nettoyait les meubles sans les décaper. Je respirais ça toute la journée et je rentrais à la maison sur un nuage. Puis vers minuit j'attrapais ce fichu mal de tête.

— Où avez-vous grandi ?

— Carbondale, Illinois. Je trouvais que les mennonites me sous-payaient, en dépit de la défonce gratuite. Alors j'ai commencé à leur emprunter leur camionnette le soir. J'avais une petite amie à trimballer. J'ai démoli la camionnette – c'est comme ça que les mennonites ont découvert que je l'utilisais, et mon beau-père de l'époque m'a dit que si je m'engageais dans les marines il arrangerait le coup avec les mennonites et leur compagnie d'assurance, sinon je n'avais qu'à me débrouiller tout seul avec les flics. Je suis donc entré dans les marines au milieu des années soixante. C'était vraiment la bonne idée. J'ai le don pour tomber au bon moment.

– Vous avez fait le Viêt-nam. »

Don Armour hocha la tête. « Si cette fusion aboutit, je me retrouve à la case départ. Avec trois gosses et une autre série de compétences dont personne ne veut.

– Quel âge ont vos enfants ?

– Dix, huit et quatre ans.

– Votre femme travaille ?

– Elle est infirmière scolaire. Elle est chez ses parents dans l'Indiana. Ils ont deux hectares avec un étang. C'est chouette pour les filles.

– Vous prenez des vacances ?

– Deux semaines le mois prochain. »

Denise avait épuisé ses questions. Don Armour était penché en avant, les mains serrées paume contre paume entre les genoux. Il resta ainsi un long moment. De côté, elle apercevait le sourire narquois qui était sa marque de fabrique se frayer un chemin à travers son impassibilité ; il avait l'air de quelqu'un qui vous ferait toujours payer le fait de le prendre au sérieux ou de montrer de la compassion. Denise finit par se lever et annoncer qu'elle remontait, et il hocha la tête comme si c'était la vacherie qu'il attendait.

Il ne vint pas à l'idée de Denise que Don Armour souriait par embarras devant l'évidence de ses efforts pour s'attirer sa sympathie, le côté éculé de son histoire de camionnette. Il ne lui vint pas à l'idée que le numéro qu'il avait fait à la table de belote la veille avait été mis en scène à son intention. Il ne lui vint pas à l'idée qu'il avait deviné qu'elle espionnait depuis les toilettes et qu'il s'était volontairement laissé entendre. Il ne lui vint pas à l'idée que le mode fondamental de Don Armour était de s'apitoyer sur lui-même et qu'il avait pu accrocher bien des filles avant elle avec son laïus. Il ne lui vint pas à l'idée qu'il était déjà en train de chercher – n'avait cessé de chercher depuis la première fois où il lui avait serré la main – le moyen de se glisser sous sa jupe. Il ne lui vint pas à l'idée qu'il détournait le regard non pas simplement parce que sa beauté le faisait souffrir, mais parce que la Règle numéro 1 de tous les manuels promus aux dos des magazines pour hommes (« Comment la rendre FOLLE de vous – à tous les coups ! ») était : *Ignorez-la*. Il ne lui vint pas à l'idée que les différences de classes et de situations qui la mettaient mal à l'aise pouvaient représenter, pour Don Armour, une provocation : qu'elle pouvait être un objet qu'il désirait pour le luxe qu'elle incarnait, ou qu'un homme foncièrement enclin à s'apitoyer sur lui-même et qui risquait bientôt de se retrouver au chômage pouvait trouver diverses satisfactions à coucher avec la fille du patron du patron de son patron. Rien de tout cela ne vint à l'idée de Denise, ni alors ni après. Elle se sentait toujours responsable dix ans plus tard.

Ce dont elle avait conscience, cet après-midi-là, c'était des problèmes. Que Don Armour veuille mettre les mains sur elle mais ne le puisse pas était un problème. Que, par un accident de naissance, elle ait *tout* tandis que l'homme qui la voulait ait tellement moins – cette inégalité – était un *gros* problème. Comme c'était elle qui avait tout, c'était manifestement à elle de régler le problème. Mais tout mot d'encouragement qu'elle pouvait lui adresser, tout geste de solidarité qu'elle pouvait imaginer de faire, lui semblait condescendant.

Elle éprouvait intensément le problème dans son corps. Son excès de dons et de possibilités, en comparaison de Don Armour, se manifestait comme une exaspération – un mécontentement que se pincer les parties les plus sensibles pouvait évoquer mais non réparer.

Après le déjeuner, elle alla à la salle des plans, où les originaux de tous les schémas de signaux étaient conservés dans six coffres métalliques à lourd couvercle ressemblant à d'élégantes poubelles. Au fil des années, les grands dossiers en carton suspendus dans les coffres s'étaient surchargés, amassant des schémas perdus dans leurs profondeurs renflées, et Denise avait reçu la mission satisfaisante d'y remettre de l'ordre. Les dessinateurs en visite dans la salle des plans travaillaient autour d'elle tandis qu'elle réétiquetait les dossiers et exhumait des vélins longtemps disparus. Le plus grand coffre était si profond qu'elle devait se coucher à plat ventre sur le coffre voisin, les jambes nues sur le métal froid, et plonger à deux bras pour atteindre le fond. Elle laissa tomber un paquet de schémas rescapés sur le sol et replongea pour en attraper d'autres. Quand elle refit surface pour respirer, elle se rendit compte que Don Armour était agenouillé à côté du coffre.

Ses épaules étaient musclées comme celles d'un rameur et tendaient le tissu de son blazer. Elle ne savait pas depuis combien de temps il était là ni ce qu'il avait regardé. À présent, il examinait un vélin plié en accordéon, le plan de câblage d'une tour de signaux au point kilométrique 162,15 de la ligne McCook. Il avait été tracé à main levée par Ed Alberding en 1956.

« Ed était encore un gosse quand il a dessiné ça. C'est splendide. »

Denise descendit du coffre, lissa sa jupe et s'épousseta.

« Je ne devrais pas être si dur avec Ed, dit Don. Il a des talents que je n'aurai jamais. »

Il semblait moins penser à Denise qu'elle n'avait pensé à lui. Il défroissa un autre schéma et elle resta à regarder une volute enfantine de ses cheveux gris sombre. Elle avança d'un pas et se pencha un peu plus près, éclipsant de sa poitrine la vue qu'elle avait de lui.

« Vous me faites un peu d'ombre, dit-il.

— Voulez-vous dîner avec moi ? »

Il soupira lourdement. Ses épaules s'affaissèrent. « Je suis censé aller dans l'Indiana pour le week-end.

— D'accord.

— Mais je vais y réfléchir.

— Très bien. Réfléchissez-y. »

Elle avait pris un air dégagé, mais elle avait les genoux flageolants quand elle se dirigea vers les toilettes. Elle s'enferma dans une cabine, s'assit et se fit du souci tandis que, dehors, la cloche de l'ascenseur tintait faiblement et que le chariot des en-cas de l'après-midi allait et venait. Son souci était sans objet. Ses yeux se posaient simplement sur quelque chose, le verrou chromé de la porte de la cabine ou un carré de papier-toilette sur le sol, et elle se rendait compte tout d'un coup qu'elle le contemplait depuis cinq minutes sans penser à rien. À rien. À rien.

Elle faisait le ménage dans la salle des plans, cinq minutes avant la fin de la journée, quand le large visage de Don Armour apparut à côté de son épaule, les paupières tombantes derrière ses lunettes. « Denise, dit-il. Permettez-moi de vous emmener dîner. »

Elle hocha rapidement la tête. « D'accord. »

Dans un quartier difficile, essentiellement pauvre et noir, juste au nord du centre, se trouvait un snack-bar à l'ancienne que fréquentaient Henry Dusinberre et ses étudiants en art dramatique. Denise n'avait de l'appétit que pour un thé glacé et des frites, mais Don Armour commanda un hamburger complet et un milk-shake. Sa posture, remarqua-t-elle, était celle d'un crapaud. Sa tête s'enfonçait entre ses épaules tandis qu'il se penchait vers la nourriture. Il mastiquait lentement, comme avec ironie. Il jeta des sourires ternes tout autour de la pièce, comme avec ironie. Il remontait ses lunettes sur son nez avec des doigts dont les ongles, remarqua-t-elle, étaient rongés à vif.

« Je ne serais jamais venu dans ce quartier, dit-il.

— Ces quelques blocks sont assez sûrs.

— Vous voyez, pour vous c'est vrai, dit-il. Un endroit peut sentir si vous connaissez les ennuis. Si vous ne les connaissez pas, on vous laisse tranquille. Mon problème est que je les connais. Si j'étais venu dans une rue pareille quand j'avais votre âge, quelque chose de moche serait arrivé.

— Je ne vois pas pourquoi.

— C'est comme ça, c'est tout. Je levais les yeux et, tout à coup, il y avait trois types qui ne pouvaient pas m'encadrer. Et je ne pouvais pas les encadrer. C'est un monde que vous ne voyez même pas si vous êtes quelqu'un d'équilibré et d'heureux. Quelqu'un comme vous passe au travers de tout ça. Ça attend que quelqu'un comme moi arrive pour recevoir une raclée. Ça me choisit à un kilomètre à la ronde. »

Don Armour avait une grosse berline américaine, semblable à celle de la mère de Denise, en plus vieille. Il l'engagea tranquillement dans une artère et se dirigea vers l'ouest à petite vitesse en s'amusant à se vautrer derrière le volant (« Je suis lent ; ma voiture est merdique ») tandis que d'autres conducteurs le dépassaient à droite et à gauche.

Denise lui indiqua le chemin jusqu'à la maison de Henry Dusinberre. Le soleil brillait toujours, bas sur l'ouest au-dessus de la gare aux yeux de contreplaqué, quand ils montèrent les marches du perron de Dusinberre. Don Armour passa en revue les arbres environnants, comme si même les arbres avaient quelque chose de mieux, de plus luxueux, dans cette banlieue. Denise avait posé la main sur la porte-moustiquaire avant de se rendre compte que la porte d'entrée était ouverte.

« Lambert ? C'est vous ? » Henry Dusinberre émergea des ténèbres de son salon. Sa peau était plus cireuse que jamais, ses yeux plus protubérants, et ses dents semblaient plus larges par rapport à sa tête. « Le médecin de ma mère m'a renvoyé chez moi, dit-il. Il voulait se laver les *mains* de moi. Je pense qu'il en a assez de la *mort*. »

Don Armour faisait retraite vers sa voiture, tête baissée.

« Qui est ce malabar incroyable ? demanda Dusinberre.

– Un ami du travail, répondit Denise.

– Eh bien, il ne rentrera pas ici. Je suis désolé. Je ne veux pas de malabars dans la maison. Il faudra que vous trouviez un autre endroit.

– Vous avez de quoi manger ? Vous avez tout ce qu'il vous faut ?

– Oui, filez. Je me sens déjà mieux d'être ici. Ce médecin et moi étions mutuellement embarrassés par ma santé. Apparemment, ma fille, je suis totalement dépourvu de globules blancs. Le type tremblait de peur. Il était convaincu que j'allais mourir *sur place, dans son cabinet*. Lambert, je suis tellement désolé pour lui ! » Un sombre trou d'hilarité s'ouvrit dans le visage de l'homme malade. « J'ai essayé de lui expliquer que mes besoins en globules blancs étaient complètement insignifiants. Mais il semblait décidé à me considérer comme une curiosité médicale. J'ai déjeuné avec maman et pris un taxi pour l'aéroport.

– Vous êtes sûr que ça va ?

– Oui. Allez, avec ma bénédiction. Faites des bêtises. Mais pas dans ma maison. Allez. »

Il aurait été imprudent de se montrer chez elle en compagnie de Don Armour avant la nuit tombée, avec des Root observateurs et des Driblett curieux allant et venant dans la rue, alors elle l'orienta vers son ancienne école élémentaire et le conduisit au terrain herbu qui se trouvait par-derrière. Ils s'installèrent au milieu de la ménagerie électronique des bruits d'insectes, de l'intensité génitale de certains buissons odorants, de la chaleur déclinante d'une belle journée de juillet. Don Armour passa les bras autour de son ventre, posa le menton sur son épaule. Ils écoutèrent les pétarades sourdes d'un petit feu d'artifice.

Une fois dans la maison, la nuit venue, dans la fraîcheur de son air conditionné, elle essaya de le pousser rapidement vers l'escalier, mais il s'attarda à la cuisine, lambina dans le salon. Elle était transpercée par le caractère manisfestement erroné de l'impression que la maison produisait sur lui. Même si ses parents n'étaient pas riches, sa mère aspirait si fort à une certaine forme d'élégance et elle s'était donné tant de mal pour l'obtenir que, aux yeux de Don Armour, la maison *ressemblait* à une maison de riches. Il semblait hésiter à marcher sur les tapis. Il s'arrêtait et prenait bonne note, comme peut-être personne d'autre ne l'avait jamais fait, des coupes et bonbonnières de Waterford qu'Enid exposait dans son meuble de salon. Ses yeux se posaient sur chaque objet, les boîtes à musique, les scènes des rues de Paris, le mobilier coordonné superbement capitonné, comme ils s'étaient posés sur le corps de Denise – était-ce seulement aujourd'hui ? Aujourd'hui à l'heure du déjeuner ?

Elle mit sa grande main dans sa main encore plus grande, glissa ses doigts entre les siens, et le tira vers l'escalier.

Dans sa chambre, à genoux, il planta les pouces sur ses hanches et pressa la bouche contre ses cuisses puis contre sa minette ; elle se sentit renvoyée dans le monde enfantin de Grimm et de C. S. Lewis où un baiser pouvait opérer une métamorphose. Les mains de Don Armour faisaient de ses hanches des hanches de femme, sa bouche faisait de ses cuisses des cuisses de femme, de sa minette un con. Tels étaient les avantages d'être désirée par quelqu'un de plus âgé – se sentir moins une marionnette asexuée, recevoir une visite guidée de l'état de sa morphologie, avoir son utilité élucidée par quelqu'un pour qui c'était une aubaine.

Les garçons de son âge désiraient *quelque chose*, mais ils ne semblaient pas savoir exactement quoi. Les garçons de son âge désiraient approximativement. Sa fonction – le rôle qu'elle avait joué en plus d'une occasion médiocre – était de les aider à apprendre plus spécifiquement ce qu'ils voulaient, à déboutonner sa chemise et leur faire des suggestions, à donner chair (pour ainsi dire) à leurs idées plutôt rudimentaires.

Don Armour la désirait dans les moindres détails, pouce par pouce. Elle semblait déborder de sens pour lui. La simple possession d'un corps ne l'avait jamais beaucoup avancée, mais le voir comme quelque chose qu'elle-même pourrait désirer – s'imaginer elle-même comme Don Armour à genoux, désirant les diverses parties d'elle-même – rendait cette possession plus excusable. Elle était ce que l'homme s'attendait à trouver. Il n'y avait aucune anxiété dans sa localisation et son appréciation de chaque élément.

Quand elle dégrafa son soutien-gorge, Don inclina la tête et ferma les yeux.

« Qu'est-ce qu'il y a ?

– Il y aurait de quoi mourir à te voir si belle. »

Ça, elle aimait. Oui.

Son impression, quand elle le prit entre ses mains, fut une anticipation des impressions qu'elle aurait quelques années plus tard lorsque, devenue jeune chef, elle manipula ses premières truffes, son premier foie gras, ses premières poches d'œufs de cabillaud. Pour son dix-huitième anniversaire, ses amis du théâtre lui avaient offert une bible évidée contenant un doigt de Seagram's et trois préservatifs de couleur vive, qui trouvèrent toute leur utilité.

La tête de Don Armour, planant au-dessus de la sienne, était une tête de lion, une citrouille de Halloween. Quand il jouit, il rugit. Ses soupirs décroissants se rattrapaient l'un l'autre, se chevauchaient presque. Oh, oh, oh, oh. Elle n'avait jamais rien entendu de pareil.

Il y avait du sang en proportion de sa douleur, qui avait été assez vive, et en proportion inverse de son plaisir, qui avait été essentiellement cérébral.

Dans l'obscurité, après avoir attrapé une serviette sale dans le panier à linge du placard du couloir, elle brandit le poing d'avoir réussi à perdre sa virginité avant d'entrer à l'université.

Ce qui était moins merveilleux, c'était la présence d'un homme imposant et quelque peu ensanglanté dans son lit. C'était un lit à une place, le seul lit dans lequel elle eût jamais dormi, et elle était très fatiguée. Cela expliquait peut-être pourquoi elle se ridiculisa en restant plantée au milieu de sa chambre, une serviette nouée autour de la taille, sanglotant tout à coup.

Elle aima Don Armour de se lever et de la prendre dans ses bras sans s'embarrasser qu'elle ne fût qu'une enfant. Il la mit au lit, lui trouva une veste de pyjama, l'aida à l'enfiler. S'agenouillant auprès du lit, il remonta le drap sur son épaule et caressa sa tête comme elle devait imaginer qu'il caressait souvent la tête de ses filles. Il fit cela jusqu'à ce qu'elle soit presque endormie. Puis le théâtre de ses caresses s'étendit à des régions dont elle devait imaginer qu'elles étaient hors limites avec ses filles. Elle essaya de rester à demi endormie, mais ses mains se firent plus insistantes, plus accrocheuses. Tout ce qu'il faisait chatouillait ou blessait et quand elle eut l'audace de gémir, elle eut sa première expérience des mains d'un homme appuyant sur sa tête, la poussant vers le bas.

Heureusement, quand il en eut fini, il ne chercha pas à rester pour la nuit. Il quitta sa chambre et elle demeura parfaitement immobile, tendant l'oreille pour entendre ce qu'il faisait et s'il allait revenir. Enfin – elle s'était peut-être assoupie – elle entendit le claquement du pêne de la porte d'entrée et le hennissement du démarreur de sa grosse voiture.

Elle dormit jusqu'à midi. Elle prenait une douche dans la cabine de la salle de bains du rez-de-chaussée, essayant de comprendre ce qu'elle avait fait, quand elle entendit à nouveau la porte d'entrée. Entendit des voix.

Elle se rinça furieusement les cheveux, s'essuya furieusement et sortit en coup de vent de la salle de bains. Son père était allongé dans le salon. Sa mère rinçait la glacière à pique-nique dans l'évier de la cuisine.

« Denise, tu n'as *rien* mangé du dîner que je t'avais laissé ! s'écria Enid. On dirait que tu n'as pas touché à une seule chose.

— Je croyais que vous autres, vous rentriez demain.

— Lake Fond du Lac n'était pas ce que nous attendions, dit Enid. Je ne comprends pas ce que Dale et Honey ont imaginé. Ça ne valait rien de rien. »

Au pied de l'escalier se trouvaient deux sacs de voyage. Denise les enjamba et monta quatre à quatre jusqu'à sa chambre, où emballages de préservatifs et drap souillés étaient visibles depuis le couloir. Elle ferma la porte derrière elle.

Le reste de son été fut pourri. Elle était absolument seule au travail comme à la maison. Elle cacha le drap et la serviette ensanglantés dans son placard et désespéra de savoir qu'en faire. Enid était naturellement vigilante et avait des myriades de synapses oisives à consacrer à des tâches telles que la surveillance des règles de sa fille. Denise espérait ressortir avec moult excuses les draps et la serviette souillés au moment voulu, dans deux semaines. Mais Enid avait de la cervelle aussi pour le décompte du linge.

« Je ne retrouve plus une de mes *belles* serviettes de bain à monogramme.

— Oh, zut ! je l'ai oubliée à la piscine.

— Denise, pourquoi as-tu pris une *belle* serviette de bain à monogramme alors que nous en avons tant d'autres… Et perdre justement celle-là ! As-tu appelé la piscine ?

— J'y suis retournée pour voir.

— Ce sont des serviettes très coûteuses. »

Denise ne commettait jamais d'erreurs comme celle qu'elle prétendait avoir faite. L'injustice lui aurait été moins pénible si elle avait servi un plus grand plaisir – si elle avait pu courir chez Don Armour pour en rire et chercher son réconfort. Mais elle ne l'aimait pas et il ne l'aimait pas.

Au travail, à présent, la familiarité des autres dessinateurs était suspecte ; elle semblait tout entière tournée vers le sexe. Don Armour était trop embarrassé, ou discret, pour croiser même son regard. Il passait ses journées dans une torpeur de désagrément à l'égard des frères Wroth et de froideur envers tous ceux qui l'entouraient. Il ne restait plus pour Denise au travail que le travail, et son peu d'intérêt était devenu pesant, elle avait fini par le haïr. À la fin de la journée, son visage et son cou lui faisaient mal à force de retenir ses larmes et de travailler à un rythme que seule une personne travaillant dans la joie pouvait soutenir sans inconfort.

Cela, se dit-elle, était ce qui vous arrivait quand on agissait sur un coup de tête. Elle était stupéfaite d'avoir consacré deux heures entières à sa décision. Elle s'était entichée des yeux et de la bouche de Don Armour, et elle avait décidé qu'elle lui devait ce qu'il désirait – voilà tout ce dont elle se souvenait. Une possibilité honteuse et attirante s'était présentée à elle (je pourrais perdre ma virginité *ce soir*), et elle avait bondi sur l'occasion.

Elle était trop fière pour s'avouer à elle-même, sans parler de le dire à Don Armour, qu'il n'était pas ce qu'elle voulait. Elle était trop inexpérimentée pour savoir qu'elle aurait simplement pu dire : « Désolée… c'était une erreur. » Elle se sentait la responsabilité de lui donner plus de ce qu'il désirait. Elle s'attendait à ce qu'une liaison, si on se donnait le mal de l'entamer, dure un bon moment.

Elle souffrait de sa répugnance. La première semaine en particulier, tandis qu'elle s'armait de conviction pour proposer à Don Armour qu'ils se retrouvent à nouveau le vendredi suivant, sa gorge lui fit mal des heures d'affilée. Mais c'était un bon petit soldat. Elle le vit lors des trois vendredis suivants, en prétendant à ses parents qu'elle sortait avec Kenny Kraikmeyer. Don Armour l'emmena dîner dans un restaurant familial d'une galerie commerciale, puis la ramena dans sa petite bicoque d'une banlieue au paysage d'après tornade, l'une de la cinquantaine de petites villes que Saint Jude était en train d'avaler dans son développement tentaculaire. Sa maison l'embarrassait au point de le rendre haineux. Aucune maison du quartier de Denise n'avait des plafonds aussi bas, ni une plomberie aussi miteuse, ni des portes trop légères pour pouvoir être claquées proprement, ni des huisseries de fenêtre en plastique. Pour apaiser son amant et lui faire abandonner le sujet (« ta vie comparée à la mienne ») qui lui plaisait le moins, et pour remplir aussi les quelques heures qui se seraient sinon passées dans l'embarras, elle le poussait sur le lit escamotable de son rez-de-chaussée envahi de bric-à-brac et appliquait son perfectionnisme à un monde de compétences entièrement nouvelles.

Don Armour ne lui dit jamais comment il avait expliqué à sa femme l'annulation de leurs plans pour le week-end en Indiana. Denise ne supportait pas l'idée de poser la moindre question concernant sa femme.

Elle subit les critiques de sa mère pour une autre erreur qu'elle n'aurait jamais faite : ne pas mettre immédiatement un drap taché de sang à tremper dans l'eau froide.

Le premier vendredi d'août, quelques instants après le début des deux semaines de vacances de Don Armour, Denise et lui remontèrent au bureau et s'enfermèrent dans la salle des plans. Elle l'embrassa, posa ses mains sur ses seins et essaya d'actionner ses doigts à sa place, mais ses mains voulaient être sur ses épaules ; elles voulaient la faire agenouiller.

Son sperme s'égara dans ses fosses nasales.

« As-tu attrapé un rhume ? » demanda son père quelques minutes plus tard, alors qu'ils sortaient de la ville.

À la maison, Enid lui annonça que Henry Dusinberre (« ton ami ») était mort à l'hôpital Saint Luke mercredi soir.

Denise se serait sentie encore plus coupable si elle n'avait pas rendu visite à Dusinberre chez lui le dimanche précédent. Elle l'avait trouvé obnubilé par une irritation intense contre le bébé de ses voisins. « Je n'ai plus de globules blancs, dit-il. On imagine qu'ils pourraient fermer leurs foutues fenêtres. Seigneur, ce marmot a de ces poumons ! Je les soupçonne d'être fiers de ces poumons. J'imagine que c'est comme ces motards qui démontent leur silencieux. Un gage absurde et sauvage de virilité. » Le crâne et les os de Dusinberre pressaient toujours plus contre sa peau. Il débattit du coût de l'affranchissement d'un paquet de 90 grammes. Il raconta à Denise une histoire filandreuse et incorrecte à propos d'une « octavone » à laquelle il avait brièvement été fiancé. (« Si j'ai été surpris d'apprendre qu'elle n'était qu'aux sept huitièmes blanche, imagine sa surprise d'apprendre que je n'étais qu'à un huitième hétéro. ») Il parla de sa croisade de toujours en faveur des ampoules de cinquante watts. (« Soixante est trop fort, dit-il, et quarante trop faible. ») Des années durant, il avait vécu avec la mort et l'avait tenue à distance en la rendant anodine. Il réussissait toujours à produire un rire raisonnablement malicieux, mais, à la fin, la lutte pour se cramponner à l'anodin fut aussi désespérée que toute autre. Quand Denise lui dit au revoir et l'embrassa, il sembla ne pas l'appréhender personnellement. Il sourit en baissant les yeux, comme s'il était un enfant à problèmes dont la beauté devait être admirée et la situation tragique plainte.

Elle ne revit jamais Don Armour non plus.

Le lundi 6 août, après un été d'âpres négociations, Hillard et Chauncy Wroth aboutirent à un accord avec les principaux syndicats de cheminots. Les syndicats avaient fait des concessions substantielles contre la promesse d'une gestion moins paternaliste et plus innovante, assortissant ainsi l'OPA des Wroth sur la Midland Pacific à 26 dollars par titre d'une économie potentielle de 200 millions de dollars à brève échéance. Le conseil d'administration de Midpac ne devait pas voter officiellement avant deux semaines, mais l'issue ne faisait pas de doute. Le chaos menaçant, une lettre arriva des bureaux du président acceptant la démission de tous les employés temporaires, effective à compter du vendredi 17 août.

Comme il n'y avait pas de femmes (excepté Denise) dans la salle de dessin, ses compagnons de travail persuadèrent la secrétaire de l'ingénieur des Signaux de confectionner un gâteau d'adieu. Il arriva lors de son dernier après-midi à Midpac. « Je dois dire que c'est une victoire majeure que d'avoir enfin réussi à vous faire prendre une pause café », dit Lamar en mastiquant.

Laredo Bob se tamponnait les yeux avec un mouchoir de la taille d'une taie d'oreiller.

Alfred transmit un compliment dans la voiture ce soir-là.

« Sam Beuerlein me dit que tu es la plus formidable bosseuse qu'il ait jamais vue. »

Denise ne dit rien.

« Tu as fait une profonde impression sur ces hommes. Tu leur as ouvert les yeux sur ce dont une fille est capable. Je ne te l'avais pas dit jusque-là, mais j'avais l'impression que les hommes n'étaient pas enchantés d'hériter d'une fille pour l'été. Je crois qu'ils s'attendaient à beaucoup de bavardage et pas grand-chose d'autre. »

Elle fut heureuse de l'admiration de son père. Mais sa gentillesse, comme la gentillesse des dessinateurs qui n'étaient pas Don Armour, lui était devenue inaccessible. Elle semblait tomber sur son corps, s'y rapporter d'une manière ou d'une autre ; et son corps se rebellait.

Denise-oh-pourquoi-pourquoi, qu'est-ce-que-t'as-fait ?

« De toute façon, dit son père, maintenant tu as goûté à ce qu'est la vie dans le monde réel. »

Avant de s'installer effectivement à Philadelphie, elle s'était fait une joie de se rapprocher de Gary et de Caroline. Leur grande maison de Seminole Street était comme un foyer sans les désagréments du foyer, et Caroline, dont la beauté pouvait faire suffoquer Denise d'avoir le privilège de lui adresser la parole, était toujours prête à rassurer Denise sur le fait qu'elle avait tous les droits de trouver que sa mère la rendait folle. À la fin de son premier semestre d'Université, cependant, elle se rendit compte qu'elle ne répondait qu'une fois sur trois aux messages que Gary laissait sur son répondeur. (Une fois, une fois seulement, il y eut un message de Don Armour, auquel elle ne répondit pas non plus.) Elle se mit à refuser les offres de Gary de passer la prendre à sa cité U et l'y ramener après dîner. Elle disait avoir du travail, et puis, au lieu de travailler, elle regardait la télé avec Julia Vrais. C'était une triple culpabilité : elle s'en voulait de mentir à Gary, encore plus de ne pas travailler, et plus que tout de distraire Julia. Denise pouvait toujours passer une nuit blanche, mais Julia était hors d'état passé dix heures. Julia n'avait ni moteur ni gouvernail. Julia était incapable d'expliquer pourquoi son programme d'automne consistait en Introduction à l'italien, Introduction au russe, Religions orientales et Théorie musicale ; elle accusait Denise d'avoir eu recours à des aides extérieures déloyales dans le choix d'un régime académique équilibré d'anglais, d'histoire, de philosophie et de biologie.

Denise, de son côté, était jalouse des « hommes » de l'université dans la vie de Julia. Initialement, toutes deux avaient été *assiégées*. Un nombre incroyable des « hommes » des divers cycles qui déposaient leurs plateaux à côté d'elles au restau U venaient du New Jersey. Ils avaient des visages d'homme mûr et des voix mégaphoniques avec lesquelles ils comparaient les programmes de maths ou évoquaient la fois où ils étaient allés à Rehoboth Beach et avaient pris une telle cuite. Ils n'avaient que trois questions pour Julia et Denise : *(1) C'est quoi votre nom ? (2) Dans quelle cité U vous êtes ? (3) Vous voulez venir à notre fête vendredi ?* Denise était stupéfaite de la grossièreté de cet examen sommaire et non moins stupéfaite de la fascination de Julia pour ces natifs de Teaneck aux énormes montres digitales et aux sourcils fusionnants. Julia avait l'attitude pleine de vivacité de l'écureuil convaincu que quelqu'un a des croûtes de pain dans ses poches. Quittant une fête, elle haussait les épaules et disait à Denise : « Il a des drogues, alors je sors avec lui. » Denise commença à passer ses soirées du vendredi à étudier en solitaire. Elle acquit une réputation de vierge glacée et de possible lesbienne. Elle n'avait pas la capacité de Julia à fondre quand l'équipe de foot du collège tout entière braillait son nom sous leur fenêtre à trois heures du matin. « Je suis tellement gênée », gémissait Julia, au comble du bonheur tandis qu'elle coulait un œil derrière le store. Les « hommes » qui étaient dehors n'imaginaient pas à quel point ils la rendaient heureuse et donc, dans le strict jugement d'étudiante de Denise, ils ne méritaient pas de l'avoir.

Denise passa l'été suivant à Long Island avec quatre de ses copines dévergondées de l'université et mentit à ses parents sur tous les aspects de la situation. Elle dormait à même le sol de la salle de séjour et gagnait bien sa vie en faisant la plonge et le commis de cuisine à l'Auberge de Quogue, travaillant coude à coude avec une jolie fille de Scarsdale nommée Suzie Sterling et tombant amoureuse de la vie de cuisinière. Elle aimait les heures impossibles, l'intensité du travail, la beauté du produit. Elle aimait la profonde tranquillité qui sous-tendait le raffut. Une bonne équipe était comme une famille élective où chacun dans le petit monde chaud de la cuisine était sur un pied d'égalité, et chaque cuisinier avait des bizarreries cachées dans son passé ou son caractère, et même au milieu de la communion la plus fiévreuse chaque membre de la famille jouissait de son *intimité* et de son *autonomie* : elle adorait cela.

Le père de Suzie Sterling, Ed, avait plusieurs fois emmené Suzie et Denise à Long Island avant le soir d'août où Denise, rentrant à vélo, manqua le percuter là où il se tenait, à côté de sa BMW, fumant une Dunhill et espérant qu'elle passerait seule. Ed Sterling était un avocat spécialisé dans le show-business. Il plaida l'incapacité à vivre sans Denise. Elle cacha sa bicyclette (empruntée) dans des fourrés au bord de la route. Que la bicyclette ait été volée lorsqu'elle revint la chercher le lendemain et qu'elle ait juré à son propriétaire qu'elle l'avait cadenassée au poteau habituel aurait dû constituer un clair avertissement du territoire où elle s'aventurait. Mais elle était excitée par ce qu'elle provoquait chez Sterling, par la physiologie hydraulique de son désir, et quand elle reprit ses cours en septembre, elle décida qu'une université de sciences humaines faisait pâle figure à côté d'une cuisine. Elle ne voyait pas l'intérêt de s'escrimer sur des dissertations que seul un professeur lisait ; elle voulait un public. Elle acceptait mal aussi que l'université la fasse se sentir coupable de ses privilèges tout en accordant à certains heureux groupes identitaires une indulgence plénière de la culpabilité. Elle se sentait déjà suffisamment coupable, merci. Presque chaque dimanche, elle enchaînait les trains prolétariens, lents mais peu coûteux, du SEPTA et de New Jersey Transit pour New York. Elle supportait l'interphone paranoïde à sens unique d'Ed Sterling, ses ajournements de dernière minute, sa distraction chronique, ses lassantes crises d'anxiété et sa propre honte à être emmenée dans de médiocres restaurants ethniques de Woodside, Elmhurst ou Jackson Heights de manière à ne pas risquer de croiser une connaissance d'Ed Sterling (parce que, comme il le lui répétait souvent – en passant ses deux mains dans ses cheveux mi-longs –, il connaissait *tout le monde* à Manhattan). Tandis que son amant vacillait toujours plus près du déblocage complet et de l'incapacité à jamais la revoir, Denise mangeait des T-bones uruguayens, des tamales sino-colombiens, des langoustines au curry rouge thaï, des anguilles russes fumées au bois d'aulne. La beauté ou l'excellence, incarnée pour elle par les mets mémorables, pouvait racheter à peu près n'importe quelle humiliation. Mais elle ne cessait jamais de se sentir coupable pour la bicyclette. De son insistance à dire qu'elle l'avait cadenassée au poteau habituel.

La troisième fois qu'elle eut une relation avec un homme

deux fois plus âgé qu'elle, elle l'épousa. Elle était déterminée à ne pas être une limace. Elle avait quitté l'université et travaillé un an pour mettre de l'argent de côté, avait passé six mois en France et en Italie, et était retournée à Philly faire la cuisine dans un restaurant de poissons et de pâtes très couru proche de Catharine Street. Dès qu'elle eut attrapé quelques tours de main, elle offrit ses services au Café Louche, qui était alors l'endroit le plus intéressant de la ville. Émile Berger l'engagea sur-le-champ, au vu de son travail au couteau et de ses pommettes. Une semaine plus tard, il se plaignait à elle de la compétence discutable de tous ceux qui étaient dans sa cuisine hormis lui et elle.

Arrogant, ironique, dévoué, Émile devint son refuge. Elle se sentait infiniment adulte en sa compagnie. Il disait avoir eu sa dose du mariage la première fois qu'il avait essayé, mais il emmena obligeamment Denise à Atlantic City et (dans le langage du barbera d'Alba dont elle était soûle quand elle lui avait fait sa demande) *fit d'elle une femme honnête*. Au Café Louche, ils travaillaient en partenaires, l'expérience coulant de la tête d'Émile dans la sienne. Ils raillaient leur prétentieux vieux rival, Le Bec-Fin. Ils achetèrent sur un coup de tête une maison de trois étages dans Federal Street, dans un quartier mélangé, noir, blanc et vietnamien, proche de l'Italian Market. Ils parlaient des goûts comme les marxistes parlent de la révolution.

Quand Émile eut fini de lui apprendre tout ce qu'il lui apprendrait jamais, elle tenta de lui apprendre à son tour une chose ou deux – comme, rafraîchissons la carte, par exemple, essayons peut-être ça avec un bouillon de légumes et un peu de cumin, par exemple – et se heurta de plein fouet à cette muraille d'ironie et de certitude inébranlable qu'elle avait adorée tant qu'elle s'était trouvée du bon côté de celle-ci. Elle se sentait plus douée, plus ambitieuse, plus *affamée*, que son mari aux cheveux blancs. Elle se sentait comme si, à force de travailler et de dormir, de travailler et de dormir, elle avait vieilli si vite qu'elle avait dépassé Émile et rattrapé ses parents. Le monde circonscrit où ils se côtoyaient vingt-quatre heures sur vingt-quatre, à domicile comme au travail, semblait identique à l'univers à deux de ses parents. Elle avait des douleurs de vieille dans ses jeunes hanches, ses genoux et ses pieds. Elle avait des mains écorchées de vieille, elle avait un vagin sec de vieille, elle avait des préjugés de vieille et des opinions politiques de vieille, elle avait l'aversion d'une vieille pour les jeunes, leurs gadgets électroniques et leur diction. Elle se disait : « Je suis trop jeune pour être si vieille. » Sur quoi la culpabilité refoulée ressortait en hurlant de sa cave sur des ailes vengeresses, parce que Émile était aussi dévoué à elle que jamais, aussi fidèle à son moi intemporel, et c'était elle qui avait voulu qu'ils se marient.

Par un accord amiable, elle quitta sa cuisine et signa chez un concurrent, Ardennes, qui avait besoin d'un second de cuisine et qui, à son avis, était supérieur au Café Louche à tous égards sauf l'art d'être excellent en paraissant ne faire aucun effort. (La virtuosité facile était indéniablement le don premier d'Émile.)

À Ardennes, elle éprouva le désir d'étrangler la jeune femme qui s'occupait des salades et autres préparations froides. Cette femme, Becky Hemerling, était une diplômée d'un institut culinaire aux cheveux blonds ondulés, au ventre plat et à la peau claire qui virait à l'écarlate à la chaleur de cuisine. Tout chez Becky Hemerling dégoûtait Denise – sa formation certifiée (Denise était une autodidacte snob), sa familiarité excessive avec les cuisiniers de plus haut rang (en particulier avec Denise), son adoration proclamée pour Jodie Foster, les textes idiots sur ses T-shirts, son usage inconsidéré de « putain de » comme amplificateur, sa « solidarité » affichée de lesbienne avec les « Latinos » et les « Indiens » de la cuisine, ses généralisations sur les « gens de droite », le « Kansas » et « Peoria », sa facilité avec des expressions telles que « les hommes et les femmes de couleur », toute cette aura brillante de sûreté de son bon droit qu'elle tirait de l'approbation d'éducateurs qui auraient aimé être aussi marginalisés, victimisés et déculpabilisés qu'elle l'était. *Qu'est-ce que cette personne fait dans ma cuisine ?* se demandait Denise. Les cuisiniers n'étaient pas censés avoir d'opinions politiques. Les cuisiniers étaient les mitochondries de l'humanité ; ils avaient leur ADN à eux, ils flottaient dans une cellule et la faisaient fonctionner, mais n'y appartenaient pas vraiment. Denise soupçonnait que Becky Hemerling avait choisi la vie de cuisinier pour marquer une affirmation politique : pour être une dure à cuire, pour faire jeu égal avec les mecs. Denise méprisait d'autant plus cette motivation qu'elle ne lui était pas entièrement étrangère. Hemerling avait une manière de la regarder qui suggérait qu'elle (Hemerling) la connaissait mieux qu'elle ne se connaissait elle-même – insinuation à la fois exaspérante et impossible à réfuter. La nuit, reposant sans dormir à côté d'Émile, Denise imaginait de serrer le cou de Hemerling jusqu'à ce que ses yeux bleus, bleus, lui sortent de la tête. Elle imaginait d'appuyer ses pouces sur sa trachée jusqu'à la faire craquer.

Puis un soir, elle s'endormit et rêva qu'elle étranglait Becky et que Becky n'avait rien contre. Les yeux bleus de Becky, en fait, invitaient à d'autres privautés. Les mains de l'étrangleuse se relâchèrent et remontèrent le long de la mâchoire de Becky jusqu'à la peau douce de ses tempes. Les lèvres de Becky s'écartèrent et ses yeux se fermèrent, comme dans l'extase, tandis que l'étrangleuse étendait les jambes sur les siennes et ses bras sur les siens…

Denise ne se souvenait pas d'avoir été plus désolée de quitter un rêve.

« Si tu peux avoir cette impression en rêve, se dit-elle, il doit être possible de l'avoir en réalité. »

Comme son mariage sombrait – comme elle devenait pour Émile une autre démagogue tape-à-l'œil courant après la mode de chez Ardennes, et comme il devenait pour elle le parent qu'elle trahissait à chaque mot qu'elle prononçait ou ravalait –, elle trouvait un réconfort dans l'idée que son problème avec Émile tenait à son sexe. Cette idée émoussait le tranchant de sa culpabilité. Elle permit à Denise d'opérer la terrible Annonce qu'elle avait à faire et de mettre Émile à la porte, elle la propulsa à travers un premier rendez-vous incroyablement gauche avec Becky Hemerling. Denise se fourra dans la tête la conviction qu'elle était lesbienne, la serra contre elle et s'épargna ainsi juste assez de culpabilité pour que ce soit à Émile de quitter la maison, qu'elle puisse vivre sans lui racheter sa part et rester, qu'elle puisse lui accorder cet avantage moral.

Malheureusement, aussitôt qu'il fut parti, Denise eut des doutes. Becky et elle vécurent une merveilleuse et instructive lune de miel, puis elles commencèrent à se disputer. Se disputer et se disputer. Leur vie de disputes, comme la vie sexuelle qui l'avait si brièvement précédée, était une sorte de rituel. Elles se disputaient à propos des raisons pour lesquelles elles se disputaient tant, se renvoyant mutuellement la faute. Elles se disputaient au lit tard le soir, elles puisaient dans des réserves insoupçonnées de ce qui ressemblait à la libido, au point d'en avoir mal à la tête le matin. Elles épuisaient leurs petites cervelles en disputes. Se disputaient, se disputaient, se disputaient. Se disputaient dans l'escalier, se disputaient en public, se disputaient en voiture. Et même si elles explosaient régulièrement – éclataient en hurlements empourprés, claquaient des portes, donnaient des coups de pied dans les murs, s'effondraient en paroxysmes de larmes –, le goût du combat ne se perdait jamais longtemps. Il les unissait, surmontait leur détestation mutuelle. Comme la voix d'un amant, ou ses cheveux, ou la courbe de ses hanches, continue de déclencher le besoin de tout arrêter et de baiser, Becky avait une gamme de provocations qui ne manquaient pas de déchaîner les foudres de Denise. La pire était son affirmation que Denise était fondamentalement une pure lesbienne collectiviste de gauche, mais qu'elle n'en avait simplement pas conscience.

« Tu es si incroyablement aliénée de toi-même, disait Becky. Tu es *manifestement* une gouine. Tu en as *manifestement* toujours été une.

— Je ne suis rien du tout, dit Denise. Je suis tout simplement moi. »

Elle voulait avant tout être une personne privée, une individualité indépendante. Elle ne voulait appartenir à aucun groupe, encore moins à un groupe aux vilaines coupes de cheveux et à l'habillement étrangement douteux. Elle ne voulait pas d'étiquette, elle ne voulait pas de mode de vie, et elle revint donc à son point de départ : l'envie d'étrangler Becky Hemerling.

Elle eut la chance (dans une perspective de gestion de la culpabilité) que son divorce fût en train avant que Becky et elle n'eussent leur dernière et insatisfaisante dispute. Émile avait déménagé à Washington pour tenir la cuisine de l'Hotel Belinger contre un paquet d'argent. Le Week-end des larmes, lorsqu'il était revenu à Philly avec un camion et qu'ils avaient divisé leurs possessions terrestres et emballé sa part d'entre elles, était depuis longtemps passé quand Denise décida, en réaction à Becky, qu'elle n'était pas lesbienne après tout.

Elle quitta Ardennes et devint chef au Mare Scuro, un nouveau restaurant de poissons adriatique. Pendant un an, elle rembarra tous les types qui lui proposaient de sortir, non seulement parce qu'ils ne l'intéressaient pas (c'étaient des serveurs, des fournisseurs, des voisins), mais parce qu'elle redoutait d'être vue en public avec un homme. Elle redoutait le jour où Émile découvrirait (ou le jour où elle devrait lui dire, à moins qu'il ne découvre accidentellement) qu'elle était tombée amoureuse d'un autre homme. Il valait mieux travailler dur et ne voir personne. La vie, à son expérience, avait une sorte de lustre velouté. Vous vous regardiez selon une certaine perspective et tout ce que vous voyiez n'était que bizarrerie. Bougez légèrement la tête, cependant, et tout semblait raisonnablement normal. Elle pensait qu'elle ne pourrait blesser personne tant qu'elle ne faisait que travailler.

Par une belle matinée de mai, Brian Callahan arriva à sa maison de Federal Street dans son vieux break Volvo, qui était de la couleur de la glace à la pistache. Si vous deviez acheter une vieille Volvo, le vert pâle était la couleur à trouver, et Brian n'était pas quelqu'un à acheter une voiture ancienne qui ne soit pas de la meilleure couleur possible. Maintenant qu'il était riche, bien sûr, il aurait pu faire repeindre à son goût n'importe quelle voiture. Mais, de même que Denise, Brian était du genre à considérer cela comme de la triche.

Quand elle monta dans la voiture, il lui demanda s'il pouvait lui bander les yeux. Elle regarda le foulard noir qu'il tenait. Elle regarda son alliance.

« Faites-moi confiance, dit-il. La surprise en vaut la peine. »

Avant même de vendre Eigenmelody pour 19,5 millions de dollars, Brian s'était comporté dans le monde comme un chien d'arrêt. Son visage était charnu et peu avenant, mais il avait d'irrésistibles yeux bleus, des cheveux blond-roux et des taches de rousseur de petit garçon. Il ressemblait à ce qu'il était – un ancien joueur de crosse de Haverford et un homme fondamentalement correct à qui il n'était jamais rien arrivé de mal et qu'on aurait donc eu peine à décevoir.

Denise lui permit de toucher son visage. Elle permit à ses grosses mains de se glisser dans ses cheveux pour nouer le foulard, lui permit de l'incapaciter.

Le moteur du break chantait ce qu'il en coûte de propulser une masse de métal sur une route. Brian passait un morceau d'un groupe de filles sur son lecteur amovible. Denise aimait cette musique, mais ce n'était pas une surprise. Brian semblait attentif à ne rien jouer, dire ou faire qui lui déplaise. Pendant trois semaines, il l'avait appelée en laissant des messages à voix basse. (« Hé. C'est moi. ») Elle voyait son amour arriver comme un train, et elle aimait ça. En était excitée par procuration. Elle ne commettait pas l'erreur de confondre cette excitation avec de l'attirance (Hemerling, si elle ne lui avait rien apporté de plus, avait rendu Denise soupçonneuse à l'égard de ses sentiments), mais elle ne pouvait s'empêcher d'encourager Brian dans sa quête d'elle ; et elle s'était habillée, ce matin-là, en conséquence. La manière dont elle s'était habillée était même presque déloyale.

Brian lui demanda ce qu'elle pensait de la chanson.

« Eh. » Elle haussa les épaules, testant les limites de son empressement à plaire. « Elle est bien.

– Je suis vraiment stupéfait, dit-il. J'étais certain que vous l'adoreriez.

– Mais je l'adore ! »

Elle se demanda : *Où est mon problème ?*

Ils étaient sur une mauvaise route avec des passages pavés. Ils traversèrent des voies de chemin de fer et une étendue de gravier ondulante. Brian se gara. « J'ai pris une option sur ce site pour un dollar, dit-il. S'il ne vous plaît pas, ce sera un dollar de perdu. »

Elle porta la main à son bandeau. « Je vais enlever ça.

– Non. Nous y sommes presque. »

Il prit son bras de manière respectueuse et la conduisit à travers le gravier chaud jusque dans l'ombre. Elle sentait l'odeur de la rivière, la tranquillité de sa présence proche, son étendue liquide qui étouffait les bruits. Elle entendit un bruit de clés et de cadenas, le grincement des gonds. Le froid air industriel d'un réservoir suspendu coula sur ses épaules nues et entre ses jambes. L'odeur était celle d'une cave sans contenu organique. Brian lui fit monter quatre volées d'escalier métallique, déverrouilla une autre porte, et la conduisit dans un espace plus chaud où la réverbération avait l'ampleur d'une gare ou d'une cathédrale. L'air sentait la moisissure sèche nourrie de moisissure sèche nourrie de moisissure sèche.

Quand Brian lui retira son bandeau, elle sut immédiatement où elle était. La compagnie électrique de Philadelphie, PECO, avait déclassé ses centrales à charbon soufré dans les années soixante-dix – de majestueux édifices, comme celui-ci, juste au sud de Center City, que Denise ralentissait pour admirer chaque fois qu'elle passait par là. L'espace était vaste et lumineux. Il y avait vingt mètres sous plafond et des rangées de hautes fenêtres dignes d'une cathédrale ponctuaient les murs nord et sud. Le sol de béton avait été régulièrement rapiécé et profondément entaillé par des matériaux encore plus durs que lui-même ; il ressemblait plus à un terrain vague qu'à un plancher. Au milieu se dressaient les restes exosquelettiques de deux unités chaudière-turbine qui ressemblaient à des criquets grands comme des maisons auxquels on aurait arraché leurs pattes et leurs antennes. Oblongues formes électromotrices noires érodées ayant perdu leur capacité. Du côté de la rivière, se trouvaient les guichets géants par où le charbon était arrivé et les cendres reparties. Les traces de goulottes, de tuyaux et d'escalier disparus éclairaient les murs enfumés.

Denise secoua la tête. « On ne peut pas mettre un restaurant là-dedans.

– J'avais peur que vous ne disiez cela.

– Vous allez perdre votre argent avant que j'aie une chance de le perdre moi-même.

– Je pourrais trouver un financement bancaire, aussi.

– Sans parler des BPC et de l'amiante que nous respirons en ce moment même.

– Là, vous avez tort, dit Brian. Cet endroit ne serait pas disponible s'il était éligible aux fonds de décontamination. Sans cet argent, PECO n'a pas les moyens de le raser. Il est trop propre.

– Mauvaise blague pour PECO. » Elle approcha des turbines,

adorant l'espace en dehors de sa possible adéquation. La décrépitude industrielle de Philadelphie, les enchantements pourrissants de l'Atelier du Monde, la survivance de ruines énormes en des temps minuscules : elle reconnaissait cette atmosphère pour être née dans une famille de gens âgés qui conservaient des lainages pleins d'antimite et des objets en fer dans de vieux cartons à la cave. Elle était allée à l'école dans une modernité brillante pour retrouver chaque soir chez elle un monde plus ancien, plus sombre.

« Impossible à chauffer, impossible à climatiser, dit-elle. C'est un cauchemar en termes de facture énergétique. »

Brian, en bon chien d'arrêt, l'observait intensément. « Mon architecte dit que nous pouvons poser un plancher tout le long de la rangée de fenêtres sud. Ça représente environ quinze mètres. Le vitrer sur les trois autres côtés. Mettre la cuisine dessous. Nettoyer les turbines à la vapeur, accrocher quelques spots, et laisser l'espace principal comme il est.

– C'est un gouffre financier absolu.

– Remarquez qu'il n'y a pas de pigeons, dit Brian. Pas de flaques.

– Mais comptez un an pour les permis, un de plus pour la construction, et encore un pour se faire inspecter. Ça fait longtemps à me payer à ne rien faire. »

Brian répliqua qu'il visait une ouverture en février. Il avait des amis architectes et des amis entrepreneurs, et il ne prévoyait pas de difficultés avec « L&I » – le redouté bureau municipal des Licences et Inspections. « Le commissaire est un ami de mon père, dit-il. Ils jouent ensemble au golf tous les jeudis. »

Denise rit. L'ambition et la compétence de Brian, pour emprunter un mot à sa mère, la « titillaient ». Elle leva les yeux vers les sommets arqués des fenêtres. « Et quel genre de cuisine pourrait marcher ici, d'après vous ?

– Quelque chose de décadent et de magnifique. Ça, c'est votre problème. »

Quand ils retournèrent à la voiture, dont la couleur se fondait dans celle des mauvaises herbes qui entouraient l'étendue de gravier déserte, Brian lui demanda si elle avait fait des projets pour l'Europe. « Vous devriez prendre au moins deux mois, dit-il. J'ai un motif secret, là.

— Oui.

— Si vous y allez, je pourrais venir moi-même quelques weekends. Je veux manger ce que vous mangez. Je veux entendre ce que vous pensez. »

Il dit cela avec une franchise désarmante. Qui n'aurait souhaité voyager en Europe avec une jolie femme qui s'y connaissait en cuisine et en vins ? Si vous, et non lui, étiez l'heureux élu qui devait le faire, il en serait aussi enchanté pour vous qu'il espérait que vous, maintenant, l'étiez pour lui. Tel était son ton.

La part en Denise qui soupçonnait que faire l'amour avec Brian pourrait être meilleur que ça ne l'avait été avec d'autres hommes, la part en elle qui retrouvait ses propres ambitions en lui, accepta de passer six semaines en Europe et de le retrouver à Paris.

L'autre part en elle, plus soupçonneuse, dit : « Quand vais-je faire la connaissance de votre famille ?

— Que diriez-vous du week-end prochain ? Venez nous voir à Cape May. »

Cape May, New Jersey, consistait en un noyau de bungalows victoriens surdécorés et élégamment décatis entourés par les lotissements neufs en circuit imprimé des nouveaux riches. Naturellement, étant les parents de Brian, les Callahan possédaient l'un des plus beaux bungalows anciens. Sur l'arrière, il y avait une piscine pour les week-ends du début de l'été, quand l'océan était encore froid. C'est là que Denise, arrivant en fin d'après-midi, le samedi choisi, trouva Brian et ses filles en train de paresser tandis qu'une femme aux cheveux gris, couverte de sueur et de rouille, attaquait une table en fer forgé à la brosse métallique.

Denise s'était attendue à ce que la femme de Brian soit ironique et distinguée, une beauté impressionnante. Robin Passafaro portait un pantalon de survêtement jaune, une casquette des peintures MAB, un maillot des Phillies d'un rouge peu flatteur et des lunettes épouvantables. Elle s'essuya une main sur son pantalon et la tendit à Denise. Ses mots d'accueil furent grinçants et étrangement formels : « Je suis ravie de faire votre connaissance. » Elle se remit aussitôt au travail.

Je ne t'aime pas non plus, se dit Denise.

Sinéad, une jolie petite fille maigre de dix ans, était assise sur le plongeoir, un livre sur les genoux. Elle agita soigneusement la main en direction de Denise. Erin, une fillette plus jeune et plus trapue portant des écouteurs, était penchée sur une table de pique-nique avec une grimace de concentration. Elle laissa échapper un petit sifflement.

« Erin apprend les cris des oiseaux, dit Brian.

— Pourquoi ?

— Nous ne savons pas au juste.

— La pie, annonça Erin. Queg-queg-queg-queg ?

— Il serait peut-être temps de mettre ça de côté », dit Brian.

Erin retira ses écouteurs, courut jusqu'au plongeoir et tenta de faire chuter sa sœur en sautant dessus. Le livre de Sinéad manqua tomber à l'eau. Elle le rattrapa d'une main élégante. « Papa !

— Chérie, c'est un plongeoir, pas un lisoir. »

Il y avait une frénésie survitaminée dans le brossage de Robin. Son travail semblait plein de sous-entendus et d'amertume, et il mettait Denise sur les dents. Brian, lui aussi, soupira et regarda sa femme : « Tu as presque fini ?

— Tu veux que j'arrête ?

— Ce serait gentil, oui.

— D'accord. » Robin laissa tomber la brosse et se dirigea vers la maison.

« Denise, je peux vous offrir quelque chose à boire ?

« — Un verre d'eau, merci.

— Erin, écoute, dit Sinéad. Je serai un trou noir et tu seras une naine rouge.

— Je veux être un trou noir, dit Erin.

— Non, c'est moi le trou noir. La naine rouge tourne autour en faisant des cercles et se fait graduellement absorber par de puissantes forces gravitationnelles. Le trou noir reste là et lit.

— Est-ce qu'on se cogne à la fin ? demanda Erin.

— Oui, intervint Brian, mais aucune information sur l'événement n'atteint jamais le monde extérieur. C'est une collision parfaitement silencieuse. »

Robin réapparut dans un maillot de bain une pièce noir. D'un geste qui était à deux doigts de la franche grossièreté, elle tendit son verre à Denise.

« Merci, dit Denise.

— De rien ! » dit Robin. Elle ôta ses lunettes et plongea du côté profond du bassin. Elle nagea sous l'eau tandis qu'Erin faisait le tour de la piscine en émettant des cris appropriés à la mort d'une étoile de classe M ou S. Quand Robin fit surface du côté où elle avait pied, elle parut nue dans son demi-aveuglement. Elle ressemblait plus à l'épouse que Denise avait imaginée – cheveux coulant en rivière sur ses épaules, ses pommettes et ses sombres sourcils luisants. Lorsqu'elle sortit de la piscine, l'eau perla aux bords de son maillot et ruissela entre les poils visibles de sa silhouette à bikini.

Une vieille confusion non résolue s'empara de Denise comme une crise d'asthme. Elle éprouva le besoin de s'éloigner et de faire la cuisine.

« Je me suis arrêtée faire les courses dont j'avais besoin, dit-elle à Brian.

— Cela ne semble pas honnête de faire travailler notre invitée, dit-il.

— D'un autre côté, je vous en ai fait la proposition et vous me payez.

— Il y a ça, oui.

— Erin, maintenant tu es un agent pathogène, dit Sinéad en se glissant dans l'eau, et je serai un leucocyte. »

Denise confectionna une simple salade de tomates cerises rouges et jaunes. Elle prépara du quinoa au beurre et au safran et des pavés de flétan entourés d'une garde colorée de moules et de poivrons rôtis. Elle avait presque fini lorsqu'elle s'avisa de regarder sous les couvercles en feuille d'aluminium de plusieurs plats qui se trouvaient au réfrigérateur. Là, elle découvrit une salade verte, une salade de fruits, un plat d'épis de maïs nettoyés et une casserole de (était-ce possible ?) boulettes de porc.

Brian buvait une bière seul sur la terrasse.

« Il y a un dîner dans le frigo, lui dit Denise. Il y a déjà un dîner.

— Peste, dit Brian. Robin a dû... j'imagine pendant que je pêchais avec les filles.

— Eh bien, il y a un dîner complet là-dedans et je viens de préparer un deuxième dîner complet. » Denise rit, très en colère. « Vous ne communiquez pas entre vous ?

— Non, en fait, ça n'a pas été notre jour le plus communicatif. Robin avait un travail à terminer à son Projet Potager. J'ai dû plus ou moins la traîner de force ici.

— Eh bien, zut !

— Écoutez, dit Brian, nous mangerons votre dîner ce soir et le sien demain. Tout ça est ma faute.

— Je m'en doute ! »

Elle trouva Robin de l'autre côté de la maison, en train de tailler les ongles de pied d'Erin. « Je viens de me rendre compte que j'ai préparé à dîner, dit-elle, et que vous en aviez déjà préparé un. Brian ne m'avait rien dit. »

Brian haussa les épaules. « Peu importe.

— Non, je suis vraiment désolée, tout de même.

— Peu importe, dit Robin. Les filles se font une joie de manger votre cuisine.

– Je suis désolée.

– Peu importe. »

Lors du dîner, Brian encouragea sa timide progéniture à répondre aux questions de Denise. Chaque fois qu'elle surprenait les filles en train de la dévisager, elles baissaient les yeux et rougissaient. Robin mangea rapidement, tête baissée, et déclara le repas « goûteux ». Il n'apparaissait pas clairement dans quelle mesure elle voulait se montrer désagréable envers Brian et dans quelle mesure envers Denise. Elle alla se coucher peu après les filles, et le lendemain matin elle était déjà partie pour la messe quand Denise se leva.

« Question rapide, dit Brian en servant le café. Qu'est-ce que vous diriez de me ramener avec les filles ce soir ? Robin veut rentrer tôt pour son Projet Potager. »

Denise hésita. Elle se sentait positivement poussée par Robin dans les bras de Brian.

« Pas de problème si vous ne voulez pas, ajouta-t-il. Elle est prête à prendre un car et nous laisser la voiture. »

Un *car* ? Un *car* ?

Denise éclata de rire. « Non, bien sûr, je vous ramènerai. » Elle ajouta, faisant écho à Robin : « Peu importe ! »

À la plage, tandis que le soleil dissipait les nuages côtiers matinaux, Brian et elle regardèrent Erin se frayer un chemin dans l'écume tandis que Sinéad creusait une tombe peu profonde.

« Je serai Jimmy Hoffa, dit Sinéad, et vous autres serez la mafia. »

Ils travaillèrent à enterrer la fillette dans le sable, lissant les douces courbes de son monticule funéraire, écrasant les creux du corps vivant qui se trouvait en dessous. Le monticule était géologiquement actif et subissait de petits séismes, des réseaux de fissures s'étendant là où le ventre de Sinéad s'élevait et retombait.

« Je viens seulement de me rendre compte que vous étiez mariée à Émile Berger, dit Brian.

— Vous le connaissez ?

— Pas personnellement, mais je connaissais le Café Louche. J'y ai souvent mangé.

— C'étaient nous.

— Deux ego monstrueux dans une petite cuisine.

— Hon.

— Il vous manque ?

— Mon divorce est la grande tristesse de ma vie.

— C'est une réponse, dit Brian, mais pas à ma question. »

Sinéad détruisait lentement son sarcophage de l'intérieur, ses orteils frétillant pour revoir le jour, un genou faisant irruption, des doigts roses émergeant du sable humide. Erin se jeta dans une bouillie de sable et d'eau, se releva, et se jeta à nouveau.

Je pourrai arriver à aimer ces filles, se dit Denise.

Chez elle, ce soir-là, elle appela sa mère et écouta, comme chaque dimanche soir, la litanie d'Enid énumérant les péchés d'Alfred : contre une attitude saine, contre un mode de vie sain, contre les instructions des médecins, contre les orthodoxies circadiennes, contre les principes établis de la verticalité diurne, contre les règles de bon sens concernant les échelles et les escaliers, contre tout ce qu'il y avait d'optimiste et de prêt à s'amuser dans la nature d'Enid. Au bout de quinze minutes éreintantes, Enid conclut : « Bon, et toi, comment vas-tu ? »

Depuis son divorce, Denise avait pris la décision de raconter moins de mensonges à sa mère, et elle s'obligea donc à révéler ses enviables projets de voyage. Elle omit seulement le fait qu'elle voyagerait en France avec le mari de quelqu'un d'autre ; ce fait irradiait déjà les ennuis.

« Oh, j'aimerais pouvoir t'accompagner ! dit Enid. J'aime tant l'Autriche. »

Denise offrit courageusement : « Pourquoi tu ne prends pas un mois pour venir ?

— Denise, il m'est impossible de laisser papa seul.

— Il peut venir, lui aussi.

– Tu sais ce qu'il dit. Il a renoncé aux voyages sur terre. Il a trop de mal avec ses jambes. Donc, va là-bas et amuse-toi *pour moi*. Dis bonjour à ma ville favorite ! Et ne manque pas de rendre visite à Cindy Meisner. Klaus et elle ont un chalet à Saint-Moritz et un immense appartement très élégant à Vienne. »

Pour Enid, l'Autriche était synonyme du « Beau Danube bleu » et d'« Edelweiss ». Les boîtes à musique de son salon, avec leur marqueterie florale et alpine, venaient toutes de Vienne. Enid aimait à rappeler que la mère de sa mère avait été « viennoise », parce que c'était un synonyme, dans son esprit, d'« autrichienne », par quoi elle entendait « appartenant ou relatif à l'Empire austro-hongrois » – empire qui à l'époque de la naissance de sa grand-mère s'étendait du nord de Prague au sud de Sarajevo. Denise, qui, petite fille, s'était complètement entichée de Barbra Streisand dans *Yentl*, et qui, adolescente, s'était imprégnée d'Isaac Bashevis Singer et de Sholem Aleichem, finit par soutirer un jour à Enid l'aveu que la grand-mère en question aurait bien pu avoir été juive. Ce qui, comme elle le fit remarquer triomphalement, ferait d'elle et d'Enid des Juives par descendance matrilinéaire directe. Mais Enid, faisant rapidement marche arrière, dit que non, sa grand-mère avait été *catholique*.

Denise avait un intérêt professionnel pour certains goûts de la cuisine de sa grand-mère – porc fumé et choucroute fraîche, groseilles à maquereau et myrtilles, boulettes, truites et saucisses. Le problème culinaire était de rendre la solidité mitteleuropéenne appétissante pour des tailles 34. Les porteurs de Carte Titane ne voulaient pas de déferlements wagnériens de Sauerbraten, de Semmelknödeln ni de montagnes de Schlagsahne. Ils pourraient, néanmoins, manger de la choucroute. S'il existait bien une nourriture pour les poulettes aux jambes comme des allumettes : pauvre en graisses, pleine de goût et souple, prête à s'apparier avec le porc, avec l'oie, avec le poulet, avec les marrons, prête à tenter le coup avec les sashimis de maquereau ou le haddock…

Coupant ses derniers liens avec le Mare Scuro, elle s'envola pour Francfort en tant qu'employée salariée de Brian Callahan avec une carte American Express illimitée. En Allemagne, elle roula à cent soixante kilomètres à l'heure et fut rejointe par des voitures qui lui faisaient des appels de phares pour qu'elle libère le passage. À Vienne, elle chercha une Vienne qui n'existait pas. Elle ne mangea rien qu'elle n'aurait pu mieux préparer elle-même ; un soir, elle prit une Wiener Schnitzel et se dit : oui, c'est une Wiener Schnitzel, on-hon. Elle se faisait de l'Autriche une idée beaucoup plus frappante que l'Autriche elle-même. Elle alla au Kunsthistorisches Museum et au Philharmoniker ; elle se fit le reproche d'être une mauvaise touriste. Elle en arriva à tant d'ennui et de solitude qu'elle finit par appeler Cindy von Kippel (née Meisner) et accepta une invitation à dîner dans son appartement de dix-sept pièces sur le Ring.

Cindy avait épaissi dans les régions médianes et son allure, trouva Denise, était bien pire que nécessaire. Ses traits se perdaient dans le fond de teint, le fard à joues et le rouge à lèvres. Son pantalon de soie noire était ample au niveau de la taille et serré aux chevilles. Frôlant sa joue et encaissant l'attaque aux lacrymogènes du parfum de Cindy, Denise fut surprise de détecter un souffle bactérien.

Le mari de Cindy, Klaus, avait des épaules d'un mètre de large, des hanches étroites et un cul d'une compacité fascinante. Le salon von Kippel était long comme un demi-block et meublé de fauteuils dorés disposés en formations mortelles pour la sociabilité. Des portraits des ancêtres dans les tons pastel pendaient aux murs, ainsi que la médaille de bronze olympique de Klaus, montée et encadrée, sous le plus grand lustre.

« Ce que vous voyez là n'est qu'une réplique, dit Klaus à Denise. La médaille originale est au coffre. »

Sur une desserte vaguement Louis XVI se trouvaient une

assiette de tranches de pain, un poisson fumé estropié à la consistance de thon en boîte et un morceau pas bien gros d'emmental.

Klaus tira une bouteille d'un seau argenté et servit du mousseux en faisant des moulinets. « À notre pèlerin culinaire, dit-il en levant un verre. Bienvenue dans la sainte ville de Vienne. »

Le mousseux était douceâtre, trop pétillant et remarquablement semblable à du Sprite.

« C'est tellement génial que tu sois là ! » s'écria Cindy. Elle claqua des doigts frénétiquement et une domestique accourut par une porte dérobée. « Annerl, ma bonne, dit Cindy d'une voix plus enfantine, tu te souviens que je t'avais demandé du pain de seigle, pas du pain blanc ?

— Voui, madame, répondit Annerl, une femme entre deux âges.

— Donc il est trop tard maintenant, parce que j'avais prévu ce pain blanc pour après, mais j'aimerais vraiment que tu le reprennes et nous apportes le pain de seigle à la place ! » Cindy expliqua à Denise : « Elle est tellement gentille, mais tellement bête. N'est-ce pas, Annerl ? N'est-ce pas que tu es bête ?

— Voui, madame.

— Bon, tu sais ce que c'est, tu es un chef, dit Cindy au moment où Annerl se retirait. C'est probablement encore pire pour toi, la stupidité des gens.

— L'*arrogance* et la stupidité, dit Klaus.

— Dis à quelqu'un ce qu'il doit faire, dit Cindy, et il fera tout le contraire, c'est tellement irritant ! Tellement irritant !

— Ma mère te fait passer ses salutations, dit Denise.

— Ta maman est tellement géniale. Elle a toujours été tellement gentille avec moi. Klaus, tu connais la toute petite maison où ma famille habitait (il y a très longtemps, quand j'étais une toute petite fille), eh bien, les parents de Denise étaient nos voisins. Ma maman et sa maman sont restées bonnes amies.

J'imagine que tes parents sont toujours dans leur vieille petite maison, hein ? »

Klaus eut un rire rauque et se tourna vers Denise. « Vous savez ce que je *hais* fraiment à Saint Jude ?

— Non, répondit Denise. Qu'est-ce que vous haïssez vraiment à Saint Jude ?

— Je *hais* fraiment la fausse démocratie. Les gens de Saint Jude font comme s'ils étaient tous pareils. Tout ça est bien *gentil. Gentil, gentil, gentil.* Mais les gens ne sont pas tous pareils. Pas du tout. Il y a des différences de classe, il y a des différences de race, il y a d'énormes et décisives différences économiques, et pourtant personne ne les reconnaît honnêtement. Tout le monde fait semblant ! Vous avez remarqué cela ?

— Vous voulez dire, dit Denise, par exemple, les différences entre ma maman et la maman de Cindy ?

— Non, je ne connais pas votre mère.

— Klaus, mais si ! dit Cindy. Mais si, tu l'as rencontrée. Il y a trois ans, à Thanksgiving, lors de la réception ouverte. Tu te souviens ?

— Eh bien, tu vois, tout le monde est pareil, expliqua Klaus. C'est ce que j'étais en train de dire. Comment veux-tu distinguer les gens quand tout le monde veut être pareil ? »

Annerl revint avec le plat lugubre et un pain différent.

« Tiens, goûte-moi ce poisson, exhorta Cindy. Ce champagne n'est-il pas merveilleux ? Vraiment différent ! Klaus et moi en buvions du plus sec, mais nous avons découvert celui-ci et nous l'adorons.

— Il y a un *attrait snob* dans le sec, dit Klaus. Mais ceux qui connaissent fraiment leur Sekt savent que ce roi, cet *Extra-Trocken,* est entièrement nu. »

Denise croisa les jambes. « Ma mère m'a dit que vous étiez médecin.

— Yah, médecine du sport, dit Klaus.

— Tous les meilleurs skieurs viennent chez Klaus ! dit Cindy.

– C'est ma façon de rembourser ma dette à la société », dit Klaus.

Malgré les prières de Cindy, Denise s'échappa de la Ringstraße avant neuf heures et de Vienne dès le lendemain matin, se dirigeant vers l'est dans la vallée nimbée de brume blanche du Danube médian. Consciente de dépenser l'argent de Brian, elle travaillait de longues journées, parcourant Budapest quartier par quartier, prenant des notes à chaque repas, jetant un œil aux boulangeries, aux minuscules échoppes et aux restaurants caverneux sauvés au bord d'un abandon définitif. Elle alla jusqu'en Ruthénie, le lieu de naissance des parents du père d'Enid, à présent une bribe d'Ukraine transcarpatique. Dans les paysages qu'elle traversait, il n'y avait pas trace de shtetl. Pas trace de Juifs, sauf dans les plus grandes villes. Tout était aussi durablement, fadement goy qu'elle s'était résignée à l'être elle-même. La nourriture, dans l'ensemble, était grossière. Les hauts plateaux des Carpates, partout balafrés par les coups de poignard de l'extraction de la houille et de la pechblende, paraissaient faits pour enterrer des corps aspergés de chaux dans des fosses communes. Denise voyait des visages qui ressemblaient au sien, mais ils étaient fermés et prématurément fanés, sans un mot d'anglais dans les yeux. Elle n'avait pas de racines. Ce n'était pas son pays.

Elle prit l'avion pour Paris et retrouva Brian dans le vestibule de l'hôtel des Deux-Îles. En juin, il avait parlé d'emmener toute sa famille, mais il était venu seul. Il portait un pantalon des surplus et une chemise blanche très fripée. Denise était tellement ravagée par la solitude qu'elle lui sauta presque dans les bras.

Quel genre d'idiote, se demanda-t-elle, *laisse son mari partir pour Paris avec une personne comme moi ?*

Ils dînèrent à La Cuillère curieuse, un deux-étoiles Michelin qui, de l'avis de Denise, en faisait trop. Elle ne voulait pas de sériole crue ni de papaye confite quand elle venait en France. D'un autre côté, elle en avait plus qu'assez du goulash.

Brian, s'en remettant entièrement à son jugement, lui fit choisir le vin et commander leurs deux dîners. Au moment du café, elle lui demanda pourquoi Robin ne l'avait pas accompagné à Paris.

« C'est la première récolte de courgettes du Projet Potager, répondit-il avec une amertume qui ne lui ressemblait pas.

— Voyager est une corvée pour certains, dit Denise.

— Ce n'était pas le cas pour Robin, dit Brian. Nous faisions de grands voyages dans tout l'Ouest. Et maintenant que nous pouvons réellement nous le permettre, elle ne veut plus bouger. On dirait qu'elle fait grève contre l'argent.

— Ce doit être un choc d'en avoir soudain autant.

— Écoutez, je veux seulement en profiter, dit Brian. Je ne veux pas être quelqu'un de différent. Mais je ne vais pas non plus m'habiller de sacs à patates.

— C'est ce que fait Robin ?

— Elle n'a plus été heureuse depuis le jour où j'ai vendu la société. »

Prenons un minuteur, se dit Denise, et voyons combien de temps ce mariage va durer.

Elle attendit en vain, tandis qu'ils remontaient le quai après dîner, que Brian lui frôle la main. Il ne cessait de la dévisager avec espoir, comme pour s'assurer qu'elle n'avait pas d'objections à ce qu'il s'arrête devant cette vitrine ou aille se perdre dans cette ruelle. Il avait une façon joyeusement canine de chercher l'approbation sans paraître anxieux. Il décrivit ses plans pour le Generator comme si c'était une fête dont il était presque sûr qu'elle s'y plairait. Manifestement convaincu, de la même façon, qu'il faisait quelque chose de Bien qu'elle désirait, il s'écarta d'elle hygiéniquement quand ils se quittèrent pour la nuit dans le vestibule des Deux-Îles.

Elle endura dix jours de cette affabilité. Vers la fin, elle ne supportait plus de se voir dans la glace, son visage lui paraissait si défait, ses seins si pendants, ses cheveux une telle boule frisée,

ses vêtements si fatigués par le voyage. Elle était, fondamentalement, *choquée* que ce mari malheureux lui résiste. Même s'il
avait de bonnes raisons de lui résister ! Lui étant le père de deux
adorables fillettes ! Et elle étant, après tout, son employée salariée ! Elle respectait sa résistance, elle pensait que c'était ainsi
que les adultes devaient se comporter ; et elle en était extrêmement malheureuse.

Elle plia sa volonté à la tâche de ne pas se sentir trop grosse et
de s'autoriser à manger. Malheureusement, elle était malade des
déjeuners et des dîners et ne rêvait plus que de pique-niques.
Voulait de la baguette, des pêches blanches, du chèvre sec et
du café. Elle était malade de voir Brian savourer un repas.
Elle haïssait Robin d'avoir un mari en qui elle pouvait avoir
confiance. Elle haïssait Robin de sa brusquerie à Cape May. Elle
maudissait intérieurement Robin, la traitait de conne et mena-
çait de baiser son mari. Plusieurs soirs, après dîner, elle envisagea de violer sa propre morale tordue et de faire du plat à Brian
(parce qu'il s'en remettrait sûrement à son jugement ; sûrement,
avec sa permission, il sauterait dans son lit, haletant et souriant,
et lui lécherait la main), mais elle était en fin de compte trop
démoralisée par ses cheveux et ses vêtements. Elle était prête à
rentrer chez elle.

Deux soirs avant leur départ, elle frappa à la porte de Brian
avant le dîner, et il l'attira dans sa chambre et l'embrassa.

Il n'avait donné aucun signe avant-coureur de son changement d'attitude. Elle rendit visite à son confesseur intérieur et
put lui dire : « Rien ! Je n'ai rien fait ! J'ai frappé à la porte et,
une seconde plus tard, il était à genoux. »

À genoux, il pressa les mains de Denise contre son visage.
Elle le regarda comme elle avait regardé Don Armour longtemps auparavant. Son désir apportait un agréable soulagement
topique à la sécheresse craquelée, à la détresse intégrale, de sa
personne. Elle le suivit au lit.

Naturellement, étant bon en tout, Brian savait baiser. Il avait le style oblique qu'elle aimait. Elle murmura de manière ambiguë : « J'aime ton goût. » Il mit les mains partout où elle espérait qu'il les mettrait. Elle déboutonna sa chemise comme la femme le fait à un certain stade. Elle lécha son mamelon avec le hochement de tête décidé d'un chat qui fait sa toilette. Elle plaça une main expérimentée, en coquille, sur la bosse de son pantalon. Elle était merveilleusement, avidement adultère, et elle le savait. Elle s'embarqua dans un travail sur une boucle de ceinture, dans des projets relatifs aux crochets et aux boutons, dans des tâches ayant trait aux élastiques, jusqu'à ce qu'enfle en elle, à peine distinguable et puis soudain distinct, puis non seulement distinct, mais de plus en plus douloureux dans la pression qu'il exerçait sur son péritoine, ses yeux, ses artères et ses méninges, un ballon à la taille de son corps, arborant le visage de Robin, d'*immoralité*.

La voix de Brian était dans son oreille. Il posait la question de la protection. Il avait pris son malaise pour un transport, ses tortillements pour une invitation. Elle clarifia les choses en roulant hors du lit et en s'affalant dans un coin de la chambre. Elle dit qu'elle ne pouvait pas.

Brian se redressa sur le lit et ne dit rien. Elle coula un œil et confirma que sa dotation était conforme à ce qu'on pouvait attendre de l'homme qui avait tout. Elle soupçonna qu'elle n'était pas près d'oublier la vue de cette bite. La verrait quand elle fermerait les yeux, à des moments inopportuns, dans des contextes inexplicables.

Elle lui fit ses excuses.

« Non, tu as raison, dit Brian, s'en remettant à son jugement. Je me sens merdique. Je n'ai jamais rien fait de pareil.

— Moi si, tu vois, dit-elle, afin qu'il ne la croie pas simplement farouche. Plus d'une fois. Et je ne veux plus.

— Non, bien sûr, tu as raison.

— Si tu n'étais pas marié… Si je n'étais pas ton employée…

– Écoute, je comprends. Je vais à la salle de bains maintenant. Je comprends.

– Merci. »

Une partie d'elle-même se disait : *Quel est mon problème ?*

Une autre partie d'elle-même se disait : *Pour une fois dans ma vie, je fais ce qu'il faut.*

Elle passa quatre jours seule en Alsace et prit l'avion du retour à Francfort. Elle fut abasourdie quand elle alla constater les progrès que l'équipe de Brian avait faits au Generator en son absence. La structure du bâtiment dans un bâtiment était déjà en place, les dalles de béton coulées. Elle pouvait voir l'effet que cela produirait : une brillante bulle de modernité dans un crépuscule de l'industrie monumentale. Bien qu'elle eût foi en sa cuisine, la majesté de l'espace la rendait nerveuse. Elle regrettait de ne pas avoir insisté pour un espace ordinaire où sa cuisine aurait pu briller par elle seule. Elle se sentait à la fois séduite et bernée en un sens – comme si, dans son dos, Brian avait lutté avec elle pour attirer l'attention du monde. Comme si, depuis toujours, à sa manière affable, il avait cherché à ce que le restaurant soit le sien, et non celui de Denise.

Elle était hantée, exactement comme elle l'avait craint, par la réminiscence de sa bite. Elle se sentait de plus en plus heureuse de ne pas l'avoir laissé la fourrer en elle. Brian avait tous les avantages qu'elle avait, plus beaucoup d'autres en propre. Il était un mâle, il était riche, il était né dans les affaires ; il n'était pas handicapé par les bizarreries et les principes des Lambert ; c'était un *amateur**, qui n'avait rien d'autre à perdre que de l'argent jeté par les fenêtres et, pour réussir, il ne lui fallait rien de plus qu'une bonne idée et quelqu'un d'autre (à savoir elle) pour faire tout le boulot. Quelle chance elle avait eue, dans cette chambre d'hôtel, de reconnaître en lui un adversaire ! Deux minutes de plus et elle aurait disparu. Elle serait devenue une autre facette de sa vie merveilleuse, sa beauté se reflétant sur son charme irrésistible, son talent nourrissant la gloire de son restaurant. Quelle chance elle avait eue, quelle chance !

Elle pensait que si, quand le Generator ouvrirait, les critiques prêtaient plus d'attention à l'espace qu'à la cuisine, elle *perdrait* et Brian *gagnerait*. Alors elle travailla d'arrache-pied. Elle rôtit par convection des côtes de porc jusqu'à les brunir à la façon des *country ribs* et les détailla en tranches fines, dans le sens des fibres, pour la présentation, réduisit et fonça la sauce à la choucroute pour faire ressortir l'harmonie des goûts du porc et du chou, avec des accents de terre et de noisette, et décora l'assiette de deux pommes de terre nouvelles testiculaires, d'un amas de choux de Bruxelles et d'une cuillerée de haricots blancs légèrement relevés par de l'ail rôti. Elle inventa de nouvelles et luxueuses saucisses blanches. Elle associa des achards au fenouil, des pommes de terre rôties et des fanes de navet amères avec d'extraordinaires côtes de porc qu'elle achetait directement à un fermier bio réchappé des années soixante qui abattait lui-même ses bêtes et faisait ses propres livraisons. Elle invita le type à déjeuner, visita sa ferme du comté de Lancaster et rencontra les cochons en question, examina leur pitance éclectique (patates douces et ailes de poulet, épis de maïs et marrons) et jeta un coup d'œil à la pièce isolée phoniquement où ils étaient abattus. Elle obtint des engagements de ses anciens aides du Mare Scuro. Elle invita d'anciens collègues sur la carte American Express de Brian, jaugea la concurrence locale (pour l'essentiel heureusement médiocre) et goûta les desserts pour voir si l'un ou l'autre chef pâtissier méritait d'être débauché. Elle monta des festivals solitaires de confection de hachis. Elle prépara de la choucroute par seaux de vingt-cinq litres dans sa cave. Elle la fit avec du chou rouge et avec du chou frisé, avec des baies de genièvre et des grains de poivre noir. Elle accéléra la fermentation au moyen d'ampoules de cent watts.

Brian continuait de l'appeler tous les jours, mais il ne l'emmenait plus dans sa Volvo, ne passait plus sa musique. Derrière ses questions polies, elle sentait un intérêt déclinant. Elle recommanda un vieil ami à elle, Rob Zito, pour gérer le Generator, et quand Brian les invita tous deux à déjeuner, il ne resta qu'une demi-heure. Il avait un rendez-vous à New York.

Un soir, Denise l'appela chez lui et elle tomba sur Robin Passafaro. Les phrases sèches de Robin – « OK », « Peu importe », « Oui », « Je lui dirai », « OK » – irritèrent tellement Denise qu'elle fit délibérément durer la conversation. Elle lui demanda comment marchait le Projet Potager.

« Bien, dit Robin. Je dirai à Brian que vous avez appelé.

– Je pourrais venir le voir un jour ? »

Robin répondit avec une grossièreté non dissimulée : « Pourquoi ?

– Eh bien, dit Denise, c'est quelque chose dont Brian me parle » (c'était un mensonge ; il ne l'évoquait que rarement), « c'est un projet intéressant » (en fait, il paraissait utopique et cinglé), « et, vous savez, j'adore les légumes.

– On-hon.

– Alors peut-être un samedi après-midi, par exemple.

– Quand vous voudrez. »

Un instant plus tard, Denise raccrocha violemment le téléphone. Elle était fâchée, entre autres choses, de la comédie qu'elle avait jouée. « J'aurais pu baiser ton mari ! dit-elle. Et j'ai choisi de ne pas le faire ! Alors pourquoi ne pas être un peu plus aimable ? »

Peut-être, si elle avait été une meilleure personne, aurait-elle laissé Robin tranquille. Peut-être voulait-elle se faire aimer de Robin dans le seul but de lui refuser la satisfaction de la détester – pour gagner ce concours d'estime. Peut-être relevait-elle simplement le gant. Mais le désir d'être aimée était réel. Elle était hantée par l'impression que Robin avait été présente dans cette chambre d'hôtel avec Brian et elle ; par cette sensation oppressante de la présence de Robin à l'intérieur de son corps.

Le dernier samedi de la saison de base-ball, elle cuisina chez elle pendant huit heures, emballant des truites sous film plastique, jonglant avec une demi-douzaine de salades de choucroute et mariant les jus de cuisson de rognons sautés avec des alcools intéressants. Tard dans l'après-midi, elle partit se promener et, s'apercevant qu'elle se dirigeait vers l'ouest, elle traversa Broad Street et entra dans le ghetto de Point Breeze, où se trouvait le Projet de Robin.

Le temps était clair. Le début de l'automne à Philadelphie apporte des odeurs d'iode et de marée, une baisse graduelle des températures, une tranquille abdication du contrôle par les masses d'air humide qui avaient tenu en respect le vent de mer durant tout l'été. Denise passa devant une vieille femme en robe d'intérieur qui montait la garde tandis que deux hommes poussiéreux déchargeaient des provisions du coffre d'une Ford Pinto rouillée. Les parpaings était le matériau de choix ici pour obturer les fenêtres. Il y avait des SNA K-BAR et des P ZER A ravagés par des incendies. Des maisons friables avec des draps en guise de rideaux. Des étendues d'asphalte frais qui semblaient sceller le destin du quartier plus que promettre un renouveau.

Denise ne tenait pas à voir Robin. Il était presque mieux, en un sens, de marquer le point subtilement – de laisser Robin apprendre par Brian qu'elle avait pris la peine d'aller visiter le Projet.

Elle arriva à un block que délimitaient de petites collines de paillis et de gros tas de végétation fanée. À l'extrémité opposée du block, derrière la seule maison subsistante, quelqu'un creusait un sol rocheux à la pelle.

La porte d'entrée de la maison solitaire était ouverte. Une Noire en âge de fréquenter l'université était assise à un bureau qui contenait aussi un immense canapé recouvert d'un épouvantable tissu écossais et un tableau noir à roulettes où une colonne de noms (Lateesha, Latoya, Tyrell) était suivie par des colonnes HEURES FAITES et SOMMES PAYÉES.

« Je cherche Robin », dit Denise.

La fille hocha la tête en direction de la porte de service ouverte de la maison. « Elle est derrière. »

Le jardin était fruste mais paisible. Pas grand-chose ne semblait avoir été cultivé ici hormis des courges et leurs cousines, mais il y avait de vastes étendues de lierre, et les odeurs de paillis et de terre, et la brise de mer automnale, étaient pleines de souvenirs d'enfance.

Robin pelletait des gravats dans un tamis improvisé. Elle avait des bras minces et un métabolisme d'oiseau-mouche, et elle pelletait par petites quantités mais à toute vitesse. Elle portait un bandana noir et un T-shirt très sale avec l'inscription UNE ÉDUCATION DE QUALITÉ : PAYEZ-LA MAINTENANT OU PAYEZ-LE PLUS TARD. Elle ne sembla ni surprise ni heureuse de voir Denise.

« C'est un grand projet », dit Denise.

Robin haussa les épaules, serrant la pelle à deux mains comme pour souligner qu'elle avait été interrompue dans sa tâche.

« Vous voulez de l'aide ? demanda Denise.

– Non. Les gosses étaient censés faire ça, mais il y a une partie à la rivière. Je fais seulement le ménage. »

Elle donna des coups de pelle sur les gravats dans le tamis pour faire passer un peu de terre. Les mailles retenaient des fragments de brique et de mortier, des boulettes de bitume de couverture, des branches d'ailante, des crottes de chat pétrifiées, des étiquettes Baccardi et Yuengling sur des tessons de verre brisé.

« Alors, qu'est-ce que vous avez fait pousser ? » demanda Denise.

Robin haussa de nouveau les épaules. « Rien de très impressionnant.

– Par exemple ?

– Des courgettes et des citrouilles.

– J'utilise les deux.

– Ouais.

– Qui est la fille ?

– J'ai quelques assistantes à mi-temps que je paie. Sara est en licence à Temple.

– Et qui sont les gosses qui devraient être là ?

– Des gosses du quartier, entre douze et seize ans. » Robin ôta ses lunettes et essuya la sueur de son visage avec une manche sale. Denise avait oublié, ou n'avait jamais remarqué, quelle jolie bouche elle avait. « Ils reçoivent le salaire minimum plus des légumes, plus une part de l'argent que nous gagnons.

– Vous soustrayez les dépenses ?

– Ça les découragerait.

– C'est vrai. »

Robin détourna le regard vers l'autre côté de la rue et une rangée d'immeubles morts aux corniches métalliques rouillées. « Brian dit que vous avez l'esprit de compétition.

– Vraiment ?

– Il dit qu'il ne livrerait pas un bras de fer avec vous. »

Denise tressaillit.

« Il dit qu'il ne voudrait pas être l'autre chef en cuisine avec vous.

– Pas de danger que ça arrive, dit Denise.

– Il dit qu'il ne voudrait pas jouer au Scrabble avec vous.

– On-hon.

– Il dit qu'il ne voudrait pas jouer au Trivial Pursuit avec vous. »

Ça va, ça va, se dit Denise.

Robin respirait à grands traits. « Enfin.

– Ouais, enfin.

– Voici pourquoi je ne suis pas allée à Paris, dit Robin. Je trouvais qu'Erin était trop jeune. Sinéad faisait un stage d'art plastique, et j'avais des tonnes de travail ici.

— J'avais compris cela.

— Vous alliez parler cuisine toute la journée. Et Brian disait que c'était un voyage de travail. Alors. »

Denise leva les yeux de la terre, mais elle ne put affronter le regard de Robin. « C'était un voyage de travail. »

Robin, les lèvres tremblantes, dit : « Peu importe ! »

Au-dessus du ghetto, une flotte de nuages aux ventres cuivrés, une batterie de cuisine de nuages, s'était retirée au nord-ouest. C'était le moment où le fond bleu du ciel virait au gris, atteignant la même nuance que la formation de stratus qui le bouchait, quand la lumière nocturne et la lumière diurne étaient en équilibre.

« Vous savez, je ne m'intéresse pas tellement aux mecs, dit Denise.

— Pardon ?

— Je disais que je ne couche plus avec des mecs. Depuis que j'ai divorcé. »

Robin fronça les sourcils comme si cela ne rimait à rien pour elle. « Est-ce que Brian le sait ?

— Je ne sais pas. Pas par moi. »

Robin médita un instant cette réponse puis elle se mit à rire. Elle dit : « Hi hi hi ! » Elle dit : « Ha ha ha ! » Son rire à pleine gorge était embarrassant et, en même temps, trouva Denise, adorable. Il rebondissait sur les maisons aux corniches rouillées. « Pauvre Brian ! dit-elle. Pauvre Brian ! »

Robin devint immédiatement plus cordiale. Elle posa sa pelle et fit visiter le jardin à Denise – « mon petit royaume enchanté », comme elle l'appelait. Découvrant qu'elle avait l'attention de Denise, elle se risqua à l'enthousiasme. Ici il y avait un nouveau carré d'asperges, là deux rangées de jeunes poiriers et pommiers qu'elle espérait conduire en espalier, là les dernières récoltes de tournesols, de courges et de choux frisés. Elle n'avait planté que des choses faciles cet été, espérant accrocher un noyau dur d'adolescents du quartier et les récompenser pour le travail ingrat d'infrastructure : préparer les planches, poser des tuyaux, régler le drainage et relier des tonneaux pour recueillir les eaux pluviales au toit de la maison.

« C'est fondamentalement un projet égoïste, dit Robin. J'ai toujours voulu avoir un grand jardin et maintenant tout le centre-ville est en train de retourner à l'agriculture. Mais les gosses qui auraient réellement besoin de travailler de leurs mains et d'apprendre ce que sont les aliments frais sont ceux qui ne le font pas. Ils sont livrés à eux-mêmes. Ils se défoncent, ils baisent, ou ils sont bouclés dans une salle de classe jusqu'à six heures avec un ordinateur. Mais ils sont aussi à un âge où ça reste amusant de jouer avec des pelles et des seaux.

— Bien que peut-être pas autant que le sexe et la drogue.

— Peut-être pas pour quatre-vingt-dix pour cent des gosses, dit Robin. Je veux seulement qu'il y ait quelque chose pour les autres dix pour cent. Une autre possibilité que les ordinateurs. Je veux que Sinéad et Erin voient des gosses qui ne sont pas comme elles. Je veux leur apprendre à travailler. Je veux qu'elles sachent que travailler, ce n'est pas seulement pointer et cliquer.

— C'est tout à fait admirable », dit Denise.

Robin, se méprenant sur son ton, dit : « Peu importe. »

Denise s'assit sur la peau de plastique d'un sac de sphaigne tandis que Robin se lavait et se changeait. Peut-être était-ce parce qu'elle pouvait compter sur les doigts d'une main les samedis soir d'automne qu'elle avait passés en dehors d'une cuisine depuis qu'elle avait vingt ans, ou peut-être parce qu'une part sentimentale en elle était émue par l'idéal égalitaire que Klaus von Kippel trouvait si factice à Saint Jude, mais Robin Passafaro, qui avait passé toute son existence dans la ville de Philadelphie, lui semblait typique du Midwest. Par quoi elle entendait *optimiste* ou *enthousiaste* ou *tournée vers ses semblables*.

Elle ne tenait pas tant que ça, après tout, à être aimée. Elle se

trouva aimante. Quand Robin sortit et ferma la maison, Denise
lui demanda si elle pouvait venir dîner.

« Brian et son père ont emmené les filles au match des
Phillies, dit Robin. Ils vont rentrer bourrés de cochonneries
achetées au stade. Alors, oui. Nous pouvons dîner ensemble.

– J'ai ce qu'il faut chez moi, dit Denise. Ça vous dérange ?

– Comme vous voulez. Peu importe. »

En principe, si un chef vous invitait à dîner, vous considériez
que vous aviez de la chance et vous vous empressiez de le montrer. Mais Robin semblait décidée à ne pas être impressionnée.

La nuit était tombée. Dans Catharine Street, l'air sentait son
dernier week-end de base-ball. Tout en marchant vers l'est,
Robin raconta à Denise l'histoire de son frère Billy. Denise
l'avait déjà entendue de la bouche de Brian, mais des parties de
la version de Robin étaient nouvelles pour elle.

« Attendez, dit-elle. Brian a vendu sa société à W…, puis
Billy a attaqué un des vice-présidents de W… et vous pensez
qu'il y a un lien ?

– Seigneur, oui, répondit Robin. C'est ce qui est tellement
horrible.

– Brian ne m'avait pas parlé de ça. »

Robin explosa d'une voix perçante. « Je n'arrive pas à y
croire ! C'est le point *central*. Seigneur ! Ça lui ressemble tellement, tellement, tellement, d'évacuer ça. Parce que ça pourrait
rendre les choses dures pour lui, vous comprenez, comme les
choses sont dures pour moi. Ça pourrait interférer avec sa
balade à Paris ou son déjeuner avec Harvey Keitel ou je ne sais
quoi. Je n'arrive pas à croire qu'il n'en ait rien dit.

– Expliquez-moi quel est le problème.

– Rick Flamburg est handicapé à vie, dit Robin. Mon frère est
en prison pour les dix ou quinze prochaines années, cette horrible société corrompt les écoles de la ville, mon père est sous
antidépresseurs, et Brian, lui, c'est : hé, regarde ce que W… vient
de nous offrir, déménageons pour Mendocino !

– Mais vous n'avez rien fait de mal, dit Denise. Vous n'êtes responsable de rien de tout ça. »

Robin se tourna et la regarda droit dans les yeux. « À quoi sert la vie ?

– Je ne sais pas.

– Je ne sais pas non plus. Mais je ne pense pas que le but soit de gagner. »

Elles continuèrent en silence. Denise pour qui gagner importait, nota sombrement que, pour couronner toutes ses autres chances, Brian avait épousé une femme de principes et d'esprit.

Elle nota aussi, cependant, que Robin ne semblait pas particulièrement loyale.

La salle de séjour de Denise ne contenait pas grand-chose de plus que ce qui y était resté après qu'Émile l'avait vidée trois ans plus tôt. Dans leur assaut de sacrifice de soi, lors du Week-end des larmes, Denise avait eu le double avantage de se sentir plus coupable qu'Émile et d'avoir déjà accepté de garder la maison. À la fin, elle avait réussi à faire prendre à Émile la quasi-totalité des biens communs qu'elle aimait ou auxquels elle était attachée et bien d'autres qu'elle n'aimait pas mais qui auraient pu lui être utiles.

Le vide de la maison avait dégoûté Becky Hemerling. C'était *froid*, c'était *de l'autoflagellation*, c'était *un monastère*.

« Agréable et frugal », commenta Robin.

Denise la fit asseoir à la demi-table de ping-pong qui lui servait de table de cuisine, ouvrit une bouteille de vin à cinquante dollars et entreprit de la nourrir. Denise avait rarement à lutter pour maintenir son poids, mais elle aurait explosé en un mois si elle avait mangé comme Robin. Elle regarda avec effroi tandis que son hôte, moulinant des coudes, dévorait deux rognons et une saucisse maison, goûtait chacune des salades de choucroute et étalait du beurre sur sa troisième tranche épaisse de pain de seigle artisanal.

Elle-même avait le trac et ne mangea presque rien.

« Saint Jude est un de mes saints favoris, dit Robin. Brian vous a-t-il dit que j'allais à l'église ?

– Il m'en a parlé, oui.

– Je suis sûre qu'il l'a fait. Je suis sûre qu'il s'est montré très patient et compréhensif ! » La voix de Robin était sonore et son visage empourpré par le vin. Denise sentit une constriction dans sa poitrine. « Enfin, l'une des choses formidables quand on est catholique est qu'on a des saints, comme saint Jude.

– Le patron des causes perdues ?

– Exactement. À quoi sert une église, si ce n'est pour les causes perdues ?

– C'est l'effet que me font les équipes sportives, dit Denise. Que les vainqueurs n'ont pas besoin de notre aide. »

Robin hocha la tête. « *Vous* savez ce que je veux dire. Mais quand on vit avec Brian, on commence à sentir qu'il y a quelque chose qui ne va pas chez les perdants. Ce n'est pas qu'il va vous critiquer. Il sera toujours très patient, aimant et compréhensif. Brian est formidable ! Aucun problème avec Brian. Il y a seulement qu'il préférerait faire équipe avec une gagnante. Et je ne suis pas vraiment une gagnante dans ce genre. Et je n'en ai pas vraiment envie. »

Denise n'aurait jamais parlé d'Émile de cette manière. Elle ne le ferait même pas maintenant.

« Mais, voyez, vous *êtes* une gagnante dans son genre, dit Robin. C'est pourquoi, franchement, je vous ai vue comme ma remplaçante potentielle. Je vous ai vue comme la suivante dans la file.

– Non. »

Robin produisit ses bruits de ravissement embarrassé. Elle dit : « Hi hi hi !

– Pour la défense de Brian, dit Denise, je ne pense pas qu'il ait besoin que vous soyez Brooke Astor. Je pense qu'être bourgeoise lui suffirait.

– Je peux supporter d'être bourgeoise, dit Robin. Une maison comme celle-ci, voilà ce que je veux. J'adore le fait que votre table de cuisine soit une demi-table de ping-pong.

— Elle est à vous pour vingt dollars.

— Brian est merveilleux. Il est celui avec qui je veux passer ma vie, il est le père de mes enfants. C'est *moi* le problème. C'est *moi* qui ne suis pas le programme. C'est *moi* qui dois aller en classe de perfectionnement. Dites, vous auriez une veste ? Je gèle. »

Les bougies basses répandaient de la cire dans le courant d'air d'octobre. Denise attrapa sa veste en jean préférée, un produit Levi's qui n'était plus fabriqué avec une doublure en laine, et nota combien elle semblait ample sur les bras de Robin, comment elle engloutissait ses maigres épaules, comme un maillot de sport sur la petite amie d'un joueur.

Le lendemain, ayant elle-même enfilé la veste, elle la trouva plus douce et plus légère que dans son souvenir. Elle releva le col et se serra dedans.

Elle eut beau travailler dur cet automne-là, elle n'avait jamais eu autant de temps libre et un emploi du temps plus souple depuis bien des années. Elle commença à faire des sauts au Projet avec des plats de sa préparation. Elle se rendit à la maison de Brian et Robin, dans Panama Street, apprit que Brian était absent, et resta pour la soirée. Quelques jours plus tard, quand Brian rentra chez lui et la trouva en train de confectionner des madeleines avec les filles, il fit comme s'il l'avait déjà vue des centaines de fois dans sa cuisine.

Elle avait de tout temps su arriver tard dans une famille de quatre et se faire aimer de tous. Sa conquête suivante dans Panama Street fut Sinéad, la lectrice sérieuse, la petite gravure de mode. Denise l'emmenait faire des courses le samedi. Elle lui acheta des bijoux fantaisie, une boîte à bijoux ancienne d'origine toscane, des albums disco et prédisco du milieu des années soixante-dix, de vieux livres illustrés sur les vêtements, l'Antarctique, Jackie Kennedy et la construction navale. Elle aida Sinéad à choisir des cadeaux plus gros, plus brillants, moins coûteux pour Erin. Sinéad, comme son père, avait un goût parfait. Elle portait des jeans noirs, des minijupes en velours, des robes-chasubles, des bracelets en argent et des colliers de perles en plastique encore plus longs que ses longs cheveux. Dans la cuisine de Denise, après leurs courses, elle pelait des pommes de terre impeccablement ou roulait de simples croissants tandis que la cuisinière élaborait des délices pour un palais d'enfant : quartiers de poire, bandes de mortadelle maison, sorbet aux baies de sureau dans un bol pour poupée de velouté de baies de sureau, raviolis de viande d'agneau relevés d'une croix d'huile d'olive parfumée à la menthe, cubes de polenta frite.

En de rares occasions, comme les mariages, où Robin et Brian sortaient encore ensemble, Denise gardait les filles à Panama Street. Elle leur apprenait à faire des pâtes aux épinards et à danser le tango. Elle écoutait Erin réciter la liste des présidents américains dans l'ordre. Elle pillait les tiroirs avec Sinéad à la recherche de déguisements.

« Denise et moi serons des ethnologues, disait Sinéad, et toi, Erin, tu peux être une Hmong. »

Tandis qu'elle observait Sinéad chercher avec Erin comment une Hmong pourrait se comporter, tandis qu'elle l'observait danser sur Donna Summer avec son minimalisme paresseux mi-las, décollant à peine les talons du sol, roulant légèrement les épaules et laissant ses cheveux glisser par à-coups sur son dos (Erin faisant des crises d'épilepsie pendant tout ce temps), Denise aimait non seulement la fillette, mais aussi les parents de la fillette pour la part de magie qu'il y avait dans l'éducation qu'ils lui avaient donnée.

Robin était moins impressionnée. « Bien sûr, elles t'adorent, dit-elle. Ce n'est pas toi qui essaies de démêler les cheveux de Sinéad. Ce n'est pas toi qui te disputes pendant vingt minutes sur ce qui s'appelle "faire son lit". Tu ne vois jamais les résultats de Sinéad en maths.

– Ils ne sont pas bons ? demanda la baby-sitter enchantée.

– Ils sont effroyables. On pourrait la menacer de ne plus la laisser te voir s'ils ne s'améliorent pas.

– Oh, ne fais pas ça !

– Peut-être aimerais-tu faire des divisions complètes avec elle.

– Je ferais n'importe quoi. »

Un samedi de novembre, alors que la famille de cinq se promenait dans Fairmount Park, Brian dit à Denise : « Robin a vraiment changé d'attitude avec toi. Je n'y croyais pas beaucoup.

– J'aime beaucoup Robin, dit Denise.

– Je pense qu'au départ elle était un peu intimidée.

– Elle avait de bonnes raisons de l'être. Non ?

– Je ne lui ai jamais rien dit.

– Eh bien, merci de ça. »

Il n'échappait pas à Denise que les qualités qui auraient permis à Brian de tromper Robin, l'impression que les choses lui étaient dues, sa conviction naïve que tout ce qu'il faisait était la Bonne Chose Que Nous Souhaitons Tous, étaient aussi celles qui le rendaient facile à tromper. Denise se sentait devenir une extension de « Robin » dans l'esprit de Brian, et comme « Robin » jouissait d'un statut irrévocable de « formidable » dans l'estime de Brian, ni elle ni « Denise » ne nécessitaient plus de réflexion ou de préoccupation de sa part.

Brian semblait avoir de la même manière une foi absolue en l'ami de Denise, Rob Zito, pour diriger le Generator. Brian se tenait raisonnablement informé, mais, maintenant que le temps avait viré au froid, il était le plus souvent absent. Denise se demanda brièvement s'il avait eu un coup de cœur pour une autre femme, mais le nouveau béguin se révéla être un cinéaste indépendant, Jerry Schwartz, qui était connu pour son goût raffiné en matière de bande-son et sa capacité à trouver régulièrement des financements pour des projets d'avant-garde voués à perdre de l'argent. (« Un film qui s'apprécie le mieux – disait *Entertainment Weekly* du nanar d'éventreur de prostituées de Schwartz, *Moody Fruit* – les yeux fermés. ») Fervent admirateur des bandes-son de Schwartz, Brian était arrivé tel un ange avec cinquante mille dollars cruciaux au moment précis où Schwartz entamait le tournage d'un *Crime et Châtiment* en costumes modernes où Raskolnikov, joué par Giovanni Ribisi, était un jeune anarchiste dingue de hi-fi vivant terré dans les quartiers nord de Philadelphie. Pendant que Denise et Rob Zito prenaient des décisions sur l'équipement et l'éclairage du Generator, Brian retrouvait Schwartz, Ribisi *et al.* sur le tournage dans des ruines expressives de Nicetown, échangeait des CD avec Schwartz, qu'ils tiraient d'étuis à fermeture éclair identiques, et dînait au Pastis à New York avec Schwartz et Greil Marcus ou Stephen Malkmus.

Sans le formuler, Denise s'était imaginé que Brian et Robin n'avaient plus de vie sexuelle. Si bien qu'au réveillon du nouvel an, quand elle, quatre couples et une foule d'enfants se trouvèrent réunis dans la maison de Panama Street et qu'elle vit Brian et Robin se peloter dans la cuisine après minuit, elle arracha son manteau du bas de la pile et s'enfuit de la maison. Pendant plus d'une semaine, elle fut trop meurtrie pour appeler Robin ou voir les filles. Elle avait un faible pour une femme hétéro-sexuelle qui était mariée à un homme qu'elle-même aurait pu aimer épouser. C'était manifestement un cas désespéré. Et saint Jude donnait et reprenait.

Robin mit un terme au moratoire de Denise en l'appelant. Elle était folle furieuse. « *Tu sais de quoi parle le film de Jerry Schwartz ?*

– Euh, Dostoïevski à Germantown ?

– *Toi* tu le sais. Comment se fait-il que *moi*, je ne l'aie pas su ? Parce qu'il me l'a *caché*, parce qu'il savait ce que j'en pense-rais !

– C'est un machin avec Giovanni Ribisi en Raskolnikov à la barbichette, dit Denise.

– Mon mari, dit Robin, a mis cinquante mille dollars, *qu'il a obtenus de la W... Corporation*, dans un film à propos d'un anarchiste des quartiers nord de Philadelphie qui fend le crâne de deux femmes et va en prison pour ça ! Il prend son *pied* à traîner avec Giovanni Ribisi et Jerry Schwartz et Ian Machinbidule et Stephen Machinchose, pendant que mon anarchiste des quartiers nord de Philadelphie de *frère*, qui a vraiment *fendu* le crâne de quelqu'un...

– Ça va, j'ai compris, coupa Denise. Il y a clairement un manque de sensibilité là.

– Je ne crois même pas, dit Robin. Je crois qu'il est profondément en rogne contre moi et qu'il ne s'en rend même pas compte. »

À compter de ce jour-là, Denise se fit une avocate insidieuse de l'infidélité. Elle découvrit qu'en défendant les errements les plus mineurs de Brian elle pouvait aiguillonner Robin vers des accusations plus sérieuses, auxquelles elle se rangeait alors avec réticence. Elle écoutait, écoutait. Elle prenait soin de comprendre Robin mieux que personne ne l'avait jamais fait. Elle pressait Robin de questions que Brian ne lui posait pas : sur Billy, sur son père, sur l'église, sur son Projet Potager, sur la demi-douzaine d'adolescents qui avaient pris le goût du jardinage et reviendraient l'été suivant, sur les difficultés amoureuses et scolaires de ses jeunes assistantes. Elle se rendit à la Nuit du Catalogue de Semences au Projet et mit des visages sur les noms des gosses préférés de Robin. Elle fit des divisions complètes avec Sinéad. Elle poussait la conversation sur le terrain des stars de cinéma, de la musique pop et de la haute couture, les points les plus sensibles du mariage de Robin. Pour une oreille innocente, elle semblait seulement plaider pour une amitié plus étroite ; mais elle avait vu Robin manger, elle connaissait la faim de cette femme.

Quand un problème d'assainissement retarda l'ouverture du Generator, Brian se saisit de l'occasion pour aller au festival de cinéma de Kalamazoo avec Jerry Schwartz, et Denise se saisit de l'occasion pour traîner avec Robin et les filles cinq soirs d'affilée. Le dernier de ces soirs la vit dans les affres au magasin de vidéos. Elle finit par se décider pour *Seule dans la nuit* (des hommes répugnants menacent l'ingénieuse Audrey Hepburn, dont la coloration se trouve ressembler à celle de Denise Lambert) et *Dangereuse sous tous rapports* (l'excentrique et sublime Melanie Griffith libère Jeff Daniels d'un mariage mort). Les seuls titres, quand elle arriva à Panama Street, firent rougir Robin.

Entre les deux films, à minuit passé, elles burent du whisky sur le canapé du salon et, d'une voix qui même pour elle était exceptionnellement grinçante, Robin demanda à Denise la permission de lui poser une question personnelle. « Combien de fois en, disons, une semaine, Émile et toi faisiez l'amour ?

— Je ne suis pas la personne à interroger sur ce qui est normal, répondit Denise. J'ai surtout vu le normal dans le rétroviseur.

— Je sais. Je sais. » Robin fixa intensément l'écran bleu de la télévision. « Mais qu'est-ce qui te *semblait* normal ?

— J'imagine qu'à l'époque j'avais l'impression, dit Denise en pensant *un gros chiffre, dis un gros chiffre*, que sans doute trois fois par semaine devait être normal. »

Robin soupira bruyamment. Quelques centimètres carrés de son genou gauche s'appuyèrent contre le genou droit de Denise. « Dis-moi seulement ce qui te semble normal, dit-elle.

— Je pense que pour certaines personnes, une fois par jour est ce qu'il faut. »

Robin parla d'une voix semblable à un glaçon comprimé entre des molaires. « Je pourrais aimer ça. Ça ne me paraît pas si mal. »

Une sensation d'engourdissement, de picotement et de brûlure envahit la partie en contact du genou de Denise.

« J'imagine que ce n'est pas ce qui se passe.

— Genre deux fois par MOIS, dit Robin entre les dents. Deux fois par MOIS.

— Tu penses que Brian voit quelqu'un ?

— Je ne sais pas ce qu'il fait. Mais c'est sans moi. Et moi qui me sentais tellement bizarre.

— Tu n'es pas bizarre. C'est tout le contraire.

— Alors, c'est quoi l'autre film ?

— *Dangereuse sous tous rapports.*

— OK, peu importe. Regardons-le. »

Durant les deux heures suivantes, Denise prêta surtout attention à sa main, qu'elle avait disposée sur le coussin du canapé à portée de celle de Robin. Cette main n'était pas bien installée là, elle demandait à être retirée, mais Denise ne voulait pas abandonner un territoire durement gagné.

Quand le film s'acheva, elles regardèrent la télé, puis elles restèrent silencieuses pendant un temps impossiblement long, et Robin continua de ne pas saisir le chaud appât à cinq doigts. Denise aurait bien accueilli une sexualité masculine pressante à ce moment-là. Rétrospectivement, la semaine et demie qu'elle avait attendue avant que Brian ne prenne sa main avait duré le temps d'un battement de cœur.

À quatre heures du matin, malade de fatigue et d'impatience, elle se leva pour partir. Robin passa ses chaussures et sa parka en nylon mauve, et l'accompagna jusqu'à sa voiture. Là, enfin, elle prit la main de Denise entre les siennes. Elle frotta la paume de Denise avec ses pouces secs de femme mûre. Elle dit qu'elle était heureuse que Denise soit son amie.

Garde le cap, s'enjoignit Denise. *Sois comme une sœur.*

« J'en suis heureuse aussi », dit-elle.

Robin émit le caquètement parlé que Denise avait appris à reconnaître comme de l'embarras hautement purifié. Elle dit :

« Hi hi hi ! » Elle regarda la main de Denise, qu'elle pétrissait nerveusement entre les siennes à présent. « Ne serait-ce pas une ironie du sort si c'était moi qui trompais Brian ?

— Oh, Seigneur, dit Denise involontairement.

— Ne t'en fais pas. » Robin noua le poing autour de l'index de Denise et le serra fort, par à-coups. « Je ne fais que plaisanter. »

Denise la dévisagea. *Est-ce que tu écoutes au moins ce que tu dis ? Est-ce que tu es consciente de ce que tu fais à mon doigt ?*

Robin pressa la main contre sa bouche et la mordit avec des dents amorties par des lèvres, la rongea doucement en quelque sorte, puis la laissa tomber et s'écarta farouchement. Elle sautait d'un pied sur l'autre. « À bientôt. »

Le lendemain, Brian revint du Michigan et mit un terme à la fiesta.

Denise prit l'avion pour Saint Jude pour un long week-end de Pâques et Enid, tel un piano miniature dont une seule note fonctionne, lui parla tous les jours de sa vieille amie Norma Greene et de la tragique liaison de Norma Greene avec un homme marié. Denise, pour changer de sujet, fit observer qu'Alfred était plus animé et plus attentif qu'Enid ne le présentait dans ses lettres et ses coups de téléphone du dimanche.

« Il se ressaisit quand tu viens, contra Enid. Quand nous sommes seuls, il est impossible.

— Quand vous êtes seuls, tu es peut-être trop concentrée sur lui.

— Denise, si tu vivais avec un homme qui dort dans son fauteuil toute la journée…

— Maman, plus tu le harcèles, plus il résiste.

— Tu ne le vois pas, parce que tu n'es là que quelques jours. Mais je sais de quoi je parle. Et je sais ce que je vais faire. »

Si je vivais avec une personne qui me critiquait hystérique-ment, se disait Denise, je dormirais dans un fauteuil.

Lorsqu'elle revint à Philly, la cuisine du Generator était enfin disponible. La vie de Denise retrouva un niveau de folie quasi normal lorsqu'elle constitua et entraîna sa brigade, invita ses chefs pâtissiers finalistes à se mesurer d'homme à homme, et résolut un millier de problèmes de livraisons, d'emplois du temps, de production et d'échelle de prix. Architecturalement, le restaurant était en tous points aussi fantastique qu'elle l'avait craint, mais pour une fois dans sa carrière elle avait pu méditer soigneusement une carte et elle y avait placé vingt coups gagnants. La nourriture était une conversation à trois entre Paris, Bologne et Vienne, une téléconférence continentale avec son propre accent caractéristique mis sur le goût plutôt que sur l'apparence. Revoyant Brian en personne, au lieu de l'imaginer à travers les yeux de Robin, elle se souvint à quel point elle l'aimait. Elle se réveilla, dans une certaine mesure, de ses rêves de conquête. Tandis qu'elle allumait sa Garland, rodait ses secondants et aiguisait ses couteaux, elle se disait : *Une cervelle oisive est l'atelier du diable.* Si elle avait travaillé aussi dur que Dieu voulait qu'elle travaille, elle n'aurait jamais eu le temps de pourchasser la femme d'un autre.

Elle passa en mode d'évitement total, travaillant de six heures du matin à minuit. Plus elle passait de jours libérée du sort que le corps de Robin, sa chaleur corporelle et sa faim jetaient sur elle, plus elle était prête à reconnaître combien elle supportait mal la nervosité de Robin, sa mauvaise coupe de cheveux et ses vêtements pires encore, sa voix de gonds rouillés et son rire forcé, tout ce qu'elle avait de profondément *gauche*. Denise comprenait mieux à présent l'attitude de négligence bienveillante de Brian avec sa femme, sa façon de s'en laver les mains en disant : « Oui, Robin est formidable. » Robin *était* formidable ; et cependant, si vous étiez marié avec elle, vous pouviez avoir besoin de passer du temps à l'écart de son énergie incandescente, vous pouviez goûter quelques jours en solitaire à New York, Paris et Sundance…

Mais les dégâts étaient faits. Le plaidoyer de Denise en faveur de l'infidélité avait apparemment été irrésistible. Avec une insistance d'autant plus irritante qu'elle s'accompagnait de timidité et d'excuses, Robin commença à venir la voir. Elle alla au Generator. Elle emmena Denise déjeuner. Elle l'appela à minuit pour bavarder à propos des choses moyennement intéressantes dont Denise avait longtemps prétendu qu'elles l'intéressaient énormément. Elle débusqua Denise chez elle un dimanche après-midi et but du thé sur la demi-table de ping-pong en rougissant et en poussant des *hi hi hi.*

Et une partie de Denise se disait, tandis que le thé refroidissait : *Merde, elle est vraiment accro maintenant.* Cette part d'elle-même considérait, comme si c'était une véritable menace, la circonstance atténuante : *Elle veut baiser tous les jours.* Cette même partie d'elle-même pensait aussi : *Mon Dieu, sa façon de manger !* Et : *Je ne suis pas une « lesbienne ».*

En même temps, une autre part d'elle-même était littéralement soulevée par le désir. Elle n'avait jamais perçu si objectivement quelle maladie était le sexe, quelle collection de symptômes physiques, parce que rien ni personne, à part Robin, ne lui avait donné cette impression d'être malade.

Durant une pause dans le bavardage, sous un coin de la table de ping-pong, Robin saisit le pied chaussé avec goût de Denise entre ses grosses baskets blanches soulignées d'accents mauves et orange. Un instant plus tard, elle se pencha en avant et prit la main de Denise. Son empourprement semblait une menace de mort.

« Donc, dit-elle. J'ai réfléchi. »

Le Generator ouvrit le 23 mai, une année exactement après que Brian eut commencé à payer à Denise son salaire exagéré. L'ouverture fut encore retardée d'une semaine afin que Brian et Jerry Schwartz puissent aller au festival de Cannes. Chaque soir, pendant son absence, Denise payait de retour sa générosité et sa foi en elle en se rendant à Panama Street et en couchant avec sa femme. Son cerveau pouvait lui faire l'effet d'être le cerveau d'une tête de veau douteuse du boucher « discount » de la

9e Rue, mais elle n'était jamais aussi fatiguée qu'elle le croyait au départ. Un baiser, une main sur le genou, éveillaient son corps à elle-même. Elle se sentait hantée, animée, survoltée, par le fantôme de toute rencontre coïtale qu'elle ait jamais refusée dans son mariage. Elle fermait les yeux contre le dos de Robin et calait sa joue entre ses omoplates, ses mains soutenant les seins de Robin, qui étaient ronds et plats et étrangement légers ; elle se sentait comme un chaton avec deux houppettes. Elle somnolait quelques heures, puis s'arrachait aux draps, ouvrait la porte que Robin avait verrouillée contre des visites-surprise d'Erin ou de Sinéad, se faufilait, sortait dans l'aube humide de Philly et frissonnait violemment.

Brian avait placé des publicités subtilement énigmatiques pour le Generator dans les hebdomadaires et les mensuels locaux et il avait fait passer le message par son réseau personnel, mais 26 couverts à déjeuner le premier jour et 45 le soir ne mirent pas vraiment à l'épreuve la cuisine de Denise. La salle à manger de verre suspendue dans un halo de Tcherenkov bleu pouvait accueillir 140 personnes ; elle était prête à servir 300 dîners. Brian, Robin et les filles vinrent dîner un samedi et firent un saut à la cuisine. Denise réussit fort bien à sembler à l'aise avec les filles, et Robin, qui avait grande allure avec son rouge à lèvres carmin et sa petite robe noire, réussit fort bien à sembler la femme de Brian.

Denise arrangea les choses du mieux qu'elle put avec les autorités dans sa tête. Elle se rappela que Brian s'était mis à genoux à Paris ; qu'elle jouait selon ses règles, ni plus ni moins ; qu'elle avait attendu que Robin fasse le premier geste. Mais l'ergotage moral ne pouvait expliquer son absence complète, brutale, de remords. Quand elle discutait avec Brian, elle était distraite et abrutie. Elle saisissait le sens de ses mots au dernier moment, comme s'il parlait une langue étrangère. Elle avait des raisons de paraître nerveuse, bien sûr – elle dormait couramment quatre heures par nuit et bientôt la cuisine tournait à plein rendement – et Brian, distrait par ses projets cinématographiques, était en tout point aussi facile à duper qu'elle l'avait prévu. Mais « duper » n'était même pas le mot. « Dissocier » s'en rapprochait plus. Sa liaison était comme une vie en rêve qui se déroulait dans cette pièce verrouillée et isolée de son cerveau où, grandissant à Saint Jude, elle avait appris à cacher ses désirs.

Les critiques se jetèrent sur le Generator à la fin juin et en repartirent heureux. L'*Inquirer* eut la métaphore matrimoniale : le « mariage » d'un cadre « totalement unique » avec la cuisine « sérieuse et sérieusement délicieuse » de la « perfectionniste » Denise Lambert pour une expérience « incontournable » qui « à elle seule » mettait Philadelphie sur la « carte des villes qui montaient ». Brian était aux anges, mais pas Denise. Elle trouvait que ce langage renvoyait à quelque chose de merdique et de médiocre. Elle compta quatre paragraphes à propos de l'architecture et du décor, trois paragraphes à propos de rien, deux à propos du service, un à propos du vin, deux à propos des desserts, et seulement sept à propos de sa cuisine.

« Ils n'ont pas parlé de ma choucroute », dit-elle, tellement furieuse qu'elle était à deux doigts de pleurer.

Le téléphone des réservations sonnait nuit et jour. Elle avait besoin de *travailler*, de *travailler*. Mais Robin l'appelait au milieu de la matinée ou de l'après-midi sur sa ligne directe, la voix serrée par la timidité, l'élocution hachée par l'embarras. « Donc... je me demandais... penses-tu... je pourrais te voir une minute ? » Et au lieu de dire non, Denise continuait de dire oui. Continuait de déléguer ou de remettre à plus tard des travaux d'inventaire sensibles, des prérôtissages délicats et des coups de fil indispensables aux fournisseurs pour prendre la tangente et retrouver Robin dans le jardin public le plus proche le long de la Schuylkill. Parfois, elles s'asseyaient seulement sur un banc, se tenaient discrètement la main et, alors que les conversations n'ayant pas trait au travail durant les heures de travail rendaient Denise *extrêmement impatiente*, elles discutaient de la culpabilité de Robin et de sa propre absence de culpabilité, de ce que cela signifiait de faire ce qu'elles faisaient, comment exactement c'était advenu. Mais bientôt les conversations s'effilochèrent. La voix de Robin sur la ligne directe en vint à signifier *langue*. Elle ne prononçait qu'un mot ou deux avant que Denise ne ferme les écoutilles. La langue et les lèvres de Robin continuaient de former les instructions nécessitées par les exigences du jour, mais, à l'oreille de Denise, elles parlaient déjà cet autre langage de haut en bas et tout autour que son corps comprenait intuitivement et auquel il obéissait de manière autonome ; parfois elle fondait tellement au son de cette voix que son abdomen rentrait et qu'elle se pliait en deux ; durant l'heure qui suivait il n'y avait plus rien au monde que la langue, ni inventaire, ni faisan embeurré, ni fournisseur à payer ; elle quittait le Generator dans un état hypnotique, bourdonnant de mauvais réflexes, le bruit du monde réduit au voisinage de zéro, les autres conducteurs obéissant heureusement aux lois de base de la circulation. Sa voiture était comme une langue glissant sur les rues à l'asphalte fondant, ses pieds comme des langues jumelles léchant le trottoir, la porte d'entrée de la maison de Panama Street comme une bouche qui l'avalait, le tapis persan dans le couloir menant à la chambre de maître comme une langue l'invitant, le lit dans son manteau de couette et de coussins une grosse langue douce demandant à être écrasée, et puis.

Tout cela était, sans aucun doute, un nouveau territoire. Denise n'avait jamais rien désiré de pareil, et certainement pas en matière de sexe. Simplement jouir, du temps où elle était mariée, en était venu à ressembler à une préparation culinaire laborieuse mais parfois nécessaire. Elle cuisinait pendant quatorze heures et s'endormait régulièrement en habit de ville. La dernière chose qu'elle avait envie de faire tard le soir était de suivre une recette compliquée et de plus en plus longue pour un plat qu'elle était de toute manière trop fatiguée pour apprécier. Temps de préparation : au moins quinze minutes. Même après cela, la cuisson était rarement simple. La poêle fumait, la chaleur était trop forte, la chaleur était trop faible, les oignons refusaient de caraméliser ou brûlaient immédiatement et attachaient ; il fallait mettre la poêle à refroidir, il fallait recommencer après une discussion pénible avec le sous-chef à présent fâché et inquiet, et, inévitablement, la viande se desséchait et durcissait, la sauce perdait sa complexité dans les dilutions et les déglaçages successifs, et il était *si tard, merde,* et les yeux vous brûlaient, et, OK, avec suffisamment de temps et d'efforts, vous étiez à peu près sûre d'arriver à servir le connard de client, mais alors c'était quelque chose que vous auriez hésité à donner à votre personnel de salle ; vous laissiez simplement tomber (« OK, là, vous disiez-vous, j'ai joui ») et vous vous endormiez douloureusement. Et cela valait *si peu* la peine. Mais elle s'était donné ce mal presque chaque semaine parce que le fait qu'elle jouisse importait à Émile et qu'elle se sentait coupable. *Lui,* elle pouvait le satisfaire aussi adroitement et infailliblement (et, bientôt, aussi mécaniquement) qu'elle clarifiait un consommé ; et quelle fierté, quel plaisir, elle tirait de l'exercice de ses compétences ! Émile, cependant, semblait croire que sans quelques frissons et soupirs semi-volontaires de sa part, leur mariage serait en danger, et bien que les événements ultérieurs lui eussent donné raison à cent pour cent, elle ne pouvait s'empêcher de ressentir, dans les années avant que Becky Hemerling n'attire son regard, une culpabilité, une pression et un ressentiment énormes sur le front du O.

Robin était *prête à consommer**. Vous n'aviez pas besoin de recette, vous n'aviez pas besoin de préparatifs, pour manger une pêche. La pêche était là, hop, la récompense était là. Denise avait eu des amorces d'une semblable facilité avec Hemerling, mais ce ne fut qu'alors, à l'âge de trente-deux ans, qu'elle *comprit* ce qui faisait tant d'histoires. Et, une fois qu'elle l'eut compris, les ennuis commencèrent. Au mois d'août, les filles partirent en colo, Brian alla à Londres, et le chef de cuisine du nouveau restaurant le plus recherché de la région ne sortait d'un lit que pour se retrouver couchée sur un tapis, ne s'habillait que pour se retrouver en train de se déshabiller, arrivait aussi près de la fuite que le vestibule pour se retrouver jouissant adossée à la porte d'entrée ; les genoux en compote et les yeux battus, elle se traînait jusqu'à une cuisine où elle avait promis de revenir d'ici trois quarts d'heure. Et cela n'allait pas. Le restaurant souffrait. Il y avait des embouteillages côté fourneaux, des retards en salle. Deux fois elle dut rayer des entrées de sa carte parce que la cuisine, tournant sans elle, avait manqué de temps de préparation. Et elle continuait pourtant de filer à l'anglaise au milieu du deuxième coup de feu de la soirée. Elle traversait Crack Haven, Junk Row et Blunt Alley jusqu'au Projet Potager où Robin avait une couverture. L'essentiel du potager était paillé, chaulé et planté à présent. Les tomates avaient grossi à l'intérieur de pneus usagés garnis de cylindres de grillage. Et les phares et les feux de position d'avions à l'atterrissage, et les constellations étouffées par le brouillard et le halo de radium de la coupole du Veterans Stadium, et l'éclair de chaleur au-dessus de Tinicum, et la lune à laquelle la crasseuse Camden avait donné l'hépatite au moment où elle se levait, toutes ces lumières urbaines compromises se reflétaient sur la peau d'aubergines adolescentes, de jeunes poivrons, concombres et épis de maïs, de cantaloups pubescents. Denise, nue au milieu de la ville, roulait sur elle-même de la couverture à la terre rafraîchie par le soir, un terreau sablonneux fraîchement retourné. Elle y couchait une joue, y enfonçait ses doigts pleins de Robin.

« Bon Dieu, arrête, arrête, couinait Robin, ce sont nos laitues primeur. »

Puis Brian rentra et elles commencèrent à prendre des risques idiots. Robin expliqua à Erin que Denise s'était sentie mal et avait eu besoin de s'allonger. Il y eut un épisode fiévreux dans l'office de Panama Street tandis que Brian lisait E. B. White à haute voix à moins de vingt mètres de là. Enfin, la dernière semaine d'août, vint un matin dans le bureau directorial du Projet Potager où le poids de deux corps sur l'antique fauteuil de bureau de Robin eut raison de son dos. Elles riaient aux éclats quand elles entendirent la voix de Brian.

Robin bondit et déverrouilla la porte dans le même mouvement qu'elle l'ouvrait pour cacher qu'elle avait été verrouillée. Brian tenait un panier d'érections vertes mouchetées. Il fut surpris – mais ravi, comme toujours – de voir Denise. « Qu'est-ce qui se passe ici ? »

Denise était à genoux à côté du bureau de Robin, la chemise sortie de son pantalon. « Le fauteuil de Robin s'est cassé, dit-elle. J'essaie de faire ce que je peux.

– J'ai demandé à Denise si elle pouvait le réparer ! couina Robin.

– Qu'est-ce que tu fais là ? demanda Brian à Denise, très curieux.

– J'ai eu la même idée que toi, répondit-elle. Les courgettes.

– Sara m'a dit qu'il n'y avait personne. »

Robin s'écartait lentement. « Je vais aller lui parler. Elle devrait savoir quand je suis là.

– Comment Robin l'a-t-elle cassé ? demanda Brian à Denise.

– Je ne sais pas », dit-elle. Comme le mauvais garnement pris la main dans le sac, elle avait envie de pleurer.

Brian ramassa la partie supérieure du fauteuil. Il ne lui avait jamais particulièrement rappelé son père, mais Denise fut alors frappée par sa ressemblance avec Alfred dans sa sympathie intelligente pour l'objet brisé. « C'est du bon chêne, dit-il. Étrange qu'il casse comme ça. »

Elle se releva et sortit dans le couloir en fourrant sa chemise dans son pantalon d'un même mouvement. Elle continua de marcher jusqu'à ce qu'elle se retrouve dehors et monte dans sa voiture. Elle remonta Bainbridge Street jusqu'à la rivière. S'arrêta devant une glissière de sécurité en acier galvanisé et fit caler le moteur en lâchant l'embrayage, laissant la voiture faire une embardée et rebondir contre la glissière, et alors, enfin, elle s'écroula et pleura le fauteuil cassé.

Elle avait l'esprit plus clair quand elle retourna au Generator. Elle savait qu'elle était dans la panade sur tous les fronts. Il y avait des messages en souffrance d'un critique gastronomique du *Times*, d'un rédacteur en chef du *Gourmet* et du dernier patron de restaurant espérant voler son chef à Brian sur le répondeur. Mille dollars de filets de canard et de côtes de veau oubliés s'étaient gâtés dans la resserre. Tout le monde dans la cuisine savait et personne ne lui avait dit qu'on avait découvert une seringue dans les toilettes du personnel. Le chef pâtissier affirmait avoir laissé quelques notes manuscrites, sans doute relatives à des questions de salaire, que Denise n'avait aucun souvenir d'avoir vues.

« Pourquoi est-ce que personne ne commande de *country ribs* ? demanda Denise à Rob Zito. Pourquoi les serveurs ne font-ils pas l'article pour mes *country ribs* exceptionnellement délicieuses et inhabituelles ?

— Les Américains n'aiment pas la choucroute.

— Et puis quoi encore ? J'ai vu mon reflet dans les assiettes qui revenaient quand les gens en commandent. J'ai pu compter mes cils.

— Il est possible que nous ayons quelques Allemands de passage, dit Zito. Les détenteurs de passeports germaniques pourraient être responsables de ces assiettes nettoyées.

— Est-il possible que tu n'aimes pas la choucroute toi-même ?

— C'est un plat intéressant », dit Zito.

Elle n'eut pas de nouvelles de Robin et ne l'appela pas. Elle donna une interview au *Times* et se fit photographier, elle apaisa l'ego du chef pâtissier, elle resta tard et ensacha elle-même les viandes avariées, elle licencia le plongeur qui s'était shooté dans les chiottes, et, à chaque déjeuner et chaque dîner, elle harcelait sa brigade et réglait les problèmes.

Le premier septembre, jour de la fête du travail : vide. Elle s'obligea à quitter son bureau et alla se promener dans la ville déserte et chaude, portant ses pas, dans sa solitude, vers Panama Street. Elle eut une réaction de fusion pavlovienne quand elle vit la maison. La façade de grès brun était toujours un visage, la porte d'entrée toujours une langue. La voiture de Robin était dans la rue, mais pas celle de Brian ; ils étaient partis pour Cape May. Denise sonna, même si elle avait pu inférer, au vu de la poussière qui s'était déposée autour de la porte, que la maison était vide. Elle s'introduisit au moyen de la clé de verrou sur laquelle elle avait écrit « R/B ». Elle monta deux volées d'escalier jusqu'à la chambre parentale. Le coûteux appareil de conditionnement d'air central faisait son travail, l'air frais aux relents métalliques luttant contre les rayons du soleil de l'été finissant. Tandis qu'elle s'allongeait sur le lit défait, elle se souvint de l'odeur et de la tranquillité des après-midi d'été de Saint Jude, quand elle restait seule à la maison et pouvait être, l'espace de quelques heures, aussi braque qu'elle le voulait. Elle se masturba. Elle était couchée sur les draps en bataille, un rayon de soleil caressant sa poitrine. Elle se resservit et étendit les bras voluptueusement. Sous un oreiller, elle s'écorcha la main sur le coin métallique de ce qui pouvait être un emballage de préservatif.

C'était un emballage de préservatif. Déchiré et vide. Elle gémit littéralement en se représentant l'acte de pénétration dont il attestait. Elle se saisit littéralement la tête.

Elle se glissa hors du lit et lissa sa jupe sur ses hanches. Elle fouilla les draps à la recherche d'autres surprises répugnantes. Enfin, bien, un couple marié faisait l'amour. Bien sûr. Mais Robin lui avait dit qu'elle ne prenait pas la pilule et que Brian et elle ne faisaient plus grand-chose ensemble pour avoir à s'en soucier ; et durant tout l'été, Denise n'avait vu, ni goûté, ni senti trace d'un mari sur le corps de son amante, et elle s'était laissée aller à oublier l'évidence.

Elle s'agenouilla devant la corbeille qui était posée à côté du placard de Brian. Elle remua des Kleenex, des talons de contraventions et des bouts de fil dentaire et trouva un autre emballage de préservatif. La haine de Robin, la haine et la jalousie, s'abattirent sur elle comme une migraine. Elle passa dans la salle de bains de la chambre et trouva deux emballages supplémentaires et une capote nouée dans la poubelle sous l'évier.

Elle se martela littéralement les tempes avec les poings. Elle entendit le sifflement entre ses dents tandis qu'elle dévalait l'escalier et ressortait dans la fin d'après-midi. Il faisait plus de trente degrés et elle frissonnait. Étrange, étrange. Elle retourna au Generator et s'installa dans la réserve. Elle inventoria les huiles et les fromages, les farines et les épices, dressa des bons de commande méticuleux, laissa vingt messages téléphoniques d'une voix sèche, détachée et civilisée, répondit à ses e-mails, se fit frire un rognon sur la Garland, le fit passer d'un unique petit verre de grappa et appela un taxi sur le coup de minuit.

Robin pointa son nez sans s'être annoncée dans la cuisine le lendemain matin. Elle portait une ample chemise blanche qui semblait avoir appartenu à Brian. Denise eut un haut-le-cœur en la voyant. Elle l'entraîna dans le bureau du directeur exécutif et ferma la porte.

« Je n'en peux plus, dit Robin.

– Bien, moi non plus, alors. »

Le visage de Robin était tout marbré. Elle se grattait la tête et se curait le nez avec une frénésie qui tenait du tic, et repoussait ses lunettes sur son nez. « Je n'ai pas été à l'église depuis juin, dit-elle. Sinéad m'a surprise environ dix fois à lui mentir. Elle aimerait savoir pourquoi tu ne viens plus jamais. Je ne connais même pas la moitié des gosses qui ont rejoint le Projet ces derniers temps. Tout est sens dessus dessous et je n'en *peux* tout simplement plus. »

Denise laissa échapper une question : « Comment va Brian ? »

Robin rougit. « Il ne sait rien. Il est le même que toujours. Tu sais – il t'aime, il m'aime.

– J'imagine.

– Les choses ont tourné bizarre.

– Oui, et j'ai beaucoup de travail ici, alors.

– Brian ne m'a jamais fait de mal. Il ne mérite pas ça. »

Le téléphone de Denise sonna et elle le laissa sonner. Elle avait l'impression que sa tête allait exploser. Elle ne supportait pas d'entendre Robin prononcer le nom de Brian.

Robin leva les yeux au plafond, des larmes perlant dans ses cils. « Je ne sais pas pour quoi je suis venue. Je ne sais pas ce que je dis. Je me sens seulement très, très mal et incroyablement seule.

– Oublie, dit Denise. C'est ce que je vais faire.

– Pourquoi es-tu si froide ?

– Parce que je suis quelqu'un de froid.

– Si tu m'avais appelée, ou dit que tu m'aimais…

– Oublie ! Bon Dieu ! Oublie ! Oublie ! »

Robin lui lança un regard implorant ; mais vraiment, même si la question des préservatifs pouvait être réglée, qu'est-ce que Denise était censée faire ? Cesser de travailler dans le restaurant qui faisait d'elle une star ? Aller vivre dans le ghetto et être l'une des deux mamans de Sinéad et Erin ? Se mettre à porter de grosses baskets blanches et cuisiner végétarien ?

Elle savait qu'elle se racontait des mensonges, mais elle ne savait pas, parmi toutes les choses qui lui tournaient dans la tête, lesquelles étaient des mensonges et lesquelles des vérités. Elle fixa son bureau jusqu'à ce que Robin ouvre brusquement la porte et prenne la fuite.

Le lendemain matin, le Generator faisait la première page du cahier gastronomique du *New York Times*, sous le pli. Sous le titre (« Générant de la rumeur par mégawatts ») se trouvait *une photographie de Denise*, les clichés architecturaux de l'intérieur et de l'extérieur ayant été relégués en page 6, où *ses country ribs à la choucroute* apparaissaient aussi. C'était mieux. Ça y ressemblait déjà plus. À midi, elle s'était déjà vu proposer une invitation à une émission de Canal Cuisine et une chronique mensuelle suivie dans *Philadelphia*. Elle passa par-dessus Rob Zito pour demander à la réceptionniste d'accepter une surréservation de quarante couverts chaque soir. Gary et Caroline appelèrent séparément pour la féliciter. Elle passa un savon à Zito pour avoir refusé une réservation le week-end à la présentatrice de la station locale du réseau NBC, elle se permit de l'injurier un peu, cela faisait du bien.

Des gens riches d'une espèce autrefois rare à Philadelphie étaient massés sur trois rangs devant le bar quand Brian arriva avec une douzaine de roses. Il étreignit Denise et elle s'attarda dans ses bras. Elle lui donna un peu de ce qu'aiment les hommes.

« Il nous faut plus de tables, dit-elle. Trois de quatre et une de six au minimum. Il nous faut une réceptionniste à plein temps qui sache filtrer. Il nous faut une meilleure sécurité sur le parking. Il nous faut un chef pâtissier avec plus d'imagination et moins de pose. Et penser aussi à remplacer Rob par quelqu'un de New York qui sache y faire avec le genre de clientèle que nous allons attirer. »

Brian était surpris. « Tu veux faire ça à Rob ?

– Il a refusé de pousser mes *country ribs* à la choucroute, dit Denise. Le *Times* a aimé mes *country ribs* à la choucroute. Qu'il aille se faire voir ailleurs s'il ne fait pas son boulot. »

La dureté de sa voix éveilla une lueur dans les yeux de Brian. Il semblait l'aimer ainsi.

« Comme tu voudras », dit-il.

Tard le samedi soir, elle retrouva Brian, Jerry Schwartz, deux blondes à pommettes hautes, ainsi que le chanteur et le guitariste de l'un de ses groupes favoris pour un verre sur la petite terrasse en nid d'aigle que Brian avait installée sur le toit du

Generator. La nuit était chaude et les insectes de la rivière faisaient presque autant de bruit que la voie rapide Schuylkill. Les deux blondes parlaient dans leurs portables. Denise accepta une cigarette du guitariste, qui était enroué après un concert, et lui permit d'examiner ses cicatrices.

« Merde, tes mains sont encore pires que les miennes.

— Le boulot, dit-elle, consiste à supporter la douleur.

— Les chefs sont connus pour leurs abus en tout genre.

— J'apprécie un verre à minuit, dit-elle. Deux Tylenols quand je me lève à six heures.

— Il n'y a pas plus endurant que Denise », fanfaronna grossièrement Brian au-dessus des antennes des blondes.

Le guitariste répondit en tirant la langue, tenant sa cigarette comme un compte-gouttes et abaissant la braise dans la fente luisante. Le grésillement fut assez bruyant pour détourner les blondes de leurs téléphones. La plus grande poussa un cri perçant et lança le nom du guitariste en le traitant de fou.

« Eh bien, je me demande quel genre de produit vous avez avalé », dit Denise.

Le guitariste appliqua de la vodka froide directement sur la brûlure. La grande blonde, mécontente de cette démonstration, répondit : « Klonopin et Jameson et je ne sais quoi à présent.

— Eh bien, une langue, c'est humide », dit Denise en éteignant sa propre cigarette sur la peau tendre derrière son oreille. Elle eut l'impression d'avoir reçu une balle dans la tête, mais elle expédia le mégot vers la rivière d'une pichenette désinvolte.

Le nid d'aigle devint très tranquille. Sa bizarrerie transparaissait d'une manière qu'elle avait toujours refoulée. Parce qu'elle n'y était pas obligée – parce qu'elle aurait pu être occupée à dégraisser un quartier d'agneau ou à bavarder avec sa mère –, elle produisit un cri étranglé, un bruit comique, pour rassurer son public.

« Ça va ? lui demanda plus tard Brian sur le parking.

— Je me suis déjà fait pire brûlure par accident.

– Non, je te demande si ça *va* ? C'était un peu effrayant à regarder.

– C'est toi qui as vanté mon endurance, merci.

– J'essaie de te dire que je m'en excuse. »

La douleur l'empêcha de fermer l'œil de toute la nuit.

Une semaine plus tard, Brian et elle embauchaient l'ancien gérant de l'Union Square Cafe et vidaient Rob Zito.

Une semaine après cela, le maire de Philadelphie, le cadet des sénateurs du New Jersey, le P-DG de la W... Corp. et Jodie Foster vinrent au restaurant.

Une semaine après cela, Brian ramena Denise chez elle à la fin de la journée et elle l'invita à entrer. Sur un verre du même vin à cinquante dollars la bouteille qu'elle avait un jour servi à son épouse, il lui demanda si Robin et elle s'étaient disputées.

Denise fit la moue et secoua la tête. « Je suis seulement très prise.

– C'est ce que je me disais. Je me disais que ça n'avait rien à voir avec toi. Robin est en rogne contre tout ces derniers temps. En particulier contre tout ce qui est en rapport avec moi.

– Les filles me manquent, dit Denise.

– Crois-moi, tu leur manques aussi », dit Brian. Il ajouta, avec un léger bégaiement : « Je... je pense à partir. »

Denise dit qu'elle était désolée de l'apprendre.

« Le trip cilice est complètement ingérable, dit-il en servant. Elle va à la messe *tous les soirs* depuis trois semaines. Je ne savais même pas que ça existait. Et je ne peux pas dire un mot, littéralement, à propos du Generator sans déclencher une explosion. Elle, pendant ce temps, parle d'éduquer les filles à la maison. Elle a décidé que notre maison était trop grande. Elle veut déménager dans la maison du Projet et y éduquer les filles en même temps que quelques gosses du Projet. "Rasheed" ? "Marilou" ? Quoi, quel endroit formidable pour grandir pour Sinéad et Erin, un champ boueux de Point Breeze ! On frôle la cinglerie, un peu. Je veux dire, Robin est formidable. Elle croit en de meilleures choses que moi. Je ne suis pas sûr de l'aimer encore. J'ai l'impression de me disputer avec Nicky Passafaro. C'est *Haine de classe 2, le Retour.*

— Robin est pleine de culpabilité, dit Denise.

— Elle est à deux doigts de l'irresponsabilité parentale. »

Denise trouva le culot de demander : « Tu voudrais prendre les filles, s'il fallait en arriver là ? »

Brian secoua la tête. « Je ne suis pas sûr, s'il fallait en arriver là, que Robin voudrait réellement la garde. Je la vois bien renoncer à tout.

— Ne compte pas trop là-dessus. »

Denise pensa à Robin en train de brosser les cheveux de Sinéad et soudain – ardemment, terriblement – ses désirs insensés, ses excès et ses accès, lui manquèrent, son innocence. Un bouton fut actionné et le cerveau de Denise devint un écran passif sur lequel était projetée une rétrospective de tout ce qu'il y avait d'excellent chez la personne qu'elle avait chassée. Elle appréciait de nouveau la moindre habitude de Robin, ses gestes et ses traits distinctifs, sa préférence pour le lait chaud dans son café, la marque sombre sur l'incisive que son frère avait cassée d'un jet de pierre, la manière dont elle baissait la tête comme une chèvre et faisait l'amour à Denise à grands coups de langue.

Denise, se disant épuisée, demanda à Brian de la laisser. Tôt le lendemain, une dépression tropicale balaya la côte, une perturbation humide semblable à un ouragan qui faisait fouetter maussadement les arbres et gicler l'eau par-dessus les trottoirs. Denise laissa le Generator aux mains de ses secondants et prit le train pour New York afin de tirer d'affaire son incapable de frère et de distraire ses parents. Durant la tension du déjeuner, tandis qu'Enid répétait à l'identique son histoire de Norma Greene, Denise ne remarqua aucun changement en elle-même. Elle avait un vieux moi toujours en état de marche, une version 3.2 ou 4.0 qui déplorait le déplorable chez Enid et aimait l'aimable chez Alfred. Ce n'est qu'une fois arrivée au quai d'embarquement, quand sa mère l'embrassa et qu'une version complètement différente de Denise, une version 5.0, faillit glisser la langue dans la bouche de la jolie vieille femme, faillit caresser les hanches et les cuisses d'Enid, faillit céder et promettre de venir à Noël aussi longtemps qu'Enid le souhaiterait, que l'étendue de la correction qu'elle était en train de subir apparut.

Elle était assise dans un train pour Philadelphie qui filait à vitesse interurbaine devant des quais de gares de banlieue. À la table du déjeuner, son père avait paru fou. Et s'il perdait la tête, il était possible qu'Enid n'ait pas exagéré les difficultés qu'elle éprouvait avec lui, possible qu'Alfred ait réellement été une épave qui se ressaisissait pour ses enfants, possible qu'Enid n'ait pas été entièrement l'emmerdeuse et la peste embarrassante que Denise voyait en elle depuis vingt ans, possible que les problèmes d'Alfred aient été plus graves que de ne pas avoir la femme qui lui convenait, possible que les problèmes d'Enid aient été moins graves que de ne pas avoir le mari qui lui convenait, possible que Denise ait plus ressemblé à Enid qu'elle ne l'avait jamais imaginé. Elle écouta le tchac-boum-tchac-boum-tchac-boum des roues sur la voie et regarda le ciel d'octobre s'obscurcir. Il y aurait pu y avoir de l'espoir pour elle si elle avait pu rester à bord du train, mais le voyage était court jusqu'à Philly et elle se retrouva de retour au travail et n'eut le temps de penser à rien avant d'aller à la présentation d'Axon avec Gary et de se surprendre à prendre la défense non seulement d'Alfred mais aussi d'Enid dans la discussion qui suivit.

Elle ne se souvenait pas d'avoir jamais aimé sa mère.

Elle trempait dans sa baignoire vers neuf heures ce soir-là quand Brian appela et l'invita à dîner avec Jerry Schwartz, Mira Sorvino, Stanley Tucci, un Célèbre Réalisateur américain, un Célèbre Écrivain britannique et autres sommités. Le Célèbre Réalisateur venait de terminer un tournage à Camden, et Brian et Schwartz l'avaient attiré à une projection privée de *Crime et Châtiment et Rock & Roll.*

« C'est mon soir de congé, dit Denise.

— Martin dit qu'il t'enverra son chauffeur, dit Brian. Je te serais reconnaissant de venir. Mon mariage est fini. »

Elle enfila une robe en cachemire noir, mangea une banane pour éviter de sembler affamée au dîner, et se laissa emmener par le chauffeur du réalisateur chez Tacconelli, la grande pizzeria de Kensington. Une douzaine de gens plus ou moins célèbres, plus Brian et le simiesque Jerry Schwartz, avaient pris place à trois tables du fond. Denise embrassa Brian sur la bouche et s'assit entre lui et le Célèbre Auteur britannique, qui semblait avoir une ample provision de blagues de cricket et de fléchettes dont il entendait régaler Mira Sorvino. Le Célèbre Réalisateur dit à Denise qu'il avait goûté ses *country ribs* à la choucroute et qu'il les adorait, mais elle changea de sujet aussi vite qu'elle put. Elle était manifestement là pour accompagner Brian ; les gens de cinéma ne s'intéressaient ni à l'un ni à l'autre d'entre eux. Elle posa la main sur son genou, comme pour le consoler.

« Raskolnikov avec son casque, écoutant Trent Reznor tandis qu'il dérouille la vieille dame, est parfait, effusionna en direction de Jerry Schwartz la moins célèbre de toutes les personnes présentes à la table, une toute jeune assistante du réalisateur.

— En fait, ce sont les Nomatics, corrigea Schwartz avec un manque de condescendance pénible.

— Pas Nine Inch Nails ? »

Schwartz baissa les paupières et secoua à peine la tête. « Nomatics, 1980, "Held in Trust". Repris plus tard avec une attribution tronquée par la personne dont vous venez de mentionner le nom.

— Tout le monde vole les Nomatics, dit Brian.

— Ils ont souffert sur la croix de l'obscurité afin que d'autres puissent jouir d'une gloire éternelle.

– Quel est leur meilleur disque ?

– Donnez-moi votre adresse, je vous graverai un CD, dit Brian.

– Tout est génial, dit Schwartz, jusqu'à "Thorazine Sunrise". Puis Tom Paquette est parti, mais il a fallu encore deux albums pour que le groupe comprenne qu'il était mort. Quelqu'un a dû leur annoncer la nouvelle.

– J'imagine qu'un pays qui enseigne le créationnisme dans ses écoles, fit remarquer le Célèbre Auteur britannique à Mira Sorvino, peut être excusé de croire que le base-ball ne dérive pas du cricket. »

Denise se souvint que Stanley Tucci avait dirigé (et joué dans) son film de restaurant préféré. Elle parla joyeusement boutique avec lui, un peu moins envieuse de la beauté de Mira Sorvino et goûtant, sinon la compagnie, du moins le fait de ne pas se laisser intimider par elle.

Brian la ramena dans sa Volvo. Elle se sentait sûre d'elle-même et séduisante, bien oxygénée et vivante. Brian, cependant, était en colère.

« Robin était censée être là, dit-il. J'imagine qu'on pourrait appeler ça un ultimatum. Mais elle avait accepté de venir dîner avec nous. Elle allait témoigner d'un intérêt minimal pour ce que je fais de ma vie, même si je savais qu'elle ferait exprès de s'habiller comme une étudiante attardée pour me mettre mal à l'aise et montrer qu'elle n'avait rien à faire là. Puis je devais passer le samedi suivant au Projet. C'était notre accord. Et voilà que ce matin elle décide qu'elle va plutôt manifester contre la peine de mort. Je ne suis pas un fan de la peine de mort. Mais Khellye Withers n'est pas l'idée que je me fais d'une pub pour l'indulgence. Et une promesse est une promesse. Il ne me semblait pas qu'une bougie de moins dans la veillée aux chandelles ferait beaucoup de différence. J'ai dit qu'elle pouvait rater une manifestation pour moi. Je lui ai dit : pourquoi tu ne fais pas un chèque à la Ligue des droits de l'homme, aussi gros que tu veux. Ce qui n'est pas très bien passé.

— Un chèque, non, ce n'était pas une bonne idée, dit Denise.

— Je m'en suis rendu compte. Mais une fois les choses dites, c'est difficile de les retirer. Franchement, je ne vois pas bien l'intérêt de les retirer.

— On ne sait jamais », dit Denise.

Entre Broad Street et la rivière, Washington Avenue était déserte à onze heures un lundi soir. Brian semblait éprouver la première réelle déception de sa vie et il ne pouvait s'arrêter de parler. « Tu te souviens quand tu m'as dit que si je n'étais pas marié et si tu n'étais pas mon employée ?

— Je m'en souviens.

— Ça tient toujours ?

— Montons prendre un verre », dit Denise.

Et c'est ainsi que Brian se trouva être endormi dans son lit à neuf heures et demie quand on sonna à la porte.

Denise était toujours pleine de l'alcool qui avait alimenté la complétion de l'image de bizarrerie et de chaos moral que sa vie semblait vouée à devenir. Sous son hébétude, cependant, un agréable pétillement de célébrité persistait depuis la veille. Il était plus fort que tout ce qu'elle ressentait pour Brian.

La sonnerie retentit à nouveau. Elle se leva, passa une robe de chambre marron et regarda par la fenêtre. Robin Passafaro se tenait sur le perron. La Volvo de Brian était garée de l'autre côté de la rue.

Denise envisagea de ne pas répondre, mais Robin ne l'aurait pas cherchée là si elle n'avait pas déjà essayé le Generator.

« C'est Robin, dit-elle. Ne bouge pas et tiens-toi tranquille. »

Dans la lumière matinale, Brian arborait toujours son air excédé de la veille. « Je me fiche qu'elle sache que je suis ici.

— Oui, mais pas moi.

— Peut-être, mais ma voiture est garée de l'autre côté de la rue.

— Je le sais bien. »

Elle, aussi, se sentait étrangement excédée par Robin. Tout l'été, trahissant Brian, elle n'avait jamais rien ressenti qui approche le mépris qu'elle éprouvait à présent pour sa femme tandis qu'elle descendait l'escalier. Robin l'emmerdeuse, Robin l'entêtée, Robin la grinçante, Robin la hurlante, Robin la sans style, Robin la tocarde.

Et cependant, dès l'instant où elle ouvrit la porte, son corps reconnut ce qu'il voulait. Il voulait Brian dans la rue et Robin dans son lit.

Robin claquait des dents alors qu'il ne faisait pas froid. « Je peux entrer ?

— J'allais partir au travail, dit Denise.

— Cinq minutes », dit Robin.

Il semblait impossible qu'elle n'ait pas vu le break pistache garé de l'autre côté de la rue. Denise la fit entrer dans le hall d'entrée et ferma la porte.

« Mon mariage est fini, dit Robin. Il n'est même pas rentré hier soir.

— Je suis désolée.

— J'ai prié pour mon mariage, mais j'étais distraite par mes pensées pour toi. Je suis à genoux à l'église et je me mets à penser à ton corps. »

L'effroi saisit Denise. Elle ne se sentait pas précisément coupable — le minuteur avait sonné sur un mariage malade ; au pire, elle avait accéléré le mouvement —, mais elle était désolée d'avoir été injuste avec cette personne, désolée de lui avoir fait concurrence. Elle prit la main de Robin et dit : « Il faut que je te voie et que nous parlions. Je n'aime pas ce qui s'est passé. Mais je dois aller travailler maintenant. »

Le téléphone sonna dans la salle de séjour. Robin se mordit la lèvre et hocha la tête. « D'accord.

— On peut se retrouver à deux heures ? demanda Denise.

— D'accord.

— Je t'appellerai du restaurant. »

Robin hocha de nouveau la tête. Denise la fit sortir, referma la porte et lâcha l'équivalent de cinq bouffées d'air.

« *Denise, c'est Gary, je ne sais pas où tu es, mais rappelle-moi dès que tu as ce message, il y a eu un accident, papa est tombé du paquebot, il a fait une chute d'environ huit étages, je viens de parler à maman…* »

Elle courut au téléphone et décrocha. « Gary.

— J'ai essayé de te joindre au restaurant.

— Il est toujours vivant ?

— Eh bien, il ne devrait pas, répondit Gary. Mais si. »

Gary était à son meilleur dans les urgences. Les qualités qui l'avaient exaspérée la veille étaient un réconfort à présent. Elle *voulait* qu'il sache tout. Elle *voulait* qu'il étale sa satisfaction de son propre calme.

« Il semblerait qu'ils l'aient tiré sur deux kilomètres dans une eau à cinq degrés avant que le bateau puisse s'arrêter, dit Gary. Il y a un hélicoptère qui va venir le chercher pour le ramener au Nouveau-Brunswick. Mais il n'a pas le dos cassé. Son cœur marche toujours. Il peut parler. C'est un vieux dur à cuire. Il pourrait se porter comme un charme.

— Comment est maman ?

— Elle est embarrassée que la croisière soit retardée dans l'attente de l'hélicoptère. Cela cause un dérangement à d'autres personnes. »

Denise rit de soulagement. « Pauvre maman. Elle avait tellement envie de cette croisière.

— Eh bien, je crains que ça n'en soit fini des croisières avec papa. »

La sonnette retentit à nouveau. Suivie aussitôt d'un martèlement contre la porte, à coups de poing et à coups de pied.

« Gary, attends une seconde.

— Qu'est-ce qui se passe ?

— Je te rappelle tout de suite. »

La sonnette retentit si longuement et si fort qu'elle changea de tonalité, s'assourdit et devint rauque. Elle ouvrit la porte sur une bouche tremblante et des yeux brillants de haine.

« Écarte-toi de mon chemin, dit Robin, parce que je ne veux pas toucher la moindre partie de toi.

— J'ai vraiment fait une grosse erreur hier soir.

— *Écarte-toi de mon chemin !* »

Denise fit un pas de côté et Robin se dirigea vers l'escalier. Denise s'assit dans l'unique fauteuil de sa salle de séjour pénitentielle et écouta les cris. Elle fut frappée par la rareté des fois où ses parents, cet autre couple marié dans sa vie, cet autre attelage boiteux, avaient eu des scènes. Ils avaient gardé leur calme et laissé la guerre par procuration se dérouler dans la tête de leur fille.

Chaque fois qu'elle était avec Brian, elle aspirait au corps de Robin, à sa sincérité et à ses bonnes œuvres, et elle était repoussée par l'aisance lisse de Brian, et chaque fois qu'elle était avec Robin elle aspirait au bon goût de Brian et à leur communauté d'esprit et souhaitait que Robin voie quelle allure sensationnelle elle avait en cachemire noir.

Facile pour toi, se dit-elle. *Tu peux te fendre en deux.*

Les cris cessèrent. Robin descendit l'escalier quatre à quatre et sortit sans ralentir.

Brian suivit quelques minutes plus tard. Denise s'était attendue à la désapprobation de Robin et pouvait la supporter, mais de Brian elle avait espéré un mot de sympathie.

« Tu es virée », dit-il.

De : Denise3@cheapnet.com
À : exprof@gaddisfly.com
Objet : Fais peut-être un peu plus d'efforts la prochaine fois

---

Ravie de te voir samedi. J'ai vraiment apprécié tes efforts pour revenir me donner un coup de main.

Depuis, papa est tombé du paquebot et a été retiré d'une eau glacée avec un bras cassé, une épaule démise, un décollement de la rétine, des pertes de mémoire et peut-être un léger infarctus, maman et lui ont été emmenés par hélicoptère dans le Nouveau-Brunswick, j'ai été virée du meilleur boulot que j'aurai sans doute jamais, et Gary et moi avons découvert une nouvelle technologie médicale dont je suis certaine que tu seras d'accord pour la trouver horrifiante, dystopique et malfaisante sauf qu'elle est bonne pour le parkinson et qu'elle pourrait peut-être aider papa.

Sinon, pas grand-chose à raconter.

Espère que tout va bien là où tu te planques. Julia dit que c'est en Lituanie et voudrait que je la croie.

De : exprof@gaddisfly.com
À : Denise3@cheapnet.com
Objet : Réf. : Fais peut-être un peu plus d'efforts la prochaine fois

---

Job en Lituanie. Le mari de Julia, Gitanas, me paie pour fabriquer un site web commercial. C'est très amusant et assez lucratif.

Tous tes groupes favoris de quand tu étais au lycée passent ici à la radio. Les Smiths, New Order, Billy Idol. Un écho du passé. J'ai vu un vieil homme tuer un cheval au fusil à pompe dans une rue proche de l'aéroport. J'étais en terre balte depuis peut-être un quart d'heure. Bienvenue en Lituanie !

Parlé à maman ce matin, ai eu droit à toute l'histoire, ai présenté mes excuses, alors ne t'en fais pas pour ça.

Je suis désolé pour ton boulot. Sincèrement, je suis sur le cul. Je n'imagine pas que quelqu'un puisse te virer.

Où travailles-tu maintenant ?

De : Denise3@cheapnet.com
À : exprof@gaddisfly.com
Objet : Devoirs de vacances

Maman dit que tu ne veux pas t'engager à venir pour Noël et elle voudrait que je la croie. Mais je me dis que je ne vois pas comment tu as pu dire à une femme qui vient de voir le grand moment de son année interrompu par un accident, qui mène par ailleurs une vie de merde avec un semi-invalide, qui n'a pas pu passer Noël chez elle depuis la vice-présidence de Dan Quayle, qui *survit* dans l'attente des fêtes et qui aime Noël comme d'autres personnes aiment baiser et qui ne t'a pas vu plus de trois quarts d'heure au cours des trois dernières années : je me dis que je ne vois pas comment tu as pu dire à cette femme : non, désolé, je reste à Vilnius.

(Vilnius !)

Maman a dû mal te comprendre. Détrompe-la s'il te plaît.

Puisque tu me poses la question, je ne travaille nulle part. Je donne un coup de main au Mare Scuro, mais sinon je dors jusqu'à deux heures de l'après-midi. Si ça continue, je pourrais être amenée à suivre une thérapie du genre qui t'horrifie. Faut que je retrouve mon appétit pour le shopping et les autres plaisirs onéreux de la consommation.

La dernière nouvelle que j'ai eue de Gitanas Misevicieux était qu'il avait collé deux yeux au beurre noir à Julia. Mais peu importe.

De : exprof@gaddisfly.com
À : Denise3@cheapnet.com
Objet : Réf. : Devoirs de vacances

___

J'ai l'intention de venir à Saint Jude dès que j'aurai de l'argent. Peut-être même pour l'anniversaire de papa. Mais Noël, c'est l'enfer, tu le sais. Il n'y a pas pire période. Tu peux dire à maman que je viendrai au début de l'année nouvelle.

Maman me dit que Caroline et les garçons seront à Saint Jude pour Noël. Est-ce possible ?

Ne prends pas de psychotropes à cause de moi.

De : Denise3@cheapnet.com
À : exprof@gaddisfly.com
Objet : « La seule chose que j'aie blessée est ma dignité »

___

Bien joué, mais non, désolée, j'insiste pour que tu viennes à Noël.

J'ai parlé avec Axon et le projet est de donner à papa six mois de CorectOr en commençant dès après le nouvel an et de le prendre avec maman chez moi pendant le traitement. (Heureusement, ma vie est un tas de ruines, je n'ai donc pas de mal à me rendre disponible.) La seule possibilité pour que ce scénario ne marche pas est que l'équipe médicale d'Axon décide que papa est victime d'une démence sans cause médicamenteuse. Il faut reconnaître qu'il paraissait assez branlant quand il était à New York, mais il avait une bonne voix au téléphone. « La seule chose que j'aie blessée dans ma chute est ma dignité », etc. Son bras a été déplâtré une semaine plus tôt que prévu.

Enfin, il sera probablement chez moi à Philly pour son anniversaire et pour le restant de l'hiver et le printemps aussi, donc Noël est le seul moment où tu puisses venir à Saint Jude, alors s'il te plaît, arrête de chicaner et viens.

J'attends avec impatience (mais avec confiance) la confirmation de ta présence.

P.-S. Caroline, Aaron et Caleb ne viennent pas. Gary viendra avec Jonah et repartira pour Philly le 25 à midi.

P.-P.-S. Ne t'en fais pas, je dis NON aux médicaments.

De : exprof@gaddisfly.com
À : Denise3@cheapnet.com
Objet : Réf. : « La seule chose que j'aie blessée est ma dignité »

J'ai vu un type prendre six balles dans le ventre hier soir. Un contrat dans un club qui s'appelle Musmiryté. Ça n'avait rien à voir avec nous, mais ça met mal à l'aise.

Je ne vois pas clairement pourquoi je devrais venir à Saint Jude à une date particulière. Si maman et papa étaient mes enfants, que j'aurais créés à partir de rien sans leur demander leur permission, je pourrais comprendre être responsable d'eux. Les parents ont un extrême intérêt darwinien et génétiquement programmé au bien-être de leurs enfants. Mais les enfants, me semble-t-il, n'ont pas de semblable dette envers leurs parents.

Fondamentalement, j'ai très peu de chose à dire à ces gens. Et je ne pense pas qu'ils aient envie d'entendre ce que j'ai à dire.

Pourquoi ne projetterais-je pas de les voir quand ils seront à Philadelphie ? Ça paraît une perspective plus amusante. Ainsi, nous pourrions être tous les neuf ensemble, au lieu de nous retrouver à six.

De : Denise3@cheapnet.com
À : exprof@gaddisfly.com
Objet : Une sérieuse engueulade de ta sœur excédée

Mon Dieu, tu as l'air de t'apitoyer sur toi-même.

Je te demande de venir pour MOI. Pour MOI. Et pour TOI aussi, parce que je suis sûre que c'est formidable et intéressant et propre à se sentir adulte de voir quelqu'un se faire tirer dans le ventre, mais tu n'as que deux parents et si tu laisses passer le temps que tu peux passer avec eux maintenant, tu n'auras pas de deuxième chance.

Je le reconnais : je suis à bout.

Je vais te dire – parce qu'il faut que je le dise à quelqu'un – bien que tu ne m'aies jamais dit pourquoi TOI, tu avais été viré – que j'ai été virée pour avoir couché avec la femme de mon patron.

Alors que penses-tu que, *moi*, j'aie à dire à « ces gens » ? À quoi penses-tu que ressemblent mes causettes du dimanche avec maman en ce moment ?

Tu me dois 20 500 dollars. Si ÇA ce n'est pas une dette ?

Achète ton putain de billet. Je te le rembourserai.

Je t'aime et tu me manques. Ne me demande pas pourquoi.

De : Denise3@cheapnet.com
À : exprof@gaddisfly.com
Objet : Remords

Je suis désolée de t'avoir engueulé. La dernière ligne est la seule que je pense. Je n'ai pas le tempérament qu'il faut pour les e-mails. Réponds-moi s'il te plaît. Viens à Noël s'il te plaît.

De : Denise3@cheapnet.com
À : exprof@gaddisfly.com
Objet : Souci

S'il te plaît, s'il te plaît, s'il te plaît, ne me parle pas de gens qui se font descendre pour ensuite me faire le coup du silence.

De : Denise3@cheapnet.com
À : exprof@gaddisfly.com
Objet : Plus que six jours ouvrables avant Noël

Chip ? Es-tu là ? Écris ou appelle s'il te plaît.

Le réchauffement atmosphérique rehausse la valeur de Lithuania Inc.

VILNIUS, 30 OCTOBRE. Avec un niveau des océans qui s'élève de près de trois centimètres par an et des millions de mètres cubes de plage qui disparaissent chaque jour, le Conseil européen des ressources naturelles a mis en garde cette semaine contre une pénurie « catastrophique » de sable et de gravier en Europe d'ici la fin de la décennie.

« À travers l'histoire, l'humanité a considéré le sable et le gravier comme des ressources inépuisables, a déclaré le président du CERN, Jacques Dormand. Malheureusement, notre dépendance excessive à l'égard des combustibles fossiles générateurs de gaz à effet de serre mettra de nombreux pays d'Europe centrale, dont l'Allemagne, à la merci des pays exportateurs de sable et de gravier, en particulier de la Lituanie riche en sable, s'ils veulent continuer à bâtir routes et immeubles. »

Gitanas R. Misevičius, fondateur et P-DG de la Société du parti de l'économie de marché, a comparé la crise imminente du sable et du gravier en Europe à la crise pétrolière de 1973. « Alors, de minuscules pays riches en pétrole comme Bahreïn et Brunei sont des souris qui se sont mises à rugir. Demain, ce sera le tour de la Lituanie. »

Le président Dormand a décrit la Société du parti de l'économie de marché pro-occidentale et favorable aux affaires comme « actuellement le seul mouvement politique en Lituanie disposé à traiter de manière honnête et responsable avec les marchés de capitaux occidentaux ».

« Notre malheur, a dit Dormand, est que l'essentiel des réserves européennes de sable et de gravier se trouve aux mains de nationalistes baltes à côté desquels Muammar Kadhafi ressemble à Charles de Gaulle. J'exagère à peine en disant que la future stabilité économique de la Communauté européenne est entre les mains de quelques courageux capitalistes de l'Est tels que M. Misevičius... »

La beauté de l'Internet était que Chip pouvait envoyer un tissu de bobards sans même se donner le mal de vérifier son orthographe. La crédibilité sur le web dépendait à quatre-vingt-dix-huit pour cent de l'allure futée et branchée de votre site.

Même si Chip n'était pas personnellement versé dans le web, c'était un Américain de moins de quarante ans et les Américains de moins de quarante ans étaient des juges experts de ce qui était futé et branché et de ce qui ne l'était pas. Gitanas et lui allèrent dans un pub nommé Prie Universiteto et embauchèrent cinq jeunes Lituaniens en T-shirt Phish et R.E.M. pour trente dollars par jour plus des millions de stock options dénuées de toute valeur et, un mois durant, Chip fit trimer sans relâche ces *nerds* pleins de jargon. Il leur fit étudier des sites américains comme nbci.com et Oracle. Il leur dit de le faire comme *ça*, que cela ressemble à *ça*.

Lithuania.com fut officiellement lancé le cinq novembre. Une bannière à haute résolution – LA DÉMOCRATIE PAIE DE COQUETS DIVIDENDES – se déployait sur l'accompagnement de seize mesures joyeuses de la « Danse des cochers et des palefreniers » de *Petrouchka*. Côte à côte, dans un riche espace graphique bleu sous la bannière, apparaissaient une photo en noir et blanc **Avant** (« la Vilnius socialiste ») de façades lépreuses et de tilleuls moribonds sur la Gedimino Prospektas et une superbe photographie en couleurs **Après** (« la Vilnius de l'économie de marché ») d'un complexe en bord de mer de boutiques et de bistrots nimbé d'une lumière de miel. (Ce complexe se trouvait en réalité au Danemark.) Pendant une semaine Chip et Gitanas avaient travaillé jusque tard le soir, buvant de la bière et composant les autres pages qui promettaient aux investisseurs les divers privilèges éponymes et inséminatoires de l'amère farce originale de Gitanas, ainsi que, selon le niveau de l'engagement financier :

- parts de multipropriété dans les villas ministérielles en bord de mer à Palanga !
- droits d'exploitation minière et forestière proportionnels dans tous les parcs nationaux !
- nomination de magistrats et juges locaux choisis !

- droit de stationnement 24 heures sur 24 à perpétuité dans la totalité de la Vieille Ville de Vilnius !
- remise de cinquante pour cent sur un choix de locations de troupes nationales et d'armements lituaniens sur simple demande, excepté en temps de guerre !
- adoption sans formalités de fillettes lituaniennes !
- immunité discrétionnaire des interdictions de tourner à gauche au feu rouge !
- inclusion du portrait de l'investisseur sur des timbres commémoratifs, pièces de monnaie de collection, étiquettes de microbrasseries, biscuits lituaniens à couverture chocolatée en bas-relief, trading cards Heroic Leader, papiers d'emballage pour clémentines de fête, etc. !
- doctorat honorifique en humanités de l'université de Vilnius, fondée en 1578 !
- accès sans restriction aux écoutes téléphoniques et autres équipements de sécurité d'État !
- droit légalement exécutoire en terre lituanienne à des titres et appellations tels que « Votre Seigneurie » et « Votre Grâce », leur non-usage par le personnel de service étant punissable de flagellation publique et jusqu'à deux mois de prison !
- accès de dernière minute prioritaire aux places de train et d'avion, événements culturels à réservation obligatoire et tables dans les restaurants et night-clubs cinq étoiles affiliés !
- priorité absolue pour les transplantations de foie, de cœur et de cornée au célèbre hôpital Antakalnis de Vilnius !
- permis de chasse et de pêche sans limitation, plus privilèges hors saison dans les réserves faunistiques nationales !
- votre nom en lettres capitales sur le flanc de grands navires !
- etc., etc. !

La leçon qu'avait apprise Gitanas et qu'apprenait à présent Chip était que plus les promesses étaient ouvertement satiriques plus l'afflux de capitaux américains était vigoureux. Jour après jour, Chip débitait à la chaîne des communiqués de presse, des bilans comptables de pure fantaisie, des essais sérieux plaidant l'inévitabilité hégélienne d'une politique ouvertement commerciale, des témoignages exubérants sur le boom économique en cours de la Lituanie, des questions obliques dans des forums de discussions consacrés aux investissements et des réponses cinglantes. Lorsqu'il se faisait allumer pour ses mensonges ou son ignorance, il changeait simplement de forum. Il rédigea le texte du titre d'investissement et de sa brochure d'accompagnement (« Félicitations – Vous êtes maintenant un patriote de l'économie de marché en Lituanie ») et les fit luxueusement imprimer sur un papier riche en coton. Il avait l'impression d'avoir enfin, dans ce domaine de la pure invention, trouvé son métier. Exactement comme Melissa Paquette le lui avait promis longtemps auparavant, c'était le pied de fonder une société, le pied de voir affluer l'argent.

Un journaliste du *USA Today* envoya un e-mail pour demander : « Est-ce pour de vrai ? »

Chip répondit par la même voie : « C'est pour de vrai. L'État-nation à but lucratif, avec une population d'actionnaires dispersés de par le monde, est la prochaine étape de l'évolution de l'économie politique. Le "néotechnoféodalisme éclairé" s'épanouit en Lituanie. Venez voir par vous-même. Je peux vous garantir un minimum d'une heure et demie d'interview avec G. Misevičius en personne. »

Il n'y eut pas de réponse du *USA Today*. Chip craignit d'en avoir trop fait ; mais les recettes brutes hebdomadaires s'élevaient à quarante mille dollars. L'argent arrivait sous la forme de virements bancaires, de numéros de cartes de crédit, de clés de cryptage d'argent électronique, de jeux d'écritures vers le Crédit Suisse et de billets de cent dollars dans des enveloppes par avion. Gitanas investissait une grande partie de l'argent dans ses entreprises auxiliaires, mais, comme convenu, il doubla le salaire de Chip lorsque les bénéfices s'élevèrent.

Chip habitait gratuitement dans la villa de stuc où le commandant de la garnison soviétique avait autrefois mangé du faisan en buvant du gewürztraminer et bavardé avec Moscou sur des lignes téléphoniques sécurisées. La villa avait été caillassée, pillée et recouverte de graffitis triomphants à l'automne 1990, puis elle était restée à l'abandon jusqu'à ce que le VIPPPAKJRIINPB17 perde le pouvoir et que Gitanas soit rappelé de l'ONU. Gitanas avait été attiré vers la villa en ruine par son prix imbattable (elle était gratuite), par ses dispositifs de sécurité exceptionnels (y compris une tour blindée et une clôture extérieure digne d'une ambassade américaine) et par la perspective de dormir dans la chambre de ce même commandant qui l'avait torturé pendant six mois dans l'ancienne caserne soviétique voisine. Gitanas et d'autres membres du parti avaient travaillé des week-ends avec des truelles et des spatules pour restaurer la villa, mais le parti s'était entièrement dissous avant que le travail ne soit achevé. À présent, la moitié des pièces étaient vacantes, leur plancher jonché de verre brisé. Comme dans toute la Vieille Ville, le chauffage et l'eau chaude provenaient d'une monumentale chaufferie centrale et perdaient beaucoup de leur vigueur au cours du long voyage, via des conduites enterrées et des colonnes montantes pleines de fuites, jusqu'aux douches et aux radiateurs de la villa. Gitanas avait établi les bureaux de la Société du parti de l'économie de marché dans l'ancienne salle de bal, revendiqué la chambre de maître pour lui-même, installé Chip dans l'ancienne suite de l'aide de camp au troisième étage et laissé les jeunes *nerds* pieuter là où cela leur chantait.

Même si Chip continuait de payer le loyer de son appartement new-yorkais et le minimum mensuel sur son encours de carte Visa, il se sentait agréablement riche à Vilnius. Il commandait ce qu'il y avait de mieux à la carte, partageait son alcool et ses cigarettes avec ceux qui étaient moins fortunés et ne regardait jamais les prix à la boutique bio proche de l'université où il faisait ses provisions.

Pour ne pas démentir Gitanas, il y avait abondance de mineures lourdement maquillées disponibles dans les bars et les pizzerias, mais en quittant New York et en échappant à « La Pourpre académique », Chip semblait avoir perdu le besoin de tomber amoureux d'adolescentes étrangères. Deux fois par semaine, Gitanas et lui se rendaient au Club Metropol et, après un massage et avant un sauna, voyaient leurs besoins efficacement satisfaits sur les coussins de mousse indifféremment propres du Metropol. La plupart des cliniciennes du Metropol avaient la trentaine et menaient des vies diurnes qui tournaient autour des soins aux enfants, ou aux parents, ou du programme de journalisme international de l'université, ou d'activités artistiques dans des nuances politiques que personne n'achèterait. Chip était surpris par la disposition de ces femmes, tandis qu'elles se rhabillaient et attachaient leurs cheveux, à lui parler comme à un être humain. Il était frappé par le plaisir qu'elles semblaient prendre dans leur vie diurne, et combien leur travail nocturne était barbant par contraste, combien il était totalement dénué de sens ; et comme lui-même avait commencé à prendre un plaisir actif à son travail diurne, il devint, à chaque (trans)act(ion) thérapeutique sur la table de massage, un peu plus expert à mettre son corps à sa place, à mettre le sexe à sa place, à comprendre ce que l'amour était et ce qu'il n'était pas. À chaque éjaculation prépayée, il se débarrassait d'une once supplémentaire de la honte héréditaire qui avait résisté à quinze ans d'attaques théoriques soutenues. Ce qui restait était une gratitude qu'il exprimait sous la forme de pourboires de deux cents pour cent. À deux ou trois heures du matin, quand la ville gisait sous une obscurité qui semblait être tombée des semaines plus tôt, Gitanas et lui retournaient à la villa à travers des fumées hautement soufrées et la neige, le brouillard ou le crachin.

Gitanas était le grand amour de Chip à Vilnius. Chip appréciait tout particulièrement la manière dont Gitanas l'appréciait. Partout où les deux hommes allaient, les gens leur demandaient s'ils étaient frères, mais la vérité était que Chip se sentait moins le frère de Gitanas que sa petite amie. Il se sentait à la place de Julia : perpétuellement fêté, superbement traité et presque entièrement dépendant de Gitanas pour les services, les conseils et ses besoins élémentaires. Il le divertissait, comme Julia. Il était un employé apprécié, un Américain vulnérable et délicieux, un objet d'amusement et d'indulgence, et même de mystère ; et quel grand plaisir c'était, pour changer, d'être celui qui était demandé – d'avoir des qualités et des attributs que quelqu'un d'autre désirait tant.

L'un dans l'autre, il trouva en Vilnius un monde adorable de bœuf braisé, de chou et de galettes de pomme de terre, de bière, de vodka et de tabac, de camaraderie, d'entreprises subversives et de cul. Il aimait un climat et une latitude qui dispensaient largement de la lumière du jour. Il pouvait dormir extrêmement tard et se lever quand même avec le soleil, et très rapidement après le petit déjeuner le temps revenait pour le remontant vespéral d'un café avec une cigarette. Sa vie était pour partie une vie d'étudiant (il avait toujours aimé la vie d'étudiant), pour partie une vie à cent à l'heure dans l'univers des start-ups en dot-com. D'une distance de six mille kilomètres, tout ce qu'il avait laissé derrière lui aux États-Unis paraissait suffisamment petit pour être gérable – ses parents, ses dettes, ses échecs, sa perte de Julia. Il se sentait tellement mieux sur les fronts du travail, du sexe et de l'amitié que pendant un temps il en oublia le goût de la détresse. Il décida de rester à Vilnius jusqu'à ce qu'il ait gagné assez d'argent pour rembourser ses dettes à Denise et à ses organismes de crédit. Il pensait que six mois pourraient suffire.

Comme il était absolument typique de sa déveine, alors, qu'avant qu'il ait pu passer deux bons mois à Vilnius, à la fois son père et la Lituanie tombent à l'eau.

Dans ses e-mails, Denise avait tancé Chip à propos de la santé d'Alfred, en insistant pour qu'il vienne à Saint Jude pour Noël, mais un retour à la maison en décembre n'avait que peu d'attraits. Il soupçonnait que s'il quittait la villa, ne fût-ce qu'une semaine, quelque chose d'idiot l'empêcherait d'y revenir. Un charme serait brisé, une magie perdue. Mais Denise, qui était la personne la plus équilibrée qu'il connaisse, lui envoya finalement un e-mail où elle apparaissait carrément désespérée. Chip lut le message en diagonale avant de se rendre compte qu'il n'aurait pas dû le regarder du tout parce qu'il mentionnait la somme qu'il lui devait. La détresse dont il avait oublié le goût, les difficultés qui lui avaient semblé minces vues de loin, emplirent à nouveau sa tête.

Il effaça le message et le regretta aussitôt. Il avait un demi-souvenir confus de la phrase *virée pour avoir couché avec la femme de mon patron.* Mais c'était une phrase si improbable, venant de Denise, et son œil était passé dessus si rapidement, qu'il ne pouvait faire entièrement confiance à sa mémoire. Si sa sœur était décidée à tourner lesbienne (ce qui, à y repenser, expliquerait divers aspects de la personnalité de Denise qui l'avaient toujours laissé perplexe), alors elle pouvait certainement faire usage du soutien de son foucaldien de frère aîné, mais Chip n'était pas encore prêt à rentrer au pays, et il supposa donc que sa mémoire l'avait trahi et que la phrase de Denise avait trait à autre chose.

Il fuma trois cigarettes, dissolvant son anxiété dans des rationalisations, des contre-accusations et une résolution raffermie de rester en Lituanie jusqu'à ce qu'il puisse rembourser à sa sœur les 20 500 dollars qu'il lui devait. Si Alfred habitait chez Denise jusqu'en juin, cela signifiait que Chip pouvait rester six mois de plus en Lituanie tout en tenant sa promesse d'une grande réunion familiale à Philadelphie.

Malheureusement, la Lituanie sombrait dans l'anarchie.

Durant les mois d'octobre et de novembre, malgré la crise financière mondiale, un vernis de normalité avait adhéré à Vilnius. Les fermiers continuaient d'amener au marché des volailles et du bétail pour lesquels ils étaient réglés en litai qu'ils dépensaient ensuite en essence russe, en bière et en vodka domestique, en jeans délavés et en T-shirts à l'effigie des Spice Girls, en vidéos pirates des *X Files* importées d'économies encore plus malades que celle de la Lituanie. Les camionneurs qui distribuaient l'essence, les ouvriers qui distillaient la vodka et les vieilles femmes en foulard qui vendaient les T-shirts à l'effigie des Spice Girls qu'elles tiraient de chariots en bois achetaient tout le bœuf et les poulets des fermiers. La terre produisait, les litai circulaient et, à Vilnius au moins, pubs et clubs restaient ouverts tard le soir.

Mais l'économie n'était pas simplement locale. On pouvait donner des litai à l'exportateur de pétrole russe qui alimentait le pays en essence, mais cet exportateur était en droit de réclamer précisément les biens et services lituaniens pour lesquels il entendait dépenser ses litai. Il était facile d'acheter des litai au taux officiel de quatre pour un dollar. Beaucoup moins d'acheter un dollar pour quatre litai ! Selon un paradoxe familier de la dépression, les biens devinrent rares *parce qu*'il n'y avait pas d'acheteurs. Plus il était difficile de trouver du papier d'aluminium, de la viande hachée ou de l'huile pour moteur, plus il était tentant de détourner les camions remplis de telles marchandises ou de s'immiscer dans leur distribution. Pendant ce temps-là, les fonctionnaires (en particulier la police) continuaient de percevoir des salaires fixes en litai dévalués. L'économie souterraine apprit vite à évaluer le prix d'un commissaire de quartier aussi sûrement qu'elle évaluait le prix d'une boîte d'ampoules électriques.

Chip était frappé par les vastes similitudes entre la Lituanie du marché noir et l'Amérique de l'économie de marché. Dans les deux pays, la richesse était concentrée entre les mains d'une poignée de gens ; toute distinction sérieuse entre les secteurs privé et public avait disparu ; les capitaines du commerce vivaient dans une anxiété fiévreuse qui les poussait à étendre implacablement leurs empires ; les citoyens ordinaires vivaient dans une crainte fiévreuse du licenciement et une confusion fiévreuse quant à savoir quel puissant intérêt privé possédait quelle institution autrefois publique un jour donné ; et l'économie était largement alimentée par l'insatiable appétit de l'élite pour le luxe. (À Vilnius, au mois de novembre de cet automne lugubre, cinq oligarques criminels employaient à eux seuls des milliers de menuisiers, de maçons, d'artisans, de cuisiniers, de prostituées, de barmen, de mécaniciens automobile et de gardes du corps.) La principale différence entre l'Amérique et la Lituanie, pour ce qu'en voyait Chip, était qu'en Amérique la poignée de riches assujettissait la masse des pauvres au moyen de divertissements abrutissants et dégradants, de gadgets et de médicaments, tandis qu'en Lituanie la poignée de puissants assujettissait la masse des perdants par la menace de la violence.

Cela réchauffait son cœur foucaldien, en un sens, de vivre dans un pays où la propriété des biens matériels et le contrôle du discours public étaient si ouvertement liés à la détention des armes.

Le Lituanien qui avait le plus d'armes était (ethniquement) un Russe du nom de Victor Lichenkev qui avait transformé les liquidités issues de son quasi-monopole de l'héroïne et de l'ecstasy en un contrôle absolu de la Banque de Lituanie, après que son propriétaire précédent, FrendLeeTrust d'Atlanta, eut catastrophiquement surévalué l'appétit des consommateurs pour ses MasterCards Dilbert. Les réserves de cash de Victor Lichenkev lui permettaient d'armer une « gendarmerie » privée de cinq cents hommes qui, en octobre, encercla hardiment la centrale nucléaire de type Tchernobyl d'Ignalina, à 120 kilomètres au nord-est de Vilnius, laquelle fournissait les trois quarts de l'électricité du pays. Le siège donna à Lichenkev d'excellents arguments dans la négociation pour le rachat du plus grand service public du pays à l'oligarque rival, qui l'avait lui-même acheté à bas prix lors de la grande campagne de privatisations. Du jour au lendemain, Lichenkev s'assura le contrôle de chaque litas coulant des compteurs électriques du pays ; mais, craignant que son origine russe ne suscite une animosité nationaliste, il prit soin de ne pas abuser de son nouveau pouvoir. Dans un geste de bonne volonté, il réduisit de quinze pour cent les tarifs de l'électricité, mais l'oligarque précédent avait forcé la note. Porté par la vague de popularité qui en résulta, il fonda un nouveau parti politique (le Parti de l'énergie à bas prix pour le peuple) et lança une liste de candidats au Parlement pour les élections législatives de la mi-décembre.

Et la terre continuait de produire et les litai de circuler. Un film à tueur psychopathe, intitulé *Moody Fruit*, sortit au Lietuva et au Vingis. Des blagues en lituanien tombaient des lèvres de Jennifer Aniston dans *Friends*. Les employés municipaux vidaient les poubelles en béton de la place devant Sainte-Catherine. Mais chaque jour était plus sombre et plus court que le précédent.

En tant que puissance mondiale, la Lituanie n'avait fait que décliner depuis la mort de Vytautas le Grand en 1430. Durant six cents ans, le pays avait circulé entre la Pologne, la Prusse et la Russie, tel un cadeau de mariage abondamment recyclé (le seau à glace en similicuir, les couverts à salade). La langue du pays et le souvenir de temps meilleurs survivaient, mais le fait principal concernant la Lituanie était qu'elle n'était pas bien grande. Au vingtième siècle, la Gestapo et les SS pourraient liquider les 200 000 Juifs lituaniens et les Soviétiques déporter un autre quart de million de citoyens en Sibérie sans attirer excessivement l'attention de la communauté internationale.

Gitanas Misevičius venait d'une famille de prêtres, de soldats et de fonctionnaires proche de la frontière biélorusse. Son grand-père paternel, un juge local, avait échoué à une séance de questions-réponses avec les nouveaux administrateurs communistes en 1940 et été envoyé au goulag, accompagné de sa femme. On n'avait plus jamais entendu parler de lui. Le père de Gitanas possédait un bar à Vidiskés et il procura aide et réconfort aux partisans du mouvement de résistance (les soi-disant Frères de la Forêt) jusqu'à la fin des hostilités, en 1953.

Un an après la naissance de Gitanas, Vidiskés et huit municipalités environnantes furent vidées par le gouvernement fantoche pour laisser la place à la première de deux centrales nucléaires. Les quinze mille personnes ainsi déplacées (« pour des raisons de sécurité ») furent relogées dans une petite ville flambant neuve complètement moderne, Khroutchevai, qui avait été construite en toute hâte dans la région des lacs, à l'ouest d'Ignalina.

« Assez lugubre, tout en parpaing, pas d'arbres, raconta Gitanas à Chip. Le nouveau bar de mon père avait un comptoir en parpaing, des alcôves en parpaing, des étagères en parpaing. L'économie socialiste planifiée de Biélorussie avait produit trop de parpaings et les donnait pour rien. Du moins, c'est ce qu'on nous racontait. Enfin, nous emménageons tous. Nous avions nos lits en parpaing, nos terrains de jeux avec des équipements en parpaing et nos bancs publics en parpaing. Les années passent, j'ai dix ans, et soudain tout le monde a un père ou une mère atteint d'un cancer des poumons. Je dis bien *tout le monde*. Enfin, et voilà que mon père a une tumeur aux poumons et les autorités finissent par venir jeter un coup d'œil à Khroutchevai, et, baste, nous avons un problème de radon. Un gros problème de radon. Un désastreux putain de problème de radon, en fait. Parce qu'il s'avère que ces parpaings sont légèrement radioactifs ! Et le radon s'accumule dans toutes les pièces fermées de Khroutchevai. En particulier dans une pièce comme une salle de bar, où il n'y a pas beaucoup d'air, et où le patron reste toute la journée à fumer des cigarettes. Comme le faisait mon père, par exemple. Eh bien, la Biélorussie, qui est notre république socialiste sœur (et que, soit dit en passant, nous, les Lituaniens, *possédions* autrefois), la Biélorussie dit qu'elle est vraiment désolée. Il devait y avoir un peu de pechblende dans ces parpaings, dit la Biélorussie. Grosse erreur. Désolée, désolée, désolée. Alors nous quittons tous Khroutchevai et mon père meurt, horriblement, dix minutes après minuit le lendemain de son anniversaire de mariage, parce qu'il ne voulait pas que ma maman se souvienne de sa mort le jour anniversaire de leur mariage, et trente années passent, Gorbatchev se retire, et nous allons enfin jeter un coup d'œil dans ces vieilles archives, et tu sais quoi ? Il n'y avait pas de bizarre surabondance de parpaings due à une erreur de planification. Il n'y avait pas de couille dans le plan quinquennal. Il y avait une politique délibérée de recyclage des déchets nucléaires de très faible intensité dans les matériaux de construction. Selon la théorie que le ciment des parpaings neutraliserait les radio-isotopes ! Mais les Biélorusses avaient des compteurs Geiger et ce fut la fin de ce rêve heureux de neutralisation, et un millier de trains de parpaings nous ont donc été gracieusement envoyés, à nous qui n'avions aucune raison de soupçonner que quelque chose n'allait pas.

— Aïe, dit Chip.

— Ça dépasse le aïe. Ça a tué mon père quand j'avais onze ans. Et le père de mon meilleur ami. Et des centaines d'autres personnes au fil des années. Et tout se tenait. Il y avait toujours un ennemi avec une grosse cible rouge dans le dos. Il y avait un grand méchant papa URSS que nous pouvions tous haïr, jusqu'aux années quatre-vingt-dix. »

La plate-forme politique du VIPPPAKJRIINPB17, que Gitanas avait contribué à fonder après l'Indépendance, consistait en une unique lourde et large planche : les Soviétiques devaient payer pour le viol de la Lituanie. Pendant un temps, dans les années quatre-vingt-dix, il était possible de faire marcher le pays à la haine pure. Mais bientôt d'autres partis émergèrent avec des programmes qui, tout en payant leur dû au revanchisme, essayaient aussi de le dépasser. À la fin des années quatre-vingt-dix, après que le VIPPPAKJRIINPB17 eut perdu son dernier siège au Seimas, tout ce qui restait du parti était sa villa à demi rénovée.

Gitanas essayait de comprendre politiquement le monde qui l'environnait et n'y arrivait pas. Le monde avait eu un sens quand l'Armée rouge le détenait illégalement, lui posant des questions auxquelles il refusait de répondre et couvrant lentement le côté gauche de son corps de brûlures au troisième degré. Après l'Indépendance, cependant, la politique avait perdu sa cohérence. Même une question aussi simple et vitale que celle des réparations soviétiques à la Lituanie était embrouillée par le fait que durant la Seconde Guerre mondiale les Lituaniens eux-mêmes avaient aidé à persécuter les Juifs et par le fait que beaucoup des occupants actuels du Kremlin étaient eux-mêmes d'anciens patriotes antisoviétiques qui méritaient des réparations presque autant que les Lituaniens.

« Qu'est-ce que je fais maintenant, demandait Gitanas à Chip, quand l'envahisseur est un système et une culture, pas une armée ? Le meilleur avenir que je puisse espérer maintenant pour mon pays est qu'il ressemble un jour un peu plus à un pays occidental de second ordre. Davantage au reste du monde, en d'autres termes.

– Davantage au Danemark, avec son séduisant complexe de boutiques et de bistrots en bord de mer, dit Chip.

– Combien nous nous sentions tous lituaniens, dit Gitanas, quand nous pouvions désigner les Soviétiques et dire : *Non, nous ne sommes pas comme eux.* Mais dire : *Non, nous ne sommes pas dans l'économie de marché, non, nous ne sommes pas mondialisés* – cela ne me fait pas me sentir lituanien. Cela me fait me sentir idiot et préhistorique. Alors comment suis-je un patriote aujourd'hui ? Qu'est-ce que je représente de *positif* ? Quelle est la définition *positive* de mon pays ? »

Gitanas continua de résider dans la villa à demi en ruine. Il offrit la suite de l'aide de camp à sa mère, mais elle préféra rester dans son appartement à côté d'Ignalina. Comme il était de rigueur pour tous les dirigeants lituaniens de l'époque, en particulier pour les revanchistes comme lui, il acquit une ancienne propriété communiste – une part de vingt pour cent de Sucrosas, la raffinerie de betteraves qui était le deuxième établissement industriel de Lituanie – et vécut confortablement de ses dividendes en patriote retraité.

Pendant un temps, comme Chip, Gitanas entrevit le salut dans la personne de Julia Vrais : dans sa beauté, dans sa recherche du plaisir en suivant la ligne de moindre résistance typiquement américaine. Puis Julia le plaqua à bord d'un avion pour Berlin. Sa trahison était la dernière d'une vie qui en était venue à ressembler à un défilé écrasant de trahisons. Il avait été baisé par les Soviétiques, baisé par l'électorat lituanien, et baisé par Julia. Enfin, il fut baisé par le FMI et la Banque mondiale et apporta l'accumulation de quarante années d'amertume à la blague de Lithuania Inc.

Embaucher Chip pour gérer la Société du parti de l'économie de marché était la première bonne décision qu'il ait prise depuis longtemps. Gitanas s'était rendu à New York pour trouver un avocat qui s'occupe de son divorce et, éventuellement, embaucher un médiocre acteur américain, un raté d'âge mûr qu'il pourrait installer à Vilnius afin de rassurer les visiteurs qu'attirerait Lithuania Inc. Il arrivait à peine à croire qu'un homme aussi jeune et talentueux que Chip soit disposé à travailler pour lui. Il ne fut que brièvement consterné d'apprendre que Chip avait couché avec sa femme. À l'expérience de Gitanas, *tout le monde* le trahissait un jour ou l'autre. Il appréciait que Chip ait commis sa trahison avant même qu'ils ne se rencontrent.

Quant à Chip, l'infériorité qu'il ressentait à Vilnius en tant que « pathétique Américain » qui ne parlait ni lituanien ni russe, dont le père n'était pas mort prématurément d'un cancer des poumons, dont les grands-parents n'avaient pas disparu en Sibérie et qui n'avait jamais été torturé pour ses idéaux dans la cellule non chauffée d'une prison militaire, était compensée par sa compétence en tant qu'employé et par le souvenir de certains contrastes extrêmement flatteurs que Julia dressait entre lui et Gitanas. Dans les pubs et les clubs, où les deux hommes ne se donnaient souvent pas le mal de nier être frères, Chip avait le sentiment d'être celui qui avait le mieux réussi des deux.

« J'étais un assez bon vice-Premier ministre, disait sombrement Gitanas. Je ne suis pas un très bon baron du crime organisé. »

« Baron du crime » était, en vérité, un terme quelque peu exagéré pour qualifier l'activité de Gitanas. Il montrait des signes d'échec avec lesquels Chip n'était que trop familier. Il passait une heure à se tracasser pour chaque minute passée à faire quelque chose. Les investisseurs du monde entier lui envoyaient des sommes rondelettes qu'il allait déposer sur son compte au Crédit Suisse chaque vendredi après-midi, mais il n'arrivait pas à se décider entre utiliser l'argent « honnêtement » (c'est-à-dire pour acheter des sièges au Parlement pour la Société du parti de l'économie de marché) ou se lancer dans l'escroquerie pure et consacrer ses devises mal acquises à des affaires encore moins légitimes. Pendant un temps il fit plus ou moins les deux et plus ou moins ni l'un ni l'autre. Finalement, son enquête de marketing (qu'il menait en interrogeant des inconnus ivres dans les bars) le convainquit que, dans le climat économique du moment, même un bolchevique avait de meilleures chances d'attirer des votes qu'un parti ayant « économie de marché » dans son nom.

Abandonnant toute idée de rester dans la légalité, Gitanas embaucha des gardes du corps. Bientôt Victor Lichenkev demandait à ses espions : Pourquoi ce patriote dépassé de

Misevičius a-t-il besoin de protection ? Gitanas avait été beaucoup plus en sécurité en tant que patriote dépassé non défendu qu'il ne l'était en tant que commandant de dix solides gaillards armés de kalachnikovs. Il fut obligé d'engager des gardes du corps supplémentaires et Chip, de peur de se faire abattre, ne quitta plus l'enceinte de la villa sans escorte.

« Tu n'es pas en danger, lui assura Gitanas. Lichenkev pourrait vouloir me tuer pour reprendre la société à son compte. Mais toi, tu es la poule aux ovaires d'or. »

Chip avait néanmoins l'arrière du cou qui le picotait désagréablement quand il sortait en public. Le soir de Thanksgiving aux États-Unis, il observa deux des hommes de Lichenkev se frayer un chemin à travers la foule dans un club au sol poisseux baptisé Musmiryté et percer six trous dans le ventre d'un « importateur de vins et spiritueux » roux. Que les hommes de Lichenkev soient passés devant Chip sans lui faire de mal prouvait la justesse de l'argument de Gitanas. Mais le corps de l'« importateur de vins et spiritueux » confirmait toutes les craintes nourries par Chip concernant la résistance des corps : comparé aux balles, il était mou. De vilaines surcharges de courant inondaient les nerfs de l'homme mourant. De violentes convulsions, des réserves cachées d'énergie galvanique, d'immensément pénibles réactions électrochimiques, avaient clairement été latentes toute sa vie dans son câblage.

Gitanas apparut au Musmiryté une demi-heure plus tard. « Mon problème, dit-il d'un air songeur, en contemplant les taches de sang, est qu'il est plus facile pour moi de me faire tuer que de tuer.

— Ça y est, tu recommences à te dévaluer, dit Chip.

— Je suis bon pour endurer la douleur, mauvais pour l'infliger.

— Sérieusement. Ne sois pas si dur avec toi-même.

— Tuer ou être tué. Ce n'est pas un concept facile. »

Gitanas avait essayé d'être agressif. En tant que baron du crime organisé, il disposait d'un bel atout : l'argent attiré par la

Société du parti de l'économie de marché. Après que les forces de Lichenkev eurent encerclé la centrale d'Ignalina et forcé la vente d'Électricité de Lituanie, Gitanas avait vendu sa lucrative part de Sucrosas, vidé les coffres de la Société du parti de l'économie de marché et acheté un bloc de contrôle du principal opérateur de téléphonie mobile de Lituanie. Cette société, Transbaltic Wireless, était la seule affaire qui fût dans ses prix. Il donna à ses gardes du corps 1 000 minutes de communications nationales par mois, plus une messagerie vocale et une identification du numéro d'appel gratuites, et les mit au travail pour surveiller les appels des nombreux portables Transbaltic de Lichenkev. Quand il apprit que Lichenkev allait liquider sa position dans la Corporation des tanneries nationales et des produits et sous-produits animaux, Gitanas put vendre ses propres titres à découvert. Ce geste lui rapporta un joli magot mais s'avéra fatal à long terme. Lichenkev, décelant l'écoute de ses téléphones, changea d'opérateur pour un service régional plus sûr basé à Riga. Puis il se retourna et attaqua Gitanas.

À la veille des élections du vingt décembre, un « accident » dans une sous-station électrique paralysa sélectivement le centre de commutation de Transbaltic Wireless et six de ses pylônes d'émission-réception. Une foule de jeunes utilisateurs de mobiles de Vilnius en colère, avec des crânes rasés et des boucs, essaya d'envahir les bureaux de Transbaltic. La direction de Transbaltic appela à l'aide par le téléphone filaire ordinaire ; la « police » qui répondit à l'appel se joignit à la foule pour piller les bureaux et faire le siège de sa trésorerie jusqu'à l'arrivée de trois cars de « police » du seul commissariat que Gitanas avait les moyens d'acheter. Après une bataille rangée, le premier groupe de « policiers » battit en retraite et les « policiers » restants dispersèrent la foule.

Durant la nuit du vendredi et la matinée du samedi, l'équipe technique de la société lutta pour réparer le générateur de secours datant de l'ère brejnévienne qui fournissait son énergie de remplacement au centre de commutation. Le principal bus de tranfert du générateur était gravement corrodé et, quand le directeur technique le secoua légèrement pour vérifier sa solidité, il le cassa net à la base. S'efforçant de le ressouder à la lumière de bougies et de torches, le directeur endommagea la bobine d'induction primaire avec son fer et, étant donné l'instabilité politique entourant l'élection, il n'y avait pas d'autre générateur à gaz de courant alternatif disponible à quelque prix que ce soit à Vilnius (et certainement pas de générateur triphasé de la sorte à laquelle le centre de commutation avait été adapté, pour la seule raison qu'un vieux générateur triphasé de l'ère brejnévienne était disponible pour pas cher), et pendant ce temps les fournisseurs de composants électriques en Pologne et en Finlande rechignaient, étant donné l'instabilité politique, à expédier quoi que ce soit en Lituanie sans recevoir d'abord un paiement en devises occidentales, et c'est ainsi qu'un pays dont les citoyens, comme tant de leurs homologues occidentaux, avaient résilié leur abonnement au téléphone filaire quand les mobiles s'étaient répandus à bas prix fut plongé dans un silence des communications digne du dix-neuvième siècle.

Par un très sombre dimanche matin, Lichenkev et sa liste de contrebandiers et de tueurs du Parti de l'énergie à bas prix pour le peuple revendiquèrent 38 des 141 sièges du Seimas. Mais le président lituanien, Audrius Vitkunas, un nationaliste pur et dur, charismatique et paranoïaque, qui haïssait la Russie et l'Occident avec une égale passion, refusa de valider les résultats.

« L'hydrophobe Lichenkev et sa meute aux babines écumantes ne m'intimideront pas ! s'écria Vitkunas dans une allocution télévisée le dimanche soir. Des pannes électriques localisées, une rupture presque complète du réseau de communication de la capitale et de ses environs, et la présence de patrouilles lourdement armées de "gendarmes" de la meute de lèche-bottes aux babines écumantes de Lichenkev *ne portent pas à croire* que les votes d'hier reflètent la volonté opiniâtre et l'immense bon sens de l'immortel et glorieux peuple lituanien ! Je ne veux pas, je ne peux pas, je ne dois pas, je ne vais pas valider ces résultats aux élections parlementaires constellés de bave, mangés aux vers et syphilitiques au dernier degré ! »

Gitanas et Chip regardèrent l'allocution à la télévision dans l'ancienne salle de bal de la villa. Deux gardes du corps jouaient tranquillement à Donjons et Dragons dans un coin de la pièce tandis que Gitanas traduisait à Chip les plus belles perles de la rhétorique vitkunasienne. La lumière tourbeuse du jour le plus court de l'année avait décliné derrière les fenêtres.

« Je le sens très mal, dit Gitanas. J'ai l'impression que Lichenkev veut abattre Vitkunas et prendre ses chances avec celui qui le remplacera. »

Chip, qui faisait de son mieux pour oublier que Noël était dans quatre jours, n'avait aucune envie de traîner à Vilnius pour en être chassé une semaine plus tard. Il demanda à Gitanas s'il avait envisagé de vider son compte au Crédit Suisse et de quitter le pays.

« Oh, bien sûr. » Gitanas portait sa veste de motocross rouge et s'étreignait le torse. « Je pense tous les jours à faire du shopping chez Bloomingdale. Je pense à l'arbre de Noël du Rockefeller Center.

— Qu'est-ce qui t'arrête alors ? »

Gitanas se gratta le crâne et flaira ses ongles, mêlant l'arôme de cuir chevelu aux odeurs de peau huileuse autour de son nez, trouvant un réconfort manifeste dans le sébum. « Si je pars, dit-il, et que les choses se tassent, où j'en suis ? Je suis trois fois cocu. Je ne peux pas travailler aux États-Unis. Le mois prochain, je ne suis plus marié à une Américaine. Et ma maman est à Ignalina. Qu'est-ce j'ai à New York ?

— On pourrait faire tourner ce truc depuis New York ?

— Ils ont des lois là-bas. Ils nous feraient fermer au bout d'une semaine. Je suis trois fois cocu. »

Vers minuit, Chip monta à l'étage et se glissa entre ses minces et froids draps du bloc de l'Est. Sa chambre sentait le plâtre humide, les cigarettes et les puissantes fragrances synthétiques de shampooing qui plaisaient tant aux nez baltes. Son esprit avait conscience de son propre emballement. Il ne sombra pas dans le sommeil, mais rebondit dessus, régulièrement, comme un galet sur l'eau. Il ne cessait de prendre l'éclairage public qui filtrait par sa fenêtre pour la lumière du jour. Il descendit et se rendit compte que c'était déjà la fin de l'après-midi du soir de Noël ; il avait le sentiment panique de celui qui a trop dormi d'être en retard, de manquer d'information. Sa mère préparait le réveillon à la cuisine. Son père, juvénile dans une veste en cuir, regardait le journal télévisé du soir de CBS présenté par Dan Rather. Chip, pour se montrer aimable, demanda quelles étaient les nouvelles.

« Dites à Chip, dit Alfred à Chip, qu'il ne reconnut pas, qu'il y a des événements à l'Est. »

La véritable lumière du jour arriva à huit heures. Un cri dans la rue le réveilla. Sa chambre était froide, mais pas glacée ; le radiateur dégageait une odeur de poussière chaude – l'usine de chauffage central de la ville fonctionnait toujours, l'ordre social était intact.

À travers les branches de l'épicéa qui se dressait devant sa fenêtre, il vit une foule de plusieurs dizaines d'hommes et de femmes en gros manteaux attroupés à l'extérieur de la clôture. Un saupoudrage de neige était tombé au cours de la nuit. Deux des hommes de la sécurité de Gitanas, les frères Jonas et Aidaris – de grands gaillards blonds avec des armes semi-automatiques en bandoulière – étaient en pourparlers à travers la grille du portail avec une paire de femmes d'âge mûr dont les cheveux cuivrés et les visages rubiconds, comme la chaleur dans le radiateur de Chip, témoignaient de la persistance de la vie ordinaire.

Au rez-de-chaussée, la salle de bal résonnait d'emphatiques déclarations télévisées en lituanien. Gitanas était assis exactement là où Chip l'avait laissé la veille au soir, mais ses habits étaient différents et il semblait avoir dormi.

La lumière grise du matin, la neige sur les arbres et l'impression périphérique de confusion et de dislocation rappelaient la fin d'un trimestre universitaire d'automne, les derniers jours d'examens avant la coupure de Noël. Chip alla à la cuisine et versa du lait de soja Vitasoy Delite Vanilla sur un bol de céréales Barbara's All-Natural Shredded Oats Bite Size. Il but un peu du visqueux jus de cerise noire bio allemand qu'il avait apprécié ces derniers temps. Il prépara deux mugs de café instantané et les emporta dans la salle de bal, où Gitanas avait éteint la télé et flairait de nouveau ses ongles.

Chip lui demanda quelles étaient les nouvelles.

« Tous mes gardes du corps se sont enfuis sauf Jonas et Aidiris, dit Gitanas. Ils ont pris la Volkswagen et la Lada. Je doute qu'on les revoie.

– Avec de pareils protecteurs, qui a besoin d'agresseurs ? dit Chip.

– Ils nous ont laissé le Stomper, qui est un aimant à problèmes.

– Ça s'est passé quand ?

– Ç'a dû être juste après que le président Vitkunas a mis l'armée en état d'alerte. »

Chip éclata de rire. « Et *ça* s'est passé quand ?

– Tôt ce matin. Tout continue apparemment de fonctionner dans la ville – sauf, bien sûr, Transbaltic Wireless », dit Gitanas.

La foule avait grossi dans la rue. Il y avait peut-être une centaine de personnes maintenant, brandissant des téléphones mobiles qui produisaient collectivement un son inquiétant, céleste. Ils jouaient la séquence de tonalités qui signifiait INTERRUPTION DE SERVICE.

« Je veux que tu rentres à New York, dit Gitanas. Nous verrons ce qui se passera ici. Je viendrai peut-être, ou peut-être pas.

Il faut que je voie ma mère pour Noël. D'ici là, voici tes indemnités de licenciement. »

Il lança à Chip une épaisse enveloppe brune au moment même où une série de bruits sourds résonnait contre les murs extérieurs de la villa. Un caillou fracassa une vitre et rebondit pour s'immobiliser devant le poste de télévision. Le caillou était pyramidal, un coin de pavé de granit. Il était enduit d'hostilité fraîche et semblait légèrement embarrassé.

Gitanas composa le numéro de la « police » sur la ligne filaire et parla d'une voix lasse. Les frères Jonas et Aidaris, le doigt sur la détente, entrèrent par la porte principale, suivis d'un courant d'air froid aux relents de sapin de Noël. Les frères étaient des cousins de Gitanas ; c'était sans doute la raison pour laquelle ils n'avaient pas déserté avec les autres. Gitanas raccrocha et conféra avec eux en lituanien.

L'enveloppe brune contenait une épaisse liasse de billets de cinquante et cent dollars.

L'impression que gardait Chip de son rêve, le fait de s'être rendu compte tardivement que le jour de fête était arrivé, persistait à la lumière du jour. Aucun des jeunes as de l'Internet n'était venu travailler ce jour-là, et voilà que Gitanas venait de lui faire un cadeau, et les branches des épicéas étaient saupoudrées de neige, et un chœur de Noël était au portail…

« Fais tes bagages, dit Gitanas. Jonas va t'emmener à l'aéroport. »

Chip monta, la tête et le cœur vides. Il entendit des coups de feu tirés contre la porte d'entrée, le cliquetis des douilles éjectées, Jonas et Aidiris tirant (espérait-il) en l'air. Ding dong, ding dong.

Il passa son pantalon de cuir et son manteau de cuir. Refaire son sac le rattacha au moment où il l'avait défait, début octobre, referma une boucle temporelle et tira une ficelle qui fit disparaître les douze semaines d'intervalle. Le voilà qui faisait à nouveau ses bagages.

Gitanas flairait ses doigts, les yeux sur le journal télévisé, quand Chip redescendit dans la salle de bal. La moustache de Victor Lichenkev s'agitait à l'écran.

« Qu'est-ce qu'il dit ? »

Gitanas haussa les épaules. « Que Vitkunas est dérangé mentalement, et cetera. Que Vitkunas organise un putsch pour s'opposer à la volonté exprimée du peuple lituanien, et cetera.

— Tu devrais venir avec moi, dit Chip.

— Je vais aller voir ma mère, répondit Gitanas. Je t'appellerai la semaine prochaine. »

Chip passa les bras autour de son ami et le serra. Il sentait les huiles de cuir chevelu que Gitanas avait flairées dans son agitation. Il avait l'impression de s'étreindre lui-même, sentant ses propres omoplates de primate, le grattement de son propre pull en laine. Il sentait aussi la mélancolie de son ami – à quel point il était absent, distrait ou renfermé – et cela le fit, lui aussi, se sentir perdu.

Jonas klaxonna depuis l'allée de gravier devant la porte principale.

« Retrouvons-nous à New York, dit Chip.

— OK, peut-être. » Gitanas s'écarta et revint vers la télévision.

Seuls quelques traînards restaient pour jeter des cailloux sur le Stomper lorsque Jonas et Chip s'élancèrent par le portail ouvert. Ils partirent en direction du sud par une rue bordée de stations-service rébarbatives et d'immeubles aux murs sales et éraflés qui semblaient plus heureux et mieux dans leur peau par des jours, tels que celui-ci, où le temps était âpre et la lumière froide. Jonas ne savait que quelques mots d'anglais, mais il parvint à exprimer de l'indulgence envers Chip, sinon de la bienveillance, tout en gardant un œil dans le rétroviseur. La circulation était extrêmement rare ce matin-là, et les gros 4x4, ces chevaux de bataille de la classe des barons du crime, attiraient une attention malsaine en ces temps troublés.

Le petit aéroport était bondé de jeunes gens parlant les

langues de l'Ouest. Depuis que le Quad Cities Fund avait liquidé Lietuvos Avialinijos, d'autres compagnies aériennes avaient repris certaines dessertes mais le programme de vols réduit (quatorze départs par jour vers une capitale européenne) était incapable d'absorber des flux d'une telle ampleur. Des centaines d'étudiants et d'entrepreneurs anglais, allemands et américains, dont beaucoup de visages familiers de Chip suite à ses virées dans les bars avec Gitanas, avaient convergé vers les comptoirs de réservation de Finnair et de Lufthansa, d'Aeroflot et de LOT.

De vaillants autobus continuaient d'arriver avec de nouvelles cargaisons de ressortissants étrangers. Pour ce qu'en voyait Chip, aucune des files d'attente ne bougeait d'un pouce. Il examina le panneau des départs et choisit la compagnie, Finnair, qui avait le plus de vols.

À la fin de la très longue file d'attente de la Finnair se trouvaient deux étudiantes américaines en jean pattes d'éléphant et autres accoutrements néo-baba. Les noms figurant sur leurs bagages étaient Tiffany et Cheryl.

« Vous avez des billets ? demanda Chip.

— Pour demain, dit Tiffany. Mais les choses avaient l'air de tourner mal, alors.

— Cette file avance ?

— Je ne sais pas. Nous ne sommes là que depuis dix minutes.

— Elle n'a pas bougé en dix minutes ?

— Il n'y a qu'une seule personne au comptoir, dit Tiffany. Mais on ne dirait pas qu'il y ait d'autre comptoir Finnair ailleurs, alors. »

Chip se sentait désorienté et il dut s'armer de courage pour ne pas héler un taxi et retourner auprès de Gitanas.

Cheryl dit à Tiffany : « Donc mon père, c'est genre il faut que tu sous-loues si tu vas en Europe, et moi j'ai promis à Anna qu'elle pouvait venir trois week-ends quand il y a les matchs à domicile pour pouvoir dormir avec Jason, OK ? Je ne peux pas *retirer* une promesse – OK ? mais mon père devient genre complètement carré, et moi, genre écoute, c'est mon appart, OK ? Tu l'as acheté pour moi, OK ? Je ne savais pas que je devrais accueillir une étrangère, tu sais, qui, genre, fait frire des trucs sur la cuisinière et dort dans mon lit. »

Tiffany dit : « C'est tellement dégueulasse. »

Cheryl : « Et utilise mes oreillers ? »

Deux non-Lituaniens de plus, un couple de Belges, rejoignirent la file d'attente derrière Chip. Le seul fait de ne pas être le dernier de la file était un facteur de soulagement. Chip demanda, en français, aux Belges de surveiller son sac et de lui garder sa place. Il alla aux toilettes, s'enferma dans une cabine et compta l'argent que Gitanas lui avait donné.

Il y avait 29 250 dollars.

Cela le chamboula. Cela lui fit peur.

Une voix dans le haut-parleur des toilettes annonça, en lituanien, puis en russe et en anglais, que le vol LOT n° 331 en provenance de Varsovie avait été annulé.

Chip plaça vingt billets de cent dans la poche de son T-shirt, vingt billets de cent dans sa chaussure gauche, et remit le reste de l'argent dans l'enveloppe, qu'il cacha à l'intérieur de son T-shirt, contre son ventre. Il regrettait que Gitanas lui ait donné cet argent. Sans argent, il aurait eu une bonne raison de rester à Vilnius. À présent qu'il n'avait aucune bonne raison, un simple fait que les douze semaines précédentes avaient gardé caché était mis à nu dans la cabine aux âcres relents. Le simple fait était qu'il avait peur de rentrer chez lui.

Personne n'aime voir sa lâcheté aussi clairement que Chip voyait la sienne à présent. Il était en colère contre l'argent, en colère contre Gitanas qui le lui avait donné et en colère contre la Lituanie qui se désagrégeait, mais cela ne changeait rien au fait qu'il avait peur de rentrer chez lui et que ce n'était la faute de personne d'autre que lui.

Il reprit sa place dans la file d'attente du comptoir Finnair, qui n'avait pas bougé d'un pouce. Les haut-parleurs de l'aéroport annoncèrent l'annulation du vol 1048 en provenance d'Helsinki. Un gémissement collectif s'éleva et des corps se lancèrent en avant, la tête de la file d'attente s'écrasant en delta contre le comptoir.

Cheryl et Tiffany poussèrent leurs sacs du pied. Chip poussa son sac du pied. Il se sentait rendu au monde et il n'aimait pas ça. Une sorte de lumière d'hôpital, une lumière de sérieux et d'inéluctabilité, tombait sur les filles et les bagages et le personnel de Finnair en uniforme. Chip ne pouvait se cacher nulle part. Tout le monde autour de lui lisait un roman. Il n'avait pas lu de roman depuis au moins un an. Cette perspective l'effrayait presque autant que la perspective d'un Noël à Saint Jude. Il voulait sortir et héler un taxi, mais il soupçonnait Gitanas d'avoir déjà quitté la ville.

Il resta debout dans la lumière dure jusqu'à ce que les pendules affichent 14 h 00, puis 14 h 30 – le début de la matinée à Saint Jude. Confiant de nouveau son sac aux Belges, il fit la queue dans une autre file et passa un coup de téléphone avec sa carte de crédit.

La voix d'Enid était pâteuse et fluette. « Wallô ?

– Bonjour, maman, c'est moi. »

La voix d'Enid tripla instantanément de hauteur et de volume. « Chip ? Oh, Chip ! Al, c'est Chip ! C'est Chip ! Chip, où es-tu ?

– Je suis à l'aéroport de Vilnius. Je suis sur le départ.

– Oh, c'est merveilleux ! Merveilleux ! Merveilleux ! Maintenant, dis-moi, quand est-ce que tu arrives ?

– Je n'ai pas encore de billet, répondit-il. La situation n'est pas des plus claires ici. Mais demain après-midi à un moment ou à un autre. Mercredi au plus tard.

– Merveilleux ! »

Il ne s'était pas préparé à entendre la joie dans la voix de sa mère. S'il avait jamais su qu'il pouvait apporter de la joie à une autre personne, il l'avait depuis longtemps oublié. Il prit soin d'affermir sa propre voix et de ralentir son débit. Il dit qu'il rappellerait dès qu'il serait dans un meilleur aéroport.

« C'est une nouvelle merveilleuse, dit Enid. Je suis tellement heureuse !

– Bon, à bientôt. »

Déjà, la grande nuit de l'hiver balte avançait depuis le nord. Des vétérans du front de la file d'attente au comptoir de la Finnair rapportèrent que les dernières places sur les vols du jour étaient toutes vendues et que l'un au moins de ces vols serait probablement annulé, mais Chip espérait qu'en brandissant quelques billets de cent il pourrait s'assurer cet accès de dernière minute prioritaire qu'il avait raillé sur lithuania.com. Sinon, il rachèterait son billet à quelqu'un moyennant une forte somme.

Cheryl dit : « Putain, Tiffany, le StairMaster te *sculpte* un de ces culs ! »

Tiffany dit : « Seulement si tu, genre, le sors. »

Cheryl dit : « Tout le monde le sort. Tu ne peux pas t'en empêcher. Tes jambes fatiguent. »

Tiffany dit : « Ho ! C'est un StairMaster ! Tes jambes sont *censées* fatiguer. »

Cheryl jeta un coup d'œil au-dehors et demanda avec un mépris estudiantin cinglant : « Excusez-moi, pourquoi y a-t-il un *tank* au milieu de la piste ? »

Une minute plus tard, les lumières s'éteignirent et les téléphones devinrent silencieux.

Un dernier Noël

Au sous-sol, à l'extrémité est de la table de ping-pong, Alfred déballait un carton de whisky Maker's Mark rempli de guirlandes électriques pour sapin de Noël. Il avait déjà posé ses médicaments et une poire à lavement sur la table. Il avait un biscuit glacé frais sorti du four d'Enid, dont la forme évoquait un bull-terrier mais qui était censé être un renne. Il avait un carton de sirop d'érable Log Cabin contenant les grandes lumières colorées qu'il accrochait autrefois aux ifs de l'entrée. Il avait un fusil à pompe dans un étui en toile à fermeture Éclair et une boîte de cartouches de calibre vingt. Il avait une rare lucidité et le désir de s'en servir tant qu'elle durerait.

Une pâle lumière de fin d'après-midi planait, captive, dans les puits des fenêtres. La chaudière redémarrait souvent, la maison étant mal isolée. Le pull rouge d'Alfred pendait sur lui en plis et renflements obliques, comme s'il était un rondin ou une chaise. Ses pantoufles de laine grise étaient affligées de taches qu'il n'avait d'autre choix que de supporter, parce que la seule autre option était de prendre congé de ses sens, et il n'était pas du tout prêt à ça.

Au sommet du carton de Maker's Mark se trouvait une très longue chaîne de lumières blanches formant un gros rouleau autour d'un moyeu de carton. La guirlande empestait le moisi de la cave de rangement située sous la véranda et quand il la brancha sur une prise il vit tout de suite que tout n'allait pas pour le mieux. La plupart des lumières brillaient d'un bel éclat, mais vers le centre de la bobine une série de lampes restaient éteintes – un *locus niger* au cœur de l'enchevêtrement. Il déroula la bobine en la faisant tourner entre ses mains, étalant la chaîne sur la table de ping-pong. Tout au bout, il y avait une disgracieuse étendue d'ampoules mortes.

Il comprit ce que la modernité attendait de lui à présent. La modernité attendait qu'il se rende dans un grand bazar à prix réduits et remplace la guirlande. Mais les discounters étaient pris d'assaut à cette période de l'année ; il ferait la queue pendant vingt minutes. Cela ne le dérangeait pas d'attendre, mais Enid ne le laissait plus conduire à présent et Enid n'aimait pas attendre. Elle était en haut et s'échinait à ses derniers préparatifs de Noël.

Mieux valait, de loin, se dit Alfred, rester hors de vue au sous-sol et travailler avec ce qu'il avait. Cela offensait son sens des proportions et de l'économie de jeter une guirlande lumineuse qui fonctionnait à quatre-vingt-dix pour cent. Cela offensait son ego, parce qu'il était un individu dans une ère d'individus et qu'une guirlande était, comme lui, un objet individuel. Peu importait que l'objet n'ait pas coûté grand-chose, le jeter revenait à nier sa valeur et, par extension, la valeur des individus en général : à ranger délibérément parmi les détritus un objet dont vous saviez qu'il n'était pas un détritus.

La modernité attendait cette condamnation de votre part et Alfred y résistait.

Malheureusement, il ne savait pas comment réparer la guirlande. Il ne comprenait pas comment une série de quinze ampoules pouvait ne pas s'allumer. Il examina la transition de la lumière à l'obscurité et ne découvrit aucun changement dans le câblage entre la dernière ampoule qui fonctionnait et la première qui restait éteinte. Il n'arrivait pas à suivre les trois fils électriques dans tous leurs entortillements. Le circuit était semi-parallèle d'une manière complexe dont la raison lui échappait.

Autrefois, les guirlandes électriques formaient de courtes

chaînes qui étaient câblées en série. Si une seule ampoule avait claqué ou était simplement mal vissée dans sa douille, le circuit était interrompu et la guirlande entière ne fonctionnait plus. L'un des rites de la saison pour Gary et Chip avait été de revisser chaque petite ampoule à culot de cuivre d'une guirlande rétive, puis, si cela ne marchait pas, de remplacer chaque ampoule tour à tour jusqu'à ce que la coupable défaillante soit trouvée. (Quelle joie les garçons avaient-ils trouvée dans la résurrection d'une guirlande !) Lorsque Denise était devenue assez grande pour participer au rite, la technologie avait progressé. Le câblage était parallèle et les ampoules avaient des bases en plastique encliquetées. Une seule ampoule défectueuse n'affectait pas le reste de la communauté mais se désignait aussitôt elle-même pour un remplacement immédiat...

Les mains d'Alfred tournaient sur ses poignets comme les deux fouets jumeaux d'un batteur à œufs. Du mieux qu'il pouvait, il faisait progresser ses doigts le long de la guirlande, pressant et tordant les fils au fur et à mesure – et la partie noire se ralluma ! La guirlande était entière !

Qu'avait-il fait ?

Il lissa la guirlande sur la table de ping-pong. Presque immédiatement, le segment défectueux s'éteignit à nouveau. Il essaya de le ranimer en le pressant et en le caressant, mais cette fois il n'eut pas de chance.

(Vous glissiez le canon du fusil à pompe dans votre bouche et vous cherchiez la détente.)

Il réexamina la tresse de fils kaki. Encore maintenant, même à cette extrémité de sa désolation, il pensait pouvoir prendre un papier et un crayon et réinventer les principes de base des circuits électriques. Il était certain, pour l'instant, de sa capacité à le faire ; mais la tâche de décrypter un circuit parallèle était plus intimidante que celle de, disons, aller chez un discounter et faire la queue. La tâche mentale nécessitait une redécouverte inductive de principes fondamentaux ; elle nécessitait un recâblage de ses propres circuits cérébraux. Il était réellement extra-ordinaire qu'une telle chose soit même imaginable – qu'un vieil homme étourdi seul dans son sous-sol avec son fusil à pompe, son biscuit glacé et son grand fauteuil bleu puisse spontanément régénérer des circuits organiques suffisamment complexes pour comprendre l'électricité – mais l'*énergie* que ce renversement de l'entropie lui coûterait excédait largement celle dont il disposait sous la forme de son biscuit glacé. Peut-être que s'il mangeait d'un seul coup une boîte entière de biscuits glacés, il pourrait réapprendre le câblage parallèle et comprendre le tressage à trois fils de cette guirlande infernale. Mais, Seigneur, on arrivait à être tellement fatigué.

Il secoua la guirlande et les ampoules mortes revinrent à la vie. Il secoua encore et encore, et elles ne s'éteignirent pas. Lorsqu'il l'enroula de nouveau sur la bobine improvisée, cependant, l'intérieur le plus profond était de nouveau obscur. Deux cents ampoules brillaient de tout leur éclat et la modernité insistait pour qu'il mette le tout à la poubelle.

Il soupçonnait que, d'une certaine manière, cette nouvelle technologie était idiote ou paresseuse. Quelque jeune ingénieur avait pris un raccourci sans prévoir les conséquences dont il était maintenant la victime. Mais, n'arrivant pas à comprendre la technologie, il n'avait aucun moyen de comprendre la nature de la défaillance ni de prendre des mesures pour y remédier.

Et donc cette foutue guirlande l'avait pris en otage et il ne pouvait rien faire d'autre que sortir et *dépenser*.

Étant enfant, vous étiez équipé d'une volonté de réparer les choses vous-même et d'un respect pour les objets physiques individuels, mais un jour une partie de votre mécanique intérieure (y compris des pièces mentales telles que cette volonté et ce respect) devenait obsolète et donc, même si beaucoup d'autres parties de vous continuaient de bien fonctionner, on pouvait plaider pour la mise au rebut de toute la machine humaine.

Ce qui était une autre manière de dire qu'il était fatigué.

Il glissa le biscuit dans sa bouche. Mâcha soigneusement et avala. C'était l'enfer de se faire vieux.

Heureusement, il y avait des milliers d'autres décorations lumineuses dans le carton de Maker's Mark. Alfred brancha méthodiquement chaque lot. Il trouva trois guirlandes plus courtes en bon état de marche, mais toutes les autres étaient soit inexplicablement mortes soit si vieilles qu'elles n'émettaient qu'une faible lumière jaune ; et trois guirlandes courtes ne couvriraient pas l'arbre en entier.

Au fond du carton, il trouva des paquets d'ampoules de rechange, soigneusement étiquetés. Il trouva des guirlandes qu'il avait raboutées après avoir supprimé les segments défectueux. Il trouva de vieilles guirlandes montées en série dont il avait neutralisé les culots cassés avec des gouttes de soudure. Il était stupéfait, rétrospectivement, d'avoir eu le temps de se livrer à tout ce travail de réparation au milieu de tant d'autres responsabilités.

Oh, les mythes, l'optimisme infantile, de la réparation ! L'espoir qu'un objet puisse ne jamais s'user complètement. La foi aveugle qu'il y aurait toujours un avenir où lui, Alfred, serait non seulement vivant mais doté de suffisamment d'énergie pour effectuer des réparations. La conviction tranquille que tout son sens de l'économie et toute sa passion de la conservation auraient leur raison d'être, plus tard : qu'un jour il se réveillerait transformé en une tout autre personne, dotée d'une énergie infinie et d'un temps infini pour s'occuper de tous les objets qu'il avait sauvés, pour tout conserver en ordre de marche, pour tout maintenir en état.

« Je devrais bazarder tout ce fatras », dit-il à voix haute.

Ses mains s'agitèrent. Elles étaient toujours agitées.

Il emporta le fusil à pompe dans son atelier et l'appuya contre l'établi.

Le problème était insoluble. Voilà qu'il s'était retrouvé dans une eau salée extrêmement froide, les poumons à demi pleins, ses lourdes jambes l'encombrant plutôt et son épaule inutile dans son articulation, et il n'aurait rien eu à faire. Se laisser noyer. Mais il s'était débattu, c'était un réflexe. Il n'aimait pas les profondeurs, alors il s'était débattu, puis d'en haut avaient plu des bouées orange. Il avait passé son bras valide dans l'une d'elles au moment même où une violente combinaison de vagues et de courants sous-marins – le sillage du *Gunnar Myrdal* – l'avait précipité dans un tourbillon colossal. Il n'aurait eu qu'à se laisser aller. Et cependant il était clair, alors même qu'il était près de se noyer là dans l'Atlantique Nord, que dans l'*autre* endroit il n'y aurait plus aucun objet : que cette misérable bouée orange dans laquelle il avait passé le bras, ce morceau de polystyrène expansé couvert de tissu fondamentalement inscrutable et buté, serait un DIEU dans le monde sans objets de la mort vers lequel il se dirigeait, serait le SUPRÊME JE-SUIS-CE-QUE-JE-SUIS dans cet univers de non-être. Durant quelques minutes, la bouée orange fut le seul objet qu'il avait. C'était son dernier objet et donc, instinctivement, il l'aimait et le serrait contre lui.

Puis on le tira hors de l'eau, on le sécha et on l'enveloppa dans des couvertures. On le traita comme un enfant, et il reconsidéra la sagesse qu'il y avait eu à survivre. Il n'y avait rien de cassé chez lui sauf son œil momentanément aveugle, son épaule démise et quelques autres petites choses, mais on lui parlait comme à un idiot, à un gamin, à un fou. Dans cette sollicitude factice, ce mépris à peine voilé, il vit l'avenir qu'il avait choisi dans l'eau. C'était un avenir dans une maison de santé et cela lui donnait envie de pleurer. Il aurait dû se noyer.

Il ferma et verrouilla la porte du laboratoire, parce que ça revenait à une question d'intimité en fin de compte, n'est-ce pas ? Sans intimité, il n'y avait pas de raison d'être un individu. Et on ne lui laisserait pas d'intimité dans une maison de santé.

Ce serait comme les gens de l'hélicoptère, qui ne l'avaient pas laissé en paix.

Il dénoua son pantalon, sortit le chiffon qu'il gardait plié dans son caleçon et pissa dans une boîte de café.

Il avait acheté le fusil un an avant sa retraite. Il avait imaginé que la retraite provoquerait cette transformation radicale. Il s'était imaginé allant à la chasse et à la pêche, s'était imaginé sur une barque dans le Kansas ou le Nebraska, avait imaginé une ridicule et improbable vie de délassement pour lui-même.

Le fusil avait un mécanisme velouté et engageant, mais peu après qu'il l'eut acheté, un étourneau s'était brisé le cou contre la fenêtre de la cuisine tandis qu'il déjeunait. Il n'avait pu finir son repas et il n'avait jamais tiré avec le fusil.

L'espèce humaine avait reçu une domination sur la Terre et avait saisi l'occasion pour exterminer d'autres espèces, réchauffer l'atmosphère et, plus généralement, dégrader les choses à sa propre image, mais elle payait le prix de ses privilèges : le corps animal fini et spécifique de cette espèce contenait un cerveau capable de concevoir l'infini et souhaitant être lui-même infini.

Venait un moment, cependant, où la mort cessait d'être la gardienne de la finitude et commençait à ressembler plutôt à la dernière occasion de transformation radicale, au seul accès plausible à l'infini.

Mais être vu comme la carcasse finie dans une mer de sang, d'éclats d'os et de matière grise – infliger cette version de soi-même à d'autres gens – était une violation de l'intimité si profonde qu'il semblait qu'elle lui survivrait.

Il avait aussi peur que cela puisse faire mal.

Et il y avait une question très importante, à laquelle il attendait toujours la réponse. Ses enfants venaient, Gary, Denise et peut-être même Chip, son fils intellectuel. Il était possible que Chip, s'il venait, puisse répondre à la question très importante.

Et la question était :

La question était :

Enid n'avait pas du tout eu honte, pas le moins du monde, quand les sirènes d'alerte avaient retenti et que le *Gunnar Myrdal* trépidait sous l'effet de l'inversement de ses propulseurs et que Sylvia Roth la tirait à travers la cohue de la salle de bal Fifi Brindacier en criant : « Voici sa femme, laissez-nous passer ! » Cela n'avait pas embarrassé Enid de revoir le Dr Hibbard tandis qu'il s'agenouillait sur le jeu de palets pour découper les habits mouillés de son mari avec de délicats ciseaux chirurgicaux. Ni même quand le directeur de croisière adjoint qui aidait à faire les bagages d'Alfred trouva une couche jaunie dans un seau à glace, ni même quand Alfred maudit les infirmières et les garçons de salle sur le continent, ni même quand le visage de Khellye Withers sur la télé de la chambre d'hôpital d'Alfred lui rappela qu'elle n'avait pas dit un mot de réconfort à Sylvia à la veille de l'exécution de Withers, n'éprouva-t-elle de honte.

Elle revint à Saint Jude de si bonne humeur qu'elle put appeler Gary et lui avouer qu'au lieu de renvoyer l'accord authentifié d'Alfred à l'exploitation de son brevet par Axon Corp., elle l'avait caché dans la buanderie. Après que Gary lui eut livré la nouvelle décevante que les cinq mille dollars constituaient probablement une contrepartie raisonnable en fin de compte, elle alla au sous-sol pour récupérer l'accord authentifié et ne le trouva pas dans sa cachette. Bizarrement peu embarrassée, elle appela Schwenksville et demanda à Axon de lui envoyer une nouvelle copie du jeu de contrats. Alfred fut étonné quand elle lui présenta ces copies, mais elle agita les mains et dit que, bon, les plis se perdaient parfois dans le courrier. Dave Schumpert servit à nouveau de notaire et elle se sentait parfaitement bien jusqu'à ce qu'elle se trouve à court d'Aslan et meure quasiment de honte.

Sa honte était invalidante et atroce. Il lui importait à présent, comme ce n'avait pas été le cas une semaine plus tôt, qu'un millier d'heureux passagers du *Gunnar Myrdal* aient pu voir à quel point Alfred et elle étaient des gens à part. Tout le monde sur le navire avait compris que l'escale dans le port historique de Gaspé avait été retardée et l'excursion dans la magnifique île Bonaventure annulée parce que l'homme tremblotant dans l'horrible imperméable était allé là où personne n'était censé aller, parce que sa femme avait eu l'égoïsme de se divertir à une conférence sur l'investissement, parce qu'elle avait pris un médicament si terrible qu'aucun médecin ne pouvait légalement le prescrire en Amérique, parce qu'elle ne croyait pas en Dieu et ne respectait pas la loi, parce qu'elle était horriblement, indiciblement *différente* des autres.

Nuit après nuit, elle restait sans dormir, éprouvait de la honte et se représentait les comprimés dorés. Elle avait honte de convoiter ces comprimés, mais elle était aussi convaincue qu'eux seuls pouvaient apporter le soulagement.

Début novembre, elle emmena Alfred au Corporate Woods Medical Complex pour son bilan neurologique bimensuel. Denise, qui avait inscrit Alfred à la Phase II des tests de CorectOr d'Axon, lui avait demandé s'il paraissait « dément ». Enid soumit la question au Dr Hedgpeth durant l'entretien privé qu'il avait avec elle, et Hedgpeth répondit que la confusion périodique d'Alfred suggérait un début de démence d'Alzheimer ou de Parkinson – sur quoi Enid l'interrompit pour lui demander s'il était possible que les stimulants en dopamine d'Alfred causent ses « hallucinations ». Hedgpeth ne pouvait nier que cela fût possible. Il dit que le seul moyen d'exclure l'hypothèse de la démence était de mettre Alfred à l'hôpital pour une « vacance médicamenteuse » de dix jours.

Enid, dans sa honte, n'avoua pas à Hedgpeth qu'elle se méfiait des hôpitaux à présent. Elle ne dit pas qu'il y avait eu des crises de fureur ponctuées de coups et de jurons à l'hôpital canadien, des gobelets en plastique et des supports de perfusion renversés, avant qu'Alfred ne soit mis sous calmants. Elle ne dit pas qu'Alfred lui avait demandé de l'abattre plutôt que de le remettre dans un endroit pareil.

Et, quand Hedgpeth lui demanda comment elle tenait le coup, elle ne lui avoua pas non plus son petit problème d'Aslan. Craignant que Hedgpeth ne reconnaisse en elle une droguée à l'œil rougi et à la volonté éteinte, elle ne lui demanda même pas le secours d'une « aide au sommeil ». Elle avoua cependant qu'elle dormait mal. Elle insista : *ne dormait pas bien du tout.* Hedgpeth lui suggéra seulement d'essayer de changer de lit. Il suggéra le Tylenol PM.

Cela semblait injuste à Enid, couchée dans le noir aux côtés de son mari qui ronflait, qu'un médicament qu'on pouvait légalement se procurer dans tant d'autres pays soit indisponible pour elle aux États-Unis. Cela semblait injuste que tant de ses amies disposent d'« aides au sommeil » de la sorte que Hedgpeth ne lui avait pas proposée. Comme Hedgpeth était cruellement scrupuleux ! Elle aurait pu aller consulter un autre médecin, bien sûr, et demander une « aide au sommeil », mais cet autre médecin se demanderait certainement pourquoi ses propres médecins ne lui prescrivaient pas le médicament en question.

Telle était sa situation quand Bea et Chuck Meisner partirent pour six semaines de retrouvailles familiales aux sports d'hiver en Autriche. La veille du départ des Meisner, Enid déjeuna avec Bea à Deepmire et lui demanda de lui rendre un service à Vienne. Elle glissa dans la main de Bea un morceau de papier sur lequel elle avait copié l'information d'une plaquette d'échantillons vide – *ASLAN « Croisière » (citrate de rhadaman-thine 88%, chlorure de 3-méthyle-rhadamanthine 12%)* – avec l'annotation *Temporairement indisponible aux USA, j'ai besoin d'une provision pour 6 mois.*

Enid n'aurait pu demander service aussi honteux à personne d'autre que Bea. Même à Bea, elle n'avait osé le demander que parce que (a) Bea était un peu idiote, et (b) le mari de Bea avait un jour fait son propre honteux achat d'initié de titres de l'Erie

Belt, et (c) Enid avait le sentiment que Chuck n'avait jamais proprement remercié ou dédommagé Alfred de cette information privilégiée.

Les Meisner n'étaient pas sitôt partis, cependant, que la honte d'Enid s'apaisa mystérieusement. Comme si un mauvais sort avait épuisé ses effets, elle commença à dormir mieux et à moins penser au médicament. Elle fit jouer ses capacités d'oubli sélectif sur le service qu'elle avait demandé à Bea. Elle commença à se sentir redevenue elle-même, ce qui signifiait : optimiste.

Elle acheta deux billets pour un vol vers Philadelphie le 15 janvier. Elle raconta à ses amies qu'Axon Corp. testait une passionnante nouvelle thérapie du cerveau qui s'appelait CorectOr et qu'Alfred ayant vendu son brevet à Axon était éligible aux essais. Elle dit que Denise était un ange et qu'elle offrait de les accueillir à Philadelphie, Alfred et elle, aussi longtemps que dureraient les essais. Elle dit que non, CorectOr n'était pas un laxatif, c'était un nouveau traitement révolutionnaire pour la maladie de Parkinson. Elle dit que oui, le nom prêtait à confusion, mais ce n'était pas un laxatif.

« Dis aux gens d'Axon, demanda-t-elle à Denise, que papa présente quelques légers symptômes d'hallucinations dont son médecin affirme qu'ils sont *probablement liés à son traitement*. Comme ça, tu vois, si CorectOr peut l'aider, on pourra lui supprimer son traitement et les hallucinations vont probablement cesser. »

Elle raconta non seulement à ses amies, mais à toutes les autres personnes qu'elle connaissait à Saint Jude, y compris son boucher, son agent de change et son facteur, que son petit-fils Jonah venait pour les fêtes. Naturellement, elle était déçue que Gary et Jonah ne restent que trois jours et repartent le jour de Noël à midi, mais on pouvait bien s'amuser en trois jours. Elle avait des billets pour le son et lumière de Christmasland et *Casse-Noisette* ; la décoration du sapin, de la luge, des chants de Noël et un service de Noël au temple étaient aussi au programme. Elle ressortit des recettes de biscuits qu'elle n'avait pas utilisées depuis vingt ans. Elle fit provision de lait de poule.

Le dimanche précédant Noël, elle se réveilla à 3 h 05 et se dit : *Trente-six heures.* Quatre heures plus tard, elle se leva en se disant : *Trente-deux heures.* À la fin de la journée, elle emmena Alfred à la fête de Noël de l'association des riverains chez Dale et Honey Driblett, l'installa en sécurité auprès de Kirby Root, et entreprit de rappeler à tous ses voisins que son petit-fils préféré, qui s'était *fait une fête toute l'année* de ce Noël à Saint Jude, arrivait le lendemain après-midi. Elle localisa Alfred dans les toilettes du bas des Driblett et eut avec lui une dispute inattendue au sujet de sa prétendue constipation. Elle le ramena à la maison et le mit au lit, effaça la querelle de son esprit et s'installa dans la salle à manger pour se débarrasser d'une douzaine de cartes de vœux supplémentaires.

Déjà, la corbeille en osier destinée aux vœux arrivants contenait une pile de dix centimètres de cartes de vieux amis comme Norma Greene et de nouveaux amis comme Sylvia Roth. De plus en plus d'expéditeurs photocopiaient leurs messages de Noël ou les composaient sur traitement de texte, mais Enid ne voulait pas entendre parler de ça. Même si cela signifiait prendre du retard, elle avait commencé à rédiger à la main une centaine de messages et à écrire à la main près de deux cents enveloppes. Outre son Message standard de deux paragraphes et son Message complet de quatre paragraphes, elle avait un Message court passe-partout :

Avons adoré notre croisière aux couleurs de l'automne en Nouvelle-Angleterre et dans les provinces maritimes du Canada. Al a pris un « bain » non prévu au programme dans le golfe du Saint-Laurent, mais il est à nouveau « tip top » ! Le nouveau restaurant super-haut de gamme de Denise à Phil. a été chroniqué dans le NY Times. Chip continue de travailler dans son cabinet d'avocats de NYC et s'occupe d'investissements en Europe de l'Est. Nous avons eu le plaisir d'une merveilleuse visite de Gary et de notre « précoce » plus jeune petit-fils, Jonah. Espérons que toute la famille sera à Saint Jude pour la Noël – un cadeau *merveilleux* pour moi ! Amitiés à tous.

Il était dix heures et elle secouait sa main droite pour en chasser la crampe quand Gary appela de Philadelphie.

« Je me fais une fête de vous voir tous les deux dans dix-sept heures ! chanta Enid dans le téléphone.

– J'ai une mauvaise nouvelle, dit Gary. Jonah a vomi et il a de la fièvre. Je ne pense pas pouvoir lui faire prendre l'avion. »

Ce chameau de déception regimba devant le chas d'aiguille de la bonne volonté d'Enid à le cerner.

« Vois comment il se sent demain matin, dit-elle. Les gosses attrapent des microbes qui disparaissent en vingt-quatre heures. Je parie qu'il ira très bien. Il pourra se reposer dans l'avion si nécessaire. Il pourra se coucher tôt et dormir tard le lundi !

– Maman.

– S'il est vraiment malade, Gary, je comprends qu'il ne puisse pas venir. Mais s'il surmonte sa fièvre…

– Crois-moi, nous sommes tous déçus. En particulier Jonah.

– Aucun besoin de prendre une décision dès maintenant. Demain sera un autre jour.

– Je te préviens que je serai sans doute seul.

– D'accord, mais, Gary, les choses pourraient se présenter très différemment demain matin. Pourquoi tu n'attends pas ce moment-là pour prendre ta décision et me faire la surprise. Je parie que tout va s'arranger ! »

C'était la saison du bonheur et des miracles, et Enid alla se coucher pleine d'espoir.

Tôt le lendemain matin, elle fut réveillée – récompensée – par la sonnerie du téléphone, le son de la voix de Chip, la nouvelle qu'il rentrait de Lituanie d'ici quarante-huit heures et que la famille serait au complet pour la veillée de Noël. Elle fredonnait quand elle descendit et épingla un nouvel ornement au calendrier de l'avent punaisé à la porte d'entrée.

Depuis aussi longtemps que la mémoire remontait, le groupe de femmes du mardi, au temple, avait collecté de l'argent en fabriquant des calendriers de l'avent. Ces calendriers n'étaient pas, comme Enid se hâterait de vous le dire, les médiocres articles en carton avec des fenêtres qu'on achetait pour cinq dollars dans une pochette en cellophane. Ils étaient fait main et réutilisables. Un sapin de Noël en feutre vert était cousu sur un carré de toile à ouvrage avec douze poches numérotées en haut et douze autres en bas. Chaque matin de l'avent, votre enfant prenait un ornement dans une poche – un petit cheval à bascule en feutrine avec des paillettes, une colombe en feutrine jaune, ou un petit soldat constellé de paillettes – et l'épinglait à l'arbre. Maintenant encore, après le départ de tous ses enfants, Enid continuait de rassembler et distribuer les ornements dans leurs poches chaque 30 novembre. Seul l'ornement de la vingt-quatrième poche était le même chaque année : un petit christ en plastique dans une coquille de noix dorée à la bombe. Même si Enid était généralement très loin de la ferveur dans sa foi chrétienne, elle avait une dévotion pour cet ornement. Pour elle, c'était une icône non seulement du Seigneur, mais aussi de ses trois bébés à elle et de tous les bébés à la douce odeur de bébé du monde. Elle avait garni la vingt-quatrième poche pendant trente ans, elle savait parfaitement ce qu'elle contenait, mais son émotion en l'ouvrant pouvait toujours lui couper le souffle.

« C'est une merveilleuse nouvelle, le retour de Chip, tu ne trouves pas ? » demanda-t-elle à Alfred au petit déjeuner.

Alfred enfournait ses boulettes pour hamster d'All-Bran et buvait son verre matinal de lait chaud allongé d'eau. Son expression ressemblait à une régression en perspective vers un point de fuite de détresse.

« *Chip* sera ici *demain*, répéta Enid. N'est-ce pas une nouvelle merveilleuse ? Tu n'es pas heureux ? »

Alfred conféra avec la masse détrempée d'All-Bran dans sa cuiller vacillante. « Eh bien, dit-il. S'il vient vraiment.

– Il a dit qu'il serait là demain après-midi, dit Enid. Peut-être que s'il n'est pas trop fatigué il pourra venir voir *Casse-Noisette* avec nous. J'ai toujours six billets.

– J'en doute », dit Alfred.

Que ses commentaires se rapportent effectivement aux questions d'Enid – qu'en dépit de l'infinitude dans ses yeux il participât à une conversation finie – compensait l'aigreur de son visage.

Enid avait épinglé ses espoirs, tel un bébé dans une coquille de noix, au CorectOr. Si Alfred s'avérait trop confus pour participer aux tests, elle ne savait pas ce qu'elle ferait. Sa vie prenait donc une étrange ressemblance avec celles de ses amis, Chuck Meisner et Joe Person en particulier, qui étaient « accros » au suivi de leurs investissements. Selon Bea, l'anxiété de Chuck le conduisait à vérifier des cotes sur son ordinateur deux ou trois fois par heure, et la dernière fois qu'Enid et Alfred étaient sortis avec les Person, Joe avait rendu *folle* Enid en appelant trois agents de change différents avec son portable depuis le restaurant. Mais elle était pareille avec Alfred : douloureusement à l'écoute de tout retournement porteur d'espoir, craignant toujours le krach.

Son heure la plus libre de la journée venait après le petit déjeuner. Chaque matin, aussitôt qu'Alfred avait vidé sa tasse d'eau mêlée de lait chaud, il descendait au sous-sol et se concentrait sur l'évacuation. Enid n'était pas censée lui parler durant cette heure de pointe de l'anxiété, mais elle pouvait l'abandonner à lui-même. Ses préoccupations relatives au côlon étaient une folie, mais pas le genre de folie qui le disqualifierait pour le CorectOr.

Derrière la vitre de la cuisine, des flocons de neige tombés d'un ciel aux étranges nuages bleus planaient entre les branches d'un cornouiller malingre qui avait été planté (comme le temps passait) par Chuck Meisner. Enid prépara un pain de jambon qu'elle mit au réfrigérateur pour le cuire plus tard et concocta une salade de bananes, raisins verts, ananas en boîte, marshmallows et Jell-O goût citron. Ces plats, outre les pommes de terre sautées, étaient les préférés officiels de Jonah à Saint Jude et figuraient au menu de ce soir.

Des mois durant, elle avait imaginé Jonah épinglant le petit Jésus au calendrier de l'avent le matin du vingt-quatre.

Portée par sa deuxième tasse de café, elle monta à l'étage et s'agenouilla devant la vieille commode en merisier de Gary où elle rangeait les cadeaux et les plus simples babioles. Elle avait bouclé ses courses de Noël depuis des semaines, mais tout ce qu'elle avait acheté pour Chip était une robe de chambre en laine Pendleton rouge et marron en solde. Chip avait trahi sa bonne volonté plusieurs Noëls auparavant en lui envoyant un livre de cuisine fatigué, *Plats du Maroc*, enveloppé dans du papier d'aluminium et décoré d'autocollants de cintres maculés de traits rouges. À présent qu'il rentrait de Lituanie, cependant, elle voulait le récompenser dans la pleine mesure de son budget cadeaux. Qui était :

Alfred : pas de montant prédéfini
Chip, Denise : 100 dollars chacun, plus pamplemousses
Gary, Caroline : 60 dollars chacun, maximum, plus pamplemousses
Aaron, Caleb : 30 dollars chacun, maximum
Jonah (cette année seulement) : pas de montant prédéfini

Ayant payé la robe de chambre 55 dollars, il lui fallait 45 dollars de cadeaux supplémentaires pour Chip. Elle farfouilla dans les tiroirs de la commode. Elle rejeta les vases de Hongkong dans leurs boîtes défraîchies, les multiples jeux de cartes avec table de marque de bridge assortie, les nombreuses pochettes de serviettes de cocktail thématiques, les parures stylo à plume-stylo à bille aussi élégantes qu'inutiles, les nombreux réveils de voyage qui se repliaient ou sonnaient de manière étonnante, le chausse-pied à manche télescopique, les couteaux à steak coréens inexplicablement émoussés, les dessous de bouteille en bronze doublé de liège avec des gravures de locomotives, les cadres en céramique format 14 x 18 avec le mot « Souvenir » en émail lavande, les figurines de tortue en onyx du Mexique, et l'assortiment de rubans et de papiers cadeau habilement emballé baptisé Le Don du Don. Elle évalua la pertinence de l'éteignoir à bougie en étain et du moulin à poivre avec salière assortie en Lucite. Se souvenant de l'indigence de l'équipement domestique de Chip, elle décida que l'éteignoir et le duo salière/moulin à poivre seraient parfaits.

À la saison du bonheur et des miracles, tandis qu'elle emballait, elle oublia le laboratoire, ses odeurs d'urine et ses grillons importuns. Elle était capable de ne pas se soucier qu'Alfred ait dressé le sapin de Noël avec une inclinaison de vingt degrés. Elle arrivait à croire que Jonah se sentait aussi bien qu'elle-même ce matin-là.

Lorsqu'elle eut fini ses emballages, la lumière dans le ciel d'hiver plumage de mouette avait un angle et une intensité de midi. Elle descendit au sous-sol, où elle trouva la table de ping-pong enfouie sous des guirlandes lumineuses vertes, telle une épave envahie par le lierre, et Alfred assis par terre avec du chatterton, une pince et des rallonges.

« Foutues guirlandes ! dit-il.

— Al, qu'est-ce que tu fais par terre ?

— Ces foutues guirlandes modernes à bas prix !

— Ne t'*inquiète* pas pour ça. Laisse-les. Gary et Jonah s'en occuperont. Viens déjeuner. »

Le vol de Philadelphie devait atterrir à une heure et demie. Gary devait louer une voiture et arriver vers trois heures, et

Enid avait l'intention de faire faire la sieste à Alfred d'ici là, parce que ce soir-là elle aurait du renfort. Ce soir-là, s'il se levait et divaguait, elle ne serait pas seule sur le pont.

Le calme de la maison après le déjeuner était d'une telle densité qu'il arrêtait presque les pendules. Ces dernières heures d'attente auraient dû être le moment idéal pour rédiger quelques cartes de vœux, une occasion parfaite où, soit les minutes s'envoleraient, soit Enid abattrait une tâche considérable ; mais le temps ne se laissait pas tromper de la sorte. Entamant un Message court, elle eut l'impression que son stylo devait se frayer un chemin dans de la mélasse. Elle perdit le fil de ses mots, écrivit *pris un « bain » non prévu au programme dans le « bain » non prévu au programme*, et dut jeter la carte. Elle se leva pour aller voir l'heure à la pendule de la cuisine et découvrit que cinq minutes s'étaient écoulées depuis la dernière fois qu'elle l'avait fait. Elle disposa un assortiment de biscuits sur un beau plateau laqué. Elle plaça un couteau et une énorme poire sur une planche à découper. Elle secoua une boîte de lait de poule. Elle s'assit pour rédiger un Message court et vit dans la blancheur vide de la carte un reflet de son esprit. Elle alla à la fenêtre et contempla la pelouse de zoysia jauni. Le facteur, qui se débattait avec des volumes de courrier de fin d'année, avançait dans l'allée avec une épaisse liasse qu'il inséra dans la fente en trois fois. Elle se jeta sur le courrier et tria le bon grain de l'ivraie, mais elle était trop distraite pour ouvrir les cartes. Elle descendit au fauteuil bleu du sous-sol.

« Al, cria-t-elle, je crois que tu devrais te lever. »

Il se redressa, les cheveux en bataille et l'œil vide. « Ils sont arrivés ?

– D'un moment à l'autre. Tu voudrais peut-être faire un brin de toilette ?

– Qui vient ?

– Gary et Jonah, à moins que Jonah ne soit trop malade.

– Gary, dit Alfred. Et Jonah.

– Pourquoi tu ne prends pas une *douche* ? »

Il secoua la tête. « Pas de douche.

– Si tu veux être coincé dans cette baignoire quand ils arrive-ront…

– J'ai droit à un bain après le travail que j'ai fait. »

Il y avait une agréable cabine de douche dans la salle de bains du bas, mais Alfred n'avait jamais aimé se laver debout. Comme Enid refusait à présent de l'aider à sortir de la baignoire de l'étage, il y restait parfois pendant une heure, l'eau froide et grise autour de ses hanches, avant de trouver le moyen de s'en extirper, parce qu'il était d'un tel entêtement.

Il faisait couler un bain dans la salle de bains de l'étage quand la sonnerie longtemps attendue retentit.

Enid se précipita à la porte d'entrée et l'ouvrit sur la vision de son séduisant fils aîné seul sur le perron. Il portait sa veste en cuir et tenait un sac de voyage et un sac en papier. La lumière du soleil, faible et polarisée, avait trouvé un chemin entre les nuages, comme elle le faisait souvent à la fin d'un jour d'hiver. La rue était inondée par l'absurde lumière dorée de l'éclairage artificiel avec laquelle un peintre mineur pourrait illuminer le partage de la mer Rouge. Les briques de la maison des Person, les nuages d'hiver bleus et pourpres, et les buissons de résineux vert sombre luisaient tous d'un éclat factice au point de ne pas en être jolis, mais étranges, menaçants.

« Où est Jonah ? » s'écria Enid.

Gary entra et posa ses sacs. « Il a toujours de la fièvre. »

Enid accepta un baiser. Ayant besoin d'un instant pour reprendre ses esprits, elle dit à Gary d'apporter le reste de ses bagages tant qu'il y était.

« Je n'ai que ce sac », répondit-il du ton d'un témoin au tribunal.

Elle contempla le petit sac. « C'est tout ce que tu as emporté ?

– Écoute, je comprends ta déception pour Jonah…

« – Quelle température il avait ?

– Trente-huit ce matin.

– Trente-huit, ce n'est rien ! »

Gary soupira et détourna le regard, penchant la tête pour l'aligner avec l'axe du sapin de Noël de guingois. « Écoute, dit-il. Jonah est déçu. Je suis déçu. Tu es déçue. Pouvons-nous en rester là ? Nous sommes tous déçus.

– C'est juste que tout était prêt pour l'accueillir, dit Enid. J'avais préparé son dîner favori…

– Je t'avais expressément prévenue…

– J'ai des billets pour Waindell Park ce soir ! »

Gary secoua la tête et se dirigea vers la cuisine. « Nous irons donc au parc, dit-il. Et demain Denise nous rejoindra.

– Chip aussi ! »

Gary éclata de rire. « Quoi, de Lituanie ?

– Il a appelé ce matin.

– J'y croirai quand je le verrai », dit Gary.

Le monde derrière les fenêtres paraissait moins réel qu'Enid ne l'aurait souhaité. Le pinceau de soleil arrivant sous un plafond de nuages était la lumière de rêve d'aucune heure familière de la journée. Elle avait le pressentiment que la famille qu'elle avait essayé de rassembler n'était plus la famille dont elle avait le souvenir – que ce Noël ne ressemblerait en rien aux Noëls d'antan. Mais elle faisait de son mieux pour s'adapter à la nouvelle réalité. Elle était soudain *très* excitée par la venue de Chip. Et comme les cadeaux emballés de Jonah allaient maintenant partir pour Philadelphie avec Gary, elle se devait d'emballer quelques réveils de voyage et parures de bureau pour Caleb et Aaron afin de réduire le contraste dans sa générosité. Elle pouvait le faire en attendant Denise et Chip.

« J'ai tant de biscuits, dit-elle à Gary, qui se lavait méticuleusement les mains à l'évier. J'ai une poire que je peux couper en tranches et du café noir comme vous l'aimez tant, vous les jeunes. »

Gary flaira son torchon avant de s'essuyer les mains.

Alfred commença à aboyer le nom d'Enid depuis l'étage.

« Euh, Gary, dit-elle, il est à nouveau coincé dans la baignoire. Va l'aider. Je ne veux plus le faire. »

Gary s'essuya les mains extrêmement soigneusement. « Pourquoi n'utilise-t-il pas la douche comme on l'avait dit ?

— Il dit qu'il aime être assis.

— Eh bien, pas de chance, dit Gary. Voilà un homme dont l'évangile est qu'il faut être responsable de soi-même. »

Alfred aboya de nouveau.

« Vas-y, Gary, aide-le », demanda-t-elle.

Avec un calme menaçant, Gary lissa et redressa le torchon plié sur son support. « Voici les règles fondamentales, maman, dit-il de son ton de témoin au tribunal. Tu m'écoutes ? Ce sont les règles fondamentales. Durant les trois prochains jours, je ferai tout ce que tu me demanderas de faire excepté tirer papa de situations dans lesquelles il n'aurait jamais dû se fourrer. S'il veut grimper à une échelle et tomber, je le laisserai étalé par terre. S'il perd tout son sang, il perdra tout son sang. S'il ne peut pas sortir de la baignoire sans mon aide, il passera Noël dans la baignoire. Suis-je bien clair ? Hormis cela, je ferai tout ce que tu me demanderas. Et puis, le matin de Noël, toi et moi allons avoir une conversation…

— *ENID.* » La voix d'Alfred était étonnamment sonore. « *IL Y A QUELQU'UN À LA PORTE !* »

Enid poussa un profond soupir et alla au pied de l'escalier. « Al, c'est *Gary*. »

Nouvel appel : « Tu peux m'aider ?

— Gary, va voir ce qu'il veut. »

Gary était planté dans la cuisine, les bras croisés. « N'ai-je pas formulé clairement mes règles fondamentales ? »

Enid se souvenait de choses concernant son fils aîné qu'elle préférait oublier quand il n'était pas là. Elle monta lentement l'escalier, essayant de chasser un nœud de douleur de sa hanche.

« Al, dit-elle en entrant dans la salle de bains, je ne peux pas t'aider à sortir de la baignoire, il faudra que tu y arrives tout seul. »

Il était assis dans cinq centimètres d'eau, le bras tendu, les doigts frétillants. « Ramasse-le, dit-il.

— Ramasser quoi ?

— Le flacon. »

Son flacon de shampooing blanchissant Crinière neigeuse était tombé par terre derrière lui. Enid s'agenouilla prudemment sur le tapis de bain, ménageant sa hanche, et lui passa le flacon. Il le massa vaguement, comme s'il cherchait une prise ou luttait pour se souvenir de la manière de l'ouvrir. Ses jambes étaient glabres, ses mains tachées, mais ses épaules restaient puissantes.

« Bon sang », dit-il en souriant au flacon.

La chaleur qu'avait recelée l'eau au départ s'était dissipée dans la fraîcheur de décembre de la salle de bains. Il y avait une odeur de savon Dial et, plus discrètement, de vieil âge. Enid s'était agenouillée des milliers de fois à cet endroit précis pour laver les cheveux de ses enfants et les rincer à l'eau chaude au moyen d'une petite casserole qu'elle montait de la cuisine à cette fin. Elle regarda son mari tourner le flacon de shampooing entre ses mains.

« Oh, Al, dit-elle, qu'allons-nous devenir ?

— Aide-moi avec ça.

— D'accord. Je vais t'aider. »

La sonnette retentit.

« Ça recommence.

— Gary, lança Enid, va voir qui c'est. » Elle fit couler du shampooing dans la paume de sa main. « Tu devrais te mettre aux douches.

— Pas assez d'équilibre sur mes pieds.

— Tiens, mouille-toi les cheveux. » Elle agita une main dans l'eau tiède pour encourager Alfred. Il en éclaboussa un peu sur sa tête. Elle entendait Gary parler à l'une de ses amies, une personne enjouée aux accents de Saint Jude, peut-être Esther Root.

« On peut installer un tabouret dans la douche, dit-elle en shampooinant les cheveux d'Alfred. On peut poser une barre au mur à laquelle tu puisses te tenir, comme nous l'a conseillé le Dr Hedgpeth. Gary pourrait s'en occuper demain. »

La voix d'Alfred vibra dans son crâne et remonta dans les doigts d'Enid : « Gary et Jonah sont bien arrivés ?

— Non, Gary est seul, répondit Enid. Jonah a une fièvre épouvantable et des vomissements. Pauvre gosse, il était beaucoup trop malade pour prendre l'avion. »

Alfred grimaça par sympathie.

« Penche-toi et je te rincerai. »

Si Alfred essayait de se pencher en avant, cela ne se traduisait que par un tremblement dans ses jambes, mais pas par le moindre changement dans sa position.

« Tu as besoin de faire *beaucoup* plus d'étirements, dit Enid. Est-ce que tu as regardé cette feuille que t'a donnée le Dr Hedgpeth ? »

Alfred secoua la tête. « Ça n'a servi à rien.

— Peut-être Denise pourrait-elle t'apprendre comment faire ces exercices. Tu pourrais trouver ça agréable. »

Elle tendit la main derrière elle pour attraper le verre à dents sur le lavabo. Elle le remplit plusieurs fois au robinet de la baignoire, versant l'eau chaude sur la tête de son mari. Avec ses yeux fermés serré, il aurait pu être un enfant.

« Il faut que tu sortes de là maintenant, dit-elle. Je ne t'aiderai pas.

— J'ai ma méthode », dit-il.

Dans la salle de séjour, Gary s'était agenouillé pour redresser le sapin de Noël bancal.

« Qui a sonné ? demanda Enid.

— Bea Meisner, répondit-il sans lever les yeux. Il y a un cadeau sur le manteau de cheminée.

– Bea Meisner ? » Une tardive flamme de honte vacilla en Enid. « Je croyais qu'ils séjournaient en Autriche pour les fêtes.

– Non, ils sont ici pour une journée, puis ils partent à La Jolla.

– C'est là que vivent Katie et Stew. A-t-elle apporté quelque chose ?

– Sur la cheminée », répondit Gary.

La cadeau de Bea était une bouteille somptueusement emballée de quelque chose qu'on pouvait présumer autrichien.

« Rien d'autre ? » demanda Enid.

Gary, se frottant les mains pour se débarrasser d'aiguilles de pin, lui jeta un drôle de regard. « Tu attendais autre chose ?

– Non, non, répondit-elle. Il y avait une petite bricole que je lui avais demandé de m'acheter à Vienne, mais elle a dû oublier. »

Gary plissa les yeux. « Quelle petite bricole ?

– Oh, rien, vraiment rien. » Enid examina la bouteille pour vérifier que rien ne l'accompagnait. Elle avait survécu à son béguin pour l'Aslan, elle avait fait le travail nécessaire pour l'oublier, et elle n'était pas du tout certaine de vouloir revoir le Lion. Mais le Lion avait toujours un pouvoir sur elle. Elle avait une sensation ancienne, l'agréable appréhension du retour d'un amant. Cela lui faisait regretter le temps où Alfred lui manquait.

Elle gronda : « Pourquoi tu ne l'as pas fait entrer ?

– Chuck attendait dans leur Jaguar, répondit Gary. J'imagine qu'ils faisaient leur tournée.

– Bien. » Enid déballa la bouteille – c'était un champagne autrichien halb-trocken – pour s'assurer qu'il n'y avait pas de paquet caché.

« Ce vin m'a l'air extrêmement sucré. »

Elle lui demanda de faire un feu. Elle regarda avec émerveillement son fils grisonnant aller d'un pas ferme au tas de bois, revenir avec un chargement de bûches dans un bras, les disposer adroitement dans l'âtre et allumer une allumette du premier coup. Le tout lui prit cinq minutes. Gary ne faisait rien de plus que fonctionner comme un homme était censé fonctionner, et pourtant, par contraste avec l'homme avec qui vivait Enid, ses capacités semblaient divines. Son moindre geste était un ravissement.

Son soulagement à l'avoir dans la maison s'accompagnait cependant de la conscience de la proximité de son départ.

Alfred, portant une veste sport, fit étape dans la salle de séjour et passa voir Gary une minute avant de gagner le bureau pour une dose à hauts décibels de nouvelles locales. Son âge et sa courbure avaient retiré cinq ou six centimètres à sa taille qui, il n'y avait pas si longtemps, avait été la même que celle de Gary.

Tandis que Gary, avec un splendide contrôle moteur, accrochait la guirlande à l'arbre, Enid était assise auprès du feu et déballait les cartons à bouteilles dans lesquels elle rangeait ses ornements. Partout où elle avait voyagé, elle avait dépensé le plus gros de son argent de poche en ornements. Dans son esprit, tandis que Gary les accrochait, elle revenait dans une Suède peuplée de rennes en paille et de petits chevaux rouges, dans une Norvège dont les habitants portaient d'authentiques bottes en peau de renne, dans une Venise où tous les animaux étaient en verre, dans une Allemagne de maison de poupée, de pères Noël et d'angelots en bois verni, dans une Autriche de soldats de bois et de minuscules églises alpines. En Belgique, les colombes de la paix étaient en chocolat et enveloppées de papier d'argent décoratif, en France les poupées de gendarmes et d'artistes étaient impeccablement habillées, et en Suisse les clochettes de bronze tintaient au-dessus de mini-crèches d'une religiosité affichée. L'Andalousie était un jacassement d'oiseaux multicolores ; le Mexique cliquetait avec ses découpages en fer-blanc peints. Sur les hauts plateaux de Chine, le galop sans bruit d'un troupeau de chevaux de soie. Au Japon, le silence zen de ses abstractions laquées.

Gary accrochait chaque ornement selon les directives d'Enid. Il lui semblait différent – plus calme, plus mûûr, plus réfléchi – jusqu'à ce qu'elle lui demande de faire un petit travail pour elle le lendemain.

« Poser une barre dans la douche n'est pas un "petit travail", répliqua-t-il. Cela aurait eu un sens il y a un an, mais ça n'en a plus. Papa peut continuer d'utiliser la baignoire pendant quelques jours jusqu'à ce qu'on s'occupe de cette maison.

– Il reste encore quatre semaines avant qu'on parte pour Philadelphie, dit Enid. Je veux qu'il prenne l'habitude d'utiliser la douche. Je veux que tu achètes un tabouret et que tu poses une barre demain, comme ça, ce sera fait. »

Gary soupira. « Penses-tu que papa et toi puissiez réellement rester dans cette maison ?

– Si CorectOr l'aide…

– Maman, il a passé des tests de démence. Tu crois honnêtement…

– De démence *non médicamenteuse*.

– Écoute, je ne veux pas crever ta bulle…

– Denise a tout arrangé. Il faut qu'on essaie.

– Bien, et puis ensuite ? fit Gary. Il guérit miraculeusement et vous continuez de vivre ici dans le bonheur jusqu'à la fin des temps ? »

La lumière avait entièrement reflué de derrière les fenêtres. Enid ne comprenait pas pourquoi son fils aîné, attentionné et responsable, avec qui elle avait ressenti un tel lien depuis son plus jeune âge, se mettait en *colère* maintenant quand elle s'adressait à lui dans le besoin. Elle déballa une boule de polystyrène qu'il avait décorée avec du tissu et des paillettes quand il avait neuf ou dix ans. « Tu t'en souviens ? »

Gary prit la boule. « On avait fait ça dans la classe de Mme Ostriker.

– Tu me l'as donnée.

– Vraiment ?

– Tu m'as dit que tu ferais tout ce que je te demanderais demain, dit Enid. Voilà ce que je te demande.

– D'accord ! D'accord ! » Gary leva les bras au ciel. « J'achèterai le tabouret ! Je poserai la barre ! »

Après le dîner, il sortit l'Oldsmobile du garage et tous trois se rendirent à Christmasland.

Depuis la banquette arrière, Enid voyait les ventres des nuages attraper la lumière de la ville ; les coins de ciel dégagé étaient plus sombres et criblés d'étoiles. Gary pilota la voiture le long d'étroites routes de banlieue pour descendre jusqu'au portail en pierre de taille de Waindell Park, où une longue file de voitures, de 4x4 et de camionnettes attendait d'entrer.

« Regarde toutes ces voitures », dit Alfred, sans trace de son impatience d'antan.

En faisant payer l'entrée à Christmasland, le comté finançait une partie du coût de ce somptueux spectacle annuel. Un garde forestier prit le billet des Lambert et dit à Gary d'éteindre ses phares pour ne garder que ses feux de position. L'Oldsmobile rejoignit une lente file de véhicules obscurcis qui n'avaient jamais tant ressemblé à des animaux que là, collectivement, dans leur humble procession à travers le parc.

Durant l'essentiel de l'année, Waindell était un endroit fatigué, à l'herbe jaunie, aux étangs fangeux et aux modestes pavillons de pierre. En décembre, de jour, il était à son pire. Des câbles multicolores et des lignes électriques sillonnaient les pelouses. Des armatures et des échafaudages exposaient leur fragilité, leur caractère provisoire, la nodosité métallique de leurs articulations. Des centaines d'arbres et de buissons étaient chargés de guirlandes électriques, leurs branches pendant comme si elles étaient martelées par une pluie givrante de verre et de plastique.

La nuit, le parc devenait Christmasland. Enid respira à

grands traits tandis que l'Oldsmobile gravissait une colline de lumière et traversait un paysage rendu lumineux. Tout comme les bêtes étaient réputées parler la nuit de Noël, l'ordre naturel des banlieues semblait inversé ici, la terre habituellement sombre resplendissante de lumière, la rue habituellement animée sombre d'une circulation engluée.

La faible inclinaison des pentes de Waindell et l'intimité de ses lignes de crête avec le ciel étaient typiques du Midwest. Ainsi, pensait Enid, en était-il du silence et de la patience des conducteurs ; ainsi en était-il des bosquets isolés, repliés sur eux-mêmes comme des communautés de colons, de chênes et d'érables. Elle avait passé les huit derniers Noëls en exil dans l'Est étranger et maintenant, enfin, elle se sentait chez elle. Elle imaginait être enterrée dans ce paysage. Elle était heureuse de penser à ses os reposant dans le flanc d'une colline semblable à celle-ci.

Apparurent des pavillons scintillants, des rennes lumineux, des pendants et des colliers de photons réunis, des pères Noël électropointillistes, une clairière de sucres d'orge luisants géants.

« Beaucoup de travail, commenta Alfred.

– Eh bien, je suis désolé que Jonah n'ait pu venir en fin de compte », dit Gary, comme s'il ne l'avait pas été jusque-là.

Le spectacle n'était rien de plus que des lumières dans l'obscurité, mais Enid était sans voix. Si souvent on vous demandait d'être crédule, si rarement on pouvait l'être absolument, mais ici, à Waindell Park, c'était possible. Quelqu'un avait entrepris de ravir tous les visiteurs, et Enid était ravie. Et demain Denise et Chip arrivaient, demain il y avait *Casse-Noisette*, et mercredi ils sortiraient le petit Jésus de sa pochette et épingleraient la coquille de noix au sapin : elle avait tout ça qui l'attendait.

Le lendemain matin, Gary se rendit à Hospital City, la banlieue proche où étaient concentrés les grands centres médicaux de Saint Jude, et retint son souffle entre les messieurs de quarante kilos en fauteuil roulant et les dames de deux cent cinquante kilos en robe chasuble qui obstruaient les allées du Discount paramédical. Gary haïssait sa mère de l'avoir envoyé là, mais il reconnaissait combien il avait de chance comparé à elle, combien il était libre et avantagé, et il carrait donc la mâchoire et maintenait une distance maximale avec les corps des gens du cru qui faisaient provision de seringues et de gants en caoutchouc, de bougies de veille en cire ocre, de couches pour incontinent de toutes les tailles et les formes imaginables, de paquets géants de 144 cartes de vœux de prompt rétablissement, de CD de musique de flûte, de vidéos d'exercices de visualisation et de tuyaux et sacs jetables à connecter à des interfaces en plastique plus dur insérées dans la chair vivante.

Le problème de Gary avec la maladie en général, hormis le fait qu'elle impliquait de grandes quantités de corps humains et qu'il n'aimait pas les corps humains en grandes quantités, était qu'elle lui apparaissait comme pouilleuse. Les pauvres fumaient, les pauvres mangeaient des beignets à la crème par douzaines. Les pauvres étaient mises en cloque par de proches parents. Les pauvres n'avaient pas d'hygiène et vivaient dans des quartiers pollués. Les pauvres et leurs maladies constituaient une sous-espèce de l'humanité qui restait heureusement invisible à Gary excepté dans les hôpitaux et en des lieux tels que le Discount paramédical. C'était une engeance plus sotte, plus triste, plus grosse, à la souffrance plus résignée. Une sous-espèce malsaine dont il préférait vraiment, vraiment se tenir à l'écart.

Cependant, il était arrivé à Saint Jude avec un sentiment de culpabilité lié à divers détails qu'il avait cachés à Enid et il s'était promis d'être un bon fils pendant trois jours, et donc, en dépit de son embarras, il se fraya un chemin parmi la foule des éclopés et entra dans le vaste hall d'exposition de meubles du Discount paramédical et chercha un tabouret sur lequel son père pourrait s'asseoir pour prendre sa douche.

Une version en grand orchestre symphonique du chant de Noël le plus ennuyeux jamais écrit, « L'enfant au tambour », coulait dans le hall d'exposition depuis des haut-parleurs cachés. Derrière les baies vitrées, la matinée était brillante, venteuse, froide. Une feuille de journal s'enroulait autour d'un parcmètre avec un désespoir érotique. Des auvents claquaient et des bavettes garde-boue frissonnaient.

Le large assortiment de tabourets médicaux et la variété d'afflictions dont ils témoignaient auraient pu révulser Gary s'il n'avait pas été capable de poser des jugements esthétiques.

Il s'interrogea, par exemple, sur le beige. Le plastique médical était généralement beige ; au mieux, d'un gris incertain. Pourquoi pas rouge ? Pourquoi pas noir ? Pourquoi pas noisette ?

Peut-être le plastique beige était-il destiné à garantir que le meuble ne serait utilisé qu'à des fins médicales. Peut-être le fabricant craignait-il que, si les sièges étaient trop jolis, les gens ne soient tentés de les acheter pour des usages non médicaux.

Voilà un problème qui était réellement épineux : que trop de gens veuillent acheter vos produits !

Gary secoua la tête. La bêtise de ces fabricants.

Il choisit un tabouret en aluminium, bas et trapu, avec une large assise beige. Il opta pour une solide barre d'appui (beige !) pour la douche. S'émerveillant du prix, qui frisait l'escroquerie, il emmena ces articles à la caisse, où une sympathique fille du Midwest, possiblement évangéliste (elle portait un sweater en brocart et une frange en dégradé), présenta les codes-barres à un rayon laser et fit remarquer à Gary, avec un accent traînant des profondeurs de la cambrousse, que ces tabourets en aluminium étaient vraiment un super-produit. « Si légers, quasiment indestructibles, dit-elle. C'est pour votre maman ou pour votre papa ? »

Gary supportait mal les intrusions dans sa vie privée et il refusa à la fille la satisfaction d'une réponse. Il hocha cependant la tête.

« Nos vieilles gens perdent leur équilibre sous la douche à un certain stade. J'imagine qu'on en passera tous par là un jour ou l'autre. » La jeune philosophe fit passer la carte AmEx de Gary par une fente. « Vous êtes de retour à la maison pour les vacances et vous donnez un coup de main ?

— Vous savez, ce pour quoi ces tabourets m'ont l'air parfaits, dit Gary, ce serait pour se pendre. Vous ne trouvez pas ? »

La vie reflua du sourire de la fille. « Je n'en sais rien.

— Solide et léger – facile à renverser d'un coup de pied.

— Signez là, s'il vous plaît. »

Il dut lutter contre le vent pour ouvrir la porte de sortie. Le vent avait du mordant ce jour-là, il traversait sa veste en cuir. C'était un vent qu'aucune topographie sérieuse n'avait entravé entre l'Arctique et Saint Jude.

Roulant vers le nord, en direction de l'aéroport, avec le soleil bas heureusement derrière lui, Gary se demanda s'il avait été cruel avec la fille. Possible. Mais il était stressé, et une personne stressée avait, lui semblait-il, le droit d'être stricte dans les limites qu'elle établissait pour elle-même – stricte dans sa comptabilité morale, stricte quant à qui elle était et qui elle n'était pas, à qui elle parlait et à qui elle ne parlait pas. Si une évangéliste boulotte et enjouée insistait pour parler, il avait le droit de choisir le sujet de la conversation.

Il était conscient, néanmoins, que si la fille avait été plus séduisante, il aurait sans doute été moins cruel.

Tout à Saint Jude conspirait à le mettre dans son tort. Mais au cours des mois qui s'étaient écoulés depuis qu'il avait capitulé devant Caroline (et sa main avait joliment guéri, merci, sans guère laisser de cicatrice), il s'était réconcilié avec l'idée d'être le scélérat à Saint Jude. Quand vous saviez par avance que votre mère vous considérerait comme le scélérat quoi que vous fassiez, vous perdiez toute motivation à jouer selon ses règles. Vous affirmiez vos propres règles. Vous faisiez le nécessaire pour vous préserver. Vous prétendiez, s'il le fallait, qu'un de vos enfants en parfaite santé était malade.

La vérité quant à Jonah était qu'il avait librement choisi de ne pas venir à Saint Jude. Cela était en accord avec les termes de la capitulation de Gary devant Caroline au mois d'octobre. Détenant cinq billets d'avion non remboursables pour Saint Jude, Gary avait dit à sa famille qu'il souhaitait que tout le monde l'accompagne à Noël, mais que *personne ne serait forcé de venir*. Caroline, Caleb et Aaron avaient tous instantanément et bruyamment dit non merci ; Jonah, toujours sous le charme de l'enthousiasme de sa grand-mère, avait déclaré qu'il serait « très heureux » de venir. Gary n'avait jamais réellement promis à Enid que Jonah viendrait, mais il ne l'avait jamais non plus prévenue qu'il pourrait ne pas venir.

En novembre, Caroline avait acheté quatre billets pour voir le magicien Alain Gregarius le 22 décembre et quatre autres billets pour *Le Roi Lion* à New York le 23 décembre. « Jonah pourra venir s'il est là, avait-elle expliqué, sinon Aaron ou Caleb pourront emmener un ami. » Gary aurait aimé demander pourquoi elle n'avait pas acheté des billets pour la semaine d'*après* Noël, ce qui aurait épargné à Jonah un choix difficile. Depuis la capitulation d'octobre, cependant, Caroline et lui avaient connu une deuxième lune de miel et, bien qu'il fût acquis que Gary, en bon fils qu'il était, irait passer trois jours à Saint Jude, une ombre tombait sur sa félicité domestique chaque fois qu'il faisait référence à ce voyage. Plus il s'écoulait de jours sans mention d'Enid ou de Noël, plus Caroline semblait le désirer, plus elle l'incluait dans sa complicité avec Aaron et Caleb, et moins il se sentait déprimé. À vrai dire, la question de sa dépression n'avait plus été évoquée depuis le matin de la chute d'Alfred. Le silence sur la question de Noël semblait un faible prix à payer pour une telle harmonie domestique.

Pendant un temps, les sorties et les attentions qu'Enid avait promises à Jonah à Saint Jude semblèrent éclipser l'attraction d'Alain Gregarius et du *Roi Lion*. Jonah rêvait à voix haute de Christmasland et du calendrier de l'avent dont grand-maman parlait tant ; il ignorait, ou ne voyait pas, les clins d'œil et les sourires qu'échangeaient Caleb et Aaron. Mais Caroline encourageait de plus en plus ouvertement ses deux aînés à se moquer de leurs grands-parents et à raconter des histoires sur l'arriération d'Alfred (« Il appelle ça une Intendo ! »), le puritanisme d'Enid (« Elle a demandé comment le spectacle était *classé* ! »), la parcimonie d'Enid (« Il restait deux haricots verts et elle les a emballés dans une feuille d'aluminium ! »), et Gary, depuis sa capitulation, avait commencé à se joindre lui-même aux rires (« Grand-maman est drôle, n'est-ce pas ? »), si bien que Jonah finit par être embarrassé de ses projets. À l'âge de huit ans, il tombait sous la tyrannie du Cool. Il commença par cesser de parler de Noël à la table du dîner, puis quand Caleb avec sa demi-ironie coutumière lui demanda s'il se faisait une joie de voir *Christmasland*, Jonah répondit d'un ton qui s'efforçait d'être méchant : « C'est probablement complètement *idiot*.

— Des paquets d'obèses dans des grosses bagnoles qui roulent dans le noir, dit Aaron.

— En se répétant les uns aux autres combien c'est *mannnifique*, dit Caroline.

— Mannnifique, mannnifique, dit Caleb.

— Vous ne devriez pas vous moquer de votre grand-mère, dit Gary.

— Ils ne se moquent pas d'*elle*, dit Caroline.

— Exact, dit Caleb. Il y a seulement que les gens sont comiques à Saint Jude. Tu ne trouves pas, Jonah ?

— Les gens sont certainement très grands et gros là-bas », dit Jonah. Le samedi soir, trois jours plus tôt, Jonah avait vomi après dîner et s'était couché avec un peu de fièvre. Le dimanche soir, son teint et son appétit étaient revenus à la normale et Caroline avait abattu son dernier atout. Pour l'anniversaire d'Aaron, plus tôt dans le mois, elle avait acheté un coûteux jeu d'ordinateur, *God Project II*, dans lequel les joueurs concevaient et animaient des organismes mis en concurrence dans un écosystème en mutation. Elle n'avait pas permis à Aaron et Caleb de commencer à jouer avant la fin des classes et, maintenant qu'ils pouvaient enfin s'y mettre, elle insista pour qu'ils laissent Jonah faire les Microbes, parce que les Microbes, dans n'importe quel écosystème, étaient ceux qui s'amusaient le plus et ne perdaient jamais.

À l'heure du coucher, le dimanche soir, Jonah était transporté par son équipe de bactéries tueuses et ne songeait plus qu'à les renvoyer au combat le lendemain. Quand Gary le réveilla le lundi matin et lui demanda s'il venait à Saint Jude, Jonah lui répondit qu'il préférait rester à la maison.

« Tu fais comme tu veux, dit Gary. Mais cela compterait beaucoup pour ta grand-mère si tu venais.

— Mais si ça n'est pas drôle ?

— On ne peut jamais garantir que quelque chose sera drôle, dit Gary. Mais tu feras plaisir à grand-maman. Ça, je peux te le garantir. »

Jonah se rembrunit. « Je peux y réfléchir une heure ?

— OK, une heure. Mais ensuite il faudra faire les bagages et partir. »

La fin de l'heure trouva Jonah plongé corps et âme dans *God Project II*. Une de ses races de bactéries avait rendu aveugles quatre-vingts pour cent des petits mammifères à sabots d'Aaron.

« C'est OK de ne pas y aller, assura Caroline à Jonah. Ton choix personnel est ce qui compte. Ce sont tes vacances. »

Personne ne sera obligé de venir.

« Je te le répète une dernière fois, dit Gary. Ta grand-mère se fait une vraie fête de te voir. »

Le visage de Caroline s'emplit d'une désolation, d'une hébétude pleine de larmes, qui rappelait les troubles de septembre. Elle se leva sans un mot et quitta la salle de jeux.

La réponse de Jonah arriva d'une voix à peine plus claire qu'un chuchotement : « Je crois que je vais rester ici. »

Si l'on avait encore été en septembre, Gary aurait pu voir dans la décision de Jonah une parabole de la crise du devoir moral dans une culture du consommateur roi. Il aurait pu en être déprimé. Mais il avait déjà emprunté cette voie et il savait qu'il n'y avait rien pour lui au bout.

Il fit son sac et embrassa Caroline. « Je serai heureuse quand tu seras de retour », dit-elle.

Du point de vue de la stricte morale, Gary savait qu'il n'avait rien fait de mal. Il n'avait jamais promis à Enid que Jonah viendrait. Ce n'était que pour s'épargner une querelle qu'il avait menti au sujet de la fièvre de Jonah.

De la même manière, pour ménager les sentiments d'Enid, il n'avait pas dit qu'au cours des six jours ouvrables qui s'étaient écoulés depuis l'introduction en Bourse, ses cinq mille actions d'Axon Corp., qu'il avait payées 60 000 dollars, avaient atteint une valeur de 118 000 dollars. Là encore, il n'avait rien fait de mal, mais vu le montant dérisoire des droits de brevet payés par Axon à Alfred, la dissimulation semblait être la politique la plus sage.

La même chose valait aussi pour le petit paquet que Gary avait glissé dans la poche intérieure de sa veste.

Des avions plongeaient du ciel lumineux, heureux dans leur peau de métal, tandis qu'il se faufilait dans la cohue des voitures conduites par des chauffeurs du troisième âge qui convergeaient vers l'aéroport. La période précédant Noël était l'heure de gloire de l'aéroport de Saint Jude – sa raison d'être, presque. Tous les parkings étaient pleins et tous les couloirs engorgés.

Denise était pile à l'heure, cependant. Même les compagnies aériennes conspiraient pour la protéger de l'embarras d'une arrivée différée ou d'un frère en retard. Elle attendait, selon une coutume familiale, à une porte peu utilisée du niveau départ. Elle portait un manteau insensé, un truc grenat aux revers de velours rose et quelque chose dans sa tête parut différent à Gary – plus de maquillage que d'habitude, peut-être. Plus de rouge à lèvres. Chaque fois qu'il avait vu Denise cette dernière année (le plus récemment à Thanksgiving), elle avait paru plus catégoriquement différente de la personne qu'il avait toujours imaginé qu'elle deviendrait.

Quand il l'embrassa, il sentit une odeur de cigarette.

« Tu t'es mise à fumer », dit-il en faisant de la place dans le coffre pour sa valise et son sac.

Denise sourit. « Ouvre-moi la porte, je gèle. » Gary déplia ses lunettes de soleil d'une secousse du poignet. Le soleil de face, il faillit se faire emboutir en s'insérant dans la circulation. L'agressivité au volant gagnait du terrain à Saint Jude ; les voitures ne roulaient plus à une allure d'escargot permettant à un conducteur de l'Est de slalomer agréablement entre elles.

« Je parie que maman est ravie que Jonah soit là, dit Denise.

– En fait, Jonah n'est pas là. »

Elle tourna vivement la tête. « Tu ne l'as pas emmené ?

– Il est tombé malade.

– Je n'arrive pas à y croire. Tu ne l'as pas emmené ! »

Elle semblait ne pas avoir envisagé, pas un instant, qu'il ait pu dire la vérité.

« Il y a cinq personnes dans ma maison, dit Gary. Pour autant que je sache, il n'y en a qu'une dans la tienne. Les choses sont plus compliquées quand tu as des responsabilités multiples.

– Je suis seulement désolée que tu aies entretenu les espoirs de maman.

– Ce n'est pas ma faute si elle choisit de vivre dans le futur.

– Tu as raison, dit Denise. Ce n'est pas ta faute. J'aurais seulement préféré que ça n'arrive pas.

– À propos de maman, dit Gary. J'ai quelque chose de très bizarre à te raconter. Mais tu dois me promettre de ne pas lui en parler.

– Quelle chose bizarre ?

– Promets-moi de ne pas lui en parler. » Denise promit et Gary ouvrit la poche intérieure de sa veste et lui montra le paquet que Bea Meisner lui avait donné la veille. L'instant avait été parfaitement étrange : la Jaguar de Chuck Meisner dans la rue, moteur au ralenti au milieu de bouffées cétacéennes d'échappement hivernal. Bea Meisner plantée sur le paillasson « Bienvenue » dans son loden vert brodé tandis qu'elle sortait de son sac un petit paquet miteux et fatigué, Gary posant la bouteille de champagne emballée et prenant livraison de la contrebande. « Ceci est pour ta mère, avait dit Bea. Mais dis-lui bien que Klaus lui recommande d'être très prudente avec ça. Il ne voulait pas du tout me les donner. Il dit qu'il y a un gros risque de dépendance, ce qui est la raison pour laquelle je n'en ai qu'un peu. Elle en voulait pour six mois, mais Klaus ne voulait pas dépasser un mois. Alors dis-lui d'en parler à son médecin. Gary, tu devrais peut-être même les garder jusqu'à ce qu'elle l'ait fait. Enfin, passez un bon Noël » – à cet instant le klaxon de la Jaguar avait retenti – « et transmets nos amitiés à tout le monde. »

Gary raconta ça à Denise tandis qu'elle ouvrait le paquet. Bea avait plié une page arrachée à un magazine allemand et l'avait fermée avec du Scotch. Sur l'un des côtés de la page, une vache allemande chaussée de lunettes faisait la promotion du lait ultrapasteurisé. À l'intérieur se trouvaient trente comprimés dorés.

« Mon Dieu ! » Denise éclata de rire. « Du Mexican A !

– Jamais entendu parler de ça, dit Gary.

– C'est une drogue qu'on trouve dans les boîtes. Pour s'éclater toute la nuit.

– Et Bea Meisner livre ça à maman à notre porte.

– Maman sait que tu l'as prise ?

– Pas encore. Je ne sais même pas ce que fait ce truc. »

Denise tendit des doigts tachés de nicotine et approcha un comprimé de sa bouche. « Essaie. »

Gary détourna la tête d'une secousse. Sa sœur semblait être elle-même sous l'emprise d'une drogue, quelque chose de plus fort que la nicotine. Elle était extrêmement heureuse ou extrêmement malheureuse, ou une dangereuse combinaison des deux. Elle portait des anneaux en argent à trois doigts et un pouce.

« C'est une drogue que tu as essayée ? demanda-t-il.

– Non, je m'en tiens à l'alcool. »

Elle replia le paquet et Gary en reprit le contrôle. « Je voudrais être sûr que tu me suis là-dessus, dit-il. Es-tu d'accord que maman ne devrait pas recevoir des substances illégales entraînant une dépendance de la part de Bea Meisner ?

– Non, dit Denise. Je ne suis pas d'accord. Elle est adulte et elle peut faire ce qu'elle veut. Et ça ne me semble pas honnête de lui prendre ses comprimés sans le lui dire. Si tu ne le lui dis pas, je le ferai.

– Excuse-moi, il me semble que tu as promis de ne pas le faire », dit Gary.

Denise médita cela. Des talus éclaboussés de sel défilaient de part et d'autre.

« OK, j'ai peut-être promis, dit-elle. Mais pourquoi essaies-tu de régenter sa vie ?

– Je pense que tu verras, dit-il, que la situation a échappé à tout contrôle. Je pense que tu verras qu'il est plus que temps que quelqu'un entre en lice et régente sa vie. »

Denise ne lui renvoya pas la balle. Elle mit des lunettes de soleil et regarda les tours de Hospital City qui se détachaient sur le brutal horizon sud. Gary avait espéré la trouver plus coopérative. Il avait déjà un frère « alternatif » et cela lui suffisait. Cela l'irritait que les gens puissent si facilement s'échapper du monde des conventions ; cela sapait le plaisir qu'il tirait de sa réussite sociale et de sa famille ; cela ressemblait à une réécriture, à son détriment, des règles de la vie. Il était particulièrement ulcéré que le dernier transfuge vers les « alternatifs » ne soit pas quelque Autre vaseux issu d'une famille d'Autres ou d'une classe d'Autres, mais sa propre sœur élégante et talentueuse, qui, en septembre encore, excellait dans un genre conventionnel dont ses amis pouvaient lire les comptes rendus dans le *New York Times*. À présent qu'elle avait quitté son travail, portait quatre anneaux et un manteau voyant, et puait le tabac…

Portant le tabouret en aluminium, il la suivit dans la maison. Il compara l'accueil que lui fit Enid à celui qu'il avait reçu la veille. Il prit note de la durée de l'étreinte, de l'absence de critique immédiate, des sourires tous azimuts.

Enid s'écria : « Je me disais que vous auriez pu tomber sur Chip à l'aéroport et que je vous verrais arriver tous les trois ensemble !

— Ce scénario n'avait aucune chance de se réaliser pour huit raisons différentes, dit Gary.

— Il t'a dit qu'il serait là aujourd'hui ? demanda Denise.

— Cet après-midi, répondit Enid. Demain au plus tard.

— Aujourd'hui, demain, en avril, dit Gary. Peu importe.

— Il disait qu'il y avait de l'agitation en Lituanie », dit Enid.

Tandis que Denise allait chercher Alfred, Gary ramassa le *Chronicle* du matin dans le salon. Dans un encart de nouvelles internationales pris en sandwich entre des articles de fond (« Les nouveaux compléments alimentaires transforment-ils nos toutous en dangereux psychopathes ? » et « Les ophtalmologues sont-ils surpayés ? – Les médecins disent Non, les optométristes disent Oui »), il localisa un paragraphe sur la Lituanie : *troubles faisant suite à des élections parlementaires contestées et à une tentative d'assassinat du président Vitkunas… les trois quarts du pays privés d'électricité… affrontements entre bandes paramilitaires dans les rues de Vilnius… et l'aéroport…*

« L'aéroport est fermé, lut Gary à haute voix avec satisfaction. Maman ? Tu m'as entendu ?

– Il était déjà à l'aéroport hier, dit Enid. Je suis sûre qu'il est sorti.

– Pourquoi est-ce qu'il n'a pas appelé alors ?

– Il devait courir pour attraper un vol. »

À un certain stade, la capacité d'Enid à fantasmer devenait physiquement douloureuse pour Gary. Il ouvrit son portefeuille et lui tendit le ticket de caisse pour le tabouret et la barre de sécurité.

« Je te ferai un chèque plus tard, dit-elle.

– Et pourquoi pas maintenant, avant d'oublier ? »

Marmonnant et murmurant, Enid se plia à ses désirs.

Gary examina le chèque. « Pourquoi est-il daté du vingt-six décembre ?

– Parce que c'est le plus tôt que tu pourras le déposer à Philadelphie. »

Leurs escarmouches se poursuivirent durant le déjeuner. Gary but à petits traits une bière, puis une deuxième, goûtant l'affliction qu'il causait à Enid lorsqu'elle lui dit pour la troisième, puis la quatrième fois qu'il ferait mieux de se mettre à ces travaux dans la douche. Quand il finit par se lever de table, il lui vint à l'esprit que sa pulsion à régenter la vie d'Enid était la réponse logique à l'insistance d'Enid à régenter la sienne.

La barre de sécurité pour douche était un morceau de tuyau émaillé beige de cinquante centimètres de long avec des coudes à bride à chaque extrémité. Les vis trapues incluses dans le paquet auraient pu suffire à attacher la barre à du contreplaqué, mais elles étaient inutilisables sur du carrelage. Pour fixer la barre, il devrait passer des boulons de quinze centimètres à travers le mur jusque dans le petit placard qui se trouvait derrière la douche.

Au sous-sol, dans l'atelier d'Alfred, il put trouver des mèches à béton pour la perceuse, mais les boîtes à cigares qui étaient dans son souvenir des cornes d'abondance de matériel utile semblaient contenir essentiellement des vis orphelines rouillées, des bouts de serrures et des pièces de chasses d'eau. Certainement pas des boulons de quinze.

Partant pour la quincaillerie, affichant son sourire à la « je suis un con », il vit Enid à la fenêtre de la salle à manger, qui regardait à travers les voilages.

« Maman, dit-il, je crois que tu ferais mieux de ne pas trop compter sur Chip.

— Il m'avait seulement semblé entendre une voiture dans la rue. »

Très bien. Vas-y, se dit Gary en quittant la maison, *fixe-toi sur qui n'est pas là et opprime qui est là.*

Sur le trottoir, il croisa Denise, qui revenait du supermarché avec des provisions. « J'espère que tu présenteras la facture à maman », dit-il.

Sa sœur lui rit au nez. « Quelle différence cela fait-il pour toi ?

— Elle essaie toujours de se défiler. Ça me tue.

— Alors redouble de vigilance », lança Denise en se dirigeant vers la maison.

Pourquoi, exactement, se sentait-il coupable ? Il n'avait jamais promis d'emmener Jonah et, même s'il avait potentiellement gagné 58 000 dollars sur son investissement dans Axon, il avait travaillé dur pour acquérir ces titres et il avait pris tous les risques, et Bea Meisner elle-même ne lui avait-elle pas instamment demandé de ne pas donner à Enid la drogue pouvant entraîner une dépendance ; pourquoi donc s'était-il senti coupable ?

Tout en conduisant, il imagina l'aiguille de son compteur de pression crânienne progressant vers la droite. Il était désolé d'avoir offert ses services à Enid. Vu la brièveté de sa visite, il était idiot de passer l'après-midi à faire un travail qu'il aurait dû confier à un artisan.

À la quincaillerie, il fit la queue à la caisse derrière les gens les plus gros et les plus lents du fuseau horaire central. Ils étaient venus acheter des pères Noël en marshmallow, des paquets de guirlandes, des stores vénitiens, des sèche-cheveux à huit dollars et des cache-pots à motifs de saison. Avec leurs doigts en forme de saucisse, ils cherchaient le compte exact dans des porte-monnaie minuscules. Des bouffées de fumée blanche de dessin animé sortaient des oreilles de Gary. Toutes les choses amusantes qu'il aurait pu faire au lieu d'attendre une demi-heure pour acheter six boulons de quinze prenaient des formes enchanteresses dans son imagination. Il aurait pu visiter la salle des collectionneurs de la boutique de cadeaux du musée des Transports, ou classer les vieux dessins de ponts et de voies des débuts de la carrière de son père à Midland Pacific, ou chercher dans la cave son train modèle réduit échelle O depuis longtemps perdu de vue. Avec le reflux de sa « dépression », il avait développé un nouvel intérêt, digne d'un hobby par son intensité, pour les gravures et objets de collection liés aux chemins de fer, et il aurait facilement pu passer toute la journée – toute la semaine ! – à s'y adonner…

De retour à la maison, alors qu'il remontait le trottoir, il vit les voilages s'écarter, sa mère espionnant à nouveau. À l'intérieur, l'atmosphère était chargée de vapeurs et d'odeurs des aliments que Denise faisait frire, rôtir et cuire au four. Gary donna à Enid le ticket de caisse des boulons, qu'elle reçut comme le gage d'hostilité qu'il était.

« Tu ne peux pas payer quatre dollars quatre-vingt-seize cents ?

— Maman, dit-il. Je fais le travail comme je te l'ai promis. Mais ce n'est pas ma salle de bains. Ce n'est pas ma barre de sécurité.

— Je te rembourserai plus tard.

— Tu risques d'oublier.

— Gary, je te rembourserai *plus tard.* »

Denise, en tablier, suivit cet échange depuis la porte de la cuisine, les yeux pétillants.

Lorsque Gary fit sa deuxième descente au sous-sol, Alfred ronflait dans le gros fauteuil bleu. Gary se rendit à l'atelier et là il fut interrompu par une nouvelle découverte. Un fusil à pompe dans un étui en toile était posé sur l'établi. Il ne se souvenait pas de l'avoir vu là plus tôt. Aurait-il pu échapper à son attention ? Généralement, le fusil était rangé dans la cave, sous la véranda. Il était vraiment désolé de voir qu'il avait été déplacé.

Vais-je le laisser se flinguer ?

La question était si claire dans son esprit qu'il la formula quasiment à voix haute. Et il la médita. C'était une chose que d'intervenir au nom de la santé d'Enid et de lui confisquer ses drogues ; il y avait de la vie, de l'espoir et du plaisir à sauver chez Enid. Le vieux, cependant, était kaput.

En même temps, Gary n'avait aucune envie d'entendre une détonation et de descendre pour plonger dans une scène de film gore. Il ne voulait pas non plus que sa mère ait à affronter ça.

Et pourtant, si horrible que soit le spectacle, il serait suivi d'un énorme bond en avant de la qualité de vie de sa mère.

Gary ouvrit la boîte de cartouches posée sur l'établi et vit qu'aucune n'y manquait. Il regretta que ce ne soit pas quelqu'un d'autre, plutôt que lui, qui ait remarqué qu'Alfred avait déplacé le fusil. Mais sa décision, quand il la prit, fut si claire dans son esprit qu'il l'exprima à voix haute. Dans le silence poussiéreux, vespasien, sans réverbération du laboratoire, il dit : « Si c'est ce que tu veux, je t'en prie. Je ne vais pas t'arrêter. »

Avant de pouvoir forer des trous dans la douche, il dut vider les étagères du petit placard de la salle de bains. Cela constituait déjà une lourde tâche. Enid avait conservé, dans une boîte à chaussures, le moindre tampon de coton qu'elle avait retiré d'un tube d'aspirine ou d'un flacon de médicament. Il y avait cinq cents ou mille tampons de coton. Il y avait des tubes d'onguent à demi vides pétrifiés. Il y avait des cruches en plastique et des ustensiles (de couleurs encore pires, si possible, que le beige) remontant aux séjours à l'hôpital d'Enid pour une opération du pied, du genou et d'une phlébite. Il y avait de mignonnes petites bouteilles de Mercurochrome et d'Anbesol qui avaient séché quelque part au milieu des années 60. Il y avait un sac en papier que Gary jeta aussi vite au fond de l'étagère la plus haute pour ne pas perdre son sang-froid car il semblait contenir d'anciens tampons et serviettes périodiques.

Le jour déclinait lorsqu'il eut fini de vider le placard et fut prêt à forer les six trous. C'est alors qu'il découvrit que les vieilles mèches à béton étaient aussi émoussées que des rivets. Il pesa de tout son poids sur la perceuse, la pointe de la mèche devint bleu-noir, se mit en colère, et la vieille perceuse commença à fumer. La sueur inonda le visage et la poitrine de Gary.

Alfred choisit cet instant pour entrer dans la salle de bains. « Eh bien, voyons ça, dit-il.

– Tes mèches à béton sont bien fatiguées, dit Gary en respirant à grands traits. J'aurais dû en acheter des neuves tant que j'étais au magasin.

– Laisse-moi voir », dit Alfred.

Gary n'avait pas eu l'intention d'attirer le vieil homme et la paire d'animaux aux doigts papillonnants qui étaient sa garde avancée. Il détourna le regard devant l'incapacité et la franche avidité de ces mains, mais les yeux d'Alfred étaient fixés sur la perceuse à présent, son visage illuminé par la possibilité de résoudre un problème. Gary lui abandonna l'outil. Il se demanda comment son père arrivait même à voir ce qu'il tenait, tant la perceuse tremblait violemment. Les doigts du vieil homme rampaient autour de sa surface ternie, tâtonnant comme des vers aveugles.

« Tu étais en marche inverse », dit-il.

De l'ongle jauni et strié de son pouce, Alfred remit le bouton de commande du sens de rotation position normale et tendit la perceuse à Gary, et, pour la première fois depuis son arrivée, leurs regards se croisèrent. Le frisson qui traversa Gary ne provenait qu'en partie de la fraîcheur de sa sueur. Le vieil homme, se dit-il, avait encore quelques lumières à l'étage. Alfred, à vrai dire, semblait carrément heureux : heureux d'avoir arrangé quelque chose et encore plus heureux, soupçonna Gary, d'avoir prouvé qu'il était plus malin, en cette minuscule occurrence, que son fils.

« Voilà pourquoi je ne suis pas ingénieur, dit Gary.

— Quel est le projet ?

— Je pose cette barre qui permet de se tenir. Vas-tu utiliser la douche si nous y mettons un tabouret et une barre ?

— Je ne sais pas quels projets elles ont pour moi », dit Alfred en s'en allant.

C'était ton cadeau de Noël, lui dit Gary en silence. *Basculer ce bouton a été ton cadeau pour moi.*

Une heure plus tard, il avait remis le placard en état et était de nouveau d'une humeur totalement exécrable. Enid avait critiqué l'emplacement qu'il avait choisi pour la barre et Alfred, quand Gary l'avait invité à essayer le nouveau tabouret, avait annoncé qu'il préférait prendre un bain.

« J'ai fait ma part et maintenant c'est fini, dit Gary à la cuisine en se versant à boire. Demain, il y a un certain nombre de choses que *j*'ai envie de faire.

— C'est une merveilleuse amélioration dans la salle de bains », dit Enid.

Gary versa d'une main lourde. Versa et versa.

« Oh, Gary, dit-elle. Je pensais que nous aurions pu ouvrir ce champagne que Bea nous a rapporté.

— Oh, non », dit Denise, qui avait fait cuire un stollen, un moka et deux miches de pain au fromage et préparait, si Gary ne se trompait pas, un dîner de polenta et de lapin braisé. On pouvait affirmer sans crainte que c'était la première fois que cette cuisine voyait un lapin.

Enid recommença à tourner autour des fenêtres de la salle à manger. « Je suis inquiète qu'il n'appelle pas », dit-elle.

Gary la rejoignit à côté de la fenêtre, ses cellules gliales ronronnant avec la première douce lubrification de son verre. Il lui demanda si elle était familière avec le rasoir d'Occam.

« Le rasoir d'Occam, dit-il du ton sentencieux de la légère ivresse, nous invite à choisir la plus simple de deux explications d'un phénomène.

— Eh bien, où veux-tu en venir ? demanda Enid.

— Mon avis, dit-il, est qu'il est possible que Chip ne t'ait pas appelée pour une raison compliquée dont nous ignorons tout. Ou bien, c'est peut-être pour une raison très simple et parfaitement connue de nous, à savoir son irresponsabilité confondante.

— Il a *dit* qu'il venait et il a *dit* qu'il appellerait, répliqua sèchement Enid. Il a dit : "Je rentre *à la maison.*"

— Très bien. Parfait. Monte la garde à la fenêtre. C'est ton choix. »

Comme il était censé conduire pour aller voir *Casse-Noisette*, Gary ne pouvait boire autant qu'il l'aurait souhaité avant le dîner. Il recommença donc sérieusement aussitôt que la famillle rentra du ballet et qu'Alfred grimpa l'escalier, pratiquement au pas de course, et qu'Enid se coucha dans le salon avec l'intention de laisser ses enfants gérer les problèmes qui pourraient surgir au cours de la nuit. Gary but du scotch et appela Caroline. Il but du scotch et fouilla la maison à la recherche de Denise sans trouver trace d'elle. Passant dans sa propre chambre, il prit ses cadeaux de Noël et les disposa sous le sapin. Il offrait la même chose à tout le monde : un exemplaire relié cuir de l'album des *200 Meilleures Photos de la Famille Lambert*. Il avait travaillé dur pour effectuer tous les tirages à temps pour les fêtes et, maintenant que l'album était fini, il avait le projet de démonter la chambre noire et de dépenser une partie de ses plus-values sur Axon pour construire un circuit de chemin de fer en modèle réduit au-dessus du garage. C'était un passe-temps qu'il s'était choisi lui-même, au lieu qu'on l'ait choisi à sa place, et, tandis qu'il posait sa tête embrumée sur l'oreiller froid et éteignait la lumière dans sa vieille chambre à coucher de Saint Jude, il fut saisi par une jubilation ancienne à l'idée de faire rouler des trains à travers des montagnes en papier mâché, sur des viaducs en bâtons de sucette…

Il rêva de dix Noëls à la maison. Il rêva de pièces et de gens, de pièces et de gens. Il rêva que Denise n'était pas sa sœur et qu'elle allait l'assassiner. Son seul espoir était le fusil à pompe du sous-sol. Il était en train d'examiner le fusil, s'assurant qu'il était bien chargé, quand il sentait une présence maléfique derrière lui dans l'atelier. Il faisait demi-tour et ne reconnaissait pas Denise. La femme qu'il voyait était une autre femme qu'il devait tuer s'il ne voulait pas être tué par elle. Et il n'y avait pas de résistance dans la détente du fusil ; elle pendait, molle et vaine. Le fusil était en marche inverse et, le temps qu'il le bascule dans le sens normal, elle allait venir le tuer…

Il se réveilla avec une envie de pisser.

L'obscurité de sa chambre n'était entamée que par la lueur du radio-réveil digital, qu'il ne regarda pas parce qu'il ne voulait pas savoir à quel point il était encore tôt. Il apercevait vaguement la forme de l'ancien lit de Chip contre le mur opposé. Le silence de la maison avait quelque chose de momentané et de peu paisible. Récemment tombé.

Respectant ce silence, Gary se glissa hors du lit et se dirigea vers la porte sur la pointe des pieds ; et là, la terreur le frappa.

Il avait peur d'ouvrir la porte.

Il tendit l'oreille pour entendre ce qui se passait de l'autre côté. Il crut entendre de vagues frôlements et frottements, des voix lointaines.

Il avait peur d'aller aux toilettes parce qu'il ne savait pas ce qu'il y trouverait. Il craignait que s'il quittait sa chambre il ne trouve quelqu'un d'autre, sa mère peut-être, ou sa sœur ou son père, dans son lit quand il reviendrait.

Il était convaincu que des gens se déplaçaient dans le couloir.

Dans sa conscience embrumée et imparfaite, il associa la Denise qui avait disparu avant qu'il aille se coucher au fantôme semblable à Denise qui essayait de le tuer dans son rêve.

La possibilité que ce fantôme tueur soit en ce moment même en train de rôder dans le couloir ne semblait qu'à quatre-vingt-dix pour cent fantasmatique.

Il était plus sûr à tous égards, se dit-il, de rester dans la chambre et de pisser dans l'une des chopes autrichiennes décoratives qui ornaient sa commode.

Mais si le tintement attirait l'attention de celui ou celle qui furetait devant sa porte ?

Sur la pointe des pieds, il emporta une chope en grès dans le placard qu'il avait partagé avec Chip après que Denise eut été installée dans la petite chambre et que les garçons eurent été mis ensemble. Il ferma la porte derrière lui, s'adossa aux vêtements sortis du pressing et aux sacs Nordstrom bourrés de choses diverses qu'Enid s'était mise à entasser là, et se soulagea dans la chope. Il glissa un doigt par-dessus le bord afin de sentir s'il risquait de la faire déborder. Au moment où la chaleur de l'urine atteignait son doigt, sa vessie finit de se vider. Il posa la chope par terre, tira une enveloppe d'un sac Nordstrom et couvrit l'ouverture du réceptacle.

Tout doucement, alors, il quitta le placard et retourna dans son lit. Au moment où il décollait les pieds du sol, il entendit la voix de Denise. Elle était si distincte et posée que Denise aurait pu être dans la pièce avec lui. Elle appela : « Gary ? »

Il essaya de ne pas bouger, mais les ressorts du lit grincèrent.

« Gary ? Désolée de t'ennuyer. Tu es réveillé ? »

Il n'avait plus d'autre choix que de se lever et d'ouvrir la porte. Denise était plantée devant, portant un pyjama de flanelle blanche, éclairée par un cône de lumière en provenance de sa propre chambre. « Désolée, dit-elle. Papa t'appelle.

— Gary ! » lança la voix d'Alfred depuis la salle de bains, à côté de la chambre de Denise.

Gary, le cœur battant, demanda quelle heure il était.

« Je n'en ai aucune idée, dit-elle. Il m'a réveillée en appelant le nom de Chip. Puis il a commencé à lancer le tien. Mais pas le mien. J'imagine qu'il est plus à l'aise avec vous. »

De nouveau, une odeur de cigarette dans son haleine.

« Gary ? Gary ! appela la voix d'Alfred depuis la salle de bains.

— Merde, dit Gary.

— Ça pourrait être son traitement.

— Foutaises ! »

Depuis la salle de bains : « Gary !

— Oui, papa, OK, j'arrive. »

La voix désincarnée d'Enid s'éleva dans l'escalier. « Gary, aide ton père.

— Oui, maman. Je ne fais que ça. Retourne te coucher.

— Qu'est-ce qu'il veut ? demanda Enid.

— Retourne te coucher. »

Dans le couloir, il sentit les odeurs de sapin de Noël et de feu de cheminée. Il frappa à la porte de la salle de bains et l'ouvrit. Son père était debout dans la baignoire, nu de la taille aux pieds, avec un visage de pure psychose. Jusque-là, Gary avait généralement vu ce genre de visage aux arrêts de bus et dans les toilettes des Burger King du centre de Philadelphie.

« Gary, dit Alfred, ils sont partout. » Le vieil homme désigna le sol d'un doigt tremblant. « Tu le vois ?

— Papa, tu hallucines.

— Attrape-le ! Attrape-le !

— Tu hallucines et il est temps que tu sortes de cette baignoire et retournes dans ton lit.

— Tu les vois ?

— Tu hallucines. Retourne dans ton lit. »

Cela continua de la sorte pendant un moment, dix ou quinze minutes, avant que Gary n'arrive à faire sortir Alfred de la salle de bains. Une lumière était allumée dans la chambre de maître, et plusieurs couches non utilisées étaient répandues sur le sol. Il sembla à Gary que son père rêvait tout éveillé, un rêve tout aussi impressionnant que le sien à propos de Denise, et que le réveil que lui, Gary, avait accompli en une demi-seconde prenait une demi-heure à son père.

« C'est quoi, "halluciner" ? demanda finalement Alfred.

— C'est comme de rêver tout éveillé. »

Alfred grimaça. « Ça m'inquiète.

— Eh bien. Il y a de quoi.

— Aide-moi pour la couche.

— Oui, d'accord, dit Gary.

— J'ai l'impression qu'il y a quelque chose qui ne tourne pas rond dans mes pensées.

— Oh, papa.

— Ma tête n'a pas l'air de fonctionner normalement.

— Je sais. Je sais. »

Mais Gary lui-même était infecté, là, au milieu de la nuit, par la maladie de son père. Tandis que tous deux collaboraient sur le problème de la couche, que son père semblait considérer plus comme un accessoire farfelu que comme un sous-vêtement à enfiler, Gary, lui aussi, eut la sensation que les choses se dissolvaient autour de lui, que la nuit consistait en frôlements et frottements, et en métamorphoses. Il avait l'impression qu'il y avait bien plus de deux personnes dans la maison au-delà de la porte de la chambre ; il sentait une vaste population de fantômes qu'il ne pouvait qu'entrapercevoir.

Les cheveux polaires d'Alfred pendaient devant son visage quand il s'allongea. Gary remonta la couverture sur ses épaules. Il était difficile de croire qu'il avait lutté avec cet homme, le prenant au sérieux en tant qu'adversaire, trois mois plus tôt.

Son radio-réveil affichait 2 h 55 quand il regagna sa chambre. La maison était de nouveau calme, la porte de Denise fermée, le seul bruit un gros semi-remorque sur l'autoroute à un kilomètre de là. Gary se demanda pourquoi sa chambre sentait – légèrement – l'haleine de fumeur.

Mais peut-être n'était-ce pas une haleine de fumeur. Peut-être était-ce cette chope en grès autrichienne pleine de pisse qu'il avait laissée dans le placard !

Demain, songea-t-il, *est pour moi. Demain est le Jour de détente de Gary. Et puis, jeudi matin, on va faire exploser cette maison. On va mettre un terme à cette plaisanterie.*

Après que Brian Callahan eut licencié Denise, elle s'était découpée et avait disposé les morceaux sur la table. Elle se racontait l'histoire d'une fille appartenant à une famille si affamée d'une fille qu'elle l'aurait mangée toute crue si elle n'avait pas pris ses jambes à son cou. Elle se racontait l'histoire d'une fille qui, dans sa hâte à s'enfuir, avait trouvé refuge dans n'importe quel abri temporaire qui se présentait à elle – une carrière dans la cuisine, un mariage avec Émile Berger, une vie de petite vieille à Philadelphie, une liaison avec Robin Passafaro. Mais, naturellement, ces refuges, choisis à la va-vite, se révélaient intenables à long terme. En essayant de se protéger de la faim de sa famille, la fille accomplissait l'exact contraire. Elle faisait en sorte que lorsque la faim de sa famille arriverait à son point culminant, sa vie tomberait en morceaux et la laisserait sans époux, sans enfants, sans travail, sans responsabilités, sans aucune sorte de défense. C'était comme si, depuis le départ, elle avait tout fait pour se rendre disponible afin de s'occuper de ses parents.

Entre-temps, ses frères avaient tout fait pour se rendre indisponibles. Chip était parti pour l'Europe de l'Est et Gary s'était mis sous la coupe de Caroline. Gary, il est vrai, « prenait ses responsabilités » avec ses parents, mais son idée des responsabilités consistait à rudoyer et à donner des ordres. La charge d'écouter

Enid et Alfred, d'être patient et compréhensif retombait entièrement sur les épaules de la fille. Déjà Denise voyait qu'elle serait le seul enfant à Saint Jude pour le repas de Noël et le seul enfant de service durant les semaines, les mois et les années qui suivraient. Ses parents savaient trop bien se tenir pour lui demander de venir vivre avec eux, mais elle savait que tel était leur désir. Dès qu'elle avait enrôlé son père dans les essais en Phase II de CorectOr et offert de l'accueillir, Enid avait unilatéralement cessé les hostilités avec elle. Enid n'avait plus jamais reparlé de son amie adultère Norma Greene. Elle n'avait jamais demandé à Denise pourquoi elle avait « quitté » son travail au Generator. Enid avait des difficultés, sa fille lui offrait son aide, et elle ne pouvait donc plus s'offrir le luxe des reproches. Et maintenant le moment était venu, selon l'histoire que Denise se racontait sur elle-même, pour le chef de se découper et de donner les morceaux à manger à ses parents affamés.

Faute de meilleure histoire, elle faillit presque avaler celle-là. Le hic était qu'elle ne se reconnaissait pas dedans.

Quand elle mettait un corsage blanc, un costume gris ancien et une toque noire à voilette, alors elle se reconnaissait. Quand elle mettait un T-shirt sans manches et un blue-jean et nouait ses cheveux si serré qu'elle en avait mal à la tête, elle se reconnaissait. Quand elle mettait des bijoux en argent, du fard à paupières turquoise, un rouge à lèvres cadavérique, un robe chasuble rose éclatant et des baskets orange, elle se reconnaissait en tant que personne vivante, et le bonheur de vivre lui coupait le souffle.

Elle alla à New York se montrer sur Canal Cuisine et visiter l'un de ces clubs destinés aux gens comme elle qui commençaient à Comprendre et avaient besoin de pratique. Elle descendit chez Julia, dans l'appartement exceptionnel que celle-ci occupait dans Hudson Street. Julia rapporta que lors de la phase exploratoire de sa procédure de divorce, elle avait découvert que Gitanas Miseviçius avait payé cet appartement avec des fonds escroqués au gouvernement lituanien.

« L'avocat de Gitanas affirme qu'il s'agit d'une "négligence", dit Julia à Denise, mais je trouve ça dur à avaler.

– Ça signifie que tu vas perdre l'appartement ?

– Eh bien, non, répondit Julia. En fait, ça rend plus probable que je puisse le garder sans rien payer. Mais n'empêche, je me sens si horrible ! Mon appartement appartient de droit au peuple lituanien ! »

La température dans la chambre d'amis de Julia avoisinait les trente degrés. Elle donna une couette en plumes épaisse de vingt centimètres à Denise et lui demanda si elle voulait une couverture en plus.

« Merci, je pense que ça suffira », dit Denise.

Julia lui donna des draps en flanelle et quatre oreillers avec des taies en flanelle. Elle demanda comment Chip s'en sortait à Vilnius.

« On dirait que Gitanas et lui sont les meilleurs amis du monde.

– Je suis terrifiée à l'idée de ce qu'ils peuvent dire de moi », dit Julia d'une voix rêveuse et joyeuse.

Denise dit qu'elle ne serait pas surprise si Chip et Gitanas évitaient complètement le sujet.

Julia se renfrogna. « Pourquoi est-ce qu'ils ne parleraient pas de moi ?

– Eh bien, tu les as férocement plaqués tous les deux.

– Mais ils pourraient se raconter combien ils me haïssent !

– Je ne pense pas que quiconque puisse te haïr.

– En fait, dit Julia, je craignais que tu ne me haïsses d'avoir rompu avec Chip.

– Non, je ne me suis jamais sentie concernée par cette histoire. »

Manifestement soulagée d'entendre cela, Julia confia à Denise qu'elle sortait à présent avec un avocat, gentil mais chauve, qu'Eden Procuro lui avait présenté. « Je me sens en sécurité avec lui, dit-elle. Il est tellement sûr de lui dans les restaurants. Et il a des tonnes de boulot, alors il ne me court pas sans cesse après pour, tu sais, des gâteries.

— Vraiment, dit Denise, moins tu m'en diras sur Chip et toi, mieux ça m'ira. »

Quand Julia demanda ensuite si Denise voyait quelqu'un, cela n'aurait pas dû être si difficile de lui parler de Robin Passafaro, mais c'était très difficile. Denise ne voulait pas mettre son amie mal à l'aise, ne voulait pas entendre sa voix devenir un doux souffle de sympathie. Elle voulait absorber la compagnie de Julia dans son innocence familière, et elle répondit donc : « Je n'ai personne. »

Personne excepté, le lendemain soir, dans une tanière de pacha saphique située à deux cents pas de l'appartement de Julia, une fille de dix-sept ans tout juste descendue de son car depuis Plattsburgh, New York, avec une coiffure sévère et des 800 jumeaux à ses récents tests de niveau (elle portait sur elle son relevé de notes officiel comme un certificat de santé mentale ou peut-être de folie) et puis, la nuit suivante, une étudiante en théologie de Columbia dont le père (disait-elle) gérait la plus importante banque de sperme de Californie du Sud.

Cela fait, Denise se rendit dans un studio proche de Central Park où elle enregistra sa participation à la *Cuisine pop pour les gens d'aujourd'hui,* préparant des raviolis à l'agneau et d'autres classiques du Mare Scuro. Elle rencontra quelques-uns des New-Yorkais qui avaient essayé de la débaucher du Generator – un couple de multimilliardaires de Central Park West qui cherchait à établir une relation féodale avec elle, un banquier munichois qui pensait qu'elle était le messie de la Weißwurst qui pourrait redonner son éclat d'antan à la cuisine allemande à Manhattan et un jeune restaurateur, Nick Razza, qui l'impressionna en énumérant et en analysant chacun des plats qu'il avait mangés au Mare Scuro et au Generator. Razza venait d'une famille de grossistes du New Jersey et il possédait déjà un restaurant de poissons et crustacés de bon niveau, très couru dans l'Upper East Side. À présent, il voulait sauter sur la scène culinaire de Smith Street à Brooklyn avec un restaurant qui aurait pour tête d'affiche, si possible, Denise. Elle lui demanda une semaine pour y réfléchir.

Par un après-midi ensoleillé d'automne, elle prit le métro pour Brooklyn. Le quartier lui fit l'effet d'un Philadelphie sauvé par sa proximité avec Manhattan. En une demi-heure, elle vit plus de jolies femmes à l'air intéressant qu'elle n'en voyait en six mois à South Philly. Elle vit leurs maisons cossues et leurs bottes coquettes.

Rentrant chez elle en train, elle regretta de s'être tapie si long-temps à Philadelphie. La petite station de métro sous l'hôtel de ville était aussi vide et pleine d'échos qu'un navire de guerre au rancart ; chaque sol, chaque mur, chaque poutrelle et chaque rambarde était peint en gris. Navrante, la petite rame qui finit par arriver, au bout d'un quart d'heure, avec une population de voyageurs qui, dans leur patience et leur isolement, ressem-blaient moins à des banlieusards qu'à des patients des urgences. Denise sortit de la station de Federal Street au milieu de feuilles de sycomore et d'emballages de hamburgers qui couraient par vagues le long des trottoirs de Broad Street, s'élevant en tour-billons contre les façades pisseuses et les fenêtres obstruées, et se disséminant parmi les voitures aux pare-chocs rapiécés qui étaient garées là. La vacance urbaine de Philadelphie, l'hégémo-nie du vent et du ciel, la frappèrent par leur caractère enchanté. Narnien. Elle aimait Philadelphie comme elle aimait Robin Passafaro. Son cœur était plein et ses sens à vif, mais sa tête lui semblait prête à exploser dans le vide de sa solitude.

Elle déverrouilla la porte de son pénitencier de brique et ramassa son courrier par terre. Parmi les vingt personnes qui avaient laissé des messages sur son répondeur, il y avait Robin Passafaro, qui rompait son silence pour demander si Denise aimerait éventuellement avoir une « petite conversation », et Émile Berger, qui l'informait poliment qu'il avait accepté l'offre que lui avait faite Brian Callahan de prendre la direction du Generator et revenait s'installer à Philadelphie.

À cette nouvelle, Denise donna des coups de pied dans le mur carrelé de sa cuisine jusqu'à ce qu'elle eût peur de s'être cassé le gros orteil. Elle dit : « Il faut que je parte d'ici ! »

Mais partir n'était pas si facile. Robin avait eu un mois pour se calmer et conclure que, si coucher avec Brian avait été un péché, alors elle en était coupable aussi. Brian avait loué un loft à Olde City et Robin, comme Denise l'avait soupçonné, était fermement résolue à obtenir la garde de Sinéad et d'Erin. Pour renforcer sa position, elle resta dans la grande maison de Panama Street et se réorienta vers la maternité. Mais elle était libre durant les heures d'école et toute la journée le samedi, quand Brian prenait les filles, et, après mûre réflexion, elle décida que ces heures de liberté trouveraient leur meilleur emploi dans le lit de Denise.

Denise était toujours incapable de dire non à la drogue nommée Robin. Elle désirait toujours la main de Robin sur elle et contre elle et autour d'elle et en elle, cette salade russe de prépositions. Mais il y avait quelque chose en Robin, probablement sa propension à s'accuser des maux que d'autres lui infligeaient, qui invitait à la trahison et aux mauvais traitements. Denise se laissait aller à fumer au lit maintenant, parce que la fumée de cigarette irritait les yeux de Robin. Elle se mettait sur son trente et un quand elle retrouvait Robin pour déjeuner, elle faisait de son mieux pour souligner le négligé de Robin et elle soutenait le regard de quiconque, homme ou femme, se tournait vers elle pour l'observer. Elle frémissait ostensiblement au volume de la voix de Robin. Elle se conduisait comme une adolescente avec ses parents, sinon qu'une adolescente ne pouvait s'empêcher de rouler des yeux, tandis que le mépris de Denise était une forme délibérée, calculée, de cruauté. Elle faisait taire Robin avec colère quand elles étaient au lit et que Robin se mettait à hennir d'embarras. Elle disait : « Baisse le ton. S'il te plaît. *S'il te plaît.* » Rendue euphorique par sa propre cruauté, elle contemplait les vêtements de pluie en Gore-Tex de Robin jusqu'à ce que celle-ci se sente obligée de demander pourquoi. Denise répondait : « Je me demandais simplement si tu n'avais jamais été tentée d'être *un peu* moins ringarde. » Robin répondait qu'elle ne serait jamais à la mode et qu'autant être à l'aise dans ce cas. Denise pinçait les lèvres.

Robin était pressée de remettre son amante en contact avec Sinéad et Erin, mais Denise, pour des raisons qu'elle-même ne discernait que partiellement, refusait de voir les filles. Elle ne s'imaginait pas croiser leur regard ; la seule idée d'un ménage à quatre filles la rendait malade.

« Elles t'adorent, disait Robin.

— Je ne peux pas.

— Pourquoi *donc* ?

— Parce que je ne le sens pas. Voilà pourquoi.

— Très bien. Peu importe.

— Combien de temps "peu importe" sera ta réponse à tout ? Vas-tu un jour t'en passer ? Ou est-ce la formule de ta vie ?

— Denise, elles t'adorent, couinait Robin. Tu leur manques. Et tu aimais tant les voir.

— Eh bien, je ne suis pas d'humeur à voir des gosses. Je ne sais pas si ça reviendra jamais, à franchement parler. Alors cesse de m'en parler. »

À ce stade, la plupart des gens auraient saisi le message, la plupart des gens auraient vidé les lieux pour ne plus jamais y revenir. Mais Robin avait un goût pour les traitements cruels. Robin disait, et Denise la croyait, qu'elle n'aurait jamais quitté Brian si Brian ne l'avait pas quittée. Robin aimait être léchée et caressée jusqu'à un micron de la jouissance, puis abandonnée et réduite à supplier. Et Denise aimait lui faire ça. Denise aimait quitter le lit, s'habiller et descendre tandis que Robin attendait le soulagement sexuel, parce qu'elle refusait de tricher et de se caresser elle-même. Denise s'installait à la table de la cuisine et lisait un livre en fumant jusqu'à ce que Robin, humiliée, frissonnante, descende la supplier. Le mépris de Denise était alors si pur et si violent qu'il était presque meilleur que le sexe.

Et cela continua ainsi. Plus Robin acceptait d'être maltraitée, plus Denise prenait de plaisir à la maltraiter. Elle ignorait les messages que Nick Razza laissait sur le répondeur. Elle restait au lit jusqu'a deux heures de l'après-midi. Les quelques cigarettes qu'elle fumait en société se transformèrent en une consommation effrénée. Elle se laissa emporter par quinze ans de paresse économisée ; elle vécut sur son compte épargne. Chaque jour, elle méditait tout le travail qu'elle avait à faire pour préparer la maison à l'arrivée de ses parents – mettre une poignée dans la douche et de la moquette dans l'escalier, acheter des meubles pour la salle de séjour, trouver une meilleure table de cuisine, descendre son lit du deuxième étage et l'installer dans la chambre d'amis – et concluait qu'elle n'avait pas l'énergie nécessaire. Sa vie consistait à attendre que la hache s'abatte. Si ses parents venaient pour six mois, il ne rimait à rien d'entreprendre autre chose. Il fallait qu'elle aille au bout de son incurie maintenant.

Ce que son père pensait exactement de CorectOr était difficile à savoir. La seule fois où elle lui avait posé franchement la question, au téléphone, il n'avait pas répondu.

« AL ? lança Enid. Denise veut savoir CE QUE TU PENSES DE CORECTOR. »

La voix d'Alfred était aigre. « On aurait pensé qu'ils auraient pu trouver un meilleur nom que ça.

– C'est une orthographe complètement différente, dit Enid. Denise aimerait savoir si tu es IMPATIENT DE SUIVRE LE TRAITEMENT. »

Silence.

« Al, dis-lui à quel point tu es impatient.

– Je constate que ma maladie empire un peu chaque

semaine. Je ne vois pas comment une nouvelle drogue pourrait faire une grande différence.

— Al, ce n'est pas un médicament, c'est une thérapie radicalement nouvelle qui utilise ton brevet.

— J'ai appris à supporter une certaine dose d'optimisme. Nous ferons donc comme prévu.

— Denise, dit Enid, je peux faire des *tas* de choses pour t'aider. Je peux faire *tous* les repas et *toute* la lessive. Je pense que ce sera une grande aventure ! C'est si merveilleux que tu nous fasses cette proposition. »

Denise n'arrivait pas à imaginer six mois avec ses parents dans une maison et une ville dont elle avait marre, six mois d'invisibilité dans le rôle de la fille obligeante et responsable qu'elle pouvait difficilement prétendre être. Elle avait fait une promesse cependant ; et elle passait donc sa rage sur Robin.

Le samedi soir précédant Noël, elle était dans sa cuisine et soufflait de la fumée dans le nez de Robin tandis que celle-ci la rendait folle en essayant de lui remonter le moral.

« Tu leur fais un cadeau formidable, dit Robin, en les invitant à venir chez toi.

— Ce serait un cadeau si je n'étais pas une loque, répondit Denise. Mais on ne devrait offrir que ce que l'on peut effectivement donner.

— Tu peux le donner, dit Robin. Je t'aiderai. Je peux passer les matinées avec ton papa et soulager ta maman, et tu pourras aller de ton côté faire ce que tu as envie de faire. Je viendrai trois ou quatre fois par semaine. »

Pour Denise, l'offre de Robin ne rendait la perspective de ces matinées que plus lugubre et étouffante.

« Tu ne comprends pas ? dit-elle. Je hais cette maison. Je hais cette ville. Je hais la vie que je mène ici. Je hais la famille. Je hais le chez-soi. Je suis prête à *partir. Je ne suis pas quelqu'un de bien.* Et ça ne fait qu'aggraver les choses de prétendre que je le suis.

– Je pense que tu es quelqu'un de bien, dit Robin.

– Je te traite comme une chienne ! Tu n'as pas remarqué ?

– C'est parce que tu es trop malheureuse. »

Robin fit le tour de la table et essaya de poser une main sur elle ; Denise la repoussa du coude. Robin essaya à nouveau et, cette fois, Denise lui assena au milieu de la joue une claque pleine de phalanges.

Robin recula, le visage cramoisi, comme si elle saignait intérieurement. « Tu m'as frappée, dit-elle.

– J'en ai conscience.

– Tu m'as frappée assez fort. Pourquoi tu as fait ça ?

– Parce que je ne veux pas de toi ici. Je ne veux pas faire partie de ta vie. Je ne veux faire partie de la vie de personne. J'en ai marre de me voir être cruelle avec toi. »

Des engrenages de fierté et d'amour tournaient derrière les yeux de Robin. Un moment s'écoula avant qu'elle ne parle. « OK, dans ce cas, dit-elle. Je vais te laisser tranquille. »

Denise ne fit rien pour la retenir, mais quand elle entendit claquer la porte d'entrée, elle sut qu'elle avait perdu la seule personne qui aurait pu l'aider quand ses parents débarqueraient. Elle avait perdu la compagnie de Robin, son réconfort. Tout ce qu'elle avait rejeté une minute plus tôt, elle voulait le retrouver.

Elle s'envola pour Saint Jude.

Lors de sa première journée là-bas, comme lors de la première journée de chaque visite, elle s'attendrit à la chaleur de ses parents et fit tout ce que sa mère lui demandait. Elle refusa l'argent qu'Enid essaya de lui donner pour les courses. Elle se retint de faire des commentaires sur la bouteille d'un décilitre de colle jaune rance qui était la seule huile d'olive de la cuisine. Elle porta le col roulé en synthétique lavande et le collier de mémère plaqué or qui étaient de récents cadeaux de sa mère. Elle acclama, spontanément, les ballerines adolescentes de *Casse-Noisette*, elle tint la main gantée de son père tandis qu'ils traversaient le parking du théâtre régional, elle aima ses parents plus qu'elle n'avait jamais rien aimé d'autre ; et dès l'instant où ils furent tous deux couchés, elle se changea et fuit la maison.

Elle s'arrêta dans la rue, une cigarette aux lèvres, une pochette d'allumettes (*Dean & Trish* ♦ *13 juin 1987*) tremblant entre ses doigts. Elle marcha jusqu'au champ derrière l'école primaire où Don Armour et elle s'étaient autrefois couchés dans les odeurs de massettes et de verveine ; elle tapa des pieds, se frotta les mains, regarda les nuages occulter les constellations et prit de profondes et toniques inspirations d'égoïsme.

Plus tard dans la nuit, elle effectua une opération clandestine pour le compte de sa mère, entra dans la chambre de Gary pendant qu'il était occupé avec Alfred, ouvrit la poche intérieure de sa veste en cuir, remplaça les Mexican A par une poignée d'Advil et escamota la drogue d'Enid pour la mettre en lieu sûr avant de s'endormir en bonne fille qu'elle était.

Lors de sa deuxième journée à Saint Jude, comme lors de la deuxième journée de chacune de ses visites, elle se réveilla de mauvaise humeur. La mauvaise humeur était un processus neurochimique autonome ; impossible d'y faire barrage. Au petit déjeuner, chaque parole d'Enid la mit à la torture. Dorer les côtes de porc et faire tremper la choucroute selon la coutume ancestrale, plutôt que dans le style moderne qu'elle avait développé au Generator, la mit en rogne. (Tant de graisse, un tel sacrifice de la texture.) La langueur bradykinétique du four électrique d'Enid, qui ne l'avait pas gênée la veille, la mit de mauvaise humeur. Les cent un aimants sur le réfrigérateur, d'une sentimentalité adolescente par leur iconographie et si faiblement aimantés qu'il était quasiment impossible d'ouvrir la porte sans expédier par terre un instantané de Jonah ou une carte postale de Vienne, la remplissaient de rage. Elle descendit au sous-sol prendre l'ancestrale cocotte en fonte de douze litres et le bric-à-brac dans les placards de la buanderie la rendit furieuse. Elle traîna une poubelle depuis le garage et commença à la remplir avec les saloperies de sa mère. On pouvait plaider que c'était un service qu'elle lui rendait et elle y alla donc gaiement. Elle jeta les baies aromatiques coréennes, les cinquante cache-pots en plastique les plus manifestement inutiles, l'assortiment de fragments d'oursins plats, et la gerbe de monnaies-du-pape dont les monnaies étaient tombées. Elle jeta la couronne de pommes de pin peintes à la bombe que quelqu'un avait déchiquetée. Elle jeta la « pâte à tartiner » de potiron confit qui avait pris une couleur de morve vert-gris. Elle jeta les boîtes néolithiques de cœurs de palmier, de crevettes et d'épis de maïs miniatures chinois, le litre d'un noir turbide de vin roumain dont le bouchon avait moisi, la bouteille de mélange Mai Tai datant de l'ère Nixon dont le col s'ornait d'une croûte suintante, la collection de carafes de chablis Paul Masson avec des pattes d'araignées et des ailes de mites au fond, le support totalement rouillé d'un carillon éolien depuis longtemps perdu. Elle jeta la bouteille en verre d'un litre de Vess Diet Cola qui avait viré à la couleur du plasma, le bocal décoratif de kumquats à l'alcool qui était maintenant un paysage lunaire de sucre candi et de magma informe brun, la Thermos nauséabonde dont le verre de la paroi intérieure tinta quand elle la secoua, le panier moisi d'un demi-picotin plein de pots de yaourt rance, les lampions de jardin collants d'oxydation et débordants d'ailes de mites, les empires perdus d'argile de fleuriste et de rubans de fleuriste qui collaient ensemble alors même qu'ils partaient en miettes et rouillaient…

Tout au fond du placard, dans les toiles d'araignée sous l'étagère du bas, elle trouva une épaisse enveloppe, qui n'avait pas l'air vieille, sans affranchissement. Elle portait l'adresse d'Axon Corporation, 24 East Industrial Serpentine, Schwenksville, PA. L'adresse de l'expéditeur était celle d'Alfred Lambert. Les mots RECOMMANDÉ AVEC AR figuraient aussi au recto.

De l'eau coulait dans la petite salle de bains à côté du laboratoire de son père, le réservoir des cabinets se remplissant, de légers relents sulfureux dans l'air. La porte du labo était entrouverte et Denise y frappa.

« Oui », dit Alfred.

Il se tenait à côté des étagères de métaux exotiques, le gallium et le bismuth, et bouclait sa ceinture. Elle lui montra l'enveloppe et lui dit où elle l'avait trouvée.

Alfred la retourna entre ses mains tremblantes, comme si une explication pourrait survenir magiquement. « C'est un mystère, dit-il.

— Je peux l'ouvrir ?

— Fais ce que tu veux. »

L'enveloppe contenait trois exemplaires d'un accord de licence daté du 13 décembre, signé par Alfred et authentifié par David Schumpert.

« Qu'est-ce que ça faisait en bas du placard de la buanderie ? » demanda Denise.

Alfred secoua la tête. « Il faudra que tu interroges ta mère. »

Elle alla au bas de l'escalier et haussa la voix. « Maman ? Tu peux descendre une minute ? »

Enid apparut au sommet de l'escalier, s'essuyant les mains sur un torchon. « Qu'est-ce qu'il y a ? Tu ne trouves pas la cocotte ?

— J'ai trouvé la cocotte, mais peux-tu descendre, s'il te plaît ? »

Dans le labo, Alfred tenait les documents Axon d'une main molle, sans les lire. Enid apparut dans l'encadrement de la porte, la culpabilité se lisant sur son visage. « Quoi ?

— Papa aimerait savoir ce que cette enveloppe faisait dans le placard de la buanderie.

— Donne-moi ça », dit Enid. Elle arracha les documents des mains d'Alfred et les froissa dans son poing. « Tout ça a été réglé. Papa a signé un autre jeu d'accords et ils nous ont aussitôt envoyé un chèque. Il n'y a aucun souci à se faire. »

Denise plissa les yeux. « Je croyais que tu avais renvoyé ceux-ci. Quand nous étions à New York, début octobre. Tu disais que tu avais renvoyé ceux-ci.

— Je croyais. Mais ils se sont perdus à la poste.

— À la *poste* ? »

Enid agita vaguement les mains. « Eh bien, c'est ce que je croyais. Mais j'imagine qu'ils devaient être dans le placard. J'ai dû y poser une liasse de courrier quand je devais aller à la poste et ce pli a dû tomber derrière. Tu sais, je ne peux pas garder le fil de tout. Il arrive que des choses se perdent, Denise. J'ai une grande maison à gérer, et il arrive que des choses se perdent. »

Denise prit l'enveloppe sur l'établi d'Alfred. « Il est écrit : "Envoi en recommandé avec AR." Si tu étais allée à la poste, comment as-tu pu ne pas remarquer qu'un recommandé avec AR manquait ? Comment as-tu pu ne pas remarquer que tu ne remplissais pas un formulaire de recommandé ?

— Denise. » La voix d'Alfred recelait une pointe de colère. « Ça suffit maintenant.

— Je ne sais pas ce qui s'est passé, dit Enid. J'étais très occupée. C'est un mystère complet pour moi, et restons-en là. Parce que c'est sans *importance*. Papa a bien eu ses cinq mille dollars. C'est sans *importance*. »

Elle froissa un peu plus l'accord de licence et quitta le laboratoire.

Je fais une garyite, se dit Denise.

« Tu ne devrais pas être si dure avec ta mère, dit Alfred.

— Je sais. Je suis désolée. »

Mais Enid s'exclamait dans la buanderie, s'exclamait dans la salle de ping-pong, revenant au laboratoire. « Denise, s'écria-t-elle, tu as mis le placard sens dessus dessous ! Qu'est-ce que tu fais ?

— Je jette de la nourriture. De la nourriture et d'autres trucs pourris.

— Très bien, mais pourquoi maintenant ? Nous avons tout le week-end si tu veux m'aider à ranger des placards. C'est merveilleux que tu m'offres ton aide. Mais pas *aujourd'hui*. Ne nous attaquons pas à ça *aujourd'hui*.

— C'est de la nourriture avariée, maman. Si tu la laisses traîner trop longtemps, cela devient du poison. Les bactéries anaérobiques te tueront.

— Eh bien, remets-le en ordre maintenant et finissons ça durant le week-end. Nous n'avons pas le temps aujourd'hui. Je voudrais que tu t'occupes du dîner afin qu'il soit prêt et que tu n'aies plus à y penser, et puis j'aimerais *vraiment* que tu aides papa à faire ses exercices, comme tu as dit que tu le ferais !

— Je le ferai.

— Al, lança Enid en passant la tête à côté d'elle. Denise veut t'aider pour tes exercices après le déjeuner ! »

Il secoua la tête comme par dégoût. « Si tu veux. »

Des chaises et des tables en rotin aux premiers stades du décapage et de la peinture étaient empilées sur l'un des anciens couvre-lits familiaux qui avait longtemps servi de bâche de protection. Des boîtes de café fermées étaient entassées sur un journal déplié ; un fusil était posé à côté de l'établi dans sa housse en toile.

« Qu'est-ce que tu fais avec ce fusil, papa ? demanda Denise.

— Oh, il veut le vendre depuis des années, dit Enid. AL, EST-CE QUE TU VAS VENDRE CE FUSIL UN JOUR ? »

Alfred sembla repasser plusieurs fois cette phrase dans son cerveau afin d'en extraire le sens. Très lentement, il hocha la tête. « Oui, dit-il, je vais vendre ce fusil.

— Je déteste l'avoir dans la maison, dit Enid en faisant demi-tour pour partir. Tu sais, il ne s'en est jamais servi. Pas une seule fois. Je ne pense pas qu'il ait jamais tiré un seul coup de feu. »

Alfred approcha en souriant de Denise, la faisant reculer vers la porte. « Je vais finir ici », dit-il.

En haut, c'était la veille de Noël. Les paquets s'accumulaient sous le sapin. Devant la maison, les branches presque nues du chêne blanc des marais oscillaient sous l'effet d'un vent qui avait tourné vers des directions plus annonciatrices de neige ; l'herbe morte piégeait des feuilles mortes.

Enid regardait à nouveau à travers les voilages. « Dois-je me faire du souci pour Chip ?

— Je craindrais qu'il ne vienne pas, dit Denise, mais pas qu'il ait des ennuis.

— Le journal dit que des factions rivales se battent pour le contrôle du centre de Vilnius.

— Chip sait se débrouiller.

— Oh, tiens, dit Enid en entraînant Denise jusqu'à la porte d'entrée, j'aimerais que tu accroches le dernier ornement du calendrier de l'avent.

— Maman, pourquoi tu ne le fais pas, toi ?

— Non, je veux te voir le faire. »

Le dernier ornement était le petit Jésus dans une coquille de noix. L'épingler à l'arbre était une tâche pour un enfant, pour un être crédule et plein d'espoir, et Denise voyait à présent très clairement qu'elle avait résolu de se blinder contre les émotions de cette maison, contre la saturation des souvenirs d'enfance et des significations. Elle *ne pouvait pas* être l'enfant qui accomplirait cette tâche.

« C'est ton calendrier, dit-elle. C'est à toi de le faire. »

La déception que manifesta le visage d'Enid était disproportionnée. C'était une ancienne déception devant le refus du monde en général et de ses enfants en particulier à participer à ses sortilèges favoris. « Je pense que je vais demander à Gary s'il veut le faire, dit-elle en se renfrognant.

— Je suis désolée, dit Denise.

— Je me souviens que tu adorais épingler les ornements quand tu étais petite. Tu *adorais* ça. Mais si tu ne veux pas le faire, tu ne veux pas le faire.

— Maman. » La voix de Denise était mal assurée. « Ne m'oblige pas.

– Si j'avais su que tu en ferais une telle affaire, dit Enid, je ne te l'aurais jamais demandé.

– Vas-y, fais-le, je te regarde ! » plaida Denise.

Enid secoua la tête et s'en alla. « Je demanderai à Gary quand il reviendra des courses.

– Je suis désolée. »

Elle sortit et s'assit sur les marches du perron pour fumer. L'air avait un parfum dérangé de neige du sud. Plus bas dans la rue, Kirby Root enroulait une guirlande de branches de sapin autour du pied de sa lampe à gaz. Il lui fit signe de la main et elle lui répondit de même.

« Quand est-ce que tu t'es mise à fumer ? demanda Enid quand elle retourna à l'intérieur de la maison.

– Il y a environ quinze ans.

– Ce n'est pas pour critiquer, dit Enid, mais c'est terrible-ment mauvais pour la santé. C'est mauvais pour la peau et, franchement, ce n'est pas une odeur agréable pour les autres. »

Denise se lava les mains avec un soupir et commença à faire roussir la farine pour la sauce de la choucroute. « Si vous devez venir vivre chez moi, dit-elle, il va falloir qu'on mette au clair un certain nombre de choses.

– J'ai dit que ce n'était pas pour critiquer.

– La première chose, c'est que je vis des moments difficiles. Par exemple, je n'ai pas quitté volontairement le Generator. J'ai été licenciée.

– Licenciée ?

– Oui. Malheureusement. Tu veux savoir pourquoi ?

– Non !

– Tu es sûre ?

– Oui ! »

En souriant, Denise rajouta du saindoux au fond de la cocotte en fonte.

« Denise, je te promets, dit sa mère, nous ne te dérangerons pas. Tu n'auras qu'à nous montrer où est le supermarché et comment marche ta machine à laver, et puis tu pourras aller et venir comme bon te semblera. Je sais que tu as ta propre vie. Je ne veux rien perturber. Si je voyais un autre moyen de faire participer papa à ce programme, crois-moi, je le ferais. Mais Gary ne nous a pas invités, et je ne pense pas que Caroline voudrait de nous, de toute façon. »

Le saindoux, les côtes de porc dorées et la choucroute en ébullition sentaient bon. Le plat, tel qu'il était préparé dans cette cuisine, n'entretenait que peu de relation avec la version hautement sophistiquée qu'elle avait confectionnée pour des milliers d'étrangers. Les *country ribs* du Generator et la lotte du Generator avaient plus en commun que n'en avaient les *country ribs* du Generator et ces *country ribs* maison. Vous croyiez savoir ce qu'était la nourriture, vous pensiez que c'était élémentaire. Vous oubliiez combien il y avait de restaurant dans la nourriture de restaurant et combien de la maison dans la nourriture maison.

Elle dit à sa mère : « Pourquoi tu ne me racontes pas l'histoire de Norma Greene ?

— Eh bien, tu t'es fâchée la dernière fois, dit Enid.

— J'étais surtout furieuse contre Gary.

— Mon seul souci était que tu ne sois pas blessée comme l'a été Norma. Je veux te voir heureuse et bien installée dans la vie.

— Maman, jamais je ne me remarierai.

— Tu n'en sais rien.

— Si, en fait, je le sais parfaitement.

— La vie est pleine de surprises. Tu es encore très jeune et très jolie. »

Denise rajouta du saindoux dans la cocotte ; il n'y avait aucune raison de se retenir à présent. Elle dit : « Tu m'entends ? Je suis tout à fait certaine que je ne me remarierai jamais. »

Mais une portière de voiture avait claqué dans la rue et Enid se précipitait dans la salle à manger pour écarter les voilages.

« Oh, c'est Gary, dit-elle avec déception. Seulement Gary. »

Gary entra en coup de vent dans la cuisine avec les souvenirs des chemins de fer qu'il avait achetés au musée des Transports. Manifestement revigoré par sa matinée égoïste, il fut heureux de faire à Enid le plaisir d'épingler le petit Jésus au calendrier de l'avent ; et, en un tournemain, l'affection d'Enid se détourna de sa fille pour revenir à son fils. Elle s'extasia sur le magnifique travail qu'avait réalisé Gary dans la douche du sous-sol et l'*immense* amélioration que représentait le tabouret. Denise acheva piteusement les préparatifs du dîner, confectionna un déjeuner léger et lava une montagne de vaisselle tandis que, derrière les fenêtres, le ciel devenait complètement gris.

Après déjeuner, elle monta dans sa chambre, qu'Enid avait fini par redécorer dans un anonymat quasi parfait, et emballa ses cadeaux. (Elle avait acheté des vêtements pour tout le monde ; elle savait ce que les gens aimaient porter.) Elle défroissa le Kleenex qui contenait trente comprimés dorés de Mexican A et envisagea de les emballer en un cadeau pour Enid, mais elle devait respecter les limites de sa promesse à Gary. Elle rassembla de nouveau les comprimés dans le Kleenex roulé en boule, se glissa hors de sa chambre et au bas de l'escalier, et fourra la drogue dans la vingt-quatrième poche, qui venait de se libérer, du calendrier de l'avent. Tous les autres étaient au sous-sol. Elle put remonter et s'enfermer dans sa chambre comme si elle ne l'avait jamais quittée.

Quand elle était jeune, quand la mère d'Enid avait fait dorer les côtes de porc à la cuisine et que Gary et Chip avaient ramené à la maison leurs incroyablement belles petites amies et que l'idée que chacun se faisait d'un bon moment était d'acheter des tas de cadeaux à Denise, cela avait été l'après-midi le plus long de l'année. Une obscure loi naturelle avait prohibé les réunions de toute la famille avant la tombée de la nuit ; les gens se disséminaient pour attendre dans des pièces différentes. Parfois, quand il était adolescent, Chip avait eu pitié de la dernière enfant de la maison et joué aux échecs ou au Monopoly avec elle. Quand elle avait été un peu plus âgée, il l'avait emmenée au centre commercial avec sa petite amie du moment. Il n'y avait pas de plus grande félicité pour elle à dix ou douze ans que d'être ainsi incluse : être instruite par Chip des méfaits du capitalisme, se mettre au courant de la mode en observant la petite amie, étudier la longueur de sa frange et la hauteur de ses talons, être laissée seule une heure à la librairie, puis observer, depuis le sommet de la colline qui dominait le centre commercial, la lente chorégraphie silencieuse de la circulation dans la lumière chancelante.

Maintenant encore, c'était l'après-midi le plus long. Des flocons de neige légèrement plus sombres que le ciel couleur de neige avaient commencé à tomber en abondance. Leur froid s'infiltrait derrière les doubles fenêtres, il esquivait les flux et les masses d'air envoyé par la chaudière dans les bouches de chaleur pour tomber droit sur votre cou. Denise, craignant d'attraper froid, se coucha sous une couverture.

Elle dormit à poings fermés, sans faire de rêves, et se réveilla – où ? à quelle heure ? quel jour ? – au son de voix en colère. La neige avait palmé les angles des fenêtres et givré le chêne blanc des marais. Il restait de la lumière dans le ciel, mais plus pour longtemps.

Al, Gary s'est donné TOUT ce mal…

Je ne lui ai rien demandé !

Eh bien, tu ne peux pas essayer au moins une fois ? Après tout le travail qu'il a fait hier ?

J'ai droit à un bain si c'est un bain que je veux.

Papa, ce n'est qu'une question de temps avant que tu ne tombes dans l'escalier et te brises la nuque !

Je ne demande d'aide à personne.

Tu as parfaitement raison ! Parce que j'ai interdit à maman – je le lui ai interdit – d'approcher de cette baignoire…

Al, s'il te plaît, essaie seulement cette douche…

Maman, laisse tomber, laisse-le se briser la nuque, ça simplifiera la vie de tout le monde...

Gary...

Les voix se rapprochaient à mesure que la querelle s'élevait dans l'escalier. Denise entendit le pas lourd de son père passer devant sa porte. Elle mit ses lunettes et ouvrit la porte au moment même où Enid, ralentie par sa mauvaise hanche, arrivait au sommet de l'escalier. « Denise, qu'est-ce que tu fais ?

— J'ai fait la sieste.

— Va parler à ton père. Dis-lui que c'est important qu'il essaie cette douche que Gary s'est donné tant de mal à arranger. *Toi*, il t'écoutera. »

La profondeur de son sommeil et la manière dont elle s'était réveillée avaient mis Denise hors de phase avec la réalité ; la scène dans le couloir et la scène dans les fenêtres du couloir avaient de légères ombres d'antimatière ; les sons étaient à la fois trop bruyants et difficilement audibles. « Pourquoi..., dit-elle. Pourquoi s'énerver là-dessus aujourd'hui ?

— Parce que Gary repart demain et je veux qu'il voie si la douche va marcher pour papa.

— Et répète-moi ce qui ne va pas avec le bain ?

— Il reste coincé. Et il se débrouille très mal dans l'escalier. »

Denise ferma les yeux, mais cela aggrava substantiellement son problème de déphasage. Elle les rouvrit.

« Oh, et aussi, Denise, dit Enid, tu n'as pas travaillé ses exercices avec lui comme tu me l'avais promis !

— D'accord. Je le ferai.

— Fais-le maintenant, avant sa toilette. Tiens, je vais te trouver la feuille du Dr Hedgpeth. »

Enid redescendit en boitant, et Denise haussa la voix. « Papa ? »

Pas de réponse.

Enid remonta à mi-hauteur de l'escalier et poussa entre les balustres de la rampe une feuille de papier violette (« LA MOBI-

LITÉ C'EST LA VIE »), sur laquelle des bonshommes en petits bâtons illustraient sept exercices d'étirement. « Apprends-lui bien, dit-elle. Avec moi, il s'impatiente, mais il t'écoutera. Le Dr Hedgpeth n'arrête pas de demander si papa fait ses exercices. C'est très important qu'il apprenne à bien les faire. Je n'imaginais pas que tu dormais pendant tout ce temps. »

Denise emporta la feuille d'instructions dans la chambre de maître et trouva Alfred dans l'embrasure de la porte de son placard, nu de la ceinture aux pieds.

« Oh, papa, désolée, dit-elle en faisant retraite.

— Qu'est-ce que c'est ?

— Il faut que nous travaillions sur tes exercices.

— Je suis déjà déshabillé.

— Passe un pyjama. Les vêtements amples sont plus adaptés de toute façon. »

Il fallut cinq minutes à Denise pour le calmer et le faire étendre sur le dos sur le lit dans sa chemise en laine et son pantalon de pyjama ; et là, enfin, la vérité déboula.

Le premier exercice demandait qu'Alfred saisisse son genou droit entre ses mains et le tire vers sa poitrine, puis qu'il fasse de même avec son genou gauche. Denise guida ses mains rétives vers son genou droit et, bien qu'elle fût atterrée par sa raideur, il put, avec son aide, étirer sa hanche au-delà de quatre-vingt-dix degrés.

« Passons au genou gauche », dit-elle.

Alfred remit les mains sur son genou droit et le tira vers sa poitrine.

« C'est très bien, dit-elle. Mais essaie maintenant avec le gauche. »

Il resta couché, pantelant, sans faire un geste. Il affichait l'expression d'un homme se remémorant subitement des détails catastrophiques.

« Papa ? Essaie avec ton genou gauche. »

Elle toucha son genou gauche, en vain. Dans ses yeux, elle lut un désir désespéré de clarification et d'explication. Elle déplaça ses mains vers son genou gauche et les mains retombèrent aussitôt. Peut-être sa raideur était-elle encore pire du côté gauche ? Elle plaça ses mains sur son genou et l'aida à le soulever.

S'il y avait une différence, il était plutôt moins raide du côté gauche.

« À ton tour d'essayer », dit-elle.

Il lui fit un sourire, en respirant comme s'il était étranglé par la peur. « Essayer quoi ?

— Mets tes mains sur ton genou gauche et soulève-le.

— Denise, j'en ai assez de tout ça.

— Tu te sentiras beaucoup mieux si tu fais des étirements, dit-elle. Recommence seulement ce que tu viens de faire. Mets tes mains sur ton genou gauche et lève-le. »

Le sourire que Denise lui adressa lui revint teinté de confusion. Ses yeux croisèrent ceux de sa fille en silence.

« Lequel est le gauche ? » demanda-t-il.

Elle toucha son genou gauche. « Celui-ci.

— Et qu'est-ce que je fais ?

— Tu poses les mains dessus et tu le tires vers ta poitrine. »

Ses yeux errèrent anxieusement, lisant de mauvais messages au plafond.

« Papa, concentre-toi.

— Ça ne servira pas à grand-chose.

— OK. » Elle inspira un grand coup. « OK, abandonnons celui-ci et essayons le deuxième exercice. D'accord ? »

Il la dévisagea comme si sur elle, son unique espoir, il voyait pousser des crocs et des bois.

« Donc, dans celui-ci, dit-elle, en essayant d'ignorer son expression, tu croises ta jambe droite par-dessus ta jambe gauche, puis tu les inclines sur la droite aussi loin que tu peux. J'aime cet exercice, dit-elle. Il fait travailler ton fléchisseur des hanches. Cela fait vraiment du bien. »

Elle le lui expliqua encore deux fois, puis elle lui demanda de lever la jambe droite.

Il souleva les deux jambes quelques centimètres au-dessus du matelas.

« Seulement la jambe droite, dit-elle doucement. Et garde les genoux pliés.

— Denise ! » Sa voix était rendue aiguë par la tension. « Ça ne sert à rien !

— Allons, dit-elle. Allons. » Elle poussa sur ses pieds pour lui plier les genoux. Elle souleva sa jambe droite, la soutenant par le mollet et la cuisse, et la croisa par-dessus son genou gauche. Au début, elle ne rencontra aucune résistance, puis, tout d'un coup, il sembla se rebeller violemment.

« *Denise.*

— Papa, détends-toi. »

Elle savait déjà qu'il ne viendrait jamais à Philadelphie, mais à présent une humidité tropicale s'élevait de lui, une âcre quasi-odeur de déroute. Le tissu du pyjama était chaud et mouillé dans sa main, et Alfred tremblait de tout son corps.

« Oh, zut », dit-elle en lâchant sa jambe.

La neige tourbillonnait derrière les fenêtres, tandis que des lumières apparaissaient aux maisons des voisins. Denise s'essuya la main sur son jean et baissa les yeux vers ses genoux, écoutant, le cœur battant, la respiration difficile de son père et l'agitation rythmée de ses membres sur le lit. Il y avait un arc sombre sur le dessus-de-lit au voisinage de son entrecuisse et une langue capillaire d'humidité le long d'une des jambes de son pyjama. La quasi-odeur initiale d'urine avait tourné, tandis qu'elle refroidissait dans la chambre sous-chauffée, en un arôme bien précis et agréable.

« Je suis désolée, papa, dit-elle. Je vais te chercher une serviette. »

Alfred sourit au plafond et dit, d'une voix moins agitée : « Je suis étendu ici et je le vois. Tu le vois ? »

– Si je vois quoi ? »

Il pointa vaguement un doigt vers le zénith. « Derrière l'en dessous. Derrière l'en dessous de l'établi, dit-il. Écrit là. Tu le vois ? »

C'était son tour à elle d'être perplexe quand lui ne l'était pas. Il plissa un sourcil et lui jeta un regard rusé. « Tu sais qui a écrit ça, n'est-ce pas ? Le gueu. Le gueu. Le gars avec le tu sais. »

Soutenant son regard, il hocha la tête d'un air entendu.

« Je ne comprends pas de quoi tu parles, dit Denise.

– Ton copain, dit-il. Le gars aux joues bleues. »

Le premier un pour cent de compréhension prit naissance dans sa nuque et commença à rayonner.

« Je vais te chercher une serviette », dit-elle, sans aller nulle part.

Les yeux de son père roulèrent à nouveau en direction du plafond. « Il a écrit ça en dessous de l'établi. Endeusseudeleu-teubleu. Endessousdelétabli. Et je suis couché ici et je le vois.

– De qui parlons-nous ?

– Ton copain des Signaux. Le gars aux joues bleues.

– Tu ne sais plus ce que tu dis, papa. Tu fais un rêve. Je vais te chercher une serviette.

– Tu vois, ça ne servait à rien d'en parler.

– Je vais chercher une serviette », dit-elle.

Elle traversa la chambre en direction de la salle de bains. Elle avait toujours la tête dans sa sieste et le problème ne faisait que s'aggraver. Elle était de moins en moins en phase avec les ondes de réalité qui constituaient la douceur d'une serviette, l'obscurité du ciel, la résistance du sol, la propreté de l'air. Pourquoi cette évocation de Don Armour ? Pourquoi à cet instant ?

Son père avait pivoté les jambes hors du lit et enlevé son pantalon de pyjama. Il tendit la main vers la serviette quand elle revint. « Je vais nettoyer tout ça, dit-il. Va aider ta mère.

– Non, je vais le faire, dit-elle. Va prendre un bain.

– Passe-moi ce chiffon. Ce n'est pas ton travail.

– Papa, prends un bain.

– Je n'avais pas l'intention de t'impliquer là-dedans. »

Sa main, toujours tendue, s'agitait dans le vide. Denise détourna les yeux de la vue offensante de son pénis incontinent. « Lève-toi, dit-elle. Je vais défaire le dessus-de-lit. »

Alfred couvrit son pénis avec la serviette. « Laisse ça à ta mère, dit-il. Je lui ai dit que Philadelphie était une véritable idiotie. Je n'ai jamais eu l'intention de t'impliquer là-dedans. Tu as ta propre vie. Amuse-toi et fais attention. »

Il resta assis au bord du lit, la tête inclinée, les mains posées sur les genoux telles de larges cuillers charnues et vides.

« Tu veux que je te fasse couler ce bain ? demanda Denise.

– Je nan-nannannann-an, répondit-il. J'ai dit au gars qu'il racontait des idioties, mais qu'est-ce que tu veux y faire ? » Alfred eut un geste pour figurer ce qui allait de soi ou était inévitable. « Je pensais qu'il allait à Little Rock. T'y van. J'ai dit ! Faut l'ancienneté. Eh bien, c'est des idioties. Je lui ai dit de débarrasser le plancher. » Il lança à Denise un regard d'excuse et haussa les épaules. « Qu'est-ce que je pouvais faire d'autre ? »

Denise s'était déjà sentie invisible, mais jamais à ce point. « Je ne suis pas sûre de comprendre, dit-elle.

– Eh bien. » Alfred eut un vague geste d'explication. « Il m'a dit de regarder sous l'établi. Aussi simple que ça. Regarder sous l'établi si je ne le croyais pas.

– Quel établi ?

– C'étaient des idioties, dit-il. Plus simple pour tout le monde que je démissionne. Tu vois, il n'avait pas pensé à ça.

– Nous parlons bien du chemin de fer ? »

Alfred secoua la tête. « Ça ne te regarde pas. Je n'ai jamais eu l'intention de t'impliquer dans rien de tout ça. Je veux que tu ailles t'amuser. Et *fais attention*. Dis à ta mère de monter avec un chiffon. »

Sur quoi, il s'élança pour traverser la moquette et ferma la porte de la salle de bains derrière lui. Denise, pour ne pas rester les bras ballants, défit le lit et roula le tout en boule, y compris le pyjama mouillé de son père, et le descendit.

« Comment ça se passe là-haut ? demanda Enid depuis son écritoire à cartes de vœux de la salle à manger.

— Il a mouillé le lit, dit Denise.

— Oh, flûte.

— Il ne distingue pas sa jambe gauche de la droite. »

Le visage d'Enid s'assombrit. « Je pensais que peut-être il serait plus attentif avec toi.

— Maman, *il ne distingue pas sa jambe gauche de la droite.*

— Parfois les médicaments…

— C'est ça ! C'est ça ! » La voix de Denise était retentissante. « Les médicaments ! »

Ayant réduit sa mère au silence, elle se dirigea vers la buanderie pour trier et mettre à tremper la literie. Là, Gary, tout sourire, l'accosta avec une locomotive de train modèle réduit échelle O entre les mains.

« Je l'ai retrouvée, dit-il.

— Tu as retrouvé quoi ? »

Gary semblait blessé que Denise n'ait pas suivi de plus près ses désirs et ses activités. Il expliqua que la moitié du train électrique de son enfance – « la partie importante, avec les wagons et le transfo » – avait disparu depuis des dizaines d'années et passait pour perdue. « J'ai fouillé toute la cave de rangement, dit-il. Et sais-tu où je l'ai trouvée ?

— Où ?

— Devine, dit-il.

— Au fond du carton de guirlandes », dit-elle.

Gary écarquilla les yeux. « Comment tu sais ça ? Ça fait des *dizaines* d'années que je le cherche.

— Eh bien, tu n'avais qu'à me demander. Il y a une autre boîte, plus petite, avec des bouts de train électrique dans le grand carton de guirlandes.

— Bon, eh bien. » Gary frissonna pour lui retirer le centre de l'attention et le faire revenir sur lui. « Je suis heureux d'avoir eu la satisfaction de le retrouver, mais je regrette que tu ne m'aies rien dit.

– Je regrette que tu ne m'aies rien demandé !

– Tu sais, je m'amuse beaucoup avec ces modèles réduits. On peut acheter des trucs formidables.

– Génial ! J'en suis ravie pour toi ! »

Gary s'émerveilla devant la locomotive qu'il avait entre les mains. « Je n'aurais jamais cru la revoir. »

Quand il s'éloigna et qu'elle se retrouva seule dans le sous-sol, elle se rendit dans le laboratoire d'Alfred avec une torche, s'agenouilla au milieu des boîtes de café Yuban, et examina l'envers de l'établi. Là, au crayon tremblant, était dessiné un cœur de la taille d'un cœur humain :

Elle s'affala sur les talons, les genoux sur le sol d'un froid de pierre. *Little Rock. Ancienneté. Plus simple que je démissionne.*

Distraitement, elle souleva le couvercle d'une boîte de café. Elle était pleine à ras bord d'une ignoble pisse fermentée orange.

« Oh, putain », dit-elle au fusil à pompe.

Tandis qu'elle montait quatre à quatre dans sa chambre pour mettre son manteau et ses gants, elle se sentit désolée comme jamais pour sa mère, parce que, quelque fréquentes et amères qu'aient pu être ses récriminations, Denise n'avait jamais réellement saisi que la vie à Saint Jude était devenue un tel cauchemar ; et comment pouvait-on se permettre de respirer, pour ne rien dire de rire, de dormir ou de bien manger, quand on était incapable d'imaginer à quel point la vie d'un autre était pénible ?

Enid était de nouveau aux voilages de la salle à manger, guettant Chip.

« Je vais me promener ! » lança Denise en refermant la porte d'entrée derrière elle.

Cinq centimètres de neige recouvraient la pelouse. À l'ouest, les nuages se désagrégeaient ; de violentes teintes de fard à paupières, lavande et turquoise, marquaient le bord de coupe du dernier front froid. Denise marcha au milieu des rues mal éclairées sillonnées de traces de pas en fumant jusqu'à ce que la nicotine ait apaisé sa détresse et qu'elle pût penser plus clairement.

Elle comprit que Don Armour, après que les frères Wroth eurent acheté la Midland Pacific et commencé à tailler dans les effectifs, n'avait pas obtenu son transfert à Little Rock et qu'il était allé se plaindre auprès d'Alfred. Peut-être avait-il menacé de se vanter de sa conquête de la fille d'Alfred ou peut-être avait mis en avant ses droits de quasi-membre de la famille Lambert ; en tout cas, Alfred l'avait envoyé balader. Puis Alfred était rentré chez lui et il avait examiné l'envers de son établi.

Denise pensait qu'il y avait eu une scène entre Don Armour et son père, mais elle n'osait pas l'imaginer. À quel point Don Armour avait-il dû se mépriser d'aller lécher les bottes du chef du chef de son chef pour essayer d'obtenir de lui, par la supplication ou par le chantage, d'être inclus dans le transfert de la compagnie à Little Rock ; à quel point Alfred avait-il dû se sentir trahi par sa fille, qui avait suscité tant de louanges par son attitude au travail ; à quel point toute cette scène intolérable avait dû tourner autour de l'insertion de la bite de Don Armour dans tel ou tel orifice coupable et excitable de Denise. Elle haïssait l'idée de son père accroupi sous son établi et découvrant ce cœur tracé au crayon, haïssait l'idée des insinuations crasseuses de Don Armour pénétrant les prudes oreilles de son père, haïssait la pensée de l'offense que cela avait dû représenter pour un homme d'une telle discipline et d'une telle discrétion d'apprendre que Don Armour avait erré et fouiné dans sa maison à son bon gré.

Je n'ai jamais eu l'intention de t'impliquer là-dedans.

Certes, mais cela ne faisait pas de doute : son père avait démissionné de la compagnie. Il avait préservé l'intimité de Denise. Il ne lui en avait jamais soufflé mot, n'avait jamais donné signe qu'il eût moins d'estime pour elle. Pendant quinze ans, elle s'était efforcée de passer pour une fille parfaitement responsable et attentive, et il avait toujours su que tel n'était pas le cas.

Elle pensa qu'elle pouvait tirer un réconfort de cette idée si elle parvenait à la garder en tête.

Lorsqu'elle quitta le quartier de ses parents, les maisons devinrent plus neuves, plus grandes et plus carrées. À travers des fenêtres sans meneaux ni faux meneaux en plastique, elle apercevait des écrans lumineux, certains géants, d'autres miniatures. Évidemment, chaque heure de l'année, y compris celle-ci, était une bonne heure pour contempler un écran. Denise déboutonna son manteau et fit demi-tour, empruntant un raccourci à travers le champ derrière son ancienne école primaire.

Elle n'avait jamais réellement connu son père. Personne sans doute ne l'avait réellement connu. Entre sa timidité, sa raideur et ses accès de rage tyrannique, il protégeait si férocement sa vie intérieure que si vous l'aimiez, comme c'était le cas de Denise, vous appreniez qu'on ne pouvait lui rendre de meilleur service que de respecter son intimité.

Alfred, pareillement, avait montré sa foi en elle en la prenant au pied de la lettre : en refusant de fouiner derrière la façade qu'elle présentait. Elle ne s'était jamais sentie plus heureuse avec lui que lorsqu'elle justifiait publiquement la foi qu'il plaçait en elle ; quand elle était la première en toutes choses ; quand ses restaurants avaient du succès ; quand les critiques l'adoraient.

Elle comprit, mieux qu'elle ne l'aurait aimé, quelle catastrophe cela avait représenté pour lui de pisser au lit devant elle.

Ils n'avaient qu'une seule bonne manière d'être ensemble, et ça n'allait plus marcher très longtemps.

L'étrange vérité au sujet d'Alfred était que l'amour, pour lui, n'était pas une affaire de rapprochement mais de distance. Elle comprenait cela mieux que Chip et Gary, et elle se sentait une responsabilité particulière envers lui.

Aux yeux de Chip, malheureusement, il semblait qu'Alfred ne s'intéressait à ses enfants qu'à proportion de leur réussite. Chip était tellement occupé à se sentir incompris qu'il n'avait jamais remarqué à quel point lui-même comprenait mal son père. Pour Chip, l'incapacité d'Alfred à être tendre était la preuve qu'il ne savait ni ne voulait savoir qui il était. Chip ne voyait pas ce que tous autour de lui voyaient : que s'il y avait une personne au monde qu'Alfred aimait purement pour elle-même, c'était Chip. Denise avait conscience de ne pas enchanter Alfred de la sorte ; ils avaient peu de choses en commun en dehors du formel et du palpable. C'était Chip qu'Alfred avait appelé au milieu de la nuit, alors même qu'il savait que celui-ci était absent.

Je te l'ai signifié aussi clairement que je le pouvais, dit-elle dans sa tête à son idiot de frère tandis qu'elle traversait le champ enneigé. *Je ne peux pas le signifier plus clairement.*

La maison à laquelle elle revint était baignée de lumière. Gary ou Enid avait balayé la neige de l'allée. Denise se frottait les pieds sur le paillasson quand la porte s'ouvrit d'un seul coup.

« Oh, c'est toi, dit Enid. Je pensais que ça pourrait être Chip.

— Non. Ce n'est que moi. »

Elle entra et retira ses bottes. Gary avait fait un feu et était assis dans le fauteuil le plus proche de la cheminée, une pile de vieux albums de photos à ses pieds.

« Suis mon conseil, dit-il à Enid, et oublie Chip.

— Il doit avoir des ennuis, dit Enid. Sinon, il aurait appelé.

— Maman, c'est un sociopathe. Mets-toi ça dans la tête.

— Tu n'as jamais rien compris à Chip, dit Denise à Gary.

– Je vois bien quand quelqu'un tire au flanc.

– Je voudrais seulement que nous soyons tous ensemble ! » dit Enid.

Gary laissa échapper un grognement de tendresse. « Oh, Denise, dit-il. Oh, oh. Viens voir comme tu étais adorable.

– Une autre fois peut-être. »

Mais Gary traversa la salle de séjour avec l'album de photos et le lui fourra dans les mains en indiquant la photo d'une carte de vœux familiale. La petite fille joufflue, aux cheveux en bataille, vaguement sémite, de la photo était Denise à dix-huit mois. Il n'y avait pas une once d'inquiétude dans son sourire, pas plus que dans ceux de Chip et de Gary. Elle était assise entre eux sur le canapé de la salle de séjour dans la version antérieure à sa réfection ; l'un et l'autre avaient passé un bras autour d'elle ; leurs visages poupins se touchaient presque au-dessus du sien.

« N'est-ce pas une adorable petite fille ? fit Gary.

– Oh, qu'elle est mignonne ! » dit Enid en se joignant à eux.

Une enveloppe portant un autocollant « Recommandé avec AR » tomba des pages centrales de l'album. Enid la ramassa d'un geste vif, s'avança vers la cheminée et la jeta immédiatement aux flammes.

« Qu'est-ce que c'était ? demanda Gary.

– Cette histoire d'Axon, qui est réglée maintenant.

– Est-ce que papa a donné la moitié de l'argent à Orfic Midland ?

– Il m'a demandé de m'en occuper, mais je ne l'ai pas encore fait. Je croule sous les formulaires d'assurances. »

Gary riait quand il monta l'escalier. « Ne laisse pas ces deux mille cinq cents dollars te brûler les poches. »

Denise se moucha et alla éplucher des pommes de terre à la cuisine.

« Au cas où, dit Enid en la rejoignant, assure-toi qu'il y en ait assez pour Chip. Il m'a dit cet après-midi au plus tard.

— Il me semble que nous sommes déjà le soir, dit Denise.

— Eh bien, je veux *beaucoup* de pommes de terre. »

Tous les couteaux de cuisine de sa mère étaient aussi émoussés que des couteaux à beurre. Denise recourut à un épluche-légumes. « Est-ce que papa t'a jamais dit pourquoi il n'était pas allé à Little Rock avec Orfic Midland ?

— Non, répondit énergiquement Enid. Pourquoi ?

— Je me demandais seulement.

— Il leur a dit que oui, il y allait. Et, Denise, ça aurait fait *toute* la différence pour nous financièrement. Ça aurait presque doublé sa retraite, rien que ces deux années. Nous serions tellement mieux lotis à présent. Il m'a dit qu'il allait le faire, il a reconnu que c'était la bonne solution, puis trois jours plus tard il est rentré à la maison et m'a dit qu'il avait changé d'avis et qu'il démissionnait. »

Denise croisa le regard que réfléchissait partiellement la fenêtre au-dessus de l'évier. « Et il ne t'a jamais dit pourquoi.

— Eh bien, il ne pouvait pas supporter ces Wroth. J'ai pensé que c'était un conflit de personnalités. Mais il n'en a jamais parlé avec moi. Tu sais — il ne me dit jamais rien. Il décide. Même si c'est une catastrophe financière, c'est sa décision et elle est sans appel. »

Et voilà qu'elle pleurait à chaudes larmes. Denise laissa tomber dans l'évier la pomme de terre et l'épluche-légumes. Elle pensa aux comprimés qu'elle avait cachés dans le calendrier de l'avent, se disant qu'ils pourraient stopper ses larmes assez longtemps pour lui laisser le temps de quitter la ville, mais elle était trop loin de leur cachette. Elle avait été surprise sans défense à la cuisine.

« Ma chérie, qu'est-ce qu'il y a ? » demanda Enid.

Pendant un temps, il n'y eut plus de Denise dans la cuisine, mais seulement de la bouillie sentimentale, des larmes et du remords. Elle se retrouva à genoux sur la carpette devant l'évier. De petites boules de Kleenex humides l'entouraient. Elle n'osait pas lever les yeux vers sa mère, qui était assise sur une chaise à côté d'elle et l'alimentait en mouchoirs.

« Tant de choses qui te paraissent importantes, dit Enid avec une sobriété inaccoutumée, ne le sont pas, en fait.

— Certaines choses restent importantes », dit Denise.

Enid contempla d'un air maussade les pommes de terre non pelées posées à côté de l'évier. « Il ne va pas aller mieux, n'est-ce pas ? »

Denise fut heureuse de laisser sa mère croire qu'elle avait pleuré sur la santé d'Alfred. « Je ne crois pas, dit-elle.

— Ce ne sont sans doute pas les médicaments.

— Sans doute pas.

— Et il est sans doute inutile d'aller à Philadelphie, dit Enid, s'il ne peut pas suivre les instructions.

— Tu as raison. C'est sans doute inutile.

— Denise, qu'est-ce que nous allons faire ?

— Je ne sais pas.

— Je savais que quelque chose n'allait pas ce matin, dit Enid. Si tu avais trouvé cette enveloppe il y a trois mois, il m'aurait sauté à la gorge. Mais tu as vu aujourd'hui. Il n'a rien fait.

— Je suis désolée de t'avoir mise dans l'embarras.

— C'était sans importance. Il ne s'en est même pas rendu compte.

— Je suis désolée quand même. »

Le couvercle de la casserole de haricots blancs qui cuisaient sur la gazinière commença à claquer. Enid se leva pour baisser le feu. Denise, toujours agenouillée, dit : « Je crois qu'il y a quelque chose pour toi dans le calendrier de l'avent.

— Non, Gary a épinglé le dernier ornement.

— Dans la vingt-quatrième poche. Il pourrait y avoir quelque chose pour toi.

— Eh bien, quoi ?

— Je ne sais pas. Mais tu pourrais aller voir. »

Elle entendit sa mère aller à la porte d'entrée, puis revenir.

Même si le motif de la carpette était complexe, elle songea qu'elle le connaîtrait bientôt par cœur à force de le contempler.

« D'où est-ce que ça vient ? demanda Enid.

— Je ne sais pas.

— C'est toi qui les as mis là ?

— C'est un mystère.

— C'est toi qui as dû les mettre là.

— Non. »

Enid posa les comprimés sur le comptoir, recula de deux pas et les fusilla du regard. « Je suis certaine que celui ou celle qui les a mis là avait de bonnes intentions, dit-elle. Mais je ne veux pas de ça dans ma maison.

— Ça vaut sans doute mieux.

— Je veux un bonheur authentique, sinon rien. »

De sa main droite Enid rassembla les comprimés dans la paume de sa main gauche. Elle les déversa dans l'évier, ouvrit le robinet, et les broya.

« C'est quoi, un bonheur authentique ? demanda Denise quand le bruit cessa.

— Je souhaite que nous soyons tous réunis pour un dernier Noël. »

Gary, douché, rasé et habillé dans son style aristocratique, entra dans la cuisine à temps pour saisir cette déclaration.

« Tu ferais mieux d'être prête à te contenter de quatre sur cinq, dit-il en ouvrant le placard à alcools. « Qu'est-ce qui arrive à Denise ?

— Elle est bouleversée pour papa.

— Eh bien, il était temps, dit Gary. Il y a largement de quoi être bouleversé. »

Denise rassembla les boules de Kleenex. « Verse-moi un grand verre de ce que tu te sers, dit-elle.

— Je pensais que nous pourrions boire le champagne de Bea ce soir ! dit Enid.

— Non, dit Denise.

— Non, dit Gary.

— Nous n'avons qu'à le garder en attendant Chip, dit Enid. Bien, qu'est-ce qui retarde tant papa en haut ?

— Il n'est pas en haut, dit Gary.

— Tu es sûr ?

— Oui, j'en suis sûr.

— Al ? cria Enid. *AL ?* »

Gary ranima le feu qui se mourait dans la salle de séjour. Des haricots blancs cuisaient à feu doux ; les bouches de chaleur soufflaient de l'air chaud. Dehors dans la rue, des pneus crissaient sur la neige.

« Denise, dit Enid. Va voir s'il est au sous-sol. »

Denise ne demanda pas : « Pourquoi moi ? », même si elle en avait envie. Elle s'approcha de l'escalier et appela son père. Les lumières étaient allumées et elle entendait un mystérieux et léger bruissement en provenance de l'atelier.

Elle appela de nouveau : « Papa ? »

Il n'y eut pas de réponse.

Sa peur, quand elle descendit l'escalier, ressemblait à la peur des années malheureuses de son enfance, quand elle avait demandé à avoir un animal de compagnie et avait reçu une cage contenant deux hamsters. Un chat ou un chien aurait pu endommager les capitonnages d'Enid, mais ces jeunes hamsters, un couple de jumeaux en provenance de la résidence Driblett, étaient autorisés dans la maison. Chaque matin, quand Denise descendait au sous-sol pour leur donner des boulettes et changer leur eau, elle appréhendait de découvrir quelle nouvelle diablerie ils auraient tramée au cours de la nuit pour ses seuls yeux – peut-être une portée de bébés aveugles, frétillants, produits de l'inceste, peut-être un réaménagement général inutile et désespéré des copeaux de cèdre en une unique grande moraine derrière laquelle les deux parents tremblaient sur le métal nu de la cage, l'air ballonnés et fuyants après avoir mangé tous leurs enfants, qui ne pouvaient laisser un arrière-goût agréable, même dans la bouche de hamsters.

La porte de l'atelier d'Alfred était fermée. Elle y frappa. « Papa ? »

La réponse d'Alfred vint immédiatement en un aboiement étranglé. « N'entre pas ! »

Derrière la porte, quelque chose de dur racla le béton.

« Papa ? Qu'est-ce que tu fais ?

— Je t'ai dit de ne pas entrer ! »

Eh bien, elle avait vu le fusil et elle se disait : Bien sûr, c'est moi qui suis ici. Elle se disait : Et je n'ai aucune idée de quoi faire.

« Papa, il faut que j'entre.

— Denise…

— J'entre », dit-elle.

Elle ouvrit la porte sur une vive illumination. D'un seul coup d'œil, elle embrassa le vieux dessus-de-lit maculé de peinture sur le sol, le vieil homme sur le dos, les hanches décollées du sol et les genoux tremblants, ses grands yeux fixés sur l'envers de l'établi tandis qu'il luttait avec la grosse poire à lavement qu'il s'était fourrée dans le rectum.

« Oups, désolée ! » dit-elle en prenant la fuite, les mains levées au ciel.

Alfred respira bruyamment, mais ne dit rien.

Elle referma la porte et inspira à grands traits. En haut, la sonnerie tintait. À travers les murs et le plafond, elle entendait des pas approcher de la maison.

« C'est lui, c'est lui ! » s'écria Enid.

Une vague de chants – « Cela commence à ressembler beaucoup à Noël » – creva son illusion.

Denise rejoignit sa mère et son frère sur le pas de la porte. Des visages familiers étaient massés autour du perron enneigé, Dale Driblett, Honey Driblett, Steve et Ashley Driblett, Kirby Root avec plusieurs filles et gendres taillés à la scie circulaire, et tout le clan Person. Enid rassembla Denise et Gary et les serra contre elle en sautillant sur ses orteils selon l'esprit du moment. « Va chercher papa, dit-elle. Il adore les chants de Noël.

— Papa est occupé », dit Denise.

Pour l'homme qui avait pris soin de préserver l'intimité de sa fille et qui n'avait jamais rien demandé d'autre que le respect de sa propre intimité, aussi, la solution la plus gentille n'était-elle pas de le laisser souffrir en solitaire et de ne pas ajouter à ses souffrances la honte d'être observé ? N'avait-il pas, à chaque question qu'il n'avait pas su lui poser, gagné le droit à se voir épargner toutes les questions incommodantes qu'elle pourrait vouloir lui poser maintenant ? Comme : *Qu'est-ce que tu fais avec cette poire à lavement, papa ?*

Le chœur semblait chanter droit vers elle. Enid oscillait en mesure, Gary avait des larmes faciles aux yeux, mais Denise avait l'impression d'être la destinataire désignée. Elle aurait aimé rester là avec le côté le plus heureux de sa famille. Elle ne comprenait pas ce qu'elle éprouvait dans la difficulté d'une revendication aussi pressante sur son allégeance. Mais, alors que Kirby Root, qui dirigeait le chœur de l'église méthodiste de Chiltsville, lançait un enchaînement sur « Écoutez, l'ange des ténèbres chante », elle commença à se demander si respecter l'intimité d'Alfred n'était pas un peu trop commode. Il voulait qu'on le laisse tranquille ? Très bien, comme c'était plus facile pour elle ! Elle pouvait retourner à Philadelphie, vivre sa vie et faire exactement ce qu'elle voulait. Il était gêné qu'on le voie avec une poire en plastique dans le cul ? Eh bien, comme cela tombait bien ! Elle était foutrement embarrassée elle-même !

Elle se dégagea de sa mère, fit signe aux voisins, et redescendit au sous-sol.

La porte de l'atelier était entrebâillée, telle qu'elle l'avait laissée. « Papa ?

— N'entre pas.

— Je suis désolée, dit-elle, mais il faut que j'entre.

« – Je n'ai jamais voulu t'impliquer là-dedans. Ça ne te regarde pas.

– Je sais. Mais il faut quand même que j'entre. »

Elle le trouva à peu près dans la même position, avec une vieille serviette de plage en tampon entre les jambes. S'agenouillant parmi les odeurs de merde et les odeurs de pisse, elle posa une main sur son épaule tremblante. « Je suis désolée », dit-elle.

Son visage était couvert de sueur. Ses yeux étincelaient de folie. « Trouve un téléphone, dit-il, et appelle le chef de district. »

La grande révélation de Chip lui était venue le mardi vers six heures du matin, alors qu'il marchait dans une obscurité quasi complète sur une route revêtue de gravillon lituanien, entre les petits hameaux de Neravai et de Miskiniai, à quelques kilomètres de la frontière polonaise.

Quinze heures plus tôt, il avait quitté l'aéroport et avait failli se faire écraser par Jonas, Aidaris et Gitanas au moment où ceux-ci pilaient devant le trottoir dans leur Ford Stomper. Les trois hommes étaient sur le point de quitter Vilnius quand ils avaient appris la fermeture de l'aéroport. Faisant demi-tour sur la route d'Ignalina, ils étaient revenus secourir l'Américain pathétique. Le coffre du Stomper était déjà complètement occupé par des bagages, des ordinateurs et des équipements de téléphonie, mais en attachant deux valises sur le toit au moyen d'araignées, ils purent faire de la place pour Chip et son sac.

« On va te déposer à un petit point de passage, dit Gitanas. Ils ont dressé des barrages sur toutes les grandes routes. Ils salivent quand ils voient un Stomper. »

Jonas avait roulé à des vitesses excessives sur des routes opportunément défoncées à l'ouest de Vilnius, évitant les villes de Jieznas et d'Alytus. Les heures avaient passé dans l'obscurité et les secousses. Nulle part ils ne virent de feux tricolores en état de marche ni de véhicule de police. Jonas et Aidaris écoutaient Metallica sur la banquette avant tandis que Gitanas appuyait sur les boutons de son téléphone cellulaire dans le vain espoir que Transbaltic Wireless, dont il restait nominalement l'actionnaire principal, ait réussi à rétablir l'alimentation de son émetteur-récepteur au milieu d'une panne électrique nationale et de la mobilisation des forces armées lituaniennes.

« C'est une calamité pour Vitkunas, dit Gitanas. Mobiliser ne fait que lui donner l'air soviétique. Des soldats dans la rue et pas d'électricité : pas de quoi faire aimer votre gouvernement du peuple lituanien.

— Est-ce qu'on tire sur la foule ? demanda Chip.

— Non, ce ne sont que des simagrées. Une tragédie réécrite en farce. »

Vers minuit, le Stomper prit un virage serré vers Lazdijai, la dernière ville de quelque importance avant la frontière polonaise, et croisa un convoi de trois Jeep allant dans la direction opposée. Jonas accéléra sur la route de rondins et conféra avec Gitanas en lituanien. La moraine glaciaire de cette région était houleuse mais dénudée. Il était possible de voir que deux des Jeep avaient fait demi-tour et entamé une poursuite du Stomper. Il était également possible, si vous étiez dans les Jeep, de voir Jonas tourner sèchement à gauche sur une route en terre et filer le long de la blancheur d'un lac gelé.

« On va les semer », assura Gitanas à Chip environ deux secondes avant que Jonas, tombant sur une épingle à cheveux, ne sorte de la route.

Nous avons un accident, se dit Chip tandis que le véhicule planait à travers les airs. Il éprouva une immense sympathie rétroactive pour les bonnes adhérences, les bas centres de gravité et les variétés linéaires d'accélération. Il y eut le temps de la réflexion tranquille et du serrement de dents, puis plus de temps du tout, simplement coup sur coup, bruit sur bruit. Le Stomper essaya diverses versions de la verticale – quatre-vingt-dix, deux cent soixante-dix, trois cent soixante, cent quatre-vingts degrés – avant de s'immobiliser sur le flanc gauche, moteur éteint et phares toujours allumés.

Les hanches et la poitrine de Chip avaient été sérieusement contusionnées par sa ceinture de sécurité. À part ça, il semblait entier, tout comme Jonas et Aidaris.

Gitanas avait été ballotté en tous sens et assommé par les bagages. Il avait des plaies sanguinolentes au menton et au front. Il s'adressa à Jonas d'une voix pressante, lui enjoignant apparemment de couper les phares, mais c'était trop tard. Il y eut un bruit de rétrogradage brutal sur la route derrière eux. Les Jeep qui les poursuivaient s'arrêtèrent à l'épingle à cheveux et des hommes en uniforme portant des lunettes de ski firent irruption.

« Des policiers avec des lunettes de ski, dit Chip. J'ai du mal à voir ça sous un jour favorable. »

Le Stomper s'était écrasé dans un marécage gelé. Dans l'intersection des phares des deux Jeep, huit ou dix « agents » masqués l'entourèrent et ordonnèrent à tout le monde de sortir. Chip poussa la porte au-dessus de lui et se sentit semblable à un pantin sortant de sa boîte.

Jonas et Aidaris furent délestés de leurs armes. Le contenu du véhicule fut systématiquement déversé sur la neige croûteuse et les roseaux brisés qui couvraient le sol. Un « policier » colla le canon d'un fusil contre la joue de Chip et Chip reçut un ordre laconique que Gitanas traduisit : « Il te demande de te déshabiller. »

La mort, cette relation d'outre-mer, ce résident étranger à l'haleine fétide, était soudain apparue dans son voisinage immédiat. Chip avait très peur du fusil. Ses mains tremblaient et ne sentaient rien ; il fallut toute la somme de sa volonté pour leur faire dézipper et déboutonner ses vêtements. Apparemment, il avait été choisi pour cette humiliation à cause de la qualité des cuirs qu'il portait. Personne ne semblait se soucier de la veste de motocross rouge de Gitanas ni du jean de Jonas. Mais les « policiers » aux lunettes de ski se rassemblèrent pour palper la texture du pantalon et de la veste de Chip. Soufflant des nuages de buée à travers leurs bouches ouvertes en O avec leurs lèvres étrangement décontextualisées, ils éprouvèrent la souplesse de la semelle de sa botte gauche.

Un cri s'éleva quand une liasse de monnaie américaine tomba de la botte. À nouveau le canon du fusil caressa la joue de Chip. Des doigts glacés découvrirent la grosse enveloppe de liquide sous son T-shirt. La « police » examina son portefeuille aussi, mais ne vola ni ses litai ni ses cartes de crédit. Les dollars étaient la seule chose qui les intéressait.

Gitanas, le sang gelant sur plusieurs quadrants de sa tête, émit une protestation auprès du capitaine de la « police ». La querelle qui s'ensuivit, durant laquelle Gitanas et le capitaine désignèrent régulièrement Chip en employant les mots « dollars » et « Américain », s'acheva quand le capitaine pointa un pistolet vers le front ensanglanté de Gitanas et que celui-ci leva les mains pour reconnaître que le capitaine avait un argument décisif.

Entre-temps, le sphincter de Chip s'était dilaté presque jusqu'au point de la reddition inconditionnelle. Il semblait très important de se retenir, cependant, et, debout en chaussettes et sous-vêtements, il se pressa les fesses du mieux qu'il put de ses mains tremblantes. Pressa, pressa, et combattit manuellement les spasmes. Il ne se souciait pas du ridicule qu'il pouvait présenter.

La « police » trouvait beaucoup à voler dans les bagages. Le sac de Chip fut vidé sur le sol enneigé et ses possessions examinées. Gitanas et lui regardèrent la « police » lacérer les garnitures du Stomper, soulever son plancher et localiser les réserves de liquide et de cigarettes de Gitanas.

« Quel est exactement le prétexte de tout ça ? » demanda

Chip, tremblant toujours de tous ses membres, mais en train de remporter la bataille qui comptait.

« Nous sommes accusés de contrebande de devises et de tabac, répondit Gitanas.

— Et qui nous accuse ?

— Je crains qu'ils ne soient ce qu'ils ont l'air d'être, répondit Gitanas. En d'autres termes, des agents de la police nationale avec des lunettes de ski. Il y a une sorte d'atmosphère de *mardi gras** dans le pays ce soir. Le genre "Donnons-nous-en à cœur joie". »

Il était une heure du matin quand la « police » finit par partir en vrombissant dans ses Jeep. Chip, Gitanas, Jonas et Aidaris se retrouvèrent avec les pieds gelés, un Stomper démoli, des vêtements humides et des bagages vandalisés.

Le côté positif, songea Chip, c'est que je ne me suis pas chié dessus.

Il lui restait son passeport et les 2 000 dollars que la « police » n'était pas allée chercher dans la poche de son T-shirt. Il avait aussi des baskets, une paire de jeans taillés large, sa bonne veste sport en tweed, et son pull préféré, qu'il se hâta de tous enfiler.

« Voilà qui va mettre un terme à ma carrière de baron du crime organisé, commenta Gitanas. Je n'ai plus d'ambition dans ce secteur. »

Utilisant des briquets, Jonas et Aidaris inspectaient le châssis du Stomper. Aidaris livra le verdict en anglais pour le bénéfice de Chip : « *Camion foutu.* »

Gitanas offrit d'accompagner Chip jusqu'au point de passage frontalier sur la route de Sejny, à quinze kilomètres de là vers l'ouest, mais Chip avait la pénible conscience que si ses amis n'avaient pas fait demi-tour pour venir le chercher à l'aéroport, ils seraient à présent probablement en sécurité chez leurs parents d'Ignalina, leur véhicule et leurs réserves de cash intacts.

« Eh, fit Gitanas en haussant les épaules. On aurait pu se faire descendre sur la route d'Ignalina. Tu nous as peut-être sauvé la vie.

— Camion foutu, répéta Aidaris avec un mélange de mépris et de ravissement.

— Alors je te verrai à New York », dit Chip.

Gitanas s'assit sur un moniteur de dix-sept pouces à écran laqué. Il tâta précautionneusement son front ensanglanté. « Ouais, c'est ça. New York.

— Tu peux coucher chez moi.

— J'y réfléchirai.

— Fais-le, dit Chip avec une pointe de désespoir.

— Je suis lituanien », dit Gitanas.

Chip se sentait plus blessé, plus déçu et abandonné que la situation ne le demandait. Cependant, il se contint. Il accepta une carte routière, un briquet, une pomme et les sincères bons vœux des Lituaniens, et se mit en marche dans l'obscurité.

Une fois seul, il se sentit mieux. Plus il progressait, plus il appréciait le confort de son jean et de ses baskets comme équipement de marche, en comparaison de ses bottes et de son pantalon en cuir. Son pas était plus léger, sa foulée plus souple ; il fut tenté de gambader sur la route. Quel plaisir de marcher dans ces baskets !

Mais ce ne fut pas là sa grande révélation. Sa grande révélation lui vint alors qu'il se trouvait à quelques kilomètres de la frontière polonaise. Il tendait l'oreille pour essayer de discerner si l'un ou l'autre des chiens de ferme homicides de l'obscurité environnante pourrait être détaché, il avait les bras tendus, il se sentait plus qu'un peu ridicule, quand il se souvint de la remarque de Gitanas : *une tragédie réécrite en farce.* Tout à coup, il comprit pourquoi personne, lui-même compris, n'avait jamais aimé son scénario : il avait écrit un polar là où il aurait dû écrire une farce.

La pâleur de l'aube le rattrapait. À New York, il avait affûté et poli les trente premières pages de « La Pourpre académique » jusqu'à ce que sa mémoire de ces pages soit quasiment eidétique, et maintenant, alors que le ciel balte s'éclaircissait, il s'escrimait avec un crayon rouge mental sur la reconstitution mentale de ces pages, débroussaillait un peu par-ci, ajoutait de l'emphase ou de l'hyperbole par-là, et dans son esprit les scènes devenaient ce qu'il avait toujours voulu qu'elles soient : ridicules. Le tragique BILL QUAINTENCE devint un imbécile comique.

Chip pressa le pas, comme s'il se dépêchait d'arriver à un bureau où il pourrait aussitôt entamer la révision de son manuscrit. Il parvint au sommet d'une côte et vit la ville lituanienne d'Eisiskès plongée dans l'obscurité et, un peu plus loin, au-delà de la frontière, quelques lumières extérieures en Pologne. Deux chevaux de trait, allongeant le cou au-dessus d'une clôture en fil de fer barbelé, poussèrent de doux hennissements optimistes dans sa direction.

Il dit à voix haute : « Rends ça *ridicule*. Rends ça *ridicule*. »

Deux douaniers lituaniens et deux « policiers » tenaient le minuscule poste-frontière. Ils rendirent à Chip son passeport délesté de l'épaisse liasse de litai qu'il y avait glissée. Sans raison perceptible, hormis une cruauté mesquine, ils le firent attendre plusieurs heures dans une pièce surchauffée tandis que des camions malaxeurs, des camionnettes de poulets et des cyclistes allaient et venaient. La matinée touchait à sa fin quand ils le laissèrent passer en Pologne.

Quelques kilomètres plus loin, à Sejny, il acheta des zlotys et, utilisant les zlotys, il déjeuna. Les magasins étaient bien fournis, c'était Noël. Les hommes de la ville étaient vieux et ressemblaient beaucoup au pape.

Trois camionneurs obligeants, puis un taxi une fois en ville, le firent arriver à l'aéroport de Varsovie le mercredi à midi. Les hôtesses aux improbables joues de pommes reinettes du comptoir de LOT furent ravies de le voir. LOT avait ajouté des vols supplémentaires à son programme pour accueillir les dizaines de milliers de travailleurs immigrés polonais qui retournaient dans leurs familles depuis l'Ouest, et les vols vers l'Ouest étaient généralement assez mal remplis. Toutes les hôtesses aux joues de pommes reinettes portaient de petits chapeaux cylindriques de majorettes. Elles prirent le liquide de Chip, lui donnèrent un billet et lui dirent de *courir*.

Il courut jusqu'à la porte d'embarquement, monta à bord d'un 767, puis passa quatre heures sur la piste de roulement pendant qu'un instrument peut-être défaillant du cockpit était examiné, puis finalement, à contrecœur, remplacé.

Le plan de vol était une route orthodromique vers la grande ville polonaise de Chicago, sans escale. Chip ne cessa de dormir afin d'oublier qu'il devait 20 500 dollars à Denise, qu'il avait touché le plafond de l'encours de ses cartes de crédit et n'avait à présent ni travail ni perspective d'en trouver un. À Chicago, après le passage des douanes, la bonne nouvelle fut que deux compagnies de location de voitures étaient encore ouvertes. La mauvaise, qu'il apprit après avoir fait une demi-heure de queue, était que lorsqu'on avait touché le plafond de l'encours de ses cartes de crédit on ne pouvait pas louer de voiture.

Il parcourut la liste des compagnies aériennes dans l'annuaire jusqu'à ce qu'il en trouve une – Prairie Hopper, jamais entendu parler – qui avait un siège sur un vol pour Saint Jude à sept heures le lendemain matin.

Il était maintenant trop tard pour appeler Saint Jude. Il choisit un coin isolé de moquette d'aéroport et s'y étendit pour dormir. Il ne comprenait pas ce qui lui était arrivé. Il se sentait comme une feuille de papier qui aurait autrefois supporté des écrits cohérents mais serait passée à la machine. Il se sentait froissé, délavé, et fatigué le long des plis. Il rêva à moitié d'yeux désincarnés et de bouches isolées portant des lunettes de ski. Il avait perdu trace de ce qu'il voulait, et comme une personne était la somme de ce qu'elle voulait, on pouvait dire qu'il avait perdu trace de lui-même.

Combien il était étrange, alors, que le vieil homme qui ouvrit la porte d'entrée à neuf heures et demie à Saint Jude le lende-main matin ait semblé savoir exactement qui il était.

Une couronne de houx pendait à la porte. L'allée était bordée de neige marquée à intervalles réguliers de traces de balai. La rue du Midwest frappait le voyageur comme un merveilleux pays d'opulence, de chênes et d'espace ostensiblement inutilisé. Le voyageur ne voyait pas comment un tel endroit pouvait exister dans un monde de Lituanies et de Pologne. C'était un témoignage de la capacité d'isolation des frontières politiques que l'énergie ne forme pas un arc au-dessus du fossé séparant des voltages économiques aussi divergents. La vieille rue avec sa fumée de chêne, ses haies taillées au carré enneigées et ses stalactites pendant aux avant-toits paraissait précaire. Elle ressemblait à un mirage. Elle ressemblait à un souvenir excep-tionnellement vif d'une chose adorée et morte.

« Eh bien ! s'écria Alfred, le visage rayonnant de joie, en prenant la main de Chip dans les siennes. Regardez qui est là ! »

Enid essaya de se frayer une place dans le tableau en prononçant le nom de Chip, mais Alfred ne voulait pas lui lâcher la main. Il le répéta encore deux fois : « Regardez qui est là ! Regardez qui est là !

— Al, fais-le entrer et ferme la porte », dit Enid.

Chip hésitait sur le perron. Le monde extérieur était noir et blanc et gris, et balayé par un air frais et propre ; l'intérieur enchanté était densément peuplé d'objets, d'odeurs et de cou-leurs, d'humidité, de personnalités imposantes. Il avait peur d'entrer.

« Entre, entre, couina Enid, et ferme la porte. »

Pour se protéger des charmes, il prononça une incantation en son for intérieur : *Je reste ici trois jours, puis je rentre à New York, je trouve un travail, je mets de côté cinq cents dollars par mois, minimum, jusqu'à ce que j'aie épongé mes dettes, et je travaille tous les soirs sur mon scénario.*

Invoquant ce charme, qui était tout ce qu'il avait à présent, la somme dérisoire de son identité, il franchit la porte.

« Peste, tu grattes et tu ne sens pas bon, dit Enid en l'embrassant. Eh bien, où est ta valise ?

– Elle est au bord d'une route en terre dans l'ouest de la Lituanie.

– Je suis heureuse que tu sois rentré sain et sauf. »

Nulle part en Lituanie aurait-on pu trouver une pièce semblable à la salle de séjour des Lambert. Dans cet hémisphère seulement pouvait-on trouver des tapis si somptueusement laineux, des meubles si imposants, bien fabriqués et richement garnis dans une pièce à la décoration aussi quelconque et à la situation aussi ordinaire. La lumière, dans les encadrements de bois des fenêtres, bien que grise, recelait un optimisme propre à la Prairie ; il n'y avait pas une mer à mille kilomètres à la ronde pour troubler l'atmosphère. Et l'attitude des plus vieux chênes s'élevant vers ce ciel avait un élan, une sauvagerie et une assurance qui remontaient à l'antécédent d'une occupation humaine permanente ; le souvenir d'un monde sans barrières était écrit dans les cursives de leurs branches.

Chip appréhenda tout cela le temps d'un battement de cœur. Le continent, son pays natal. Les nids de cadeaux ouverts et de petits restes de ruban usagé, de papier d'emballage et d'étiquettes étaient disséminés dans la salle de séjour. Au pied du fauteuil le plus proche de la cheminée dont Alfred revendiquait toujours l'occupation, Denise était agenouillée devant le plus gros nid de cadeaux.

« Denise, regarde qui est là », dit Enid.

Comme par obligation, les yeux baissés, Denise se leva et traversa la pièce. Mais quand elle passa les bras autour de Chip et qu'il la serra en retour (sa haute taille, comme toujours, le surprit), elle ne le lâcha plus. Elle *s'accrocha* à lui – l'embrassa dans le cou, fixa les yeux sur lui, et le remercia.

Gary arriva et embrassa Chip maladroitement, le visage détourné. « Je ne pensais pas que tu y arriverais, dit-il.

— Moi non plus, répliqua Chip.

— Eh bien ! répéta Alfred en le contemplant avec émerveillement.

— Gary doit partir à onze heures, dit Enid, mais nous pouvons prendre le petit déjeuner tous ensemble. Va te faire propre pendant que Denise et moi préparons le petit déjeuner. Oh, c'est *exactement* ce que je voulais, dit-elle en trottant vers la cuisine. C'est le plus beau cadeau de Noël que j'aie jamais eu ! »

Gary se tourna vers Chip avec son visage à la « je suis un con ». « Et voilà, dit-il. Le plus beau cadeau de Noël qu'elle ait jamais eu.

— Je pense qu'elle parle de nous voir tous les cinq ensemble, dit Denise.

— Eh bien, elle a intérêt à se dépêcher d'en profiter, dit Gary, parce qu'elle me doit une discussion et que j'attends un remboursement. »

Chip, détaché de son propre corps, traînait après celui-ci et se demandait ce qu'il allait faire. Il retira un tabouret en aluminium de la douche du sous-sol. Le jet d'eau était puissant et chaud. Ses impressions étaient fraîches en un sens où tantôt il se souvenait de sa vie tout entière tantôt il l'oubliait instantanément. Un cerveau ne pouvait absorber qu'un certain nombre d'impressions avant de perdre sa capacité à les décoder, à leur conférer une forme et un ordre cohérents. Sa nuit quasiment sans sommeil sur un morceau de moquette d'aéroport, par exemple, était toujours très présente et demandait à être traitée. Et voilà qu'il y avait maintenant une douche chaude par un matin de Noël. Les carreaux bruns familiers de la cabine. Les carreaux, comme tous les autres constituants physiques de la maison, étaient indissociables d'Enid et Alfred, saturés par une aura d'appartenance à cette famille. La maison ressemblait plus à un corps – plus doux, plus mortel et organique – qu'à un bâtiment.

Le shampooing de Denise avait les senteurs agréables et subtiles du capitalisme occidental dans ses derniers avatars. Au cours des secondes qu'il fallut à Chip pour le faire mousser dans ses cheveux, il oublia où il était. Oublia le continent, oublia l'année, oublia les circonstances. Son cerveau sous la douche était celui d'un poisson ou d'un amphibien, enregistrant des impressions, réagissant à l'instant. Il n'était pas loin de la terreur. En même temps, il se sentait bien. Il avait hâte de prendre le petit déjeuner et, en particulier, de boire une tasse de café.

Une serviette autour de la taille, il s'arrêta dans la salle de séjour, où Alfred se leva d'un bond. La vue du visage soudainement vieilli, de sa désintégration en cours, de ses rougeurs et de ses asymétries, cingla Chip comme un coup de fouet.

« Eh bien ! dit Alfred. Ça n'a pas été long.

– Je peux t'emprunter des habits ?

– Je laisserai ça à ton jugement. »

En haut, dans le placard de son père, les vieux nécessaires de rasage, les chausse-pieds, les rasoirs électriques, les embauchoirs et les râteliers à cravates étaient tous à leur place habituelle. Ils avaient été de service durant chaque heure des mille cinq cents jours qui s'étaient écoulés depuis la dernière fois que Chip était venu à la maison. Un instant, il fut fâché (comment aurait-il pu ne pas l'être ?) que ses parents n'aient jamais déménagé. Soient simplement restés là à attendre.

Il emporta des sous-vêtements, des chaussettes, un pantalon en laine, une chemise blanche et un pull gris dans la chambre qu'il avait partagée avec Gary au cours des années séparant l'arrivée de Denise dans la famille et le départ de Gary pour l'université. Gary avait un sac de voyage ouvert sur « son » lit et y disposait ses affaires.

« Je ne sais pas si tu as remarqué, dit-il, mais papa ne va pas bien.

– Non, j'ai remarqué. »

Gary posa une petite boîte sur la commode de Chip. C'était une boîte de munitions – des cartouches de calibre vingt pour fusil à pompe.

« Il les avait sorties avec le fusil dans l'atelier, dit Gary. Je suis descendu ce matin et je me suis dit qu'il valait mieux prendre des précautions plutôt que de risquer des regrets. »

Chip regarda la boîte et parla d'instinct : « Est-ce que ce n'est pas la décision de papa ?

– C'est ce que je pensais hier, dit Gary. Mais s'il veut le faire, il a d'autres possibilités. Il doit geler ce soir. Il n'a qu'à sortir avec une bouteille de whisky. Je ne veux pas que maman le retrouve avec la tête explosée. »

Chip ne savait pas quoi dire. Il enfila en silence les habits du vieil homme. La chemise et le pantalon étaient merveilleusement propres et lui allaient mieux qu'il ne l'aurait imaginé. Il fut surpris, quand il passa le pull, que ses mains ne se mettent pas à trembler, surpris de croiser un visage si jeune dans le miroir.

« Alors, qu'est-ce que tu as fait de toi-même ? demanda Gary.

– J'ai aidé un ami lituanien à escroquer des investisseurs occidentaux.

– Putain, Chip ! Ce ne sont pas des choses à faire. »

Le reste du monde pouvait être étrange, mais la condescendance de Gary ulcéra Chip comme elle l'avait toujours fait.

« D'un strict point de vue moral, dit Chip, j'ai plus de sympathie pour la Lituanie que je n'en ai pour les investisseurs américains.

– Tu veux être un bolchevique ? demanda Gary en fermant son sac. Très bien, sois un bolchevique. Mais ne *m*'appelle pas au secours quand tu seras arrêté.

– Il ne me viendrait jamais à l'idée de t'appeler au secours.

– Les garçons, vous êtes prêts pour le petit déjeuner ? » chanta Enid à mi-hauteur de l'escalier.

Une nappe de fête en lin recouvrait la table de la salle à manger. Au centre se trouvait un arrangement de pommes de pin, de houx blanc et de houx vert, de bougies rouges et de clochettes argentées. Denise apportait de la nourriture – de l'ananas du Texas, des œufs brouillés, du bacon, un stollen et des petits pains qu'elle avait cuits elle-même.

La couverture neigeuse accentuait la lumière vive de la Prairie.

Comme d'habitude, Gary s'assit seul sur un côté de la table. De l'autre côté Denise voisinait avec Enid et Chip avec Alfred.

« Joyeux, joyeux Noël ! » dit Enid en regardant chacun de ses enfants dans les yeux tour à tour.

Alfred, tête baissée, mangeait déjà.

Gary se mit lui aussi à manger, rapidement, en jetant un coup d'œil à sa montre.

Chip ne se souvenait pas que le café fût si buvable dans ces contrées.

Denise lui demanda comment il était rentré. Il lui raconta l'histoire, omettant seulement le vol à main armée.

Enid, avec une grimace de reproche, suivait chaque mouvement de Gary. « *Ralentis*, dit-elle. Tu n'as pas besoin de partir avant onze heures.

– En fait, dit Gary, j'ai dit onze heures moins le quart. Il est dix heures et demie passées et nous avons certaines choses à discuter ensemble.

– Nous sommes enfin tous réunis, dit Enid. Détendons-nous et profitons-en. »

Gary posa sa fourchette. « *Je* suis ici depuis lundi, maman, à attendre que nous soyons tous réunis. Denise est là depuis mardi matin. Ce n'est pas ma faute si Chip était trop occupé à escroquer des investisseurs américains pour arriver ici en temps voulu.

– Je viens d'expliquer pourquoi j'étais en retard, dit Chip. Tu aurais pu écouter.

– Eh bien, tu aurais peut-être dû partir un peu plus tôt.

– Qu'est-ce qu'il veut dire par "escroquer" ? demanda Enid. Je croyais que tu faisais de l'informatique.

– Je t'expliquerai ça plus tard, maman.

– Non, dit Gary. Explique-lui tout de suite.

– Gary, fit Denise.

– Non, désolé, dit Gary en jetant sa serviette tel un gantelet. J'en ai marre de cette famille ! J'en ai marre d'attendre ! Je veux des réponses *maintenant*.

– Je faisais de l'informatique, dit Chip. Mais Gary a raison, à strictement parler, l'intention était d'escroquer des investisseurs américains.

– Je n'aime pas ça, dit Enid.

– Je sais bien que tu n'aimes pas ça, dit Chip. Même si c'est un peu plus compliqué que tu pourrais…

– *Qu'est-ce qu'il y a de si compliqué à respecter la loi ?*

– Gary, pour l'amour du ciel, dit Denise dans un soupir. C'est Noël ?

– Et tu es une voleuse, dit Gary en se tournant vers elle.

– *Quoi ?*

– Tu sais de quoi je parle. Tu t'es introduite dans la chambre de quelqu'un et tu y as pris une chose qui ne t'appart…

– Excuse-moi, coupa sèchement Denise. J'ai *rendu* une chose qui avait été dérobée à son…

– Foutaises, foutaises, foutaises !

– Oh, je ne suis pas ici pour ça, gémit Enid. Pas le matin de Noël !

– Non, maman, désolé, mais tu ne vas nulle part, dit Gary. Nous allons rester ici et avoir notre petite discussion *maintenant.* »

Alfred adressa à Chip un soupir complice en désignant les autres d'un geste. « Tu vois ce que je dois supporter ? »

Chip disposa son visage en un fac-similé de compréhension et d'acquiescement.

« Chip, combien de temps vas-tu rester ? demanda Gary.

— Trois jours.

— Et toi, Denise, tu pars…

— Dimanche, Gary. Je pars dimanche.

— Alors qu'est-ce qui va se passer lundi, maman ? Comment vas-tu faire marcher cette maison lundi ?

— J'y songerai quand nous serons lundi. »

Alfred, toujours souriant, demanda à Chip de quoi parlait Gary.

« Je ne sais pas, papa.

— Tu crois vraiment que vous irez à Philadelphie ? demanda Gary. Tu crois que CorectOr va régler tout ça ?

— Non, Gary, je ne crois pas », répondit Enid.

Gary ne sembla pas entendre sa réponse. « Papa, tiens, sois gentil, dit-il. Mets ta main droite sur ton épaule gauche.

— Gary, arrête ! » dit Denise.

Alfred se pencha vers Chip et lui parla à l'oreille. « Qu'est-ce qu'il demande ?

— Il veut que tu mettes ta main droite sur ton épaule gauche.

— C'est absurde.

— Papa ? dit Gary. Allons, main droite sur épaule gauche.

— *Arrête*, dit Denise.

— Allez, papa. Main droite, épaule gauche. Tu peux faire ça ? Tu peux nous montrer si tu es capable de suivre des instructions simples ? Vas-y ! *Main droite, épaule gauche.* »

Alfred secoua la tête. « Une chambre et une cuisine est tout ce qu'il nous faut.

— Al, je ne *veux* pas une chambre et une cuisine », dit Enid.

Le vieil homme recula sa chaise et se tourna une nouvelle fois vers Chip. Il dit : « Tu vois que ça n'est pas sans difficulté. »

Au moment où il se leva, sa jambe se déroba et il bascula par terre, entraînant son set de table, son assiette et sa tasse avec lui. L'accident aurait pu être la dernière mesure d'une symphonie. Il gisait sur le côté au milieu des ruines, tel un gladiateur blessé, un cheval tombé.

Chip s'agenouilla et l'aida à se redresser tandis que Denise se précipitait à la cuisine.

« Il est onze heures moins le quart, dit Gary comme s'il ne s'était rien produit d'inhabituel. Avant que je parte, voici un résumé. Papa est dément et incontinent. Maman ne peut pas le garder dans cette maison sans une aide massive, dont elle dit qu'elle n'en voudrait pas même si elle pouvait se la payer. CorectOr n'est manifestement pas une solution et j'aimerais donc savoir ce que vous allez faire. *Maintenant*, maman. Je veux une réponse *maintenant*. »

Alfred posa ses mains tremblantes sur les épaules de Chip et contempla d'un air émerveillé le mobilier de la pièce. Malgré son agitation, il souriait.

« À mon tour de poser une question, dit-il. À qui appartient cette maison ? Qui s'occupe de tout ça ?

— Elle t'appartient, papa. »

Alfred secoua la tête comme si cela ne cadrait pas avec les faits tels qu'il les comprenait.

Gary voulait une réponse.

« J'imagine que nous allons devoir essayer la vacance médicamenteuse, dit Enid.

— Très bien, essaie ça, dit Gary. Mets-le à l'hôpital, vois s'il en ressort jamais. Et tant que tu y es, tu pourrais prendre une vacance médicamenteuse, toi aussi.

— Gary, elle s'en est débarrassée, dit Denise depuis le sol où elle s'activait avec une éponge. Elle a tout passé au broyeur. Alors laisse tomber.

— Eh bien, j'espère que tu en as tiré les leçons, maman. »

Chip, dans les habits du vieil homme, était incapable de suivre cette conversation. Les mains de son père pesaient sur ses épaules. Pour la deuxième fois en une heure, quelqu'un *s'accrochait* à lui, comme s'il était une personne solide, comme s'il y avait quelque chose en lui. En fait, il y avait si peu de chose en lui qu'il n'arrivait même pas à dire si son père et sa sœur se trompaient sur son compte. Il avait l'impression que sa conscience avait été dépouillée de toute marque d'identification et transplantée, métempsycotiquement, dans le corps d'un fils équilibré, d'un frère digne de confiance…

Gary s'était accroupi à côté d'Alfred. « Papa, dit-il, je suis désolé qu'on ait dû en arriver là. Je t'aime et je reviendrai te voir bientôt.

— Bien. Tchon pon. Hon ! » répondit Alfred. Il baissa la tête et regarda autour de lui avec un air de pure paranoïa.

« Quant à *toi*, mon frère sans cervelle. » Gary déploya ses doigts, comme une serre, sur le sommet du crâne de Chip en ce qui se voulait apparemment un geste d'affection. « Je compte sur toi pour donner un coup de main ici.

— Je ferai de mon mieux », répondit Chip avec moins d'ironie qu'il ne l'aurait souhaité.

Gary se leva. « Je suis désolé d'avoir gâché ton petit déjeuner, maman. Mais moi, pour ma part, je me sens mieux d'avoir dit ce que j'avais sur le cœur.

— Pourquoi tu n'as pas pu attendre après les fêtes », marmonna Enid.

Gary l'embrassa sur la joue. « Appelle Hedgpeth demain matin. Puis appelle-moi et dis-moi quels sont les projets. Je vais suivre tout ça de près. »

Il était incroyable aux yeux de Chip que Gary pût quitter la maison en laissant Alfred par terre et le petit déjeuner d'Enid en ruine, mais Gary était dans son mode le plus rationnel. Ses paroles étaient d'un formalisme creux, ses yeux étaient fuyants quand il enfila son manteau et rassembla son sac de voyage et le sac où Enid avait entassé les cadeaux pour Philadelphie, parce qu'il avait peur. Chip le voyait clairement maintenant, derrière le front froid du départ sans un mot de Gary : son frère avait peur.

Aussitôt que la porte d'entrée se fut refermée, Alfred se dirigea vers les toilettes.

« Soyons tous heureux, dit Denise, que Gary ait déchargé son cœur et se sente tellement mieux maintenant.

– Non, il a raison, dit Enid, ses yeux hagards posés sur la décoration de houx. Il faut que ça change. »

Après le petit déjeuner, les heures passèrent dans l'atmosphère maladive, la vaine attente, d'une fête carillonnée. Dans son épuisement, Chip avait du mal à ne pas peler de froid, mais son visage était empourpré par la chaleur de la cuisine et l'odeur de la dinde en train de cuire qui inondait la maison. Quand il entrait dans le champ de vision de son père, un sourire de familiarité et de plaisir s'étendait sur le visage d'Alfred. Cette familiarité aurait pu avoir le caractère d'une erreur sur la personne si elle ne s'était accompagnée de l'exclamation du nom de Chip. Chip semblait être *adoré* par le vieil homme. Il s'était disputé avec Alfred, avait contesté Alfred et senti l'aiguillon de la désapprobation d'Alfred le plus clair de sa vie, et ses échecs personnels et ses opinions politiques étaient, sans doute, plus extrêmes aujourd'hui que jamais, et pourtant c'était Gary qui faisait la guerre au vieil homme et Chip qui illuminait son visage.

Lors du dîner, il prit la peine de décrire avec quelque précision ses activités en Lituanie. Il aurait aussi bien pu réciter le Code des impôts d'une voix monocorde. Denise, normalement un modèle d'écoute, était tout occupée à aider Alfred à manger et Enid n'avait d'yeux que pour les carences de son mari. Elle tressaillait, soupirait ou secouait la tête à chaque chute de nourriture, à chaque absence. Alfred faisait manifestement de sa vie un enfer à présent.

Je suis la personne la moins malheureuse de cette table, se dit Chip.

Il aida Denise à faire la vaisselle pendant qu'Enid parlait au téléphone à ses petits-fils et qu'Alfred allait se coucher.

« Depuis combien de temps papa est-il comme ça ? demanda-t-il à Denise.

– Comme ça ? Depuis hier seulement. Mais il n'allait pas fort auparavant. »

Chip enfila un lourd manteau appartenant à Alfred et alla fumer une cigarette dehors. Le froid était plus pénétrant que ce qu'il avait connu à Vilnius. Le vent agitait les épaisses feuilles brunes qui restaient accrochées aux chênes, ces arbres des plus conservateurs ; la neige crissait sous ses pieds. *Il doit geler cette nuit*, avait dit Gary. *Il n'a qu'à sortir avec une bouteille de whisky.* Chip voulait continuer d'examiner l'importante question du suicide tant qu'il avait une cigarette pour améliorer sa performance mentale, mais ses bronches et ses narines étaient tellement traumatisées par le froid que le flash de la fumée était impalpable, et la douleur dans ses doigts et ses oreilles – les foutus rivets – devenait rapidement insoutenable. Il renonça et se précipita dans la maison au moment même où Denise en sortait.

« Où vas-tu ? demanda Chip.

– Je reviens. »

Enid, à côté du feu dans la salle de séjour, se mordait les lèvres avec une désolation non dissimulée. « Tu n'as pas ouvert tes cadeaux, dit-elle.

– Demain matin peut-être, répondit Chip.

– Je suis sûre que je ne t'ai rien offert qui te plaira.

– C'est gentil de m'avoir offert quelque chose. »

Enid secoua la tête. « Ce n'était pas le Noël que j'avais espéré. Soudain papa ne peut plus rien faire. Plus rien du tout.

– Essayons la vacance médicamenteuse et voyons si ça marche. »

Enid avait peut-être lu de vilains pronostics dans le feu. « Peux-tu rester une semaine et m'aider à l'emmener à l'hôpital ? »

La main de Chip alla caresser le rivet dans son oreille comme si c'était un talisman. Il se sentait pareil à un enfant sorti des contes de Grimm, attiré dans la maison enchantée par la chaleur et la nourriture ; et maintenant la sorcière allait l'enfermer dans une cage, l'engraisser, et le manger.

Il répéta l'invocation qu'il avait prononcée à la porte d'entrée. « Je ne peux rester que trois jours, dit-il. Je dois commencer à travailler sans tarder. Je dois de l'argent à Denise et il faut que je la rembourse.

— Rien qu'une *semaine*, dit la sorcière. Rien qu'une semaine jusqu'à ce qu'on voie comment ça se passe à l'hôpital.

— Je ne crois pas, maman. Il faut que je rentre. »

Enid marqua le coup, mais elle ne sembla pas surprise de son refus. « J'imagine que c'est de ma responsabilité, alors, dit-elle. J'imagine que j'ai toujours su que ça le serait. »

Elle se retira dans le salon, et Chip rajouta des bûches dans le feu. Des vents coulis s'insinuaient par les fenêtres, agitant légèrement les rideaux ouverts. La chaudière fonctionnait quasiment en continu. Le monde était plus froid et plus vide que Chip ne s'en était rendu compte, les adultes étaient partis.

Vers onze heures, Denise rentra, puant la cigarette et l'air aux deux tiers congelée. Elle fit signe à Chip et essaya de monter directement, mais il insista pour qu'elle vienne s'asseoir auprès du feu. Elle s'agenouilla et inclina la tête, reniflant à intervalles réguliers, et tendit les mains vers les braises. Elle gardait les yeux vers le feu comme pour s'obliger à ne pas regarder Chip. Elle se moucha dans un bout de Kleenex humide.

« Où es-tu allée ? demanda-t-il.

— Me promener.

— Longue promenade.

— Hon.

— Tu m'as envoyé des e-mails que j'ai effacés avant de les avoir lus.

— Oh.

— Alors, qu'est-ce qui se passe ? » demanda-t-il.

Elle secoua la tête. « À peu près tout.

— J'avais près de trente mille dollars en liquide lundi. J'allais t'en donner vingt-quatre mille. Mais nous avons été dévalisés par des hommes en uniforme portant des lunettes de ski. Aussi peu plausible que cela puisse paraître.

— Je veux effacer cette dette », dit Denise.

La main de Chip monta de nouveau à son rivet. « Je vais commencer à te payer un minimum de quatre cents dollars par mois jusqu'à ce que le principal et les intérêts soient remboursés. C'est ma priorité numéro un. Incontestablement. »

Sa sœur se tourna et leva le visage vers lui. Ses yeux étaient injectés de sang, son front aussi rouge que celui d'un nouveau-né. « J'ai dit que j'effaçais la dette. Tu ne me dois rien.

— Je t'en suis reconnaissant, dit-il rapidement en détournant le regard. Mais je te paierai quand même.

— Non, dit-elle. Je ne vais pas te prendre ton argent. J'efface la dette. Tu comprends ce qu'"effacer" veut dire ? »

Dans son humeur étrange, avec ses mots inattendus, elle mettait Chip mal à l'aise. Il tira sur le rivet et dit : « Denise, allons. S'il te plaît. Fais-moi au moins l'honneur de me permettre de te rembourser. Je vois bien que j'ai été une merde. Mais je ne veux pas rester une merde toute ma vie.

— Je veux effacer cette dette.

— Sérieusement. Allons. » Chip eut un sourire désespéré. « Tu dois me permettre de te rembourser.

— Tu ne supportes pas le pardon ?

— Non, répondit-il. Fondamentalement, non. Il vaudrait beaucoup mieux que je te rembourse. »

Toujours agenouillée, Denise se pencha en avant en rentrant les bras, se transformant en une olive, un œuf, un oignon. De cette forme ramassée s'échappait une voix basse : « Tu ne comprends pas quel immense service tu me rendrais si tu me laissais effacer ta dette ? Tu ne comprends pas qu'il est difficile pour moi de te demander ce service ? Tu ne comprends pas que venir ici à Noël est le seul service que je t'ai jamais demandé ? Tu ne comprends pas que je ne cherche pas à t'offenser ? Tu ne comprends pas que je n'ai jamais douté que tu veuilles me rembourser et que je sais que je te demande quelque chose de très difficile ? Tu ne comprends pas que je ne te demanderais pas quelque chose d'aussi difficile si je n'en avais pas vraiment, vraiment, vraiment besoin ? »

Chip regarda la boule humaine qui était à ses pieds. « Dis-moi ce qui ne va pas ?

— J'ai des ennuis sur de nombreux fronts, dit-elle.

— Ce n'est pas le moment de parler d'argent alors. Oublions ça pour le moment. Je veux savoir ce qui te tracasse. »

Toujours roulée en boule, Denise secoua la tête emphatiquement, une fois. « J'ai besoin que tu me dises oui, ici et maintenant. Dis : "Oui, merci." »

Chip fit un geste de complète stupéfaction. Il était près de minuit, son père avait commencé à divaguer à l'étage et sa sœur était roulée en boule comme un œuf et le suppliait d'accepter qu'elle le soulage du principal tourment de sa vie.

« Parlons-en demain, dit-il.

— Est-ce que ça t'aiderait si je te demandais autre chose ?

— Demain, OK ?

— Maman veut quelqu'un ici la semaine prochaine, dit Denise. Tu pourrais rester une semaine et l'aider. Ce serait un grand soulagement pour moi. Je vais crever si je reste au-delà de dimanche. Je vais littéralement cesser d'exister. »

Chip respirait à traits rapides. La porte de la cage se refermait rapidement sur lui. L'impression qu'il avait eue dans les toilettes de l'aéroport de Vilnius, le sentiment que sa dette envers Denise, loin d'être un fardeau, était sa dernière défense, lui revint sous la forme d'une appréhension à la perspective de son effacement. Il avait vécu avec l'affliction de cette dette jusqu'à ce qu'elle prenne le caractère d'un neuroblastome si étroitement intriqué dans son architecture cérébrale qu'il doutait pouvoir survivre à son ablation.

Il se demanda si les derniers vols vers l'Est avaient quitté l'aéroport ou s'il pouvait encore prendre la fuite ce soir-là.

« Et si nous coupions la somme en deux ? proposa-t-il. Je ne te devrais que dix mille. Et si nous restions tous les deux jusqu'à mercredi ?

— Sûrement pas.

— Et si je disais oui, dit-il, est-ce que tu cesserais d'être bizarre et serais un peu plus gaie ?

— Dis d'abord oui. »

Alfred appelait Chip depuis l'étage. Il disait : « Chip, tu peux m'aider ?

— Il t'appelle même quand tu n'es pas là », dit Denise.

Les fenêtres vibraient sous la pression du vent. Quand cela s'était-il produit que ses parents deviennent les enfants qui allaient se coucher tôt et appelaient à l'aide depuis le sommet de l'escalier ? Quand cela s'était-il produit ?

« Chip, appela Alfred. Je ne comprends pas cette couverture ? PEUX-TU M'AIDER ? »

La maison tremblait, la tempête faisait rage et le courant d'air venant de la fenêtre la plus proche de Chip s'intensifiait ; dans une résurgence de la mémoire, il se souvint des rideaux. Il se souvint du moment où il avait quitté Saint Jude pour l'université. Il se souvint d'avoir empaqueté les pièces d'échecs autrichiennes sculptées à la main que ses parents lui avaient offertes pour son examen de fin d'études secondaires et la biographie de Lincoln en six volumes de Sandburg qu'ils lui avaient offerte pour son dix-huitième anniversaire et son blazer bleu marine tout neuf de chez Brooks Brothers (« Dedans, tu as l'air d'un beau jeune médecin ! » avait suggéré Enid) et de grosses piles de T-shirts blancs et de slips blancs et de caleçons longs blancs et une photo de Denise dans un cadre en bakélite et la même couverture Hudson Bay qu'Alfred avait emportée à son entrée à l'université du Kansas quatre décennies plus tôt et une paire de gants de laine revêtus de cuir qui datait également du lointain passé kansan d'Alfred et une paire de gros rideaux isolants qu'Alfred avait achetée pour lui chez Sears. Lisant la brochure de l'université de Chip, Alfred avait été frappé par la phrase : *Les hivers peuvent être très rigoureux en Nouvelle-Angleterre.* Les rideaux qu'il avait achetés chez Sears étaient taillés dans un tissu plastifié brun et rose avec une doublure en caoutchouc mousse. Ils étaient lourds, épais et raides. « Tu les apprécieras par une nuit fraîche, dit-il à Chip. Tu seras surpris de voir comme ils suppriment les courants d'air. » Mais le compagnon de chambre de Chip, un pur produit de l'enseignement privé nommé Roan McCorkle, allait bientôt laisser des empreintes digitales, en ce qui semblait être de la vaseline, sur la photo de Denise. Roan éclata de rire devant les rideaux et Chip en fit autant. Il les remit dans leur boîte et rangea la boîte à la cave de la résidence, où ils moisirent durant quatre ans. Il n'avait rien personnellement contre les rideaux. Ce n'étaient que des rideaux et ils ne demandaient rien de plus que n'importe quels rideaux – bien tomber, couper la lumière du mieux qu'ils pouvaient, être ni trop petits ni trop grands pour la fenêtre que leur mission dans la vie était d'occulter ; être tirés dans tel sens le soir et dans tel autre le matin ; onduler dans le vent qui précédait la pluie par un soir d'été ; être beaucoup utilisés et guère remarqués. Il y avait d'innombrables hôpitaux, maisons de retraite et motels bon marché, non seulement dans le Midwest mais dans l'Est aussi, où ces rideaux bruns doublés de caoutchouc auraient pu mener une longue et fructueuse existence. Ce n'était pas leur faute si leur place n'était pas dans une chambre de résidence universitaire. Ils n'avaient trahi aucun désir de s'élever au-dessus de leur condition ; leur matière et leur décor ne recelaient pas le moindre indice d'une ambition déplacée. Ils étaient ce qu'ils étaient. Et, quand il les exhuma à la veille de son diplôme de fin d'études, leurs replis roses virginaux se révélèrent plutôt *moins* plastifiés, cosys et droit sortis de chez Sears qu'il ne s'en souvenait. Ils étaient loin d'être aussi honteux qu'il ne l'avait cru.

« Je ne comprends rien à ces couvertures, dit Alfred.

– D'accord, dit Chip à Denise en entamant la montée de l'escalier. Si cela te fait te sentir mieux, je ne te rembourserai pas. »

La question était : Comment sortir de cette prison ?

La grosse Noire, la méchante, la bâtarde, était celle qu'il devait garder à l'œil. Elle voulait faire de sa vie un enfer. Elle se tenait à l'autre bout de la cour de la prison et lui jetait des regards significatifs pour lui rappeler qu'elle ne l'avait pas oublié, qu'elle était toujours acharnée à sa vendetta. C'était une bâtarde noire paresseuse et il l'exprima d'un cri. Il maudit tous les bâtards, noirs et blancs, qui l'entouraient. Foutus bâtards sournois avec leurs règlements imbéciles. Bureaucrates de la protection de l'environnement, fonctionnaires de la législation du travail, insolents de tout poil. Ils gardaient leurs distances maintenant, évidemment, parce qu'ils savaient qu'il était à leurs trousses, mais il suffirait qu'il fasse relâche une minute, il suffirait qu'il baisse la garde, et on verrait ce qu'ils lui feraient. Ils pouvaient à peine attendre de lui dire qu'il n'était rien. Ils pouvaient à peine attendre de témoigner de leur irrévérence. Cette grosse bâtarde noire, cette méchante putain noire là-bas, soutenait son regard et hochait la tête par-dessus les têtes blanches des autres prisonniers : *Je vais t'attraper*. Voilà ce que son hochement de tête lui disait. Et personne d'autre ne voyait ce qu'elle lui faisait. Tous les autres n'étaient que de timides étrangers inutiles racontant des balivernes. Il avait dit bonjour à l'un des types, lui avait posé une question simple. Le type ne comprenait même pas l'anglais. Cela aurait dû être simple, poser une question simple, recevoir une réponse simple, mais manifestement non. Il était seul à présent, il était acculé ; et les bâtards le pourchassaient.

Il ne comprenait pas où était Chip. Chip était un intellectuel et il avait les moyens de faire entendre raison à ces gens. Chip avait fait du bon boulot hier, meilleur que lui-même n'aurait pu faire. Posé une question simple, reçu une réponse simple et expliqué celle-ci d'une manière qu'un homme pouvait comprendre. Mais il n'y avait pas trace de Chip à présent. Détenus se faisant de grands signes, agitant les bras comme des agents de la circulation. Essayez donc de donner un ordre simple à ces gens-là, essayez donc. Ils faisaient comme si vous n'étiez pas là. Cette grosse bâtarde de Noire leur foutait une trouille bleue. Si elle comprenait que les prisonniers étaient de son côté à lui, si elle découvrait qu'ils l'avaient aidé de quelque manière, elle le leur ferait payer. Oh, elle avait cet air-là. Elle avait cet air de *Je vais te faire mal.* Et lui, à ce stade de sa vie, il en avait plus qu'assez de ce genre de Noire insolente, que pouvait-il y faire ? C'était une prison. C'était une institution publique. Ils jetaient n'importe qui là-dedans. Des femmes aux cheveux blancs faisant de grands signes. Des lopettes chauves se touchant les orteils. Mais pourquoi *lui*, pour l'amour du ciel ? Pourquoi *lui* ? Cela le faisait sangloter d'être jeté dans un endroit pareil. C'était déjà un enfer de vieillir sans qu'il soit besoin d'être persécuté par cette Noire dandinante.

Et voilà qu'elle revenait.

« Alfred ? » Impertinente. Insolente. « Vous allez me laisser étirer vos jambes maintenant ?

— Vous êtes une fichue bâtarde ! lui dit-il.

— Je suis ce que je suis, Alfred. Mais je sais qui sont mes parents. Maintenant, si vous baissiez les bras, bien gentiment, et me laissiez étirer vos jambes pour que vous vous sentiez mieux ? »

Il plongea quand elle approcha de lui, mais sa ceinture s'était prise dans le fauteuil, quelque part dans le fauteuil, dans le fauteuil. Était coincé dans le fauteuil et incapable de bouger.

« Si vous continuez comme ça, Alfred, dit la méchante, on va devoir vous ramener dans votre chambre.

– Bâtarde ! Bâtarde ! Bâtarde ! »

Elle prit un air insolent et s'en alla, mais il savait qu'elle reviendrait. Ils revenaient toujours. Son seul espoir était de dégager sa ceinture du fauteuil. Se libérer, se précipiter, mettre fin à tout ça. Mauvaise conception de construire une cour de prison si haut. On voyait jusqu'en Illinois. Une grande fenêtre juste là. Mauvaise conception s'ils voulaient y enfermer des prisonniers. À vue de nez, la vitre était un panneau isolant, deux épaisseurs. S'il la cognait de la tête et plongeait en avant, il pourrait y arriver. Mais il fallait d'abord qu'il dégage cette foutue ceinture.

Il lutta avec sa largeur de nylon lisse en refaisant sans cesse les mêmes gestes. Il y avait eu un temps où il avait affronté les obstacles avec philosophie, mais ce temps était passé. Ses doigts étaient aussi faibles que des brins d'herbe quand il essaya de les passer sous la ceinture afin de tirer dessus. Ils pliaient comme des bananes mûres. Essayer de les passer sous la ceinture était si *manifestement et complètement sans espoir* – la ceinture avait un avantage si considérable en matière de résistance et de solidité – que ses efforts devinrent bientôt une pure démonstration de vexation, de rage et d'incapacité. Il planta ses ongles dans la ceinture et écarta brusquement les bras, ses mains heurtant les bras du fauteuil dont il était captif et rebondissant douloureusement de-ci de-là, parce qu'il était tellement en colère…

« Papa, papa, papa, ho ! calme-toi, dit la voix.

– Attrape cette bâtarde ! Attrape cette bâtarde !

– Papa, ho ! c'est moi. C'est Chip. »

En vérité, la voix était familière. Il leva soigneusement les yeux vers Chip pour s'assurer que le locuteur était bien son fils cadet, parce que les bâtards ne reculeraient devant rien. En vérité, si le locuteur avait été n'importe qui d'autre au monde que Chip, il ne lui aurait pas fait confiance. Trop risqué. Mais il y avait quelque chose chez Chipper que les bâtards ne pouvaient imiter. Vous regardiez Chipper et vous saviez qu'il ne vous mentirait jamais. Il y avait une douceur en Chipper que personne ne pourrait contrefaire.

Tandis que son identification de Chipper touchait à la certitude, sa respiration s'apaisa et une sorte de sourire écarta les autres forces qui guerroyaient dans son visage.

« Eh bien ! » finit-il par dire.

Chip approcha un autre fauteuil et lui tendit un gobelet d'eau glacée qui lui fit découvrir qu'il avait soif. Il tira longuement sur la paille et rendit le gobelet à Chip.

« Où est ta mère ? »

Chip posa le gobelet par terre. « Elle s'est réveillée avec un refroidissement. Je lui ai dit de rester au lit.

— Où habite-t-elle maintenant ?

— Elle est à la maison. Exactement tout comme il y a deux jours. »

Chip lui avait déjà expliqué pourquoi il devait être là, et l'explication avait tenu tant qu'il avait vu le visage de Chip et entendu sa voix, mais aussitôt que Chip était parti, l'explication était tombée en miettes.

La grande bâtarde noire les reluquait de son œil mauvais.

« Tu es dans une salle de physiothérapie, dit Chip. Nous sommes au huitième étage de Saint Luke. C'est là que maman s'est fait opérer du pied, si tu t'en souviens.

— Cette femme est une bâtarde, dit-il en la désignant.

— Non, c'est une physiothérapeute, dit Chip, et elle essaie de t'aider.

— Non, regarde-la. Tu vois comme elle est ? Tu le vois ?

— C'est une physiothérapeute, papa.

— Phy quoi ? C'est une ? »

D'un côté, il faisait confiance à l'intelligence et à l'assurance de son fils l'intellectuel. D'un autre côté, la bâtarde noire lui faisait de l'Œil pour l'avertir du mal qu'elle entendait lui faire dès que l'occasion se présenterait ; il y avait une grande malveillance dans son attitude, clair comme de l'eau de roche. Il n'arrivait pas à entamer cette contradiction : sa conviction que Chip avait absolument raison et sa certitude que cette bâtarde n'était absolument pas physicienne.

La contradiction débouchait sur un gouffre sans fond. Il contempla ses profondeurs, bouche bée. Quelque chose de chaud descendait de son menton.

Et voilà que la main d'un bâtard approchait de lui. Il essaya de cogner le bâtard et se rendit compte, juste à temps, que la main appartenait à Chip.

« Du calme, papa. Je t'essuie seulement le menton.

— Ah, bon Dieu.

— Tu veux rester un moment ici, ou tu préfères retourner dans ta chambre ?

— Je laisse cela à ta discrétion. »

Cette phrase commode lui vint toute prête à être prononcée, aussi parfaitement troussée que possible.

« Rentrons alors. » Chip tendit la main derrière le fauteuil et fit des modifications. Manifestement, le fauteuil avait des engrenages et des leviers d'une immense complexité.

« Regarde si tu peux décoincer ma ceinture, demanda-t-il.

— On va retourner dans ta chambre et là tu pourras te lever. »

Chip poussa son fauteuil hors de la cour et remonta le quartier jusqu'à sa cellule. Il n'arrivait pas à se faire au luxe des installations. Comme un hôtel de première classe, hormis les barres au lit, les entraves et les radios, l'équipement de contrôle du prisonnier.

Chip le gara près de la fenêtre, quitta la pièce avec une cruche en polystyrène, et revint quelques minutes plus tard en compagnie d'une jolie petite fille en blouse blanche.

« Monsieur Lambert ? » fit-elle. Elle était jolie comme Denise, avec des cheveux noirs ondulés et des lunettes cerclées de métal, mais plus petite. « Je suis le Dr Schulman. Vous vous souvenez peut-être que nous nous sommes rencontrés hier.

— Eh bien ! » dit-il avec un large sourire. Il se souvenait d'un monde où il y avait des filles dans ce genre, de jolies petites filles aux yeux brillants et au front intelligent, un monde d'espoir.

Elle posa une main sur sa tête et se pencha comme pour l'embrasser. Elle lui ficha une trouille bleue. Il faillit la frapper.

« Je ne voulais pas vous faire peur, dit-elle. Je veux seulement examiner vos yeux. Je peux ? »

Il se tourna vers Chip pour qu'il le rassure, mais Chip contemplait la fille.

« Chip ! » dit-il.

Chip détacha ses yeux d'elle. « Oui, papa ? »

Eh bien, maintenant qu'il avait attiré l'attention de Chip, il devait dire quelque chose, et ce qu'il dit fut ceci : « Dis à ta mère de ne pas s'en faire pour le fourbi d'en bas. Je m'en occuperai.

— OK. Je le lui dirai. »

Les doigts intelligents et le doux visage de la fille étaient tout autour de sa tête. Elle lui demanda de serrer le poing, elle le pinça et le pressa. Elle parlait comme une télévision dans une chambre voisine.

« Papa ? fit Chip.

— Je n'ai pas entendu.

— Le Dr Schulman veut savoir si tu préfères "Alfred" ou "monsieur Lambert". Comment souhaites-tu qu'elle t'appelle ? »

Il sourit douloureusement. « Je n'ai pas suivi.

— Je crois qu'il préfère monsieur Lambert, dit Chip.

— Monsieur Lambert, dit la petite fille, pouvez-vous me dire où nous sommes ? »

Il se tourna de nouveau vers Chip, dont l'expression était attentive mais d'aucun secours. Il désigna la fenêtre. « C'est l'Illinois dans cette direction », dit-il à son fils et à la fille. Tous deux écoutaient avec grand intérêt maintenant, et il lui sembla qu'il devrait en dire plus. « Il y a une fenêtre, dit-il, qui... si vous l'ouvrez... serait ce que je veux. Je n'ai pas pu défaire la ceinture. Et puis. »

Il échouait et il le savait.

La petite fille le dévisagea gentiment. « Pouvez-vous me dire qui est notre président ? »

Il sourit, c'était une question facile.

« Eh bien, dit-il. Elle a tant de trucs en bas. Je doute qu'elle s'en rende même compte. On devrait tout balancer. »

La petite hocha la tête comme si c'était une réponse raisonnable. Puis elle leva les deux mains. Elle était jolie comme Enid, mais Enid avait une alliance, Enid ne portait pas de lunettes, Enid avait vieilli récemment, et il aurait sans doute reconnu Enid, bien que, étant beaucoup plus familière que Chip, elle fût d'autant plus difficile à voir.

« Combien de doigts je vous présente ? » lui demanda la fille.

Il contempla ses doigts. Pour ce qu'il en comprenait, le message qu'ils envoyaient était Détendez-vous. Desserrez. Ne vous en faites pas.

Avec un sourire, il laissa sa vessie se vider.

« Monsieur Lambert ? Combien de doigts je vous présente ? »

Les doigts étaient là. C'était une belle chose. Le soulagement de l'irresponsabilité. Moins il en savait, plus il était heureux. Ne rien savoir du tout serait le paradis.

« Papa ?

— Je devrais savoir ça, dit-il. Vous croyez que j'oublierais une chose pareille ? »

La petite fille et Chip échangèrent un regard et sortirent dans le couloir.

Il avait adoré desserrer, mais après une minute ou deux, il se sentit moite. Il fallait qu'il se change maintenant et il ne pouvait pas. Il resta assis dans son marécage tandis qu'il refroidissait.

« Chip ? » fit-il.

Un silence s'était abattu sur la cellule. Il ne pouvait pas compter sur Chip, il ne cessait de disparaître. Il ne pouvait compter sur personne d'autre que sur lui-même. Sans plan en tête et sans force dans les mains, il essaya de desserrer la ceinture de manière à pouvoir ôter son pantalon et se sécher. Mais la ceinture était plus exaspérante que jamais. Vingt fois il passa les mains sur toute sa longueur et vingt fois il échoua à trouver une boucle. Il était comme un être en deux dimensions cherchant la liberté dans une troisième. Il pouvait chercher l'éternité entière et ne jamais trouver cette foutue boucle.

« Chip ! » appela-t-il, mais à mi-voix, parce que la bâtarde noire rôdait dans les parages, et elle le punirait sévèrement. « Chip, viens m'aider. »

Il aurait aimé ôter entièrement ses jambes. Elles étaient faibles, agitées, humides et prisonnières. Il donna quelques coups de pied en l'air et oscilla dans son fauteuil qui n'était pas à bascule. Ses mains papillonnaient. Moins il pouvait en faire pour ses jambes, plus il agitait les bras. Les bâtards l'avaient coincé maintenant, il avait été trahi, et il se mit à pleurer. Si seulement il avait su ! Si seulement il avait su, il aurait pu prendre des mesures, il avait eu le fusil, il avait eu l'abîme glacial de l'océan, si seulement il avait su.

Il envoya balader une cruche d'eau contre le mur et quelqu'un finit par accourir.

« Papa, papa, papa. Qu'est-ce qui ne va pas ? »

Alfred leva les yeux vers son fils et croisa son regard. Il ouvrit la bouche, mais le seul mot qu'il put prononcer fut : « Je… »

Je…

J'ai fait des erreurs…

Je suis seul…

Je suis mouillé…

Je veux mourir…

Je suis désolé…

J'ai fait de mon mieux…

J'aime mes enfants…

J'ai besoin de ton aide…

Je veux mourir…

« Je ne peux pas rester ici », dit-il.

Chip s'accroupit à côté du fauteuil. « Écoute, dit-il. Tu dois rester ici une semaine de plus afin qu'ils puissent voir comment ton état évolue. Nous avons besoin de savoir ce qui ne va pas. »

Il secoua la tête. « Non ! Tu dois me sortir de là !

— Papa, je suis désolé, dit Chip, mais je ne peux pas te ramener à la maison. Tu dois rester ici une semaine de plus au moins. »

Oh, comme son fils mettait sa patience à l'épreuve ! Chip aurait déjà dû comprendre ce qu'il lui demandait sans qu'il ait à le répéter.

« Je dis d'y mettre fin ! » Il martela les bras du fauteuil dont il était captif. « Tu dois m'aider à y mettre fin ! »

Il regarda la fenêtre à travers laquelle il était prêt, enfin, à se jeter. Ou donnez-lui un fusil, donnez-lui une hache, donnez-lui n'importe quoi, mais sortez-le de là. Il fallait qu'il fasse comprendre ça à Chip.

Chip couvrit ses mains tremblantes avec les siennes.

« Je vais rester avec toi, papa, dit-il. Mais je ne peux pas faire ça pour toi. Je ne peux pas y mettre fin comme ça. Je suis désolé. »

Comme une épouse qui était morte ou une maison qui avait brûlé, la clarté de pensée et la capacité d'agir restaient vivaces dans sa mémoire. À travers une fenêtre donnant sur l'au-delà, il voyait toujours la clarté et la capacité, juste hors d'atteinte, derrière les panneaux isolants de la fenêtre. Il voyait les issues désirées, la noyade en mer, la décharge de fusil, le plongeon d'une grande hauteur, si proches de lui encore qu'il refusait de croire qu'il avait perdu l'occasion du soulagement qu'ils apportaient.

Il pleura devant l'injustice de cette phrase. « Pour l'amour du ciel, Chip », dit-il d'une voix forte, parce qu'il sentait que ce pourrait être sa dernière chance de se libérer avant de perdre tout contact avec cette clarté et cette capacité, et il était donc crucial que Chip comprenne exactement ce qu'il voulait. « Je te demande ton aide ! Tu dois me sortir de là ! Tu dois y mettre fin ! »

Même les yeux rougis, même sillonné de larmes, le visage de Chip était plein de capacité et de clarté. Voilà un fils auquel il pouvait faire confiance pour le comprendre comme il se comprenait lui-même ; et donc la réponse de Chip, quand elle arriva, fut définitive. La réponse de Chip lui dit que c'était là que l'histoire prenait fin. Elle prenait fin avec Chip secouant la tête, elle prenait fin avec Chip disant : « Je ne peux pas, papa. Je ne peux pas. »

Les corrections

La correction, quand elle finit par arriver, ne fut pas l'explosion subite d'une bulle, mais une déception beaucoup plus mesurée, une glissade étalée sur un an de marchés financiers clés, une contraction trop graduelle pour faire de gros titres et trop prévisible pour toucher quiconque d'autre que les imbéciles et les pauvres.

Il semblait à Enid que les événements courants étaient en général plus tempérés ou insipides de nos jours qu'ils ne l'avaient été dans sa jeunesse. Elle avait des souvenirs des années 30, elle avait vu de ses yeux ce qui pouvait arriver à un pays quand l'économie mondiale ne prenait pas de gants ; elle avait aidé sa mère à distribuer des restes aux sans-abri installés dans la ruelle derrière leur meublé. Mais les catastrophes de cette magnitude ne semblaient plus arriver aux États-Unis. Des organes de sécurité avaient été installés, comme les pavés de caoutchouc dont étaient équipés tous les terrains de jeux modernes, pour amortir les chocs.

Néanmoins, les marchés s'effondrèrent, et Enid, qui n'avait jamais rêvé d'être un jour *heureuse* qu'Alfred ait bloqué leurs avoirs en rentes viagères et bons du Trésor, essuya le retournement avec moins d'angoisse que ses amis plus ambitieux. Orfic Midland avait, comme prévu, résilié son assurance maladie traditionnelle, la forçant à prendre une assurance privée, mais, d'un trait de plume, son vieux voisin Dean Driblett, Dieu le bénisse, les avait rendus éligibles, Alfred et elle, à DeeDeeCare

Choice Plus, ce qui lui permettait de conserver ses médecins favoris. Elle avait toujours de fortes dépenses mensuelles non remboursables de maison de santé, mais en se serrant la ceinture elle arrivait à régler les factures entre la retraite d'Alfred et son complément des chemins de fer, et pendant ce temps sa maison, qui lui appartenait de plein droit, continuait de prendre de la valeur. La simple vérité était que, si elle n'était pas riche, elle n'était pas pauvre non plus. Cette vérité lui avait parfois échappé au cours de ses années d'inquiétude et d'incertitude à propos d'Alfred, mais aussitôt qu'il fut hors de la maison et qu'elle eut rattrapé son déficit de sommeil, elle la vit clairement.

Elle voyait tout plus clairement à présent, ses enfants en particulier. Quand Gary revint à Saint Jude avec Jonah quelques mois après le Noël catastrophique, elle n'eut que du bonheur avec eux. Gary voulait toujours qu'elle vende la maison, mais il ne pouvait plus plaider qu'Alfred allait dévaler l'escalier et se tuer, et puis, dans l'intervalle, Chip avait accompli nombre des tâches (peinture du mobilier en rotin, imperméabilisation, curage des gouttières, rebouchage des fissures) qui, aussi longtemps qu'elles avaient été négligées, avaient constitué l'autre bon argument de Gary pour pousser à la vente de la maison. Enid et lui se chipotaient sur des questions d'argent, mais c'était plus pour plaisanter. Gary la harcelait au sujet des 4,96 dollars qu'elle lui « devait » toujours pour six boulons de quinze et elle répliquait en lui demandant : « C'est une nouvelle montre ? » Il avouait que oui, Caroline lui avait offert une nouvelle Rolex pour Noël, mais il avait plus récemment pris un méchant bouillon avec l'introduction en Bourse d'une entreprise de biotechnologie dont il ne pourrait revendre les titres avant le 15 juin, et puis, de toute façon, c'était une question de principe. Mais Enid refusait, par principe, de lui donner les 4,96 dollars. Elle avait plaisir à penser qu'elle irait dans sa tombe en ayant refusé de payer ces six boulons. Elle demanda à

Gary quelle valeur de biotechnologie exactement lui avait fait prendre ce bouillon. Gary répondit que c'était sans importance.

Après Noël, Denise s'installa à Brooklyn et alla travailler dans un nouveau restaurant, et, en avril, elle envoya à Enid un billet d'avion pour son anniversaire. Enid la remercia et dit qu'elle ne pouvait pas faire le voyage, elle ne pouvait pas laisser Alfred, ce ne serait pas correct. Mais elle vint quand même et passa quatre jours merveilleux à New York. Denise avait l'air tellement plus heureuse qu'à Noël : Enid choisit de ne pas se soucier qu'elle n'ait toujours pas d'homme dans sa vie ni de désir apparent d'en avoir un.

De retour à Saint Jude, Enid jouait au bridge chez Mary Beth Schumpert un après-midi quand Bea Meisner commença à exprimer sa réprobation chrétienne d'une célèbre actrice « gay ».

« C'est un modèle *effroyable* pour les jeunes gens, dit Bea. Je pense que si l'on fait un choix de vie mauvais, la moindre des choses serait de ne pas s'en vanter. Surtout quand il y a tous ces nouveaux programmes qui peuvent aider les gens comme ça. »

Enid, qui était la partenaire de Bea pour ce robre et qui était déjà agacée par la non-réponse de Bea à son ouverture en force au palier de deux, commenta sobrement qu'elle ne pensait pas que les « gays » puissent s'empêcher d'être « gays ».

« Mais non, c'est véritablement un choix, dit Bea. C'est une faiblesse et ça commence à l'adolescence. Cela ne fait pas de doute. Tous les experts sont d'accord.

— J'ai adoré ce polar qu'elle a tourné avec Harrison Ford, dit Mary Beth Schumpert. Comment ça s'appelait déjà ?

— Je ne crois pas que ce soit un choix, insista tranquillement Enid. Chip m'a dit une chose intéressante un jour. Il disait qu'avec tous ces gens qui haïssent les "gays" et les critiquent, pourquoi quelqu'un choisirait-il d'être "gay" s'il pouvait l'éviter ? J'ai trouvé que c'était vraiment un point de vue intéressant.

— Eh bien, non, c'est parce qu'ils veulent des droits parti-

culiers, dit Bea. C'est parce qu'ils veulent avoir la "gay pride".
C'est pour ça que tant de gens ne les aiment pas, même en
dehors de l'immoralité de ce qu'ils font. Ils sont incapables de
se contenter de faire un mauvais choix de vie. Il faut qu'ils s'en
vantent en prime.

– Je ne me souviens pas de la dernière fois que j'ai vu un
vraiment bon film », dit Mary Beth.

Enid n'était pas une avocate des modes de vie « alternatifs » et
ce qui la froissait chez Bea Meisner la froissait depuis quarante
ans. Elle n'aurait pas su dire pourquoi cette conversation de
table de bridge en particulier lui fit décider qu'elle ne souhaitait
plus être amie avec Bea Meisner. Elle n'aurait pas su dire non
plus pourquoi le matérialisme de Gary, les échecs de Chip et le
célibat de Denise, qui lui avaient coûté d'innombrables soirées
d'agitation et de jugements définitifs au fil des ans, la déran-
geaient tellement moins depuis qu'Alfred avait quitté la maison.

Cela faisait une différence, certainement, que ses trois enfants
mettent tous la main à la pâte. Chip, en particulier, semblait
presque métamorphosé. Après Noël, il resta six semaines avec
Enid, allant voir Alfred quotidiennement, avant de retourner à
New York. Un mois plus tard, il était de retour à Saint Jude,
débarrassé de son horrible boucle d'oreille. Il proposa d'étendre
son séjour sur une durée qui ravit et stupéfia Enid jusqu'à ce
qu'il apparaisse qu'il avait une liaison avec la chef de clinique en
neurologie de Saint Luke.

La neurologue, Alison Schulman, était une Juive de Chicago
aux cheveux frisés plutôt quelconque. Enid l'aimait bien, mais
elle n'arrivait pas à comprendre ce qu'une brillante jeune docto-
resse pouvait avoir à faire de son fils à demi chômeur. Le
mystère s'accrut en juin quand Chip annonça qu'il déménageait
à Chicago afin d'entamer une cohabitation immorale avec
Alison, qui avait rejoint un cabinet médical à Skokie. Chip ne
confirma ni n'infirma qu'il n'avait pas de véritable emploi et
qu'il n'avait pas l'intention de payer sa part des dépenses du

ménage. Il affirmait travailler sur un scénario. Il disait que « sa » productrice à New York avait « adoré » sa « nouvelle » version et lui avait demandé de la reprendre. Son seul emploi rémunéré, cependant, pour ce qu'en savait Enid, consistait en remplacements à temps partiel dans l'enseignement. Enid était heureuse qu'il fasse le trajet en voiture jusqu'à Saint Jude une fois par mois et passe plusieurs longues journées avec Alfred ; elle adorait avoir un de ses enfants dans le Midwest. Mais quand Chip l'informa qu'il allait être le père de jumeaux avec une femme à laquelle il n'était même pas marié, puis quand il invita Enid à un mariage où la promise était *enceinte de sept mois*, où le « travail » actuel du futur consistait à réécrire son scénario pour la quatrième ou la cinquième fois et où la majorité des invités étaient non seulement extrêmement juifs mais semblaient *ravis* de l'heureux couple, les motifs ne manquèrent pas pour Enid de critiquer et de condamner ! Et cela ne la rendit pas fière d'elle-même, cela ne la rendit pas heureuse de ses près de cinquante ans de mariage, de penser que si Alfred avait été à ses côtés au mariage, elle *aurait* critiqué et elle *aurait* condamné. Si elle avait été assise à côté d'Alfred, la foule qui s'approchait d'elle aurait certainement vu l'air renfrogné de son visage et se serait détournée, ne l'aurait certainement pas soulevée dans son fauteuil pour la porter en parade à travers la pièce au son de la musique klezmer, et elle n'aurait certainement pas adoré ça.

Le triste fait était que la vie sans Alfred dans la maison était meilleure pour tout le monde sauf Alfred.

Hedgpeth et les autres médecins, y compris Alison Schulman, avaient gardé Alfred à Saint Luke tout le mois de janvier et jusqu'au début de février, taxant allégrement la future-ex-assurance maladie d'Orfic Midland tandis qu'ils exploraient tous les axes de traitement concevables, des électrochocs au Haldol. Alfred finit par sortir avec un diagnostic de parkinsonisme, démence, dépression et neuropathie des jambes et des voies urinaires. Enid se sentit moralement obligée de proposer de le soigner à domicile, mais ses enfants, Dieu merci, ne voulurent pas en entendre parler. Alfred fut installé à Deepmire Home, un établissement de long séjour voisin du country club, et Enid entreprit de lui rendre visite chaque jour, pour continuer de l'habiller correctement et lui apporter des douceurs faites à la maison.

Elle était heureuse, au moins, de retrouver son corps. Elle avait toujours aimé sa taille, sa forme, son odeur, et il était beaucoup plus disponible maintenant qu'il était attaché dans un fauteuil gériatrique et incapable de formuler des objections cohérentes au fait d'être touché. Il se laissait embrasser et ne se rétractait pas si ses lèvres s'attardaient un peu ; il ne frémissait pas si elle lui caressait les cheveux.

Son corps était ce qu'elle avait toujours voulu. C'était le reste qui posait problème. Elle était malheureuse avant de venir le voir, malheureuse tandis qu'elle était à côté de lui, et malheureuse des heures durant après. Il était entré dans une phase profondément erratique. Enid pouvait arriver et le trouver perdu de terreur, le menton sur la poitrine et une tache de bave de la taille d'un biscuit sec sur la jambe de son pantalon. Ou il pouvait être en train de bavarder aimablement avec un malade du cœur ou une plante en pot. Il pouvait être en train de peler le morceau de fruit invisible qui occupait son attention heure après heure. Il pouvait être en train de dormir. Quoi qu'il fasse, cependant, c'était dénué de sens.

Chip et Denise trouvaient la patience de bavarder avec lui, quel que fût le scénario halluciné dans lequel il se mouvait, qu'il s'agît de catastrophe ferroviaire, d'incarcération ou de croisière de luxe, mais Enid ne tolérait pas la moindre erreur. S'il la prenait pour sa mère, elle le corrigeait avec colère : « Al, c'est *moi, Enid,* ta femme depuis *quarante-huit ans.* » S'il la prenait pour Denise, elle usait des mêmes mots exactement. Elle avait eu Tort toute sa vie et à présent elle avait l'occasion de lui dire à quel point il avait Tort. En même temps qu'elle devenait plus souple et moins critique dans d'autres domaines de la vie, elle restait d'une stricte vigilance à Deepmire Home. Elle devait venir et dire à Alfred qu'il avait tort de laisser couler de la glace sur son pantalon propre et fraîchement repassé. Il avait tort de ne pas reconnaître Joe Person quand Joe avait la gentillesse de lui rendre visite. Il avait tort de ne pas regarder les instantanés d'Aaron, Caleb et Jonah. Il avait tort de ne pas être transporté par le fait qu'Alison ait donné naissance à deux fillettes un peu frêles mais en parfaite santé. Il avait tort de ne pas être heureux, ou reconnaissant, ou même vaguement lucide, quand sa femme et sa fille se donnèrent un mal de chien pour le ramener à la maison pour le dîner de Thanksgiving. Il avait eu tort de dire, après le dîner, quand elles le ramenèrent à Deepmire Home : « Mieux vaut ne pas quitter cet endroit que de devoir y retourner. » Il avait tort, s'il pouvait être assez lucide pour formuler une phrase pareille, de ne pas être lucide à d'autres moments. Il avait tort d'essayer de se pendre avec ses draps au milieu de la nuit. Il avait tort de s'assommer contre la fenêtre. Il avait tort d'essayer de s'entailler le poignet avec une fourchette. Il avait globalement tort sur tant de points que, excepté ses quatre jours à New York, ses deux Noëls à Philadelphie et ses trois semaines de convalescence après son opération de la hanche, elle ne manqua pas un jour de lui rendre visite. Elle devait lui dire, tant qu'elle en avait encore le temps, à quel point il avait eu tort et à quel point elle avait eu raison. Comme il avait eu tort de ne pas l'aimer plus, comme il avait eu tort de ne pas la chérir et faire l'amour avec elle à chaque occasion, comme il avait eu tort de ne pas faire confiance à ses intuitions financières, comme il avait eu tort de passer tant de temps au travail et si peu avec les enfants, comme il avait eu tort d'être si négatif, comme il avait eu tort d'être si lugubre, comme il avait eu tort de fuir la vie, comme il avait eu tort de dire non, sans cesse, au lieu de dire oui : elle devait lui dire tout cela, jour après jour. Même s'il ne l'écoutait pas, elle devait le lui dire.

Il résidait à Deepmire Home depuis deux ans quand il cessa de s'alimenter. Chip se mit en congé de sa paternité, de son nouveau poste d'enseignant dans un établissement privé et de la huitième révision de son scénario pour descendre de Chicago et dire au revoir. Alfred dura plus longtemps qui quiconque ne s'y attendait. Il resta un lion jusqu'au bout. Sa pression artérielle était à peine mesurable quand Denise et Gary arrivèrent à Saint Jude et il vécut encore une semaine. Il était couché en chien de fusil et respirait à peine. Il ne bougeait pas et ne réagissait à rien si ce n'est pour secouer la tête énergiquement, une fois, si Enid essayait de lui glisser un copeau de glace dans la bouche. La seule chose qu'il n'oublia jamais était comment refuser. Toutes les corrections d'Enid avaient été vaines. Il était aussi entêté que le jour où elle l'avait rencontré. Et pourtant, quand il mourut, quand elle eut posé les lèvres sur son front et fut sortie avec Denise et Gary dans la chaude nuit de printemps, elle sentit que plus rien ne pouvait tuer son espoir à présent, plus rien. Elle avait soixante-quinze ans et elle allait opérer des changements dans sa vie.

CE DEUXIÈME TIRAGE A ÉTÉ ACHEVÉ D'IMPRIMER EN OCTOBRE 2002
SUR LES PRESSES DE TRANSCONTINENTAL IMPRESSION
IMPRIMERIE GAGNÉ, À LOUISEVILLE (QUÉBEC).